# ग्रेट
# कंचना सर्कस

# ग्रेट कंचना सर्कस

विश्वास पाटील

अनुवाद
रवि बुले

वाणी प्रकाशन

प्रकाशन के उत्कृष्टतम 61 वर्ष

सजिल्द पहला संस्करण : 2024 (जनवरी)

vaniprakashan.com

वाणी प्रकाशन

*4695, 21-ए, दरियागंज, नयी दिल्ली-110 002*

*फ़ोन : + 91 11 23273167, 23275710*

**शाखाएँ**

*अशोक राजपथ, पटना-800 004, बिहार*

*कॉफ़ी हाउस कैम्पस, महात्मा गांधी मार्ग, प्रयागराज-211 001, उत्तर प्रदेश*

*महात्मा गांधी अन्तरराष्ट्रीय हिन्दी विश्वविद्यालय, वर्धा-442 001, महाराष्ट्र*

*36/ए, शेक्सपियर सरणी, रानी बिरला गर्ल्स कॉलेज के पास, कोलकाता-700 017, प. बंगाल*

sales@vaniprakashan.in
vaniprakashan@gmail.com

Great Kanchana Circus
*by* Vishwas Patil
*Translated by* Ravi Bule

ISBN : 978-93-6287-020-9
Novel



मूल्य : ₹ 695



*जी.एस. ऑफ़सेट, दिल्ली-110 095 में मुद्रित*

*वाणी प्रकाशन का लोगो मक़बूल फ़िदा हुसेन की कूची से*

**ताराबाई,** खड़कलाट (महाराष्ट्र)
**रेवारकी,** लाहौर (वर्तमान पाकिस्तान)
**रखुमाबाई,** तेलंगाना, परशुराम लायन सर्कस, कमला सर्कस (केरल)
**जमेला,** जी ए सर्कस ऑफ़ बॉम्बे (महाराष्ट्र)
**छबुताई,** परशुराम लायन सर्कस, तासगाव (महाराष्ट्र)
**बीबा,** ग्रेट कर्नाटक सर्कस, कागवाड (कर्नाटक)

बाघ और सिंह जैसे हिंस्त्र पशुओं को जान से ज़्यादा प्यार करने वाली
इन्सानों और पशुओं के रिश्ते की नयी मिसालें क़ायम करने वाली
इन बहादुर हिन्दुस्तानी सर्कस बालाओं को समर्पित

# लोमहर्षक सत्यकथा या उपन्यास

जितना कल्पनातीत है, उतना ही यथार्थ है विश्वास पाटील के मराठी उपन्यास 'द ग्रेट कंचना सर्कस' का फलक। हिन्दी में इसका अनुवाद रवि बुले ने किया है। अनुवाद पढ़ते हुए एक पल को भी नहीं लगता कि हम मौलिक कृति नहीं पढ़ रहे। इसलिए मेरी यह भूमिका मौलिक कृति के लिए ही है।

द्वितीय विश्वयुद्ध के दौरान जब जापान ने बर्मा पर अचानक भयानक बमबारी शुरू की तो दुर्योग से, अपने करतब दिखलाने को रंगून से मिला आमन्त्रण स्वीकार कर, असम का मशहूर सर्कस वहाँ गया हुआ था। अचानक, अनुमान से काफ़ी पहले जापान ने रंगून पर भयानक बमबारी शुरू कर दी। सर्कस के कलाकार और तरह-तरह के जंगली जानवर–जैसे बाघ, दरियाई घोड़ा, हाथी और ट्रेंड करतबी घोड़े वहीं फँस गये। बाहर निकलने का कोई इन्तज़ाम नहीं था। और तो और, डर से पगलाई स्थानीय ब्रितानी सरकार की पुलिस ने गोली मारकर उनके सब जंगली जानवरों की हत्या कर दी। सर्कसवालों ने बचाने की कोशिश की तो पुलिसवाले उन्हें भी उसी तरह मार गिराने को तैयार हो गये। सिर्फ़ दो जानवर भागकर जंगल में छिपने में कामयाब हो गये; राजसी और बुद्धिमान हथिनी, राजमंगला और सुपर तेज़ धावक व करतब में पारंगत घोड़ा, फक्कड़राव। सरकार के हुक्म से सर्कस के ही नहीं, स्थानीय चिड़ियाघर के सभी जंगली जानवरों की भी नृशंस हत्या कर दी गयी। सच में, उस समय जितना आतंक दुश्मन जापानी फ़ौज का था, उतना ही ब्रितानी हुक्मरान का, जिनके अफ़सरों को अपनी जान-माल के सिवा किसी की परवाह नहीं थी।

यूँ शुरू हुई वापसी की ख़तरनाक, रोमांचक मानव और पशु को एक डोर में बाँधे चुनौतीपूर्ण और शौर्यपूर्ण यात्रा। उसमें सरकारी अमला रोड़े ही अटकाता रहा, कहीं कोई मदद इमदाद नहीं की।

क्या नहीं था, सर्कस के पात्रों को चुनौती देने के लिए?

युद्ध, बमबारी, ज़मीनी गोलाबारी, हत्या, बलात्कार, मारपीट, यन्त्रणा, नरभक्षी पक्षी-पशु-मानव, उफनती नदी, महीनों बेरोक होती घोर बरसात, दलदल, भूख, हैज़ा, मौत। इन सबके बीच 520 कि.मी. लम्बा सफ़र। मर्द, औरत, बच्चे, एक हाथी और एक घोड़े के साथ। सामूहिक पशु-संहार से बच निकलकर, घने जंगल में शरण लेने के कुछ दिन बाद राजमंगला और फक्कड़राव ने अपने साथी मर्द-औरतों-बच्चों को ढूँढ़ निकाला। फिर कई मर्तबा, ऊँची घास और बाँसों से आच्छादित घने जंगल में उन्हें अपनी पीठ का सहारा देते रहे।

तो मंज़र यह था। एक तरफ़ बर्मा पर बम बरसाते जापानी हमलावर, दूसरी तरफ़ मरो तो मरो, हमें क्या, कहते ब्रितानी भगोड़े। बीच में फँसे बर्मी और हिन्दुस्तानी। करें या मरें! वे नहीं मरे। यानी सब नहीं मरे। बहुत कुछ किया और जो किया अकेले या उससे ज़्यादा सर्कस की आपसदारी के दम पर।

यह है द ग्रेट कंचना इंटरनेशनल सर्कस की चुनौतीपूर्ण साहसिक कथा।

उन्हें सन्त्रास देने के लिए दुश्मन जापानी ही नहीं, वहाँ के ब्रितानी हुक्मरान भी कम नहीं थे। उनके तमाम प्यारे और क़ीमती जानवरों का संहार तो कर ही चुके थे। आगे के रास्ते पर, एक तरफ़ जापानी फ़ौज सब कुछ तहस-नहस कर रही थी, तो दूसरी तरफ़ पीछे हटती ब्रितानी फ़ौज भी जहाँ-जहाँ से हटती, वहाँ के अन्न भण्डार, दुकानें, खेत-खलिहान, जलाकर राख कर देते। जिससे वह दुश्मन के हाथ न आये। वह तो वाजिब था। पर उनके पीछे जो मुसीबत की मारी, अचानक दौलतमन्द से ग़रीब हुई अपार जनता पैदल चली आ रही थी, वह जीवित कैसे रहेगी, उसकी उन्हें तनिक परवाह न थी!

उन्हें आश्वासन दिया गया था कि एक बार किसी तरह रंगून से मिचिना पहुँच गये तो उनकी तमाम समस्याएँ ख़त्म हो जायेंगी। वहाँ का हवाई-अड्डा खुला था। वहाँ से उन्हें हवाई जहाज़ से गोहाटी पहुँचा दिया जायेगा। पर जब असीम मुसीबतें झेलकर वे और अनगिनत अन्य एशिया के लोग वहाँ पहुँचे, तो हवाई जहाज़ में ब्रितानी डिस्ट्रिक्ट कलेक्टर अपना परिवार, स्टाफ़ और साज़ो-सामान लेकर उड़नछू हो गया। स्कूल की छोटी बच्चियों तक को साथ ले जाने से इनकार कर दिया।

तब उनके पास, अकल्पनीय रूप से घनघोर और बेरोक बरसात में, 520 कि.मी. लम्बा घना जंगल, पैदल पार करने के सिवा, कोई विकल्प न बचा। जंगल भी कैसा, ऐसा जहाँ कन्द-मूल, फल तक नहीं मिलते थे। हाथ लगते बस जंगली केले और बाँस की ताज़ा कोपलें। उनके साथ कभी मछली, केंकड़े और जंगली

घास उबालकर पेट भरने के अलावा कोई रास्ता नहीं था। किसी दिन बारिश ज़रा थम जाती और क़िस्मत अच्छी होती, तो मर्द जंगली नदियों के पार जाकर, कहीं घास के बीच उगे सफ़ेद मशरूम लाने में कामयाब हो जाते, तब तो जश्न भी मन जाता। पूरी तरह पके जंगली केले भी तोहफ़े की तरह होते। वरना उस डरावने हरदम बरसते पानी के नीचे, बाँस उनका एकमात्र सम्बल था। उसी से झोंपड़ी बनाते, जो चार- छह दिन में गल जाती। उसी से इरली बनाकर छतरी की तरह इस्तेमाल करते और उसी का गूदा खा, जीवित रहते। उसी से सूप या पेहीन बनाते, जो माँड़ के पानी का साथी बनता। उसी से चटाइयाँ बनाते, जो दलदली मिट्टी में लेटने पर कुछ राहत देतीं। और तो और, बाँस को छाँटकर गठानों वाले हिस्से के उन कारीगरों ने प्याले भी बना लिये थे, जिनमें जब तक मयस्सर हुई, ब्लेक कॉफ़ी पी गयी।

इस सत्यकथा में केवल स्त्री-पुरुष, कंचना और राघव, नायिका-नायक नहीं हैं, हथिनी राजमंगला और घोड़ा फक्कड़राव भी हैं। अन्त में वही दोनों करतबी पशु सबकी जान बचाते हैं।

सर्कस के आधे जन तो वहीं शहीद हो गये, राजमंगला और फक्कड़राव भी। फिर भी बची रही मानवीय संवेदना। सुनिए, नायिका कंचना के शब्द।

"जंगल की पाठशाला में यह सबक़ सीखा है। बहादुरी के साथ-साथ संयम, सहनशीलता, धीरज।" पर उसकी सबसे बड़ी ख़ासियत है उसकी मानवीयता, जो उसने हज़ार तकलीफ़ सहकर भी खोयी नहीं। तभी तो ब्रितानी स्कूल की छोटी छात्राओं को साथ लेकर जंगल का सफ़र करने पर जब कोई आपत्ति करता है तो कहती है, "कोई किसी देश, धर्म, जाति या नस्ल का हो, मुझे फ़र्क़ नहीं पड़ता। मैं उसकी रक्षा से इनकार नहीं कर सकती। उसे मरने के लिए नहीं छोड़ सकती।"

यूँ तो शौर्य हो, मेधा, बहादुरी या कलाकारी, सर्कस के सभी सदस्य एक-दूसरे पर इक्कीस पड़ते हैं। पर अन्ततः आपसी सद्भाव और स्नेह के बिना तमाम गुण भोथरे पड़ जाते हैं। उसे हम सही तौर पर पहचान लें, यह तय करने के लिए, लेखक विश्वास पाटील, महज़ उसकी कमी से नहीं, उसके विलोम यानी विश्वासघात से भी हमें परिचित करवा देते हैं।

सर्कस के भीतर अकेला सायबू ऐसा पात्र है जो राघव को एक नहीं कई बार जान से मारने का षड्यन्त्र रच चुका है। जो उससे उसकी सम्पत्ति और यश छीनना चाहता है, जिसकी बुरी नज़र उसकी पत्नी पर भी रही है। प्रभु कृपा से कंचना और राघव इस कलंक से पार पा लेते हैं।

पर इस पुस्तक में केवल संघर्ष और दिलेरी ही नहीं है। इसमें विस्तार और सूक्ष्मता से युद्ध, बमबारी, इन्सानी अहंकार, प्राकृतिक विपदा और आघात के चित्र अंकित किये गये हैं, उसी बारीकी से सर्कस के करतब और उनके लिए की गयी तैयारी का भी चित्रण किया गया है। भयावह बाघ लक्ष्मी के खुले मुँह में अपना सिर घुसांने और सकुशल निकालने का अभ्यास करती कंचना, वाक़ई आपके रोंगटे खड़े कर देती है। वैसे ही राघव का हवा में गुलाटियाँ खा-खाकर गति से दौड़ते फक्कड़राव घोड़े की पीठ पर सवारी करने का निरन्तर अभ्यास भी। लगता है, लेखक एक बहुत बड़े कैनवास पर कई-कई मिनिएचर पेंटिंग उकेर रहा है। एक-एक स्ट्रोक पर जितनी गहराई से विषय को पकड़ता है, उतनी ही बारीकी से पूरे फलक को हमारे सामने खोलकर रख देता है। कुछ देर के लिए, हमें सर्कस के तमाम गुर ज्ञात हो जाते हैं। पर हम यह भी जान जाते हैं कि वे करतब उतनी ही कलाकारी की माँग करते हैं, जितनी शास्त्रीय संगीत या नृत्य। वे आम आदमी के बूते की बात नहीं है।

कमाल की बात यह है कि तमाम उत्कट भयावहता, क्रूरता, यातना, भुखमरी, कॉलरा, युद्ध, बेरहमी और मौत पर मौत के बावजूद, पुस्तक पढ़ते हुए, पाठक रोते-रोते सहसा पात्रों की जिजीविषा से आह्लादित-अचम्भित हो, दाँतों तले उँगली-दबा जो महसूस कर उठता है; वह किसी उत्सव से होकर गुज़र रहा है।

इसका एक लोमहर्षक और मार्मिक प्रसंग तब आता है, जब कंचना को पता चलता है कि जापानी फ़ौज की एक टुकड़ी ने राघव को बन्दी बनाया हुआ है। और ब्रितानी फ़ौज के बारे में जानकारी लेने के लिए उसे हर तरह से यन्त्रणा दे रही है। ख़तरे की परवाह न कर, कंचना वहाँ पहुँच जाती है। तब उन दोनों के बीच के प्यार और आस्था को देख, जापानी कर्नल चकित रह जाता है। तभी राघव का प्रियवर और करतब दिखलाने अनूठा घोड़ा, फक्कड़राव भी उसकी सीटी पहचानकर दौड़ता हुआ वहाँ आ पहुँचता है। जापानी कर्नल सर्कस के करतब देखने को उतावला हो जाता है। महीनों से हत्या, मार-काट और यातना देने के सिवा उसने कुछ देखा-महसूसा न था। वह राघव की बेड़ियाँ-हथकड़ियाँ खोल देता है और तब जो खेल राघव और फक्कड़राव मिलकर दिखलाते हैं; टुकड़ी के तमाम लोग मन्त्रमुग्ध हो, गुल-गपाड़ा मचाने और हँसने-खिलखिलाने लगते हैं। कर्नल मान जाता है कि राघव और उसका साथी, जिन्हें उन्होंने कब से बन्दी बनाया हुआ था; और जिन्होंने भयावह यन्त्रणा के बावजूद एक शब्द भी नहीं उगला था, आतंकवादी नहीं, कलाकार थे। कंचना व उसके अन्य सर्कस के बाशिन्दे भी। वह उन्हें रिहा कर देता

है और रास्ते के लिए कुछ टिनबन्द खाने का सामान भी देता है। उस बर्बर जल्लाद का मानव में तब्दील होने; यहाँ तक कि उसकी आँखों में आँसू आ जाने को, कंचना सत्य की तरह स्वीकार करती है; यह उसकी असीम मानवीयता का उदाहरण है।

मृत्यु के रौद्रतम प्रहार के सामने खड़ा जीवन का आलिंगन करता, हँसता-खिलखिलाता, प्रेम करता लघु मानव, और पशु आसमान की ऊँचाई छूने लगते हैं और हमें भी जीवन को बहादुरी ही नहीं, प्रेम से जीने का सबक़ देते हैं। एक अन्य मानवीय प्रसंग की बात कहना ज़रूरी है। आपको मिचिना का वह क्रूर और अहंकारी डिस्ट्रिक्ट कलेक्टर याद होगा, जिसने मिचिना में अपने हवाई जहाज़ में नन्ही स्कूल की बच्चियों को पनाह देने से इनकार कर दिया था। कंचना उसके सामने घुटनों के बल गिरकर, उन अनजान बच्चियों को ले जाने को गिड़गिड़ायी भी थी पर उस पर कोई असर नहीं हुआ था। आख़िर वे सिर्फ़ संयोग से कंचना की पनाह में आ गयी थीं, थीं तो अपरिचित, अजनबी और ब्रितानी, जो लोग उनसे इतनी बदसलूकी कर चुके थे; पर वह इन्सान थी और डिस्ट्रिक्ट कलेक्टर, दरिन्दा। अन्त में, जब वे भारत की सीमा में पहुँच गये और उन्हें अस्पताल नसीब हुआ तो नौ बच्चियों में से पाँच ही जीवित बची थीं। पर वहाँ जो देखा, अद्भुत था। वही कलेक्टर, दयनीय बना, सबकी मदद करता घूम रहा था। मालूम होता है कि उसकी अपनी बेटी भी हैज़े की शिकार होकर प्राण त्याग चुकी थी। कोई यह सुनकर ख़ुश नहीं होता पर सब समझ रहे थे कि था वह दैवी न्याय।

ऐसी पुस्तक का अन्त त्रासदी से उबरकर ही हो सकता था। होता है। सर्कस वापस अपनी ज़मीन पर पहुँचता है और कुछ महीनों के विश्राम के बाद, फिर से शो करता है। लोगों का आह्वान करते हुए वह कहता है–जो आयेगा, हँसता हुआ, ख़ुश होकर जायेगा और जो नहीं आयेगा, तो पक्का पछतायेगा।

उसी की तर्ज़ पर मैं कहना चाहती हूँ, 'द ग्रेट कंचना सर्कस' उपन्यास को ज़रूर पढ़ें, जो पढ़ेगा, ख़ुश होकर रहेगा और जो नहीं पढ़ेगा, पक्का पछतायेगा।

**– मृदुला गर्ग**

ई 421 (भूतल), जीके 2
नयी दिल्ली-110048

# 1

तहसील के गाँव से लगा दूर तक फैला हरा विस्तार। उसके आख़िरी छोर पर बिछा खुला मैदान। उस मैदान में चारों तरफ़ खम्भों पर टिके द ग्रेट कंचना इंटरनेशनल सर्कस के विशाल मनोहर शामियाने। पर्वत शृंखला के ऊँचे शिखरों की तरह, वे शामियाने दूर से ही साफ़ दिखाई पड़ते थे। मध्य में स्थित तम्बू की चोटी पर लगी पताका फहरा रही थी। साँझ की मद्धम हवा के झोंकों का आनन्द लेते हुए सर्कस के मालिक सारंगदाजी टिकट काउंटर पर रौबदार अदा से खड़े थे।

सर्कस मैदान के दोनों तरफ़ दूर-दूर तक जोते हुए ख़ाली खेत नज़र आते थे। उन मैदानों में सैकड़ों बैलगाड़ियाँ एक के पीछे एक या जहाँ जगह मिली वहीं, कहीं आड़ी कहीं तिरछी लगा दी गयी थीं। गाड़ियों के बैल और उनके बीच में कहीं-कहीं खुले छोड़ दिये गये घोड़े, अपनी-अपनी भूसी और चारा चर रहे थे। द ग्रेट कंचना सर्कस की चहुँओर बड़ी प्रतिष्ठा थी। इसलिए सर्कस की खबर मिलते ही, उसे देखने के लिए हज़ारों बच्चों-बूढ़ों-गृहस्थों के झुण्ड-के-झुण्ड उमड़ पड़े थे।

प्रवेशद्वार के बाहर दो टी-प्लांटर्स कम्पनियों ने अपने स्टॉल लगाए हुये थे। ये कम्पनियाँ भीड़भाड़ वाली किसी भी जगह पर, गोरे साहबों के इस विदेशी पेय के प्रचार-प्रसार का कोई मौक़ा नहीं चूकती थीं। इसलिए गाँवों के बाज़ारों-मेलों में इनके नित-नये ठेले लगाये जाते थे। दूध और गुड़ के पानी का यह रस हिन्दुस्तानियों की जुबान पर चढ़ने लगा था। इसलिए 'चाय' नाम के इस गरमागरम विदेशी पेय को मुफ्त में चखने के लिए छैल-छबीलों की भीड़ वहाँ जमा थी।

हर रोज़ की तरह आज भी सर्कस मैदान में जनसैलाब उमड़ा था। विशाल लहराती भीड़ की नज़रें रह-रह कर प्रवेशद्वार पर लगे बड़े-बड़े कटआउटों की ओर उठ रही थीं। सबसे आगे ज़ीरो वाट के बल्ब की झालर वाली एक चौकोर रंगीन पेंटिंग लगी थी। जिसमें अण्डे जैसी बड़ी-बड़ी उग्र आँखें, सुर्ख़ जीभ और पैने दाँतों वाली बाघिन अपना डरावना लाल जबड़ा खोले हुए थी। उसके जबड़ों को अपने

हाथों में कसे, उन्हें ज़्यादा-से-ज़्यादा खोलने का प्रयत्न करती इक्कीस बरस की दुबली-पतली, बहादुर और किसी राजकुमार की तरह दिखती, विलायती पोशाक पहने तरुणी भी सबका ध्यान खींच रही थी। भीड़ में मौजूद लड़के उसकी तरफ अँगुली से इशारे करते एक-दूसरे को बता रहे थे, 'कंचना! कंचना!!'

दूसरे कटआउट पर हाथियों का झुण्ड अपनी मस्ती में था। सामने एक हथिनी ने अपनी सूँड़ ऊँची उठा रखी थी। उस वर्तुलाकार सूँड़ से निर्मित अर्धचन्द्र झूले में प्रफुल्लित चेहरा लिए बैठी कंचना। हथिनी की विशाल काया में मस्ती साफ़ झलकती थी। कंचना अपना सीधा हाथ ऊंचा किये सामने मौजूद भीड़ को 'टाटा' कर रही थी। उन्हीं कटआउट में थे : ऊँचे झूलों पर अपने लचकदार अंगों की कलाबाजियाँ दिखाती लड़कियाँ, करतब करते जोकर, मिचमिची आँखों वाले चिम्पांजी, देश-विदेश से लाये गये पंछी, रंग-बिरंगे पंखों वाले तोते और विशाल-बाँकी चोंच वाले राजसी काकातुआ। कटआउट में दिख रहे सर्कस के दुर्लभ पशु-पक्षियों और कसरती बदन वाले आकर्षक कलाकारों को प्रत्यक्ष देखने की लालसा लिए पब्लिक बहुत देर से आतुर प्रतीक्षा कर रही थी।

द ग्रेट कंचना सर्कस के मालिक सारंगदाजी ने कुछ साल ब्रिटिश इंडियन आर्मी में सूबेदार के रूप में चाकरी करते हुए गुज़ारे थे। उनकी आत्मा में ही सैन्य अनुशासन था। यही वजह थी कि उनका आचरण सदा बेहद मर्यादित और उतना ही व्यावहारिक रहता था। गाँव के एक साधारण लड़के से लेकर आज एक बड़े सर्कस के मालिक बनने तक की उनकी जीवन-यात्रा किसी प्रभावी कथा-कहानी की तरह थी।

टिकट खिड़की पर उमड़ी भीड़ को देखकर दाजी ख़ुश थे। तभी बदन पर मलमली सिल्क वाली कमीज़, घुड़सवारी के लिए पहने जाने वाले ब्रीचेज़ और पैरों में घुटने तक ऊँचे चमड़े के बूट पहने कंचना सामने आ गयी। क़रीब पौने छह फ़ीट लम्बी, पतली शमशीर की तरह धारदार और सख़्त डीलडौल वाली कंचना की देह मराठा और पंजाबी रक्त के मिश्रण से बनी थी। फुर्तीली काया, पतली कमर, चमकदार आँखें और शुभ्र दन्तपंक्ति वाली देहयष्टि उसे बेहद आकर्षक बनाती थी।

तेज़ी से पिता के पास पहुँचकर वह सबसे पहले उनके गले लगी और फिर झुक कर उनके चरण स्पर्श किये। पहलवानी अन्दाज़ में उसकी पीठ ठोंकते हुये, उन्होंने कड़क आवाज़ में पूछा, "बेटी, सब ठीक हो गया है न? सारे हाथियों और घोड़ों को चेक कर लिया?"

"हाँ बाबा। अभी-अभी राउंड लगाकर ही आ रही हूँ। हमारे आदमियों ने उन्हें रिंग के लिए तैयार कर लिया है।"

"तुम्हारी बाघिन लक्ष्मी का क्या? उसे खाना खिला दिया?"

"बिल्कुल बाबा! आप हर रोज़ एक ही बात क्यों पूछते हो?"

"बेटी, हम यहाँ ख़तरनाक खेल खेलते हैं, इसलिए डबल चेकिंग हमेशा अच्छी रहती है। तुम अपना सिर उस जानवर के मुँह में डाल देती हो, और हमारे बाक़ी आर्टिस्ट भी जानवरों के साथ खेल में अपनी जान दाँव पर लगाये रहते हैं, तो तुम्हें नहीं लगता कि मुझे इस सबके बारे में सावधानी रखनी चाहिए?'

"लेकिन हर दिन?"

"बिल्कुल, हर दिन। आर्मी ट्रेनिंग में मैंने यह सीखा था, और अब मैं चाहता हूँ कि तुम भी इसे अपनी आदत बना लो। डबल चेकिंग!"

"पक्का। मैं आपकी बात समझ गयी बाबा।"

"मैं जानता हूँ कि हमारे दो सौ जानवरों और साथ में काम करने वाले इन तीन सौ लोगों से तुम्हारा दिल लगा है; लेकिन अगर तुम्हारा दिमाग़ सही जगह पर नहीं है, तो तुम किसी भी समय ख़तरे में पड़ सकती हो!"

"समझ गई बाबा मैं!"

"और ये बातें हलके में लेना बन्द करो! नहीं तो मैं सचमुच तुमसे ग़ुस्सा हो जाऊँगा।"

"अहा! सचमुच तुम मुझसे गुस्सा हो जाओगे?" कहते हुए कंचना जोर से हँसी, "कोशिश करो, बाबा एक बार कोशिश करो!" कहते हुए उसने अपनी दोनों बाँहें पिता के कन्धों पर डाल दीं और उनके बायें गाल पर पप्पी लेकर भाग गयी। दाजी अपनी ख़ुशी और गर्व को छुपाते हुए बनावटी ग़ुस्से से उसे दूर जाते हुए देखते रहे।

आसमान में अन्धकार उतरने लगा था। तम्बू के भीतर से बैंड मास्टर चार्ली के वाद्य यन्त्रों की पहली तरंग कानों पर पड़ी। समय के साथ द ग्रेट कंचना सर्कस ने पूरे एशिया में प्रथम श्रेणी का दर्ज़ा हासिल कर लिया था। इसकी उत्तरोत्तर बढ़ती प्रतिष्ठा और वैभव देखकर कौन जलता-कुढ़ता है, यह सारी ख़बर दाजी साहब को थी। सर्कस की दुनिया में होने वाले तमाम षड्यन्त्रों और कुचक्रों की उन्हें मालूमात थी। वह जानते थे कि यहाँ कुछ भी हो सकता है। चलते खेल के बीच तम्बू में आग लग सकती है, अपने आकर्षण में भीड़ को बाँध लेने वाले बाघों और सिंहों को ज़हर बुझा मांस खिला कर मारा जा सकता है, दूसरी सर्कस कम्पनी उनके शानदार कलाकारों को अधिक वेतन का लालच देकर रातोंरात तोड़ सकती है।

बीते पन्द्रह साल में वह अपना सर्कस लेकर पूरे हिन्दुस्तान के कोने-कोने में घूम चुके थे। पैरों में फिरकनी बाँधे कराची-लाहौर से लेकर कलकत्ता-ढाका तक और नीचे रामेश्वरम् से लेकर ऊपर पुष्कर, कश्मीर, गढ़मुक्तेश्वर पार करके असम-डिब्रूगढ़ होते हुए कामाख्या देवी के आँगन तक वह हो आये थे। ब्रह्मदेश, जकार्ता, मलाया, थाईलैंड से सिलोन तक पूर्वी एशिया को उन्होंने नाप लिया था।

"तमाम दुनिया में घूमने के बाद," दाजी अक्सर अपनी बेटी से कहते, "इस बेदिल दुनिया ने एक ही सिंगल-पॉइंट-लेसन मुझे सिखाया..."

"वो क्या बाबा?"

"सर्कस के हिंसक और ख़तरनाक पशुओं को सम्भालने में कोई ख़ास अक्ल नहीं लगानी पड़ती बेटी, लेकिन इन्सान के अन्दर छुपे जानवर की क्रूरता से पार पाना घोर दुष्कर काम है!"

सर्कस के सारे पशु-पक्षियों से कंचना का गहरा नाता था। कुछ लोग तो इसे अलौकिक मानते हुए यहाँ तक कहते कि कंचना कागवाडकर जानवरों की भाषा जानती-समझती है। इसलिए तो सर्कस के सारे पशु-पक्षियों का उससे इतना लगाव है। उसकी एक आवाज़ पर शेर जैसे हिंस्र पशु भी सीधी राह पर आ जाते हैं। इन बातों के बीच कंचना और ताँबई पट्टों वाली बंगाली बाघिन लक्ष्मी की दोस्ती सबके लिए कौतूहल का विषय थी। लोग मानते थे कि सारंग शिन्दे के कुटुम्ब और ख़ास कंचना पर देवी दुर्गा और महाकाली का मंगल वरदहस्त है। इसलिए बाप-बेटी फर्राटे से सफलता की सीढ़ियाँ चढ़ते हुए सर्कस की दुनिया में शिखर पर विराजमान हो गये हैं।

## 2

तम्बू के बाहरी परिसर में चारों तरफ घुप्प अन्धकार था। लेकिन अन्दर सर्कस का रिंग रोशनी से सराबोर था। तम्बू के माथे पर युवती के काले केशों में लगी वेणी की तरह आच्छादित असंख्य छोटे-छोटे बल्बों की झिलमिल रोशनी की झालरें आँखों को सुख देने वाली थीं। बैंडस्टैंड पर चार्ली के तीस वादकों का दल खेल के लिए अन्दर सरक गया था। वहाँ से उठने वाले वायलिन के सुर, टैप डांस की आहटें और उनके साथ सेक्सोफोन की झन्कार। पुर्तगाली अन्दाज़ वाले उस गोवन संगीत के सुर बाहर आने लगे थे।

सात हज़ार कुर्सियों की क्षमता वाला वह तम्बू खचाखच भरा था। टिकट खिड़की बन्द हो चुकी थी।

द ग्रेट कंचना सर्कस के आगमन से आस-पास के पचास-साठ गाँवों में खलबली मची थी। हर रोज़ बैलगाड़ियों में भरकर प्रेक्षकों की क़तारें आ रही थीं। इतने बड़े सर्कस को हर हाल में देखना ही है, इस अदम्य इच्छा के साथ आई सैकड़ों बैलगाड़ियाँ बाहर खेतों में खुली पड़ी थीं। दर्शक अपने साथ खाने-पीने का इन्तज़ाम लेकर चले थे और बहुतों ने खेल शुरू होने से पहले पेट पूजा की तैयारी कर ली थी। साथ ही अपने जानवरों के आगे भी चारा डाल दिया था।

वहाँ आयी ढेर सारी स्त्रियों को ख़ास तौर पर कंचना का कौतुक था। हिन्दुस्तान में स्त्री आज भी गुलाम ही थी। शहरों तक में लड़कियाँ पर्दों में रहती थीं। नौ हाथ की साड़ियों में लिपटी ये स्त्रियाँ घर के अन्दर दुबकी रहतीं। उस पर अगर किसी का पति प्लेग या अन्य बीमारी से मर गया तो फिर कहना ही क्या। वैधव्य जैसा पाप नहीं। नाई के उस्तरे से नववधू तक के रेशमी केश, उसे जानवर समझकर सफाचट कर दिये जाते। नैसर्गिक मृत्यु होने पर भी हर कोई यही कहता कि "अपने पति को खा गयी"। उस स्त्री को ही पति की मृत्यु का ज़िम्मेदार ठहराकर सदा के लिए सफ़ेद साड़ी पहनने को दे दी जाती। फिर पूरा जन्म उसे किसी जानवर की तरह चारदीवारी में क़ैद रहकर निकालना पड़ता। हर दुख और हर बिगड़े काम के लिए विधवा स्त्री को ही ज़िम्मेदार ठहराया जाता।

स्त्रियों को बाज़ार और समाज में खुलकर घूमने-फिरने की मनाही थी। विद्यालय जाना यानी पाप! समाजद्रोह और एक प्रकार की बग़ावत! गाँवों के अनपढ़ बाप, ओझा के गधे की तरह टस-से-मस नहीं होते। लड़कियों को गाँव के तालाबों तक जाकर मटके भर-भरकर पानी लाना और दिन भर दो-तीन सेर धान कूटना-पीसना, यही कष्टकारी काम करने पड़ते। हालाँकि इधर पुणे-मुम्बई में लोगों की बिगड़ती चाल और नीयत की बातें, गाँव वालों के कानों पर पड़ने लगी थीं। वहाँ के धनी और ख़ास तौर पर पारसी लोग अपनी बेटियों को पढ़ने के लिए पाठशाला में भेजने लगे थे। इस बात से गाँव के लोगों को बड़ा धक्का लगता था। ऐसे में कंचना नाम की लड़की का कमीज़-पतलून पहनना और बाघ के साथ कुश्ती करने की कल्पना गाँव की सीधी-सरल-अनपढ़ स्त्रियों ने कभी की ही नहीं थी।

हैरान करने वाली कुछ ऐसी ही बात दस-पन्द्रह साल पहले भी आयी थी। कोल्हापुर के पास स्थित कापशी के गाँव खडकलाट स्थित गुलाब शिन्दे परिवार की

ताराबाई। वह भी ऐसे ही पुरुषों की तरह बाघों से कुश्ती लड़ा करती थी। कुश्ती के मैदान में खम ठोंक कर उतरने वाली वह उस समय की पहली बहादुर मल्ल योद्धा थी। उसके बाद दिल्ली के पास करनाल-सोनीपत की तरफ़ किसी जाट परिवार में एक और ताराबाई पैदा हुई थी। वह भी सैंडो बनकर सर्कस चलाती थी। खडकलाट की ताराबाई का छोटा-सा सर्कस मिरज, सांगली और कोल्हापुर ही नहीं बल्कि दूर ब्रह्मदेश और सीलोन होकर भी आया। दूर-दूर तक उसकी ख़ूब चर्चा हुई थी।

## 3

तम्बू के अन्दर से बिगुल फूँकने की आवाज़ आयी। यह सर्कस का खेल शुरू होने का इशारा था। सारंग सेठ तब बाहर ही टिकट खिड़की के पास खड़े थे। उनकी छह फ़ीट ऊँची देह इतनी रौबदार थी कि कोई नज़र उसकी ओर उठे बग़ैर रह नहीं सकती थी। उनके सिर पर कोल्हापुरी फेंटा करीने से बँधा था और उसकी नोक किसी मन्दिर के शिखर-कलश की तरह उभरी हुई थीं। घुटने तक लम्बा गलाबन्द कोट बदन पर था। कमर पर मखमली धोती कसी थी। पैरों में ताँबई पुणेरी जूते, जिनकी नोक पीछे की तरफ़ घुमावदार थी। कई बार सारंगदाजी सिर पर अभिजात पुणेरी पगड़ी भी पहना करते थे।

तम्बू के वातावरण में ख़ूब उत्साह था। सबसे पहले सर्कस का झण्डा थामे, ख़ूबसूरत कलाबाज़ियाँ करने वाली दस तरुण बालाएँ नाचती हुई सबके सामने आयी। उनके पीछे अनेक खिलाड़ी उल्टी-सीधी गुलाटियाँ खाते करतब दिखाते आगे बढ़े। फिर पचास-साठ घोड़ों का अश्वदल आया। जिनमें वायलर, अरबी, तुर्की और कई रशियन नस्ल के सफ़ेद झक्क मस्त जानवर शामिल थे। दर्शकों में बैठे कुछ लोग एक-दूसरे से कानाफूसी करने लगे, "इस सारंग को मिलिटरी में जाने के पहले से घोड़ों का बड़ा शौक़ था।" ऐसे हृष्ट-पुष्ट, सुन्दर और अभिमानी अश्व लोगों ने इधर राजा-महाराजाओं, रजवाड़ों या संस्थाओं के पास भी नहीं देखे थे।

रंग-बिरंगी रोशनी से तम्बू नहा गया था। तभी चूने जैसा सफ़ेद रंग अपने चेहरों पर पोते और उस पर ताँबई पट्टियाँ बनाये हुए आठ-दस विदूषक रिंग में अवतरित हुए। उन्होंने ज़ोरदार मसखरी शुरू कर दी। बटुकनाथ समेत वे तमाम विदूषक एक-दूसरे के बदन पर गिर रहे थे। नाच रहे थे। बन्दरों की तरह हरकतें कर रहे थे।

तभी पीछे-पीछे झबरे बालों और विशाल शरीर वाला चिम्पांजी वहाँ आ पहुँचा। दुलकी चाल से चलते पाँच ऊँट आ गये। उनकी ऊँची पीठ पर अपने हाथ-पैरों के

नाखून गड़ाये जमकर बैठे बन्दर अपनी जगह पर छलाँगें लगाने लगे। थई-थई नाच दिखाने लगे। तभी अचानक क़रीब चालीस तोतों का झुण्ड भनभनाती मधुमक्खियों की तरह तेज़ी से चला आया। उनके साथ लगे हाथ, ताँबई-श्याम पट्टियों वाले बाईस बाघ और तेंदुओं के छोटे-बड़े पिंजरे, पहियों पर बढ़ते हुए रिंग में उतर गये। चार्ली ने बैंड की ट्यून बदली। ड्रम पर छड़ियों का लहरदार प्रहार हुआ और संगीत की दिल में उतर जाने वाली लहरियाँ पैदा हुईं। इन्हीं लहरों पर सवार वनराज सिंहों की इक्कीस गाड़ियाँ रिंग में आगे सरकने लगी। अन्दर बन्द लम्बे-घने अयालों वाले आकर्षक शेरों को देखकर दर्शकों की आँखें फटी की फटी रह गयीं।

अचानक संगीत बदला और तुरही तथा ढोल-पुंगियों के ऐसे स्वर उठे, मानो पौराणिक-काल के सैनिकों की कोई टुकड़ी आ रही है। इसी के साथ बत्तीस हाथियों का झुण्ड रिंग की तरफ़ बढ़ने लगा। राजा-महाराजाओं की बारात में भी हाथियों को इतने प्रेम से किसी ने सजाया और तैयार नहीं किया होगा, उतने जतन से इस झुण्ड के प्रत्येक जानवर को निखारा गया था। विशाल बदन पर सोने-चाँदी के तारों से चमचमाते बुने गये पीले, लाल, नारंगी रेशमी वस्त्र झूल रहे थे। इन वस्त्रों के किनारों पर रंग-बिरंगी झालरें लगायी गयी थीं। हाथियों की सूँड़ और पैरों पर भी बारीक़ रंगीन नक़्क़ाशी की गयी थी। उनकी पीठ पर अपने लचीले-कमानीदार बदन को झुमाती लड़कियाँ नाच रही थीं। आकर्षक पहनावों और सजधज वाली ये कोमल-कमसिन लड़कियाँ हाथियों की पीठ पर नाचती हुई, विशाल रंग-बिरंगे फूलों वाली झाड़ियों पर मँडराती तितलियों जैसी दिख रही थीं। इन बत्तीस हाथियों के साथ क़रीब पचास लड़कियों का झुण्ड था। जितनी लड़कियाँ हाथियों पर झूम रही थीं, उतनी ही नीचे रिंग में तरह-तरह के खेल-तमाशे कर रही थीं। कुछ लड़कियाँ साइकिल पर सवार होकर कलाबाज़ियाँ करती हुईं, इधर से उधर स्वच्छन्द फर्राटे भर रही थीं।

वाद्य यन्त्रों का स्वर अचानक तेज़ हुआ और उसने तमाम करतबों से विस्मित दर्शकों की भावनाओं को शिखर पर पहुँचा दिया। तभी ग्यारह फ़ीट ऊँचा, किसी पहाड़ की तरह विशाल और मज़बूत दिखने वाला एक मदमस्त हाथी अपनी सूँड़ हवा में ऊँची लहराता, चीत्कार करता वहाँ अवतरित हुआ। उसे देखते ही दर्शकों के बीच से आवाज़ें उठने लगीं, "अरे देखो गजरत्न! वो गजरत्नऽऽ।" आवाजें तेज़ होती गयीं। रंगमंच के प्रसिद्ध नट की तरह गजरत्न की ख्याति दूर-दराज के गाँवों-क़स्बों के लोगों तक थी। दो नंगी तलवारों की तरह उसके चमकदार, लम्बे, पैने दाँत। उन पर सारंगदाजी ने झक्क पीले सोने की नक़्क़ाशीदार परत चढ़वा दी थी।

वह रौबदार हाथी अपनी झोंक में चल रहा था और उसके साथ पहलवान की कद्-काठी वाले सारंग शिन्दे डोलते हुए बढ़ रहे थे। यह देखकर वहाँ उपस्थित दर्शकों के सामने प्रश्न खड़ा था कि दोनों में से किसकी चाल ज़्यादा सजीली है, गजरत्न की या फिर सारंगदाजी की?

सारंग ने अपने हाथ में थामी पाँच फ़ीट लम्बी गुलाबों की माला गजरत्न की तरफ़ उछाल दी। हाथी ने माला लपककर, अपनी सूँड़ तुरही की तरह ऊँची की और ख़ुशी से भर कर अपने विशाल बदन को ज़ोर से हिलाया। रिंग का एक चक्कर लगाया। बाक़ी जानवरों ने एक-एक कर सहज ही उसके पीछे क़तार बना ली। वहीं ऊँचाई पर भगवान शंकर की एक चार फ़ीट की प्रतिमा रखी थी। गजराज ने उस मूर्ति के गले में गुलाब का वह हार पहना दिया। फिर वह चार-पाँच क़दम पीछे हुआ। अपने अगले दोनों पैरों को मोड़ कर गजरत्न, सूप जैसे दोनों कानों को हिलाते हुए भगवान के आगे नतमस्तक हो गया। देखते ही प्रेक्षकों में जोश भर गया और वह ज़ोर-ज़ोर से तालियाँ बजाने लगे।

कोमल ताँबई धूप में जैसे मोर पंख बिखर जायें, तम्बू वैसी सप्तरंगी रोशनी से भर गया। गजरत्न की पीठ पर हल्की-सी हलचल हुई। कंचना वहाँ किसी पतंगे की तरह चिपककर बैठी थी। उसने हाथी की पीठ पर खड़े होकर चार अदाओं में लहरदार नाच प्रस्तुत किया। पंछी जैसे अपने पंख फड़फड़ाते हैं, उस तरह से वह हवा में कलाबाज़ियाँ खा रही थी। तभी पेड़ की शाखा से फल तोड़ने वाले सहज अन्दाज़ में गजरत्न ने कंचना को अपनी सूँड में पकड़ लिया। वह ख़ुशी से चीत्कार रहा था। उसकी इस अदाकारी पर दर्शक रीझ गये और तम्बू तालियों की गड़गड़ाहट से भर गया।

बैंड के स्वर फिर बदल गये। गजरत्न ने अपनी सूँड़ को अर्द्धचन्द्राकार बना लिया। उस चन्द्रकोर पर बढ़ कर कंचना किसी अप्सरा की तरह विराजमान हो गयी। यह दृश्य जैसे तम्बू में बिखरे रंग-बिरंगे प्रकाश में समा गया। तभी वहाँ दूधिया चाँदनी पसर गयी। झूमता-डोलता वह हाथी गति से चारों तरफ़ घूम रहा था और चन्द्रकोर पर विराजमान वह शालभंजिका अपने दोनों हाथों को ऊपर किये प्रेक्षकों का अभिनन्दन कर रही थी।

उत्तरोत्तर सर्कस की रंगत बढ़ती जा रही थी।

खेल निरन्तर नयी ऊँचाइयों को छू रहे थे।

बैंड पर एक नयी धुन बजी और बदन पर ऊँची कॉलर का शर्ट तथा पैरों में फूले हुए ब्रीचेस पहनकर एक सुन्दरी अवतरित हुई। पूरी सख़्ती से अपने हाथों का

हंटर फटकारती हुई वह रिंग के मध्य भाग में आकर खड़ी हो गयी। चार्ली ने बैंड पर भी एक ज़ोरदार ठेका लगाया। इसके साथ ही बग़ल के एक जालीदार पिंजरे से निकलकर मस्त चाल से चलती एक बाघिन अपनी लाल सुर्ख़ जीभ बाहर निकाले घुरघुराती हुआ वहाँ पहुँच गयी।

दर्शकों में बैठे बच्चों-किशोरों का शोर शुरू हो गया, "अरे देखो वो कंचनाऽऽ और वो लक्ष्मी बाघिन, भाई... लक्ष्मीऽऽ।" लक्ष्मी दौड़ती हुई आगे बढ़ी और किसी नन्हें बच्चे की तरह कंचना के गले में आगे के दोनों पैर डाल कर खड़ी हो गयी। फिर वह कंचना की कलाइयों को अपने जबड़े में लेकर हलके-हलके चबाने लगी। अपनी लाल खुरदरी जीभ से वह धीरे-धीरे कंचना के गाल चाटने लगी।

कंचना ने ग़ुस्से से उसे तुरन्त दूर धकेला। लक्ष्मी फिर उसके पास पहुँचकर उसे मनाने का प्रयत्न करने लगी। कंचना ने उसकी नाक पर चोट की। वह सिर्फ़ एक प्रहार पर नहीं रुकी। इस नाजुक जगह पर आघात से लक्ष्मी का तन-बदन झनझना गया और वह चिड़चिड़ा उठी। कंचना ने कुछ और चोटें कीं, तो वह बिगड़ गयी। ग़ुस्से से भर गयी। वह तेज़ आवाज़ में गरजने लगी, तो ऐसा लगा कि जैसे आसमान के बादल कड़क रहे हैं। रिंग के सामने बैठे बच्चे डर गये। कुछ नन्हे बालकों ने चड्डी में सूसू कर दी। उनसे थोड़े बड़े, मारे डर के अपने माँ-बाप के पेट में धँस गये।

दूसरे ही क्षण कंचना पूरे आत्मविश्वास से लक्ष्मी की टाँगों के बीच घुस गयी। किसी बकरी के बच्चे को जैसे उठाते हैं, उस विशाल बाघिन को क्षण भर में झटके से उठाकर वह अपने कन्धों तक ले आयी। अपने दाएँ कन्धे पर दो पैर और बायें कन्धे पर दो पैर डाल कर उसने इस मज़बूत जानवर को अपनी गर्दन में मफलर की तरह पकड़ रखा था। वह बाघिन को इसी तरह कन्धे पर उठाकर इधर से उधर घूमने लगी। चारों तरफ़ से तालियों की बौछार हो रही थी।

कंचना ने लक्ष्मी को नीचे उतारा।

जैसे कोई बच्चा गेंद के पीछे दौड़ता है, वैसे ही आगे कंचना और पीछे लक्ष्मी बाघिन एक-दूसरे के साथ मजे से खेल रहे थे। दोनों ने दौड़ते हुए रिंग के दो चक्कर लगाये। दर्शक जोश से भर कर शोर करते हुए लगातार तालियाँ बजाते रहे।

आख़िर में कंचना ने लक्ष्मी के गले में पड़ा चमड़े का पट्टा पकड़ा। वह उसे पकड़कर रिंग के बीच लेकर आयी और उसे अपने सामने खड़ा कर दिया। ग़ुस्से में भरी लक्ष्मी अपना जबड़ा खोल कर जोरों से दहाड़ने लगी। कंचना बेधड़क आगे बढ़ी। उसने अपना सिर बाघिन के उस लाल सुर्ख़ जबड़े में घुसा दिया। पैने दाँतों

से भयावह और हिंस्त्र दिख रहा अपना जबड़ा लक्ष्मी ने तत्क्षण कस लिया। कंचना का सिर जैसे ग़ायब हो गया। दर्शक स्त्रियाँ और बच्चे डर के मारे हिल गये और चीख़ने-चिल्लाने लगे। हैरान आवाजें उठने लगीं, 'अरे बाप रेऽऽ', 'अरे-अरे मर गयी रे वो!' यह दृश्य देखते हुए नन्हे बच्चों ने अपने माँ-बाप को मारे डर के कसकर जकड़ लिया। कई बच्चों की लँगोट ही डर के मारे खराब हो गयी।

कुछ देर बाद कंचना की मुण्डी एक झटके से बाहर आयी। उसका चेहरा पसीने से चिपचिपा हो गया था। गाल पर ढेर सारी लार चिपकी हुई थी। प्रेक्षकों की हैरानी और ख़ुशी से भरे शोर ने तम्बू को मानो अपने सिर पर उठा लिया था। कंचना इन माई-बाप दर्शकों का अभिवादन करती हुई पूरी विनम्रता से झुक गयी थी। उसने चारों दिशाओं में झुककर सबका अभिनन्दन किया। उसने कुछ ही पल में खड़े-खड़े जैसे मैदान जीत लिया था।

## 4

कंचना आज अलसायी भोर में जाग गयी थी। उसे एक ख़ास काम करना था। सर्कस में नया घोड़ा आया था। जो उसके पिता को उनके एक दोस्त ने तोहफे में दिया था। लेकिन वह घोड़ा तमाम साईसों और ट्रेनरों के लिए सिरदर्द बन चुका था। या तो उसे रास्ते पर लाना पड़ेगा या फिर रिंग से पूरी तरह बाहर रखना होगा।

हाथ में चमड़े का लम्बा हंटर लेकर कंचना खुले रिंग में जाकर खड़ी हो गयी। बाजू में वह पाँच फ़ीट ऊँचा मज़बूत घोड़ा शान्त खड़ा था। सहायक लड़के और दो रिंग मास्टर वहाँ ऐसे खड़े थे, जैसे फाँसी घर के सामने की कोठरी में दयनीय कैदी हों। उस अरबी घोड़े ने हवा का रुख़ पढ़ लिया था और एकदम स्थिर नज़र आ रहा था। बीती रात उसने बग़ल में खड़े रिंगमास्टर की दाढ़ सुजा दी थी। साथ ही आस-पास के पाँच सब-ट्रेनरों और हेल्परों को ज़ख़्मी कर डाला था। किसी के हाथों में तो किसी के पैरों में पट्टी बँधी थी। एक के कन्धे पर कपड़ों की छोटी गठरी जैसी नज़र आ रही थी। उस बेलगाम घोड़े ने रात को अनेक लोगों को काट खाया था।

कम्पनी में विभिन्न जातियों, देशों और रंगों के इकसठ घोड़े थे। लेकिन यह बासठवाँ अश्व बड़ा तूफ़ानी और बदमाश निकला। वह स्वभाव से इतना चालाक था कि सवारी के लिए आये व्यक्ति से बड़े प्रेम से पेश आता, कोमल अन्दाज़ में उससे लाड़ जताता और दयनीय बनते हुए उसे अपनी पीठ पर बैठने देता। फिर वह उसे लेकर थोड़ी दूर तक चलता और अचानक ज़ोरों से ऐसी उछालें मारने लगता

कि पीठ पर सवार व्यक्ति अपनी नाक के बल ही कहीं जाकर गिरता। लेकिन अब तो फक्कड़राव की बदमाशियाँ हद पार कर चुकी थीं।

हाथ का हंटर ज़ोरों से फटकारते हुए कंचना ने अपने आदमियों से कहा, "चलोऽऽ एक शब्द भी नहीं सुनना है मुझे। खींचो इस मरे को रिंग में। आज अच्छे से ठोकती हूँ!"

फक्कड़राव को जन्म भर याद रहे, कंचना ऐसा सबक सिखाने का प्रण कर चुकी थी। लेकिन वह किसी की दाल नहीं गलने दे रहा था। सहायक रिंग मास्टर और रिंग ब्वॉयज की टोली उस जानवर से भिड़ी हुई थी। लेकिन वह घोड़ा सामने आते हर आदमी को झपटकर काट लेता। वह देखता कि अगर कोई पीछे से धीरे-धीरे आगे बढ़ रहा है तो उसे अपनी लात से सीधे हवा में उड़ा देता।

सुबह के नौ बज गये। पास ही बैंडस्टैंड पर बैंड मास्टर चार्ली की प्रेक्टिस चल रही थी। बैंड के लिए नयी धुन तैयार की जा रही थी। ऐसा लगता था कि बीती रात चार्ली से मिलने आये उसके मित्र, उसके पास ही ठहरे थे। वे नक़्क़ाशीदार प्यालों में, उसकी रसोई में बनी कॉफ़ी के घूँट भर रहे थे। चार्ली ने उन्हीं में से एक ऊँचे, साँवले और अलमस्त युवक से कहा, "राघव देख ना, उस पागल फक्कड़राव ने हमारी मालकिन का क्या हाल कर दिया है... उसका चेहरा देख कैसे उतर गया गया है! चल यारऽऽ कुछ जलवा दिखा।"

उनकी बातें सुनकर झूले पर बैठी लड़कियाँ ज़ोर-ज़ोर से हँसने लगी। उस ऊँचे-साँवले और गठीले शरीर वाले जवान पर उनकी नज़रें गड़ गयीं। अब यह कौन-सा नया कारनामा करेगा? इतने में उन्हें सीढ़ी पर एक ज़ोरदार गर्जना सुनाई दी, 'जय कालम्मादेवीऽऽ' और तत्काल ही जैसे किसी कुशल तैराक ने नदी किनारे से तेज़ धार में छलाँग लगा दी, कुछ इसी अन्दाज़ में राघव ने हवा में उड़ान भरी। क्षण भर में, एक ही झटके में वह फक्कड़राव की पीठ पर सवार था। अकस्मात अपनी पीठ पर किसी सवार के आरूढ़ हो जाने से घोड़ा बिल्कुल बौरा गया। वह ज़ोरों से कुलाँचें भरने लगा।

किसी बाघ के पीठ पर सवार होते ही कोई हिरण जैसे अपनी जान बचा कर चकित-गति से भागता है, उसी वेग से घोड़ा भी राघव को लेकर ज़ोरों से दौड़ने लगा। राघव के भीतर जैसे कोई योद्धा जाग उठा और वह 'हिय्या हिय्या' करते हुए घोड़े को क़ाबू करने की कोशिश में लग गया। तभी फक्कड़राव ने दाँव चला। दौड़ते-दौड़ते बीच में ही उसने अपने पैर इधर-उधर झटकारे और तेज़ी से पीछे की

तरफ़ गोल घूम गया। उसकी हवा में उड़ती पूँछ की तरफ़ से राघव हवा में ऊँचा उछल गया और दूसरे ही क्षण, जैसे किसी धान से भरी गाड़ी से गट्ठर भरभरा कर गिरते हैं, वैसे ही उसका बदन धड़ाम से ज़मीन पर टकराया।

मिट्टी से भरे कुर्ते और पाजामे को फटकारता हुआ राघव लगे हाथ उठ खड़ा हुआ। झूले पर सवार युवतियाँ दाँत निकालकर पेट पकड़-पकड़कर हँस रही थीं। अँगूठे दिखाकर उसे चिढ़ा रही थीं। कंचना भी हँसते-हँसते दोहरी हो गयी। राघव ने फिर फक्कड़राव की तरफ़ छलाँग लगाई। उसे देखते ही वह अड़ियल घोड़ा चारों पैर अपने पेट से चिपकाकर वेग से दौड़ने लगा। फक्कड़राव और राघव बन्दूक की गोली की रफ़्तार से आगे दौड़े चले जा रहे थे। दोनों के मुँह से झाग उड़ रहा था। घोड़ा किसी हाल में हाथ आने को तैयार नहीं था और सिर से पैर तक पसीने से लथपथ राघव भी उसका पीछा नहीं छोड़ रहा था। दोनों के बीच लगी ज़बर्दस्त होड़ देखकर झूले पर सवार लड़कियाँ और आस-पास मौजूद सभी लोग तालियाँ बजाने लगे। उस सवार और घोड़े का जोश बढ़ाने के लिए ज़ोर-ज़ोर से चिल्लाने लगे।

अन्त में राघव ने एक बार फिर कुशल गोताखोर की तरह पानी में छलाँग लगाने वाले किसी जवान की तरह अपनी जगह से उड़ान भरी और जैसे किसी बेहोशी में उस जानवर की पीठ पर अपनी टाँग फँसा दी। दूसरे ही क्षण वहाँ धूल का बड़ा गुबार उठा और सब कुछ नज़रों से ओझल हो गया। घोड़े के ज़मीन पर गिरने की आवाज़ सबने सुनी। वहाँ मौजूद हर कोई अवाक् रह गया। तालियाँ रुक गईं। हँसी थम गयी। सबके पेट में जैसे डर का बर्फ़ीला ठण्डा गोला घूमने लगा। बेचारा राघव अगर घोड़े के बदन के नीचे आ गया तो? सबको विश्वास था कि तब वह ज़मीन पर किसी केले की तरह पिचका हुआ ही मिलेगा। केले के छिलके की तरह उसके अस्थि-पंजर बिखर जायेंगे।

थोड़ी देर बाद भयंकर वेदना से भरी घोड़े की फूत्कार सुनाई दी। धूल का गुबार नीचे बैठा। बछड़े को बधिया करने के लिए उसे जैसे लाठियों-रस्सियों से कसकर एक तरफ़ गिरा दिया जाता है, वैसे ही वह घोड़ा एक तरफ़ पड़ा था। उसकी पीठ पर सवार हो चुके राघव ने किसी भी हाल में लगाम और जीन नहीं छोड़ी थी।

घोड़े ने फिर अपने बदन को झटका दिया। ग़ुस्से से भरकर उसने सख़्ती से अपने अंगों को झकझोरा और उठ खड़ा हुआ। राघव भी कसकर घोड़े की पीठ पर जम गया। अपनी दोनों टाँगों के बीच उसने फक्कड़राव को ज़ोरों से जकड़ लिया था। उसने लगाम को तेज़ झटका दिया। लगाम के इस झटके ने घोड़े की नाक में पड़ी रस्सियों से ऐसी रगड़ पैदा की कि वह दर्द से तिलमिला गया। तीक्ष्ण वेदना ने

उसके पूरे शरीर को झनझना दिया। तब इच्छा न होते हुए भी वह घोड़ा रिंग से आगे निकलकर खुले मैदान की तरफ़ दौड़ पड़ा। फक्कड़राव इस तरह बिफरा हुआ था कि वह फिर रुका ही नहीं। अपनी पीठ पर राघव के बोझ को लिए, उसने रिंग से बाहर नहीं बल्कि सर्कस कम्पनी से बाहर, दूर जंगल की तरफ़ चौकड़ियाँ भरनी शुरू कर दीं।

दोपहर गुजर गयी। धूप भी उतर गई। तब कम्पनी में चिन्ता की परछाइयाँ पसरने लगीं। घोड़ा और घुड़सवार, दोनों में से कोई भी अभी तक वापस नहीं लौटा। सारी लड़कियाँ बावरी होकर कंचना के चारों तरफ़ इकट्ठा हो गयीं। सबकी नज़रें रास्ते पर लगी थी। कंचना ने कहा, "मुझे परवाह नहीं कि वह गुस्ताख घोड़ा मर जाये, लेकिन उसकी पीठ पर सवार उस अजनबी का जिन्दा लौटना ज़रूरी है!"

सर्कस बालाएँ उदास और चिन्तित चेहरे लिए, अपने तमाम काम छोड़कर खड़ी थीं। शाम उतर आयी थी। तभी हाँफता-भागता फक्कड़राव प्रवेशद्वार की तरफ लौटता दिखाई दिया। उसका पूरा बदन जंगल की कँटीली झाड़ियों से छिला, यहाँ-वहाँ गिरने-रगड़ने से मैला-कुचैला और पसीने से भीगा नज़र आ रहा था। उसके तर-ब-तर अयालों पर यहाँ-वहाँ ताँबई कीचड़ चिपका हुआ था। लेकिन तब भी फक्कड़राव नाख़ुश और बिफरा हुआ नहीं था। उलटे मायके भागी हुई कोई तरुणी जैसे बिना किसी शिकवे-शिकायत के अपने पति के पास रहने के लिए वापस लौट आये, वह अश्व कुछ उसी अन्दाज़ में ख़ामोश झूमते हुए लौटता दिखाई दे रहा था।

लड़कियाँ उस घुड़सवार की तरफ़ व्यग्र नज़रों से देख रही थीं। उसके हाथ-पैर सलामत हैं या नहीं? सबके जैसे होश उड़े थे। कंचना को विश्वास नहीं हो पा रहा था कि उसके बिगड़ैल अश्व को कुत्ते की तरह दौड़ाने के बाद कोई सकुशल वापस भी लौट सकता है। मगर वह सवार निश्चिन्त और गर्वीले अन्दाज़ में आराम से बैठी चिन्तातुर लड़कियों पर उड़ती नज़र डालते हुए आगे बढ़ा। आख़िरकार उसकी निगाहें एक जगह ठहरीं और उसने पूछा, "मोहतरमा, कंचना शिन्दे कागवाडकर आप ही हैं क्या?" इसी बीच चार्ली भी वहाँ पहुँच गया।

"हाँ, और मुझे लगता है कि तुम चार्ली अंकल के दोस्त हो।"

"बिल्कुल। मेरा नाम राघव भोसले है और मैं तब से चार्ली को जानता हूँ, जब वह तुम्हारी कम्पनी में भी नहीं आया था। वह तुम्हारे बारे में कुछ बड़ी कमाल की बातें बता रहा था। जैसे तुम अपना सिर एक बाघिन के जबड़े में डाल देती हो, वग़ैरह!"

"हाँ, हमें दूसरे सर्कस के मुक़ाबले एक क़दम आगे तो रहना ही पड़ेगा! लेकिन, हे भगवान! तुम तो गज़ब के घुड़सवार हो! इस जंगली के साथ तुमने क्या कर दिया? यह तो अचानक भीगी बिल्ली बन गया है!"

"ऐसा है मैडम," राघव ने शरारती मुस्कान के साथ कहा, "तुम तो बेहतर जानती हो, किसी के भी साथ मुक़ाबला करने के लिए एक कदम आगे तो रहना ही पड़ेगा! नहीं?"

तीनों ज़ोर से खिलखिलाकर हँस दिये। "अंकल," कंचना ने चार्ली से कहा, "आप राघवजी से आज रात रुक जाने के लिए क्यों नहीं कहते? जो कुछ भी आपने इन्हें हमारे बारे में बताया है, यह ख़ुद आँखों से देख लेंगे।"

"ऐसा है," चार्ली ने राघव की तरफ़ इशारा करते हुए कहा, "सर्कस के बारे में यह ख़ुद भी कई बातें जानता है और इसकी राय जानना हमारे लिए रोचक रहेगा। क्यों राघव?"

"सारंगदाजी तो सर्कस की दुनिया के शिखर पुरुष हैं और उनकी जिस कम्पनी को लोग सरताज कहते हैं, उस पर मैं कुछ भी कहूँगा तो छोटा मुँह बड़ी होगी," राघव ने पूरी शालीनता से कहा, "लेकिन हाँ, आपकी कम्पनी में कुछ दिन गुजारकर मुझे गर्व महसूस होगा। न सिर्फ़ मैं आपके सर्कस के आइटम देख सकूँगा, बल्कि आपके जानवरों को भी बेहतर ढंग से समझ पाऊँगा।"

"ओह, क्या बात! तो ठीक है हम फिर मिलते हैं।"

फक्कड़राव जैसे उपद्रवी और अड़ियल घोड़े को राघव जिस तरह रास्ते पर ले आया था, उससे सर्कस में खेल दिखाने वाले ही नहीं, बल्कि जानवर तक ख़ुश नज़र आते थे। वे अपनी तिरछी नज़रों से फक्कड़ की तरफ़ देखते रहते। ऐसा लगता जैसे तमाम लोगों के सिर और ठुड्डियाँ तोड़ने वाले फक्कड़राव की कमर ही टूट गई थी। राघव के पराक्रम पर सर्कस के तमाम लड़के और ख़ासतौर पर नटखट सर्कस बालाएँ फ़िदा थीं।

भरी क़द काठी वाली उत्तर की तरफ़ की सर्कस सुन्दरी गुलबक्षी ने दाजी से कहा, "उस छोरे को ट्रेनर या रिंगमास्टर के जैसे मत देखिए दाजीसाहब।"

"तो फिर?"

"मेरी मानोऽ भगवान ने जमाई राजा भेजा है आपके लिए।"

"हम्म्म्म्, विचार तो अच्छा है गुलबक्षी। लेकिन अब इस आदमी के बारे में खोज-ख़बर किससे मिलेगी?"

"दाजीसाहब, वो यहाँ आया है चार्ली के पास। उसका दोस्त है! हो सकता है कि वह सब कुछ बता दे!"

"सही कह रही हो गुलबक्षी। चलो, मैं उसी से बात करता हूँ।"

सारंगदाजी ऐसे बाप नहीं थे, जो बेटी की तरफ़ से ख़ुद फ़ैसला लेकर उस पर लाद दे। चार्ली से बात करने से पहले उन्होंने तय किया कि इस मामले में कंचना से राय लेनी चाहिए। सर्कस के कलाकार की ज़िन्दगी में शामें निजी बातचीत के लिए नहीं होतीं। जो भी बात करनी हो, अभी करना सही है क्योंकि फिर सब शाम के शो की तैयारी में लग जायेंगे। समय कम है, यही सोचते हुए वह सधे क़दमों से कंचना के तम्बू की तरफ़ बढ़ गये।

चार्ली का दोस्त जब से फक्कड़राव को काबू करके सही-सलामत लौट आया था, तब से कंचना का सिर चकरा रहा था। उस शाम जब वह रिंग में उतरी थी, तो वह दूसरी क़तार में बैठा था। उसके कपड़े साफ़-सुथरे थे और उसकी आँखों में आतुर चमक थी। उसे देखकर कंचना ने एक अजीब-सी उत्तेजना महसूस की। रिंग के पास की इन कुर्सियों पर वह बड़ी हस्तियों को देखने की आदी थी, जो बहुत उत्सुक निगाहों से उसे देखते थे। कंचना उन पर ध्यान नहीं देती थी। मगर यह तो कोई बड़ी हस्ती नहीं था, तब क्यों वह उसे सामने देखकर, छोटी बच्ची की तरह नर्वस हो रही थी? हर बार जब वह अपना खेल दिखाती, उसकी आँखें अपने आप ही उस सामने बैठे आदमी की तरफ़ उठ जाती थीं कि उसकी प्रतिक्रिया कैसी है! जब भी देखती कि उसके खेल में डूब कर वह चकित है या तालियाँ बजा रहा है, तो उसे यह अपनी सच्ची प्रशंसा मालूम पड़ती और वह अनोखी ख़ुशी से भर जाती।

उसी रात जब वह अपने बिस्तर पर लेटी, तब भी उसके दिमाग़ में यही बात घूम रही थी कि उस अजनबी के दिल में उसकी क्या छवि बनी होगी। उसने सोचा कि चार्ली से यह बात मालूम की जा सकती है। मगर यह कितना बेवक़ूफ़ाना खयाल था! उसने आज तक अपने प्रदर्शन पर चार्ली की या किसी और की राय नहीं माँगी थी, ऐसे में अगर अब उसके दोस्त के विचार जानने के लिए सवाल करेगी, तो वह क्या सोचेगा? कैसा मूर्खतापूर्ण ख़्याल है! हाँ, वह आकर्षक पुरुष है, देखने में सुन्दर भी है। लेकिन वह आज यहाँ है, कल कहीं और चला जायेगा! उसने स्वयं से कहा, कंचना ख़ुद पर क़ाबू रख! नादानी छोड़ और चुपचाप सो जा!

सुबह के सवा सात बज रहे थे। उसे बिस्तर छोड़े क़रीब सवा घण्टा हो चुका था। पन्द्रह मिनट में वह जानवरों के बाड़े की तरफ़ निकलने वाली थी। यह रोज़ का क्रम था कि वह जानवरों से मिलने, उन्हें दुलारने जाती थी। तभी दरवाज़े पर

दस्तक हुई, तो वह कुछ चकित हुई कि इतनी सुबह कौन आ सकता है। दरवाज़े पर उसने चार्ली को खड़े देखा। साथ ही उसका दोस्त भी पीछे ज़मीन पर अपने पैर रगड़ रहा था।

"सॉरी कांचू," चार्ली ने मुस्कराकर कहा, "तुम इस समय व्यस्त तो नहीं हो न!"

"बिल्कुल नहीं, अंकल! बस, थोड़ी देर में बाड़े की तरफ़ जाऊँगी।" फिर चार्ली के पीछे देखते हुए बोली, "राघवजी, कैसे हो? अन्दर क्यों नहीं आते आप लोग?"

"नहीं, अभी नहीं। मुझे पता है तुम्हारा टाइम-टेबल, इसीलिए मैंने सोचा कि इसी समय मिल लेता हूँ। राघव सोच रहा था कि वह भी एक बार तुम्हारे साथ शिकारखाने का चक्कर लगा लेता।"

"अगर आपको कोई समस्या नहीं हो कंचनाजी," हल्की झिझक के साथ मुस्कराते हुए राघव ने कहा।

"समस्या? जो लोग जानवरों से प्यार करते हैं, उन्हें अपने सर्कस के प्राणियों से मिलाना कोई समस्या थोड़ी है। बस, मुझे पाँच मिनट दीजिए, फिर हम लोग साथ चलते हैं।"

राघव ने बीती शाम को कंचना के शो से बात शुरू की। उसने कहा कि वह अनेक कलाकारों के परफॉरमेंस देख चुका है, जिनमें से कई एकदम आला दर्जे के रहे हैं; और कंचना निश्चित ही उनके बराबर खड़ी होती है। साथ ही अपने हरेक खेल पर जो उसकी पकड़ है, उसका कोई मुक़ाबला नहीं मिलता। अपनी तारीफ़ सुनते हुए कंचना का चेहरा लाल सुर्ख़ पड़ गया। उसने अपनी ख़ुशी को छुपाने की भरपूर कोशिश की, जबकि वह जानती थी कि इसमें बुरी तरह नाकाम हो रही है। उसने फिर सिर्फ़ इतना किया कि धीरे से 'थैंक यू' कहा और नीचे अपने पैरों के पंजोंा को देखने लगी।

इसके बाद वह तब और हैरान रह गयी, जब उसने राघव के मुँह से सर्कस के जानवरों के बारे में कमाल की बातें जानीं। उसका ज्ञान बहुत गहरा था। ऐसा लगा कि वह तत्क्षण जानवरों की बात समझ जाता है और जानवर भी उसके इशारों तथा बातों पर तुरन्त ही सहज प्रतिक्रिया देने में ज़रा विलम्ब नहीं करते। ख़ास तौर पर हाथी और घोड़े। इनमें भी फक्कड़राव का तो कहना ही क्या! जब राघव ने आगे बढ़कर उसके थूथन और अयाल को सहलाना शुरू किया, तो वह जैसे ख़ुद पर नियन्त्रण ही नहीं रख पा रहा था।

घण्टा भर ऐसे बीत गया, मानो अभी ज़्यादा-से-ज़्यादा पन्द्रह मिनट ही गुजरे हैं। सर्कस में जानवरों की देखभाल से राघव आश्चर्यचकित था और कंचना, जानवरों के लिए उसके प्यार को देखकर आश्चर्यचकित थी। दोनों ने दस मिनट और इधर-उधर की बातें कीं और फिर नाश्ता करने निकल गये।

क़रीब ग्यारह बज रहे थे और कंचना बैठी-बैठी सुबह की बातों को याद कर रही थी। तभी उसे पिता के भारी क़दमों के आने की आवाज सुनाई दी।

"कांचू, कुछ काम कर रही है?" उसके टेंट में आते हुए सारंगदाजी ने सवाल किया।

"मैं? कुछ भी नहीं! सच कहूँ, तो मैं चार्ली अंकल के उस दोस्त के बारे में सोच रही थी! जीव-जानवरों पर तो उसका जैसे जादू चलता है!"

"हम्म्मम् ऐसा लगता है कि हर तरह के प्राणियों पर," उन्होंने शरारती अन्दाज में कहा, "तुम दोनों ने सुबह नाश्ते के टेबल पर पूरे समय उनके अलावा कुछ बात ही नहीं की। जिस तरह ध्यान से तुम उसकी बातों को सुन रही थीं, उस वक़्त कोई तुम्हें देखता!"

"क्या मतलब बाबा?" कहते-कहते कंचना लजा गई।

"बेटी, मैंने तुझे बाप के साथ-साथ माँ की तरह भी बड़ा किया है। नहीं क्या? यह भी हो सकता है कि मैं तेरे बारे में तुझसे ज़्यादा जानता हूँ। तुझे तो पता है कि मुझे तेरे ब्याह की कितनी चिन्ता है। हालाँकि इस बात की मुझे बहुत ख़ुशी है कि मैंने तुझे एक आज़ाद इन्सान की तरह बड़ा किया है..."

"मैं तो वैसी हूँ बाबा, जैसा आपने बड़ा किया!"

"हाँ, लेकिन मुझे तब और ख़ुशी होगी, जब हम मिलकर तेरे लिए एक जीवन साथी ढूँढ़ लेंगे।"

"हम्म्म्म्, ठीक..."

"तो मैं सीधा मुद्दे की बात पर आता हूँ। इस राघव के बारे में तेरा क्या ख़याल है?"

कंचना एकदम सुर्ख़ लाल हो गयी और उसने दाजी की तरफ से आँखें फेर लीं, "मैं ऐसा कुछ नहीं सोचती!"

"मेरे साथ ये खेल बन्द कर, बेटी। मैंने कुछ तो समझा ही है और तभी सीधा सवाल कर रहा हूँ। क्या उसके बारे में आगे मालूमात करें?"

"ऐसा है... म्म्म्म... ऐसा है कि... हाँ, किसी आदमी के बारे में कुछ ज़्यादा मालूम करने में कोई नुक़सान तो नहीं है!"

"ये हुई बात, मेरी बेटी! और जो आदमी हमें इसके बारे में सबसे अच्छे से बता सकता है, वह है चार्ली। क्या लगता है?"

"हाँ, चार्ली अंकल सही आदमी हो सकते हैं।"

"बढ़िया। मैं दस मिनट में उसको दफ़्तर में बुलाता हूँ और मैं चाहता हूँ कि तू भी वहाँ आ जा।"

"लेकिन मुझे वहाँ पर क्यों बुलाते हो..."

"तुझसे कहा न लड़की, मेरे साथ ये आँख-मिचौली खेलना बन्द कर। दस मिनट में आ जाना, सुना?" इसके साथ ही उन्होंने उसकी पीठ पर एक धौल जमाया और हँसते हुए बाहर अपने रास्ते पर चले गये।

"ऐसा है दाजी," चार्ली ने कहना शुरू किया, "मैं उसे कोई दस साल से जानता हूँ, और वह हीरा आदमी है, इतना तो मैं आपको भरोसा दे सकता हूँ। दाजी, आप उसके मामा को जानते होंगे–श्रीपति सली।"

"मैं कभी उनसे आमने-सामने तो नहीं मिला चार्ली, लेकिन उनके बारे में जानता हूँ," दाजी ने कहा। "सर्कस मालिक के रूप में उनकी बड़ी इज्जत थी। कुछ साल पहले उनकी मौत हो चुकी है। इस लड़के का उनसे क्या सम्बन्ध है?"

"हाँ, बूढ़े सली तो पाँच साल पहले गुज़र गये थे। तब से राघव उनका सर्कस सँभाल रहा है। सली की विधवा और तीन बच्चे हैं। दो लड़के तो नालायक हैं और एक लड़की है। वह सली की बहन का बेटा है।"

"ओह! लेकिन ये अपने मामा के पास कैसे पहुँच गया?" दाजी ने आश्चर्य से पूछा।

"वैसे तो वह इस बारे में खुलकर नहीं बताता, लेकिन जब वह चार या पाँच साल का था, तभी उसकी माँ गुज़र गयी थी। सौतेली माँ उससे अच्छा बर्ताव नहीं करती थी। श्रीपतिराव अपनी बहन से बहुत प्यार करते थे और अपने भांजे की दुर्दशा उन्हें अच्छी नहीं लगी। उनकी पत्नी भी इस लड़के को पसन्द करती थी। दोनों उसे बचपन में ही अपने साथ ले आये थे।"

"लेकिन उसके पिताजी?" कंचना ने पूछा। "उन्होंने अपने लड़के को दूर जाने से नहीं रोका?"

"उसके पिताजी महाराजा पटवर्धन सरकार के घुड़साल में मुख्य साईस और घोड़ों के ट्रेनर थे। वह बहुत ही क़ाबिल आदमी थे, लेकिन बोतल के आदी थे। अपने से बहुत छोटी उम्र की लड़की को उन्होंने दूसरी बीवी बना लिया और फिर बस,

उसके ही इशारों पर नाचने लगे। अपने बेटे को लाड़-प्यार भरे घर में जाते देखकर उनको बड़ी राहत मिली होगी।"

"इसका मतलब वह श्रीपति सली के गोद लिए बेटे के रूप में बड़ा हुआ?" कंचना ने जानकारी चाही।

"नहीं, मुझे नहीं लगता कि उन्होंने उसको गोद लिया। लेकिन उसको अच्छे ढंग से पाल-पोसकर बड़ा ज़रूर किया। मैंने उसको उन दोनों के साथ भी देखा है। वह उनके साथ हमेशा प्यार से रहा और उनकी ख़ूब इज़्ज़त करता रहा। राघव पैदाइशी कलाबाज है और जानवरों के साथ तो कमाल ही करता है। समय के साथ वह उनके सर्कस का बहुत ख़ास आदमी बन गया था। उसने ज़िम्मेदारियाँ सँभाल ली थीं। यही वजह है कि मामा ने अपनी मौत से पहले, उसके साथ अपनी कम्पनी में 20 फ़ीसदी की साझेदारी भी कर ली थी।"

"वह तो चलो कोई मामला नहीं है," दाजी ने कहा।

"लेकिन उसके असली पिता का क्या?" कंचना ने पूछा, "उनका क्या हुआ?"

"उनके बारे में वह ज़्यादा बात नहीं करता, लेकिन मुझे लगता है कि उसने अपने पिता को माफ़ नहीं किया। अब जो भी हो, जब तक मैं राघव से मिला, उसके पिता की मौत हो चुकी थी। जहाँ तक मैं समझ पाया हूँ, उसका बाप खूब शराब पीने की आदत की वजह से शायद अपनी जवानी में ही गुज़र गया था।"

"चार्ली, उसे देखकर मुझे लगता है कि वह तीस से कम का ही है," दाजी ने कहा, "तो, अब सबसे ख़ास बात यह कि क्या उसकी ज़िन्दगी में कोई औरत है?"

चार्ली हँसा और बोला, "बिल्कुल नहीं दाजी। मेरी उससे इतनी दोस्ती है कि यह बात साफ़ कह सकता हूँ। और हाँ, उसने अभी-अभी तीस पार किया है।"

"तुम अपनी राय दो, चार्ली। मुझे और कंचना को तुम लम्बे समय से जानते हो। क्या वह कंचना के लायक है? तुम मेरी बेटी के लिए उसकी सिफ़ारिश कर सकते हो?"

"दाजी, मैं तो पूरे दिल से कहूँगा। मुझे नहीं लगता कि इन दोनों के अलावा, कोई दो लोग एक-दूसरे के लिए इतने सही हो सकते हैं।"

"तो फिर ठीक है। कांचू, अब बताओ कि क्या हमें इस मामले में अगला क़दम आगे बढ़ाना चाहिए?"

"मैं क्या कह सकती हूँ बाबा? मेरे लिए क्या सबसे अच्छा है, यह आप और चार्ली अंकल ख़ूब जानते हैं।"

"चालाक लड़की! ऐसे बन रही है, जैसे कुछ समझती ही नहीं! चल, ठीक है।

चार्ली, क्या आज का आख़िरी शो ख़त्म होने के बाद तुम, ये लड़का और मैं रात को थोड़ी-थोड़ी पीने के लिए बैठें?"

उन्हें बैठे हुए एक घण्टा बीत चुका था। चार्ली पहली बार अपने मालिक के साथ बैठा था। उसने पाया कि इस रूप में उनका साथ बहुत ही रोचक है। एक बार जब चिवस रीगल के घूँट ने अन्दर उतरकर तरंगें पैदा कीं, तो फिर शब्द अपने आप बाहर फूटने लगे। उनके पिता बजाप्पा और उनके दो बेटों, काशीनाथ और सारंग की कहानियाँ आकार लेने लगीं। साथ ही दोनों भाइयों के बीच दोस्ताना और स्वस्थ प्रतिस्पर्धा के क़िस्से भी निकले कि छोटा होने के बावजूद सारंग कैसे मज़बूत और साहसी था। काशीनाथ थोड़ा दब्बू था मगर सारंग अपनी उम्र और कई बार बड़ी उम्र के लड़कों से भिड़ जाया करता था। जब तीनों गिलास में थोड़ी और चिवस रीगल ढली तो दाजी ने अपने दोस्तों के उस झुण्ड के बारे में बताया जो पेड़ों पर झूले झूलते थे, जंगल में दूर तक निकलकर फल और पंछियों के अण्डे इकट्ठा करते थे। साथ ही कृष्णा में छलाँग भरकर तैराकी के मुक़ाबले करते। आर्मी में अपनी ज़िन्दगी और सर्कस शुरू करने के आरम्भिक संघर्ष के बारे भी उन्होंने कई बातें बतायी। इसके बाद सारंग अपनी बातें को थोड़ा नाज़ुक मोड़ देने के लिए तैयार हो गये।

"तो राघवराव," दाजी ने एक बार फिर से गिलास भरते हुए पहला दाँव चला, "मुझे पता चला कि तुम ख़ुद सर्कस के आदमी हो, श्रीपति सली के भांजे। कमाल है! वैसे तो मैं तुम्हारे मामा से कभी नहीं मिला, लेकिन उनके बारे में मैंने कई बढ़िया बातें सुनी हैं।"

"वह एक अच्छे आदमी थे, दाजीसाब। अच्छे प्रशासक भी थे, लेकिन आपके जैसी नज़र उनके पास नहीं थी।"

"ऐसा क्यों कह रहे हो?"

"साहब, आप दोनों ने लगभग एक ही समय शुरुआत की थी, लेकिन उनका सर्कस बी ग्रेड का ही रह गया और देखिए आपकी कम्पनी ने कितना लम्बा सफर तय कर लिया।"

"ऐसी क्या कमी रह गई थी? तुमने कहा कि वो नज़र उनके पास नहीं थी। कैसे?"

"दाजीसाब, साफ़ तौर पर वह आपकी तरह परिश्रमी नहीं थे। मुझे लगता है कि जानवरों को लेकर जैसा जुनून आपके अन्दर है, वह भी उनके पास नहीं था। मैंने अपनी तरफ़ से उन्हें यह समझाने की बहुत कोशिश की, ज़्यादा-से-ज़्यादा और

अलग-अलग तरह के जानवरों को सर्कस में लाये, उन्हें ट्रेनिंग दिलायें। परन्तु यह बात एक सीमा से आगे बढ़ नहीं सकी।"

"तो फिर तुमने ही क्यों नहीं यह सब किया?"

"दाजीसाब, भले ही वह मुझे बहुत प्यार करते थे और सर्कस में हर तरह का परफॉरमेंस करने की उन्होंने पूरी छूट दे रखी थी, लेकिन अपने बेटों की बातों का असर उन पर ख़ूब था। वह उन्हें नज़रअन्दाज़ नहीं कर सकते थे। बेटे सर्कस को एक धन्धे की तरह देखते थे, न कि उनके लिए यह कोई जुनून था। आज भी वह यही कर रहे हैं। उनके लिए ख़ास बात यह है कि वह जो पैसा लगा रहे हैं, उससे कितना मुनाफ़ा हो रहा है। फिर वह यह देखते हैं कि इस मुनाफे को दूसरी जगह कहाँ लगा सकते हैं।"

"हम्म्म्म," दाजी बुदबुदाये।

"हमारी कम्पनी का बिल्कुल अलग ही माहौल है दाजी, नहीं क्या?" चार्ली ने चहकते हुए कहा, "अपने लोगों और जानवरों से आपका जो लगाव है, आप अपने काम को जैसे सीना तानकर करते हो, वह सब दिखता है। सब आपको प्यार करते हैं दाजी–आपका स्टाफ और आपके जानवर। और फिर आपके पास कंचना है, जो आपके इस समर्पण को हर तरह से लेकर आगे बढ़ती है!"

"बिल्कुल सही बात है, दाजी," राघव ने स्वर में स्वर मिलाया, "यह एक और बहुत बड़ा फ़र्क़ है। जो आग, उत्साह और उमंग कंचनाजी के अन्दर है, मेरे मामा के दोनों लड़के उसके ठीक उलट हैं।"

दाजी का चेहरा चमकने लगा। बात सही रास्ते पर आगे बढ़ गयी थी। "इसका मतलब है कि तुम्हें लगता है, मेरी बेटी की वजह से यह फ़र्क़ पैदा होता है। बात साधारण से उठकर हाई क्वालिटी की हो जाती है।"

"ऐसा है दाजी, आप भी तो रात-दिन ख़ुद को इस सब में झोंके रहते हैं। इसमें कोई सन्देह है क्या? लेकिन क्या आप नहीं कहेंगे कि आपकी बेटी भी पूरे उत्साह से सब कुछ आगे बढ़ा रही है।" चार्ली ने तर्क़ किया।

"हम्म्म्म, बात तो सही है। थोड़ी और लोगे?"

"नहीं, अब मुझे मत दीजिए। आप लेते रहिए। लेकिन, हम बात सर्कस की दुनिया की कर रहे थे कि कंचनाजी आपकी कम्पनी की स्टार हैं, और अब तो मैंने ख़ुद उनके खेल अपनी आँखों से देख लिए हैं, अब मैं पक्के तौर पर कह सकता हूँ कि सारी सुनी-सुनाई बातें एकदम सच्ची हैं।"

"तो फिर," दाजी ने गहरी साँस ली, जिससे आगे बात कह सकें। हालाँकि यह कहना उनके लिए मुश्किल हो रहा था, "हम सोच रहे थे... जैसा चार्ली से सुना। उसने हमें बताया... कि... बहुत ही... मम्मम... वो दिल को छूने वाली बातें। मुझको भी और कंचना को भी। सही है ना, चार्ली? अभी जो भी तुमने कहा, राघवराव, उससे मुझे लगता है कि तुम्हारे मन में भी हमारे बारे में अच्छी बातें हैं। तुम... भी हमारी कांचू को अच्छी लड़की मानते हो...। अच्छी। तो, चार्ली, मेरा मतलब राघवराव, तुम कांचू के साथ बन्धन में? मेरा मतलब... क्या तुम दोनों एक-दूसरे से शादी कर सकते हो? चार्ली, बताओ इसको।"

"उसने सुना आपको, दाजी। तो, राघव, क्या सोचते हो तुम?"

"दाजी साब, मैं तो आपके आगे नतमस्तक हूँ। आप और कंचना जी दूसरी ही दुनिया के लोग हैं। मैं तो अपने मामा की छत्रछाया में पला-बढ़ा एक अनाथ हूँ। इसलिए..."

"वो सब मुझे पता है बेटा, लेकिन मैं तुम्हें देख रहा हूँ... और चार्ली तुम्हें लम्बे समय से जानता है... और मुझे चार्ली की बातों पर पूरा भरोसा है... और मुझे लगता है कि मेरी कंचना के लिए तुम एकदम सही लड़के हो। तो, तुम्हारा अतीत क्या है... आज तुम्हारी क्या स्थिति है... वो सब हमारे लिए ठीक है। इसको बताओ, चार्ली।"

"आप उसको सब कह ही चुके हो, दाजी।"

"हाँ, ठीक है, मैंने कह दिया। तो, राघवराव, तो हमारा ये प्रस्ताव तुमको सोचने लायक लगता है? ऐसा नहीं है कि मुझे तुमसे अभी की अभी हाँ या ना चाहिए।"

"साब, जहाँ तक इस प्रस्ताव की बात है, मैं तो सिर्फ़ इसे सम्मान और किस्मत की मेहरबानी की तरह देखता हूँ। लेकिन..."

"लेकिन क्या?"

"मैं आपको बता रहा हूँ, दाजी। जैसा कि चार्ली ने भी आपको बताया कि मेरे मामा के दो लड़के हैं, जो सर्कस के लिए किसी काम के नहीं हैं, तो मैं ही उसे चलाने वाला अकेला आदमी हूँ। फिर उनकी एक कुँवारी बेटी भी है। मेरे मामा-मामी ने मुझे बहुत लाड़-प्यार से पाला है और इसलिए मैं अपनी मामी का बहुत एहसानमन्द हूँ। और अब, उसकी एक समस्या है।"

"क्या समस्या?"

"उनकी बेटी नीलिमा, थोड़ी लंगड़ाकर चलती है। ऐसी कोई ख़ास लचक नहीं है, लेकिन फिर भी यह बात उसकी शादी में बड़ी अड़चन बनी हुई है। हमारे सली समाज में दाजी, मामा की लड़की से शादी को अच्छा रिश्ता माना जाता है। बल्कि

सच तो यह है कि कई बार तो पहली वरीयता इसे ही देते हैं। इसलिए मेरी मामी कई बार मुझे उससे शादी का इशारा कर चुकी है। लेकिन दाजी, हम लोग भाई-बहन की तरह साथ बड़े हुए हैं, और हम दोनों ही इस तरफ़ सोच तक नहीं पाते। मगर मेरी मामी अभी तक इस बात को समझने को तैयार नहीं है और लगातार उम्मीद लगाये बैठी है।"

"हम्म्म्म, यह समस्या तो है।"

"हाँ, दाजी, सबसे पहले तो मैं अपने मामा के सर्कस को ऐसे बीच मझधार में छोड़कर नहीं निकल सकता। दूसरी है नीलू की शादी। अब मैं सीधे-सीधे तो मामी की इच्छा को ठुकरा नहीं सका, इसलिए जब तक कोई अच्छा लड़का नहीं मिल जाता, इन्तज़ार ही कर सकता हूँ।"

"हम्म्म्म, हाँ, मैं देख रहा हूँ कि तुम नैतिक रूप से बँधे हुए हो। जहाँ तक तुम्हारे सर्कस की बात है, तो हम मिलकर उसका कोई रास्ता निकाल सकते हैं। लेकिन क्या तुम्हें लगता है कि मैं या चार्ली तुम्हारी मामी से बात कर सकते हैं?"

"नहीं दाजी, मुझे नहीं लगता कि इससे बात बनेगी, और मेरी भी गलत छवि बनेगी कि मैं बाहर यह सब बातें कर रहा हूँ। तो, ऐसे में फ़िलहाल मैं भी सिर्फ़ उम्मीद ही कर रहा हूँ। नीलू बीस की है, तो आशा यही है कि कोई तो आयेगा ही। तब, देखते हैं..."

"राघवराव, मुझे तुम्हारी यह बात पसन्द आयी... तुम उसूलों वाले आदमी हो। लेकिन, यह भी तय है कि हम अनन्तकाल तक तो इन्तज़ार कर नहीं सकते। हम आगे रिश्ते देखते रहेंगे और आशा करेंगे कि किसी दूसरी जगह बात बनने से पहले तुम्हें तुम्हारी आज़ादी मिल जाये। क्या कहते हो, चार्ली?"

"दाजी, यह एकदम सही समझदारी वाली बात है," चार्ली ने जवाब दिया।

कनात के पीछे खड़ी कंचना यह बातें सुन रही थी। उसने भारी मन से धीरे-धीरे क़दम अपने तम्बू की तरफ़ बढ़ा दिए।

दाजी देर रात तक चार्ली और राघव के साथ बैठे पीते रहे और ज़्यादातर बोतल उन्होंने ही ख़ाली की। बाक़ी दोनों, ख़ास तौर पर राघव पीने के मामले में काफ़ी सतर्क था। अगली सुबह दाजी का सिर भारी था और नशा अभी तक नहीं उतरा था। दोपहर में राघव जब निकलने के लिए तैयार हो गया, तो चार्ली ने कंचना को सन्देश भिजवाया। थोड़ी देर में उसने देखा कि फक्कड़राव की लगाम हाथ में थामे दो साईस चले आ रहे हैं और कंचना उनके ठीक पीछे है।

राघव अपनी नज़रें उस उम्दा जानवर पर से हटा नहीं पा रहा था। वह उसकी सुनहरी तपती आभा को एकटक निहारता रह गया। उतरती सूर्य किरणों से ताँबई हो रहा वह अश्व बेहद दिलकश लग रहा था। उसके नासापुटों के पास मखमली गुच्छा था, उसकी चमकीली पानीदार आँखें और पतला कँपकँपाता मुँह, धनुषाकार गर्दन और पीठ के पीछे फटकार लगाती लच्छेदार पूँछ। जब वह अश्व को निहार रहा था कि तभी कंचना घोड़े की लगाम खींचते हुए उसे आगे लायी और राघव से बोली, "यह लो तुम्हारी पसन्द का घोड़ा। इसके सारे जीन-सामान के साथ तुम्हें दे रही हूँ।"

"इसकी क़ीमत कितनी?"

इस सवाल पर कंचना ने मीठी हँसी हँसी। अपने शरीर को सहज ही कमानीदार अदा में झुलाते हुए वह चंचल अन्दाज़ से बोली, "अरे हमारा मेहमान किसी पर्वत की तरह ऊँचा है साहब! उसके आगे एक घोड़े का मोल क्या है!"

"नहीं, नहीं मुझे यह मुफ़्त भेंट नहीं चाहिए।"

"नहीं कैसे... इसे तुम्हें ले ही जाना होगा।"

"अरे कोई ज़ोर-ज़बर्दस्ती है क्या?'

"कोई ज़ोर नहीं है लेकिन यह हमारे दाजीसाहेब का हुक्म है... तुम्हारे जैसे बहादुर युवा के पास ही यह अमूल्य घोड़ा शोभा देगा।"

"ये अमूल्य?" राघव ने ठहाका लगाया और हँसते हुए बोला, 'तुम्हारा यह जानवर भले ही मज़बूत और ताक़तवर है, लेकिन है भारी शैतान। यह घोड़ा तुम अपने पास ही रखो।'

"अगर साथ नहीं रखना है तो छोड़ देना कहीं रास्ते में।'

"अरे?"

"मेहमान को एक बार कोई चीज़ तोहफ़े में देने पर हम उससे अपना मन नहीं लगाते," आँखें फिराते हुए कंचना ने कहा।

राघव ने सुन्दर फक्कड़राव का मुँह अपनी छाती के नज़दीक पकड़ा। उसकी गर्दन के रेशमी बालों पर अपनी अँगुलियाँ फिराते हुए, न चाहते हुए भी बोल पड़ा, "देख लो कंचना मैडम! एक दिन पछताओगी।"

"किस लिए?"

"अपने इस देव-दुर्लभ पंचकल्याणक घोड़े को बेकार ही गँवाने के लिए।"

'हटो... ये कहाँ का पंचकल्याणक, यह मरा तो मनहूस है...'

राघव को देखते हुए कंचना खिलखिलाकर हँसी। विदाई की बेला में उसके क़दम पीछे नहीं हो रहे थे। उसे लग रहा था कि राघव के साथ ऐसी बातें और छेड़छाड़ का आनन्द बस चलता ही रहे। वह लगातार हँसे जा रही थी। तब राघव ने

चिढ़कर पूछा, "तो यह मनहूस घोड़ा मेरे पल्ले बाँधकर ख़ुश हो रही हो?"

"नहीं, मैं कुछ और सोच रही हूँ।"

"किस बारे में?"

"बहुत ही दुष्ट और महा उपद्रवी घोड़ा है ये। इसलिए कह रही हूँ, थोड़ी अपनी फिक्र करना।"

"कैसी फ़िक्र?"

"तुम्हारे शरीर के सारे अंग सही-सलामत रहें... इसी बात की!"

राघव ने ऊँचे आसमान को आँख भर कर देखा। उसकी नज़रों का पंछी आकाश में चारों दिशाओं में घूम कर फिर कंचना पर स्थिर हो गया। वह अतिशय आत्मविश्वास से बोला, "शर्त लगा लो मैडम! पूरे भरोसे से कहता हूँ। हम दोनों को ही कुछ होने वाला नहीं है और मैं तुम्हारा यह घोड़ा लेकर वापस ज़रूर आऊँगा... वह भी ढोल-ताशे बजाते हुए।"

"वो किसलिए?"

"तुम्हारे ब्याह की बारात में नाचने के लिए!"

'मेरे?' राघव को देखते-देखते कंचना को पता नहीं चला कि कब उसकी आँखें भर आईं।

"क्यों नहीं मैडम! एक न एक दिन तुम्हें मण्डप के नीचे खड़ा होना ही है। तब तुम्हारी बारात की शोभा बढ़ाने के लिए ऐसा रौबदार अश्व चाहिए या नहीं?"

राघव नटखट अन्दाज में हँस पड़ा। लेकिन कंचना खीझ गई और चिढ़ कर बोली, "बहुत हुआ तुम्हारा ये मज़ाक! कैसे अच्छा लगता है तुम्हें यह?"

"क्या?"

"किसी के कलेजे में पहले ख़ंजर उतार दो और फिर ऐसे बेवकूफ़ की तरह खिलखिलाते हुए हँसना?'

कंचना वहाँ एक क्षण भी नहीं रुकी। ज़मीन पर ग़ुस्से से पैर पटके और वापस पलट गई। वह तेज़ क़दमों से अपने तम्बू की तरफ़ जाने लगी।

## 5

मुम्बई प्रेसीडेंसी और मैसूर स्टेट की सीमा पर बसा था कागवाड। कुरुंदवाड तालुके में इसकी गिनती खाते-पीते गाँवों में होती थी। इसकी सीमाओं को

पार करके कोई यहाँ से बाहर नहीं गया। गाँव में मराठों, लिंगायतों, ब्राह्मणों और व्यापारियों की बड़ी बस्तियाँ थीं। जिनमें ब्राह्मण और मराठे ख़ुद को ऊँची जाति का समझते थे। दलित और खानाबदोश गाँव की सीमा से बाहर रहते थे। उनके घरों में बारहमास दरिद्रता पसरी रहती थी। अस्पृश्य कही जाने वाली महार माँग जाति के लोगों के साथ अत्यन्त निचले दर्ज़े का व्यवहार किया जाता था। उनका स्पर्श भी अमंगलकारी माना जाता था। ऐसे पारम्परिक सोच वाले गाँव के बजाप्पा शिन्दे के बेटे सारंग ने काबुल-कन्धार की सरहद तक उड़ान भरी थी। अपने गाँव की मिट्टी और कृष्णा नदी का डंका हर तरफ़ बजाया था।

अपनी मर्दाना बहादुरी की वजह से सारंग लश्कर में दाख़िल हुआ। वह थिबा आर्मी में सूबेदार के पद तक पहुँचा और लश्कर में कमाये तीन पीले-सुनहरे बिल्ले उसकी फूली हुई छाती पर चमकते थे। अफ़ग़ानिस्तान से लगे फ्रंटियर प्रॉविंस में वह तैनात था। लश्कर में सारंग का ख़ूब नाम था। वह हर खेल में अव्वल रहता। उसकी रग-रग में पहलवानी थी। घुड़सवारी में भी वह सबसे आगे रहता और घोड़ों की देखभाल के साथ ट्रेनिंग देने में उसका मुक़ाबला नहीं था। गोला फेंक हो या तीरंदाज़ी, प्रत्येक खेल में अपनी धमनियों में खौलते ख़ून के साथ वह जवान हर बार बाजी मार ले जाता।

जीवन में सब कुछ सही चल रहा था। छुट्टी की अर्ज़ी देकर उसे सिर्फ़ गाँव जाना और सिर पर सेहरा सजाना ही बाक़ी था। सारंग के कागवाड स्थित घर-दहलीज़ पर अनेक लड़कियों के पिता आये दिन चक्कर मार रहे थे। इन्हीं हालात में उधर काबुल-कन्धार की तरफ़ युद्ध सुलग उठा। अर्ज़ी रद्द कर दी गयी। अफ़गान सरहद पर भी बाग़ियों ने हमले शुरू कर दिये। संघर्ष शुरू हो गया।

तभी वह घटना हुई, जिसे सारंग का दिमाग़ एक पल के लिए विस्मृत नहीं कर पाया। दूर तक फैली रेत के बीच बालू के दो विशाल टीले थे। उनके बीच एक सूखी नदी। उसके पार, किनारे पर छह-सात कच्चे-कमज़ोर घर। मिट्टी और घास-फूँस से बनी झोंपड़ियाँ।

सामने की टेकरी के पार अफ़गानी बाग़ियों की टोलियाँ मँडरा रही थीं। उनके सिपाही रात-बेरात अचानक हमला कर देते। उनके घोड़े तेज़ रफ़्तार से जंगल की आग की तरह धधकते हुए आ पहुँचते थे। इस टेकरी पर पहरा दे रहे थिबा आर्मी के सिपाही भी कड़ी गश्त देते थे। वह अफ़गानी बाग़ियों का जमकर मुक़ाबला करते। इनमें सारंग भी शामिल होता। कभी इंडियन आर्मी के जवान सामने के हमलावरों का ज़ोरदार रेला देखकर आधा फर्लांग पीछे सरक जाते और कभी सामने ढिलाई

नज़र आने पर तगड़ा आक्रमण करके अफ़गानों को पीछे धकेल देते। इंडियन आर्मी का गोरा कमांडर एक दिन बिल्कुल फनफना गया। बीच में नज़र आ रही बस्तियों को वह आँखें फाड़े घूर-घूर कर देखने लगा। उसने तय किया कि निर्णायक रूप से आगे बढ़ने के लिए इस बस्ती को समूल नष्ट करना ज़रूरी है।

उस दिन थिबा आर्मी अपने रंग में थी। उजाड़ते-उजाड़ते सारंग का वह छोटा दल उस बस्ती के सामने किसी दैत्य की तरह जाकर खड़ा हो गया। पानी के अभाव में सूख चुके खजूर के पेड़ों के बीच उन छह-सात घरों में तेज़ बह रही हवा से उड़ती रेत, धूल, दारिद्र्य, मजबूरी और भयानक सन्नाटा पसरा था। यह सन्नाटा सारंग के दिल में उतर गया। दोनों तरफ़ से हो रही गोलीबारी के कारण मिट्टी की दीवारों में जगह-जगह गड्ढे पड़ चुके थे। हर दीवार पर काला रंग चढ़ गया था।

सारंग का पैदल दल जब उस बस्ती तक पहुँचा, तो वहाँ जैसे मरघट की साँय-साँय पसरी थी। आस-पास कहीं कोई नज़र नहीं आ रहा था। तितलियाँ और तिलचट्टे तक मानो भयभीत होकर उन घरों को छोड़, दूर भाग चुके थे। बकरी के दो-चार मेमने ज़रूर हालात से अनजान यहाँ-वहाँ उछल-कूद कर रहे थे। भूखे सैनिकों ने उन्हें धर दबोचा। लगे हाथ गले दबा कर उन्हें ख़त्म किया और माल पीछे पहुँचा दिया। आज का खाना ज़रा स्वादिष्ट बनेगा, इस विचार के साथ सबके तनाव भरे चेहरों पर हल्की मुस्कान चमकी।

कमांडर बेहद बेचैन था। ऐसा कैसे हुआ? बस्ती के सारे इन्सान अचानक कहाँ ग़ायब हो गये? यह उनकी पलटवार करने की कोई साज़िश तो नहीं? उस गोरे कमांडर के बूट घर के कोने-कोने में तेज़ी से नाचने लगे। वह अन्दाजा ले रहा था। तभी रेत-बालू के बीच उसका पैर एक लकड़ी के टुकड़े से टकराया। उसने लकड़ी का वह पटिया ऊपर उठा लिया। उसे एक बड़ा सूराख दिखाई दिया। जैसे बाघ की अन्धेरी गुफ़ा। तब वह अपने दाँत चमकाते हुए ज़ोर से हँसा। फिर जोर से चिल्लाया, "थीव्हज... चोर के बच्चे।" दूसरे ही पल उसने अपने कमर के पट्टे में खोंसा हथगोला बाहर निकाला और उस गुफानुमा सुराख में फेंक पलटकर दौड़ गया। पीछे प्रचण्ड विस्फोट हुआ। रेत-मिट्टी का एक विशाल बादल उस जगह पर उड़ा। चारों दिशाएँ थरथरा गयी।

अचानक उन घरों के पिछवाड़े में अनेक करुण चीख़ें और रोने की आवाज़ें आने लगीं, 'बचाओऽऽ', 'हाय मर गयाऽऽ' अफ़गानी भाषा में कुछ यही कहते हुए पन्द्रह-सोलह बुरी तरह से घायल इन्सान चीख़-चिल्ला रहे थे। धमाके में बुरी तरह ज़ख़्मी-जर्जर हो चुके वे लोग धीरे-धीरे आगे खिसकने लगे। मौत के डर को दूर

करते, जीने की आस में रोते-कलपते वे थरथर खड़े थे। डर के मारे उनके चेहरे पर हवाइयाँ उड़ी हुई थीं और मृत्यु को सामने देखकर उनकी आँखों की पुतलियाँ चौड़ी हो गई थीं। चार-पाँच छोटी-छोटी बच्चियाँ अपनी माँओं के घुटनों से चिपकी हुई मारे डर के काँप रही थीं। सोलह-सत्रह की उम्र वाली दो किशोरवय लड़कियों के चेहरे भय से सफ़ेद पड़ चुके थे। गर्भावस्था की थकान अब भी उनके जिस्म में भरी थी और वे हरे रंग के दुपट्टों को कसकर छाती से चिपकाये हुए थीं, जिनमें बिल्ली के पिल्लों जैसे नन्हे-दुधमुँहे-नवजात शिशु लिपटे थे।

बच्चों के इस समूह की परवरिश करने वाला एक बूढ़ा सबसे अलग कुछ दूर खड़ा था। सामने स्टेनगन और लाइट मशीनगन लिए खड़े सैनिकों को देखकर वह धीरे-से पीछे खिसका और चूहे की तरह भागने लगा। "यू ब्लडी ओल्डी स्टॉपऽऽ," कमांडर की आवाज़ चारों दिशाओं में गूँजी और पीछे-पीछे गोलियों की तड़्-तड़् कानों में पड़ी। पेड़ से जैसे फल गिरता है, बूढ़ा वैसे ही धराशायी हो गया। उसका सिर नारियल की तरह ज़मीन से टकराया और उसमें से बाहर निकला ताँबई-काला रक्त बालू ने सोख लिया।

अपने सिपाहियों के साथ कमांडर और नज़दीक गया। सामने खड़े वे पन्द्रह प्राणी भय से काँपने लगे। शीत लहर की चपेट में आये इन्सानों की तरह उनके दाँत किटकिटा रहे थे। हाथ-पैर थरथर काँप रहे थे। डर और हिंसा का वह नग्न रूप देख कर सारंग का मन कसमसा उठा। एक किशोरवय माँ के सीने से चिपका शिशु चिड़चिड़ी आवाज़ में पूरा ज़ोर लगाकर रो रहा था। तभी कमांडर की कड़क आवाज़ कानों में शीशे की तरह घुसी, "यू सारंग शेंडे... फायरऽऽ किल देमऽऽ"

सारंग को लगा जैसे उसके शरीर से प्राण निचुड़ गये हैं। वह ज़मीन में धँस रहा है। उसे लगा कि जैसे किसी ने उसकी चुटिया की गाँठ पकड़कर मौत के तख्ते पर लटका दिया है। फिर से कमांडर की तेज़ आवाज़ आयी, "यूऽऽ यू ब्लडी शेंडे...।" मगर सारंग के हड़बड़ाये कलेजे में उन कोमल बच्चों की मासूम आँखों में उतरा हुआ डर खलबली मचा रहा था। उसका मन उन बच्चों की असहज और ठण्डी कँपकँपी में अटक गया था। उन दुपट्टों में उसे अपनी माँ के दूध की गन्ध महसूस हो रही थी। गन को थामे उसके हाथ थरथरा रहे थे।

सारंग की इसी बेचैनी के बीच कट कट कटऽऽ धूम धाम धूमऽऽ की तेज़ आवाज़ें आयी। सारंग का कलेजा टुकड़े-टुकड़े होकर छितरा गया। जैसे अनजाने में उसकी ही गन ने आग उगली, इस विचार से ही वह अधमरा-सा हो गया। वह गिरने ही वाला था कि तभी उसे ख़याल आया कि कमांडर ने अपना पाशविक हथियार

चला कर सामने खड़े सभी लोगों को ख़त्म कर दिया। किसी कसाई ने जैसे अपनी बर्बरता से रक्त-मांस का पहाड़ खड़ा कर दिया था।

"यू काउंटर द ऑर्डर्स ऑफ़ योर सुपरियर... यू शैल सफर फॉर इट, डू यू हीयर?"

सारंग ने सामने अर्द्धचन्द्राकार बैठे मिलिटरी इंक्वायरी कमीशन के सदस्यों को सिर उठाकर देखा। जिस दिन यह घटना हुई, उसी रात जाँच समिति बैठी और उन्होंने फ़ैसला भी कर लिया।

थिबा सेना की सेवा से सारंग को तत्काल निष्कासित कर दिया गया। इन्हीं काग़ज़ों में नीचे आख़िर में दर्ज़ था : सेना का शानदार खिलाड़ी। इसी एक वाक्य के रूप में, देवता सारंग की मदद के लिए दौड़े चले आये थे। इसकी वजह से वह फाँसी या तत्काल गोलियों से भून देने की सज़ा से बच गया। लेकिन सेना से किसी तरह के आर्थिक लाभ से वह वंचित कर दिया गया और निष्कासन का दाग आजीवन उसकी बदनामी का सबब बन गया।

सेना के खेमे से बाहर निकलते हुए सारंग के मन में एक प्रकार का मुक्ति का आनन्द छाया था। उसे महसूस हुआ मानो उसने नौकरी नहीं खोयी बल्कि उसके गले में पड़ा फाँसी का फन्दा छूट गया है।

हालाँकि बेकार-बेरोज़गार होकर अपने गाँव वापस लौटने के लिए उसका मन राज़ी नहीं हुआ। वह पंजाब में अम्बाला चला गया, जहाँ उसका ख़ास दोस्त बेअन्त सिंह रहता था। अफ़ग़ानिस्तान की सरहद से निकला पंजाब का यह रास्ता अम्बाला से आगे दिल्ली की तरफ़ जाता था। इसी रास्ते एक किनारे पर सारंग शिन्दे ने चाय की छोटी-सी टपरी खोल ली। इधर, गोरे साहबों ने हिन्दुस्तान के लोगों को चाय का व्यसन लगा दिया था। गरमागरम चाय की चुस्कियाँ लेते, गप हाँकते हुए यहाँ के मुण्डे ख़ूब ख़ुश हुआ करते थे।

बेअन्त सिंह का एक साला काबुल की सरहद पर शहीद हो गया था। दुर्भाग्य से बेअन्त की बहन, शायरा सिर्फ़ अठारह की उम्र में विधवा हो गयी। युद्ध में ज़ख़्मी होकर आये अपने पति को देखने के लिए वह भागी-भागी पटियाला के मिलिटरी हॉस्पिटल गयी थी। वहाँ उसने अपने पति, हिम्मत सिंह की देह देखी। जंगल में लकड़ियों और गोबर के ढेर पर जैसे चूहे को सेंकते हैं, हिम्मत सिंह की चमड़ी भी वैसी हो गई थी। राख से सने किसी ताँबे के बर्तन की तरह वह भयंकर डरावना दिखायी दे रहा था। तब भी अपने प्राण छोड़ते वक़्त उसने शायरा के चेहरे

पर हौले-से हाथ फिराते हुए क्षीण आवाज़ में कहा, "मेरी प्यारी... हँसते-खेलते जीना।"

शायरा दिन भर घर में रहती थी। उसके हाथों के छोले-भटूरे सारंग को बहुत पसन्द थे। कुर्ते और लहँगे में ऊँची-पूरी, मज़बूत देहयष्टि वाली शायरा देखने में बहुत आकर्षक थी। अपने पति की तरह ही उसे भी घुड़सवारी का बहुत शौक़ था। सारंग को भी घोड़ों को पालने, उनकी साज-सम्भाल और ट्रेनिंग देने का जुनून था। कई बार दोनों घोड़े लेकर निकलते और कुरुक्षेत्र तक की सैर कर आते थे।

शायरा की उदास आँखों में सारंग की वजह से सुख की छटाएँ बिखरने लगी थीं। उसे देखकर सारंग के दिल में भी मीठी लहरें उठतीं। उसकी ऊँची, खिली देह, चेहरे पर तरबूज की फाँक जैसा पंजाबी ताँबई-लाल रंग उसके मन को पागल कर देता था। उसका रूप निहारते हुए सारंग नौवारी साड़ी में उसकी कल्पना करने लगता। उसकी काया, उसका रंग और पानीदार आँखें उसे भा चुकी थीं।

शायरा उसके हृदय की मलिका बन चुकी थी। कई बार वह अपना दिल उसके सामने खोलकर रख देता। ब्रिटिश सेना के नंगे नाच वाली वह घटना उसे अक्सर याद आती। उसका मन अपमान की याद से तिलमिलाने लगता, "शायराऽ किसी पहलवान से उसका अखाड़ा ही छीन लो तो उस बहादुर को कैसा लगेगा? उस गोरे बन्दर ने मेरी कमांड, मेरी वर्दी और उस पर चमचमाते मेडल मुझसे छीन लिए। मुझे गद्दार साबित कर दिया।"

"यह नाइन्साफ़ी तो है..."

"लेकिन ये हरामज़ादे मुझे गद्दार ठहराने वाले कौन होते हैं? मैं अपने देश का नमक खाता हूँ। नमक की भीख माँगने कोई उनके दरवाज़े पर इंग्लैंड नहीं गया था।"

सारंग की आँखों के आगे उस रेगिस्तान में हुई वह घटना घूम जाती। मुर्गी के चूजों की तरह तड़पते हुए, बालू में गिर कर निष्प्राण हो गये वो अफ़गान बच्चे। उसकी आँखों के आगे उन नवजात शिशुओं की माताओं की गहरे दर्द से डबडबायी आँखें तैर जातीं! तब ग़ुस्से से उसकी मुट्ठियाँ तन जातीं और वह शायरा के कानों के नज़दीक जाकर कहता, "गोरे बन्दरों की ये हुकूमत एक शाप है शायरा।"

"भूल जाओ वो सारी बातें।"

"कैसे भूल जाऊँ? अपनी माँओं की छाती से चिपके वे दुधमुँहे बच्चे! शायराऽ वे बच्चे न अफ़गानी थे, न हिन्दुस्तानी और न ही ब्रिटेन वाले। उन्होंने तो कुछ भी नहीं जाना था। न देश, न वतन, न जाति-धर्म!"

सारंग ने फ़ैसला लेने में ज़्यादा देर नहीं लगायी और कुछ ही दिनों में शायरा के साथ सारंग का लग्न हो गया। दोनों के बावरे मन सपनों के हिंडोले पर झूलने लगे। कंचना का जन्म हुआ। पहली बेटी, धन की पेटी! शायरा और सारंग एक बार कंचना को लेकर सोनीपत के एक बड़े जोगी के पास गये। उस बालिका को हाथ में लेते ही जोगी ने उसका भविष्य कह डाला, "इस बहादुर बच्ची पर लड़कपन में ही किसी राजा-महाराजा की नज़र पड़ेगी और ये अपने साथ-साथ बाप का भी नाम रोशन करेगी।"

लाड़-प्यार में झूलती कंचना ने बढ़ना शुरू किया। आठ-दस महीने बड़े ही कौतुक के साथ कब गुज़र गये पता नहीं चला। दीवार को थामे हुए कंचना एक-एक क़दम आगे रख ही रही थी कि दैवी आघात हुआ। पूरे पंजाब में छोटी माता की लहर उठी और इस महामारी में चलती-बोलती-हँसती मिलनसार शायरा अचानक तिनके की तरह सारंग के जीवन से उड़ गयी।

शायरा की मृत्यु के बाद पंजाब के हरे मैदानों से सारंग का दिल हट गया। उस हवा में उसकी साँसें घुटने लगीं। उसे कृष्णा नदी का किनारा और अपने गाँव के नाते-रिश्तेदार-मित्र याद आने लगे। कुछ ही दिनों में वह दक्षिण की तरफ़ लौट पड़ा। उसके कन्धे पर गुड़ की मीठी गठरी की तरह कंचना लदी थी।

माँ के अचानक गुज़र जाने से बच्ची बुरी तरह घबरा गयी थी। इसलिए वह हर पल साये की तरह अपने बाप से चिपकी रहती थी। सारंग की रौबदार शख़्सियत देखते हुए कई लड़कियाँ उससे विवाह के लिए राजी थीं। अच्छे घरों से भी उसके लिए आगे रहकर रिश्ते आये परन्तु सबको हाथ जोड़ते हुए सारंग ने कहा, "अब बस। शादी-ब्याह का खेल और नहीं। अब सिर्फ़ मैं और मेरी बेटी, यही मेरी दुनिया है।"

नन्ही-मुन्नी मीठी-गोरी कंचना पूरे कागवाड के लिए कौतुक का विषय बन गई थी। पंजाबी शायरा और सारंग के मिलन से बनी वह काया सबके बीच अलग ही गुड़िया जैसी थी। अपने चमकदार, मुलायम बालों और फूलों जैसी ताँबई कान्ति वाली त्वचा के साथ हमेशा तरोताज़ा दिखाई देती थी। वह हँसती, ख़ूब बातें करती और यहाँ-वहाँ फुदकती हुई सबका दिल जीत लेती। सिवाय सारजा भाभी के। उसे देखते ही भाभी जैसे किसी गहरे कुएँ की तरह फूट पड़ती, "मनहूस है मरी। पैदा होते ही अपनी माँ को खा गयी...।"

रोज़ वही गाँव। वही सुबह-शाम-रात। दिन भर एक जैसी बातें। अनेक पुराने

मन्दिरों में यहाँ से वहाँ भटकना और दूर तक फैले नदी के किनारे को निहारते रहना। इन बातों से सारंग जल्द ही ऊब गया।

उन दिनों कागवाड से लेकर मिरज-म्हैसाल होते हुए तासगाँव तक एक बड़ा परिवर्तन आ रहा था। जिन्हें कुश्ती-कलाबाज़ी का जुनून है। घोड़ों-कुत्तों से बहुत प्यार है। जिन्हें ताल ठोंककर अपनी जान की बाज़ी लगा देने में डर नहीं लगता। ऐसे बेचैन और गर्म ख़ून वाले नौजवानों के वास्ते सर्कस के नये आँगन में दरवाजे खुल रहे थे। सर्कस में हाथी-घोड़ों पर सवारी करने और झूलों पर चढ़कर ऊँचे आसमान को छूने के लिए बहादुरों की पुकार हो रही थी।

असल में हुआ यह कि सन् 1875 के आस-पास मुम्बई के फोर्ट इलाक़े में काफ़ी हंगामा खड़ा हुआ। पुरानी तटबन्दी वाले क़िले में बोरीबन्दर स्टेशन के सामने एक विशाल चौकोर मैदान था। वहीं विलियम नाम का एक जर्मन 'हर्मिस्टन' नाम का अपना सर्कस लेकर आया। उसके साथ जर्मनी से कोई चार सौ जानवर भी आये। जिनमें हाथी, घोड़े, बाघ और सिंह समेत कई जीव शामिल थे। इस सर्कस में क़रीब आठ सौ अलग-अलग तरह के कलाकार और बाजीगर भी थे।

सौ-सौ फ़ीट ऊँचे चार खम्भे लगाकर आस-पास सैकड़ों अन्य छोटे खम्भे लगाए गये। इस सर्कस का तम्बू इतना भव्य और विशाल था कि उसमें दस हज़ार प्रेक्षक एक ही बार में समा जाते थे। सैकड़ों तरुण-तरुणियाँ और आधुनिक वाद्यों से सजा बैंड। एक बार में डेढ़ सौ, दो सौ युवा रिंग में नाचते-गाते आते, तो अजीब-सी लहर पूरे माहौल में पैदा हो जाती। मुम्बई में लगा यह सर्कस तब पूरे देश में चर्चा और आकर्षण का केन्द्र बन गया था। लम्बी-लम्बी यात्राएँ करके हर कोने से इसे देखने के लिए लोग आने लगे।

सर्कस देखने पहुँचे लोगों में सांगली के राजपरिवार के धुंडीराज राव पटवर्धन और बुधगाँव के राजा साहब के साथ एक युवा चितपावन ब्राह्मण विष्णुपन्त छत्रे भी बोरीबन्दर पहुँचे थे। विष्णुपन्त सांगली की राजसेवा में एक पुलिस अधिकारी थे। कमाल के अश्वारोही और घोड़ों के वैद्य भी थे। हर्मिस्टन सर्कस में घोड़ों का नाच और बाजीगरों के करतब देखकर मुम्बईवासी हैरान थे।

उस दिन दर्शकों की प्रचण्ड वाहवाही और प्रशंसा विलियम साहब के सिर पर बुखार जैसी चढ़ गयी। इसी कैफ़ियत में उन्होंने घमण्ड की सारी सीमाएँ पार कर दीं, "मैं पूछता हूँ, बाघों-सिंहों को नचाने और हमारे जैसा विशाल सर्कस दिखाने की औकात क्या तुम हिन्दुस्तानियों की है? तुम तो पूरब के दबे-कुचले-कायर लोग हो, तुमसे यह कैसे हो पायेगा?"

"विलियम्स महोदय, अपने शब्द चुपचाप वापस ले लीजिए," सर्कस में सामने की कतार में बैठे विष्णुपन्त छत्रे अपने कन्धे पर पड़े वस्त्र को झटकते हुए फुर्ती से उठ खड़े हुए। वह विलियम्स की चुनौती को स्वीकार करते हुए गरजे, "विलियम्स साहब सिर्फ़ एक साल की मोहलत माँगता हूँ बस। इतने में अगर तुम्हारे जैसा सर्कस खड़ा करके और चला के नहीं दिखाया तो अपनी मूँछें मुँड़ा लूँगा।"

छत्रे अपने वचन के पक्के थे। जो कहा, वह कर दिखाया। शाही दोस्तों ने अपने अस्तबलों से घोड़े और हाथी देकर उनकी भरपूर मदद की। उन्होंने शर्त लगायी थी और साल भर के अन्दर यूरोपीय लोगों की तरह सर्कस खड़ा करके उनका दिमाग़ ठिकाने ला दिया।

देखते-देखते दस साल निकल गये। वह समय भी आया, जब बोरीबन्दर के चौकोर मैदान में विष्णुपन्त छत्रे की सर्कस कम्पनी के खेल चल रहे थे और उसके बाजू में पश्चिम की तरफ बन्दरगाह के नज़दीक हर्मिस्टन कम्पनी के तम्बू लगे थे। दोनों में तगड़ा मुक़ाबला था। छत्रे के बाघों-सिंहों समेत घोड़ों ने रिंग में ज़बर्दस्त कमाल किया और उनकी कीर्ति के आगे हर्मिस्टन कम्पनी के तम्बू में सन्नाटा पसर गया। भारी नुक़सान उठा पाना विलियम साहब की औकात से बाहर था। नतीजा यह कि चार दिन में ही उन्होंने अपने तम्बू उखाड़े और चुपचाप बड़ौदा की तरफ़ दौड़ लगा दी।

## 6

"ध्यान रखना सारंग, सर्कस चलाने और बनाये रखने के लिए आदमी के पास सिंह जैसी मज़बूत छाती चाहिए। गेंडे जैसी ताक़त और हाथी जैसा बुद्धि चातुर्य भी ज़रूरी है।" जेजुरी के मेले में सर्कस केसरी परशुराम माली युवा सारंग को गुरुमन्त्र दे रहे थे।

परशुराम की विशाल-मज़बूत देह, चौड़ी छाती और मोटी घुमावदार मूँछों को सारंग कौतुक से एकटक निहारे जा रहा था। मुम्बई के कार्यक्रम में लोकमान्य तिलक ने उन्हें 'लायन ऑफ़ इंडियन सर्कस' जैसे शानदार ख़िताब से नवाज़ा था। तब से उनके सर्कस को 'परशुराम लायन सर्कस' नाम से पहचाना जाने लगा था।

हाल के वर्षों में परशुराम के सर्कस ने ब्रह्मदेश, थाईलैंड और सिंगापुर जैसे पूर्वी एशिया के दौरे पर ख़ूब धूम मचाई थी। ख़ास कार्गो जहाज़ किराये पर लेकर उन्होंने अनेक बन्दरगाहों का पानी चखा था। सीलोन और दक्षिण भारत के दौरे पर

ख़ूब यश अर्जित किया। हाल में वह कर्नाटक के कुर्ग ज़िले में चाय बाग़ानों से ढेर सारा धन कमा लौटे थे।

तासगाँव की मिट्टी में कुश्ती के खेल वाली दीवानगी, इधर सर्कस के लिए दिखने लगी थी। उस तालुके के गाँवों में छोटे-मोटे मिलाकर बत्तीस सर्कस शुरू हो गये थे। जिनमें से चौदह ने देश भर में अपनी पहचान बना ली थी। जब कृष्णा-कोयना-वारणा के किनारे के युवक काम-धन्धे के लिए मुम्बई के कपड़ा मिलों की तरफ़ भागते थे, तब तासगाँव, म्हैसाल परिसर के तरुण लड़कों पर सर्कस का जुनून सवार था। तासगाँव के लोहार, सुतार और अत्तर बनाने वाले तमाम जाति-धर्म के लोग अपनी-अपनी सर्कस कम्पनियाँ खड़ी कर रहे थे। आस-पास के इलाक़ों में लोग मज़ाक में कहने लगे थे, "तासगाँव में मारवाड़ियों के लड़कों ने अभी तक सर्कस कम्पनी क्यों नहीं बनायी?"

जेजुरी के गढ़ पर जाकर सारंग ने खण्डोबा राय के दर्शन किये और भण्डारे की सुनहरी-पीली हल्दी से सने वस्त्रों में लिपटा परशुराम के सामने जा पहुँचा। वहीं उनके पैर पकड़ते हुए उसने भावुक होकर कहा, "मास्टर, मुझे अपना गण्डा बाँध के चेला बना लो।" तब परशुराम ने उसे उठाकर गर्मजोशी से अपनी बाँहों में कस लिया। दिलासा दिया। कृष्णा किनारे के दोनों तरफ़ पड़ने वाले आस-पास के अनेक इलाक़ों में सारंग शिन्दे ने कुश्ती में ख़ूब नाम कमाया था। घोड़े पालने का उसका शौक़, कसरत और कुश्ती के प्रति समर्पण समेत उसके संग चलने वाले खिलाड़ियों की टोली की ख़बर भी परशुराम को थी।

छह खम्भों पर टिके परशुराम के सर्कस को देखकर सारंग आनन्द विभोर हो गया। वहाँ हिंस्र पशुओं के साथ खेल दिखाने वाली छबुताई और झूले पर कलाबाज़ियाँ करने वाले बिड़वे उस्ताद जैसे कलाकारों के साथ मिलकर सारंग भावुक हो गया। इन सबके बीच तेलंगाना के तरफ़ की रखुमाबाई नाम की बाजीगरी दिखाने वाली स्त्री लोगों के बीच बहुत लोकप्रिय थी। वह बाघों और सिंहों के सामने बेधड़क पहुँचती और अपने हंटर की फटकार पर नाच नचाती थी।

परशुराम लायन के दफ़्तर वाले तम्बू में रामचन्द्रराव नाम के एक दक्खनी ब्राह्मण नज़र आये। वे जनरल मैनेजर पद पर पूरी निष्ठा और लगन के साथ काम कर रहे थे। काम में उनकी दक्षता बहुत स्पष्ट दिखाई देती थी। एक व्यक्ति ने धीरे से सारंग के कान में कहा, "रामचन्द्रराव को ठीक से देख लो।"

"क्यों?"

"अरे ये झल्ला जैसा दिखता है, मगर वैसा दक्खनी ब्राह्मण नहीं है। ये अंग्रेज़ों के देश गया था, तीन साल के लिए!"

"क्या कहते हो?"

"वहाँ कोई कैम्ब्रिज नाम के विद्या मन्दिर में मनेजमेंट कि क्या बोलते हैं, वो पढ़ाई करके आया है।"

"अरे! तो ये विलायती वाला गबरू फिर इस सर्कस में हाथी-घोड़ों के बीच क्यों आ गया?"

"यही तो मज़ेदार बात है। चार साल पहले अपने परशुराम बाबा बेंगलूरु गये थे, सर्कस लेकर। वहाँ ये रावसाहेब शो देखने आये। अब इतना बड़ा मजमा-मेला और एक साथ सैकड़ों जानवर-इन्सान देखकर रामचन्द्रराव ने विनती की कि मुझे अपने साथ रख लें क्योंकि इतने सारे लोगों के खाने-पीने समेत तमाम व्यवस्थाओं के जंगी भार का अनुभव मुझे कहीं और तो मिलेगा नहीं! परशुराम ने इस जवाँ ख़ून को अपने साथ रहने की अनुमति दे दी। तब से पूरे सर्कस का मैनेजमेंट इनके ही हाथ में है।"

"अरे वा! अंगूठा छाप बहादुर के हाथ के नीचे सीधे कैम्ब्रिज वाला!!"

परशुराम लायन सर्कस अगले एक-दो साल के लिए सारंगदाजी की पाठशाला बन गया। यहाँ हर दिन फलक बहुत बड़ा था। साढ़े तीन सौ इन्सान और दो सौ जानवरों की रोज़ की व्यवस्था। सबके पेट भरने का इन्तज़ाम। बाघों-सिंहों को हर दिन बड़े जानवरों का सौ किलो मांस लगता था। हाथियों के लिए बैलगाड़ियों की लम्बी क़तार में सूखा चारा आता। नदी से हजारों लीटर पानी रोज लाना पड़ता। कई ठिकानों पर जानवरों को ही ले जाना पड़ता। हर हाल में सर्कस की स्त्रियों-बच्चों के लिए अस्थायी शौचालय बनाने पड़ते। फिर इनकी स्वच्छता सँभालने के लिए दस भंगी। खाना पकाने के लिए पन्द्रह स्त्री-पुरुष। फिर रात को तम्बू समेटना ताकि दूसरी जगहों पर लगाये जा सकें। इस तरह हिन्दुस्तान के अनेक प्रान्तों के बाज़ारों-मेलों में ख़ूब भटकना हुआ। सारंग अपनी आँख-कान खोले परशुराम गुरु से पूरे दिल से तालीम ले रहा था।

सर्कस के शो में जहाँ अपना आइटम ख़त्म हुआ कि सारंग वापस छोटे तम्बू की तरफ़ भागता। पीछे पहुँचकर प्रेक्षकों से खचाखच भरे सर्कस के तम्बू को देखता रहता। वहाँ ठण्डी हवा में उसकी चौड़ी छाती पर नन्ही कंचना लेटी रहती। सारंग उसे स्नेह से सहलाते हुए जब सपनों में खोया रहता, तब नन्ही कंचना अपने पिता से पूछती, "बाबा, अभी कितने दिन और यहाँ रहना है?"

"अभी थोड़ा समय और काट ले कंचू... दूसरे के आंगन में नाचते हुए हमें अपना जन्म नहीं बिताना है। ज़िन्दगी के थपेड़ों के चक्रवात में एक दिन हमें भी लम्बी छलाँग लगानी है। ख़ुद अपना सर्कस खड़ा करना है!"

सारंग अपनी नन्ही छबीली को लेकर रिंग में उतरता था। कंचना की कमर में छोटी-सी चड्डी रहती। बाक़ी खुले बदन वह अपने पिता के साथ सर्कस में यहाँ से वहाँ घूमती। ठीक से चलना सीखने के पहले वह बाघ की पीठ पर बैठकर, उसकी गर्दन के बालों को कस के पकड़े हुए बैठना सीख गयी थी। इस वजह से 'डर' नाम का शब्द कभी उसके आस-पास भी नहीं फटका।

रखुमाबाई के सामने वह नाग की पूँछ पकड़कर उससे खेलती थी। उसके इस बेधड़क व्यवहार से लोग अवाक् रह जाते। सारंग विलायती वीर रामचन्द्र के दफ़्तर वाले तम्बू में उनके साथ बैठा रहता। कम्पनी के मैनेजमेंट का हुनर आत्मसात करता। रात-दिन वह एक ही सपने की खुमारी में झूलता। कुछ भी हो जाये मगर एक दिन अपनी सर्कस कम्पनी तो बनानी ही है।

सारंग रात-दिन घिस रहा था मगर आसमान में ऊँचे उड़ती पतंग की तरह बढ़ता जा रहा था। वह हिंसक जानवरों के दाँत गिनता, तो कभी हाथियों-घोड़ों की लीद भी एकत्र करता। उन्हीं दिनों में उसे रात-बेरात जब मौका मिलता, अपनी पैदाइश के गाँव कागवाड का चक्कर भी लगा देता। सारे जवान कसरती युवाओं और पहलवानों को कुगुटराय और कालम्मादेवी के मन्दिर के पास इकट्ठा करता। रात भर कसरत चलती, कौशल प्रदर्शन होते। दाँडपट्टा, घुड़दौड़, भाला फेंक, गोला फेंक से लेकर भारी वज़न उठाने और ऊँचे पेड़ों पर बाँधे गये झूलों पर कलाबाज़ी जारी रहती। सारंग के इस जलसे में गाँव के साथ-साथ बाहर से आये दलित लड़के भी बड़े उत्साह से हिस्सा लेते। ख़ास तौर पर डोंबरी और कोल्हाटी के छोकरों को ऊँची रस्सी पर चढ़कर खेल दिखाने का बड़ा अभ्यास था। उन्हें इस नए काम में बड़ा मज़ा आने लगा। सब लोग पौ पटने पर मुर्गे के बाँग देने तक लगे रहते।

एक बार ऐसे ही परशुराम लायन के सर्कस से समय निकालकर सारंग गाँव में आया था। मन्दिर के बाहर लड़कों की कसरत चालू थी। सारंग अपने यार-दोस्तों को सर्कस की कलाबाज़ियाँ सिखा रहा था। उसी वक़्त सारजा भाभी पास के कुएँ पर आकर रुकी। अपनी सहेलियों को देखकर हँसते हुए उसने सारंग को चिढ़ाया, "अरे देवर जी, जो कुछ भी करना सोच-समझ कर ठीक से करना।"

"क्यों भाभी? तुम्हें क्या लगता है?"

"अरे मुझे तो बस इतना ही कहना है कि ऐसा न हो, तुम सर्कस बनाने निकलो और जमूरे का तमाशा खड़ा कर दो।" भाभी के इस तीखे व्यंग्य को सुनकर उनकी सहेलियाँ ठठाकर हँस पड़ी।

सारंग का गाँव यूँ तो काफ़ी बड़ा था। उसके चारों तरफ़ पत्थरों की दीवार भी थी। परन्तु गाँव में कुछ नहीं होता था। वहाँ से कच्ची, ऊबड़-खाबड़ सड़क से होते हुए तीन घण्टे की दूरी पर मिरज था। उसके नज़दीक था, म्हैसाल। वहाँ के बाबा साहब देवल के सर्कस की चारों तरफ़ धूम थी। सारंग अपने गाँव के युवाओं को लेकर अपनी कम्पनी बनाने का स्वप्न देख रहा था। लेकिन इतना बड़ा स्वप्न कैसे साकार किया जाये?

गाँव के लोहार के बेटे दगडोबा और सुतार के बेटे तारानाथ, दोनों सारंग के दोस्त थे। लेकिन उन्हें नौकरी के लिए बेलगाँव जाना था। वहाँ किर्लोस्कर का कारख़ाना खड़ा हो रहा था। दोनों को कारख़ाने में नौकरी मिल गयी। तारानाथ का मामा बेलगाँव के हिंडल में रहता था। इसलिए दोनों को वहाँ रहने की सुविधा थी। परन्तु ऐन मौक़े पर दोनों ने जाने से इनकार कर दिया। जल्द ही उनके घरवालों को पता चल गया कि बच्चे सारंग के सर्कस के चक्कर में जाने को तैयार नहीं हैं। तब हवा-हवाई सपने दिखाकर बच्चों को बिगाड़ने का आरोप लगाते हुए, गाँव के अनेक लोगों ने सारंग के नाम पर ख़ूब गालियाँ दीं।

रात को मन्दिर के प्रांगण में दाजी के सारे संगी-साथी इकट्ठा हुए। वह गाँव में होते तो ख़ाली नहीं बैठते। एक न एक दिन पूरे हिन्दुस्तान में अपने सर्कस का बिगुल बजाने की ज़िद ठाने हुए सारंग अपने इन साथियों के संग कड़ी मेहनत कर रहे थे। मन्दिर के प्रांगण में ही दो ऊँचे पेड़ों पर रस्सी बाँधी गयी थी। उन पर झूले डाले गये थे। सारंग अपने काम में मशगूल थे कि तभी किसी ने पीछे से चिमटी ली। दाजी ने चौंककर पीछे अँधेरे में पलटकर देखा। एक मित्र सन्देश लेकर आया था, "बड़ी मुश्किल हो गयी है। महालिंग ने बिना शोर-शराबे के एकदम चुपचाप बुलाया है।"

"अभी? बेलगाँव? इतने लम्बे?"

"वह यहीं, नदी के पीछे झाड़ियों में छुपा है।"

"छुपा है मतलब?"

"बायीं जाँघ में दो गोलियाँ घुसी हैं। घाव गलता जा रहा है।"

बेकार हल्ला न हो, यह सोच कर दाजी एक तरफ़ हो गये और वहाँ से घोड़ा लेकर नदी की तरफ़ धीर-से बढ़ गये। अँधेरे को चीरते हुए वह पहुँचे। वहाँ मशाल के ताँबई-लाल प्रकाश में महालिंग की जाँघ देखी। उनका माथा घूम गया। दोनों जख्म चौबीस घण्टे से ज़्यादा पुराने हो चुके थे। दाजी ने तत्क्षण बेहद चिन्तित स्वर में पूछा, 'अरे महालिंग, ये सब क्या करके बैठा है तू? बेलगाँव के साहब की आर्मरी फैक्ट्री छोड़कर यहाँ कैसे आया?'

'मैंने बगावत कर दी है...' कराहते स्वर में महालिंग के शब्द कानों में पड़े।

'किससे बगावत? गोरे साहब से...?'

'हाँ... कभी न कभी तो यह बात होनी ही थी।'

सारंग दाजी ने रंज भरी आवाज़ में कहा, 'ये क्या कर बैठा मेरे दोस्त? महालिंग, दक्षिण में अपने गुप्त क्रान्तिकारी संगठन को तेरी बहुत ज़रूरत है रे!'

'इसीलिए तो गुप्त योजना बनाकर मैं ब्रिटिशों की उस बेलगाँव की आर्मरी में घुसा था।'

दाजी भी यह बात जानते थे। बीते चार साल से महालिंग गोरों की शस्त्र फैक्ट्री में प्रामाणिक और कुशल कर्मचारी के रूप में सेवारत था। वहाँ सामान्य सहायक अर्दली के पद पर रहते हुए उसने दो साल ख़ूब मेहनत की। तब जाकर उसे हथियार बनाने वाली फाउंड्री में प्रवेश मिला। भट्टी में फौलाद गलाने से लेकर कैसे लश्कर के लिए बन्दूकें बनायी जाती हैं, बड़ी लगन-ईमादारी से उसने सीखा और कुशल कारीगर बन गया। अंग्रेज़ों का यह ज्ञान, उनके लश्करी ठिकानों के पते और वहाँ होने वाली गतिविधियों की खबर क्रान्तिकारियों के नज़रिये से बड़ी महत्वपूर्ण थीं।

दाजी और उनके मित्रों ने जल्दी-जल्दी व्यवस्था की। उस गम्भीर हो चुके गलते ज़ख़्म पर अंजुरी भर कर गोमूत्र डाला गया। जिससे ज़ख़्म में पड़ चुके बारीक कीड़े फड़फड़ाते हुए बाहर निकल आये। जंगल की जड़ी-बूटियों के पारखी सारंग के साथी फटाफट काम में लग गये। सबसे पहले उन्होंने ज़ख़्मों को धोया। तब दाजी से रहा नहीं गया और उन्होंने अपने मन की बात कह दी, "महालिंगऽ थोड़ा तो धीरज रखना चाहिए था। बिना सोचे-विचारे बगावत करने की ऐसी भी क्या ज़रूरत थी?"

"क्या करूं दाजी? परिस्थिति ही ऐसी बन गई थी कि मेरे हाथ में कुछ बचा नहीं था।"

"मगर तूने ऐसा किया क्या?"

"बात तो हालाँकि साधारण कैम्प थी। बेलगाँव के क़िले में सेना का ठिकाना है। एक शाम मुस्लिम भिश्ती बच्चे वहाँ कैम्प में हण्डों से पानी भर रहे थे। वहीं पानी में आधी-अधूरी भीगी एक जवान युवती को देखकर एक गोरा पगला गया। क़िले के उस तरफ़ पास ही एक अँधेरी खुली जगह है। जहाँ हाथी तक छुप जाये। वहीं तीन गोरे बदमाशों ने रात में उस ग़रीब लड़की को उठा लिया। पास की झाड़ियों में खींचकर ले गये और उसके नाक, कान और दोनों स्तनों को दाँतों से जानवरों की तरह चबाना शुरू कर दिया। तभी उस बेचारी की चीख़-पुकार और रोने की आवाज़

मुझे सुनाई पड़ी। फिर क्या... मैंने उठाई बन्दूक़ और भागा उन नराधमों के सिर पर सवार होने।'

"आगे?"

"उस ग़रीब की आबरू बचाने लिए मैं उस मैटर में पड़ा। मेरे बीच में पड़ने से उनके इरादे बिखर गये तो उन ब्रिटिश बदमाशों ने मुझे ही बग़ावत के झूठे आरोप में फँसा दिया। उन्होंने इमरजेंसी सायरन बजा दिया और क़िले पर लगे सारे गोरे बन्दरों ने मुझे चारों तरफ से घेर लिये। सरकारी ऑर्डर न मानने के आरोप लगाते हुए मुझे बाग़ी घोषित करके अँधेरी कोठरी में फेंक दिया। सैन्य अदालत में मेरी इंक्वायरी होनी थी।"

"अरे तो वहाँ अपनी बात कहनी चाहिए थी, तुझे।"

"दाजी पगला है क्या तू? जाँच का तो बस ड्रामा था रे। उन्हें सिर्फ़ दूसरे दिन शाम तक मुझे ज़िन्दा रखने का ड्रामा करना था। मुझे गोली मार कर कुत्ते जैसी मौत देने का फ़ैसला तो वह पहले ही कर चुके थे।"

महालिंग के उन ज़ख़्मों और हिम्मत को देखते हुए दाजी मुद्दे की बात पर आये, "अरे लेकिन तू उनकी फौलादी पकड़ से छूटा कैसे?"

"उस क़िले के ऊँचे ठिकाने पर एक बैरक थी। वहीं मुझे क़ैद करके रखा था। किले की ऊँची दीवारों के पीछे, नीचे गहरी खाइयों की तरफ़ वाली खिड़की खुली ही रहती थी। उस तरफ़ से किसी का भी नीचे उतरना असम्भव है। लेकिन मेरे बदन में जाने कैसी ज़िद भर गयी, पता नहीं। मैंने अँधेरे में अपने सिर की पगड़ी की रस्सी बना ली। उसे कमर में बाँध कर क़िले की दीवार से चिपके-चिपके नीचे उतर रहा था। तभी दूसरी तरफ़ के पहरेदारों को मेरे पीठ की हलचल दिखाई पड़ गयी। उन्होंने तुरन्त सायरन बजा दिया। रस्सी पर लटके-लटके मैंने नीचे छलाँग लगा दी और झाड़ियों की आड़ लेते हुए पूरी ताक़त से भाग निकला। मेरी जान लेने के लिए वे लोग पीछे लगे ही थे। रास्ते में जैसे-तैसे मैंने एक घोड़े का बन्दोबस्त किया। लेकिन बेलगाँव छोड़ने से पहले, पीछे से चली दो गोलियाँ मेरी जाँघ में घुस गयीं। मगर मैंने हिम्मत नहीं छोड़ी और हर हाल में घोड़े पर दो रात बैठे-बैठे यहाँ तक पहुँचा।"

"वाह रे पट्ठे... ख़ूब लड़ा तू उन गोरे बन्दरों से। अच्छा किया तू आ गया। मुझे तेरी ज़रूरत थी।"

दाजी ने पहाड़ के क़रीब एक मित्र के खेत में बनी झोपड़ी में महालिंग के रहने की व्यवस्था करा दी। वैद्य बुलाया। जड़ी-बूटियाँ, दवा और खान-पान शुरू कराया।

सारंग दाजी सर्कस कम्पनी का बड़ा स्वप्न देख रहे थे। इसके लिए उन्हें महालिंग जैसे बहादुर दोस्त की ज़रूरत थी। सारंग ने दोस्त को भरोसा दिया कि वह जीवन भर उसके साथ खड़े रहेंगे। साथ ही उसे सलाह दी कि वह दाढ़ी बढ़ाकर मुस्लिम भेस अपना ले। महालिंग दाढ़ी बढ़ाकर मुसलमान के भेस में रहने लगा।

## 7

शायरा की यादों में खोये सारंग ने आँखें खोलीं। आकाशगंगा में फैली चाँदनी का सैलाब उसकी आँखों में भर गया। क्षण भर को उसे लगा कि वह तत्काल उठे और हाथ बढ़ा कर चाँद को अपनी मुट्ठी में कस ले। लेकिन तभी उसे अपने नीचे की ज़मीन और आकाश की ऊँचाई का एहसास हुआ और वह निराशा से भर गया। आख़िर आकाश में चमकते कन्दीलों तक उसके हाथ कैसे पहुँचेंगे?

शायरा की यादों और सवालों की उलझनों के बीच उजाला होते-होते सारंग ने नन्हीं कंचना के शान्त-सौम्य चेहरे और पतले-मुलायम बालों को देखा। तब वह मुदित मन से हँस पड़ा। अचानक उसे सोनीपत में कंचना का भविष्य बताने वाले एक जोगी का स्मरण हो आया। उसने कहा था, "तेरी इस नन्ही बालिका पर एक राजा की नज़र पड़ेगी। इस बच्ची की वजह से ही तुझे सोने जैसे दिन देखने को मिलेंगे।" सारंग को याद आया, अरे कल तो दशहरा है! उसकी आँखों के आगे पंचगंगा के किनारे बसी शाहू महाराज की करवीर नगरी, वहाँ के हाथी-घोड़े, मेले और जुलूस के दृश्य तैरने लगे। वहाँ बजने वाले गाजे-बाजे-शहनाइयाँ उसके कानों में गूँजने लगे।

उस दिन दोपहर को सारंग एक झटके में अपने घोड़े पर सवार हुआ और गाँव से बाहर निकल गया। वह रफ़्तार से बढ़ा जा रहा था। झाँसी की रानी ने घोड़े पर सवार होकर क़िले से छलांग भरते हुए जिस तरह से अपने बालक को कसकर पीठ से बाँध लिया था, वैसे ही सारंग ने अपनी पगड़ी खोलकर कंचना को पीठ से कस लिया था। हवा से बातें करते बाप-बेटी साँझ होने से पहले-पहले मिरज पहुँच गये। वहाँ सारंग के दोस्तों की मण्डली पहले से मौजूद थी। दोस्तों के पड़ाव में ही उसने वह रात गुज़ारी।

सारंग के मिरज में आने की ख़बर मिलते ही उसके और भी दोस्त इकट्ठा हो गये। दूसरे दिन दशहरा था। उन्होंने योजना बनायी कि अगले दिन कोल्हापुर पहुँचा जाये, जहाँ शाहू महाराज की भव्य सवारी निकलती है। शानदार उत्सव होता

है। उस महोत्सव को देखने के लिए पूरी मित्र मण्डली उत्साह से भरी थी। पौ फटते ही घुड़सवारों की टोली मिरज से निकल पड़ी और दोपहर बारह के पहले ही हातकणंगले जा पहुँची। जहाँ साँझ के लिए मेला भरने लगा था। शाम होने तक सबने कोल्हापुर की सैर की।

सारंगदाजी को बड़े कलाकारों और विद्वानों की सोहबत में आनन्द आता था। ऐसे समय वह कंचना को ज़रूर अपने साथ रखते थे। उनका कहना था कि बचपन से ही उसे उत्तम ज्ञान मिला तो वह अपने जीवन में सिर उठाकर जी सकेगी। बीते कुछ समय में श्रेष्ठ नट बालगन्धर्व तथा नाना और उनकी मुँहबोली बहन गायिका सुन्दराबाई के साथ उनके पारिवारिक सम्बन्ध हो गये थे।

उस शाम कोल्हापुर के दशहरा चौक में मेला लगा था। दशहरे की शोभा के बीच तमाम बड़े मन्त्रियों, सरदारों, साहूकारों की पालकियाँ चौक में इकट्ठा होने लगी थीं। तभी क़रीब चालीस हाथियों का झुण्ड गर्जना करता हुआ, सामने से आता दिखाई दिया। किसी भी नगर में गली-गली फुरफुराते इतने घोड़े और कोने-कोने में इस तरह झूमते हाथी दाजी ने पहले कभी नहीं देखे थे।

जलसे-जुलूस में राजवैभव क्या और कैसा होता है, सारंग को पहली बार यह बात संध्या समय में कोल्हापुर के दशहरा चौक में दिखाई दी। उनके देखते-देखते अमीर-उमराव, घड़घड़ आवाज़ करते चार पहियों वाले अपने रथों के साथ वहाँ जमा होने लगे। इस जंगी मेले में सबसे ज़्यादा अगर कुछ था, तो सजे-धजे नखरैल घोड़े। शाहूराजा के अस्तबलों में पले-बढ़े ये जानवर अत्यन्त हृष्ट-पुष्ट, मज़बूत और सहज ही आँखों में बस जाने वाले थे। उनकी पीठ पर बैठे सवारों के बदन पर पड़े अंगरखे ताँबई रंग के थे। उनके पैरों में घुटने तक लम्बे चमड़े के बूट, सिर पर नुकीले कोल्हापुरी फंटे तो थे ही, प्रत्येक के हाथ में नुकीले भाले और उन पर फहराते झण्डे माहौल को अलग ही रंग दे रहे थे।

उस मेले में पचास से ज़्यादा बैलगाड़ियाँ थीं। जिनमें तोपें रखी हुई थीं। उनके पीछे चीतों के आठ पिंजरे थे। जिनमें बन्द ये जानवर लगातार गुर्रा रहे थे। घुड़सवार दल के साथ रास्ते पर पैदल सिपाही रौबदार अन्दाज़ में परेड कर रहे थे। उनके कन्धों पर बन्दूकें और कमर में चमकती तलवारें लटक रही थीं।

बैलों की पीठ पर काँच की झालरें थीं और उनके सींग रंगों से सजे थे। उनके पीछे बहुत प्यार से श्रृंगार किये हाथी थे। जिनकी पीठ पर नक़्क़ाशीदार चादरें थी। एक व्यक्ति ने सारंगदाजी से बड़े अभिमान से कहा, "इस संसार में अपने बच्चे से भी ज़्यादा कोई किसी पालतू जानवर को कहाँ प्यार करता है? अगर कोई यह

सवाल साक्षात् देवता से भी करे, तो वह आँख मूँदकर एक ही जवाब देगा–मेरे शाहू के कोल्हापुर में!"

तभी एकाएक तेज़ बादलों की गड़गड़ाहट जैसी आवाज़ों का सिलसिला कानों में पड़ना शुरू हुआ। देसी तुरही, ढोल-ताशे और लेझिम पर झूमते युवाओं से लेकर विलायती बैंड तक लय और ताल में बढ़े आ रहे थे। इनके साथ ही लम्बे-लचकदार छनछन करते दाँडपट्टों का कौशल दिखाते हुए एक टोली अपनी मुट्ठी में गुलाल भर-भर कर हवा में उछाल रही थी। पूरा माहौल हर्षध्वनि से कुछ अलग ही बन रहा था।

जहाँ सामने हाथी खड़े थे, उनके पीछे से विशाल पर्वत की तरह झूमता एक हाथी आगे बढ़ता नज़र आया। उस पर सुनहरी झालरें और रंग-बिरंगे गोटे-किनारी वाले तस्मे झूल रहे थे। उस गजराज की पीठ पर चाँदी का नक़्क़ाशीदार हौदा रखा था। जिसमें शाहू महाराज विराजमान थे। उनका भरा चेहरा, घनी मूँछें, गरुड़ जैसी पानीदार आँखें, सिर पर लहरदार नोकदार फेटा और चेहरे पर हल्की धूप की तरह लुभाने वाला मन्द हास्य हर किसी को अपनी तरफ़ आकर्षित कर रहा था। असंख्य वाद्य यन्त्रों और रणभेरियों की लय-तरंगों के बीच महाराज दशहरा चौक पहुँच गये।

महाराज के दोनों तरफ़ अनेक हाथी और सजे-धजे ऊँट भी खड़े थे। अब विधिपूर्वक शमी वृक्ष का पूजन और उसके बाद 'सोना' यानी शमी के पत्तों को लुटाने की शुरुआत होनी थी। सैकड़ों विद्वान, पण्डित और गण्यमान्य लोगों को बुलाया गया था। एक बार फिर ज़ोर-शोर से मंगलवाद्य बजने लगे। चिंगारियाँ उड़ने लगीं। आकाश की सुषमा बढ़ाने वाली आतिशबाजी वृक्ष वल्लरियों का आकार लेकर बच्चों के दिल में उतर गई। वे उत्साह से नाचने लगे। चिंगारियों की बरसात जारी थी। पूरे उत्सव की शोभा लाजवाब करने के लिए राजा ने ख़ासतौर पर तासगाँव के आतिशबाज़ों को बुलाया था। दशहरा चौक में शाहू महाराज को ग्यारह तोपों की सलामी दी गयी।

सामने जब आतिशबाज़ी चल रही थी, तब एक विशालकाय हाथी पीछे की तरफ़ झूम रहा था। तभी कुछ बदमाश बच्चों ने पीछे एक रॉकेट को तिरछा रख कर उसमें आग लगा दी। उसके सर्र से गुज़रते ही कुछ चिंगारियाँ हाथी की आँखों में गिर गयीं। उसकी आँखों सुलगने लगीं। उसने दिखना बन्द हो गया। उस जानवर को लगा कि अचानक किसी ने उसके प्राणों पर हल्ला बोल दिया है। उसने जोर की चिंघाड़ लगायी और किसी पेड़ की नर्म शाख जैसी अपनी सूँड़ ऊपर उठा कर

ग़ुस्से में ज़मीन पर पटकने लगा। असह्य वेदना से बेजार वह जानवर ज़मीन पर चलती आतिशबाज़ी वाली चकरी की तरह चकराने लगा। उसकी सूँड़ के फटकों और पैरों के नीचे आकर कई लोग घायल हो गये। ख़ून के छींटे हवा में उड़ने लगे। अनेक जन ज़ख़्मी हो गये।

भीड़ में लोग मारे डर के चिल्लाने लगे, "भागो रे भागोऽऽ हाथी पागल हो गया... हाथी पागल हो गया..." यह अप्रत्याशित घटना देखकर तीन-चार भालेदार अपने हाथों के भाले लिए आगे बढ़े। उन्होंने वनराज पर प्रहार शुरू कर दिये। इससे वह हाथी और चिढ़ गया। लोग घबरा गये और जिधर रास्ता दिखा, उधर सिर पर पैर रख कर भागने लगे।

अधिकारियों ने शाहूराजा को सलाह दी, "सरकारऽऽ हाथी को गोली मारने का फरमान दीजिए।" महाराज ने हँसकर कहा, "यह राजा मूक जानवरों से प्यार करता है। उनकी जान नहीं लेता!"

"लेकिन महाराज करें भी तो क्या?"

"अगर तुम मर्द हो तो जानवर की जान लेने के बजाय उसे काबू करके दिखाओ।"

दो ठेठ काले दिखने वाले, खिचड़ी दाढ़ी वाले चतुर महावत आगे बढ़े। हाथी ने दोनों को अपनी सूँड़ के ज़ोरदार प्रहार से घायल कर दिया। यह देख बाकियों की धोती गीली होने लगी। कोई आगे नहीं बढ़ा। किसी की हिम्मत ही नहीं पड़ी। यह देखकर सारंग की धमनियाँ सुलग उठीं। उसने कंचना को अपने मित्र के पास दिया। सारंग शिन्दे के अंगों में पौरुष मचलता था। साथ ही उसे अपनी जंघाओं के बीच दबे घोड़े, सिकन्दर पर भी बहुत विश्वास था।

सारंग ने ज़ोर की एड़ लगायी। हाथ से सिकन्दर की पीठ ठोंकी। बार-बार लगाम खींचे जाने से सिकन्दर के नथुने झनझना उठे। उसके पूरे बदन में झुरझुरी दौड़ गयी। बारात में जैसे घोड़ा नाचता है, सारंग उसे नचाते हुए हाथी के सामने जा पहुँचा। दूसरे ही क्षण घोड़ा उस बिगड़ैल हाथी के बदन पर बरस पड़ा। ज़ोर की एड और लगाम खींचे जाने से भड़के हुए सिकन्दर ने हाथी के पेट और पीठ पर ज़ोरों से लातें बरसा दीं।

एक सामान्य से घोड़े को अपने ऊपर ऐसी चढ़ाई करते देखकर हाथी और बौरा गया। उस पर चिढ़े हुए घोड़े ने उसे काटने की भी कोशिश की। इससे पहले कि सूँड़ का प्रहार उस पर हो, सिकन्दर अपने बदन को एक झटके से बचा ले जाता। हाथी की सूँड़ तेज़ गति से धरती से टकराती।

सिकन्दर का यह दुस्साहस हाथी के लिए अकल्पनीय था। उसने रौद्र रूप धर लिया। भयंकर क्रोध में भरकर उस हाथी ने सिकन्दर की पीठ को धर लिया। तभी अचानक कुछ दूरी पर उसके सामने एक छोटी-सी बच्ची आ पहुँची और उसे चिढ़ाने लगी। अपने दोनों हाथों के पंजे अपने कानों पर लाकर, जीभ निकालकर वह उस झुँझलाये हाथी को खिझा रही थी।

"हत्ती हत्ती हूप हूप... तेरे लम्बे लम्बे कानों में जलती धूप।"

नन्ही कंचना की यह बहादुरी देखकर सारे लोग चकरा गये। तभी हाथी जैसे नशे में झूमता हुआ आगे बढ़ा। उसने कंचना को अपनी सूँड़ में लपेट लिया और वहीं गोल-गोल घुमाकर एक तरफ़ ज़ोरों से उछाल दिया। "अरे बाप रेऽ", "देवा रे देवाऽ" कई आवाज़ें एक साथ उठीं और बहुतों ने तो मारे डर के अपनी आँखें मींच लीं। देर तक मारे घबराहट के उनसे आँखें नहीं खोली गयी। अब क्या देखना? बाजू के किसी पत्थर या दीवार से टकराकर उस बच्ची के नाज़ुक शरीर के परखच्चे उड़ गये होंगे।

बहुतों ने धीरे-धीरे आँखें खोलकर इधर-उधर देखा। हाथी ने जब कंचना को उछाला तो सारंग ने घोड़े समेत छलाँग लगाकर उसे बीच में ही झेल लिया था। वह बच्ची अब अपने बाप की पीठ से चिपकी हुई घोड़े पर पीछे बैठी थी। सारंग के कमरबन्द से वह ख़ुद को पिता के साथ कसकर बाँध रही थी। उसके चेहरे पर लेशमात्र भी भय नहीं दिख रहा था। उल्टे, नये काम के लिए निकलने का उत्साह झलक रहा था।

होशियार सारंग पुनः सावधान हो गया। उसने एक बार फिर अपने घोड़े को हाथी के सामने ले जाकर नचाना शुरू कर दिया। क्षुब्ध ऐरावत ने आख़िरकार सारंग की पीठ पकड़ ली। तभी सारंग ने लोगों की भीड़ के बीच से घोड़े को बाहर निकाल लिया। हाथी उसकी पीठ से लगा हुआ था। उसके साथ संघर्ष में लगे, सारंग आगे बढ़ता रहा और हाथी को दशहरा मैदान से बहुत दूर ले आया। सामने एक छोटी नदी बह रही थी।

चिढ़ा हुआ हाथी पीछा छोड़ने के लिए तैयार नहीं था। वह भी नदी में घुस गया। लेकिन अचानक उसे लगा कि उसकी मोटी चमड़ी को अक्षरशः कोई चीर रहा है। नदी सँकरी थी और उसके दोनों किनारों पर घने बाँस और कँटीली झाड़ियाँ उगी थीं। चपल घोड़ा जैसे-तैसे आगे सरक रहा था। लेकिन विशाल हाथी फँस गया। बदन के दोनों तरफ़ से नुकीले बाँस उसकी चमड़ी में घुसकर काट रहे थे। चमड़ी छिली जा रही थी। कुछ टूटे बाँस ऐसे घुसे कि ज़ख़्म बनने लगे। लोहे के पाइप में

जैसे कोई मोटा कुत्ता फँस जाता है, बाँसों की झाड़ी में हाथी की स्थिति भी कुछ वही हो गयी थी।

आगे बढ़ता हुआ सिकन्दर बीच-बीच में रुक जाता था। वह पीछे मुड़ता और हाथी के बदन पर अपनी लातों से प्रहार करने लगता। हाथी पलटवार के लिए सूँड़ उठाता मगर बाँसों और कँटीली झाड़ियों के बीच वह ख़ुद घायल हो जाता। बुरी तरह फँस चुके हाथी को सारंग और सिकन्दर ने ख़ूब सबक सिखाया। आख़िरकार हाथी बेतरह थककर निढाल हो गया। वह ऐसे फँसा था कि अक्षरशः उसके बदन से पसीना फूट पड़ा। उसके बदन में चीत्कार करने की भी ताक़त शेष नहीं रह गई थी।

उधर, साँझ ढल चुकी थी। दशहरे का उत्सव मना कर शाहू महाराज अपने मन्त्रियों, अधिकारियों के साथ वापस राजमहल में लौट आये थे। ग़ुस्से से पगलाये हाथी को भीड़ से बाहर निकालकर दूर ले जाने वाला मर्द आख़िर था कौन? महाराज उस बहादुर को देखने के लिए बहुत उत्सुक थे। तभी राजमहल के सामने हाथी के गले में बँधी घण्टी की आवाज़ आयी। सारे मन्त्री, सरदार, घुड़सवार आश्चर्यचकित होकर सामने देखने लगे। रौद्र रूप से सब कुछ तहस-नहस करने को तैयार वह हाथी अब किसी बच्चे की तरह सीधा-सरल खड़ा था। सारंग शिन्दे के घोड़े के साथ वह बिल्कुल उसके किसी बाल-सखा की तरह हिलता-डुलता आ पहुँचा था। दरबार में मौजूद मण्डली को अपनी आँखों पर विश्वास नहीं हो रहा था। सारंग और उसके साथ नन्ही कंचना घोड़े से नीचे उतरे। दोनों शाहू महाराज के सामने पहुँचकर आदर से झुक गये।

प्रसन्नवदन राजा ने ख़ास कोल्हापुरी ढंग से उनसे पूछा, "क्या रे बेटा, क्या इनाम दूँ तुझे? सोने का कण्ठा दूँ या कुछ और? बता...!"

"सोने का कण्ठा लेकर क्या करेंगे सरकार! मैं तो एक साधारण किसान हूँ, जिसके पास बड़े सपनों के सिवाय कुछ नहीं है।"

"क्या नाम है रे तेरा? और कैसे सपने देख रखे हैं तूने?"

"मैं कागवाड का सारंग शिन्दे महाराज! अपनी सर्कस कम्पनी बनाने के सपने ने मुझे बेजार कर रखा है। अपने सर्कस के लिए, सूखी रेत में पड़ी मछली की तरह मेरा मन तड़पता है। पहले मैं गोरे साहबों की कम्पनी में सूबेदार था। वहाँ का अनुभव है मुझे। अब आप मुझे अपना आशीर्वाद दें।"

"फ़िलहाल किस सर्कस में खेल दिखाते हो?"

"मैंने परशुराम माली से गण्डा बँधा रखा है।"

"वाहऽऽ वाह रे पट्ठे, हल के फाल में तेरा जी नहीं अटका... तू सर्कस के बड़े-बड़े स्वप्न देखता है... झकास!" महाराजा ने सारंग को अपने नज़दीक बुलाया। उसकी कलाई पकड़कर महाराज अपने महल के पीछे हाथीखाने में लेकर गये। सामने छोटे-बड़े चालीस हाथी शाही संरक्षण में थे, "चल बेटा इनमें से तो कोई एक जानवर पसन्द कर। फिर मैं अपनी पसन्द का एक और तुझे भेंट दूँगा।"

सारंग ने हाथीखाने के दो चक्कर मारे। वह आराम से चलता हुआ थोड़ा पीछे गया। अपनी गर्दन तिरछी करते हुए उसने पास खड़ी कंचना से पूछा, "बता छोरी... कौन-सा हाथी चाहिए तुझे?"

वह नन्ही बालिका दौड़कर आगे गयी। अपने क्रोध से सबको डरा देने वाले हाथी की सूँड़ अपने हाथों में पकड़ ली। बालिका ने पुनः झुककर महाराज को वन्दन किया।

शाहू राजे बादलों की गड़गड़ाहट की तरह खुलकर हँसे। बोले, "कमाल है! जिसने प्राणों को संकट में डाल दिया था, उस प्राणी से इतना प्यार?"

"महाराज इस ऐरावत की कोई चूक नहीं थी। वो तो बदमाश बच्चों की आतिशबाज़ी से चिंगारियाँ निकलीं, जो इसकी आँखों में गिर गई थीं।"

"वाह बेटा, तुमने तो मेरा दिल जीत लिया," महाराज ने हँसते हुए कहा, "इस शानदार जानवर का नाम पता है तुझे? मैंने इसका नाम 'गजरत्न' रखा था। सचमुच यह रत्न है। जा बेटा। इस एक हाथी के साथ मैं तुझे एक और देता हूँ... तुझे मेरा आशीर्वाद है... तेरा स्वप्न पूरा होगा।"

शाहूराजा ने गजरत्न के साथ एक अन्य हाथी का बच्चा इनाम में दिया। यही नहीं, ख़ुश होकर उन्होंने अपने अस्तबल में से सात मज़बूत और सुन्दर घोड़े भी दे डाले।

यह गजलक्ष्मी और अश्वशक्ति लेकर सारंग और नन्ही कंचना किसी युद्ध-विजेता की रौबीली चाल से चलते हुए तीसरे दिन सुबह अपने गाँव पहुँचे।

सारंग ने अपने छोटे-से सर्कस के श्रीगणेश का नारियल फोड़ा। कागवाड में अब जैसे कौतुक की बहार आ गयी। चारों दिशाओं में कीर्तिवान शाहूराजा ने दशहरा चौक में सारंग का सम्मान किया, इस बात से पूरा गाँव ही मानो पागल हो गया था। दगडोबा और तारानाथ के आई-बाप आगे होकर सारंग के पास आये। कौतुक से बोले, "अरे बेटाऽ तूने तो राजा-महाराजा की आँखें चौंधिया दी। लक्ष्मी अब तेरे द्वारे पर नाचेगी। जा, हमारे बच्चों को जहाँ चाहे ले जा। हमें भरोसा है कि तू जहाँ जायेगा, वहाँ झण्डे गाड़ेगा।"

कई सारे कलाकार, बाजीगर और खिलाड़ी साथ ही थे। कर्नाटक की सीमा पर दूसरे सर्कस में काम करने वाले तीन-चार ट्रूप सारंग से आकर मिल गये। एक ट्रूप मतलब ऐसा समूह जिसमें पच्चीस-तीस बढ़िया कलाकार और चपल ललनायें। अपनी रियासत के व्यक्ति का इतने बड़े राजा ने ऐसा भव्य सम्मान किया है, यह बात जब कुरुंदवाड के नरेश को पता चली तो वह भी ख़ुश हो गये। उन्होंने दो ऊँट बख़्शीश में दिये। देखते-देखते साल भर के अन्दर शिन्दे के बाड़े में अनेक हाथी, घोड़े, बाघ, सिंह जैसे जानवरों की फौज़ खड़ी हो गयी ।

गाँव समेत पाँच-पाँच कोस दूर से आकर जवान लड़के बहुत उत्साह से सर्कस में शामिल होने लगे। छोटा सर्कस बड़ा होने लगा। सर्कस चल पड़ा। सारंग ने तय किया कि वह सर्कस का नाम अपनी लाडली बेटी के नाम पर रजिस्टर कराएँगे, 'द ग्रेट कंचना सर्कस'।

मित्रों समेत गाँव के लोगों ने दाजी को सलाह दी, "इतना बड़ा काम करने निकले हो तो पंचांग वग़ैरह देख लो। ग्रहों-तारों की चाल समझ लो।"

दाजी लगे हाथ एक बड़े पुरोहित से मिले। पुरोहित जी ने तुरन्त लैंस निकाल कर पंचांग देखा। कोने-कोने पर ग़ौर से नज़र डाली। फिर अपने चेहरे पर डर की लकीरों के साथ आँखें मिचमिचायीं। चिन्तित स्वर में दाजी ने पूछा, "गुरुजी कुछ अड़चन है क्या?"

"अड़चन का क्या बोलूँ... मुझे तो सामने बड़ा गड्ढा दिख रहा है।"

"कैसा गड्ढा?"

"इतनी खींचतान, कर्ज़ा पानी लेकर इतनी महँगी कम्पनी बनाने निकले हो, तो उसे औरत का नाम क्यों देना? धर्म और रीति-नीति तुम्हें कुछ समझता है या नहीं? अरे, स्त्री यानी नरक का द्वारऽ!"

"हट् कुछ भी बोल रहे हो आप गुरुजी। ये सब मुझे नहीं जमता।"

"कैसे नहीं जमता?"

"देखिए, मुझ पर अपनी कृपा बरसाने वाली कालम्मा और माता लक्ष्मी दोनों ही स्त्रियाँ हैं कि नहीं! ऐसी देवियों को आप अशुभ समझते हैं?"

"देखो सारंगराव, तुम ये धर्म को चुनौती मत दो। अरे पैरों का खड़ाऊ इन्सान को कितना ही पवित्र लगे, लेकिन कोई उसे सिर पर उठाये तो नहीं फिरता ना!"

"ऐसा है गुरुजी कि आपकी ऐसी बेतुकी बातें मान क्या हम यही समझ लें कि हमें जन्म देने वाली माँ भी 'नरक का द्वार' है? ...और आप क्या आसमान से टपके हो? अपनी माँ के यानी एक स्त्री के पेट से ही तो आपने भी जन्म लिया है न?"

सारंग दाजी ने पंचांग बाजू किया और सारे मुहूर्त हवा में उड़ा दिये। उन्होंने अपने सर्कस के बोर्ड की 'द ग्रेट कंचना इंटरनेशनल सर्कस' नाम से ही पूजा की।

दाजी के सर्कस में काम करने के लिए बाहर से अस्पृश्य और खानाबदोश जातियों के लड़के भी भागे आ रहे थे। उन्हें गाँवों में या फिर नगरों-क़स्बों में म्युनिसिपालिटी की तरफ़ से सड़कों पर झाड़ू लगाने का काम मिलता था। कइयों को गाँव में मरे हुए जानवर ढोकर बाहर नदी-नालों या जंगलों में फेंकने को कहा जाता था। गाँवों में हीन दर्ज़े के ये काम और उस पर उच्चवर्गीय लोगों की जली-कटी बातें इन लड़कों को बहुत अपमानजनक लगती थीं। इसलिए मरे जानवरों के सान्निध्य के बजाय सर्कस में बाघों-सिंहों के अयाल पर हाथ फेरने का काम उन्हें सम्मानजनक मालूम हो रहा था।

गाँव में ऐसे ग़रीब लड़कों के साथ बुरा बर्ताव होता था। नाम शंकर हो तो कोई 'रे शक्कर' चिल्लाता और नाम बाजीराव भी हो तो कहने वाले 'ओए बाजा' कहकर चिढ़ाते। घर का दारिद्र्य उनके बदन पर पड़े कपड़ों पर साफ़ नज़र आता। बहुतों के बदन पर किसी ज़मींदार से मिले या चोर बाज़ार से कौड़ियों के भाव लाये पुराने जर्जर कुर्ते होते और उसके नीचे कमर पर छोटी-सी लँगोट रहती। धोती ख़रीदने की तो उनकी हैसियत ही नहीं होती। लड़के ऐसे मैले-कुचैले कपड़ों और दारिद्र्य में नहीं रहना चाहते थे। वहीं, सर्कस कम्पनी में उन्हें अंग्रेज़ साहबों जैसी पतलून और कमीज़ या टी-शर्ट पहनने को मिलती थी। कई को तो कम्पनी में साहबी हैट और कोट भी मिलता था। इस तरह यह नया रुबाब था और साथ में दाजी का बर्ताव भी अत्यन्त प्रेम भरा। वह सबके साथ आदर से पेश आते। सर्कस में इन ग़रीब लड़कों को 'रिंगब्वॉय', 'केजब्वॉय' और 'किचन असिस्टेंट' जैसे कौतुक भरे अँगरेज़ी नामों से बुलाया जाता था। कोई कारकून कभी किसी दूसरे को 'अरे कलेक्टर साहब' कह कर आवाज़ लगाता, तो उसका चेहरा आनन्द से चमक उठता था। महार बच्चों और खानाबदोशों को पूरा सम्मान दिया जाता था। इसलिए सर्कस में काम करने वाला हर व्यक्ति सारंगदाजी और कंचना पर अपनी जान छिड़कता था।

सर्कस शुरू हुआ। धीरे-धीरे यश भी बढ़ने लगा। कम्पनी दक्षिण की तरफ़ नये-नये गाँवों और ज़िलों में गयी। तब कुछ दिनों बाद कम्पनी के कुछ ब्राह्मण और मराठा कलाकार दाजी के पास आये। उन्होंने साफ़ शब्दों में अपनी शिकायत सामने रखी, "आपके सर्कस में महार-माँग, रामोशी, चमार-कुम्हार और क्रिश्चियन-मुसलमान ये सारी जाति-धर्म के लोग हैं।"

"अरे मगर तुम लोगों की प्रॉब्लम क्या है?" दाजी ने पूछा।

"सर्कस के खेल तो चलो ठीक... मगर हर समय इन नीची जाति वालों के साथ छुआछूत... हम हिन्दू हैं... ब्राह्मण-मराठे... हमारी ऊँची जगह है... दाजी वो जगह हमें यहाँ मिलना चाहिए कि नहीं?"

"कैसी जगह चाहिए?"

"हमें खाना तक इन नीचे... गन्दे लोगों के साथ खाना पड़ता है। कृपा करके हमारी रसोई अलग करा दें। हमारा खाना अलग बनना चाहिए। नहीं तो हमारा धर्म ही भ्रष्ट हो जायेगा।"

"यह बात तो यहाँ किसी हाल में नहीं चल पायेगी। सर्कस का रिंग एक है, कम्पनी में सबकी पगार एक जगह से आती है तो खाने की रसोई भी एक ही रहेगी। जिसे जमता हो रहे। यहाँ बेकार किसी का लाड़ नहीं होगा।"

इसी दौरान दाजी ने यूरोप के दस शानदार बाजीगरों-कलाकारों के जोड़े अपनी कम्पनी में शामिल किये। इनके साथ तीन-तीन साल का करार किया। वे ऊँचे झूलों पर छलाँग भरते थे, एक पहिये की साइकिल चलाते थे, मज़बूत घोड़ों की पीठ पर सवार होकर बन्दरों की तरह हवा में उछलते-गुलाटियाँ खाते और फिर सही-सलामत रफ़्तार भरने लगते थे। चुलबुली फिरंगी लड़कियों को सर्कस में देखकर कभी देवदासी रही, गँवई लड़कियों का उत्साह बढ़ गया था। वे सब इकट्ठा होकर हैरानी से उन्हें देखती थीं।

हवा में ऊँचाई पर उलटा लटक कर झूलती हिन्दुस्तानी लड़कियों के लम्बे केश बड़ी अड़चन पैदा करते थे। छलाँग भरते हुए चोटियाँ हाथ-पैर में अटक जाती थीं। इसलिए कंचना ने कम्पनी के नाई को साथ लेकर लड़कियों के बालों पर कैंची चलवा दी। गोरी लड़कियों की तरह बॉयकट होने पर ये लड़कियाँ भी ख़ुशी से खिल गयीं। बदन पर कसकर बाँधी पतली साड़ियाँ भी बाजू कर दी गयीं। उनकी जगह पर कमर में छोटी चड्डी और सीने पर कसी हुई टी-शर्ट आ गयीं। धीरे-धीरे लड़कियों को इन कपड़ों की आदत हो गयी। वे इनमें सहज हो गयीं। उन्हें मजा आने लगा।

ऐसे समय जबकि स्त्रियों को देवी-देवताओं के मन्दिरों तक में प्रवेश की छूट नहीं थी। जब पाठशाला की दहलीज़ पार करना उनके लिए पाप था। तब कृष्णा नदी के किनारे फल-फूल रही भारतीय सर्कस कम्पनियों में इन युवतियों को खुले में साँस लेने का अवसर मिल रहा था और नीले आकाश के नीचे वे स्वतन्त्र थीं। अपने साथ अनेक बेसहारा, ग़रीब बालिकाओं को कम्पनी देवता से न्याय मिल रहा था, इस बात से कंचना बहुत ख़ुश थी।

सारंगदाजी के जीवन की वह सुबह सामान्य दिनों से अलग थी। मिरज में सर्कस का कैम्प लगा था। यहाँ से रेलगाड़ी में कम्पनी को बैंगलौर छलाँग लगानी थी। इसकी तैयारी के लिए बीच में दो दिन ख़ाली रखे गये। एक के बाद एक शो से फुर्सत के बाद हाथी जैसे विशाल जानवरों को सही ढंग से नहलाना-धुलाना आवश्यक था। दाजी के हाथी खाने में अनेक महावत और जानवरों के बाड़े में अनेक सहायक थे। जीवन ने दाजी को अनुभव की बड़ी गठरियाँ दी थीं। इनमें से एक अनुभव यह था कि मालिक जब ख़ुद सामने मँडराता है, तभी नौकर फटाफट काम करते हैं।

कृष्णा के घाट पर अभी तक गहरा अन्धकार था। अमावस बस गुज़री ही थी। आँखों में अँगुलियाँ डालें तब भी सामने कुछ नज़र न आये, ऐसा अँधेरा। नदी किनारे नन्ही-नन्ही चिड़िया चहचहा रही थीं। बीच में एकाध उल्लू इधर से उधर उड़ान भरता। दाजी के महावतों ने तड़के ही अपने छोटे-बड़े पन्द्रह हाथियों को कृष्णा की धारा में उतार दिया था। पानी देखकर उन मज़बूत जानवरों के बदन में मस्ती की लहरें उठने लगीं। अपनी सूँड़ को वे तुरही की तरह उठाकर ख़ुशी से चीत्कार करने लगे। मादाओं ने बच्चों को अपनी सूँड़ से पकड़कर आगे धकेलना शुरू किया। वे सब पानी में इधर-उधर लुढ़कते हुए मौज-मस्ती का आनन्द लूटने लगे।

उन जानवरों की मस्ती का एक दौर ख़त्म हुआ तो दाजी ख़ुद अपनी बाँहें चढ़ाकर महावतों के साथ पानी में उतर गये। फिर उन्होंने हाथियों की सूँड़ पकड़कर, सूप जैसे उनके कान धरकर, उनके खम्भे जैसे पैरों की मोटी चमड़ी पर जहाँ-जहाँ कीचड़ और लीद चिपककर सूख चुकी थी, घिसना शुरू किया। नारियल की जटा-जूट के साथ यह घिसना चल रहा था। थोड़ी देर में चारों तरफ़ ताँबई प्रकाश फैल गया। तट के दोनों तरफ़ के पेड़ों पर पक्षी अपने पंख झाड़ते हुए इधर-उधर फुदकने लगे। तभी पीछे के सघन खेतों से कोई दौड़ता हुआ आया। पलक झपकने से पहले ही उसने ऊँचे किनारे से भरी नदी में छलाँग लगा दी। धुप्प की ज़ोरदार आवाज़ आयी।

आत्महत्या के इरादे से पगलाया इन्सान अपने होशो-हवास खो देता है। उसी कैफियत में वह मृत्यु के जबड़े में छलाँग लगाता है। लेकिन जब वह उस जबड़े के दाँतों में फँसने लगता है, तब मौत के मुँह में जाते हुए उसे जीवन का सच्चा मोल समझ आता है। इसी हिसाब से गहरे पानी में छलाँग लगाने वाली वह स्त्री जब पानी में डूबते-उतराते हुए कुछ पल को ऊपर आयी, तो ज़ोर से 'देवा रेऽऽ' कहते हुए चिल्लायी। वह फिर से गहरे पानी में डूबने लगी। अँधेरे में, उसकी खुल चुकी साड़ी का सिर्फ़ एक सिरा दिखाई दे रहा था।

यह दृश्य देखकर दाजी अवाक रह गये। वह चिल्लाये, "कोई बदनसीब औरत है रे! बेचारी जान दे रही है...," दाजी बीच में खुले पानी की तरफ़ तैरने लगे। वहाँ पानी तीन-चार पुरुषों की लम्बाई जितना गहरा था। अपनी नाक से जोरों से साँस अन्दर भरकर उन्होंने गहरे पानी में डुबकी लगायी। अन्दर ढूँढ़ने लगे। कुछ देर बाद उनकी साँस रोके रखने की क्षमता जवाब देने लगी। लेकिन जब तक कि वह वापस पानी से बाहर निकलकर आते, उस स्त्री के बिखरे केश उनके हाथों में लग गये। अपनी मज़बूत मुट्ठी में उन बालों को पकड़ उन्होंने कसकर ज़ोर लगाया और तेज़ी से ऊपर आ गये। बड़ी मेहनत से वह उस महिला को खींचते हुए किनारे तक लाये।

नाक-मुँह से बहुत-सा पानी अन्दर जाने से वह स्त्री बेहोश हो गयी थी। दाजी ने उसे उलटा लिटा कर दबाया और उसके पेट का पानी बाहर निकाला। पानी भलभला कर बाहर निकला। बेहोशी टूटने पर वह औरत रोने लगी। उसके चेहरे पर नज़र जाते ही दाजी को धक्का लगा। अचानक उनके मुँह से शब्द निकले, "वहिनी (भाभी) साहेब आप?"

नदी के दूसरी तरफ़ उनके मौसेरे भाई कुरुंदवाडकर सावन्त सरकार रहते थे। हीराबाई उनकी धर्मपत्नी थी।

हीराबाई को लेकर दाजी अपनी कम्पनी के रिहाइशी तम्बू में पहुँचे। कंचना को ख़ास हीराबाई की देखभाल में लगाया। दो दिनों तक ख़ूब बातें होती रहीं। हीराबाई दुख में डूबी हुई एक ही रट लगा रही थीं, "दाजीसाब, मुझे क्यों बचा लिया? मैं मर जाती तो कितना अच्छा होता।" चर्चा के दौरान हीराबाई ने धीरे-धीरे बाबूराव सावन्त सरकार के बारे में बहुत कुछ बताया। उनका सामन्ती रवैया, रंगीन मिज़ाजी, बाज़ारू लड़कियों को लेकर कोठी पर आना और रात भर चलने वाले राग-रंग और नाच-तमाशे।

"भाऊजी बाहर की छिनालों और बाज़ारू लड़कियों ने मेरे सिन्दूर के स्वामी को अपने पिटारे में बन्द कर लिया है। उनके नंगे नाच, वो दारू और वो सारी बेहयाई... दुर्भाग्य से मेरे ही हिस्से आये, मैं सचमुच ज़िन्दगी से उकता गयी हूँ।"

"वहिनी थोड़ा धीरज धरो।"

"लेकिन तुमने क्यों... क्यों मुझे बचा लिया?"

"मतलब?"

"तीन साल हो गये... मेरे आदमी ने मुझे छुआ तक नहीं। कोई औरत कब तक ऐसे कुढ़ती-जलती रहे? और उस पर उन्हें देखो तो जाने कहाँ-कहाँ से

लड़कियाँ लाकर मेरी छाती पर नचाते हैं! मेरा अपमान करते हैं। क्यों मैं यह सब सहन करूँ?"

"ऐसा मत बोलो। आप मेरी बहन जैसी हो। आत्महत्या पाप है। यह दुनिया सुन्दर है। जीने के लिए है। देखो अपने चारों तरफ़,' कहते हुए दाजी ने हाथियों पर एक नज़र डाली। फिर बोले, "बताओ, कब छोड़ आऊं तुम्हें पति के घर?"

"रोज़ जाने कैसी-कैसी औरतों को घर में लाकर नचाने वाले उस साँप जैसे पति का मुँह देखने से तो कृष्णामाई की यह गोद कितनी पवित्र है! मुझे सुख से मर जाने दीजिए।"

दाजी उन्हें ढाढस बँधाते रहे। फिर जब उनकी हालत कुछ स्थिर हुई तो दाजी ने हीराबाई से कहा, "वहिनी सब बातें छोड़ो। आप हमारी कम्पनी में क्यों नहीं रह जाते?"

"सर्कस में?"

"और क्या... जहाँ रोज़ डेढ़ दो सौ लोग खाना खाते हैं, वहाँ आपके जैसे घर के इन्सान का क्या कोई बोझ होगा? फिर मेरी बिन माँ की कंचना को आपकी ममता की छाँव भी मिल जायेगी!"

"लेकिन...?"

"यहाँ हम स्त्रियों और बच्चियों की पूरी चिन्ता रखते हैं। यहाँ औरतों के तम्बू की तरफ चिड़िया भी पंख नहीं मार सकती। आप यहाँ रह रही हैं, बाहर दुनिया में इसकी किसी को ख़बर नहीं होगी। बाक़ी सारी बातें मैं देख लूँगा धीरे-धीरे..."

कुछ दिनों बाद हीरा आत्या ने दाजी से कहा, "भाऊजी मैं तुम्हारे सर्कस में बहन के हक से तो रहूँगी, लेकिन कम्पनी के काम में भी थोड़ा-बहुत हाथ बँटाऊँगी।"

"यह तो अच्छा ही है।"

"लेकिन मैं वैसे रहूँगी, जैसे कोई विधवा रहती है। सफ़ेद साड़ी और बदन पर सौभाग्य का एक भी अलंकार नहीं।"

"ये कैसी बेकार की बात हीराबाई?"

"मेरा घरवाला सचमुच मेरे लिए मरे जैसा ही है। उसके नाम का कुंकू लगाना भी अब मैं अपना अपमान समझती हूँ।"

हीरा आत्या की यह अजीबोग़रीब फ़ैसलाकुन ज़िद सुनकर दाजी हैरान रह गये। उन्होंने सिर्फ़ इतना किया कि सहमति में अपना सिर हिला दिया।

दाजी की सर्कस कम्पनी ने पहले ही साल चारों तरफ़ हंगामा मचा दिया। गुजरात

और मालवा में ख़ूब गल्ला इकट्ठा हुआ। आते-आते रास्ते में वरहाड और बीच में पड़े रजाकर के औरंगाबाद से दौंड की राह होते हुए ग्रेट कंचना सर्कस सांगली पहुँचा। रास्ते में इन ठिकानों पर प्रेक्षकों की ऐसी भीड़ उमड़ी कि नोट और चिल्लर गिनते-गिनते लड़के उकता गये। उन्होंने रात में नोटों से भरी बोरियाँ यह कहते हुए एक तरफ़ सरका दीं कि सुबह गिनेंगे।

सारंगदाजी का यह वैभव और ठाठ सिर्फ़ डेढ़ साल चला। इसी दौरान सांगली, मिरज, कागवाड और बेलगाँव की पट्टी में प्लेग की महामारी शुरू हो गयी। चारों तरफ़ हाहाकार मच गया।

लोगों के घरों में, कोठियों में चूहे मरने लगे। इन्सानों की काँख में गाँठ उभरती और उससे होने वाले बुख़ार में तपता हुआ व्यक्ति मौत के मुँह में समा जाता। ऐसे सैकड़ों लोग मरने लगे। मृतकों को जलाने के लिए श्मशान में चिताओं की जगह कम पड़ गयी। एक-एक चिता पर दस-दस मुर्दे रख कर जलाये जाने लगे।

धीर-गम्भीर सारंगदाजी के मन में डर की लहरें उछालें मारने लगीं। कुछ भी शाश्वत नहीं। सर्कस के साथ उन्हें अपना जीवन रूपी जहाज़ डूब जाने का पक्का भरोसा हो गया।

एक के बाद एक गाँव प्लेग के शिकार हो रहे थे। इसे दैवी प्रकोप मानते हुये, ग्रामीणों ने अपने घर-द्वार छोड़ दिये। वे गाँव के बाहर कच्चे मकान-झोपड़ियाँ बना कर रहने लगे। लेकिन यम का भैंसा हर दरवाज़े पर सींग मार रहा था। प्रजा का जीवन बचाने के लिए दसों दिशाओं में भागदौड़ शुरू थी। हाहाकार मचा था। ऐसी भयावह और शोचनीय स्थिति में सर्कस देखकर अपना मन बहलाने कौन बाहर निकलेगा?

साप्ताहिक हाट-बाज़ार बन्द हो गये। सफ़र ठहर गया। देवताओं को भी बग़ैर स्नान के दिन गुजारने पड़ रहे थे। मन्दिरों में पूजा-पाठ रुक गये। देवताओं की पालकियाँ कोनों में पड़ी धूल खाने लगीं।

सारंगदाजी के सामने भयंकर संकट आ खड़ा हुआ। सर्कस कम्पनी बनाए हुए, जैसे-तैसे डेढ़ साल ही गुज़रा था। शाहू महाराज और कुछ संस्थाओं ने सहारा दिया। इसी में दाजी ने कष्ट सहते हुए सर्कस का खेल खड़ा किया था। परदेसी ट्रूप्स को भी अपने यहाँ बुलाकर उनसे तीन-तीन साल का करार किया था। उनका बोलबाला और जलवा देखकर ही गाँव के व्यापारियों ने भी उन्हें कर्ज़ की बड़ी-बड़ी रकमें उधार दी थीं।

ये क़र्ज़ चुकाने से पहले ही प्लेग ने सारे खेल बन्द करा दिए। इन हालात

में अब दो सौ जानवरों और तीन सौ देसी-परदेसी इन्सानों का भरण-पोषण कैसे हो? हिंस्र प्राणियों को हर रोज़ बैल-बकरों का सौ किलो मांस लगता था। रोज़ का यह भयानक ख़र्च कैसे उठाया जाये? इन सारी मुश्किलों ने दाजी के प्राण सुखाने शुरू कर दिये।

बढ़ते संकट के बीच दाजी की चिन्ताएँ बढ़ती जा रही थीं। कल अगर कम्पनी में प्लेग में चूहे घुस गये तो क्या होगा! एक भी इन्सान या जानवर प्लेग की चपेट में आ गया तो क्या करेंगे? दो-चार दिन में ही पूरा सर्कस मिट्टी में मिल जायेगा। एक ही रास्ता बचा कि जिधर प्लेग नहीं है, उसी इलाक़े में तुरन्त तेज़ी से कम्पनी को लेकर निकला जाये। यहाँ से निकलकर सर्कस को जारी रखा जाये। इसी में सबकी भलाई है।

मैसूर प्रान्त के कुर्ग और शिमोगा जैसे ज़िलों समेत दक्षिण हिन्दुस्तान में प्लेग नहीं है। दाजी ने ख़बर निकाली कि वहाँ जनजीवन सुरक्षित चल रहा है। तुरन्त उधर बढ़ने की तैयारी की। लेकिन ऐन मौक़े पर दूसरे ही संकट ने आकर धर दबोचा। दस-ग्यारह बरस की कंचना बेबी बुख़ार की चपेट में आ गई। प्लेग की आशंका से दाजी के होश उड़ गये। उन्होंने तुरन्त मिरज के सरकारी ब्रिटिश हॉस्पिटल में जाँच कराई। प्लेग नहीं था, मगर बुखार भी नहीं उतर रहा था। इस हालत में कंचना को ले जाने पर उसकी ही मुश्क़िलें बढ़ती। उसकी स्थिति बेहद मद्धम लौ वाले दीपक की तरह हैरतअंगेज़ ढंग से कमज़ोर हो चली थी। लेकिन दाजी को डॉ. ब्रूक के अचूक निदान पर विश्वास था।

बात यह भी थी कि अगर बीमार बेटी को दक्षिण ले भी जायें, तो रखेंगे कहाँ? उसका ननिहाल भी दूर पंजाब में था। आख़िर घोड़े पर सवार होकर दाजी ने कागवाड की राह पकड़ी। अपनी भाभी, सारजा वहिनी को बेटी की गम्भीर परिस्थिति का हाल सुनाया। दाजी जब सेना में थे, तब से ही सारजा वहिनी के पैसों के अभाव को दूर करते रहते थे। उनकी हर माँग पूरी करते थे। दाजी गाँव पहुँचे तो उन्हें देखकर कागवाड के लोग घबरा गये। प्लेग के डर से सब गाँव के बाहर झोंपड़ियाँ बाँधकर रह रहे थे। विचित्र परिस्थिति में फँसे अपने देवर को देखकर सारजा वहिनी ने रंग बदला। सब कुछ जानकर भी उन्हें कोई दुख नहीं हुआ। चेहरे पर अनजाने ही उभर आयी ख़ुशी को लाख छुपाने की कोशिश करते-करते उन्होंने साफ़ नकार दिया, "राजाओं के जैसे इतने हाथी-घोड़े लिए फिरते हो और अपनी बीमार बेटी को मेरे पास छोड़ने की बात करते हो?"

"घर का कोई तो होना चाहिए। सिर्फ़ पाँच-छह महीने की बात है वहिनी... मदद कर दो... सुनो..."

"ना दाजी ना... बीमार बच्ची का जोखिम मैं क्यों लूँ? कहीं उसे प्लेग हो गया और कुछ ऊँच-नीच हो गयी तो मैं कहाँ उसका बोझ उठाती फिरूँगी...?"

अपनी भाभी की ज़ुबान पर साँप का यह ज़हर दाजी को सहन नहीं हुआ। वह लौटकर मिरज के हॉस्पिटल आये। डॉ. ब्रूक्स को देखते ही उनके सामने छोटे बच्चे की तरह फूट-फूटकर रोने लगे। एक तरफ़ भारी क़र्ज़ के काले गहरे कुएँ में सर्कस डूब रहा था। दूसरी तरफ़ प्राणों से प्यारी बेटी मरणासन्न स्थिति में सामने बिस्तर पर गठरी बनी पड़ी थी। दाजी की अवस्था देखकर हीरा आत्या और सर्कस के बाक़ी सहयोगी रोने लगे। डॉ. ब्रूक के साथ काम करने वाली नर्स मार्था आगे आयी। दाजी को उसने कंचना की हर तरह से देखभाल करने का वचन दिया।

मार्था ने अपने क्वार्टर में कंचना के रहने की व्यवस्था की। डॉ. ब्रूक ने दाजी की पीठ पर अपने भरोसे का गोरा हाथ रखा। दाजी दक्षिण की तरफ़ निकल गये। रात-दिन रसिक जनों और सर्कस के जानवरों की सेवा में लग गये। सौभाग्य से दक्षिण में छह महीने का सीजन दाजी और कम्पनी के लिए बेहद फलदायी रहा। सर्कस बच गया। लोग बच गये। काफ़ी मुनाफ़ा भी हुआ।

सात-आठ महीने बाद दाजी के वापस लौटने पर कंचना ख़ुशी से नाचने लगी।

दाजी ने हीरा आत्या से कहा, "वहिनी भारी चिन्ता थी। कंचना बचेगी या सर्कस मरेगा, ऐसे सरोते में सुपारी के जैसा मैं फँस गया था। लेकिन यह देवता की चमत्कार ही है कि दोनों सकुशल हैं। सब ठीक हो गया।"

बाप-बेटी को एक-दूसरे को कसकर बाँहों में बँधे देख हीरा आत्या का दिल भर आया। ख़ुशी से भीगी आँखों को पोंछते हुए वह बोलीं, "भाईजीऽ अफ़ग़ानिस्तान की रेतीली ज़मीन पर अपनी माँओं की छाती से चिपके, उनके कलेजे के टुकड़ों पर आपने जो दया दिखाई थी और अपनी नौकरी तक गँवा दी... आज वही दया और पुण्य काम आया है। ये उसी पुण्य का प्रताप है कि आपकी बेटी बच गयी और सर्कस भी साबुत खड़ा है।"

कंचना उम्र, ज्ञान और गुणों में बढ़ने लगी। कम्पनी के साथ वह असम, बिहार से लेकर लाहौर-कराची और दक्षिण में मदुरै-रामेश्वर तक घूमी। सर्कस के खेलों के साथ उसने बाहर की दुनिया के राग-रंग भी देखने-समझने शुरू कर दिये। वह सहज बुद्धि दुनिया के इशारे भी समझने लगी। ख़ास तौर पर यह कि कंचना, तू एक लड़की है।

स्त्री का जन्म लेना समाज में जैसे कोई गुनाह है। आस-पास के बूढ़े-बुज़ुर्ग और उसके पिता की उम्र के लोग उसे समझाते कि भले ही तुझे अच्छा लगे या न लगे, परन्तु जो करने को कहा जाये वह मानना ही पड़ेगा। ऐसी बातों से कंचना का मन खिन्न हो जाता। यह बातें उसे अपना ही नहीं बल्कि पूरी नारी जाति के अपमान सरीखी लगतीं। वह जाकर बिलखती हुई अपने पिता के सामने बरस पड़ती, "आप पुरुष क्या हम स्त्रियों को चिन्दियों का गट्ठर समझते हैं? उठाया एक जगह से और घर के किसी अँधेरे कोने में खूँटी पर टाँग दिया? ऐसी बेकार बातें मुझसे तो सहन नहीं होंगी। मुझे अँधेरा बिल्कुल पसन्द नहीं। मेरा मन बाहर के उजाले में नाचने और घूमने-फिरने को मचलता है। इसलिए मैं आपसे बिल्कुल साफ़ कहती हूँ। मैं बाहर जाऊँगी और आँगन में अपनी मनमर्ज़ी का नाचूँगी। देखती हूँ मुझे कौन ऐसा करने से रोकता है?"

अपनी इकलौती बेटी के इन बाग़ी तेवरों से सारंगदाजी का मन खिल जाता। परन्तु तभी उन्हें यह ख़याल आता कि वह एक स्त्री है और उसके हिस्से में कुछ नैसर्गिक और धार्मिक मर्यादाओं की रेखाएँ खींची हुई हैं। यह सोचते ही दाजी हताश हो जाते। साथ ही कई बार उन्हें डर सताने लगता कि कल को उनके बाद, उनकी इस बेटी का क्या होगा। वे अन्दर-अन्दर हिल जाते।

कहते हैं कि मनुष्य के जीवन में एकाध मौक़े पर अमृत योग अवश्य आता है। कोल्हापुर में दशहरे के मौक़े पर शाहू महाराज से भेंट ही दाजी को अपनी आयु का अमृत योग मालूम पड़ता था। उस वक़्त गजरत्न जैसे दिये उनके दो ऐरावत और सात घोड़ों का इनाम ही उनकी सर्कस कम्पनी की नींव बना था। इसके बाद महालिंग, आकाराम जोगता, दगडोबा लोहार, तारानाथ, बटुकनाथ, हीरा आत्या, लिलियन, बैंड मास्टर चार्ली और अनेक ज़िद्दी युवा साथी उनकी मदद को दौड़े चले आये थे। इसे ईश्वरीय कृपा कहें या कुछ और सर्कस की गाड़ी ने रफ़्तार पकड़ ली थी। हीरा आत्या और बाक़ी साथियों से दाजी कहते, "हमारा सर्कस देस-परदेस कहीं भी जाने को हमेशा तैयार है। इसलिए कंचना को सब कुछ आना चाहिए और उसे इतनी समझदार होना चाहिए कि आगे चलकर सब उसकी बात मानें।"

"मतलब कैसे?" साथी पूछते।

"देखो, अपने सर्कस की ट्रेनिंग मिलने पर मूक जानवर भी कैसे समझदार बन जाते हैं। ऐसे ही इन्सान को जब शिक्षा मिलती है तो उसके भी अपने आप गरुड़ के जैसे पंख फूटने लगते हैं। वह ऊँचा उड़ता है, दूर तक सोचता है।"

"तो कहो कि क्या करना है?" हीरा आत्या ने कहा।

"मुझे लगता है कि कंचना को पाठशाला में भेजना चाहिए। पुणे के हुजूर पागा में पढ़ाई-लिखाई के लिए।"

अपने समय के हिसाब से यह क्रान्तिकारी विचार था। कई लोग इस कल्पना से ही घबरा गये। बौरा गये। स्त्री को पाठशाला की राह पर बढ़ाना हिन्दू धर्म की दृष्टि से महापाप था। इधर जब से सबको पता चला था कि कोल्हापुर में दो लड़कियों ने पाठशाला जाना शुरू किया है, इस गुनाह के लिए समाज उनके माँ-बाप को ख़ूब धिक्कार रहा था। लेकिन दाजी का इरादा पक्का था कि कुछ साल कंचना को पाठशाला में भेजना ही चाहिए। एक बार उसने उत्तम ढंग से लिखना-पढ़ना सीख लिया, तो सर्कस की मालकिन वह है ही।

सांगली के गणेश मन्दिर में एक बार वहाँ के पटवर्धन राजे मिले। उन्होंने ही बताया कि पुणे के हुजूर पागा में पाठशाला के लिए अपनी ज़मीन दी है। उन्होंने दाजी को सलाह दी कि कंचना का इस पाठशाला में दाख़िला कराएँ। राजा साहब ने लगे हाथ अपने हस्ताक्षर और मोहर वाली सिफ़ारिशी चिट्ठी भी दे डाली।

दाजी ने दस बरस की कंचना को शिक्षा दिलाने के लिए पुणे ले जाने की तैयारी शुरू की। ढेर सारे कपड़े, अचार और गाय के शुद्ध घी से भरी बरनियाँ और तमाम छोटी-मोटी वस्तुओं का गट्ठर बनाया गया।

पुणे जाने के लिए पिता-पुत्री मिरज से रेल में बैठे। रेलगाड़ी ने सांगली छोड़ दिया। कृष्णा का तट और आजू-बाजू के हरे पहाड़ पीछे भागने लगे। अपना सर्कस, अपने गुरु और मित्र जैसे खुले दिल के पिता, सर्कस में रात-दिन के संग-साथ वाले पशु-पक्षी, हँसते खेलते दोस्त और सारी सखियों को कई साल के लिए छोड़ देने की कल्पना से कंचना बुरी तरह घबराई हुई थी। रेलगाड़ी ने जैसे ही रफ़्तार पकड़ी, तो उसके धीरज का बाँध टूटने लगा। वह फुक्का फाड़ कर रोने लगी। आस-पास बैठे पैसेंजर हड़बड़ा गये। "बाबाऽ मैं आपके बिना और सर्कस के पशु-पक्षियों के बिना नहीं रह सकती। मुझे मत छोड़ो बाबा...।" कंचना ने एक ही रट पकड़ ली। उसकी करुण चीत्कार दिल चीर देने वाली थी। रेल में सवार सारे मर्द-औरतें, पैसेंजर दाजी को एकटक देखने लगे। कंचना का बुरा हाल देखकर वह घबरा रहे थे। क्यों एक बाप को अपनी बेटी पर ऐसा जुल्म करना चाहिए? दाजी के भी हाथ-पाँव एकदम फूल गये। रेलगाड़ी कराड स्टेशन पर रुकी तो जीवन में पहली बार कंचना पर चिल्लाए, "चल छोरी... उतर नीचे। वापस जायेंगे अपनी कम्पनी में।"

दाजी को कराड में उतर कर बीच रास्ते से वापस अपने कैंप में लौटकर आना पड़ा। कंचना की न जाने की चीख-पुकार से उनका दिल दहल गया था। कंचना

को नहीं पता था कि पिता की छाया और संग-साथ के बिना दुनिया में कैसे रहा जा सकता है। मुँह फुलाए बैठे दाजी से कंचना ने कहा, "बाबा, आप क्यों इतने परेशान हो? एक बात मैं आपको आज साफ़ कह देती हूँ। मैं बाक़ी सब औरतों की तरह सिर पर घूँघट निकालकर, अपने आदमी की ग़ुलाम होकर, सिर झुकाकर उसके पैरों को देखते हुए, उसके पीछे-पीछे भागते हुए, पालतू जानवर जैसे उसका हुक्म नहीं मानूँगी। आपकी कंचना को यह जमेगा नहीं।"

"तो फिर तू करेगी क्या?" दाजी दिल खोल कर हँस पड़े।

"मुझे इस दुनिया को दिखाना है कि हिन्दुस्तानी नारी कितनी शूरवीर और हिम्मती होती है। हम ख़ुद अपनी देखभाल करके अच्छा नाम कमा सकती हैं। ख़ूब करामात दिख सकती हैं और बाघों-सिंहों से भिड़ भी सकती हैं।"

"अरे लेकिन..."

"रहने दो बाबा। आगे का कुछ मत बताओ। आपका ये दोनों तरफ चलना बिल्कुल अच्छा नहीं लगा..."

"दोनों तरफ़? और मैं?"

"नहीं तो क्या?" कंचना पलटकर ज़ोर से बोली, "आज तक आपने मुझे औरंगज़ेब का पानी उतार देने वाली ताराबाई, झाँसी की रानी, बुर्का न पहनकर मर्दों को छठी का दूध याद दिला देने वाली दिल्ली की रजिया सुल्तान की कहानियाँ कितनी बार और क्यों सुनाई थीं? मुझे गले में घण्टी पहनी बिल्ली नहीं बनना, मैं बाघिन ही बनूँगी।"

किसी समझदार प्रौढ़ महिला की तरह जब नन्हीं कंचना बोलने लगती, तो दाजी की आँखों में सुख के आँसू तैरने लगते।

अपनी बेटी की ऐसी हुंकार से दाजी ख़ुशी से भर जाते। लेकिन कुछ ही क्षणों में उसके भविष्य की चिन्ता उन्हें शिथिल बना देती। एक दिन दाजी ने कंचना के आगे हाथ जोड़ दिये। बहुत ही भावुक होकर बोले, "बेटी, ज़रूरी हो तो मैं रोज़ तेरे पैर धोकर तेरी पूजा करूँ... लेकिन तेरे ब्याह का क्या? तेरे भविष्य का क्या?"

"मुझे बेकार किसी मोह में मत उलझाइए बाबा। मेरी ज़िन्दगी से बढ़कर मुझे आपका यह पशु-पक्षियों का बाड़ा ख़ूब पसन्द हैं।"

"मैं सब बातें मान लेता हूँ बेटी। एक क्या, हम ऐसे दस सर्कस खड़े कर लेंगे। कोई बाधा नहीं। लेकिन तू मुझे एक ही वचन दे।"

"कहिए..."

"तूने बेटी का जन्म लिया, तो बेटी के जैसी रहना। दो-चार साल में शादी करनी

है। तू इधर कुँवारी रह गयी, तो उधर स्वर्ग में भी तेरे बाप की आत्मा को शान्ति नहीं मिलेगी। वहाँ तैंतीस कोटि देवताओं को मैं रोज़ एक-एक करके पत्थर से कुचल दूँगा, समझी।"

दाजी के मन की विचित्र अवस्था देखकर कंचना ठठाकर हँस पड़ी। दौड़ी हुई आगे बढ़ी और बाप के गले लग गयी। इतने में लिलियन, दाजी से मिलने के लिए आयी। उसने कंचना को प्यार से अपने पास खींचा और दाजी से कहने लगी, "अंकल, डोंट वरी। कंचना को पुणे के हुजूरपागा स्कूल में शिक्षा दिलाने की आपकी ख़ूब इच्छा थी। लेकिन अगर वहाँ की इंग्लिश एजुकेशन और एटिकेट्स... सब कुछ उसे यहीं की यहीं सीखने मिल जाये तो क्या आप इनकार करोगे?"

"जाने दे बेटी अब।" दाजी ने नाराज़गी से कहा।

"जाने दे क्यों?" व्हाय यू वरी? जब देहरादून के दून स्कूल में पढ़ी-लिखी ये टीजर आपके सामने खड़ी है तो फिर आपको क्या चिन्ता?"

दाजी की आँखों में विलक्षण चमक पैदा हो गयी। वे कभी लिलियन को, तो कभी कंचना को देखते खड़े रह गये।

एक दिन दाजी बेहद ख़ास खबर के साथ कंचना के पास आये। सांगली के राजा, महाराजा पटवर्धन ने अपनी तरफ़ से बुधगाव के सरदार रामसिंह माने के ज्येष्ठ चिरंजीव नौबतराव की सम्भावित पत्नी के रूप में कंचना का नाम सुझाया था। लड़का आधुनिक विचारों वाला था और इंग्लैंड-अमेरिका में उसने पाँच साल बिताए थे।

"तो बेटी, बता क्या कहती है तू? क्या करना चाहिए हमें? वैसे तो तेरे पति के रूप में मुझे राघव ही पसन्द है, लेकिन वह साफ़ इशारा कर चुका है कि उसे लेकर हमें आश्वस्त नहीं रहना चाहिए। साथ ही, इन सामन्ती परिवारों का मुझे कभी कोई अच्छा अनुभव नहीं रहा है। उनकी औरतें भले ही सिर से पाँव तक सोने से लदी रहें, लेकिन पति के लिए वे पैर की जूती से ज़्यादा कुछ नहीं होतीं।"

"बात तो सही है बाबा, लेकिन मैं क्या कहती हूँ कि जब बात महाराज साहब ने चलाई है, तो हमें उनकी बात का सम्मान रखना चाहिए। हम मिलते हैं उन लोगों से। फिर रिश्ते को हाँ या ना कहना तो अपने हाथ में है।"

दाजी के चेहरे पर राहत के भाव उतर आये। उनकी आँखों में बेटी की बुद्धिमत्ता के लिए गहरा प्यार और सन्तोष झलक रहा था।

तय हुआ कि बुधगावकर की ऐतिहासिक गढ़ी में दोनों परिवारों की मुलाक़ात होगी। दाजी की मोटर में कंचना के साथ हीरा आत्या बैठीं। कंचना ने हँसते हुए कहा, "चलो देखते हैं। गाजर की पुंगी बजी तो बजी, नहीं तो उसका सलाद बनाकर खा लेंगे।"

"कांचूऽऽ तेरी जैसी समझदार लड़की को होने वाले दूल्हे को गाजर कहना शोभा देता है क्या" दाजी ने कंचना को डपट दिया।

दाजी अपनी स्टेशन वैगन में निकले। उन्होंने मराठी ख़ानदानी रीति से कंचना को सजाया था। दो-तीन महिलाओं ने उसे नौवारी हरी साड़ी ख़ूब सलीके से पहनायी। लेकिन गढ़ी तक पहुँचते-पहुँचते, साड़ी में कंचना का जी घबराने लगा। लगा कि इसे उतार फेंके। ऐसे सिर से पाँव तक कपड़ों में लिपटे रहने की उसे आदत नहीं थी। उस पर नौवारी साड़ी में उसका अंग-अंग अक्षरश: भीग गया था।

माने सरकार की वह गढ़ी तो क्या थी, ज़मीन पर खड़ा एक छोटा क़िला था। अन्दर पत्थरों के आँगन में बना भव्य दीवानखाना। उसमें चन्दन की लकड़ी के अनेक खम्भे खड़े थे। दीवारों पर चाँदी के फ्रेम में जड़ी कई आकर्षक तस्वीरें थीं। बैठक में अनेक बाघों की खाल बिछी थी। जबकि हिरणों के कटे सिरों से बनायी अनेक ट्रॉफ़ियाँ भी जगह-जगह सजी थीं।

सरदारपुत्र नौबतराव बातचीत में खुले और लापरवाह वृत्ति के नज़र आये। वह अपने पिता रामसिंह राव के साथ बैठे थे। यह पिता-पुत्र की नहीं बल्कि दो मित्रों की जोड़ी नज़र आ रही थी। बैठक में इतनी आजादी पसरी थी।

कंचना के रौबदार व्यक्तित्व को देखकर नौबतराव ख़ुश हुए। लड़की पसन्द आयी, कहते हुए उन्होंने अपने नाते-रिश्तेदारों को देखकर मुण्डी हिला दी। अब लड़की को सिर्फ़ विधिपूर्वक ससुराल की साड़ी पहनना बाक़ी था। चहकते हुए सुर में नौबराव ने कहा, "रोज़ लायन और टाइगरों से कुश्ती लड़ने वाली लड़की से शादी करते हुए मुझे बड़ा थ्रिल महसूस हो रहा है डैड।"

फिर अपने पिता पर से नज़र हटाकर दाजी को देखते हुए सरदार चिरंजीव ने कहा, "बट ससुरजी, आई एम ब्लंट इनफ टू टॉक विद योर डॉटर, अबाउट एवरीथिंग।"

विवाह के लिए उत्सुक जोड़ा बैठक में आमने-सामने आया। लजाने का भरपूर दिखावा करते हुए कंचना दूल्हे के सामने खड़ी हुई। नौबतराव बोले, "लुक दाजीबा, लेट मी स्पीक एवरीथिंग विद योर डॉटर..."

“कहिए, जो कुछ भी आपके मन में है खुलकर कहिए,” दाजी ने इजाज़त दी।

“वैरी नाइस। दाजीसाब आख़िर हम सरदारपुत्र हैं। जंगल में सिर्फ़ एकाध शिकार से हमारा पेट कैसे भरेगा?”

“मतलब?”

“आफ्टर मैरिंग विद योर डॉटर... अगर मेरी इच्छा हुई तो मैं दो-तीन और ब्याह करने के लिए मुक्त रहूँगा... बी फ्रेंक। आफ्टरवाईस आई डोंट वांट योर राम-सीता टाइप इमोशनल ड्रामा। आपकी तरफ़ से मुझे कोई अड़ंगा नहीं चाहिए।”

क्षण भर के लिए दाजी हैरान-परेशान हो गये। होने वाले दामाद की यह शर्त पीड़ादायक थी। लेकिन बेटी के विवाह का ऐसा सुवर्णयोग फिर उनके पास कैसे-कहाँ से आयेगा। उनके भीतर का बेटी का ग़रीब बाप द्रवित हो गया। उन्होंने अपने सिर की पगड़ी निकालकर नौबतराव के पैरों में रखते हुए दीन स्वर में कहा, “एक बार बेटी आपकी झोली में डाल दी तो फिर आगे क्या होगा, हम क्यों आपसे पूछने आयेंगे?”

“छी छी! ऐसा कैसे कुछ होगा?” कंचना बीच में ही गरज पड़ी। तब साथ आई हीरा आत्या का चेहरा भी उसे ग़ुस्से से लाल हुआ दिखा।

“लुक लेडी कंचना, लेट मी स्पीक ब्लंटली एंड ओपनली... मैं अपनी इच्छा से दो-तीन शादियाँ कर सकता हूँ। इसमें ब्रिटिश क़ानून की भी रोक नहीं है। हमारे जैसे सरदार पुत्रों को रोकने का पागलपन कौन करेगा?”

“कोई बात नहीं,” अपना पल्लू कमर में खोंसती हुई कंचना खड़ी हुई। उसने अपने पिता को तिरस्कार भरी नज़रों से देखा और नौबतराव के चारों तरफ़ चक्कर लगाती हुई वह बैठक में गरजी, “तुम्हारी तरह मुझे भी अगर दो-तीन रईसज़ादे पसन्द आये, तो खसम नाम के उन निर्लज्ज कुत्तों को मैं भी पाल लूँ क्या?”

पलटकर ऐसे धारदार जवाब की अपेक्षा उस ख़ानदानी गढ़ी में किसी ने नहीं की थी। माने सरकार के सारे रिश्तेदार अवाक् रह गये। रामसिंह राव और नौबतराव के तन-बदन में जैसे आग लग गयी। ग़ुस्से में भरे नौबतराव ने मुट्ठियाँ बाँधकर कंचना की तरफ़ झपट्टा मारा। वह गालों को छू सके, इससे पहले ही कंचना ने उसकी कलाई धरी और ज़ोर से मरोड़कर धकेल दिया। ऊपर से नाज़ुक दिख रही कंचना का फौलादी प्रतिकार नौबतराव को उलटा पड़ गया। वह लड़खड़ाता हुआ जाकर ज़ोर से बग़ल की दीवार से टकराया। उसके कपाल पर दो बड़े गूमड दिखने लगे।

हँसी-ख़ुशी के लिए जुड़े माहौल ने अजीब मोड़ ले लिया। माने के मेहमानों के लिए परिस्थिति न निगलते बने न उगलते वाली हो गयी। ऐसा लगा कि जैसे मंगल

उत्सव से पहले ही मण्डप में आग लग गयी। कंचना, हीरा आत्या और सारंगदाजी ने उस पुरानी गढ़ी को तत्काल तेज़ी से छोड़ने का फ़ैसला किया। नौबतराव के क्रोध और दुख की कोई सीमा नहीं थी। मन हुआ कि बाप-बेटी का पीछा करके पकड़े और जमकर धुलाई कराये। लेकिन चीख़ते-चीख़ते पल भर में ही जीभ जड़ हो गयीं। दुनिया को क्या बतायेंगे कि सर्कस वाली लड़की ने मुझे जमकर ठोंका?

यह हैरतअंगेज़ घटना उस ख़ानदानी चारदीवारी के बीच ही छुपी न रह सकी। बात को पंख लगे। लोग एक-दूसरे के कानों में फुसफुसाने लगे, "सरदार माने की मूर्ख औलाद को सर्कस वाली कंचना ने पटक-पटक के धोया। उसकी हड्डियाँ नरम कर डालीं।" वग़ैरह-वग़ैरह। जितने मुँह उतनी बातें। कंचना जैसी सर्कस सुन्दरी के साथ विवाह की थोड़ी-बहुत आकांक्षा भी जिनके मन में फूट रही थी, उसके अंकुर वहीं मुरझा गये। सबने ख़ूब अच्छे से समझ लिया कि बाघिन की ज़ुबान दूर से भले पलाश के फूल की तरह लाल-नाज़ुक दिखे, मगर उसकी जीभ में काँटे होते हैं। जो हिरण-साँभर की त्वचा पर सहज भी फिरे तो चमड़ी को छील देते हैं।

## 8

बेलगाम में द ग्रेट कंचना सर्कस के शो धड़ल्ले से चल रहे थे। तभी दोपहर में एक मोटर सर्कस कम्पनी के दरवाज़े पर आकर रुकी। उसमें से कड़क इस्तरी वाले चक-सफ़ेद कुर्ते और कलीदार धोती पहने चार रौबदार युवक नीचे उतरे। दाजी ने मण्डली का सहर्ष स्वागत किया। पीछे के हिस्से में मौजूद कंचना को उन्होंने तुरन्त बुलवाया।

वे लोग किसी बड़े शहर से आये बड़े आदमी लग रहे थे। उनमें से एक देखने में सुदर्शन सुतवाँ नाक वाला गृहस्थ था। उसकी लम्बी दाढ़ी छाती तक लटक रही थी। उसकी छवि किसी कुशल चित्रकार का आभास करा रही थी। फिर थोड़ी देर में पता चला कि वह कोई चित्रकार नहीं बल्कि एक प्रसिद्ध फ़िल्म कम्पनी के बड़े निर्माता हैं।

कंचना वहाँ पहुँची। उसकी ऊँची, स्वस्थ और ऊर्जावान आकृति को देखते ही मेहमानों की वह मण्डली स्तब्ध होकर उसे निहारती रह गयी। दाजी ने "यही है हमारी कंचना" कहते हुए उसका परिचय दिया। फिर उसी उत्साह से वह बेटी से कहने लगे, "बेटीऽ यह प्रसिद्ध महाराष्ट्र फ़िल्म कम्पनी के डायरेक्टर हैं, बाबूराव पेंटर।"

अपने संस्कारों के अनुरूप कंचना ने पेंटर के चरण स्पर्श किये। बाबूराव बोले, "बेटी तेरे बारे में मैंने ख़ूब सुन रखा था, इसलिए आया हूँ। अब तुझे देखकर मुझे विश्वास हो गया है कि तू ही हमारी महारानी ताराबाई है!"

"मतलब?" दाजी ने हैरान होकर पूछा

"हमारी महाराष्ट्र फ़िल्म कम्पनी ने करवीर राज्य की स्थापना करने वाली महारानी ताराबाई के जीवन पर ऐतिहासिक फ़िल्म बनाने का फ़ैसला किया है। इसलिए बहादुर ताराबाई की भूमिका के लिए हमें एक ऊँची-पूरी-मज़बूत अभिनेत्री की गरज थी। हम बहुत यहाँ-वहाँ भटके, और ढूँढ़ते-ढूँढ़ते आख़िर तुम्हारे पास आ पहुँचे।"

अपनी बेटी की इस प्रशंसा से उत्साहित दाजी ने कहा, "अरे पेंटर साहब अब मैं अपनी बेटी की क्या तारीफ़ करूं? मेरी ये कंचना आपकी ताराबाई की तरह सिर्फ़ घोड़े की ही नहीं, बाघ की सवारी करके भी दिखा देगी।"

"वही तो कह रहा हूँ दाजी साहब, मुझे पक्का विश्वास हो चुका है कि इतिहास में धूम मचाने वाली रणवीर, भद्रकाली तारा रानी का रोल सिर्फ़ आपकी कंचना ही कर सकती है।" बाबूराव दिल खोलकर हँसते हुए बोले, "मैं देख रहा हूँ, उसका बैठना-उठना-चलना और कपड़े पहनने का अन्दाज। ताराबाई की भूमिका में वह हमारे सिनेमा में चार चाँद लगा देगी!"

बाबूराव पेंटर और उनके साथियों के चेहरे पर गाढ़ा आत्मविश्वास देखकर दाजी ख़ुश हुए, मगर फिर घबराकर उन्होंने मण्डली से सवाल किया, "लेकिन आपके सिनेमा और हमारे सर्कस का जोड़ कैसे होगा?"

"आप सिर्फ़ हाँ कहिए।"

"अरे लेकिन आपके सिनेमा के सारे सीन बनाने में कितने महीने लगेंगे?"

"कोई एक साल पकड़कर चलिए..."

"अरे देवा? ये तो कैसे जमेगा? तब तक सर्कस का तम्बू तो चलो उतारकर रख दूँगा। लेकिन ये सैकड़ों इन्सानों-जानवरों के रोज़ की भूख का क्या होगा?" दाजी के हाथ-पैर फूल गये।

फ़िल्म कम्पनी के लोग कंचना का खेल देखने आये थे। साथ ही यह देखने कि वह कैसे तैयारियाँ करती है। सिर्फ़ इसी बात के लिए उन्होंने दो दिन बेलगाम में बिताये। सर्कस में कंचना की कलाबाज़ियाँ और मर्दाना अन्दाज देखकर वे बहुत प्रभावित हुए। उन्होंने ज़िद पकड़ ली कि कंचना को रानी ताराबाई की भूमिका

निभानी चाहिए। अन्य प्रतिष्ठित लोगों की यही भी राय थी। परन्तु सिनेमा के लिए सर्कस को साल भर बन्द करना सम्भव नहीं था।

आख़िरकार फ़िल्म कम्पनी की मण्डली नाराज़ होकर वापस लौट गयी।

इस घटना से कंचना थोड़ी निराश हो गयी थी। दाजी ने फ़िल्म वालों को साफ़-साफ़ अपनी बात कह दी थी। लेकिन फिर बाद में उन्हें मन-ही-मन यह खटकता रहा कि शायद ग़लती कर दी। कई लोगों ने उनसे कहा, "दाजी साहब, क्यों बेकार अपनी बेटी के भविष्य को बेड़ियाँ पहना रहे हो? अगले कुछ बरस में सिनेमा के ये सारे मूक पात्र बोलते हुए दिखाई देंगे। आने वाला समय इस धन्धे में बड़ा चोखा होगा।' तमाम लोगों की बातों और सिनेमा की सिफ़ारिशों से दाजी को सचमुच लगने लगा कि उनसे ये चूक नहीं होनी चाहिए थी। उन्हें महसूस हुआ कि अपनी बेटी के भविष्य में अड़ंगा नहीं डालना चाहिए। उस पर हीरा आत्या ने तो जैसे बम गिरा दिया, "अरे बेटी को इतना बड़ा मौका मिल रहा था, तो तुम उसके रथ में क्यों रोड़ा डालने चले गये?"

हीरा आत्या और महालिंग जैसे क़रीबी लोगों की बातें दाजी को बड़ी चुभने वाली लगीं। सारंगदाजी ने अपने सर्कस में गाँव के लड़के-लड़कियों के लिए जन्म भर की रोटी का इन्तज़ाम कर दिया था। सबको सेवा-चाकरी, करतब-कला-हुनर दिखाने से लेकर अलग-अलग छोटे-बड़े काम दे दिये थे। जिनमें उनका सम्मान भी बरकरार था। दाजी ने कंचना को अपने डेरे में बुलाया और शान्त ढंग से बोले, "देख बेटी सिनेमा का यह नया धन्धा कोई बुरा नहीं है। लेकिन तेरे जैसी सर्कस की मेन आर्टिस्ट अगर साल भर ग़ैर-हाजिर रहे तो फिर अपनी कम्पनी को तब तक बन्द ही करना पड़ता।"

"सही है। यह तो था।" कंचना अपनी नाराज़गी छुपा नहीं पा रही थी।

"बेटी, इतना बड़ा सर्कस अगर साल भर के लिए बन्द कर दूँ, तो एक बार बैठी कम्पनी ज़िन्दगी में दोबारा खड़ी नहीं हो सकती थी।"

"रहने दो बाबा ये बातें। मेरे नाम का डंका बजे, इससे ज़्यादा हमारे लोगों और जानवरों का पेट-पानी ज़रूरी है! मेरी दुनिया की मैं ही हीरोइन हूँ।"

सारंगदाजी ने अपनी बेटी के गालों की पप्पी ली और उसके रेशमी केशों में अँगुलियाँ फिराते हुए भारी दिल से बोले, "कई बार क्या लक्ष्मी और क्या कीर्ति, अपने दरवाज़े पर आकर बैठ जाती हैं। मगर मन में चाह होते हुए भी हम द्वार खोल नहीं पाते। बेदर्दी से इच्छाओं का गला घोंट देना पड़ता है। इसे ही तकदीर कहते हैं बेटी, और क्या?"

# 9

मेंगलौर-उडुपी से अभी-अभी अपने तम्बू समेटकर द ग्रेट कंचना सर्कस ने हुबली की तरफ़ बढ़ना शुरू किया था। कम्पनी की गाड़ियाँ, बैलगाड़ियाँ, बाघों-शेरों के पिंजरे और सारा तामझाम उसी दिशा में बढ़ रहा था।

खुले मैदान पीछे छूट चुके थे और एल्लापुर घाटी का घना जंगल शुरू हुआ। उसे पार करते हुए कालू नदी के किनारे आमों के विशाल बाग़ थे। आमों की बहार आयी थी। तड़के ही सफ़र शुरू हुआ था। इसलिए जैसे ही पानी से लबालब भरी नदी दिखी तो जानवरों के पैर अपने आप उस तरफ़ बढ़ गये। धूप से तप चुके हाथी-घोड़े सीधे बहते पानी में घुस गये। हाथियों ने अपनी विशाल काया नदी में छोड़ दी। उनके छोटे-छोटे बच्चे अपनी माँओं के साथ सूँड़ों में पानी भरकर ऊँची-ऊँची पिचकारियाँ उड़ा रहे थे। गाड़ियों का बोझ ढोने से आजाद हुए बैल अपनी गरम हड्डियों को पानी में ठण्डा करने लगे। इतने में पीछे के घने जंगल में से दौड़कर आते घोड़ों के खुरों की आवाज़ कानों पर पड़ी।

देखते-देखते पच्चीस से ज़्यादा घुड़सवार इधर-उधर से नदी में घुस गये। चारों तरफ़ से कर्नाटक पुलिस का वह छापा सर्कस पर पड़ा। शरीर पर हाफ चड्डी और खाकी शर्ट पहने, सिर पर ऊँची पगड़ी जैसी टोपी लगाये वे ऊँचे-पूरे बैंगलूरी पुलिस वाले बहुत उग्र नज़र आ रहे थे। दाजी और कंचना घबरा गये। घने जंगल के बीच पुलिस के पड़े इस छापे का कारण उन्हें समझ नहीं आ रहा था।

दाजी का कड़क अनुशासन होने के बावजूद कोई कैसे सबकी गारंटी ले सकता था? किसी मजूर या किसी रिंग ब्वॉयर ने अगर चोरी से अपने पास दारू का स्टॉक इकट्ठा कर रखा हो या फिर किसी ने गट्ठर में गाँजा छुपा रखा हो तो? पुलिस वाले पूरी सख़्ती से कम्पनी के सामान पर टूट पड़े थे। पतरे के बड़े-बड़े ट्रंक और लकड़ियों की पेटियाँ खँगाली जा रही थीं। सख़्ती से तलाशी चल रही थी। कम्पनी की सुरक्षा के लिए रखी चार बन्दूक़ों और दो रिवॉल्वरों समेत उनके लाइसेंस, उनके लिए जारी कारतूसों की भी जाँच हुई। इसके बाद ही पुलिस शान्त हुई।

बिना कुछ कहे-सुने-बताये पुलिस जैसे आयी थी, वैसे ही निकल गयी। केवल दो पुलिस वाले अपने घोड़ों पर सर्कस के क़ाफ़िले के पीछे चल रहे थे। रास्ते का वह जंगल-घाट पार करते-करते दो दिन निकल गये। धारवाड़ के नज़दीक बॉम्बे स्टेट का इलाक़ा नज़दीक आया। लम्बे रास्ते में साथ रहते-रहते पुलिस हवलदार अब कुछ सहज हो गये थे। सारंगदाजी ने कम्पनी पर पड़े छापे के बारे में हल्की-

फुल्की बातचीत शुरू की। तब बसप्पा नाम का हवलदार हँसते हुए बोला, "हमें तो तुम सच बता दो कि तुम सर्कस वालों का कांग्रेस से उस गरम खोपड़ी वाले लोकमान्य तिलक के साथ क्या चक्कर चल रहा था?"

"समझा नहीं।"

"तुम वो सर्कस वाले काशीनाथ को जानते हो?"

"हाँ-हाँ, हमारे सर्कस सम्राट विष्णुपन्त छत्रे के छोटे भाई।"

"हाँ, वही। कोई पन्द्रह साल पहले छत्रे का सर्कस जब काठमांडू में चल रहा था, तो तुम्हारे दामू जोशी, बंडा रुईकर और सोलापुर के भगवानदास गंगाधर दास ये सारे जवान छोरे गुपचुप नेपाल पहुँच गये थे। ये लोग वहाँ धमाके करके लोगों को हमारे हुज़ूर ब्रिटिश सरकार के ख़िलाफ़ भड़काना चाहते थे।"

"मतलब?"

"ये सिरफिरे क्रान्तिकारी कहलाने वाले तब छत्रे के सर्कस कैंप में रुके थे। उस दौरान उन्होंने जर्मनी के कुछ साहब लोगों को... जिनको एजेंट या पता नहीं क्या कहते हैं... उन्हें बुलाया था... कारखाना बनाने के लिए।"

"किस चीज़ का कारखाना?"

"बन्दूक और राइफलें बनाने का कारखाना।"

"बाप रे!' डर से थूक निगलते हुए दाजी ने कंचना की तरफ़ देखते हुए कहा, "ऐसा दुस्साहस?"

"हाँऽऽ इन बदमाश, गर्म मिज़ाज लड़कों के सिर पर तुम्हारे तिलक का ही हाथ था। उसने ही छत्रे के सर्कस की आड़ लेकर गुप्त रूप से शस्त्रों का कारख़ाना बनाने की कोशिश की थी।" एक हवलदार ने कहा।

बाम्बे की सीमा पास आ गयी थी। तब उन बेंगलौरी पुलिस वालों में से एक से रहा नहीं गया और उसने धीरे-से कहा, "ब्रिटिश सरकार का गुप्त फरमान है। सर्कस जैसे मूव्हिंग ट्रूप पर हमेशा बारीक नज़र रखो। ये कम्पनियाँ धन्धे के लिए देश-विदेश में ख़ूब टूर करती हैं और उसकी आड़ में इनमें दूसरे भी खेल हो सकते हैं।"

हुबली के नज़दीक पहुँचते ही बंगलौरी पुलिस वापस लौट गई। जाते-जाते उन्होंने महालिंग से तम्बाकू माँगी। चाचा ने ख़ाली तम्बाकू नहीं दी, बल्कि मस्त पान का बीड़ा बना कर दिया। इससे वे पुलिसवाले बहुत ख़ुश हो गये।

हुबली प्रवास सर्कस के लिए बहुत शानदार रहा। खेल देखने के लिए रोज ज़बर्दस्त भीड़ उमड़ती थी। सातवें दिन सुबह दाजी गहरी नींद में सोये हुए थे। तभी

उनके तम्बू में दगडोबा लोहार और तारानाथ पहुँचे। उन्होंने ज़ोर से आवाज़ लगा-लगा कर दाजी को जगाया। थककर चूर सो रही कंचना की भी आँखें खुल गयीं। अर्द्ध-जाग्रत अवस्था में उसने बड़ी मुश्किल से सामने देखा। सातारा से आये दो अनजाने-अजीब लगते लोग बीती रात से उनसे मिलने आये थे। कांग्रेस स्वयंसेवकों की तरह मोटी-भारी खादी के पहनावे में आये उन लोगों ने गुप्त सन्देश दिया, "सावधान रहो। ये गोरे गधे तुम्हारे यहाँ जासूसी करते हुए चक्कर मार रहे हैं। यहाँ से सर्कस समेटो और तुरन्त दक्षिण हिन्दुस्तान छोड़कर उत्तर की तरफ़ निकलो... रतलाम, गढ़मुक्तेश्वर या लखनऊ कहीं भी जाओ। दक्षिण की हवा तुम्हारे लिए अब ठीक नहीं।"

ऋतुएँ बदल रही थीं। एक से दूसरे गाँव, एक मुल्क से दूसरे मुल्क, एक राज्य से दूसरे राज्य। सर्कस की गाड़ियों के पहिये थम नहीं रहे थे। बरस-दर-बरस ऐसे ही बीत रहे थे।

एक दिन दाजी ने हीराबाई को कारोबारी डेरे में बुलवाया। हमेशा की तरह वह दाजी से चार हाथ के अन्तर पर अदब से बैठी थीं। दाजी ने हीरा आत्या की सफ़ेद साड़ी, सूनी कलाइयों और सपाट कपाल को देखा। आत्या ने स्वतः ही यह जो विधवा-रूप धर लिया था, वह देखकर दाजी का मन उदास हो जाया करता था। वे हल्की मुस्कान के साथ बोले, "देखो हीराबाई, मैं तुमको अपनी सगी बहन की तरह मानता हूँ। एक बात ध्यान रखो..."

"बोलो ना दादा..."

"दुनिया के बड़े-बड़े ज्ञानी-पण्डित कहते हैं कि यह 'मनुष्य जन्म' इन्सान को एक ही बार मिलता है। दूसरी बार नहीं।"

"मतलब?"

"क्यों अपनी ज़िन्दगी इस सफ़ेद रंग के दुख में लपेटे रहने की कसम खा रखी है?"

हीरा आत्या ने चौंक कर दाजी को देखा। फिर दाजी के मुँह पर स्पष्ट शब्दों में कहा, "सारंगदादा, आप मुझे कितना ही समझा लो, उस पति नाम के भोगी जानवर का मैं इस जन्म में दूसरी बार मुँह नहीं देखूँगी। बस।"

हीरा आत्या की बात सुनकर दाजी हँसते हुए बोले, "अरे अक्का, वो कौन-सा तेरे रास्ते पर आँखें गड़ा; बैठा है? तेरा वो इनामदार बाज़ार की दस-दस छोरियों

को लेकर बिस्तर में सुख भोग रहा है। लेकिन तू यहाँ बिना मतलब कपूर के जैसी जले जा रही है!"

"तो मैं क्या करूं दादा?"

"अक्का, मैंने तुम्हारे लिए हरी साड़ी, कुंकू की डिबिया, माला और टिकिया जैसे सौभाग्य अलंकार लाकर रखे हैं।"

"अरे बाप रे!"

"मुझे लगता है कि तुमको दूसरा लग्न करके आराम से रहना चाहिए।"

"अब क्यों मुझे इस झूठे संसार के मोह में अटकाते हो दादा?" हीरा आत्या की आँखें भर आयीं।

"बहुत गहराई से सोच-समझ कर बोल रहा हूँ अक्का।"

दाजी की बात पर हीरा आत्या ने गर्म साँस छोड़ी। वह विचारों में उलझ गयी। यह देखकर दाजी ने आगे बात बढ़ायी, "वो बेचारा मन ही मन तुम्हें..."

हीरा आत्या ने फिर दीर्घ श्वास छोड़ी और अचूक बाण की तरह सवाल दागा, "और कौन है वो? बेकार ही किसी का नाम लेना मत।"

"भला ही है वो..."

"ठीक है... जिसका नाम सुनकर दिल में अभिमान-अरमान जाग उठे, ऐसा कोई हो तभी बोलना। नहीं तो ये बेकार का बच्चों का खेल नहीं चाहिए...।"

"ऐसा है ही... धैर्यवान और बड़े दिलवाला... देशभक्त।"

"देशभक्त?"

"मेरी बहन की ज़िन्दगी में वह आया तो... तुम दोनों की ही आगे की ज़िन्दगी संवर जायेगी।"

हीरा आत्या ने बड़ी उत्सुकता से दाजी की तरफ़ देखा। तब दाजी हँसकर बोले, "अक्का मैं महालिंग जैतापकर के बारे में बोल रहा हूँ।"

हीरा आत्या की आँखें चमकीं। उसे यह बात सच नहीं लग रही थी। लेकिन उसके गालों पर लज्जा और मीठी हँसी की रेखाएँ छुपाये भी नहीं छुप रही थीं।

## 10

सर्कस के साथ बढ़ रहे जीवन का कंचना को बहुत लाभ हुआ था। उसे देशाटन करने का मौक़ा ही नहीं मिला, बल्कि नये देशों, नये शहरों में जाने और वहाँ

की संस्कृति, रीति-रिवाज़ और अलग-अलग मौसमों का भी अनुभव हुआ। इन बातों ने उसकी समझ को विकसित किया। तय था कि सर्कस के साथ यह अनुभव उसे जीवन-समर में समृद्ध बना रहा था। ऐसे में कभी उसके मन-मस्तिष्क में ब्रह्मदेश की और ख़ासतौर पर दाजी के साथ रंगून-यात्रा की यादें उमड़ती तो उसका मन हिलोरे लेने लगता। उस वक़्त वह अधिक-से-अधिक ग्यारह बरस की रही होगी।

रंगून और इरावती नदी के किनारे की चर्चा छिड़ती तो कंचना जैसे सुधबुध खो बैठती। ऐसे में अगर कहीं उसके साथ पक्की सहेली चम्पा हुई, तब तो वह धाराप्रवाह बोलती चली जाती, "चम्पाताई, वहाँ की एक-एक बात के क्या कहने! मुम्बई के फोर्ट जैसी विक्टोरियन डिजाइन वाले महलों की बड़ी-बड़ी बिल्डिंगें... रास्तों पर विशाल हाथियों जैसी यहाँ से वहाँ भागते रहने वाली ट्रॉम गाड़ियाँ, लुंगी और शर्ट पहने दुबले-पतले ब्रह्मी लोग। उनकी मिचमिची आँखें और पान-तम्बाकू और हुक़्क़ा पी-पीकर खराब हो चुके रंगीन दाँत।"

"अरे कंचना, कितना याद रखेगी उन सब बातों को? सात-आठ साल हो गये उन बातों को।"

"सही है, लेकिन आज भी वहाँ के वे पीली चमड़ी वाले इन्सान आँखों के आगे से गुम नहीं हुए। तितलियों जैसी रंग-बिरंगी छतरियाँ लिए कमर में लुंगी बाँधकर इधर-उधर घूमते रहने वाली वो ब्रह्मी लड़कियाँ! चुरुट खींचते यहाँ-वहाँ बैठे बूढ़े-बूढ़ियाँ। उनके घरों के पीछे इतनी लबालब भरी बावड़ियाँ कि ब्रह्मी स्त्रियाँ दो हाथ झुककर सहज ही पानी का बर्तन भर लेती हैं।"

उधर की स्त्रियों का यह वर्णन सुनते हुए खोई चम्पा ने सवाल किया, "तो कंचना, वहाँ की औरतें माथे पर कौन-सा कुंकू लगाती हैं? हम घाटी औरतों जैसा चाँदी के सिक्के बराबर का टीका या फिर आड़ा?"

"अरे, उनके कपाल पर कुंकू नहीं रहता।"

"हाय! तो क्या उस देश में सारी औरतें ही राँड हैं?"

"ऐसा नहीं रे। उनके रिवाज़ अलग हैं। वहाँ की स्त्रियों के दोनों गालों पर गीली हल्दी के हल्के छापे लगे रहते हैं। वह लोग उसे 'तेनखा' कहते हैं।"

"तू तो ऐसे बता रही है कि जैसे वहाँ से कल-परसों ही राउंड मारकर आई है।"

"और तुझे वहाँ की नदियों के बारे में बताऊँ तो वो समुद्र जैसी विशाल हैं। इरावती नदी का तट तो समुन्दर जैसा चौड़ा है। उस नदी में यहाँ से वहाँ तक हमेशा लकड़ी की नावें और छोटी-बड़ी मोटर बोट चलती रहती हैं।"

"वहाँ के मन्दिर कैसे हैं?"

"उन्हें पगोडा कहते हैं। जैसे कोई बड़ा घण्टा ज़मीन पर रखा हुआ है, वैसे ही तमाम टेकरियों पर छोटे-बड़े पगोडा कतार से दिख जाते हैं। बाज़ारों में जटाधारी साधुओं के झुण्ड, भगवा कपड़ा ओढ़े और लुंगी पहने मुंडे सिर वाले बौद्ध भिक्षु नज़र आते हैं। अक्सर ही उनके साथ डोलते हुए बढ़ रहे दो-तीन हाथी भी होते हैं। सब कुछ बड़ा मजेदार है।"

"कंचना रंगून क्या कोई तेरा ननिहाल है?"

"हट्ट, मेरा ननिहाल उधर पंजाब में है, अम्बाला। लेकिन फिर भी मेरा मन पंछियों की तरह उड़कर बार-बार रंगून पहुँच जाता है। मेरा मन होता है कि वहाँ के बड़े शैवेडेगॉन पगोडा के आस-पास सूरज की जो किरणें बिखरती हैं, वहाँ जाकर उन किरणों में नहाऊं। मैं तो बाबा से कह रही हूँ, चलो उधर का एक चक्कर लगा कर आते हैं।"

"क्यों अपने बाप का नुक़सान करा रही है?"

"पागल है क्या तू? आजकल पूरी दुनिया क्या कह रही है? पश्चिम में पेरिस और एशिया में इधर अपना रंगून! अरे वहाँ की भव्यता तुझे कैसे पता चलेगी? हज़ार-हज़ार मील लम्बी नदियाँ। उस पर ब्रह्मदेश में सागौन की लकड़ियाँ और उनका बड़ा व्यापार, वहाँ के ऑइल कारखाने और रिफाइनरियाँ। वहाँ के हीरे और लाल-लाल माणिक।"

"मतलब फिर जाना है क्या रंगून?"

"क्यों नहीं? बाबा भी कहते हैं, सर्कस के लिए रंगून जैसा मालदार कैम्प दूसरी जगह नहीं है। सच कहूँ? रंगून और मांडले के मैदानों में सर्कस का जो रंग जमता है, वैसा ठाठ, चमक-दमक और गल्ला दूसरी किसी जगह नहीं मिलता।"

उस रात कंचना ने अपने पिता के सामने जानबूझकर रंगून की बात छेड़ी। तब वह ख़ुश होकर, अचानक गम्भीर हो गये। चिन्तित स्वर में बोले, "बेटी, परसों घाट में पुलिस ने छापा मारा था तुझे याद है? तब भी उन्होंने लोकमान्य तिलक का नाम लिया था।"

"इसका क्या मतलब बाबा?"

"मतलब यही कि ब्रिटिश अधिकारी हमारे सर्कस पर बारीक नज़र रखे हैं। उन्हें लगता है कि हम सर्कसवाले देशभक्तों और स्वयंसेवकों को ख़ूब सपोर्ट करते हैं।"

दाजी की बात ख़त्म होते ही कंचना ज़ोर-ज़ोर से हँसने लगी। तब दाजी ग़ुस्से से बोले, "अब तुझे क्या हुआ, घोड़ी जैसे दाँत निकालने को?"

"उन साहब लोगों की शंका क्या खोटी है बाबा?"

"मतलब?"

"चार दिन पहले की तो बात है, वो सातारा के सोमेण वकील, पुणे के लिमये और नाना पाटील, बाबूजी पाटणकर अपनी कम्पनी में रात को गुपचुप आये थे कि नहीं! तड़के चुपचाप सब चले भी गये। रात भर तो तुम सबने जागरण किया... और अपने महालिंग काका ही तो उन क्रान्तिकारियों की बन्दूकें दुरुस्त करके दे रहे थे।"

दाजी झटके से आगे झुके और कंचना के मुँह पर हाथ रख दिया। घबराकर इधर-उधर देखा और आँखों ही आँखों में कंचना को डपटा, "पागल लड़की, ऐसी बातें फिर अपने मुँह से मत निकालना।"

उस रात दाजी और कंचना की आँखों के सामने नौ साल पहले के रंगून, जियावाडी और तिलक से जुड़े मांडले की यादें घने जंगलों में उड़ती तितलियों की तरह चक्कर लगाती रहीं।

सारंगदाजी से पहले एशिया में परशुराम माली, बाबा साहब देवल और शंकरराव कार्लेकर जैसे महाराष्ट्रीयन सर्कसों ने बड़ा नाम कमाया था। उन्होंने जो दर्शक कमाये, उसका फ़ायदा सारंगदाजी को मिला था। रंगून में ख़ुद दाजी और कंचना ने रिंग में उतरकर दर्शकों को ख़ुश कर दिया था। रंगून के डिस्ट्रिक्ट कलेक्टर तथा वहाँ के डिप्टी कमिश्नर ने सारंगदाजी और कंचना को अपने बंगले पर बुलाकर दोपहर का भोजन साथ किया था। कृष्णा और कोयना नदी किनारों के हाथी-घोड़ों ने चीन के पहाड़ों से होकर ब्रह्मदेश की इरावती नदी में आने वाले मीठे जल में महीना भर ख़ूब विहार किया था।

रंगून के उसी दौर में एक सुबह किसी श्रीमन्त की जीप आयी। वे सारे जियावाडी से आये थे। वहाँ के राव बहादुर सिन्हा साहब नाम के बड़े ज़मींदार गृहस्थ जीप से नीचे उतरे। उस काल में टामू ज़िले में स्थित जियावाडी, ब्रह्मदेश के एक महत्वपूर्ण विकसित कृषि केन्द्र के रूप में पहचाना जाता था। पच्चीस बरस पहले ब्रिटिश सरकार ने वहाँ की 22 एकड़ ज़मीन सिन्हा साहब को दी थी। उत्तम खेती के लिए सिन्हा साहब को हज़ारों हाथों की ज़रूरत थी। तब वह हजारों काश्तकारों को बिहार से लेकर आये थे। उनके चौंसठ गाँव टामू ज़िले में बसे हुए थे।

इधर, सिन्हा साहब ने अच्छी नस्ल के गन्ने की खेती भी शुरू की थी। उन्होंने दाजी को बताया कि हाल में जियावाडी शुगर वर्क्स नाम का कारख़ाना बनाने का काम भी शुरू किया है। उस दिन सर्कस का खेल देखने के बाद सिन्हा साहब बहुत ख़ुश हुए और उन्होंने दाजी को जियावाडी परिसर में अपना कैम्प लाने का आमन्त्रण दिया। इसके बाद कंचना सर्कस आठ दिन तक जियावाडी में जमा। वहाँ सर्कस

के सारे खेल ज़बर्दस्त रहे। एक दिन सिन्हा साहब ने अपने बंगले पर कंचना समेत दाजी के लिए एक भोज का आयोजन किया। बंगले के सारे बाल-गोपाल सर्कस का मज़ा लूट चुके थे। इसलिए 'बाघिन की दोस्त दीदी' के साथ सिन्हा के बच्चों और रिश्तेदारों ने ख़ासतौर पर फोटो खिंचवाये।

जब माण्डले की धरती पर हाथियों की मदद से सर्कस के खम्भे खड़े किये जा रहे थे, उस शाम दाजी अपनी कमर पर दोनों हाथ टिकाये संध्या की किरणों में सिर से पैर तक डूबे थे। उनकी आँखों के सामने खड़ी टेकरी का नाम था, 'माण्डले हिल'। उस ठिगनी पहाड़ी के पास ही घने पेड़ों के पीछे ऊँची छतों वाली कचहरी जैसी छोटी-छोटी इमारतें दिख रही थीं। वह ब्रिटिश सेना की एक छोटी छावनी थी। उसके सामने क़रीब पन्द्रह-बीस एकड़ में एक से बढ़कर एक पुरानी मगर स्वच्छ-आकर्षक महल जैसी इमारतें खड़ी थीं। जो चारों तरफ़ से लम्बी-चौड़ी दीवार से घिरी थीं। यहाँ ब्रिटिश सिपाहियों का कड़ा पहरा था। दाजी ने अपनी बेटी को बताया कि यही प्रसिद्ध माण्डले जेल है। वास्तव में एक समय यह ब्रह्मदेश के थिबा राजा का भव्य राजमहल था। इसी राजा को दुष्ट अंग्रेज़ क़ैद करके हिन्दुस्तान के रत्नागिरी में ले आये थे। वहीं उन्हें आजीवन कारावास में डाल दिया।

रात को माण्डले में सर्कस का पहला शो बहुत बढ़िया रहा। उस शो में माण्डले जेल के जेलर फ्लॉबर्ट साहब परिवार समेत मौजूद थे। मध्यान्तर में गोरे साहब के साथ जेल का स्टाफ और स्थानीय पुलिस की एक टुकड़ी पीछे की विंग में आयी।

पूर्वी एशिया के अधिकांश ब्रिटिश अधिकारी बहुत आश्वस्त ढंग से हिन्दुस्तानी सर्कस देखने जाते थे। उन्हें भरोसा होता था कि अच्छा मनोरंजन होगा। हिंसक जानवरों के साथ बहादुरी भरे आइटम और झूले पर लोगों के होश गुम कर देने वाले बाजीगरों की कलाबाज़ियों का कोई मुक़ाबला नहीं था। छत्रे, देवल, कार्लेकर, शेलार, परशुराम लायन के बाद अब ग्रेट कंचना और जी.ए. सर्कस ऑफ़ बॉम्बे जैसी कम्पनियों ने अपना दर्ज़ा पहले की तरह ऊँचा बनाये रखा था।

शो ख़त्म होने के बाद जेलर फ्लॉबर्ट एक बार फिर विंग में आये। उन्होंने दाजी के अभिनन्दन के लिए जो हाथ आगे बढ़ाया, उसे पकड़कर दाजी पूछने लगे, "जेलरसाब, मुझे और मेरी बेटी कंचना को आपका जेल अवश्य ही देखना है।"

"नो प्रॉब्लम। बाय ऑल मीन्स। बट कम एज माय ऑनरेबल गेस्ट।"

दूसरे दिन माण्डले जेल में दाजी का ज़ोरदार स्वागत हुआ। क़ैदियों की बनायी फूलों की मालाएँ स्वीकार करते-करते दाजी और कंचना थक गये। फ्लॉबर्ट साहब

ने दोनों को ख़ास चाय-बिस्कुट दिये। बड़े उत्साह से बोले, "आई विल अकम्पनी यू, बताइए जेल में आपको क्या क्या देखना है?"

"आप मुझे बस एक ही बैरक दिखा दीजिए। जहाँ आप ब्रिटिशर्स ने हमारे लोकमान्य तिलक महाराज को क़ैद रखा था। एक बार वहाँ माथा टिकाया कि यह जन्म सार्थक हो जायेगा।"

"ह्वाट महाराज?"

सीनियर जमादार ने धीरे-से जेलर साहब के कान में कहा, "ही इज़ टॉकिंग अबाउट द सेम एक्सट्रीमिस्ट तिलक!"

एकाएक फ्लाबर्ट साहब का चेहरा पूर्णतः बदल गया। जैसे पूर्णिमा का चाँद अमावस का हो ज़ाये! उसकी नाक और कान एकदम गुलाबी हो गये। उसकी मूँछों और कलम के सुनहरे बाल खड़े हो गये। उसे दाजी की प्रार्थना एकदम अनुचित और अनुशासनहीनता जैसी लगी। उसने चेहरे को सख़्त बनाते हुए ज़ोर से कहना शुरू किया, "लुक, इन बातों को मैं नज़रअन्दाज़ नहीं कर सकता। यू विल कम इन ट्रबल। यू आर एन आर्टिस्ट। बट डोंट फॉरगेट दैट तिलक वॉज एन एनिमी ऑफ़ हर हाइनेस गवर्नमेंट।"

साहब के चेहरे का नूर खो गया था। वह बहुत बीमार दिखने लगे। सारंगदाजी भी घबरा गये। दाजी के साथ जेल की सैर का इरादा जेलर ने तत्काल रद्द कर दिया और किसी ज़रूरी काम की याद आने के बहाने वहाँ से निकल गया।

वह जमादार दाजी को लेकर पीछे की इमारत में गया। उसने एक पुरानी बैरक की तरफ़ उँगली दिखायी। बैरक में सामने उजाड़-सी अँधियारी, आर्द्र खोली को देखते हुए दाजी की आँखें भर आयीं। वे उस बैरक के सामने साष्टांग लेट गये। जैसे जेजुरी के खंडेराया को दण्डवत नमन करते हैं। उनके साथ कंचना भी वैसे ही हाथ जोड़कर पेट के बल लेट गयी। तब दाजी ने उससे कहा, "काँचे, बेटी ज़ोर से नारा बुलन्द कर... तिलक महाराज की जय!"

"अरे बाबा लेकिन थोड़ा धीरे बोलो, आजूबाजू ये ब्रिटिश लोग खड़े हैं...!" पिता को सावधान करती हुई कंचना बोली।

"बेटा अगर हम अच्छी मराठी में बोलेंगे तो इन गोरों को क्या समझ आयेगा?"

तब जेल की उस सँकरी पट्टी में कंचना को अपनी हँसी रोकते नहीं बनी और उसने हँसते-हँसते ही मराठी में ज़ोरों से लोकमान्य के नाम का जयकारा लगा दिया।

# 11

गजरत्न में दाजी के प्राण बसते थे। वह उनका सबसे प्रिय हाथी था। शाहू महाराज से उपहार में मिले गजरत्न को दाजी जिस दिन गाँव लेकर आये थे, तब से इस हाथी के साथ-साथ धन की देवी लक्ष्मी ने भी उनके जीवन में प्रवेश किया था। अपने सारे जानवरों को सुबह नाश्ता कराने के बाद ही दाजी अन्न का दाना ग्रहण करते थे। हर सुबह यह उनका नित्य का काम था। स्वयं नाश्ता करने से पहले वह हाथीखाने का चक्कर लगाते। परात में नौ किलो हलवा लेकर अपने हाथों से उसके लड्डू बनाते और बड़े प्रेम से गजरत्न को खिलाते। हर दिन घी में तैयार गर्म-मीठे-ख़ुशबूदार हलवे की गजरत्न को आदत पड़ गयी थी। दाजी बहुत स्नेह से उसकी सूँड़ पर हाथ फिराते और उसमें हलवा रखते। उसे खाकर गजरत्न अपनी सूँड़ दाजी की कमर में लपेटता और लाड़ दिखाता। हर दिन जब तक यह सब नहीं होता, गजरत्न दूसरे किसी अन्न को छूता तक नहीं।

एक रोज़ हर दिन की तरह दाजी हलवे के लड्डू बनाकर उस ऐरावत को दे रहे थे, लेकिन वह उन्हें मुँह में रखने के बाद ज्यों का त्यों ज़मीन पर गिरा देता। उसे वह हलवा पसन्द नहीं आ रहा था। तब दाजी ने ख़ुद हलवा चखकर देखा। इसके बावजूद उन्हें गजरत्न की नाराज़गी का कारण समझ नहीं आ रहा था। फिर काफ़ी उधेड़बुन के बाद आखिरकार उन्हें माजरा समझ आ गया। दाजी ने रसोई में रोज हलवा बनाने वाले आकाराम जोगता को बुलवा लिया। उसके कान में धीरे-से कुछ कहा। आकाराम नया हलवा बनाकर लाया।

दाजी परात लेकर गजरत्न के मुँह के पास गये और सिर्फ़ उसकी ख़ुशबू से ऐरावत ने अपनी सूँड ख़ुशी से हवा में ऊँची उठाई। वह ख़ुशी से चीत्कार करने लगा। तब तक कंचना, लिलियन, सायबू समेत अनेक लोगों ने इकट्ठा होकर भीड़ लगा दी थी। दाजी फटाफट लड्डू बनाकर गजरत्न को खिला रहे थे और वह ख़ुशी-ख़ुशी आनन्द लूट रहा था। आख़िरकार नौ किलो हलवे की परात ख़ाली हुई। तब सबने मारे ख़ुशी के ज़ोरों से तालियाँ बजायी। लेकिन कंचना बनावटी ग़ुस्सा बरसाती हुई आगे बढ़ी और अपने पिता से प्रेम से पूछने लगी, "ये क्या चल रहा है बाबा? आप दोनों का ये...?"

"अरे बन्दर क्या जाने अदरक का स्वाद... ये सब आकाराम की ग़लती है।"

"वही तो पूछ रही हूँ कि ये रहस्य क्या है... हमें भी तो पता चले।"

"वही तो पूछ रही हूँ कि ये रहस्य क्या है... हमें भी तो पता चले।"

सबकी तरफ़ देखते हुए दाजी खिलखिलाकर हँसे और बोले, 'छोटी-सी बात है रे। ये उल्लू का पट्ठा आकाराम, हलवे में इलायची डालना भूल गया था। स्वाद में बस ज़रा-सा फ़र्क़ पड़ा तो राजा के घर से आया ये ऐरावत राजा जैसे ही रूठ गया।'

कई बार दाजी गजरत्न को बड़े प्रेम से 'बाबूराव' कहकर आवाज़ लगाते और वह अपनी सूँड़ को हवा में तुरही की तरह उठा लेता। ज़ोर से चीत्कार करता। गजरत्न कभी मस्ती में आया या उसकी चर्बी बढ़ी तो वह फिर किसी के क़ाबू में नहीं आता था। उसे सँभालना मुश्किल हो जाता था। तब कई बार दाजी उसे केले में गाँजा भरकर खिलाते थे। उसके बाद वह ऐरावत देर तक गाँजे के नशे में झूमते हुए एक ही जगह खड़ा हो, अपना सिर हिलाता रहता था।

## 12

चिलचिलाती दोपहर का समय था। कलकत्ता के कोयला घाट की सारी हड़बड़ाहट ख़त्म हो चुकी थी। किनारे से दूर पानी पर तैरते जहाज़ काग़ज़ की नावों सरीखे दिख रहे थे। सूने-उजाड़ किनारे पर राघव लटका चेहरा और सिर पर घने बालों का घोंसला लिए बैठा था। अपने मामा के सर्कस के बचे-खुचे अवशेष लिए, वह तीन दिन पहले कलकत्ता पहुँचा था। तभी से अपने चेहरे की खिचड़ी दाढ़ी को खुजाते हुए वह यहाँ-वहाँ भटक रहा था।

इसी बन्दरगाह से छह महीने पूर्व वह जकार्ता, मलाया, सिंगापुर की तरफ़ रवाना हुआ था। मामा के ग्रेट सली इंटरनेशनल सर्कस को लेकर। उसमें यूरोप और अफ्रीका के सवा सौ आर्टिस्ट थे। लेकिन काल की मार ऐसी पड़ी कि राघव उसी सर्कस के अस्सी फ़ीट लम्बे टीक के चार खम्भे, आठ कलाकार, दस घोड़े और राजमंगला नाम की एक हथिनी के साथ लौटा था। अच्छे समय के सारे दोस्तों और हितैषियों ने डूबते जहाज़ से तुरन्त दूरी बना ली थी। दुर्भाग्य की उस पर तेज़ मार पड़ी थी और अब सिर पर तपते सूरज से बेहाल, वह छाँव की तलाश में यहाँ-वहाँ भटक रहा था। किस दरवाज़े पर दस्तक दे?

दोपहर बीतते-बीतते जैसे चमत्कार हुआ। हुगली के मछली बाज़ार नाके पर उसने एक बोर्ड देखा, 'द ग्रेट कंचना इंटरनेशनल सर्कस'। उस बोर्ड पर गुर्राते हुए अपने दाँत चमकाते बाघिन और उसके सामने निर्भय खड़ी कंचना कागवाडकर का चित्र। उसे चार साल पुराने वे दिन याद आ गये। चार्ली से मिले इतना लम्बा

वक़्त गुज़र चुका था। फिर वहाँ कंचना से मुलाक़ात और उसका वह अक्खड़ घोड़ा फक्कड़राव। सारी बातों का स्मरण करते हुए, दुर्दैव से डूबते राघव को जैसे तिनके का सहारा मिल गया।

कलकत्ता की हुगली नदी के किनारे कंचना का सर्कस खड़ा था। पीछे की तरफ़ कुछ दूरी पर लोटस इंडिया नाम के दूसरे सर्कस ने अपने तम्बू तान रखे थे। सर्कस की दुनिया में एक अलिखित और सर्वस्वीकृत नियम है कि एक सेंटर पर दो सर्कस एक ही समय खेल दिखाने की मूर्खता न करें। यह स्पर्द्धा दोनों कम्पनियों की कमर तोड़ देती है। ऐसा आर्थिक फटका बैठता है कि कभी-कभी जानवरों के लिए चारा तक जुटाने का ख़र्च नहीं निकलता। इन बातों और सामने दिख रहे नुक़सान के बावजूद हुगली नदी के किनारे दो सर्कस कम्पनियों ने अपनी बिसात बिछा रखी थी। ऐसे ही समय तम्बू के बाहर खड़े दरबान और राघव के बीच हुज्जत चल रही थी।

"भाई मेहरबानी करो। मैडम से कहो कि राघव आया है। मैं उनका दोस्त हूँ। पहले मिल चुका हूँ।"

"अरे भाई तुमको पता नहीं कि अन्दर कितना टेंशन है।" दरबान रास्ता छोड़ने को तैयार नहीं था।

आख़िरकार बहुत मिन्नतें करने पर उसने अन्दर जाकर नाम बताया। राघव नाम सुनते ही कंचना ने झट से अपनी गर्दन उठायी। थोड़े अविश्वास से दाजी को देखा। दाजी भी अपनी चेहरे पर आयी ख़ुशी को छुपा नहीं पा रहे थे। आ ही गया वापस लौटकर, आख़िर जायेगा कहाँ जैसा भाव उनके चेहरे पर उभरा।

कंचना बेचैनी में वैसी ही बैठी रही। तब दाजी ने कहा, "अरे अरे, क्या उसे बाहर ही खड़ा रखेगी? बाहर धूप में तप रहा होगा वो..." फिर वह ख़ुद ही बाहर जाकर उसे मैले-कुचैले हाल में ले आये।

"हैलो कंचनाजी," उसने कहा, "मैं माफ़ी चाहता हूँ कि ऐसे ही गन्दे-सन्दे हाल में यहाँ आपके सामने आ गया।"

"क्यों? क्या हुआ?" दाजी ने चिन्तित स्वर में पूछा।

"यह बहुत लम्बी कहानी है दाजीसाब, और इसे सुनाने में लम्बा समय भी चाहिए। थोड़े में कहूँ तो, मैं अच्छ-ख़ासा सर्कस समुद्र पार करके सिंगापुर ले गया और अब तीन दिन पहले जब कलकत्ता वापस आया तो मेरे पास थोड़ा-सा टेंट का सामान, मेरे आठ आदमी, सर्कस के दस घोड़े और एक हाथी ही बचा है। शहर से बाहर एक जान-पहचान के आदमी के यहाँ मैंने जानवरों को उसके बाड़े में रख दिया है। मैं सोच में पड़ा था कि कैसे अपने साथ के लोगों को वापस घर ले जाऊँ

कि तभी मैंने आपके सर्कस का पोस्टर देखा और यहाँ आ गया।"

दाजी और कंचना ने एक-दूसरे के देखा। फिर उस बूढ़े आदमी ने राघव की तरफ़ घूम कर सवाल किया, "इस समय तुम और तुम्हारे आदमी कहाँ रुके हैं?"

यहाँ बन्दरगाह के पास शालीमार धर्मशाला में हमने एक कमरा ले रखा है। हमने सोचा था कि जब तक वापस जाने का इन्तजाम नहीं हो जाता, तब तक यहीं रुकेंगे।'

"राघवजी, वो जानवर किस हाल में हैं जो आपने अपने दोस्त के पास छोड़े हुए हैं?" कंचना ने पूछा।

"जब से विपदा आयी है, तब से वो परेशान तो हैं लेकिन हम लगातार कोशिश कर रहे हैं कि समय से उनका खाना-पीना होता रहे।"

"सुनो राघव," दाजी ने गम्भीरता से कहा। "हमारे पास तो यहाँ पूरा शिकारखाना है और तुम्हारे घोड़े और हाथी भी इसमें आराम से रह सकते हैं। तुम और तुम्हारे आदमी भी यहाँ आ जायें, तो हमारे लिए कोई बोझ नहीं हैं। मेरी सलाह है कि जितनी जल्दी हो सके तुम आके हम लोगों के साथ रहने लगो। कोई समस्या नहीं है।"

"दाजी, कंचनाजी," भाव विह्वल होकर राघव ने जवाब दिया, "यही आशा लेकर मैं यहाँ आप लोगों के पास भागा आया था। मुझे मेरी और मेरे साथ के आदमियों की तो उतनी चिन्ता नहीं है, लेकिन मेरे जानवरों की सबसे ज़्यादा फिक्र है। मैं जानता हूँ कि आप लोग सर्कस को कितना प्यार करते हैं, इसलिए मुझे पूरा भरोसा है कि आप इस मुश्किल से निकलने में मेरी पूरी मदद करेंगे।"

"हमें ख़ुशी है कि तुमने यहाँ आने का सोचा," कंचना ने जवाब दिया। "हमें बता दो कि तुम कब तक आओगे, तो उस हिसाब से तुम्हारे रहने के ज़रूरी इन्तज़ाम करा दें। जब तक चाहो तुम रह सकते हो।"

"मैं आप दोनों का बहुत शुक्रगुज़ार हूँ। आपको पता नहीं कि आपने मेरे सिर पर से कितना बड़ा बोझ हलका कर दिया है। मुझे अपने जानवरों को लेकर और धर्मशाला का हिसाब-किताब करने के साथ कुछ बाक़ी काम निपटाने में कम-से-कम एक दिन तो लग जायेगा। क्या मैं परसों आ सकता हूँ?"

"बिल्कुल, जब तुम्हें सुविधा हो!" दाजी ने कहा। "तुम्हारे इतने छोटे से दल के लिए जगह बनाने में कोई समस्या नहीं है।"

शाम के शो का समय हो चुका था। हवा अचानक ठण्डी हो गयी और इतनी तेज़ गति से चलने लगी कि उसके साथ ढेर सारी पत्तियाँ उड़ने लगीं और चारों तरफ़ के पेड़ झूमने लगे। उस जगह का मालिक सुकृत सेन बाबू दाजी और कंचना से

मिलने आया। उसने बादलों की तरफ़ देखते हुए, पिता-पुत्री से स्पष्ट कहा, "मुझे लगता है कि आज रात अगर अपने दोनों शो बन्द रखेंगे तो नुक़सान से बच जायेंगे।"

"बाबू मोशाय ऐसा कैसे हो सकता है?" कंचना ने कड़क स्वर में कहा।

"देखिए, आप लोगों को बंगाल के समुद्र से अचानक उठने वाले बादलों और तूफान का अन्दाजा नहीं है।"

"दादा, तम्बू में पब्लिक खचाखच भरी है। इतना नुक़सान मैं कैसे उठा सकती हूँ?" सेन बाबू को खरे शब्दों में जवाब देते हुए कंचना ने पास खड़े मैनेजर से कहा, "कुछ मत सोचो। विंड ऑर नो विंड। इतना नुक़सान हम नहीं उठा पायेंगे। दिस शो मस्ट गो ऑन।"

कंचना ने आँख की कोर से पिता को देखा। उन्होंने कुछ कहा नहीं, लेकिन वह भी असमंजस की स्थिति में थे। कंचना सिर्फ़ अपने पिता के नक्शेक़दम पर चल रही थी : द शो मस्ट गो ऑन! हालाँकि पिता उसे एक तरफ़ ले गये और बोले, "देख बेटी, यहाँ रहने वाले ये लोग निश्चित ही हालात और मौसम के बारे में बेहतर जानते हैं। मैंने कई बार अनुभव किया है कि बड़े-बड़े शो धुल जाते हैं और प्रकृति की ताकत को चुनौती देना कभी जोखिम उठाने से कम नहीं रहता।"

"लेकिन बाबा, अगर तूफ़ान नहीं आया और टिकट खरीद चुके लोग बाहर नहीं निकले तो हम लोग उन्हें कैसे सँभालेंगे?"

"हाँ, बात तो सही है। किसी भी हाल यह तो हो नहीं सकता कि हम अपने तम्बू समेट लें और फिर से उन्हें खड़ा करें। मुझे भी लगता है कि हमें एक मौक़ा लेना चाहिए। अगर तूफ़ान नहीं आया, तो हमारा शो होता रहेगा, और अगर शो चालू रहेगा तो दर्शक कहीं नहीं जायेंगे।"

संध्या की रोशनी जगमग हो उठी। सर्कस के अस्सी फ़ीट ऊँचे तम्बू की छत से लगे झूलों पर सर्कस बालाएँ झोंके लेने लगीं। हाथी चिंघाड़ने लगे। चार्ली का बैंड जोरों से बज उठा। लेकिन तभी बहुत तेज़ हवा के साथ बादलों की फ़ौज आसमान में उतर आयी और देखते-देखते, जैसे किसी मैडम का फ्रॉक गोल होकर हवा में उठे, तम्बू की कनातें हवा में तैरने लगीं। कपड़ों के कई तम्बू रस्सियाँ तोड़ कर चिथड़ों की तरह लहराने लगे। सर्कस के अन्दर अचानक धूल का इतना प्रचण्ड गुबार घुसा कि लोगों के हाथ को हाथ नहीं सूझ रहा था। कुछ दिखाई नहीं दे रहा था।

कंचना घबरा गयी। वह समझ गयी कि बादलों की इस मार से लाखों की क़ीमत वाले इस तम्बू की चिंदियाँ उड़ जाने वाली हैं। डर के मारे उसकी छाती धड़कने लगी। उसने झूले पर झोंके ले रहे लड़के-लड़कियों को नीचे से ज़ोर की

आवाज़ लगाकर उतरने को कहा। लेकिन हवा का झंझावात इतना ज़ोरदार था कि जहाँ हाथी की चिंघाड़ सुनाई नहीं आ रही थी, वहाँ बेचारी कंचना की आवाज़ को क्या जवाब मिलता?

इन हालात में तत्काल तम्बू को नीचे उतारने के लिए उसकी जान छटपटा रही थी। लेकिन नियमानुसार जब तक तम्बू के अन्दर लगे स्टील के झूले, फ्लाइंग ट्रेपीज को सँम्भालने वाले चौखट को नहीं निकाला जाता, तम्बू को नीचे लेना सम्भव नहीं था। वर्ना ख़तरा यही था कि ये फौलादी चौखट नीचे खड़े अनेक कलाकारों के सिर पर गिरते और उन्हें घायल करते। बादल बमुश्किल पाँच-दस मिनट के लिए रहे। लेकिन उनके रौद्र रूप ने सर्कस में मौजूद हर चीज़ को तहस-नहस कर दिया।

सुदैव से तमाम दर्शक सुरक्षित बाहर निकल गये और तम्बू ख़ाली हो गया। हवा की अकल्पनीय तेज़ गति ने तम्बू के बीचों-बीच मज़बूत खम्भे से बँधे लोहे के तार भी तोड़ दिये। तम्बू को आधार देने वाले अनेक छोटे खम्भे आड़े-तिरछे हो गये। तम्बुओं को बाँधने वाली असंख्य रस्सियाँ-डोरियाँ-तार टूट-टूट कर यहाँ-वहाँ उड़ गये।

बादलों की गरज और तूफ़ानी हवा से डरे जंगली जानवर पिंजरे तोड़कर भाग निकलने को बेताब थे। ख़तरे का आभास होते ही दाजी अपने तमाम सर्कस ब्वॉयज को साथ लेकर वहाँ पहुँचे। बाघों और सिंहों के पिंजरों को पहले ही ज़मीन में गहरी खूँटियाँ गाड़ कर उन्हें मोटी रस्सियों से बाँध दिया गया था। इसीलिए ये पिंजरे उड़े नहीं। बादलों को देखकर हाथियों को मस्ती चढ़ गयी और घोड़े भी बेक़ाबू होने लगे। दाजी ने कुशल घुड़सवारों और रिंगमास्टरों को आगे बढ़ाया। उन्होंने तत्परता से घोड़ों पर क़ाबू पाया और आस-पास के दो-तीन आउटहाउसों तथा अस्तबलों में ले जाकर उन्हें बाँध दिया।

सुबह फटे हुए तम्बुओं और झुके हुए आड़े-तिरछे खम्भों का उजाड़, आँखें नम कर देने वाला था। सर्कस कैम्प की हालत किसी विशाल हिंस्र जानवर को मारकर खाने के बाद शेष रह गये बड़े-से कंकाल के जैसी नज़र आ रही थी। कंचना का चेहरा चिथड़ा-चिथड़ा हुए तम्बू से ज़्यादा जर्जर दिखाई दे रहा था।

रात का घुप्प अँधेरा था। सागर उफना रहा था। उसकी लहरों की निरन्तर गर्जना से कान में दर्द उठने लगा था। इस बीच बरसाती तूफ़ान शुरू हो गया था। राघव और उसके साथियों ने अपने छोटे-से कमरे की खिड़की से झाँककर बाहर का नज़ारा देखा और बदन पर कम्बल लपेटकर दुबक गये। सोने जाते वक़्त राघव के दिमाग़ में दो ही बातें घूम रही थीं : इस वक़्त उसके जानवर किस हालत में होंगे और इस समय द ग्रेट कंचना इंटरनेशनल सर्कस का क्या हाल होगा।

रात भर उनके कमरे की टीन की छत ज़ोरों से बजती रही। हवा का शोर अलग था। इन्हीं सब के बीच सुबह हुई। घने नारियल और ताड़ पेड़ों के बीच सुनहरा उजाला सिर उठाने लगा। राघव ने खड़े होकर खिड़की से बाहर का धुँधला नज़ारा देखा। तभी सामने उसे एक ठिगना व्यक्ति ताँगे से उतरता नज़र आया। वह कंचना का मैनेजर था। राघव ने आश्चर्य से पूछा, "क्या बाबूजी! इतनी सुबह? कुछ अर्जेंट है?"

"रात को ऐसा प्रचण्ड तूफान आया कि हमारे महँगें और मज़बूत तम्बू तक तार-तार हो गये! चलिए, मालकिन ने आपको तुरन्त बुलाया है।"

जब राघव सर्कस कैम्प में पहुँचा तो कंचना बाहर ही अपने चिथड़े हो चुके तम्बुओं के बीच खड़ी थी। उसके चेहरे का हाल बता रहा था कि उसे बीते दिन की ग़लती का एहसास शिद्दत से हो रहा था। उसने कहा, "राघवजी, हमारे लोकल एजेंट ने हमें चेतावनी दी थी, मगर मैंने कोई ध्यान नहीं दिया। देखिए हमारे तम्बुओं का क्या हाल हो गया है!"

"अब जो हो गया, उसे जाने दीजिए। भूल जाइए। हालाँकि आपको यह बड़ा नुकसान हुआ है।"

"दाजी मुझसे कह रहे थे कि आगे के सारे शो रद्द कर दो।'

"सचमुच दाजी ने ऐसा कहा?"

"हाँ," कंचना की आवाज़ भर्राने लगी, "अब मेरे लिए तो दिलासा देने वाली बात यही है, भले ही सुनने में अजीब लगे, सामने लोटस सर्कस वालों का भी भारी नुकसान हुआ है। लेकिन वो हमसे बेहतर हाल में हैं क्योंकि उनके पास एक अतिरिक्त टेंट है। राघवजी, इसलिए मैंने आपके पास अपने आदमी को भेजा था कि क्या आप किसी तरह से हमारी मदद कर पायेंगे। कल आप कह रहे थे कि आपके पास टेंट का कुछ सामान बचा हुआ है!"

"यही मैं भी कहने वाला था। अब यह क़िस्मत की बात है कि मेरे मामा के सर्कस का एक टेंट हमारे पास बचा रह गया है; और एकदम बढ़िया हालत में है। न सिर्फ़ मैं ये टेंट आपको दे दूँगा, बल्कि मेरे आदमी इसे खड़ा करने में आप लोगों की मदद भी कर देंगे। मैं दोपहर से पहले ही उसे आपके पास लेकर आता हूँ।"

राघव अपनी बात पर अटल रहा और जब तक तम्बू खड़ा नहीं हो गया, वह मौक़े से नहीं हिला। बीच-बीच में कंचना आकर काम देख जाती थी। राघव और उसके आदमियों को सुबह के नाश्ते के बाद दोपहर में ठेठ बंगाली खाना मिला: केले के पत्ते पर गर्म-गर्म चावल और उसके साथ भुनी हुई मछली।

दोपहर तक काम ख़त्म हो जाने के बाद राघव झिझकते हुए कंचना के तम्बू में पहुँचा। उसके चेहरे से ज़ाहिर था कि वह कुछ कहना चाहता है, मगर कैसे, यह नहीं समझ पा रहा था। आख़िर कंचना ने उसे इस स्थिति से उबारा, "आपके दिमाग़ में कुछ चल रहा है क्या, राघवजी?"

"जी, कंचन जी, हाँ... मैं सोच रहा था... क्या आप अपने सर्कस में थोड़ा-सा समय मुझे दे सकती हैं, घोड़ों के साथ एक आइटम के लिए?"

यह सुनकर कंचना जैसे उलझन में पड़ गयी। वह कुछ बोल नहीं पा रही थी। सही है कि कोई तीन-चार साल पहले उसने ख़ुद घोड़े के साथ राघव की जांबाजी देखी थी, लेकिन इसका यह मतलब नहीं था कि वह ख़ुद बग़ैर देखे-जाँचे-परखे उसे आसानी से अपने बेहतरीन सर्कस में कोई भी आइटम पेश करने का मौक़ा दे दे। लेकिन दूसरी तरफ़ यह राघव की उदारता और बिना शर्त मदद से ही सम्भव हुआ था कि वह आगे के शो करने की स्थिति में थी।

"सा है राघवजी," कंचना ने अपने मन में चल रहे द्वन्द्व से निपटने में लम्बा समय लेने के बाद कहा, "मुझे चिन्ता इस बात की है कि जितनी मुश्किलें झेलते हुए आप सब यहाँ तक पहुँचे, उसके बाद आपके घोड़े कमज़ोर और थके हुए होंगे। रिंग में वापस उतरने से पहले, क्या उन्हें फिर स्वस्थ होने के लिए थोड़ा समय नहीं मिलना चाहिए?"

"कंचनाजी," राघव ने जैसे भागते भूत की लंगोटी पकड़ते हुए कहा, "मैं ख़ुद सर्कस वाला आदमी हूँ, और अपने जानवरों का सच्चा हाल जाने बिना तो मैं आपसे ऐसा अनुरोध करता ही नहीं।"

कंचना के पास इस बात का कोई जवाब नहीं था और गहरी साँस छोड़ते हुए, वह हल्के-से मुस्करा दी। फिर बोली, "तो ठीक है राघवजी। वास्तव में, अब हमारे और लोटस वालों के बीच यह लड़ाई ऐसी हो चुकी है कि कोई एक ही बचेगा। इसलिए कल दोपहर के शो में आपको मैं सिर्फ़ बीस मिनट ही दे पाऊँगी। ख़ास आपके लिए मैं यह कर रही हूँ।"

राघव को इस वक़्त इससे बढ़कर और किसी बात की दरकार नहीं थी।

## 13

उस रात उसकी आँखों में नींद नहीं थी। न ही उसने अपने साथी कलाकारों को सोने दिया। दूर समुद्र किनारे खुली जगह में वह अपने कलाकारों और जानवरों

के साथ रात भर प्रैक्टिस करता रहा। अपनी कलाकारी से कम-से-कम समय में कैसे प्रेक्षकों को मोह लेना है, वह उन्हें यही गुर सिखा रहा था।

दूसरा दिन। दोपहर शो का समय हो गया। कंचना अपने दफ़्तर में बैठी थी कि तभी वहाँ राघव पहुँचा। उसने कुछ तेज़ी से कहा, "मैडम एक रिक्वेस्ट है, अगर आप थोड़ी-सी देर के लिए रिंग में हमें देखने के लिए आ जायें..."

कंचना ने बही-खातों में से अपना सिर उठाया और बोली, "ज़रूर राघवजी, मैं बस थोड़ी देर में आती हूँ।" राघव चला गया। कंचना ने उसकी बात में कोई ख़ास दिलचस्पी नहीं ली, वह समझ गया।

कंचना फिर बही-खातों में डूब गयी। थोड़ी ही देर में उसे टेंट में से हँसी-ठहाकों की तेज़ आवाज़ सुनाई दी और उसके बाद तालियों की गड़गड़ाहट। उसे राघव के निमन्त्रण की याद आयी और बही-किताबें बन्द करके वह तेज़ी से मुख्य तम्बू की तरफ़ दौड़ी। उधर से आने वाली हँसी और तालियाँ रुक नहीं रही थीं। फिर जब उसने अन्दर अपनी आँखों के सामने जो कुछ देखा, वह हैरान कर देने वाला था।

सामने दो घोड़े किसी बाघ की रफ़्तार से रिंग में दौड़े जा रहे थे। उनकी पीठ पर कोई इन्सान बन्दरों की तरह इधर से उधर उछल-कूद कर रहा था। एक दौड़ते घोड़े से वह दूसरे दौड़ते घोड़े की पीठ पर कूद रहा था। अरे बाप रे! वह घोड़े के ऊपर पहुँचकर बिना कोई परवाह किये ऊँची छलाँग भर रहा था। इस छलाँग के साथ वह सीधे ज़मीन पर उतर आता और वहीं से फिर वैसे ही कूद मारकर उल्टा होकर घोड़े पर बैठ जाता। उसके शरीर में हड्डियाँ हैं या फिर वह इन्सान रबर का बना है, यह समझ नहीं आ रहा था।

वह इन्सान जब अत्यधिक रफ़्तार से रिंग में एक और चक्कर लगाकर कंचना की नज़रों के सामने से गुज़रा, तब कंचना की समझ में आया कि वह कोई और नहीं बल्कि राघव है। दोनों घोड़े एक-दूसरे के समानान्तर भाग रहे थे और उन दोनों की पीठ पर अपना एक-एक पैर जमाये रौब गाँठे हुए राघव भी हवा से बातें कर रहा था। दो नावों की सवारी जैसा यह खेल बहुत ख़तरनाक था और किसी भी पल जानलेवा साबित हो सकता था। देखने वालों के दिल धक-धक कर रहे थे। ज़रा-सा पैर सटका कि वहीं ज़मीन पर सीधे आकर कपाल फट जाना तय था।

दर्शकों ने इससे पहले सर्कस रिंग में कभी ऐसा जालिम खेल नहीं देखा था। जैसे कोई बन्दर किसी घर के छप्पर से दूसरे घर के छप्पर पर सहज ही छलाँग मारता था, राघव भी उतनी ही दक्षता से करामात दिखा रहा था। मौत के जबड़े में हो रहा यह ख़तरनाक खेल देखकर पब्लिक डर और विस्मय के मारे जड़ हो चुकी

थी। लोगों ने राघव को जैसे सिर आँखों पर बैठा लिया और नाचना शुरू कर दिया।

लिलियन की पीठ पर प्रेम से एक धौल जमाते हुए ख़ुशी के मारे कंचना चिल्लायी, "ऐ लीलू दीदीऽऽ आँखें खोलकर ठीक से देख... व्हाय आर यू क्लोजिंग योर आईज?"

"आई फील लिटिल ड्राउजी... मुझे चक्कर आ रहे हैं।"

"क्यों?"

"समझ नहीं आ रहा... ये मरा आदमी मूर्ख है या भूत!"

यह उछल-कूद वाला खेल ख़त्म होने के बाद लोग कुर्सियों से उठकर खड़े हो गये। सारी गैलरियों में पब्लिक अपनी जगह पर बहुत देर तक तालियाँ बजाती रही। लगता था कि जैसे तालियाँ ख़त्म ही नहीं होंगी।

तभी चार्ली बैंड मास्टर ने 18वीं सदी की सुन्दर गैलप धुन छेड़ दी। राघव के दोस्तों ने फक्कड़राव और अन्य घोड़ों के पैरों में नर्तकियों की तरह पाज़ेब और घुँघरू बाँध दिये। वायलिन वादकों ने धुन के साथ तार छेड़ दिये। इन सबके बीच चार्ली ने हाथों में सेक्सोफोन लेकर मस्त लहर पैदा कर दी। साथ में कच्छी बाजा, तबला, ढोलक और शहनाई भी बजने लगी। ड्रम पर छड़ियाँ पड़ने लगीं। इस पूरे संगीत की ताल पर झूमते हुए तमाम वादक अपने-अपने वाद्य यन्त्र बजाते हुए एक बेहतरीन लोकगीत गाने लगे। इस गाने में लगने वाले ठेकों और सुरों ने घोड़ों को झुमाना शुरू कर दिया और उनकी त्वचा थरथरायी। फिर राघव के साथ वे सारे घोड़े मोरों की तरह झूम-झूम कर नाचने लगे। किसी कुशल नर्तकी की तरह।

*"रंगू निघाली नांदायला हायऽऽ नांदायला*
*माझी रंगू निघाली नांदायलाऽऽ*
*आंबेमोहर भात रांधायला, रंगीत माडीचं घर बाँधायला*
*हायऽऽ रंगू निघाली नांदायला"*

इस नृत्य पर रंगी-बिरंगी रोशनी बिखर रही थी। चार्ली के गोवन-पुर्तगीज़ संगीत की इन मीठी धुनों ने तम्बू का माहौल ही बदल दिया था। अब सिर्फ़ घोड़े और बैंड वाले ही नहीं बल्कि पब्लिक भी अपनी जगह पर खड़ी होकर झूम रही थी। लोग उल्लसित होकर चीख़ रहे थे, "अरे ये राघव इन्सान है कि जादूगर?"

"वो घोड़े तो किसी बुलबुल की तरह नाच रहे हैं! और ये ऐसे घोड़े आखिर लाया कहाँ से?"

सामने दिख रहे एकदम शाही घोड़े पर नज़र फेरते हुए विस्मित कंचना ने कहा,

"चम्पा वो घोड़ा तो किसी राजा की सवारी जैसा मालूम पड़ रहा है!"

"कहाँ?"

"वो मखमली थूथन, पानीदार बड़ी-बड़ी आँखें और एकदम चमकदार फुर्तीला जानवर।"

"आर यू फूल...? मूर्ख है क्या?"

"क्यों?"

"तूने अपने ही जानवर को नहीं पहचाना?" चम्पा ने सवाल किया।

"मतलब?"

"अरे ये बदमाश तुम्हारा ही फक्कड़राव है! अपनी कम्पनी में बेकार मुसीबत नहीं चाहिए कहते हुए तूने ही तो इसे राघव के गले बाँध दिया था।"

कंचना का चेहरा एकदम देखने जैसा था। जैसे कोई मिट्टी का ढेला पानी के कटोरे में डूबकर बिखर जाये। "हमारी झोली में हीरा गिरा था और हम उसे पहचान ही नहीं पाये। राघव के पास जौहरी की आँख है, जिसने उसे तराश कर कैसे चमका दिया!"

## 14

रिंग की ख़ूबसूरत तानों पर राघव के जादुई घोड़ों के नाच और उसकी घुड़सवारी के कौशल की हर तरफ़ चर्चा थी। लेकिन इन तारीफ़ों पर उसका कोई ध्यान नहीं था। वह लगातार अपने मामा के सर्कस के बारे में सोच रहा था, जहाँ उसने ये करतब सीखे और नाम कमाया था।

पिछले महीने की ही बात है, जब वह सिंगापुर के दौरे पर था और सर्कस अप्रत्याशित हादसे का शिकार हो गया।

एक सुबह समुद्र किनारे ज़ोरों की हवा चल रही थी। महावतों ने हाथियों के सामने चारा डाला था। पास ही घास के गट्ठरों के बड़े-बड़े ढेर लगे थे। मोटरमैन सुबह गाड़ियों की ऑइलिंग करते हुए जनरेटर चलाकर उनकी जाँच-परख कर रहे थे। उसी समय जनरेटर से उड़ी चिंगारियाँ घास के गट्ठरों पर पड़ीं। क्षण भर में गट्ठर कपूर की तरह भभक उठे। बहती हवा की पीठ पर सवार यह मुसीबत भयंकर शत्रु की तरह हमलावर हो गयी। भीषण अग्नि ने सर्कस को पूरा का पूरा खाक कर डाला। अनेक बन्दर, तोते-मैना, चिम्पांजी , शेर और बाघ पिंजरों में ही खाक हो गये।

राघव और उसके साथियों ने फुर्ती दिखाई तथा घोड़ों समेत कई जानवरों के गले में बँधी रस्सियाँ खोल दीं। हाथियों को पैरों में पड़ी बेड़ियों से मुक्त कर दिया। इसके बावजूद चारों तरफ़ फैल चुकी आग में छह हाथी मौत के मुँह में चले गये। जैसे-तैसे तीन को बचाया। सर्कस का सत्तर फ़ीसदी सामान जलकर कोयला हो गया।

टूटा ब्याह फिर से जोड़ा जा सकता है लेकिन बिखर चुके सर्कस को पुनः खड़ा करना बहुत कठिन है। राघव हर हाल में मामा को दिया वचन निभाना चाहता था। लेकिन इस दुनिया में इन्सान, भावनाएँ और व्यापार विपरीत दिशाओं में चलते हैं। इस भीषण अग्नि दुर्घटना के बाद सब लोग बचे-खुचे सामान पर टूट पड़े। वे इसे आपस में बाँट लेना चाहते थे, ताकि उसे बेचकर अपनी भरपाई कर सकें। रसोई मैनेजर और विदेशी कलाकार भी अपना-अपना हिसाब करने के लिए बरस रहे थे। राघव ने उनसे साफ़ शब्दों में कहा कि हिन्दुस्तान गये बिना मैं आप लोगों का हिसाब-किताब नहीं कर पाऊँगा।

"तब तक हम क्यों रुकें?" कई लोगों ने कहा। उनका कहना था, "यहाँ फ्रांस का आमार सर्कस चल रहा है, जर्मन सर्कस भी है। बाघ और हाथी जैसे जानवरों को तो कोई भी खरीद लेगा। मामला यहीं एक बार में ख़त्म कर दो!!"

डूबते जहाज़ में चूहे एक पल भी रुकने को तैयार नहीं थे। इस दुनिया के तमाम रंग राघव देख चुका था। उसे लोगों के कृतघ्न बर्ताव और नमक से बेईमानी का ख़ूब अनुभव था। निर्णय होने से पहले ही कम्पनी के अनेक कर्मचारियों ने विदेशी कम्पनियों से सामान की खरीद-बिक्री के लिए मोल-भाव शुरू कर दिये।

परदेस में किसी का सहारा नहीं था। जब कोई रास्ता नहीं बचा तो आँखों के आँसू पोंछते हुए राघव को सर्कस के महँगे सामान और जानवरों की बिक्री के लिए निकलना ही पड़ा। इन सबके बीच उसने अपने सबसे कुशल घोड़ों और सुन्दर, ऊँची-पूरी हथिनी राजमंगला को अपने से दूर करने से साफ़ इनकार कर दिया। राजमंगला जब छोटी-सी थी, तब वह उसे 'देवता का प्रसाद' मानते हुए ख़ुद उदयगिरि के जंगलों से ख़रीद कर लाया था। वह उसे अपनी आख़िरी साँस तक भी छोड़ने के लिए तैयार नहीं था।

कार्गो बोट में बैठा राघव भरी आँखों से सिंगापुर के छूटते तट को देख रहा था। तमाम चीज़ों और जानवरों को बेचकर सबका हिसाब चुकता करने के बाद, उसकी जेब में

अब सिर्फ़ कुछ सौ पौंड ही बचे थे। जिसमें वह अपने दस घोड़ों, एक हथिनी और चुनिन्दा साथियों के साथ हिन्दुस्तान तक का सफ़र कर सकता था।

अब असली सवाल यह था कि कलकत्ता के बन्दरगाह पर जानवरों के लिए तात्कालिक व्यवस्था कहाँ की जाये? और फिर उसके आगे के सफर का क्या होगा? सुदैव से जहाज़ पर कुछ साधु मिल गये। उनके मुखिया क़रीब पचास बरस के तेजस्वी बाल ब्रह्मचारी आनन्दजी महाराज थे।

बातचीत शुरू हुई तो उन्होंने राघव को उसके जानवरों की देखभाल का भरोसा दिलाया। उनके एक शिष्य, मिश्रा कलकत्ता के बन्दरगाह के नज़दीक ही रहते थे। उनके आमों के बाग़ और घुड़साल भी थे। स्वामीजी ने वचन दिया कि वह कुछ दिनों के लिए राघव के जानवरों की व्यवस्था वहाँ करा देंगे। स्वामीजी राजमंगला को देर तक ग़ौर से देखते रहे और फिर बोले, "ऐसे हाथी तो बहुत होते हैं, जो दायें से बायें और बायें से दायें झूमते हैं, मगर ऐसे हाथी राजा-महाराजाओं के लिए भी दुर्लभ होते हैं, जिनका तन सूँड से लेकर पूँछ तक लचक के साथ हिलता हो। यह जानवर तुम्हारे लिए बहुत भाग्यशाली है और अपनी आखिरी साँस तक तुम्हारी सेवा करेगा। इसका ख़ूब ख़्याल रखना।" राघव अब काफ़ी हद तक आश्वस्त था। वह तेज़ी से बढ़ते जहाज के पीछे छूटती नीले समुन्दर की लहरों को निहारने लगा।

## 15

पहले दो शो में ही राघव के फक्कड़राव और दूसरे घोड़ों ने द ग्रेट कंचना सर्कस के रिंग में घमासान मचा दिया था। पब्लिक इतनी पागल हो गयी कि जब तक उनका खेल जारी रहता, सारे के सारे खड़े रहते। कोई कुर्सी पर बैठने को तैयार नहीं था। राघव को मिल रही ज़बर्दस्त शाबाशी और दर्शकों के अभूतपूर्व प्रतिसाद को देखकर कंचना ने अपना निर्णय बदल दिया। दूसरे दिन ही उसने सर्कस का मुख्य शो राघव और उसके घोड़ों के आकर्षक खेल को बना दिया! कलकत्ता में दीवारों पर तत्काल नये पोस्टर और हैंडबिल चिपकाये गये।

"मैजिक हॉर्सेज ऑफ़ प्रिंस राघव!"

"देखिए राघव दीवाना और उसके घोड़ों का तराना!"

लेकिन सारंगदाजी की भौंहें तनी थीं। आख़िरकार उन्होंने अपने मन की बात बेटी के क़रीब जाकर कह दी, "कांचू, मेरी पूरी ज़िन्दगी निकल गयी सर्कस में। फॉरेन वालों के भी ख़ूब जांबाज़ी भरे खेल मैंने देखे। लेकिन मन में एक ही बात

खटक रही है... ये शैतान राघव इतने कमाल का खेल जिस बहादुरी से दिखाता है, उस ऊँचाई पर अभी तक हमारा सर्कस क्यों नहीं पहुँचा"

बाप-बेटी ने आगे का फ़ैसला लिया। सर्कस मैनेजर जीप लेकर अँगरेज़ी और वर्नाक्युलर समाचार पत्रों के दरवाज़े पर जा पहुँचा। उसने सबको आग्रहपूर्ण निमन्त्रण दिया। उस रात के शो में प्रेस वालों के लिए ख़ास इन्तज़ाम रखे गये। पत्रकार मण्डली राघव की करामात देखकर अक्षरशः ज़मीन पर लोट गयी। रात को ज़ोरदार पार्टी भी हुई। लेकिन तीन दिन गुज़र गये। एक भी समाचार पत्र में अंगुली भर ख़बर तक नहीं छपी। गुप्त शत्रु होंठों तक आये प्याले को पेट में नहीं पहुँचने देते। इसका तनाव सबके चेहरे पर ज़ाहिर था। मगर शो जारी थे।

रात के एक और शो में बैंड की संगीत लहरियों का तराना शुरू हो गया था। तम्बू में हर दिन के मुक़ाबले प्रेक्षकों की संख्या बढ़ी हुई थी। इससे सब उत्साहित थे। सारंगदाजी का प्रिय गजरत्न सामने आया।

तभी बाहर प्रवेशद्वार की तरफ़ कोई गड़बड़ी शुरू हुई। वहाँ मौजूद लोगों का शोर उठने लगा। दरबान और रिंग ब्वॉयज उस दिशा में दौड़े। प्रवेशद्वार के पीछे की तरफ़ खुले मैदान में दो पैट्रोमैक्स की बत्तियाँ जली थीं। उनसे धधकता लाल प्रकाश बाहर चारों तरफ़ फैल रहा था। उस प्रकाश पुंज के इर्द-गिर्द पतंगे और रात में निकलने वाले कीड़े चक्कर काट रहे थे। वहीं देखने वालों की भी भीड़ उमड़ी थी। उनके बीच में पैंतीस फ़ीट की ऊँचाई पर दो तरफ़ कैंचियों की तरह उभरे बाँसों के बीच क़रीब बीस फ़ीट लम्बी नायलॉन की एक रस्सी बँधी थी। सर्कस का एक कलाकार उस पर बन्दर की तरह छलाँगें भर रहा था।

अपने पैरों के अँगूठों से रस्सी को कसकर थामे नाचते-नाचते उसने रस्सी को विलक्षण गति से हिलाना शुरू कर दिया। रस्सी अपनी जगह पर ही हवा में उड़ने लगी। देखते-देखते वह पानी की लहर की तरह ऊपर-नीचे हो रही थी और उस रस्सी पर छलाँगें भरता राघव का शरीर किसी गेंद में तब्दील हो गया था। वह उड़ा। उड़ते-उड़ते उसने अपने पैर घुटनों के पास पकड़े। इसी मुद्रा में शरीर गेंद बना हवा में वैसे ही उड़ा। यह दृश्य देखते हुए दर्शकों के पेट में जैसे गोला उठा। तभी राघव ने गेंद बने अपने शरीर को गति दी और जैसे लट्टू बन गया। उसी रफ़्तार में उसने हवा में चार गुलाटियाँ खा लीं।

लोग डर के मारे सिहर गये कि यह मूर्ख खिलाड़ी कहीं पके हुए कद्दू की तरह धप्प से ज़मीन पर न आ गिरे। कुछ ने तो आशंका के मारे झट से आँखें मींच लीं। लेकिन दूसरे ही क्षण अपनी पलकों को हौले से खोला कि आश्चर्य! गेंद के

जैसा हवा में उछला हुआ राघव फिर रस्सी पर आकर स्थिर हो गया था। कुछ पल बाद वह पुनः रस्सी को पहले की तरह लहरदार गति देने लगा। रस्सी तेज़ी से हवा में उछली और एक बार फिर राघव का शरीर उस पर लट्टू की तरह नाच उठा। वह हवा में अपनी धुरी पर घूम रहा था। कमाल का आत्मविश्वास! उसके शरीर की विलक्षण चपलता और लचक। यह जादुई खेल देखते हुए भीड़ अपनी जगह पर ही आनन्द से उछल रही थी। 'एकऽऽ दोऽऽ तीनऽऽ चारऽऽ' वहाँ मौजूद सारे दर्शक गुलाटियों की गिनती गिन रहे थे।

असली तमाशा इसके बाद शुरू हुआ। जब पास के लोटस सर्कस के तम्बू तक इस उछल-कूद वाले खेल का शोर पहुँचा। इस बहादुर के जलवे की गन्ध वहाँ पहुँची और उस सर्कस के अन्दर बैठी भीड़ बड़ी उत्सुकता से तम्बू से बाहर निकल पड़ी। तेज़ी से दौड़ते हुए लोग राघव के जंपिंग रोप वाले खेल के चारों तरफ़ इकट्ठा होने लगे। देखते-देखते इतनी भीड़ जुट गयी कि क़ाबू करना मुश्किल हो गया।

बावले की तरह राघव ने लगातार पाँच बार, भूतो न भविष्यति अन्दाज़ वाला बाउंसिंग रोप डांस किया। अब भी वह अपने पैरों के अँगूठे से रस्सी को थामे हुए हवा में सीधा खड़ा था। उसके पूरे शरीर से पसीना चू रहा था। उसने सहज ही नीचे नज़र डाली। इतनी भीड़ कि नीचे तिल धरने की भी जगह नहीं थी। देवता की पालकी के सामने हाथों को ऊपर उठाये नाचते हुए भक्तों की तरह कंचना, सारंगदाजी और तारानाथ समेत सबके चेहरे राघव को दिखाई दिये। उसका शानदार प्रदर्शन देखने के बाद भीड़ जैसे सर्द पड़ गयी थी। सारंग अपनी पगड़ी का फंटा हवा में उड़ाते हुए "वाह रे बाज... वाह रे बेटा!" कहते हुए अपनी जगह पर नाच रहे थे।

राघव जैसे ही नीचे उतर कर आया, लिलियन ने उसे बाँहों में भरते हुए कहा, "यू डेयर डेविलऽऽ आर यू मैड? तू कहीं नीचे गिर पड़ा तो हू विल कलेक्ट योर बोंस एक भी हड्डी-पसली सलामत नहीं मिलेगी।"

इतने में, राघव के उस ज़बर्दस्त बाउंसिंग रोप डांस पर फिदा कंचना 'राघवऽऽ डिअरऽऽ' चिल्लाती हुई पहुँच गयी। पानी की एक प्रचण्ड लहर की तरह वह उत्साह से राघव से चिपक गयी। उस भीड़ में भी उसने राघव को कस कर अपने आलिंगन में बाँध लिया। उसके गालों पर फटाफट चार-पाँच चुम्बन लिए। मारे ख़ुशी के वह चिल्लाने लगी, "अरे तू है कौन? इन्सान या हैवान! तेरा जरा-सा सन्तुलन बिगड़ जाये तो तेरे शरीर के टुकड़े नहीं गिनते बनेंगे।"

"मेरा खेल मेरी मुट्ठी में है। यह है राघव का जलवा, खुले आसमान के नीचे जो पकाता है हलवा," उफनते गर्म दूध की तरह राघव ने उत्साह से कहा।

राघव पब्लिक के लिए और पब्लिक राघव के लिए पागल हो रही थी। उसकी प्रशंसा करने और शाबाशी देने के लिए लोगों की भीड़ उमड़ पड़ी थी। अपने अद्भुत खेल से राघव ने तमाम सर्कस देखने वाले बंगाली लोगों की आँखों की नींद उड़ा दी। सारंग और कंचना की आँखों में ख़ुशी के आँसू उमड़ पड़े। उन्होंने टिकट खिड़की के सामने दूर तक लगी लम्बी क़तार को देखा। भीड़ बढ़ती जा रही थी। लोग कतार से हटने को राजी नहीं थे। कई बार टिकट वाले लड़के चिल्लाये, "टिकट ख़त्म हो गये हैं।"

"तो फिर कल के एडवांस दे दो।"

राघव की उछल-कूद देखकर पब्लिक बेकाबू हो गयी थी। वे जैसे जान हथेली पर लेकर अन्दर घुस आये थे। बैठते ही सब एक स्वर में चिल्लाने लगे, "अपने सारे आइटम तुम बन्द कर दो..."

"वी वॉन्ट राघव्ज बाउंसिंग रोप डांस ओनली।"

हवा में उछलती रस्सी पर वह नाच द ग्रेट कंचना सर्कस का सरताज बन गया। कलकत्ता बन्दरगाह, शाम बाज़ार, हावड़ा, हुगली नदी के किनारे से लेकर अलीपुर तक हर किसी के होंठों पर ग्रेट कंचना सर्कस और राघव का नाम था। भीड़ की लहरें लगातार उठ रही थीं। मजिस्ट्रेट से ख़ास ऑर्डर लेना पड़ा, तब एक-एक दिन में चार-चार शो हुए। लेकिन इसके बावजूद भीड़ कम होने का नाम नहीं ले रही थी।

## 16

राघव के बाउंसिंग रोप डांस का जादू दर्शकों पर ऐसा चला कि वे इस खेल को देखने के लिए इन्सानी हुजूम जैसे नहीं बल्कि हुगली से उठती अनगिनत लहरों की तरह उमड़ने लगे। लोटस सर्कस किसी तरह इसका मुक़ाबला नहीं कर सका और दो दिन के अन्दर ही अपने तम्बू समेट कर दूसरी जगह चला गया।

राघव के बेहतरीन रोप शो से उठे तूफ़ान के अगले दिन ही दाजी ने चार्ली से यह पता लगाने को कहा कि उसके और मामी के बीच का मामला अब किस हाल में है। शाम तक उन्हें सारे जवाब मिल गये: साल भर पहले नीलिमा की शादी हो चुकी है; मामी बेटी की शादी के साल भर के अन्दर ही स्वर्ग सिधार चुकी है। और अब सिंगापुर में हुए हादसे के बाद सली का सर्कस ख़त्म हो जाने से राघव, मामा के साथ साझेदारी से भी आज़ाद हो चुका है। उसके पास केवल अपने हिस्से का तम्बू

का सामान, एक हाथी और दस घोड़े हैं। दूसरे शब्दों में, अब उसके पास न किसी की ज़िम्मेदारी है और न किसी से उसे वादा निभाना है। चार्ली ने आगे बढ़कर ही राघव से यह पूछ लिया कि क्या वह अब भी कंचना से विवाह करने का इच्छुक है। राघव का जवाब था कि यह उसके लिए सम्मान की बात होगी। उसने आगे होकर यह बात इसलिए नहीं उठाई क्योंकि ऐसा करना उसके हिसाब से बेअदबी होती।

चार दिनों बाद कंचना, राघव और सारंगदाजी एक दोपहर कारोबारी तम्बू में बैठे थे। राघव और कंचना के बीच दूरियाँ अपने आप ख़त्म हो गयी थीं। गाढ़े दूध में जैसे सेवइयाँ भीग जायें, तो उनकी मीठी लुगदी बन जाती है। राघव और कंचना को इस तरह देखकर दाजी की नज़रों में भी मेरा-तेरा का भेद बाक़ी नहीं रह गया था। लेकिन राघव को यह कहकर बातचीत के लिए बुलाया था कि कम्पनी में उसका ओहदा तय हो जाना चाहिए। उसने दोनों की तरफ़ देखते हुए सवाल किया, "मेरी पगार कितनी होगी?"

"तुम्हीं तय कर लो।"

"और मेरे जानवरों का फक्कड़राव और राजमंगला हथिनी का क्या?"

"उनका निर्णय भी तुम्हें ही करना है..."

राघव बेचैन हो गया। कुछ चिढ़कर बोला, "हर निर्णय मैं कैसे लूँगा? ऐसा कैसे चलेगा?"

"ऐसे ही चलेगा बेटा, तुम्हें ही तय करना है...," दाजी ने हँसते हुए कहा।

"मतलब?"

"कंचना के साथ यह सर्कस मैं तुम्हें दे रहा हूँ। आगे से तुम दोनों ही इसके मालिक होगे। इसलिए स्वाभाविक है कि तुम्हारे निर्णय तुम्हें ही तो लेने पड़ेंगे? यह बूढ़ा अब क्या कह सकता है?"

राघव के पास सुबह-सुबह सन्देश आया, "कंचना मैडम ने तुरन्त बुलाया है, उधर लाल तम्बू में। कहा है जिस हाल में हैं, वैसे ही चलिए।"

अचानक ऐसी कौन -सी बात हो गयी? किसी ने मेरे बारे में कान तो नहीं भर दिये? इसी उधेड़बुन वाली मन:स्थिति में राघव लाल तम्बू के सामने पहुँचा। वहाँ खड़े हेल्पर ने कहा, "मैडम उधर पीछे लक्ष्मी के पिंजरे के पास है। उन्होंने वहीं शिकारखाने की तरफ़ बुलाया है।"

राघव पहुँचा। पिंजरे में बन्द लक्ष्मी का चेहरा दूर से दिख रहा था। वह अपने

अंगों को समेटे बैठी थी। उसकी मोहक-मज़बूत पीठ और उस पर ताँबई पट्टियाँ चमक रही थीं। बीते कई बरसों से कंचना इसी लक्ष्मी के जबड़े में अपना सिर रखती आयी थी। उसके इस खेल की वजह से द ग्रेट कंचना सर्कस के नाम का सर्वत्र बोलबाला था।

हेल्पर निकल गया। राघव इधर-उधर देखने लगा। तभी एक मधुर हँसी और शब्द कानों पर पड़े, "आइए अन्दर। लोहे की वह अन्दर वाली कुण्डी सरका दीजिए।" उसने पिंजरे के बाहर से हाथ अन्दर डालकर दरवाज़ा खोलने का प्रयत्न किया। तब लक्ष्मी गुर्रायी। राघव पल भर को ठिठका। सिहर गया।

फिर कुण्डी सरकाकर अपना शरीर झुकाकर राघव पिंजरे के अन्दर गया। लक्ष्मी को फलाँगता हुआ वह आगे बढ़ा। वहाँ अन्दर चार फ़ीट की खुली जगह दिखाई पड़ी। वहीं पतरे की दीवार से टिकी कंचना, पैर पसार कर मस्ती से बैठी हुई थी। वहीं कुछ झुककर किसी तरह सिमट कर बैठना था। खड़े रहने का तो प्रश्न ही नहीं था। जैसे-तैसे उसके बाजू में बैठते हुए राघव बोला, "मैडम इतने अन्दर कोने में, इस जगह?"

"यहाँ मेरी लक्ष्मी गुर्राते हुए पहरा देती रहती है। कोई इस तरफ़ घूमने की भी हिम्मत नहीं करता। आराम से बैठो।"

"अरे मगर यहाँ बड़ी अड़चन है!"

कंचना ने राघव की ना-नुकुर को दुर्लक्ष्य कर दिया। खुल कर हँसते हुए कहने लगी, "लगता है सिर्फ़ तुम्हारी उम्र बढ़ी है... अक्कल दाढ़ी तो नज़र नहीं आ रही।"

कंचना ने पिंजरे के बाहर अपनी नज़र डाली। बीच में लक्ष्मी के विशाल बदन की आड़ थी। इसलिए सहज ही बाहर से वे दोनों किसी को दिखाई नहीं पड़ने वाले। अपनी गर्म हथेली से उसने राघव का हाथ खींच लिया और धड़कती गर्म छाती पर रखते हुए बोली, "तुमने मुझे माफ़ तो कर दिया ना, सच बताओ!"

"किस बात की माफ़ी?"

"परसों रात को तुम्हारे परफॉरमेंस के बाद जब मैं तुम्हें मुबारकबाद देते हुए... तब शायद ग़लती से मेरा दाँत तुम्हारे गाल पर गड़ गया।"

इस पर राघव हो-हो करके ज़ोर से हँस पड़ा। "मैडम! ग़लती से लगा दाँत और जानबूझकर गड़ाया दाँत... मुझे तो इन दोनों का फ़र्क़ नहीं पता।"

कंचना के सीने में जलते अंगार की राघव को सपने में भी कल्पना नहीं थी। उसे क़रीब लाने के लिए कंचना ने कॉलर ऐसे खींचा कि झटके से राघव के शर्ट के बटन टूट गये। कंचना ने अपनी धधकती छाती से उसे कस लिया। बित्ते भर की

जगह पर यह खट्टा-मीठा अनुभव था। राघव ने उसे अपनी बाँहों के घेरे में लेकर, उसे और कस लिया। उसकी गोरी-चिकनी पीठ पर जैसे ही राघव ने अपना नर्म हाथ फिराया, ख़ुद उसके कानों की लौ तपकर लाल हो गयी। दोनों की साँसें मिलीं तो जैसे पके हुए आमों की ख़ुशबू उठी। दोनों की काया में जैसे कोई नशा तारी होने लगा। इतने में लक्ष्मी गुर्रायी। उसने अपनी पूँछ का एक फटका कंचना की खुली पीठ पर जमा दिया। तब उसे होश आया। कंचना उस पर ग़ुस्से से चिल्लायी, "मरी, तुझे क्यों जलन हो रही है?"

सहज गति से चीज़ें आगे बढ़ने लगीं। राघव ग्रेट कंचना सर्कस का महत्त्वपूर्ण स्तम्भ बन गया। लेकिन यह बात भी किसी से छुपी नहीं रह सकी कि उसने दाजी के दिल में भी अपनी ख़ास जगह बना ली है।

"राघवजी, कौन-सा जादू-मन्तर चला कर गये थे मेरे मन पर? उस बात को तीन साल से ऊपर तो हो ही रहे होंगे...!" एक दिन दोनों दफ़्तर में बैठकर बातें कर रहे थे, जब दाजी किसी काम से शहर को गये थे।

कंचना की बात ने जैसे राघव पर जादू किया। वह बोला, "इतने लम्बे समय में भी तुम मुझे नहीं भूलीं... इसे अपनी क़िस्मत मानता हूँ मैं।"

"और राघवराव, यह जो इतना बड़ा परिवर्तन आ गया है तुममें! तब कहाँ थे और आज किस ऊँचाई पर पहुँच गये हो?"

"मतलब कैसे?"

"अरे, तुम्हारा वह बाउंसिंग रोप डांस! पूरे हिन्दुस्तान में कोई सर्कस बहादुर है क्या, वैसी हिम्मत करके यह करतब दिखाने वाला? मगर ये बाउंसिंग रोप डांस की कला आख़िर तुमने कहाँ सीखी?"

धीरे-से कंचना की तरफ़ खिसकते हुए खरखराती आवाज़ में राघव ने कहा, "मैडम तुम्हारे फक्कड़राव और तुम्हारा मेरी ज़िन्दगी में आना, इसी ने सच्चे अर्थों में मेरी ज़िन्दगी को सोने जैसा क़िमती बना दिया।"

"अग्गो बाई..." अपनी लाल चटख जीभ दाँतों में दबाने के बाद कंचना ज़ोरों से हँस दी।

"हँसो मत, मैं सच्चाई बता रहा हूँ। तुम्हारा फक्कड़राव चार-आठ दिनों में रास्ते पर आ गया और मेरा जन्मभर का यार बन गया। हम दोनों का खेल इतना झक्कास होता था कि उसे देखने के लिए मामा के सर्कस में झुण्ड के झुण्ड लोग

आने लगे। फिर सूरत, जूनागढ़ और आगे अम्बाला, सरहिन्द, लाहौर, पेशावर होते हुए अफ़ग़ानिस्तान बॉर्डर तक हम पहुँच गये।"

"नसीबवान हो।"

"सच है। मेरा साथ सिर्फ़ दो बातों ने दिया। एक नसीब और दूसरा फक्कड़राव।"

"लेकिन गये कहाँ थे?"

'वहाँ... मालाबार, केरल में। वहाँ ताड़ के जंगलों के बीच में एक चिराकाटा नाम का गाँव था। जहाँ मेरी दोस्ती हुई कानन से, जो उसी गाँव के एक ग़रीब मलयालम किसान का बेटा था। वहीं पर हमारी महत्त्वाकांक्षा ने हमें हवा में बँधी रस्सी पर बाउंसिंग रोप डांस सिखाया। जब सर्कस का कैम्प थकान से चूर होकर सुबह गहरी नींद में सो जाता था, तो हम लोग नारियल के बाग़ों में घुस जाते थे। वहाँ ताड़ के दो ऊँचे पेड़ों पर जूट की रस्सी बाँधते। उसी हरे जंगल में हमने इस बाउंसिंग रोप नाम के अपने इस करतब की खोज की थी!"

"राघवजी तुम अपने उस दोस्त, उस कानन को भी क्यों नहीं अपने सर्कस में बुला लेते?"

"अब वो अकेला नहीं है। गहरी नीली आँखों वाली फिलोमेना नाम की एक विदेशी लड़की उसकी ज़िन्दगी में आ गयी।"

"ऐसा!"

"और क्या। उसका पूरा घर-परिवार यूरोप के कंट्रोली सर्कस से जुड़ा है। कानन जब बाउंसिंग रोप पर लट्टू के जैसा घूम रहा था, तभी यह ज़बरदस्त परफॉरमेंस देखकर फिलोमेना उसकी दीवानी हो गयी। मेरा ये यार भी मछली की तरह उसकी आँखों की नीली गहराइयों में डूब कर यूरोप चला गया।'

एकाएक कंचना विचारों के किसी भँवर में डूब गयी। राघव ने हलके-से उसके गोरे गाल थपथपाये। उसे जगाया। गहरी साँस लेते हुए कंचना ने राघव की आँखों में देखा और बोली, "इसके बाद अब तुम मुझे छोड़ कर कहीं जाना मत राघवजी, ठीक?"

"तुम्हारे सर्कस में मेरा होना क्या और न होना क्या? यहाँ और तीन सौ लोग तो हैं ही... क्या फ़र्क़ पड़ेगा?"

"लेकिन जो बात तुममें है, वह किसी और में नहीं राघवजी..."

"बेकार बात!"

"हाँऽ हिंसक बाघों और शेरों के साथ खेलने वाली मैं... और तुम पक्के हंटिंग टाइगर... शिकारी बाघ निकले..."

"शिकारी बाघ... मतलब?"

"बाघ नहीं, तो तेंदुआ ज़रूर हो। जब भी वह किसी निरीह हिरणी पर झपट्टा मारता है तो पहले उसका गला पकड़ कर खून पीता है, फिर उसकी देह खींचकर दूर ले जाता है... वैसे ही तुमने इस हिरणी का शिकार कर डाला है।"

"एक करेक्शन करूं क्या?"

"कैसा?"

"हो सकता है कि जैसा तुम कह रही हो, तेंदुआ वैसा ही हो।"

"बाप रे!"

"लेकिन मेरी हिरणी बिल्कुल भी कमज़ोर दिल और निरीह नहीं है!"

सुनते ही कंचना खिलखिलाकर हँस पड़ी। हँसते-हँसते वह उसकी बाहों में समा गयी।

## 17

किसी भी नयी जगह कम्पनी के खम्भे-तम्बू गाड़ते हुए दाजी के सामने पहला मुद्दा अपने सर्कस के बच्चों का होता था। कैम्प चाहे किसी डिस्ट्रिक्ट में लगे या किसी तालुके के बड़े गाँव में, वह सीधे एकाध बड़ी इमारत या फिर कोई बड़ा बँगला किराये पर लेते। इससे लड़कियों-महिलाओं-बच्चों के नहाने-धोने और सुरक्षा की चिन्ता ख़त्म हो जाती। कंचना उनके संग ही रहती। अगर कैम्प बड़े गाँव में होने पर किसी मैदान में लगाना पड़े, तो पक्के तम्बू खड़े किये जाते। महिलाओं के लिए अलग तम्बुओं की व्यवस्था होती और उसके चारों तरफ़ कँटीले तार बाँध दिये जाते। उस तरफ़ रात-दिन सन्तरी तैनात किये जाते थे।

अबलाओं के साथ दाजी दुर्बलों की भी पूरी चिन्ता करते। सर्कस का मुख्य विदूषक था, डेढ़ फ़ीट का बटुकनाथ। वास्तव में वह उत्तरी प्रान्त के एक बड़े ज़मींदार की सन्तान था। उसके चार हट्टे-कट्टे भाई थे। लेकिन अपने नाटे कद के कारण बटुक हमेशा उस गाँव में सबके हास्य का विषय बन जाता था। वह स्वभाव से ज़िद्दी था। भाइयों और भौजाइयों को वह अपने कुल पर बदनामी का सबब मालूम पड़ता था। ख़ास तौर पर शादी-ब्याह जैसे कार्यक्रमों में तो वह उसे जबर्दस्ती सबसे पीछे रखते। किसी कमज़ोर मुर्ग़ी की तरह।

बटुकनाथ पर घर में किसी को प्यार आता तो वह एकमात्र उसकी माँ थी। उसकी ममता विशाल पहाड़ जैसी थी। लेकिन दिल का दौरा पड़ने पर वह भगवान

के घर चली गयी। इसके बाद बटुकनाथ सचमुच अकेला पड़ गया। महलनुमा विशाल घर में उसका हाल बेहाल हो गया। इसलिए बटुकनाथ ने तय किया कि वह मुक्त हवा में साँस लेगा। उसने अपना पुश्तैनी घर छोड़ दिया। वह घर से भागकर सर्कस में आ गया। तब से दाजी ही उसके माँ और बाप, दोनों थे।

सर्कस के पशु-पक्षियों पर दाजी की अपार माया थी। इसलिए अगर कभी वह कैम्प से बाहर जाते, तो उनकी वापसी की ख़बर कम्पनी में सबसे पहले इन पशु-पक्षियों को ही लगती थी। वे हवा में उनकी वापसी की गन्ध पा लेते और जैसे ही वह आस-पास पहुँचते, तो लक्ष्मी बाघिन समेत बाक़ी के तमाम जानवर ख़ुशी से चिल्लाने लगते और तरह-तरह की आवाज़ें निकालने लगते।

कंचना अक्सर चम्पा और लिलियन समेत तमाम सखियों के सामने अपने पिता के पशु-प्रेम का बखान पूरे अभिमान से करती। वह याद करती, "जब मैं छोटी थी तो हम लोग उड़ीसा की तरफ़ जगन्नाथ पुरी के नज़दीक थे। तभी अचानक ऐसा ज़बर्दस्त चक्रवात और बारिश आयी कि क्या बताऊँ। लगातार दस दिन धुआंधार बारिश। गाँव डूब गये। खेतों में खड़ी फ़सल बर्बाद हो गयी। तब मेरे बाबा मुरमुरे का ढेर बीच में लगाकर बैठ जाते थे। चारों तरफ़ सारे कर्मचारी, मजूर और आर्टिस्ट। सिर्फ़ चने-मुरमुरे पर सबने मिलकर आधे पेट किसी तरह वह दिन निकाले।"

वह बताती, "मुझे याद है कि तब बाबा ने अपनी कलाई में पहना कड़ा बेच दिया था। कम्पनी के तमाम लोगों के साथ वह भूखे रहे। लेकिन उस विकट स्थिति में भी उन्होंने किसी जानवर को आधा सेर मांस भी कम नहीं पड़ने दिया। वह हमेशा कहते थे, पशु-पक्षी मतलब मेरे सर्कस की साँसें हैं। जब तक उन्हें पक्का भरोसा नहीं हो जाता कि सारे जानवरों ने भर पेट खाना खा लिया है, ख़ुद खाने के लिए नहीं बैठते।"

## 18

दाजी गजरत्न को अपनी 'भाग्यलक्ष्मी' मानते थे। शाहू महाराज की तरफ़ से मिली यह अनमोल भेंट उनके लिए भाग्यशाली साबित हुई थी। इसके बाद ही दाजी ने कंचना के नाम पर कम्पनी की स्थापना की थी। महाराज के उस आशीर्वाद के बाद ही सच्चे अर्थों में सारंगदाजी और कंचना का भाग्य जागा था। इसलिए दाजी ने कंचना की शादी में गजरत्न को बारात का ऐरावत बनाने का निर्णय लिया था।

शादी के लिए जल्द ही कागवाड निकलने का फ़ैसला हुआ। सारंगदाजी अभिलाषाओं और उत्साह से भरपूर गृहस्थ थे। कंचना के कपड़े सिलने के लिए उन्होंने बेलगाँव के मिलिटरी कैम्प का सबसे महँगा टेलर बुलाया। वह और उसके कारीगरों की टोली महँगे कपड़े बना रही थी। शादी के लिए तमाम तैयारियाँ शुरू थीं।

इधर कंचना ने सारंगदाजी के व्यवहार में बड़ा बदलाव देखा। उन्होंने अपने अतिरिक्त धन को ब्याज पर किस-किस को दे रखा है, बेलगाँव-पुणे-मुम्बई के व्यापारियों की सूची कंचना के हवाले कर दी। तमाम प्रॉमिसरी नोट्स के बण्डल किन-किन बैंकों के लॉकर में रखे हैं, इसी तरह पैसों के हिसाब-किताब के कच्चे-पक्के रजिस्टर, डॉक्यूमेंट्स और इतर काग़ज़ात उसे दे डाले। चाबियों के गुच्छे सौंप दिये।

निपाणी में यह मेला चल रहा था। आने वाले तीन दिनों में अगर हर दिन तीन-तीन शो करें, तब भी भीड़ का यह महासागर उतरता नहीं दिख रहा था। स्थानीय लोगों का दाजी की कम्पनी पर अपार प्रेम था। लेकिन इन तमाम बातों को बाजू में रखते हुए कल हर हाल में अपने संगी-साथियों के साथ गाँव को निकलना था। बेटी का विवाह सबसे ज़रूरी था।

उस दिन सर्कस के उत्तरार्ध का रंग ख़ूब खिला। आख़िरी के कुछ आइटम बाक़ी थे। लोगों को इन्तज़ार था कंचना के बाघ के जबड़े में अपना सिर देने और राघव के बाउंसिंग रोप पर धमाल डांस का। इससे पहले राघव और कंचना ने मिलकर रोमन रिंग में अपने शरीर को गोल-गोल करते हुए फिरकनी की तरह चक्कर लगा कर लोगों को हैरान कर दिया था।

सर्कस का खेल समाप्त होने आया। रात भी पूरी चढ़ चुकी थी। इसके बाद सारंगदाजी ने माइक अपने हाथ में लिया। निपाणी के रसिकों को सम्बोधित करते हुए वह बेहद भावुक हो गये, "आप लोग हमारे माई-बाप हो! इस बार आप लोगों से इतना प्यार मिला कि पिछले कलेक्शन के रिकॉर्ड टूट गये। उम्मीद से डेढ़ गुना ज़्यादा गल्ला इकट्ठा हुआ। मैं समझता हूँ कि इस पैसे से आपने मेरी लाड़ली की गोद भरी है! सच कहता हूँ! कल बाईस तारीख़ को आप सब कागवाड आइए। मेरी बेटी को आशीर्वाद देने। भविष्य में हमारा सर्कस फिर आयेगा आपके गाँव। पता नहीं, तब मैं रहूँ या न रहूँ! लेकिन मेरी बेटी के सिर पर भी आपके आशीर्वाद की छाँव वैसी ही बनी रहे, जैसी मुझ पर रही है... मैं यही निवेदन करता हूँ आप सबसे!"

दाजी का यह भावुक रूप देखकर अनेक जनों की आँखें भर आयी।

कंचना के विवाह के लिए दाजी कागवाड पहुँचे। एक साथ पन्द्रह-सोलह हाथी, करीब चालीस घोड़े, साथ में सिंह और बाघों को लेकर आयी गाड़ियाँ... ऐसा लगा जैसे किसी राजा-महाराजा का अपने नगर में पुनरागमन हो रहा है।

सारजा काकू का मुँह देखने जैसे हो गया था। चौदह-पन्द्रह बरस पहले उन्होंने बीमारी से कमज़ोर हो चुकी नन्ही कंचना को आसरा देने से इनकार कर दिया था। उस अपराध की फाँस उनके मन में कहीं चुभ रही थी। अगर सचमुच नहीं तो उस समय झूठमूठ ही, ऊपर-ऊपर नाटक दिखाया होता तो आज दाजी के इस वैभव में उनकी भी शोभा बढ़ रही होती। मगर तब कंचना की देखभाल अनजान मार्था ने की थी। बाप-बेटी ने आज भी उसे याद रखा। बूढ़ी हो चुकी मार्था को मिरज से विवाह में लाने के लिए दाजी ने अपनी निजी मोटर भेजी।

खेती-बाड़ी के अभावों और कठिन दिनों को पीछे छोड़ते हुए दाजी आगे बढ़े थे। गाँव-खेड़े में न उद्योग और न ही कोई बड़ा व्यवसाय। इसलिए यहाँ सामान्य इन्सान को पैसा देखना तक नसीब नहीं होता। दाजी ने अपने कौशल और साहस से सर्कस को खड़ा कर देश भर में नाम कमा के दिखाया था। वह ऐश्वर्य और समृद्धि की लहरों के बीच खड़े थे। स्वाभाविक था कि गाँव में कई सामान्य चूहों, टिटहरियों और कौवों की आँखों में दाजी के द्वारा बड़े कष्ट उठाकर खड़ा किया गया यह वैभव सुहा नहीं रहा था।

उस समय चार पहियों की मोटर 'देखना' सर्व सामान्य के लिए एक स्वप्न ही होता था। ऐसी कोई मोटर पूरे तालुके में किसी एकाध भाग्यवान के पास होती थी। ज़्यादातर वह भाग्यवान तालुके का सबसे बड़ा कोई मारवाड़ी व्यापारी हुआ करता था। मोटर की सवारी तो क्या, साइकिल तक आम इन्सान के लिए आसमान के तारे सरीखी थी। किसी गाँव से महीने-पन्द्रह दिन में कोई चार पहियों वाली गाड़ी रास्ते पर धूल उड़ाती गुज़र जाया करती थी। तब उस मोटर को देखने के लिए रास्ते के दोनों तरफ़ गाँव के लड़के भीड़ लगाया करते थे। अचम्भित होकर उस मोटर गाड़ी को आँखों से ओझल हो जाने तक देखते रहते थे।

इस पार्श्वभूमि में कागवाड में एक दिन ख़बर आ पहुँची। सारंगदाजी ने मैसूर के राजा साहब की स्टेशन वैगन नाम की एक मोटर ख़रीदी है। इस ख़बर से चारों तरफ़ खलबली मच गयी। कई ग्रामीण तो जैसे सहम गये। कुछ बिफर पड़े। दाजी के नाते-रिश्तेदारों की ईर्ष्या किसी से छुपी नहीं थी, "अरे! राजा की मोटर खरीदी तो क्या तुम ख़ुद को राजा का बाप समझने लगोगे? किसी दिन तुम्हारे तम्बू में आग लग कर जब सब कुछ राख हो जायेगा, तब समझ आयेगी।"

ऐसी ईर्ष्या और द्वेष की कोई औषधि नहीं थी।

सारंगदाजी को अपनी जन्मभूमि से बेहद प्रेम था। गाँव के अनेक मन्दिरों का उन्होंने पुनरुद्धार कराया था। किसी के घर में विवाह तय होता, तो सर्कस कैम्प हिन्दुस्तान में असम से लेकर रामेश्वरम् तक कहीं भी लगा हो, कागवाड के ग्रामीण जा पहुँचते थे। अपने बाल-बच्चों के विवाह की बात कहके दाजी से हक से पैसे लेकर आते। गाँव में कई लोगों ने घर में विवाह कार्य के नाम पर रकम ऐंठी थी। किसी ने कभी यह रकम लौटाई नहीं और दाजी भी ऐसे पैसों की कभी वापस माँग नहीं करते थे।

कंचना के ब्याह मण्डप में खड़े दाजी को सिर्फ़ एक ही दुख था। शायरा के गुजरने के बाद उन्होंने कंचना को अकेले पाल-पोसकर बड़ा किया। बिन माँ की बेटी! इसलिए उन्होंने ख़र्च की ज़रा भी परवाह नहीं की। दाजी ने तय किया कि अपनी इकलौती बेटी के विवाह में भले ही सब कुछ उड़ा दें, मगर शादी ऐसी हो कि इसकी यादें तालुके के लोग कभी भुला न पायें।

शादी के दो दिन पहले उनके दिमाग़ में नया ख़याल आया। उन्होंने अपने ख़ास दोस्तों को इकट्ठा किया और बोले, "अरे, मैं सर्कस वाला हूँ तो मेरी बेटी की शादी में हाथी-घोड़े नाचेंगे, बाघ-सिंह बारात में होंगे। लेकिन यह सुख अगर ग़रीबों की लड़कियों के भी हिस्से आये तो कैसा रहे?"

"तो फिर क्या करें दाजी?"

"आजू-बाजू के पाँच-दस गाँव में मुनादी करवा दो। जिन्हें अपने बाल-बच्चों की शादी करनी है, वे ख़ुशी-ख़ुशी मेरी कंचना के मंडप में आयें और शादी का गुलाल उड़ायें। सारे वर-वधुओं का ख़र्च में मेरी तरफ़ से।"

समय कम था, फिर भी दो दिन में सामूहिक विवाह के लिए इक्कीस जोड़े तैयार हो गये। भव्य सजे मण्डपों और आँखों को चौंधिया देने वाली रोशनी में बाईस लग्नों की बारात निकली। हरेक जोड़े की पोशाक और व्यवहार का सारा ख़र्च दाजी ने उठाया। प्रत्येक कन्या के लिए एक तोले सोने का मंगलसूत्र बनवाया। गजरत्न गाँव की गलियों से होते हुए निकला और उसके पीछे साठ उम्दा घोड़े, बैलगाड़ियों और गाड़ियों पर रखे बाघों-सिंहों के पिंजरे बारात में शामिल थे। सामने सर्कस का बैंड और बेलगाँव से ख़ासतौर पर बुलाया गया विलायती बैंड भी था। सब कुछ देखकर लोगों को लग रहा था कि यह रामायण-महाभारत के समय में हो रहा है। ग़रीबों की ख़ुशियों पर भी जैसे जवानी आयी थी।

विवाह के दिन सूरज की किरण फूटने के साथ ही ग्यारह महावत गजरत्न के शृंगार में जुटे थे। दाजी ने इन्दौर के दर्ज़ी से गजरत्न के लिए बिल्लोरी काँच से सजी विशेष चादर बनवाई थी। चमकते-झलकते वस्त्र और हाथी के दोनों तरफ़ लटके रंग-बिरंगे धागों के कलात्मक फुन्दे। ऐसा ठाठ किसी राजा-महाराजा की बारात में भी लोगों ने देखा नहीं होगा।

गजरत्न अत्यन्त ही सुन्दर और आकर्षक गजराज था। ठेठ पूँछ से लेकर सूँड़ तक वह बढ़ती लहर की तरह डोलता हुआ चलता। बाक़ी हाथी उसके आजू-बाजू चलते थे। गजरत्न को देखते ही सच्चे अर्थों में किसी भाग्य-देवता का एहसास होता। जब बड़ौदा में सर्कस कैम्प लगा था, तब वहाँ के राजा साहब की नज़र गजरत्न पर पड़ी। शिन्दे सरकार ने दाजी को अपने पास बुलाकर साफ़ शब्दों में कहा था, "सारंग, ये ऐरावत तू हमारे राजमहल में छोड़ जा। इसके बदले में तू हमारी हस्तिशाला से जो चाहे, ग्यारह बलवान हाथी चुन कर ले जा।" तब दाजी ने राजा साहब से अत्यन्त आदर से कहा, "महाराजऽ यह गजरत्न मेरी साँस है। इसके बिना मैं जी कैसे पाऊँगा?"

बारात की शोभायात्रा बिल्कुल राजसी थी। ज़री के कामों वाली पूरी सजावट के साथ गजरत्न अत्यन्त आकर्षक नज़र आ रहा था। गजरत्न की पीठ पर चन्दन की लकड़ी का एक नक़्क़ाशीदार हौद रखा था। इसमें कंचना और राघव की जोड़ी विराजमान थी। जरी की उनकी पोशाकों में सोने की कशीदाकारी थी और वस्त्रों पर हीरे जड़े थे। यह जोड़ी ऐसी दिख रही थी, मानो देवता स्वर्ग से उतर आये हैं। इस लग्न में शामिल होने के लिए सांगली स्टेट के राजा पटवर्धन सरकार और जमखण्डी नरेश स्वयं पधारे थे।

ऐसे सुन्दर-सजे हाथी, घोड़े, ऊँट। ऐसी शोभा इससे पहले कभी किसी ने सपने में भी नहीं देखी थी। जगह-जगह आतिशबाज़ी और फुलझड़ियाँ चल रही थीं। पटाखों की लड़ियाँ लगातार कड़कड़ा रही थीं।

सर्कस कम्पनी के जो बारह कुत्ते थे, वे एक क़तार से बढ़ रहे थे। बालाराव नाम के एक देसी नस्ल के कुत्ते को उनका नेतृत्व करने का सम्मान दिया गया था। ख़ुशी के इस मौक़े पर दाजी ने सिर्फ़ हाथियों को ही नये हौद और झालरों से नहीं सजाया, बल्कि कम्पनी के सभी श्वानों के लिए उनकी पीठ पर ओढ़ने के वास्ते मखमल के अंगरखे बनवाये थे। इस गुट का मुखिया बना बालाराव अपनी ज़िम्मेदारी को निभाते हुए बारात के साथ बहुत सावधानी से चल रहा था। बारात में चल रहे जानवरों में ज़रा भी घबराहट नहीं थी। चार्ली के लहरदार संगीत ने सबको

यह आभास दिला दिया था कि आहिस्ता-आहिस्ता चलते रहो, यह बारात अपनी कंचना दीदी की है।

धमाल मचाती हुई बारात कबुराय और कालम्मा मन्दिर के पास पहुँची। पटाखों की आतिशबाज़ी तेज़ हो गयी। बेलगाँव के लश्करी बैंड और चार्ली के कम्पनी बैंड के बीच ज़ोरदार स्पर्धा शुरू हो गयी। सुरों की इस स्पर्द्धा ने धमाल एक दर्ज़ा और बढ़ा दिया। इस दरमियान बालाराव श्वान अचानक भौंकते-भौंकते रोने जैसी आवाज़ें निकालने लगा। वह उस भीड़ में गोल-गोल घूमते हुए दाजी के पैरों के पास जा पहुँचा और उनकी रेशमी धोती का किनारा पकड़कर आगे खींचने लगा। दाजी को कुछ समझ नहीं आ रहा था। तब बालाराव और ज़ोर-ज़ोर से भौंकते हुए, दाजी के सामने ही ज़मीन पर लोट लगाने लगा। उसके बदन पर बँधा मखमली अंगरखा धूल-मिट्टी से भरने लगा।

दाजी किसी भी तरह उसकी तरफ़ ध्यान नहीं दे रहे थे। बालाराव को अपने मालिक को किसी गड़बड़ी की सूचना देनी थी। इसलिए ज़्यादा वक़्त गँवाये बिना बालाराव ने आगे दौड़ लगायी। सजी-धजी बारात का ऐरावत गजरत्न मन्दिर के नज़दीक पहुँचने ही वाला था। बालाराव ने तेजी से एक छलाँग आगे लगायी। वह सीधे गजरत्न के पैरों के बीच की ख़ाली ज़मीन पर जा पहुँचा। वहाँ वह गोल-गोल घूमता रहा और फिर झटके से अपने पैरों के पंजों से कच्चे रास्ते की मिट्टी को खोदने लगा। वहाँ उसे एक कपड़े में बँधे हुए दो-तीन नारियल तथा अन्य सामान की गठरी दिखाई दी।

वह गठरी बालाराव ने अपने दाँतों में मज़बूती से पकड़ी। दूसरे ही क्षण उसने बारातियों से दूर दिशा में छलाँग लगा दी। तभी अचानक एक प्रचण्ड विस्फोट हुआ। आग की बड़ी लपट आसमान में प्रज्वलित हुई। जिससे कुछ क्षण के लिए आस-पास चारों तरफ़ तेज़ चमकीला प्रकाश फैल गया। किसी मायावी राक्षस के चमत्कार की तरह यह घटना घटी। दाजी जब तक दौड़कर उस तरफ़ गये, तब तक उस विस्फोट से बालाराव का शरीर छिन्न-भिन्न हो चुका था। काले, जलते हुए ताज़े टुकड़े यहाँ-वहाँ बिखरे थे। दाजी के साथ सायबू भी बड़ी चिन्ता के साथ उस तरफ़ भागा। कम्पनी के लड़कों ने कई और जली हुई वस्तुएँ लायीं, अपने मालिक को दिखाने के लिए। जिसमें टाइमर वाली अधजली घड़ी और जिलेटिन के जलते हुए टुकड़े शामिल थे। ये जलते हुए अवशेष दाजी को दिखाते हुए अतिशय घबराये सायबू ने कहा, "देखिए दाजी साहब, बुरा समय तो आया था मगर काल नहीं आया। वर्ना दूल्हा-दुल्हन की जान का हाल क्या होता, कह नहीं सकते।"

"अरे देवाऽऽ" दाजी ने अपने कपाल पर हाथ मारते हुए कहा।

"कालम्मा ने ही आपको बचा लिया दाजी," सायबू ने कहा।

दाजी किसी पुतले की तरह जड़ हो गये। उनके लिए यह ज़बर्दस्त मानसिक धक्का था। दाजी का हाथ हाथों में लिए तारानाथ ने कहा, "चलो मित्रऽ दूल्हा-दुल्हन को पहले देवता के चरणों में सिर झुकाने ले चलो, बाक़ी बाद में सोचना। सब थोड़े में ही बच गये। वर्ना कुछ क्षणों में यह बारात श्मशान में बदल जाती।"

दाजी ने ख़ुद को व्यवस्थित किया। पीछे बैंड बज ही रहे थे। कई तो जो विस्फोट हुआ, उसके बारे में कुछ ठीक से समझ ही नहीं पाये। उल्टे उन्हें लगा कि कम्पनी के लड़के बारात के लिए कोई ख़ास धमाके वाली बारूद लेकर आये थे। यह उसी बारूद का धमाका था। दाजी ने भी इसी तरह दिखाया मानो कुछ हुआ ही नहीं। बारात आगे बढ़ी। घबराहट में दाजी के बदन पर पड़ा ढीला कुर्ता भी पीठ की तरफ़ गीला हो चुका था। पसीने की धार उनकी पीठ पर किसी सरसराते कनखजूरे की तरह नीचे उतरती जा रही थी।

आज से पहले दाजी को यह डर और चिन्ता लगी रहती थी कि बेटी के ब्याह का मतलब है, कभी सच न होने वाला स्वप्न!

कंचना और राघव के विवाह का राजसी उत्सव सम्पन्न हुआ, तो दाजी को लगा स्वर्ग जैसे मात्र दो अंगुल की दूरी पर रह गया है। वह मारे ख़ुशी के अक्षरशः पागल हो गये थे। उन्हें मन में सचमुच इस बात का एहसास हुआ था कि उनके जैसा कोई बेटी का बाप भी इस जग में सुखी हो सकता है।

दूसरे दिन मण्डप की रंगीनियाँ उतर गयी थीं। शोभा के लिए चारों तरफ़ खड़े किये गये ताजे कदली-स्तम्भ अब बासी दिख रहे थे। उस आभाहीन लग्न मण्डप में दाजी अपने कुछ दोस्तों के साथ इधर-उधर की गप लड़ाते बैठे थे। तभी सायबू चाचू ने आकर धीरे-से उनके कान में कहा, "दाजीऽ बेकार ही क्यों जोखिम उठा रहे हैं?"

"कैसा रे?"

"रात को बारात में टाइमर बम लगाकर जिन हरामखोरों ने हाथी समेत दूल्हा-दुल्हन को उड़ाने का भयानक षड्यन्त्र रचा था, उनका पता लगाओ। सब कुछ मालूम करो।"

दाजी एक क्षण को विचारों की चकरी में फँसे। फिर दूसरे ही क्षण उन्होंने सायबू की पीठ पर आश्वस्ति हाथ रखा और बोले, "जाने दे बेटा। विघ्न तो आया

था मगर देवी कालम्मा की कृपा से सब कुछ निर्विघ्न सम्पन्न हो गया। मेरा दामाद और बेटी बच गये। ऐसी ख़ुशी के मौके पर मैं इन शैतानी औलादों का माफ़ करता हूँ। भूल जाता हूँ।"

"अरे बाबा ऐसा मत कीजिए," पीछे से आती हुई कंचना ने अपने पिता की बात का विरोध किया, "बाबा, ये माफ़ी एक दिन हमारे लिए मुसीबत बनेनी। सायबू चाचू एकदम सही सलाह दे रहे हैं। इस कुचक्र की तह तक तो हमें जाना ही होगा। उनका पता लगाना होगा।"

कंचना की सलाह पर दाजी कुछ नहीं बोले। सिर्फ़ मुदित मन से हँस दिये।

बिस्तर पर राघव ने कंचना को अपने सीने के पास खींचा। दोनों ने एक-दूसरे को कसकर बाँहों में भर लिया। आसमान में बादल घिर आये। बिजली चमकी। गड़गड़ाहट शुरू हो गयी। झमाझम बरसात के बीच समुन्दर की लहरें पूरे उफान पर आ गयी। कुछ देर बीती, और दोनों जैसे ज्वार उतरने के बाद पसरी हल्की धूप में सुखदायी रेत पर लेटे थे। दोनों के बीच छेड़-छाड़ जारी थी।

राघव ने महसूस किया कि कंचना उसकी खुली पीठ पर हलके-हलके अपनी अँगुलियाँ फिरा रही है। पीठ पर सरकती अँगुलियाँ कुछ जाँच-परख रही थी। वह बोला, "मेरी पीठ पर क्या खेल कर रही हो?"

"कुछ नहीं... बस यूँ ही।"

"अरे मैं सर्कस का खिलाड़ी हूँ! मेरी चमड़ी पर बाघ के नाख़ूनों के निशान तो होंगे ही। इसमें क्या ख़ास है?"

"उतना तो मुझे भी समझता है। लेकिन ये... ये लम्बी धारियाँ और ये गठानें... ये क्या हैं?"

"बचपन की यादें हैं। कुछ हरी छड़ी से बनी हैं, तो कुछ गीले बाँस की बेंत से..."

"बाप रे, ऐसी मार तो चोरों को भी नहीं पड़ती।"

"क्या करूँ कंचना? मेरी सौतेली मां एकदम कड़क और दुष्ट थी... मगरूर औरत!"

"तुम्हारे बाबा कुछ नहीं कहते थे?"

"उसका नाम केसरबाई था। दिखने में बड़ी सुन्दरी। केसरी आम जैसी! दिन

में वह कुछ नहीं बोलती, लेकिन रात को मेरे बाप की लगाम उसकी मुट्ठी में होती थी।"

"क्या बात करते हो..."

"हाँ, मेरे बाबा वासुदेव पवार पटवर्धन सरकार के घुड़साल के मुख्य उस्ताद थे। घोड़ों को रास्ते पर लाना उनका काम था। इसलिए मेरी सौतेली माँ दिन में उनके पास भी नहीं फटकती थी।"

"और रात में?"

"रात का क्या पूछती हो? साँझ से ही बाबा का पीना शुरू हो जाता था। रात को घर आते ही वह माँ के पीछे पड़ जाते... और वह धूर्त औरत! जैसे हम सर्कस में शेर को स्टूल पर बैठाते हैं, वह रात में बाबा को कुत्ता बना देती। उन्हें तब तक मारती, जब तक वो गिर नहीं जाते..."

"मारती...?"

"बेशक, बेदम होने तक! लेकिन मार खाने से भी क्या होता? दिन भर घुड़साल में बाघ जैसा गुर्राने वाला मेरा बाप रात में सौतेली माँ के सामने भीगी बिल्ली बन जाता था। वह कुटिल औरत ख़ूब अच्छे से समझ चुकी थी कि मेरा बाप उसके नर्म तकिये के सिवाय कहीं और रात नहीं बिता सकता। उस पर सौत का पिल्ला कहते हुए वह मुझे भी जमकर ठोंकती..."

"और तुम्हारी सगी माँ?"

"मुझे उसकी बहुत हलकी-सी याद है। कुछ एक धुँधली-सी छायाएँ, बस। याद करता हूँ तो उसका चेहरा भी ठीक से आँखों के आगे नहीं आता। थोड़ी-सी वो यादें ज़रूर हैं जब उनके भाई, मेरे मामा श्रीपति आते और हमें अपने साथ ले जाते थे। मुझे वह ख़ुशी आज तक याद है, जो सर्कस में जानवरों को पिंजरों के आस-पास घूमते हुए मिलती थी। ये सारी यादें मेरी बाद की यादों से गड्डमड्ड हो गयी हैं, जब मेरी माँ के गुज़रने के बाद मामा अपने साथ मुझे ले गये थे।'

कंचना की आवाज़ उसके गले में ही घुट रही थी। वह चुपचाप राघव को कसकर पकड़े हुए, उसकी पीठ पर हाथ फेर रही थी, उसके बालों में अँगुलियाँ फिरा रही थी। आख़िरकार उसने गहरी साँस छोड़ी और बोली, "कितना दुखदायी जीवन तुमने जीया! माँ नहीं रही, बाप तुम्हारे लिए खड़ा नहीं हुआ! तुम्हें मामा के भरोसे छोड़ दिया!"

"ईमानदारी से कहूँ कांचू, तो मामा के घर पहुँचने के बाद मेरे लिए सब कुछ बड़े हैरान करने वाले ढंग से बदल गया था। मामा-मामी बहुत प्यारे इन्सान थे।

भले ही उनके दोनों लड़कों से मेरी ज़्यादा नहीं पटती थी, लेकिन इस बात को लेकर कोई झगड़ा या तनाव हमारे बीच नहीं हुआ। बात सिर्फ़ इतनी थी कि मुझे सर्कस बहुत पसन्द था और उन्हें उसकी रत्ती भर परवाह नहीं थी। हाँ, नीलिमा ज़रूर मुझे बहुत अच्छी लगती थी। बेचारी। उसका रंग गहरा था और उसका सीधा पाँव उसके उलटे पैर से ज़रा छोटा था, जिससे चलते वक़्त वह थोड़ा लँगड़ाती थी। मेरी मामी मुझसे निराश ज़रूर थी कि उनकी बेटी से शादी की कोशिशों पर मैं कोई जवाब नहीं देता था। कभी-कभी वह मुझे जताती थी कि मैं मतलबी और एहसान फ़रामोश हूँ। अब चाहे जो हो, आख़िरकार हम लोग ऐसा लड़का ढूँढ़ने में कामयाब रहे जो नीलू की कमियों के बावजूद उसे अपनाने को राज़ी हो गया। वह अपने घर में ख़ुश है।'

कुछ पल ख़ामोश रहने के बाद, राघव ने गहरी साँस छोड़ी और बोला, "मामी ने चाहे लाख मेरा ध्यान रखा, लेकिन माँ की जो कमी मैं महसूस करता रहा, वह उसे नहीं भर सकी। मैं कभी उसकी गोद में अपना सिर रखकर..."

"श्शशश्!!!" कंचना ने उसके होंठों पर अपनी हथेली रखकर उसे ख़ामोश कर दिया और फुसफुसाते हुए बोली, "अब तुम मेरे सीने पर अपना सिर रखकर सोना। तुम्हारी क़िस्मत बदल चुकी है और मेरी भी। तुम्हारे जैसा ज़िन्दादिल आदमी अब मेरी ज़िन्दगी में है, जिसके पास आते ही तमाम अँधेरे कोनों में रोशनी फैल जाती है और सारी चिन्ताएँ ख़त्म हो जाती हैं... तुम्हें देखते ही मेरे बदन में तरंगें दौड़ जाती हैं..."

## 19

एक दिन सहज बातों-बातों में राघव ने कंचना से शर्त लगायी, "चल, तेरे सिवाय किसी के हाथ ना आने वाली... तेरी लाडली बाघिन लक्ष्मी को 'फँसाकर' दिखाता हूँ।"

"फँसाएगाऽऽ" अपनी गर्दन को हल्का झटका देते हुए कंचना ने आत्मविश्वास से कहा।

"लगा शर्त। दे ताली," राघव ने अपना हाथ आगे बढ़ा दिया।

"मगर ध्यान से... लेने के देने न पड़ जायें। वह लक्ष्मी बाघिन है।"

इस पर राघव ने कुछ नहीं कहा। कंचना ने उसकी आँखों में आँखें डाली। चुनौती स्वीकार करने की मस्ती उसे उन आँखों में दिखाई दी।

दो दिन बीत गये। राघव दिन में कई बार लक्ष्मी के पिंजरे की तरफ़ चक्कर

काटता नज़र आया। वह जानबूझकर उसके पिंजरे के सामने ख़ाली बैठा रहता। कोई मतवाला जैसे किसी पेड़ से बतियाये, उस तरह अकेला ही उससे बातचीत करता। पहले दो दिन तो लक्ष्मी ने उसकी तरफ़ कोई ध्यान नहीं दिया। लेकिन उसके बाद राघव सामने दिखा कि लक्ष्मी झट से उठकर खड़ी हो जाती। पिंजरे की जाली के पास पहुँचती। अपने सामने के पैर मोड़कर तिरछी बैठ जाती। टुकुर-टुकुर नज़रों से राघव की तरफ़ देखने लगती।

राघव लोहे के एक लम्बे सरिये में मांस का बड़ा टुकड़ा खोंसता और दूर से लक्ष्मी को खिलाता। लक्ष्मी पूरी ताक़त से वह टुकड़ा पिंजरे में खींच लेती। एक दिन राघव ने सरिये में मांस नहीं अटकाया। उल्टे मांस का टुकड़ा उसने अपने हाथों में पकड़ा। अचानक पिंजरे के सामने पहुँचकर बैठ गया। बाक़ी के एनिमल ट्रेनर घबरा गये। सर्द पड़ गये। इस हरकत से राघव की जान को बड़ा धोखा था। हिंस्र पशु का क्या भरोसा? इस आशंका से सारे चकरा गये।

लक्ष्मी ने अपनी नाक से फुर-फुर की। फिर सीधे मांस का वह टुकड़ा अपने क़ब्ज़े में ले लिया। वह शान्त ढंग से उसे निगल रही थी। तब राघव ने झट से अपनी हथेली लक्ष्मी के सिर पर रख दी। उसके नर्म बालों का उष्ण स्पर्श राघव को भी आनन्द दे रहा था। लक्ष्मी को राघव के रोज़ के थरथराते स्पर्श और स्नेह की धीरे-धीरे आदत लग गयी।

उन दोनों के बीच का यह मैत्री-भाव कंचना की नज़रों से बचा नहीं। वह राघव की फिरकी लेते हुए बोली, "अरे! जवान लड़कियों पर भी ऐसे कोई क्या डोरे डालेगा... तुमने तो सिर्फ़ चार-छह दिन में लक्ष्मी जैसी जिद्दी और टेढ़ी बाघिन को बस में कर लिया! कमाल हो तुम!!"

"इसमें ऐसा क्या ख़ास कमाल? मेरे मामा और काशिनाथ थोरात समेत दामू धोत्रे जैसे दोस्तों ने मुझे एक बड़ा क़ीमती पाठ पढ़ाया : छड़ी या हंटर पर भरोसा मत रखो। उनके लिए आँखों का डर या चिन्ता से लगायी आवाज़ ज़्यादा कारगर होती है। कंचना, ये जानवर अपने वन को छोड़कर, इस सर्कस के लिए हम इन्सानों के जंगल में आये, हमारे प्यारे मेहमान हैं। इसलिए हमें उनका आदर करना चाहिए।"

"वो कैसे?"

"उनके साथ ज़्यादा-से-ज़्यादा समय बिताना चाहिए। उन्हें भी तुम्हारी संगत की ज़रूरत महसूस होनी चाहिए। हाथी से मिलो तो उसके मुँह में गन्ना दो। गन्ने के लिए तो हाथी पागल रहता है। घोड़े के लिए चारा तो है ही। उसे तुम सेब, गाजर और केला तक खिलाओ, फिर देखो! दरियाई घोड़े के मुँह में तुम गोभी का फूल

रख दो, तो तुम्हें जल्द ही अपना मानने लगेगा। जानवरों को तुमसे ज़रा भी डर नहीं लगना चाहिए। उन्हें बिना डरे तुम्हारे पास आना चाहिए।"

"अरे वाह! मैं तो बचपन से इन सबके साथ बड़ी होती हुई यही कर रही हूँ, परन्तु इस तरह से कभी मैंने सोचा नहीं!"

"साथ रहने से लगाव पैदा होता है, लगाव से सम्मान आता है, सम्मान से दोस्ती होती है और जब दोस्ती हो जाये, तो फिर देखो कितना मज़ा आता है!"

"बाप रे! मूक प्राणियों के बारे में इतने गम्भीर विचार?" कंचना ने हँसते हुए हैरानी जतायी।

ऐसे ही चार दिन बीत गये। उतरती रात में कंचना का नम्बर लगा था। उसने बाघिन के जबड़े से अपना सिर बाहर निकाला। लक्ष्मी के मुँह की लार से गीला हुआ अपना चेहरा उसने रुमाल से पोंछा। वह लहलहाती घास की तरह झुक कर सामने दर्शकों का अभिवादन स्वीकार कर रही थी। तालियों की बरसात शुरू हो गयी।

तभी कंचना की नज़र अचानक बायी तरफ़ गयी। सामने का दृश्य देखकर वह धक्क रह गयी। राघव ने अपना सिर लक्ष्मी के मुँह में दे दिया था। थोड़ी देर बाद उसने अपना सिर बाहर निकाला। उसका चेहरा पसीने से तर था। लक्ष्मी के चेहरे पर हाथ रखकर वह उसे लाड़ से थपकाने लगा।

अपनी तरफ़ आ रही हवा के बीच में कोई आ जाये तो गुर्राने वाली, आस-पास दिखे इन्सान को झपट कर अपने पंजे से फटकार देने वाली लक्ष्मी, राघव के सामने ग़रीब-आज्ञाकारी गाय की तरह खड़ी थी। कंचना को यह देखकर धक्का लगा और वह ग़ुस्से में बड़बड़ायी, "अरे झूठी... तू भी अच्छी दीवानी बन गयी है इसकी।"

## 20

लक्ष्मी को दाजी सुन्दरबन से लाये थे। तब वह सिर्फ़ दो महीने के प्यारे-से पिल्ले की तरह थी। वही मादा अब देखने में सुन्दर, मदमाती, गुर्राती छह फ़ीट लम्बे डीलडौल वाली ताँबई रंग की बंगाली बाघिन में बदल चुकी थी। उसकी नाक के नज़दीक मांसल भाग में नुकीली मूँछें उग आयी थीं। अपने जबर्दस्त आकर्षण और ख़ूबसूरत रूप की बदौलत वह "द ग्रेट कंचना सर्कस" के सभी जानवरों की सम्राज्ञी बन चुकी थी।

लक्ष्मी हर दिन रिंग में अपनी रौबीली चाल से चलती हुई पहुँचती थी। लेकिन जैसे ही कंचना उसके सामने आती, वह अपने ख़ून में दौड़ती हिंसा को छोड़कर किसी पालतू बिल्ली की तरह उसकी तरफ़ दौड़ लगा देती। दोनों के लाड़-प्यार और खेल का सिलसिला शुरू होता। लेकिन इधर बाघिन का मूड कुछ उखड़ा रहता था। वह कंचना को भी जैसे अपनी बैरन समझकर उस पर ज़ोरों से गुर्राने लगी थी। उसकी गुर्राहट में वेदना से भरी क्रोध की ज्वालाएँ निकलती मालूम पड़ती थीं। लक्ष्मी ने कंचना पर भी पंजा उठाना शुरू कर दिया। रिंग में भी वह तैश में गरजती और कंचना पर ऐसे झपटती, जैसे उसे वहाँ से भगा देना चाहती है। ऐसे में कंचना चिढ़कर उसकी पीठ पर ज़ोर से हंटर जमाती। उस मार से लक्ष्मी की देह झनझना जाती। वह अपनी भीषण गर्जना से पूरे रिंग को सिर पर उठा लेती। ऐसा लगता कि उसकी मांसपेशियों में दर्द भरा तनाव है। शिकारखाने में उसकी दहाड़ें तमाम जानवरों और पक्षियों को रात भर आँख झपकाने का मौक़ा नहीं देतीं। कुछ दिन यह चला तो अनुभवी दाजी और राघव ने उसका मुआयना करने के बाद एक दोपहर को सारे पशु-ट्रेनरों को अपने तम्बू में बुला लिया। उन्हें स्पष्ट शब्दों में कहा, "काम से उन्मत्त मादा और उफनती नदी दोनों को क़ाबू में रखना मुश्किल होता है!"

"आज का शो ख़त्म होते ही पहले बड़ा पिंजरा ख़ाली कर लेना।" दाजी ने कहा।

अब जाकर कंचना के दिमाग़ में बात बैठी। ख़ास-तौर पर बीते चार दिनों में लक्ष्मी की वह छटपटाहट, हर दिन बढ़ती गुर्राहट, उस गुर्राहट में दर्द की प्रतीति। बार-बार उसका अपने शरीर को धनुष की तरह लम्बा खींचना, अजीब-सी आतुरता के साथ उन्मत्त होना, उसकी वह व्याकुलता और दुम वाले हिस्से के बढ़े ताप का असहनीय हो जाना। इन सारी बातों का यही मतलब कि उसकी देह में मिलन की अग्नि भड़की थी।

रुस्तम नाम के बाघ को लक्ष्मी के साथ बड़े पिंजरे में छोड़ा गया। दोनों जानवरों ने उस पूरी रात और पिंजरे को अक्षरशः हंगामे से भर दिया था। दूर तक उनकी गुर्राहट और आर्त अनुगूँज बिखर रही थीं। जाने कितनी देर तक दोनों की वह गुरगुर, वह फुरफुर, एक-दूसरे को सहलाने, पुचकारने, पंजे के वार से एक-दूसरे पर झपट्टा मारने, एक-दूसरे को काटने-चबाने-टटोलने, दूसरे को दाँतों या पंजे से पकड़कर बाजू में फेंक देने की मस्ती चलती रही। लक्ष्मी ने रुस्तम को ख़ूब पस्त कर दिया था।

लम्बे संघर्ष के बाद, मुँह से गिरती लार के साथ रुस्तम जलता हुआ बेचैन था।

सुबह की हवा में वातावरण थोड़ा ठण्डा हो गया था। रात भर के हंगामे से थकी बाघिन की मुँदी आँखों पर रुस्तम की नज़र पड़ी। तब उसने इस अचूक मौक़े का फ़ायदा उठाया। अपने दोनों अगले पैरों में पूरी ताक़त झोंकते हुए, उसने लक्ष्मी पर छलाँग लगायी। उसे अपने बदन के नीचे खींच लिया। अपने पेट के नीचे दबा दिया। दोनों शरीर एक-दूसरे से भिड़े। रगड़े। लकड़ी के दो लट्ठे एक-दूसरे से घिसकर जैसे धू-धू जलने लगे, वैसे ही दोनों शरीरों में ज्वाला भड़क उठी। रुस्तम ने उसकी गर्दन की चमड़ी अपने हिंस्र दाँतों से पकड़ ली। काफ़ी देर बाद वे दोनों धधकते शरीर शान्त हुए।

कंचना जब सुबह पिंजरे के सामने पहुँची तो देखा कि दोनों थके हुए जीव, कपड़ों की विशाल गठरियों की तरह एक कोने में पड़े हैं। साफ़ दिख रहा था कि लक्ष्मी और रुस्तम ने एक-दूसरे की ख़ूब कड़ी परीक्षा ली। उनके पूरे बदन में खरोंचों के निशान थे। जवानी के जूनन में दोनों ने एक-दूसरे को कई जगहों पर नोचा और चबाया था।

## 21

रसोई से लौटते हुए हीरा आत्या ने दाजी से कहा, "क्या भाऊजी, आजकल तो आप भारी ख़ुश दिखते हैं?"

"अरे, कम्पनी की दो-दो बेटियों की गोद एक ही समय में हरी होने का समय क़रीब है। ऐसे में बाप का दिल तो भर ही आयेगा।"

"ऐसा क्या... मतलब अपने गोरे-गोरे नातियों का मुँह देखने के लिए तुम्हारा मन बेक़ाबू हो रहा है!"

"आप सही कह रही हैं वहिनी। आँखों के सामने ही वंश की बेल बढ़ जाना अच्छा होता है।" दाजी ने ख़ुश आवाज़ में मन की बात कही।

इधर कम्पनी में ख़ुशी की गुलज़ार हवा बह रही थी। कंचना और राघव का ब्याह धूमधाम से हुआ था। तमाम यात्राओं से कम्पनी की कमाई में बढ़ोतरी हुई थी। इससे सभी लोग ख़ुश थे। इस बीच कंचना की गोद में आने वाले शिशु को लेकर सब उत्सुक थे। उसका मन किन-किन चीज़ों के लिए आतुर होता, इसकी पूरी चौकसी दाजी ने लिलियन और हीरा आत्या को सौंप रखी थी। वह ख़ुद गाँव के बाज़ार से सोन पापड़ी, तीखी मिर्ची के भजिये, नर्म दानों वाले भुट्टे और पेड़ों से इमली जैसी नाना वस्तुएँ ख़ुद अपनी बेटी के लिए बड़े कौतुक से लेकर आते थे।

कंचना अपनी लक्ष्मी बाघिन के प्रसव के लिए ख़ूब उत्सुक थी। लेकिन इस उत्साह में वह अपने सात माह के उभरे हुए गर्भ को भूल जाती। इस बात से कई लोगों को आश्चर्य होता। वह दिन में कई बार लक्ष्मी के पिंजरे के नज़दीक जाकर बैठती और उसके फूले हुए पेट को निहारती रहती।

गर्भिणी लक्ष्मी के लिए मैं क्या करूँ और क्या नहीं, कंचना बेचैन हो जाती। कई बार वह सर्कस रिंग और शिकारखाने के लड़कों को इकट्ठा करती। उनको पास के जंगल में शिकार के लिए भेजती। लक्ष्मी को जंगल की ऊँची घास में यहाँ-वहाँ दौड़ते ख़रगोशों का मटन ख़ूब भाता था। उसके पेट को अधिक तकलीफ़ न हो, इसलिए कंचना ख़रगोश के माँस को पहले पकाती। फिर उसमें हल्दी-नमक लगाकर, उसके बारीक-बारीक टुकड़े करके लक्ष्मी के सामने परोसती। लक्ष्मी दूर से ही ख़रगोश के मांस की गन्ध पहचान जाती और मारे ख़ुशी के गुरगुरने लगती थी।

एक सुबह सायबू ने तम्बू के अन्दर सिर घुसाते हुए कहा, "मैं कुछ बोलूँ दाजी साहब! माफ़ कीजिएगा, छोटा मुँह बड़ी बात..."

"हाँ बोलो," दाजी ने हाथ में थामे 'केसरी' को बाजू में रखते हुए कहा। "इतना क्या सोच रहे हो। तुम तो रिश्ते में मेरे भाई लगते हो और घर के आदमी हो!"

"घर की बात है, इसलिए मैं थोड़ा परेशान हूँ। आप इन धोखेबाज़ और कपटी लोगों के चक्कर में क्यों पड़े हैं?"

"कौन धोखेबाज़ और कपटी?"

"ये कांग्रेस वाले और गांधीबाबा!!"

दाजी मुस्करा दिये और बोले, "ऐसा क्यों कह रहे हो भाई? हम एक ही मिट्टी में पैदा हुए हैं और हमारे ऊपर अपनी इस धरती माँ का क़र्ज़ है। अगर क़र्ज़ चुकाया, तो इसमें नुक़सान क्या है?'

"देखिए, फ़ैसला तो आपको ही करना है। मैंने ये सोचा कि आपको चेताना ज़रूरी है। एक बात आपको बिल्कुल नहीं भूलनी चाहिए : ये गोरे हमें धरने की ताड़ में हैं।"

"इसकी चिन्ता मत करो। हम क्यों उनसे बेकार में इतना डरें?"

सायबू तेज़ी से आगे बढ़ा और दाजी की कुर्सी के पास जाकर अपने घुटनों पर झुक गया और चिन्तित स्वर में बोला, "दो महीने पहले मैं बेलगाँव की कलेक्टर कचहरी में गया था। वहाँ के सब-डिस्ट्रिक्ट कलेक्टर ने साफ़-साफ़ कहा कि तुमसे सावधान रहने को कह दूँ।"

"सावधान मतलब?"

"वह बहुत तमतमा रहा था। उसने तुमसे कहने को बोला कि अपना ध्यान सिर्फ़ सर्कस में लगाएँ।"

"अरे! लेकिन हमने ऐसा कौन-सा गुनाह किया है।"

"दाजी, उसका कहना था कि अभी तक उनके हाथ ऐसा कोई स्ट्रांग लिखित-कागजी सबूत नहीं लगा है।"

"मतलब क्या है?"

"वह कह रहा था कि जिस दिन सबूत हमारे हाथ लगा, उस दिन सर्कस की कमर तोड़कर दाजी और उसकी बेटी, दोनों को यरवदा जेल में डालकर पत्थर तुड़वाएँगे।"

दाजी ने दिखावे की हँसी हँस दी। परन्तु मन-ही-मन चिन्ता में पड़ गये। विशेष रूप से मुम्बई इलाक़े के सातारा ज़िले में वातावरण बेहद विद्रोही हो गया था। ब्रिटिश सरकार के विरोध में कराड, कुण्डल, तासगाँव, वडूज, आष्टा, चारण जैसी जगहों पर सविनय आन्दोलन शुरू था। सायबू बोला, "सरकारी अफ़सरों का भी कहना था कि तमाम जगहों पर ब्रिटिश कलेक्टर और डीएसपी सारगंदाजी और उनकी बेटी की इसलिए इज़्ज़त करते हैं कि वह सर्कस के अच्छे कलाकार हैं। उन्हें ये इज़्ज़त सम्भाल कर रखनी चाहिए।"

जुलाई महीने की बरसात शुरू हो चुकी थी। गाँव-खेड़ों में धान के खेत पानी से भरे थे। वहाँ सर्कस के तम्बू खड़े करना सम्भव नहीं था। इसलिए इस्लामपुर जाने वाले तालुके के रास्ते पर सर्कस का कैम्प लगाया गया। तहसीलदार की कचहरी के नज़दीकी मैदान में 'द ग्रेट कंचना सर्कस' के तम्बू लगे थे।

इस्लामपुर की सरकारी कचहरी के सामने देशभक्तों का जमावड़ा लगा रहता था। 'स्वराज्य लेकर रहेंगे' और 'वन्दे मातरम' जैसे नारे अक्सर सर्कस के तम्बू तक सुनाई देते। बीते एक महीने में इधर का माहौल बहुत विस्फोटक बन गया था। इस्लामपुर और आष्टा में कांग्रेस ने तीस-तीस फ़ीट ऊँचे तिरंगे झण्डे लहराये थे। ख़बरें आ रही थीं कि किसानों ने ब्रिटिश प्रशासन को बोरिया-बिस्तर समेटने वाली स्थिति में ला दिया है।

इन बातों ने कंचना की चिन्ता बहुत बढ़ा दी थी। सातारा ज़िले में गुप्त क्रान्तिकारियों का ज़ोर बढ़ रहा था। रात-बेरात कभी नाना पाटील और जी.डी. लाड

के ख़ास गुप्त दूत आया करते थे। बाहर की तरफ़ घोड़ों का अस्तबल था और बीच की एक खुली जगह में महालिंग काका की भट्ठी धधकती रहती थी। वहाँ लोहे पर घन पड़ते थे। फौलाद को आकार दिया जाता था। महालिंग देसी पिस्तौल और बन्दूक़ बनाने में माहिर थे। कहने को यह बड़ी झंझट का काम था। लेकिन महालिंग को यह पसन्द था और वह इसे पूरे उत्साह से करते थे। भट्ठी में जलते कोयले की तपती लाली उनके चेहरे पर और दमक उठती थी। रात-दिन वह किसी मज़बूत सिपाही की तरह डटे रहते। लगे रहते।

जब तक चाचा की भट्ठी जलती रहती, कोयले से ताँबई-लाल चिंगारियाँ छूटती रहतीं, तब तक बाजू के किनारे पर हीरा आत्या की आँखें मशाल की तरह पहरा देती बैठी रहतीं। उनकी बावरी नज़र दूर तक आसमान की चौकसी करती। किसी पेड़ से पत्ती भी टूटकर गिरी तो उनके कान खड़े हो जाते। उनकी नन्ही बेटियाँ शान्ता और बबीता पास आ जातीं। ऊब कर वे माँ की गोद को तकिया बना लेतीं और अपना बदन सिकोड़कर खुले आसमान के नीचे सो जातीं।

सायबू ने सुबह ब्रिटिश पुलिस का मुद्दा छेड़ दिया। उसी दिन दोपहर को ऊपर के जंगलों से ऊँची पीठ वाले घोड़े पर सवार, लम्बे चेहरे और मज़बूत क़द-काठी वाले एक गृहस्थ दाजी से मिलने आये। उनके सिर पर टोपी और बदन पर सफ़ेद लम्बा तथा अनेक जेबों वाला कोट था। उनकी नज़र पैनी थी। पोशाक देखकर उनके किसी गाँव के समृद्ध पाटील होने का अन्दाज़ा लगता था। उनके साथ हाथों में भाले लिए कई लड़के भी अंगरक्षकों की तरह मौजूद थे।

दाजी ने हँसते हुए मेहमानों का स्वागत किया। उन्हें लेकर बीच की ज़गह में आये। वहाँ देर से खड़ी कंचना की तरफ़ देखते हुए दाजी बोले, "आ बेटा, आगे आ। हमारे ये मेहमान बिलाशी गाँव के गणपतराव पाटील हैं। बड़े गांधीवादी देशभक्त हैं। ...और पाटील साहेब ये है मेरी बेटी और मेरी वारिस कंचना।"

"अरे वाह! तो यही है रोज़ सर्कस में बाघिन के साथ कुश्ती खेलने वाली आपकी बाघिन?"

"बिल्कुल सही कहा। लेकिन गणपतराव" कुछ भी कीजिए। अपने देश को इन गोरे बन्दरों की बेड़ियों से छुटकारा दिलाइए।' दाजी ने व्याकुल स्वर में कहा।

बैठक में गद्दे से टिककर बैठे गणपतराव बताने लगे, 'अरे दाजी, सेंसरशिप की वजह से ख़बरें आप लोगों तक आ नहीं पाती हैं। परन्तु ऊपर शिराला के इलाके और मेरे बिलाशी गाँव में ज़बरदस्ती जंगल सत्याग्रह चल रहा है। बीते कई हफ़्तों

से हमारे गाँव में पैंतीस फ़ीट ऊँचे डण्डे पर तिरंगा झण्डा लहरा रहा है। वहाँ हमने अँगरेज़ी सत्ता का नामोनिशान ख़त्म कर दिया है। गुज़रे महीने भर से मेरे गाँव में स्वराज्य के देवता ने अवतार ले रखा है। हमारे महादेव के मन्दिर में सुबह से दिन भर आज़ादी सप्ताह मनाया जाता है। वहाँ हमेशा हज़ारों स्त्री-पुरुष जमा रहते हैं। महादेव के बग़ल में हमने भारत माता की प्रतिमा स्थापित की है। आस-पास के तीस-पैंतीस गाँवों के लोग तिरंगा झण्डा लेकर वहाँ नाचते-गाते आते हैं।"

"ब्रिटिश पुलिस को क्या इसकी भनक नहीं लगी?"

"नहीं कैसे...? कुछ दिन पहले सब-इंस्पेक्टर बंकट सिंह ने पुलिस की टुकड़ी लेकर बिलाशी पर हमला किया था। परन्तु लोगों में असहयोग की भावना इस क़दर भरी हुई है कि पुलिस को पीने के लिए वहाँ पानी तक नहीं मिला। न उनके घोड़ों को चारा मिला। बंकट सिंह ख़ूब झल्लाते हुए वहाँ से गया।"

थोड़ी देर में गणपतराव और दाजी के बीच गुप्त वार्ता शुरू हुई। तब कंचना ने वहाँ से बाहर निकल जाना पसन्द किया। महात्मा गांधी जी के आदेशानुसार उत्तर में बलिया और दक्षिण में बिलाशी, बागलाण और चिरनेर में जंगल सत्याग्रह शुरू हो गया था।

जैसे-जैसे दिन बढ़े, इस्लामपुर के माहौल में उत्तेजना बढ़ रही थी। दो महीने से ऊपर होने आये, तब भी बिलाशी गाँव में लगा तिरंगा झण्डा उतारा नहीं जा सका था। प्रत्येक घटना से वातावरण की तल्ख़ी और बढ़ जाती थी। दो दिन पहले ब्रिटिश पुलिस की पुणे टुकड़ी का एक अश्वदल इधर आया था। सुबह के वक़्त ताकारी स्टेशन पर उम्दा लश्करी नस्ल के सत्तर घोड़े उतारे गये थे। दिन भर की भागदौड़ करके उन जानवरों को इस्लामपुर के सरकारी अस्तबल में बाँधने की ख़बर हर तरफ़ फैल गई थी। ब्रिटिश पुलिस की इस बड़ी तैयारी से सामान्य जनता में घबराहट पैदा हो गयी थी।

एक दिन पुलिस ने अपनी गुप्त रिपोर्ट तहसीलदार को दी और उसने सख़्त आदेश जारी किया। क़ानून-व्यवस्था के मद्देनज़र रात में सर्कस कोई शो पर पाबन्दी लगा दी गयी। सिर्फ़ शाम के पाँच बजे के खेल की इजाज़त दी गयी। इससे कंचना बहुत नाराज़ हुई और घोड़े पर सवार होकर तत्काल पुलिस स्टेशन पहुँच गयी।

कंचना ने सीधे बंकट सिंह के दफ़्तर में जाकर कहा, "क्यों हम ग़रीब सर्कस वालों पर अत्याचार कर रहे हैं। इतनी मुश्किल में हम कैसे अपना और जानवरों का पेट भर सकेंगे?"

"सिर्फ़ अपना और जानवरों का पेट भरना है या..." आँखें तरेरकर कंचना को देखते हुए बंकट सिंह गुर्राया, "गांधी महाराज के निठल्ले कांग्रेसियों को भी खिलाना है?"

रात के खेल पर पाबन्दी जारी रही। बाहर वातावरण सुलग रहा था। एक सितम्बर 1930 को इस्लामपुर शहर की नाकेबन्धी कर दी गयी। ब्रिटिश लश्कर रात भर गश्त करता रहा। पुलिस ने तिरंगा झण्डा उतार फेंका और वहाँ अपना यूनियन जैक लहरा दिया। दूसरे दिन ऐसी ही कठोर कार्रवाई आष्टा में हुई। उस दौरान सरकारी हुक्म से 'द ग्रेट कंचना सर्कस के सारे शो बन्द' करने पड़े थे।

'द ग्रेट कंचना सर्कस' के तम्बुओं पर ब्रिटिश सरकार की पैनी नज़र थी। मगर सारंगदाजी ने इसकी परवाह नहीं की। देर रात के अँधेरे में मिरज, बेलगाँव, धारवाड़ की तरफ़ से आने वाले कई स्वयंसेवक धीरे-से सर्कस में आश्रय लेते थे। सर्कस में एक बार में पाँच सौ से ज़्यादा इन्सानों-जानवरों की मौजूदगी के कारण अनेक बातें अँधेरे में खप जाती थीं। देशभक्तों की मदद करने में दाजी अपना हाथ नहीं रोकते थे।

उस दिन इस्लामपुर की पुलिस फोर्स अचानक अदृश्य जैसी हो गयी। दोपहर के बाद बाज़ार में ख़बर गर्म थी कि पुलिस टुकड़ियों को बिलाशी की तरफ़ भेजा गया है। सातारा से कलेक्टर अमीनुद्दीन ढाई सौ की पुलिस पलटन लेकर रवाना हुआ है। पुणे से कुमक बुलवाई गयी है। यह भी खबर आयी कि कोल्हापुर से ढाई सौ पैदल सिपाही उधर पहुँचाये गये हैं। इन ख़बरों की वजह से दाजी और कंचना का चित्त जगह पर नहीं था। कंचना को पता पड़ चुका था कि दो रात पहले करवीर के कुछ क्रान्तिकारी सर्कस के पाँच घोड़े लेकर जंगल के रास्ते बिलाशी की तरफ़ रवाना हुए हैं।

उस देर रात वारणा घाटी की तरफ़ से ख़बर आयी। उधर से भागे-भागे आये दो कार्यकर्ता दाजी को बता रहे थे, "ब्रिटिश पुलिस ने बिलाशी में आठ सौ स्त्रियों और बूढ़ों को बुरी तरह पीटा। तिरंगा झण्डा नीचे उतार लिया। लेकिन गोरे साहबों का वहाँ के लोगों ने प्रचण्ड विरोध किया। तब सोल्जरों ने किसानों को ख़ूब मारा। राजाक्का पाटील, मैनाबाई धनगर और साठ साल की मुक्ताबाई जैसी अशिक्षित महिलाओं ने भी ज़ोरदार प्रतिकार किया। बहादुर मैनाबाई तो झण्डा छोड़ने को तैयार नहीं थी। उसने झण्डे को कसकर अपनी छाती से चिपका लिया था। तब पुलिस अक्षरशः उसे घसीटते हुए ले गयी और बाद में वहाँ गोलियाँ चलायीं।"

"गोलीबारी भी हुई? इतना बड़ा अत्याचार?" कंचना व्याकुल हो गयी।

"हाँ... गोलीबारी में धोंडी कुम्हार और शंकर चमार... कच्ची उम्र के इन दोनों लड़कों की मौत हो गयी। दोनों की ख़ून से सनी लाशें दुष्ट ब्रिटिश, रास्तों पर जानवरों की तरह घसीटते हुए ले गये। बड़ी दहशत मचा दी।"

दाजी के चेहरे पर चिन्ता की छायाएँ नाचने लगीं। इसके बावजूद दाजी इस बात से बहुत सन्तुष्ट थे कि सह्याद्री के जंगलों में, वारणा के किनारे पर, जगह-जगह किसानों के बच्चे क्रान्ति के अंगारे निगलते हुए हिम्मत से खड़े हो रहे थे। वे पूरी ताकत से गोरों को कड़ी टक्कर दे रहे थे।

मध्यरात्रि पार हो चुकी थी। बाजू की गीली मिट्टी और कीचड़ में बूटों की आवाज़ें और घोड़ों की टापों की ध्वनि सुनाई आने लगी। ऐसा लगा कि कोई सावधानी और सतर्कता से सरकता आ रहा है। कंचना झट से उठ गयी। उसने कनात की दरार से बाहर देखा। ब्रिटिश पुलिस की एक टुकड़ी और संगीनधारी सोल्ज़रों का एक लश्कर सर्कस की तरफ़ बढ़ता नज़र आया।

कंचना को किसी बड़ी मुसीबत की आशंका हुई।

पुलिस सार्जेंट बेलोशी की दूर से लगायी आवाज़ कानों में पड़ी, "चलोऽऽ अरे सारंगदाजी, वो कौन राघव... कहाँ है और तुम्हारी वो बहादुर लड़की कंचनाऽऽ कहाँ हैं सब? चलोऽ थाने पर चलो..."

दाजी, राघव, तारानाथ फटाफट बाहर निकले। सार्जेंट के सामने आकर वे किसी दीवार की तरह तिरछे खड़े हुए। सिर से पैर तक उन पर नज़र डालते और अपनी दाढ़ में तम्बाकू की चुटकी फँसाते हुए सार्जेंट बोला, "अरे सारे के सारे चाहिए... तुम्हारी वो सर्कस वाली बहादुर छबीली को भी साथ में लेकर आने का सख्त हुक्म है। कहाँ है वो छोकरी?"

"जमादार साहबऽ बेटी बीमार है..."

"गये हफ़्ते तो वो थाने में आकर साहब लोगों को बड़ा धमकाकर हुए बात कर रही थी। मैना जैसी पटर-पटर बोल रही थी..."

"अरे, वो सात महीने के पेट से है! कल से बिस्तर में है..."

"कुछ भी...? चलो दिखाओ मुझे, आँखों से देखूँगा..."

सार्जेंट तम्बू के दरवाज़े पर खड़ा हुआ और उसने पर्दा हटाकर अन्दर देखा। उसे बिस्तर पर अस्त-व्यस्त बिखरे बालों में लस्त-पस्त पड़ी कंचना सोती नज़र

आयी। उसका चेहरा बुख़ार में बीमार जैसा दिख रहा था। आँखों का काजल फैला था। सिरहाने जलता दीया फड़फड़ा रहा था। हींग और औषधियों के काढ़े की गन्ध वातावरण में पसरी थी। पीठ के बल सोयी कंचना का पेट किसी ढेर की तरह ऊँचा था। उसके तकिए के नज़दीक हीरा आत्या चिन्ताग्रस्त बैठी थी। यह नज़ारा देखने के बाद किसी गम्भीर बीमारी का कारण अलग से स्पष्ट करने की कोई ज़रूरत मालूम नहीं पड़ी।

अँधेरे में कातर पुरुषों के पीठ पर संगीनें लगा दी गयीं। उन्हें फटकारती-डराती पुलिस तम्बुओं के बीच से निकाल ले गयी। उसी क्षण पास की नदी की घनी झाड़ियों के पीछे छुपे महालिंग और उसके साथी झट से बाहर निकल आये। आज क्रान्तिकारियों के लिए तत्काल छह नयी राइफ़लें बनाने का ऑर्डर था। आगे शेणोली और वजू के नज़दीक वे हथियार रवाना करने थे। साखराल के बरगद वन स्थित टीले पर नाना साहब के साथी यह सामान लेने के लिए आने वाले थे। बाक़ी काम निपटा कर महालिंग को उसी तरफ़ रवाना होना था।

तारानाथ सुतार ने लकड़ियों के पाँच-पाँच फ़ीट के दो सन्दूक तैयार कर दिये थे। राइफ़लों के कुन्दे हटाकर उन्हें सन्दूक में जमाया गया। महालिंग आनन-फानन में बार-बार हथियारों का निरीक्षण करने लगा। अगर बनाने में ज़रा भी चूक रह गई तो बैक फायरिंग से किसी क्रान्तिकारी के जान गँवाने का डर था। एक तरफ़ जल्दबाज़ी और दूसरी तरफ़ जोखिम, इसी पेंच में उलझा महालिंग जल्दी-जल्दी काम कर रहा था। इतने में कंचना हड़बड़ाते हुए वहाँ आयी। उसने दूर से ही आवाज़ दी, "काकाऽ ख़त्म करो जल्दी। मुझे आज रात ही कुछ गड़बड़ी की आशंका लग रही है।"

"ठीक कह रही हो बेटी। वो लोग आदमियों को यहाँ से पकड़कर ले गये हैं। इसका मतलब है कि वे सर्कस पर कभी भी छापा मार सकते हैं।"

महालिंग ने फटाफट सामान बाँधा। समय से हथियार पहुँचाने की आगे की दौड़ बड़ी अहम थी। कोई दो-तीन घण्टे का रास्ता था। जगह-जगह ख़तरा था। तनाव भी था। महालिंग ने कहा, "कांचू बेटी, एकाध तगड़ा घोड़ा देना।"

"अपने फक्कड़राव को ले जाइए। घुप्प अँधेरे के कीचड़-पानी में भी एकदम बन्दूक़ की गोली सरीखा वही दौड़ पायेगा। आपको सुरक्षित भी पहुँचायेगा।"

तारानाथ और रिंग वाले लड़के आगे दौड़े। फक्कड़राव की पीठ पर जीन का सामान और दोनों तरफ़ दो सन्दूक कसकर बाँधे गये। उस पर मज़बूत

डोरियों के दो घेरे और डाले गये। इतने में हीरा आत्या हड़बड़ाते हुए एक रोटी और सब्ज़ी हाथों में लिए आगे दौड़ीं। इस पूरी हड़बड़ी में महालिंग ने दोपहर से भोजन तक नहीं किया था। जैसे घोड़ा खड़े-खड़े चारा खाता है, उसने भी वैसे ही रोटी-सब्ज़ी चबा ली।

रात की तेज़ हवा चल रही थी। नदी किनारे उल्लुओं के बोलने की आवाज़ आ रही थी। 'सर्कस कम्पनी के अन्दर बन्दूक़ का कारख़ाना' यह कल्पना ही आग की अपेक्षा कहीं दाहक थी। एक-एक क्षण का विलम्ब फाँसी के तख्ते तक ले जाने वाली सीढ़ी साबित हो सकता था। महालिंग ने अपने मफलर को कमर से बेहद कसकर बाँध लिया। फिर जैसे ही वह अपनी टाँगें डालकर घोड़े पर सवार हुआ कि तत्क्षण उसके चेहरे पर आड़ी-तिरछी लकीरें उभर आयी। "अरे देवाऽऽ" कहते हुए वह कराह दिया। "इसी समय इसको भी आना था। पेट में मरोड़ उठ रही है..." इस गम्भीर स्थिति में भी हीरा आत्या की हँसी छूट गयी। उसने जल्दी से लोटा भर पानी महालिंग के हाथों में दिया।

सर्कस में अन्दर की तरफ़ एक कच्ची संडास बनी हुई थी। लेकिन महालिंग के मन में शंका ने सिर उठाया। वह तेज़ी से उल्टे पैर पीछे खेतों की झाड़ियों के अँधेरे में खो गया। कुछ ही क्षणों में आस-पास से "भागोऽऽ पकड़ोऽऽ" का ज़ोरों का शोर और सर्कस कम्पनी की दिशा में दौड़े आते पन्द्रह-बीस घोड़ों के खुरों की आवाज़ें आने लगीं। बंकटराव ने छापा मारा था। एक तरफ़ उन्होंने पुरुषों को मीठी बातों में लगाकर चौकी पर अटका लिया था और दूसरी तरफ़ छापा मारकर सबको बन्धी बनाने का दाँव चला था।

कंचना के होश उड़ गये। पेट के गोले के चारों तरफ़ डर का पानी उछालें मारने लगा। जीवन में इससे बड़ा संकट कभी नहीं आने वाला। सर्कस के अन्दर छुपकर चल रहे बन्दूक़ के कारख़ाने को शत्रु ने ऐसे रंगे हाथों पकड़ लिया तो फिर काम ही तमाम। कोई बीस-पच्चीस लोग येरवडा की जेल के अन्दर कुत्तों की तरह फाँसी पर लटका दिये जायेंगे। सर्कस कम्पनी की सदा के लिए दुर्गति हो जायेगी। जिन देशप्रेमी क्रान्तिवीरों ने पिता को ये ज़िम्मेदारी दी, उन पर विश्वास दिखाया, वे सारे भी मिट्टी में मिल जायेंगे। किसी भी परिस्थिति में एक बार फाँसी चलेगी लेकिन बदनामी नहीं। इन विचारों के साथ कंचना के अन्दर आग भड़क गयी।

कंचना सिर से पैर तक पसीने में नहा गयी। रोआँ-रोआँ झनझना रहा था। गला सूख गया। कुछ क्षणों तक वह पागलों की तरह आजू-बाजू पसरे हुए घने अँधेरे को निहारती खड़ी रही। यह क्या हो रहा है? आसमान टूट पड़े या यह धरती निगल जाये, लेकिन हे कालम्मा देवी यह नौबत अभी की अभी टलनी चाहिए।

थरथराते बदन कंचना खड़ी थी। आगे-पीछे, आगे-पीछे जैसे उसके पैर अपनी जगह पर खड़े नाच रह थे। क्या करूँ, इस चिन्ता के शोर में उसका दिमाग़ अटका हुआ था। तभी उसे सामने कोने में फुरफुर करता फक्कड़राव दिखाई दिया। घोड़े की पीठ पर दोनों तरफ़ व्यवस्थित बँधी हुई शस्त्रों की पेटियाँ लटकी थीं। कैम्प की तरफ़ बढ़ते सोल्ज़रों की चीख़ें एकदम सिर पर आ चुकी थीं। जिस दिशा में महालिंग काका गये थे, उस दिशा से भी कुछ अन्दर घुसते दिखे। इसका मतलब कि धोखा हुआ है। काका अँधेरे में अटक गये। कुछ ही क्षणों में शस्त्रों की वे पेटियाँ दुश्मन के हाथ लगनी तय हैं। इस कल्पना से ही कंचना घबरा गयी और उस गरजते शोर के बीच वह अपने भीतर पल रहे गर्भ के बारे में भूल गयी।

"चल फक्कड़ऽऽ" ज़ोर से हाक लगाती हुई वह तेज़ी से आगे दौड़ी। सर्कस के झूले पर आसमान में लगने वाली छलाँग के जैसे उसने उछाल भरी और घोड़े पर सवार हो गयी। रकाब में पैर फँसाये और फक्कड़राव की लगाम खींची। पीछे से हीरा आत्या की दबी हुई आवाज़ आयी, "अरे बाई ये क्या करती है? तेरा पेटऽऽ"

अब गीली मिट्टी और बहते नदी-नालों के बीच से ओस से तर ऊँची-लम्बी घास को कुचलते हुए फक्कड़राव आग के गोले जैसा तेज़ी से बढ़ा जा रहा था। कंचना को कोई आवाज़ सुनाई नहीं दे रही थी। उसके साथ अब सिर्फ़ घना अँधेरा और रात की तेज़-ठण्डी हवा थी। वह जैसे हवा की पीठ पर सवार थी। गड्ढों-पत्थरों, कीचड़-काँटों और नदी-नालों को पार करता फक्कड़राव दौड़ा चला जा रहा था। उसके मुँह से झाग निकल रहा था। रात की ठण्ड के बावजूद फक्कड़ और कंचना पसीने की फूटती धारों से तर-ब-तर थे।

शराब पीकर इधर-उधर कूद रहे बन्दर की तरह बंकट सिंह थैया-थैया नाच रहा था। वह बुरी तरह चिढ़ा हुआ था। जो सामने दिख जाये उसे हाथ की छड़ी से पीट रहा था। छोटे बच्चों, रिंग में काम करने वाले किशोरों, घोड़ों को सँभालने वाले जो भी दिखे, वह उन्हें लात-घूँसों का प्रसाद दे रहा था। सबको बुरी तरह से तोड़कर भी उसका ग़ुस्सा शान्त होने का नाम नहीं ले रहा था। फिर खीझकर उसने हीरा आत्या के पिछवाड़े में अपने बूट की एक लात मारी। वह तड़प गयी। दूसरे ही क्षण बेंत बरसाकर उसके बदन को हरा-नीला करते हुए बंकट चीख़ने लगा, "बोल बुड्ढी वो कंचना किधर है?"

"द... दवाखाने में गयी है सरकार।"

"कैसा दवाखाना? ऐसी कौन-सी खुजली मची थी डायन को?"

"सात महीने के पेट से है... लड़की के पेट में ख़ूब दर्द हो रहा था।"

"लेकिन गई कहाँ?"

"पूरब की दिशा में... वानलेसवाडी के दवाखाने में, मिरज को।"

बंकट सिंह ने तुरन्त तीन घोड़े पूरब दिशा में दौड़ा दिये। कंचना रास्ते में भी मिल जाये तो उसे वैसे ही खींचकर ले आने का आदेश दिया। तम्बू से कंचना के सटक जाने की बात पर वह बुरी तरह बौखलाया हुआ था। कंचना के ग़ायब होने से ही उसे वहाँ किसी बड़ी गड़बड़ की आशंका हो रही थी। सर्कस में मिले कलाकारों और बाल-बच्चों को ख़ूब मारने-ठोंकने से उसके हाथों में भयंकर दर्द होने लगा था।

जैसे ही दिन का प्रकाश फैला, पुलिस ने ज़ोरदार तलाशी शुरू की। महालिंग की भट्‌ठी सामने खुली थी। गर्म थी। उसकी राख के नीचे अंगारे बुझे नहीं थे। सर्कस वालों ने बताया कि रात को घोड़ों की नाल, हाथीखाने की साँकल, पिंजरों के नट-बोल्ट को सुधारने और टूटी कड़ियों के साथ बाक़ी सामान बनाने का काम चलता है। सर्कस गैलरी में लोहे की अनेक कुर्सियाँ और हत्थे टूटे हैं। इस भट्‌ठी में उन सबकी भी मरम्मत का काम होता है।

बंकट किसी पर रत्ती भर भी भरोसा करने को राज़ी नहीं था। उसने कम्पनी का कोना-कोना छान मारा। अस्तबलों में घोड़ों के चन्दे-चारे की झोलियाँ, हाथियों के घास के गट्‌ठर, रसोईघर के धान कोठार की भी तलाशी ली। वो पानी के विशाल हौद के नज़दीक पहुँचा। पानी की लहरें उसे कुछ विचित्र लग रही थीं। तभी मुस्तफा दरियाई घोड़े ने अपना सिर बाहर निकाला। बंकट कुछ देर तक वहीं खड़े-खड़े उसका ढाई फ़ीट का जबड़ा, सिर से टपकता पानी और मुँह से गलती लार देखता रहा।

सुबह के आठ बज रहे थे। धूप चढ़ आयी थी। हाथ झटकते हुए बंकट ने सर्कस से बाहर निकलने की तैयारी की। तभी बहुत दूर से एक घोड़ा धीरे-धीरे चलते हुए कैम्प की तरफ़ आता दिखा। दूर से उसकी पीठ पर सवार नज़र नहीं आ रहा था। उसके कुछ नज़दीक आने पर दिखा कि कोई उसकी पीठ पर सोया हुआ है। थका हुआ फक्कड़राव नाक फुरफुर करता नज़दीक आया। हीरा आत्या और लिलियन दौड़कर उसके सामने पहुँचे।

आत्या ने घोड़े की पीठ पर बेदम होकर पड़ी कंचना के सिर को अपने तरफ़ घुमाया। वह बुरी तरह चौंकी। कंचना को होश नहीं था। वह कोई जवाब नहीं दे रही थी। फक्कड़राव समझदार था, इसलिए वह अपनी मालकिन को सुरक्षित वापस लौटा लाया था। आत्या समेत बाक़ी लड़कियों ने कंचना को सँभाला। उसे नीचे उतारा। मिट्टी और कीचड़ में सनी उसके बदन की कमीज़ और लहँगा लगभग सूख चुके थे। हीरा आत्या को उसके गर्भ का उभार नज़र नहीं आ रहा था। उसके होश उड़ गये। घोड़े के पैर घुटनों तक गारे और पानी में तैरने वाली काई से लथपथ थे। उसकी झबरी पूँछ में जंगल के काँटे और घास-फूँस उलझी थी।

कंचना के शरीर से अजीब-सी बदबू उठ रही थी। लेकिन तब तक बंकट अपने साथियों को लेकर आगे दौड़ा आया। सर्कस की लड़कियों को परे धकेलते हुए पुलिस ने कंचना को अपने क़ब्ज़े में ले लिया। उसकी बेहोश देह को नीचे गीली घास पर लिटा दिया। पीछे से हीरा आत्या की रुलाई ज़ोर से फूटने की आवाज़ आयी। उसने अपने पल्लू को मुँह में भर लिया। तमाम कोशिशों के बावजूद वह अपनी रुलाई और हिचकियाँ रोक पाने में नाकाम हो रही थी। वह अवाक् होकर कंचना के पेट को देख रही थी। उसका पेट सपाट था। कंचना के घुटनों से लेकर एड़ियों तक ख़ून की सूखी धारा और नर्म-चिपचिपे पदार्थ में कुछ कतरे किसी से छुपे नहीं थे। बंकट चिल्लाया, "देखो रे क्या हुआ है इस कुत्ती को?"

"साहब छोड़ दो उसको। तुमको आँखों से नहीं दिखता क्या, दवाखाने जाते हुए रास्ते में उसका गर्भपात हो गया।"

"ब्लडी फूल... घोड़े पर बैठकर कोई बच्चा पैदा करने जाता है क्या?" बंकट की भाले की नोक जैसी पैनी नज़रें सबके चेहरों को भेद रही थीं।

वह अजीब-सी बदबू, जाँघों के पास ख़ून के धब्बों से भरा लहँगा और पानी से धो-निकालकर फटकारे कपड़े जैसा कंचना का बेजान शरीर, यह सब कुछ देखकर बंकट को यह अन्दाज़ा तो लग गया था कि कोई विचित्र बात ज़रूर हुई है। उसने अपने मातहत अधिकारी को बाजू में लेकर कहा, "ये बदमाश सर्कस वाले जितने दिखते हैं, उतने सीधे नहीं हैं। पक्की धोखेबाज औलादें हैं! मोटर तैयार करो और इस लड़की को मिरज ही लेकर जाओ। मुझे डॉक्टरी रिपोर्ट चाहिए... कि सच-सच क्या हुआ है... सचमुच इस लड़की का गर्भपात हुआ है कि हमें चकमा देने के लिए इसने ख़ुद अपनी टाँगों के पास चाकू मार लिया है। यह तो पक्का है कि इन साले सर्कस वालों ने कोई कुचक्र ज़रूर रचा है।"

रसोई की मेज़ पर सुबह का नाश्ता करके हीरा आत्या आगे निकली। कारोबारी डेरे में उन्हें दाजी से भेंट करनी थी। आगे बढ़ते हुए उनकी नज़र बाजू के पिंजरे की तरफ़ गई। वहाँ आत्या की छोटी बेटियाँ शान्ता और बबीता खड़ी थीं। दोनों कंचना और लक्ष्मी की तरफ़ कौतुक से देख रही थीं।

हीरा आत्या ने आँखें बारीक करके उधर देखा। लक्ष्मी की ताँबई खाल पर एक नयी चमक आ गयी थी। उसका गर्भ अब अधिक स्पष्ट दिखाई देने लगा था। बाँस की नयी पीली कोंपलों में कोई चमकदार पीला रंग भर दे या केलों के नये पत्तों पर कोई नयी हरी आभा छिड़क दे, लक्ष्मी की त्वचा पर अब कुछ ऐसी झिलमिल दीप्ति दिख रही थी।

लक्ष्मी एक करवट पर सुस्त पड़ी रहती थी। उसकी नाक के ऊपर उगे सख्त नुकीले बाल हिलते रहते थे। उसके फूले हुए पेट की वजह से उसके गले से आने वाली गुर्राहट बढ़ गयी थी। उसकी लम्बी साँसों की तरफ़ कंचना और लिलियन कौतुक से ध्यान देतीं। सच तो यह था कि लक्ष्मी की नाक से अब एक नहीं बल्कि अनेक जीवों की साँस आ-जा रही थी। कंचना उसके बेडौल हो रहे शरीर पर ममता से हाथ फिरा रही थी। फिर अपने पास खड़ी शान्ता और बबीता के नन्हें हाथों को अपने हाथ में लिया और बाघिन की सुन्दर त्वचा पर उन्हें फिराने लगी। दोनों बहनें ख़ुशी से तालियाँ बजाने लगीं। तभी उनके कानों पर ज़ोरों की आवाज़ पड़ी, 'ऐ लड़कियो यहाँ क्या कर रही हो? जाओ उधर जाकर प्रैक्टिस करो।'

"जा रहें हैं आई..." कहते हुए दोनों बहनें तेज़ी से वहाँ से भाग गयी।

हीरा आत्या पिंजरे के पास आयी। एक गहरी साँस लेते हुए कंचना और लिलियन से बोलीं, "अरे लड़कियों इस लक्ष्मी का अच्छे से ख़्याल रखो। जचगी के समय बाघिन का दिमाग़ फिर जाता है। उस पागलपन में वह अपने पिल्लों को भी खा जाती है।"

वहाँ से आगे बढ़ती हुई आत्या डेरे तक आयी। बाहर दरवाज़े से ही उन्होंने दाजी से कौतुक से कहा, "भाऊजी आपकी बेटी पिछले जन्म में किसी बाघिन या शेरनी के पेट से पैदा हुई होगी।"

"अरे हीरा वहिनी ऐसा क्यों कहती हैं?"

"उसका कलेजा एकदम चट्टान जैसा और बदन फौलादी है।"

"हाँ मुझे भी कभी कभी ऐसा ही लगता है।"

"देखिए तो उसे! कंचना का गर्भ गिर गया, वह भी घोड़े की सवारी करते हुए। कितनी वेदना हुई होगी उसे और कितने ज़ख़्म लगे। दूसरी कोई कच्चे

दिलवाली औरत होती, तो कम-से-कम तीन-चार साल तक उसने बिस्तर नहीं छोड़ा होता।"

## 22

एक सुबह झटके से राघव की आँख खुली। वह तेज़ी से उठ बैठा। पास के पलंग पर कंचना नहीं थी। उसी समय जानवरों के बाड़े की तरफ़ से कुछ लोगों का शोर सुनाई दिया। साथ ही लक्ष्मी बाघिन की भी प्राणान्तक गुर्राहट कानों पर पड़ी। वह हड़बड़ाया। लक्ष्मी की गुर्राहट में भयंकर वेदना थी। राघव फटाफट उठा और टॉर्च की रोशनी में तेज़ी से बाघों-सिंहों के पिंजरों की तरफ़ पहुँचा। लक्ष्मी के पिंजरे के सामने भीड़ थी। सामने की तरफ़ स्टूल पर कंचना बैठी थी। उसके पीछे खड़ी लिलियन ने अपना हाथ हौले से कंचना के कन्धे पर रखा था। रात भर के जागरण के कारण दोनों की आँखें भारी होकर लाल हो चुकी थीं।

जब राघव ने थोड़े गुस्से से उसकी तरफ़ देखा तो मन्द मुस्कान के साथ कंचना ने कहा, "अरे तुम्हारी आँखों को दिखता नहीं, मेरी बहन कितनी बेचैनी में है? उसकी जचगी का समय एकदम नज़दीक आ गया है।"

"अरे तो फिर डॉक्टर को बुलाना चाहिए ना!"

"मैंने उस गोरे वेटरनरी डॉक्टर को आठ दिन पहले ही एडवांस भी पहुँचा दिया था, लेकिन तब भी वह डिस्ट्रिक्ट हेडक्वार्टर को निकल गये। कोई मीटिंग है!"

"लेकिन...?"

"चलो जाने दो। सर्कस वालों का जीना क्या और मरना क्या... और ये बच्चे पैदा होना भी... कुछ भी आसानी से नहीं होता... क्यों लीलूदीदी?" कंचना और लिलियन दोनों खिलखिला कर हँस पड़ीं।

राघव स्तम्भित होकर बाघिन के प्रसव की वह दिव्य घटना दूर से देखते हुए खड़ा रहा। थोड़ी देर में लक्ष्मी बाघिन के गले से ज़ोरों की घर्र घर्र... आवाज़ आयी। उसकी नाक से फुरफुर होने लगी। वह अचानक ऐसे लहरायी मानो उसके बदन में बिजली चमकी हो। वह सिहर उठी। उसने अपने पीछे के पैर पिंजरे के पतरे में फँसा लिए थे। अपने शरीर पर वह आगे से ज़ोर लगा रही थी। उसे प्रसव का दर्द उठने लगा था। वह ज़ोरों से गुर्राने लगी। पूँछ की तरफ़ से उसकी विष्ठा और टाँगों के बीच से गरम मूत्र की धार तेज़ी से बह निकली। वह अपने अंगों को लचकाती हुई गहरी साँसें लेने लगी। कभी उसकी आवाज़ तेज़ हो जाती, तो कभी वह असहाय होकर किकियाने लग जाती थी। उसने अपने पिछले पैरों को झटका।

प्रसव वेदना ने लक्ष्मी को बहुत बेजार कर दिया था। उसके दाँत दाँतों से टकरा रहे थे। लक्ष्मी की देह का हाल-बेहाल देखते हुए भी, वहाँ किसी की हिलने की मजाल नहीं थी। लेकिन कंचना से अपनी लक्ष्मी का यह भयंकर हाल देखते नहीं बन रहा था। वह बेधड़क पिंजरे में घुस गयी। उसने बाघिन के गर्म पीठ पर अपने हाथ का पंजा मज़बूती से रख दिया। फिर वह जोर से चिल्लायी, "आ लक्ष्मी, अरे मरी जोर दे... और जोर लगा। अरी पेट का पानी फूटे बिना कैसे तुझे इससे छुटकारा मिलेगा?"

तभी लक्ष्मी ज़ोर-ज़ोर से डकराने लगी। उसकी इस संत्रस्त आवाज़ में हमेशा की तरह कानों में दर्द पैदा कर देने वाली गर्जना नहीं थी। वह असहाय होती जा रही थी। पानी फूटने का समय एकदम नज़दीक आ चुका था। उसका पेट हलका हो जाये, इसलिए उसने अपने चारों पैर फैला दिये थे। वह पेट के बल ही बिना हिले-डुले पड़ी हुई किसी स्त्री की तरह अपने शरीर को झटके दे रही थी। उसके मुँह से कराह निकल रही थी। तभी अन्दर के शिशु ने विलक्षण ढंग से ज़ोर लगाया। उस धक्के से बाहर की झिल्ली का पर्दा फट गया।

अब लक्ष्मी के पिछले हिस्से से प्लास्टिक जैसा चमकदार लम्बा फुग्गा बाहर लटकता दिखाई देने लगा। सबकी नज़रें वहीं लगी थीं। कंचना ज़ोर से चिल्लायी, 'अरी देऽऽ और थोड़ा ज़ोर दे।' अब उस नीली पतली, पारदर्शी झिल्ली के अन्दर का दृश्य हलका-हलका दिखने लगा था। सफ़ेद धब्बे नज़र आ रहे थे। लक्ष्मी ने एक जोर की हुंकार लगायी। पैरों को झाड़ा। इसके साथ ही वह फुग्गा फट गया। दो नन्हें पैर बाहर झूलते नज़र आये। फूल की केसरी पंखुरियाँ जैसे खिलने को हों, वैसे ही हौले-हौले लक्ष्मी के बच्चे दिखाई देने लगे।

कंचना ने ख़ुशी के मारे पास में खड़ी लिलियन को कस कर सीने से लगा लिया। पीछे खड़ी भीड़ ने तालियाँ बजायी। लक्ष्मी को भी अपना पेट हलका होने का आभास हो गया। उसने झट से सिर पीछे घुमाया। उसका नन्हा, थरथराता ताँबई गोला कंचना ने बड़े प्रेम से अपने पेट के पास सँभाल कर थामा हुआ था। इसी समय सारंग दाजी भी चुपचाप आकर खड़े हो गये थे। वह दूर से ही सब कुछ देख रहे थे। उनकी आँखें कंचना के मासूम और भोले चेहरे को एकटक देखे जा रही थीं। कंचना के चेहरे पर ऐसा आनन्द था मानो बाघिन से नहीं, ख़ुद उसके पेट से वह अबोध जीव जन्मा है। दाजी की आत्मा रो रही थी। आज़ादी की लड़ाई के लिए आधी रात को घोड़े पर कंचना की वह दौड़ और बीच रास्ते में अपने गर्भ को खो देने की यादें ताज़ा थीं। उनके मन में जैसे कोई शोर उठने लगा।

वह गीला, चिपचिपा गोला कंचना ने लक्ष्मी के सामने रख दिया। तब उसने अपनी बित्ते भर लम्बी जीभ बाहर निकाली। पॉलिश पेपर जैसी सख़्त, खुरदरी जीभ से लक्ष्मी शावक को चाटने लगी। उसके बालों में लगा रक्त, चिकना द्रव और जो भी था, वह अपनी जीभ से सुड़क रही थी। शावक की आँखें अभी खुली नहीं थीं। उसकी नाक के पास भी सफ़ेद द्रव चिपका हुआ था। इसलिए उसे खुलकर साँस लेते नहीं आ रही थी। उस जमे हुए द्रव को लक्ष्मी ने अपनी जीभ आड़ी करके सुड़क लिया। वह अपनी नाक से शावक की नाक पर फुर्र फुर्र करके हवा छोड़ने लगी। तब वह कुछ स्वस्थ महसूस करने लगा। बिल्ली जैसे दूध के बर्तन को चाट-पोंछ कर चकाचक कर देती है, वैसे ही लक्ष्मी ने अपनी जीभ से उस बच्चे को स्वच्छ किया।

एक घण्टे के अन्तर पर लक्ष्मी ने दूसरे शावक को जन्म दिया। उसके थोड़ी और देर के बाद तीसरा भी जन्मा। बाघिन ने पिंजरे में बिखरी घास अपने पैरों से खुरचकर शावकों के बदन के नीचे सरका दी थी। ठण्ड से ठिठुरते इन बच्चों को वह अपने बदन की गर्मी दे रही थी। वह ममता से लबालब थी। तभी लक्ष्मी एक बार फिर ज़ोर से डरकाई और चौथे बच्चे का जन्म हुआ। तब जाकर लक्ष्मी को महसूस हुआ कि वह पूरी तरह हलकी हो चुकी है। कंचना ने साड़ी को पंखे की तरह थाम रखा था। वह पसीने से तर-ब-तर लक्ष्मी को हवा करने लगी। नन्हें शावकों की आँखों में दृष्टि के फूल खिलते देखने के लिए उसे अभी नौ दिनों का इन्तज़ार करना था।

इस बीच पशु ट्रेनर अयूब और राघव वहाँ आये। उन्होंने पिंजरे के अन्दर लोहे का एक पार्टीशन बना दिया। पार्टीशन के दूसरी तरफ़ कंचना ने तीन शावकों को रख दिया। लक्ष्मी वहाँ उन्हें अपनी जीभ से पोंछ सकती थी, स्पर्श कर सकती थी। लेकिन कभी रात-बेरात उसकी बुद्धि फिर जाये तो वह बीच में लगी जाली के कारण उन्हें खा नहीं सकती थी। अपनी बाघिन का सकुशल प्रसव करा देने का अतीव आनन्द कंचना के चेहरे पर दिखाई देता था। लेकिन चौथा शावक बेहद दुबला नज़र आता था। ठण्ड की वजह से वह लगातार थरथरा रहा था। इसलिए कंचना और लिलियन ने उसके लिए कपास का एक गद्‌दा तैयार किया। उस पर एक चादर भी बिछा दी। उसे ज़्यादा-से-ज़्यादा गरमाहट महसूस हो इसकी उन्हें ख़ास चिन्ता थी।

थोड़ी देर में दाजी वहाँ आ गये। उन्होंने लिलियन को थोड़ा परे सरकाकर कंचना से कुछ जानकारी ली और वहाँ से निकल गये।

कंचना ने बैल के ताज़े माँस के बारीक-बारीक टुकड़े करके लक्ष्मी के आगे डाले। सद्यः प्रसवा बाघिन के लिए यह मुलायम आहार था। लक्ष्मी ने वह खाकर

फटाफट ख़त्म कर दिया। लक्ष्मी को दूध उतर आया था। उसके स्तन फूलकर सख़्त हो गये थे। तीनों शावक उस पर एक साथ झपट पड़े और मस्त दूध पीने लगे। कई दिनों के जागरण से त्रस्त लक्ष्मी की आँखें अपने आप मुंद गयी। उसके बदन से चिपककर उसके बच्चे भी गाढ़ी नींद में सो गये थे।

कंचना फिर से पिंजरे के नज़दीक आयी। उसकी नज़र कोने में पड़े चौथे पिल्ले की तरफ़ गई। अपने पेट में घुसा हुआ वह नन्हा-सा जीव ख़ूब कँपकँपा रहा था। वह बेहद अशक्त था। उसके ज़्यादा दिनों तक जीवित रहने की आशा नहीं दिख रही थी। तब कंचना ने लिलियन और हीरा आत्या से धीमी आवाज़ में चर्चा की। पशु ट्रेनर अयूब को बुलाकर कहा, "चाचाऽ यह बेचारा मरने ही वाला है। इसलिए मैं इसे अपनी छाती की गर्मी देती हूँ। देखते हैं, शायद बच जाये" कहते हुए कंचना ने उस शिशु को कपास की गुदड़ी समेत उठाकर अपने सीने से चिपका लिया।

वहाँ से निकलने के पहले कंचना ने इस बात की पूरी व्यवस्था कर दी कि प्रसवा बाघिन को हवा-पानी-शौच इत्यादि की कोई समस्या न हो। उसने पिंजरे के बाहर नज़दीक ही एक जलती सिगड़ी रख दी। जलते हुए अंगारों पर मुट्ठी भर अजवाइन डाली। जिसकी गन्ध गहरी नींद में सो रही लक्ष्मी की नाक में पहुँची। उसे अच्छा लगा। अब उस माँ और उसके पिल्लों को किसी रोग-शोक का भय नहीं रह गया था।

कंचना बहुत सन्तुष्ट मन से, थकी हुई देर सुबह अपने डेरे पर बिस्तर में पहुँची। लिलियन उसे वहाँ तक छोड़ने आयी। बाघिन के उस नन्हें बच्चे को कंचना ने अपने सीने से चिपका रखा था। लिलियन ख़ुश दिख रही थी। कारण यह कि ठण्ड की वजह से उस शावक को छूट रही कँपकँपी अब कम हो गयी थी। ऐसा लगता था कि कंचना की देह का ताप उसके शरीर में पहुँच रहा था। लिलियन दोनों को वहाँ छोड़कर निकलने लगी। तभी उसे रोकते हुए कंचना रुँधे हुए कण्ठ से बोली, "दीदी, रात को जब लक्ष्मी अपने बदन को झटके दे रही थी, तब मेरे बाबा बीच-बीच में पीछे से आकर कैसे निकल जा रहे थे। देखा था न तूने?"

"हाँ..."

"उनका काले बादलों जैसा लटका चेहरा मेरी आँखों के सामने से हट नहीं रहा। उस बूढ़े प्राणी को यही लगा होगा कि अगर उसे अपने नाती का मुँह देखने मिला होता, तो कितना अच्छा रहता।"

"सच्ची... परफेक्टली राइट।"

"उस भोले जीव को लगता है कि एक न एक दिन उसकी बेटी के पेट में

बीज अंकुरित होगा। वह अपने नाती का मुस्काता चेहरा देखेगा।" कहते-कहते कंचना फूटकर रोने लगी। लिलियन उसे समझाने का प्रयत्न करने लगी। तब अपनी हिचकियाँ सँभालते हुए कंचना बोली, "जो है सो ठीक... मैंने डॉक्टरों को शपथ दिलाई थी। साहब उपकार करो, लेकिन मेरे परिवार के किसी पुरुष को कभी मज़ाक में भी मत कहना कि मेरे गर्भ की थैली, यूट्रस फट गयी है। मेरे शिशु के जन्म का रास्ता ही देवता ने सदा के लिए उजाड़ दिया... तुम भी दीदी यह बात किसी से मत कहना... प्लीज़... अरे! ज़रा तुम्हारा रुमाल तो देना। बेकार ही मेरी आँखें बरसने लगी हैं।"

कंचना ने रुमाल हाथ में लिया। वह मोटा रुमाल हथेली में पकड़ते ही उसे जैसे बिजली का झटका लगा। उसने गर्दन उठाकर देखा। सामने राघव खड़ा था। किसी भावाविष्ट इन्सान की तरह एकटक उसे देख रहा था। उसका विदीर्ण, सफ़ेद पड़ गया चेहरा कंचना को देखते नहीं बन रहा था। दूसरे ही क्षण अन्दर-बाहर के दुख से भर आये राघव ने तम्बू के बीच में लगे लकड़ी के मोटे खम्भे को पकड़ लिया और "अरे देवाऽऽ" गला फाड़कर विलाप करता हुआ ज़मीन पर ढेर हो गया।

उस दिन सुबह का उजाला फैलते ही लिलियन भागती हुई आयी। उसने कंचना को ज़बर्दस्ती जगाया और खींचती हुई रिंग में ले गयी। दोनों ने नीचे से ऊपर देखा। झूलती हुई ट्रेपीज की चौखट सही-सलामत दिख रही थी। कंचना ने मैनेजर को बुलाकर उन्हें नीचे उतरवाया। कंचना ने ट्रेपीज की उस फ्रेम को दो-चार बार उलट-पुलट कर देखा। रस्सियों से बँधी इन ट्रेपीज का निरीक्षण करते हुए कंचना को जोर का झटका लगा। उसने घरघराती आवाज़ में लिलियन से पूछा, "दीदी, तुम्हें यह सब कैसे समझ आया?"

"कम्प्लीटली बाई एक्सीडेंट। रोज़ की तरह मैं सुबह प्रैक्टिस के लिए बाजू के रोप पर थी। तभी मेरी नज़र अचानक इस पर पड़ी... किसी ने बड़ी साज़िश रची है।"

वह ट्रेपीज जिस रस्सी से बँधी थी, किसी ने उस रस्सी की गठानें खोल दी थीं। रात का शो ख़त्म होने के बाद किसी ने अल-सुबह ही यह षड्यन्त्र रचा था। अपनी कम्पनी में ऐसा कुचक्र कौन रच सकता है? सारंगदाजी भी सकते में आ गये। वे पास ही लोहे की कुर्सी पर धप् से बैठ गये। बेचैन होकर वह सोचने लगे, 'अपने रिंग में कोई भी ऐसा धोखेबाज़ कैसे हो सकता है? किसकी इतनी हिम्मत हो गयी?'

कंचना का तो बिल्कुल दिल बैठ गया था। उसने लिलियन की तरफ़ देखा और जाकर उसे अपनी बांहों में कसते हुए बोली, 'लीलू दीदी, आपका मुझ पर यह बड़ा उपकार है। आपकी वजह से यह धोखा समय से पकड़ में आ गया, वर्ना आज रात नीचे गिरकर मेरा और राघव का तो राम नाम सत्य हो जाता।'

***

बीते चार दिनों से गजरत्न किसी बात से बिफरा हुआ था। अब पक्के तौर पर वह कौन सी बात थी, यह न तो दाजी और न ही कंचना को समझ आ रही थी। हमेशा ख़ुशमिजाज, छोटे बच्चों को देखकर ख़ुशी-ख़ुशी उनसे मिलने, खेलने और शरारतें करने वाला गजरत्न कहीं खो गया था। उल्टे आजकल वह ऐसे चलता मानो उसे धकेल कर आगे बढ़ाया जा रहा है। किसी अन्दरूनी बीमारी की वजह से परेशान जानवर की तरह वह कान्तिहीन नज़र आने लगा था।

गजरत्न को आखिर हुआ क्या है? अगर वह कामातुर होता तो उसके कानों के पास मद बहता दिखाई देता। वह इन दिनों अपने चारे में भी सूँड नहीं डालता। बीते तीन दिनों से हर रोज की तरह दाजी बड़ी परात लेकर उसके सामने जाते। हर दिन की तरह घी में बने मीठे हलवे के बड़े गोले बनाकर उसे खिलाने का प्रयत्न करते। परन्तु वह उन्हें भाव ही नहीं देता।

हल्की भोर के समय में सारंगदाजी अपने तम्बू के पीछे गये। तब तक लड़कों ने उनके नहाने के लिए गर्म पानी का हंडा वहाँ तैयार कर दिया था। दाजी ने उसमें थोड़ा ठण्डा पानी मिलाया और बदन पर डालने लगे।

तभी पीछे अँधेरे में डूबे शिकारखाने में चौतरफ़ा भगदड़ मच गई। महावत क़िस्मत भाई ने दूर से हाँक लगाई, 'दाजीऽऽ चलोऽऽ उठो भागो।'

'सुबह सुबह क्यों चिल्ला रहा है?'

'वहाँ पूरा दंगा-फसाद शुरू कर दिया है गजरत्न ने। उसने एक फौलादी खम्भे को टक्कर दी और खम्भे को बीच से मोड़ दिया। पूरा हुड़दंग मचा रखा है उसने।'

'क्या बोल रहा है तू?'

दाजी ने फटाफट खड़े-खड़े अपनी धोती से बदन को सूखा किया। उसी को लुंगी की तरह जैसे-तैसे कमर में लपेटा। बदन पर बंडी पहनी और शिकारखाने की दिशा में दौड़ पड़े। तब तक वहाँ आठ-दस महावतों और उनके मददगार लड़कों का झुण्ड जमा हो गया था। दाजी के वहाँ पहुँचने से पहले लड़कों ने एक पक्का काम कर दिया था। उन्होंने हाथी के पिछले दोनों मज़बूत पैरों में लोहे की कैंचियाँ लगा दी थी। अँगुलियों में जैसे अँगूठी होती है, वैसे ही दोनों पैरों में वह

कैंचियाँ कसी हुई थीं। ये कैंचियाँ वर्तुलाकार थीं और उनमें अन्दर की तरफ़ लोहे के काँटे लगे थे। इस वजह से गजरत्न के पैरों में वेदना हो रही थी और वह आगे नहीं बढ़ पा रहा था।

बिफरा हुआ हाथी मतलब दुनिया का सबसे हिंसक प्राणी। उसके मस्तक के एक धक्के से बड़े-बड़े पेड़ धराशायी हो जाते हैं। घरों की मज़बूत दीवारें ढह जाती हैं। अतः ऐसे संकट का सामना करने के लिए क़रीब 2300 साल पहले, मौर्य काल से ही इन फौलादी कैंचियों का इस्तेमाल करने की सीख दी जाती रही है। पूर्वजों ने गजशास्त्र में ऐसी सूचनाएँ और तमाम जानकारियाँ लिखकर रखी हैं।

अँधेरे का झीना पर्दा पूरी तरह हटा नहीं था। हाथी के अंग-प्रत्यंग दिखें, इतना प्रकाश ज़रूर वहाँ था। कुछ महावत आगे की तरफ़ अपने हाथों में तेल से जलते पलीते लिए खड़े थे। दाजी ने अपने लाड़ले गजरत्न का ऊँचा-सपाट माथा, उसके पहाड़ी डील-डौल वाले शरीर, मन्दिर के खम्भों सरीखे उसके चौड़े-मज़बूत पैर और उनके मुक़ाबले कहीं बारीक उसकी चमकदार आँखों में आँखें डालकर देखा। अपनी कम्पनी का भाग्य कहलाने वाले, अपने इस उम्दा जानवर का ऐसा निस्तेज रूप देखकर उनका मन भर आया।

गजरत्न की उदासी देखकर दाजी थरथरा गये। कंचना भी मूढ़ की तरह सामने देखती रही। कहाँ गया वह सदा चैतन्य और जोश से भरा ऐरावत अपने मालिक को देखते ही ख़ुशी से झूमने और डोलते-डोलते आगे बढ़ने वाला, गले में पड़ी घण्टी की टन् टन् आवाज़ करता, अपनी सूँड़ को पतंग सरीखा हवा में लहराता और ख़ुशी से चीत्कार कर आनन्द लहरी से मस्त हो जाने वाला वह गजराज कहाँ गया?

कोई दुष्ट आटे में गूँधकर उसे काँच के टुकड़े खिला दे और उसकी अन्तड़ियाँ अन्दर ही अन्दर फट जायें, ऐसी भयंकर वेदना से भरे दिखते उसके चेहरे पर नज़रें नहीं ठहर रही थीं। एक बात से सबको ज़बर्दस्त धक्का लगा था। शाहू महाराज के पीलखाने से आने के बाद आज पहली बार गजरत्न ने न दाजी को पहचाना था और न कंचना को।

रोते हुए दाजी, कंचना के कन्धे पर हाथ रखते ही फूट पड़े और बोलने लगे, "बेटीऽऽ किसकी नज़र लग गयी तेरे छोटे भाई को?"

"बाबा, आज गजरत्न को रिंग में नहीं उतारेंगे।"

"वह महीना भर विश्राम करे तब भी चलेगा। लेकिन मेरा ये उम्दा जानवर हर हाल में बचना ही चाहिए।"

कुछ देर बाद गजरत्न थोड़ा शान्त हुआ। तभी जमखंडी संस्थान के पशु चिकित्सक वहाँ आये। उन्होंने हाथी को कोई काढ़ा पिलाने को कहा। बीते दो-तीन दिनों से गजरत्न के पेट में अन्न का कण भी नहीं गया। हो सकता है कि शायद उस वजह से वह बेचैन हो।

हर दिन की तरह दस किलो हलवे से भरी हुई परात बावर्ची ने दाजी के हवाले की।

बहुत सारी भागदौड़ और खींचतान से थका हुआ गजरत्न एक करवट पर पड़ा था। उसकी साँसें भारी चलते हुए, शोर कर रही थीं। कैंची में बँधे पीछे के पैर अब भी वैसे ही जकड़े थे। तभी दाजी और कंचना गजरत्न के नज़दीक गये। दाजी ने साहस किया। परात में रखे हलवे के बड़े गोले बनाकर अपने हाथ में लिए। उन्होंने अपने हाथ को गजरत्न के मुँह के नज़दीक बढ़ाया। गजरत्न ने देखते ही देखते वह दस किलो हलवा किसी पेटू की तरह गप्प कर लिया। लेकिन उसने दाजी के साथ अपने परिचय का कोई संकेत नहीं दिया।

दोपहर का शो बिल्कुल हाउसफुल था। सारे टिकट ख़त्म हो गये। टिकट खिड़की बन्द हो गयी। दाजी ने जैसे-तैसे अपनी देव पूजा सम्पन्न की।

तभी पीछे शोर सुनाई पड़ा, "अरे भागो ऽऽ भागो... छुप जाओ।" शिकारखाने में शायद कोई बाघ छूट गया है। यह सोचते हुए केज ब्वॉयज उस तरफ़ दौड़े। इतने में शिकारखाने की इस भगदड़ की आवाज़ें सर्कस के रिंग तक भी आ पहुँचीं। लोग चीख़ने-चिल्लाने लगे, "हाथी पागल हो गयाऽऽ हाथी पागल हो गयाऽऽ"

बदन पर पड़ी गंजी के साथ ही दाजी तम्बू में से बाहर निकले। उनके देखते-देखते पीछे की एक कनात गजरत्न ने अपनी सूँड़ से उखाड़ डाली। कनात के लोहे के खम्भे भी उसने उखाड़ फेंके। गजरत्न वेग से घुसा आ रहा था।

बौखलाये हुए गजरत्न का वह आक्रामक रूप देखकर दाजी हिल गये थे। उन्होंने देखा कि हाथी के पीछे बँधी साँकल और लोहे के डण्डे अभी तक टूटे नहीं थे। उलटे ज़मीन के अन्दर गहराई तक ठोंके गये लोहे के खूँटे तक उस बलवान हाथी ने अपनी बेहिसाब ताक़त लगाकर उखाड़ लिए थे। साँकल और बेड़ी के साथ वे खूँटे भी ज़मीन पर घिसटते आ रहे थे। शत्रु के तोपखाने पर हमला करने के लिए जैसे हाथी को गाँजा या फिर मदहोश कर देने वाली वनौषधियाँ देकर मतवाला कर दिया जाता है, वैसा ही विकराल और भयप्रद रूप गजरत्न ने धारण कर लिया था। वह रास्ते में आने वाली हर चीज़ को टक्कर देते हुए, धड़ल्ले से आगे बढ़ रहा था।

पीछे के पैरों में लगी कैंचियाँ भी गजरत्न खींचते हुए ले आया था। वह बेसुध होकर रिंग में घुसा। रिंग ख़ाली हो चुका था। वह लोहे की कुर्सियाँ और गैलरी में लगे पैनल उड़ाने लगा। अपनी सूँड़ के तेज़ प्रहार से वह सब कुछ फेंक रहा था। उस जानवर का यह अकल्पित भयंकर रूप देखकर हर कोई अपनी जान हथेली पर लेकर भागा। केवल सारंगदाजी ही किसी हाल में डगमगाये नहीं। उनके मन में सिर्फ़ एक बात थी कि भले ही तम्बू उनके सिर पर गिर जाये, लेकिन अपने प्यारे जानवर का यह हाल नहीं होने देना है।

गजरत्न रुक नहीं रहा था। उसने रास्ते में आने वाले हर सामान को सूँड़ से तोड़ना-मरोड़ना शुरू कर दिया। यह देखकर दाजी जैसा धीरोदात्त पुरुष भी रुआँसा हो गया। वह वहीं नीचे धूल में बैठ गये। मुट्ठी में मिट्टी को भरकर चिल्लाने लगे, "मेरे बेटे गजरत्न... अरे मेरे बाबूरावऽऽ आ, यहाँ आ मेरे बच्चे... मेरे बेटे ये क्या कर रहा है?"

दाजी के पुचकारने का कोई असर नहीं हुआ। उल्टा वह गुस्साया जानवर उन्हीं की दिशा में दौड़कर आने लगा। उसके साथ दाजी के मैनेजर, कारकून, सिक्योरिटी वाले और कंचना भी उनकी तरफ़ भागे। सब लोग उनसे मिन्नतें करने लगे। कंचना ने उनके पाँव पकड़ लिए। वह चिल्लायी, "बाबा कृपा करो। पीछे हटो। यह हमारा वाला गजरत्न नहीं है। इसका दिमाग़ आउट हो गया है। ख़तरा है ये ख़तरा। पीछे हटोऽऽ"

इतने में पीछे से कुछ महावत हाथों में भाले लेकर आगे बढ़े। गजरत्न के पैरों पर उन्होंने ज़ोर-ज़ोर से अपने अंकुश से प्रहार शुरू किये। उन सबने मिलकर आत्मरक्षा में यह हमला किया। जैसे-तैसे हाथी को रिंग से बाहर की तरफ़ निकाला गया। कम्पनी का प्रचण्ड नुक़सान हो चुका था। लेकिन बेक़ाबू हो चुका गजरत्न ठण्डा होने को तैयार नहीं था।

वहाँ नज़दीक ही सर्कस के पीछे बचे हुए लोहे के खम्भों का ढेर पड़ा था। बेक़ाबू गजरत्न वहाँ अपनी सूँड़ घुसा रहा था। जैसे ढेर में से गन्नों को निकाल-निकाल कर वह सहज ही आजू-बाजू में फेंकता, वैसे ही इन खम्भों को उछालकर फेंक रहा था।

मेले के भीड़ भरे दिन में यह युद्ध जैसी स्थिति उत्पन्न हो गयी थी। ग़ुस्से से चूर हाथी सँभाले नहीं सँभल रहा था, इस वजह से सारे सर्कस वालों के मुँह सूख गये थे। उधर टिकट खिड़की पर पाँच हज़ार से ज़्यादा टिकट एडवांस में काटे जा चुके थे। खेल का समय हो चुका था। बाहर प्रेक्षकों की क़तारें और झुण्ड खड़े थे।

समय से खेल शुरू करना भी आवश्यक था। पीछे सारंगदाजी, "मेरा बच्चाऽऽ मेरा बेटाऽऽ" कहते हुए रोते जा रहे थे और हमेशा की तरह पुचकारते जा रहे थे। परन्तु दिल की यह करुण पुकार बेकार ही जा रही थी। अब बाहर की क़तारें भी बेक़ाबू हो चली थीं। लोग एक-दूसरे के बदन पर गिर रहे थे।

आख़िरकार सामने के हालात को लाइलाज समझते हुए सायबू चाचू ने प्रेक्षकों को अन्दर भेजना शुरू कर दिया। पब्लिक का बड़ा झुण्ड तम्बू के अन्दर घुसा। इस बीच बाहर यह ख़बर फैल गयी थी कि अन्दर एक हाथी बेक़ाबू हो चुका है और उसने हंगामा खड़ा कर रखा है। वहाँ कई इन्सानों की जान जाने का ख़तरा पैदा हो गया था। पुलिस स्टेशन में मौजूद इंस्पेक्टर अपना स्टाफ लेकर उस तरफ़ दौड़े। मेले में हज़ारों लोगों की जान का सवाल था। पुलिस ने शुरू से साफ़ शब्दों में कह रखा था, "हाथी को तुरन्त रोको। अगर क़ाबू में न आये तो गोली मार दो। यह काम अगर तुमसे नहीं होता हो, तो फिर हम सख़्त क़दम उठाते हैं।"

इतने में कंचना का लक्ष्य पीछे के गेट की तरफ़ गया। एक पुलिस वैन धड़धड़ाती हुई वहाँ आ पहुँची। जिसमें से नज़दीक के ब्रिटिश मिलिटरी गेट पर तैनात गोरे सोल्ज़रों की एक टुकड़ी नीचे उतरी। उनके हाथों में भरी हुई राइफ़लें थीं। पुलिस इंस्पेक्टर ने मिलिटरी कमांडर के कानों के नज़दीक जाकर कुछ कहा। अब अगर अन्दर हज़ारों प्रेक्षकों से भरे तम्बू में या फिर मेले की भीड़ में वह ग़ुस्से से बेक़ाबू हाथी घुसा, तो सैकड़ों लोगों के कुचलकर चिथड़े हो जायेंगे।

कंचना ने जैसे आने वाली घटना को सूँघ लिया। उसके मन में रत्ती भर डर बाक़ी नहीं रहा। वह पिता की तरफ़ झपटी। उन्हें कसकर गले लगाते हुए वह चिल्लायी, "बाबाऽऽ कुछ तो करो। अपने गजरत्न को बचाओ बाबाऽऽ"

तब तक राइफलधारी सोल्ज़रों की टुकड़ी आगे बढ़ आयी। अपने बूटों की खट्-खट् आवाज़ करते हुए वे तेज़ गति से दौड़े। तभी सायबू रिंग की तरफ़ भागा आया। कमांडर ने उसके गाल पर एक ज़ोर का तमाचा लगाया, "वापस जा बेवकूफ। पहले सर्कस का शो शुरू करो। अदर वाइज हू विल कंट्रोल द पब्लिक?"

सायबू ने कंचना की तरफ़ देखा। क्षणभर को वह भी गजरत्न को भूल गयी। तम्बू के अन्दर इकट्ठा पाँच-छह हजार दर्शकों का जबड़ा उसे भयानक लगने लगा। वे अगर एक बार बेक़ाबू हुए तो फिर सब कुछ ही ख़त्म हो जायेगा। वह तेज़ी से पीछे रिंग की तरफ़ दौड़ी। वहाँ तारानाथ और राघव ने हाथ-पैर जोड़कर प्रेक्षकों को रोके रखा था। कंचना के अन्दर पहुँचते ही लोगों में भरोसा पैदा हुआ। चार्ली का बैंड बजना शुरू हुआ। बड़े-बड़े वाद्यों से कर्कश ध्वनि उठने लगी।

अन्दर सर्कस शुरू हो गया और प्रेक्षक उसमें रमने लगे हैं। कमांडर ने अन्दाज़ा लगाया। उसने सामने देखा, गजरत्न अब पीछे के गेट की तरफ़ बढ़ रहा था। कमांडर ने तुरन्त टुकड़ी को कड़क आवाज़ में निर्देश दिया, "अटेंशनऽऽ बी रेडी। बी क्विकऽऽ।" इसके कुछ ही पल में उसकी कर्कश आवाज़ फूटी, 'फायरऽऽ' इसी के साथ सात लोगों की राइफ़लधारी टुकड़ी झट से अपने घुटने पर बैठ गयी। भरी हुई राइफ़लें छूटीं। गोलियों की वर्षा शुरू हो गयी। एक के पीछे एक इक्कीस गोलियाँ हाथी की मोटी चमड़ी को भेदती हुई अन्दर घुसी और ख़ून पिचकारी के जैसा बाहर फूट पड़ा। चारों तरफ़ ख़ून ही ख़ून। भयंकर चिंघाड़ और चीत्कार के साथ गजरत्न जहाँ का तहाँ खड़े-खड़े छटपटाता रहा। शक्तिशाली गजरत्न मज़बूती से अपनी जगह पर खड़ा हुआ था। वह गिरा नहीं। उसके शरीर से प्राण भी नहीं निकल रहे थे।

गजरत्न की यह प्रचण्ड दुर्दशा दाजी से अपनी आँखों के आगे सहन नहीं हो रही थी। जन्म-मृत्यु की रस्साकशी में उस अभागे जीव के प्राण अटके थे। इस अकल्पनीय वेदना से उसका छुटकारा होना ज़रूरी था। कुछ क्षणों के लिए गोलीबारी रुकी हुई थी। शूटर आश्चर्य से कमांडर को देखने लगे। जैसे किसी विशाल वृक्ष की टहनियाँ टूट जायें, उसकी हरी छाल की चिंदियाँ उड़ जायें, तब भी उसका तना जैसे खड़ा रह जाये, ऐसे ही रक्त की फुहारों से नहाये हुए हाथी की वह देह खड़ी नज़र आ रही थी।

दाजी उसी हाल में तेज़ी से आगे दौड़े। प्राणों की परवाह किए बग़ैर। वे फायर रेंज के बीच जाकर खड़े थे। रक्त अभिषेक से स्नान किये गजरत्न को देखते हुए उनका कलेजा पिघल गया था। हाय! कितनी कठिन वेदना और जालिम दर्द को झेल रहा है मेरा बच्चा। उसकी वह छटपटाहट, असह्य पीड़ा, उसके जबड़े से खौलता हुआ बहता रक्त, मर्मान्तक पीड़ा, अंगारों पर पकते अण्डों की तरह फूटकर बाहर निकल आये नेत्र, सीना चीर देने वाली यन्त्रणा के साथ डगमग दीवार जैसे गजरत्न को देखकर दाजी अन्दर तक हिल गये। गोलियों की बौछारों से छलनी गजरत्न का हाल अब उनसे अधिक देखा नहीं जा रहा था।

दुख से भरे दाजी ने सफ़ेद बादलों को देखा। अपनी कमर में लगे पट्टे से पिस्तौल झट से बाहर निकाली। अपनी आँखों से गजरत्न के कपाल और नेत्रों के बीचोबीच निशाना साधा। पल भर में उनके थरथराते हाथों की परवाह न करती दो निर्दय गोलियाँ बाहर निकलीं। यह घाव घातक सिद्ध हुए। भूकम्प से हिलती दीवार जैसे धड़ाम से गिर जाये, हिचकोले खाता हुआ गरजत्न एक तरफ़ ढेर हो गया।

उस हाथी की विशाल पहाड़ जैसी भीमकाय देह नीचे फ़ुटपाथ पर पड़ी थी। उसके बदन से फूटती ख़ून की धारें अब मिट्टी को भिगो रही थीं। दाजी वहाँ सिर कटी मुर्गी की तरह एक जगह छटपटा रहे थे। हाथ की पिस्तौल उस गड़बड़ में छूटकर कहीं गिर गयी थीं। वह उसे तलाश रहे थे। उसे खोजते हुए उनकी हालत दीवानों जैसी हो गयी। वह पिस्तौल से ख़ुद को ख़त्म कर लेना चाहते थे। तारानाथ, दगडोबा और बाक़ी साथी उन्हें किसी तरह से नियन्त्रित करने की कोशिश कर रहे थे। परन्तु वह तड़पते हुए चीख़ रहे थे, "राजा ने मुझे दिया था हाथी... वह राजा जैसा ही जीया। हे देवा... अपने बच्चे को बाप अपने हाथ से ही मार दे, ऐसा पाप तूने मुझसे क्यों कराया? गजरत्नऽऽ बेटा तेरे क़दम पड़े तो मेरी कम्पनी में वैभव आया। आगे हमारा कैसे होगा रे?"

मैसूर पहुँचते-पहुँचते बेलगाँव से आये वेटरनरी डॉक्टर की रिपोर्ट हाथों में पड़ी। पुलिस ने हाथी का विसरा, ख़ून और अन्य अवयव जाँच-पड़ताल के लिए जमखण्डी से ही बेलगाँव पहुँचाए थे।

डॉक्टरी रिपोर्ट में लिखा था कि गुपचुप ढंग से किसी ने विषैले झाड़-पौधे या जंगली औषधि गजरत्न को खिलाई थी, जिससे वह पागल हो गया था। कंचना ने दाजी के सामने रिपोर्ट पढ़ी। तब गहरी साँस लेकर वह शून्य में निहारने लगे। काफ़ी देर बाद रूखी-सी आवाज़ में बोले, "बच्चो आगे से सँभल कर रहना। आस्तीन के साँप सिर उठाने लगे हैं। बांबियाँ बढ़ती जा रही हैं।"

दाजी ने रात में राघव और कंचना को नज़दीक बुलाया। वह कंचना से बोले, "बेटीऽ जिस आदमी ने तेरे विवाह में बम लगाया था, जिसने ट्रेपीज की रस्सियों को खोल दिया था और अब जिसने मेरे गजरत्न को विष दिया है... ये अलग-अलग नहीं, कोई एक ही आदमी है! कोई महापापी! उसकी नफ़रत बढ़ती ही जा रही है!"

"बाबाऽ आप आराम करो... आप ख़ूब थके हुए दिख रहे हो।"

"बेटीऽ माँ की सौगन्ध खाकर कहता हूँ, अपनी कम्पनी को निगलने के लिए बाहर से नहीं आया है। वह कोई अपना ही क़रीबी है।"

मैसूर के विशाल नगर द्वार, कोठियाँ और राजमहल देखने के बाद दाजी की प्रकृति को पुनः आराम महसूस होने लगा। वाडयार राजा साहब के महल में दाजी की बेटी और दामाद का स्वागत किया गया। उसी रात टेकरी पर स्थित चण्डी देवी

के पुरातन मन्दिर में सभी लोग पहुँचे। देवी के उत्तम दर्शन हुए। लेकिन रात में पहाड़ से उतरते-उतरते ताँगे में दाजी की साँसें फूलने लगीं। पसीना फूट पड़ा। उनकी तबीयत अचानक बिगड़ गयी।

सारंगदाजी को रात में ही अस्पताल में भर्ती किया गया। उन्होंने राघव और कंचना को अपने पास बुलाया। वह दोनों के कानों में कुछ कहना चाह रहे थे। उनके होंठों की पंखुड़ियाँ खुलीं। आँखों में चमक आयी। उन्होंने पूरी ताक़त लगाकर बोलने का प्रयत्न किया, "कंचनाऽ हमारे दुश्मन ने जब शादी में टाइम बम लगाकर दूल्हा-दुल्हन और गजरत्न को धमाके से उड़ाने का षड्यन्त्र रचा था, तभी मेरी प्यारी बच्ची... तूने ख़ूब समझाया था... बाबा इसकी जड़ तक जाओ... ढूँढ़ो... लेकिन मैंने एक नहीं सुनी और आज ये दिन देखना पड़ा है... "

"बाबा आराम करो..."

"हमारा गजरत्न उस कुचक्र से तो बच गया, लेकिन बैरी ने उसे ज़हर दे दिया।" बोलते-बोलते दाजी का पूरा शरीर पसीने से तर हो गया। अचानक उनके बदन में जैसे प्रचण्ड ताक़त आयी और वह गरजे, "अरे वो हत्यारा मेरी आँखों के सामने दिख रहा है... वो हत्यारा कोई और नहीं, अपना..."

दाजी ने बोलने का बहुत प्रयत्न किया। ज़ोर लगाया। मगर शब्द होंठों तक नहीं आये। अन्दर ही अन्दर बुदबुदाकर रह गये। दाजी बेहोश होकर बिस्तर पर गिर गये। उसके बाद वे उठे ही नहीं।

## 23

"राघवजी, देविका रानी का पत्र आया है।"

"देविकारानी का?" राघव चौंक गया। बहुत बड़ा नाम था। देविका रानी मतलब हिन्दुस्तान की सबसे बड़ी अभिनेत्री। इंग्लैंड से सिनेमा की बारीकियाँ सीख कर आयी थीं। राघव ने सहज उत्सुकता से पूछा, "क्या कह रही हैं मैडमजी?"

"सर्कस की पार्श्वभूमि पर एक फ़िल्म बनाने की उनकी इच्छा है।"

"अरे वाह"

"इसमें दो बहनों की कहानी है। बड़ी बहन की भूमिका वह ख़ुद करने वाली हैं और बताया है कि छोटी की भूमिका उन्होंने ख़ासतौर पर मेरे लिए लिखवाई है।"

इस पर राघव हँसा। इससे पहले मुम्बई के बाहर बांद्रा म्युनिसिपैलिटी के मैदान

पर कंचना के सर्कस का कैम्प लगा था। राघव को याद आया कि कंचना का खेल देखने के लिए देविका रानी लगातार तीन दिनों तक मलाड से अपनी मोटर में बैठकर आती थीं। पहले दिन दोनों की पहचान कराने के लिए प्रसिद्ध गायिका सुन्दराबाई स्वयं आयी थीं। वह देविका रानी की परम सखी थीं। तब कंचना की पीठ ठोंकते हुए देविका रानी ने कहा था, "कमाल की हो तुम। हमारे सिनेमा के स्टूडियो में ट्रेंड कलाकारों से अभिनय करा लेने में हमारी साँसें उखड़ जाती हैं। लेकिन तुम्हारी कला तो अजब ही है।"

"वो कैसे?"

"देखो ना, बाघ-सिंह जैसे ख़तरनाक जानवरों तक को तुम कैसे सूत जैसा सीधा कर देती हो। मित्रों की तरह नचा लेती हो। कैसे कर लेती हो यह?"

"इसमें ऐसा कुछ मुश्किल नहीं है दीदी।"

"कैसे नहीं?"

"मूक जानवरों को मार-पीट से ज़्यादा दोस्ती की भाषा अच्छे से समझ आती है। बस, इतनी-सी बात है।"

अपनी व्यस्तता के बीच कंचना ने भी समय निकाला। अशोक कुमार और देविका रानी की फ़िल्म 'अछूत कन्या' बड़े उत्साह के साथ देखी। सिनेमा देखकर वह देविकाजी के प्रेम में पड़ गयी थी। राघव ने प्रश्न किया, "तो फिर करना है सिनेमा में काम?"

"राघवजी फिर वही प्रश्न खड़ा है, जो बाबूराव पेंटर साहब की 'तारा रानी' के समय सामने आया था।" कंचना धीरे-से बोली।

"हाँ, अगर चार महीने की शूटिंग के लिए कम्पनी बन्ध कर दें तो पाँच सौ इन्सानों-जानवरों के पेट का क्या होगा?"

"उस पर ब्रह्मदेश (बर्मा) का निमन्त्रण भी कितने वर्षों से आया हुआ है!"

राघव और कंचना ने एक-दूसरे को निराशा भरी नज़रों से देखा।

## 24

यह दोपहर के भोजन से पहले का समय था, जब अधिकांश सर्कस कर्मचारी अपने-अपने तम्बू में निजी काम निपटा रहे होते थे। कंचना अपनी अलमारी को व्यवस्थित कर रही थी जबकि राघव उसकी मदद कर रहा था। तभी पिंजरों की

देखभाल करने वाला लड़का, दीनू दरवाज़े पर आ खड़ा हुआ। वह ग़ुस्से में था। "कांचू ताई, राघव दादा," उसने हाँफते हुए कहा, "आप तुरन्त रसोई के तम्बू में चलिए। तारानाथ काका और बाक़ी सब आपकी राह देख रहे हैं।" जब कोई सभा जैसी होती थी, तो सब अक्सर रसोई के बड़े तम्बू में ही इकट्ठा होते थे।

लड़का उनके उत्तर की प्रतीक्षा किये बिना भाग गया। कंचना ने चकित नेत्रों से राघव को देखा। राघव के चेहरे पर भी उत्तेजना थी। दोनों जब तम्बू में पहुँचे तो एक हैरान कर देने वाला दृश्य उनकी आँखों के सामने था। वहाँ मौजूद सभी लोगों के चेहरों पर अलग-अलग भाव-भंगिमाएँ थीं। सबका नेतृत्व कर रहे तारानाथ की आँखों में जीत की चमक थी। दगड़ू, महालिंग और हीरा आत्या के चेहरों पर ऐसी घृणा थी, जैसे उन्होंने अभी-अभी कुछ अश्लील देख लिया हो। मुख्य रसोइया आकाराम जोगता, लिलियन और सुलेमान चाचा समेत जानवरों के कुछ वरिष्ठ ट्रेनर स्तब्ध बैठे थे। प्रबन्धक शेखर परांजपे निर्विकार चेहरे से अब भी तमाम प्रबन्धन सँभाले हुए थे। लेकिन कंचना को जिसकी मौजूदगी से सबसे ज़्यादा आश्चर्य हुआ, वह था इलेक्ट्रीशियन बबलू क़ुरैशी। उसे सिर्फ़ दस दिन पहले ही राघव ने अपमानित करके काम से निकाल दिया था। चोरी-छुपे सर्कस का सामान बेचने की कोशिश करते हुए उसे पकड़ा गया था। लेकिन उसके चेहरे की मुस्कराहट बता रही थी कि वह किसी बात का भरपूर आनन्द ले रहा है। हालाँकि सबसे आश्चर्यजनक स्थिति सायबू की दिख रही थी। वह तय नहीं कर पा रहा था कि भयभीत दिखे या सबसे नाराज़ या हर किसी से शर्मिन्दा नज़र आये। न तो उसके चेहरे पर ढीठपन था और न कुछ ऐसा कि वह उस जगह से भाग जाना चाहता है। वह बेचैन और अस्त-व्यस्त था। उसके हाथ उसकी पीठ के पीछे बँधे थे। उसके बग़ल में कुछ उसी की तरह दिखता एक और आदमी खड़ा था। लगभग चालीस साल का। उसके भी हाथ पीछे बँधे हुए थे।

"यहाँ क्या चल रहा है?" कंचना ने उत्तेजित स्वर में पूछा।

"शायद तारानाथ काका हमें कुछ बता सकते हैं," राघव ने आत्मविश्वास भरी आवाज़ में कहा।

"बिल्कुल... कांचू यहाँ थोड़ा कुछ नहीं बल्कि बहुत कुछ है।" तारानाथ ने कहा। फिर राघव की तरफ़ देखते हुए बोला, "राघवराव, आपकी आशंका बिल्कुल सही निकली। हमने न सिर्फ़ मुजरिम को पकड़ लिया है, बल्कि उसकी मदद करने वाले को भी धर लिया है।"

"देखो, यह कुछ ज़्यादा हो रहा है," हैरान-परेशान कंचना ने कहा। "राघवजी,

लगता है आपको मुझसे ज़्यादा पता है... कोई समझाए कि यह सब क्या है?"

"ठीक है, कंचना," राघव ने अपनी पत्नी को कुर्सी पर बैठाया और कहा, "मैं तुम्हें बताता हूँ कि हमने पहले क्या किया और उसके बाद तारानाथ काका आगे बतायेंगे। सही है न, काका?"

जब तारानाथ ने सहमति में सिर हिलाया तो राघव ने कहना शुरू किया, "अगर तुम्हें याद है कांचू... दाजी ने जो आख़िरी शब्द कहे थे! उन्होंने कहा था कि कोई घर का भेदी ही है, जो हमारे सर्कस से नफ़रत कर रहा है। हमें ख़त्म करने की कोशिश कर रहा है। वह उसका नाम ज़ुबान पर लाते, दुर्भाग्य से उससे पहले ही उनकी मृत्यु हो गयी। उसी क्षण मैंने उस आदमी को ढूँढ़ने का संकल्प ले लिया था। इस काम में मुझे दाजी के सबसे भरोसेमन्द लोगों में से किसी की मदद की ज़रूरत थी। ऐसा भरोसेमन्द महालिंग काका या दगड़ू काका या कोई भी हो सकता था, लेकिन सबसे पहले तारानाथ काका से मेरी बात हुई। तब हमने तय किया कि इस बारे में अव्वल तो किसी से बात ही नहीं करेंगे क्योंकि ऐसा करने से बात बिगड़ सकती है। फिर हमें ऐसे व्यक्ति की ज़रूरत थी, जिस पर किसी को भी शक न हो और वह हमारे काम आये। यहाँ कम ही लोग जानते हैं कि यह बबलू... तारानाथ काका के बचपन के दोस्त रहमान क़ुरैशी का बेटा है। काका उस पर आँख मूँदकर भरोसा कर सकते हैं।'

सभी की निगाहें बबलू पर टिक गयी। यह देखकर उसकी मुस्कान चौड़ी हो गयी। तारानाथ ने उस पर स्नेह भरी नज़र डाली। "तो, कांचू," राघव ने आगे कहा, 'हमने बबलू को बाहर के आदमी को बिजली का सामान बेचने की कोशिश करते हुए पकड़ने का नाटक रचा। बबलू को पकड़ने के बाद मैंने उसे सबके सामने अपमानित किया और काम से निकाल दिया। उसके साथ मैंने जो किया उससे बबलू को ये लाइसेंस मिल गया कि वह मुझसे नफ़रत करे और मुझसे बदला लेने की कोशिश करे। तुम्हें याद होगा कि मैंने बबलू को अपना सामान इकट्ठा करके सर्कस से बाहर निकल जाने के लिए सिर्फ़ कुछ ही घण्टे का समय दिया था...। तारानाथ काका, क्या यहाँ से अब आप बतायेंगे...?"

"अरे मैं क्यों?" तारानाथ हँसे। "कुछ हमारे हीरो के मुँह से ही सुन लेते हैं। बता बबलू... जो तूने मुझे अभी बताया था।"

बबलू ने जैसे ही महसूस किया कि सबका ध्यान उस पर है, उसे रोमाँच-सा महसूस हुआ। लेकिन उसे भाषण देना नहीं आता था। वह थोड़ा हिचकिचाया और फिर ऊँची आवाज़ में कहने लगा, "...तो राघव दादा ने मुझसे जनरेटर के पुर्जे बेचने के लिए कहा था ताकि मुझे पकड़ सकें। मैंने वही किया और उन्होंने मुझे पकड़

लिया। उन्होंने मुझे सबके सामने गालियाँ दीं और ऐसे बताया कि मारना भी चाहते हैं। लेकिन मुझे पता था कि वह सिर्फ़ नाटक कर रहे हैं। दादा की एक्टिंग बहुत बढ़िया थी... इसलिए मुझे डर नहीं लगा। लेकिन मैंने भी ऐसा नाटक किया कि मुझे बहुत बुरा लगा है। मैंने भी उनके जैसी एकदम असली एक्टिंग करने की कोशिश की। हमने यही तो योजना बनायी थी! फिर मैं सारे तम्बुओं में उनको गालियाँ देता हुआ घूमा। दीदी... मुझे माफ़ कर देना... मैंने आपके ख़िलाफ़ भी उलटा-सीधा बोला। हमारे दाजी के ख़िलाफ़ भी कुछ ऐसी-वैसी बातें कहीं। आप मुझे माफ़ कर देना। इसके बाद मैं अपना सामान इकट्ठा करते समय भी सब जगह चिल्लाता रहा कि मैं आप सबसे नफ़रत करता हूँ। मैं इस अपमान का बदला लूँगा। मैंने ख़ूब सारी बातें कहीं। मैंने कहा कि मैं जानवरों को ज़हर दे दूँगा, शॉर्ट सर्किट से तम्बू को जला दूँगा, मैं घोड़ों के साथ ऐसा कुछ कर दूँगा कि राघव दादा घुड़सवारी करते हुए गिर जायें और उनके पैर टूट जायें या उनकी मृत्यु हो जाये। मैं ग़ुस्से में बकता गया कि... जब तक मैं बदला नहीं ले लेता, तब तक चैन से नहीं बैठूँगा। फिर यहाँ से निकलते-निकलते मैंने चालाकी से अपने उस दोस्त के घर का पता छोड़ दिया, जहाँ मैं मिल सकता था"

"बाप रे, बबलू!" दगड़ू काका ने हैरानी जताई, "मैं तो सोच रहा था कि तू सचमुच कुछ भयानक करने वाला है। मैंने तय कर लिया था कि तुझसे मिलकर आमने-सामने बात करूँगा, लेकिन फिर मैंने सोचा कि थोड़ा रुक कर देखता हूँ।"

"दगड़ू काका," बबलू मुस्कराया, "अगले दिन ही मुझसे कोई मिलने आया... और वो थे हमारे सायबू चाचू!" राघव और तारानाथ ने एक-दूसरे को देखा। "चाचू ने भी मुझे शान्त करने की कोशिश की, लेकिन जब उन्हें एहसास हुआ कि मैं अपनी बातों से पीछे नहीं हटूँगा और मैं चालाक हूँ। बदमाश लड़का हूँ। तो वह चले गये। मगर अगले दिन वह वापस आये। ...और इस बार वह अलग ही चाचू थे। उन्होंने यह कहते हुए बात शुरू की कि राघव दादा तो राक्षस हैं। उन्होंने कांचू दीदी और दाजी को अपने जादू में फँसा लिया। इसलिए उनका सफ़ाया ज़रूरी है। उन्होंने कहा कि अगर मैं उनकी मदद करूँगा तो मुझे पूरे सौ रुपये देंगे। साथ ही राघव दादा के जाने के बाद सर्कस में मेरी नौकरी भी वापस दिला देंगे। तो इस तरह से मैं एक ही पत्थर से तीन शिकार करूँगा।"

"तो तुमको उनकी किस तरह की मदद करनी थी?" कंचना ने बहुत ही ठण्डी आवाज़ में बबलू से सवाल किया।

"दीदी, उन्होंने कहा कि वह एक बम बनाने वाले को जानते हैं। जो एक टाइम

बम बनाकर देगा। फिर जब वह बतायेंगे, तब मैं चोरी से तम्बू में घुसकर वह टाइम बम एक जगह पर लगा दूँगा।"

"कहाँ और कब?" कंचना ने पूछा।

"चाचू जानते थे कि राघव दादा हर रोज़ सुबह अपने घोड़े फक्कड़राव के अस्तबल में छह बजे पहुँच जाते हैं और कम-से-कम एक घण्टे तो वहीं रहते हैं। तो मुझे सुबह 5.30 बजे, वह बम घोड़े के चारे में 6.30 का टाइम लगाकर गायब हो जाना था।"

"चाचू, आपको कुछ कहना है?" कंचना फुफकारी।

अचानक उछाले गये सवाल पर सायबू सिर्फ़ इतना कह पाया, "कांचू, ये आदमी झूठ बोल रहा है। मैं तो तुम्हें बचपन से जानता हूँ!"

"आप मुझसे पाँच साल से ज़्यादा बड़े नहीं हैं, चाचू!"

"जो भी हो," तारानाथ ने कहा, "हम फिर से मुद्दे पर आते हैं। जल्द ही पता चल जायेगा कि कौन झूठ बोल रहा है! कुछ दिन पहले ही बबलू मुझसे मिला और सायबू के साथ हुई बातचीत के बारे में सब बता दिया। उसने बताया कि हम लोगों ने सारा कुछ तय कर लिया है। सायबू और बबलू आज सुबह नौ बजे सत्यनारायण नाम के व्यक्ति के घर टाइम-बम की डिलीवरी लेने के लिए पहुँचने वाले थे। मैं अपने चार हट्टे-कट्टे लड़कों के साथ उसके घर के बाहर इन्तज़ार करने लगा। जब बबलू और सायबू उसके घर पहुँचे तो हमने ठीक पाँच मिनट गिने और लेन-देन शुरू होते ही उन पर झपट पड़े और उन्हें पकड़ लिया।"

"कुछ मारपीट भी हुई, तारानाथ?" महालिंग ने पूछा।

"हाँ, बहुत," तारानाथ ने भौंहें ऊँची करके कहा। "लेकिन बबलू और मुझे मिलाकर हम छह लोग हो गये थे और ये सिर्फ़ दो थे। ऐसे में ये ज़्यादा कुछ कर नहीं पाये। हमने इन्हें दबोच लिया और बाँधकर यहाँ ले आये।"

"सायबू चाचा, आपसे तो मैं बाद में बात करूँगा," राघव ने कहा और कुर्सी से उठकर उस अजनबी के पास पहुँच गया। "तो तुम हो सत्यनारायण?"

"हाँ, मेरा नाम सत्यनारायण है," कहते हुए वह व्यक्ति समझ नहीं पा रहा था कि अपना सिर ऊँचा रखे या झुका ले।

"बबलू, सत्यनारायण के हाथ खोल दो और इन्हें बैठने के लिए कुर्सी दो," राघव ने कहा। "आकाराम दादा हम सबको चाय पिलाओ... चाचू को छोड़कर... और सत्यनारायण जी के लिए स्पेशल चाय बनाओ, प्लीज!"

"अब दोस्त," राघव ने उस आदमी से कहा, "हमारी तुमसे कोई दुश्मनी नहीं है... इसलिए हम तुम्हें कोई नुकसान पहुँचाना नहीं चाहते। समझे?" उस आदमी के चेहरे पर राहत उभर आई और उसने सिर हिलाया। "इसीलिए," राघव ने बात जारी रखी, "अगर तुमने सब सच-सच बता दिया तो हम तुम्हें जाने देंगे। लेकिन अगर तुमने हमारे साथ सहयोग नहीं किया, तो मुझे तुमको पुलिस के हवाले करना पड़ेगा। तुम ख़ूब अच्छे से जानते हो कि इस ख़तरनाक समय में बम बनाना कितना गम्भीर जुर्म है। वो तुम्हें फाँसी पर भी चढ़ा सकते हैं। तुम्हें पता है यह बात कि नहीं?"

वह व्यक्ति ज़मीन पर देखने लगा।

"पता है या नहीं?" राघव ने तीखे स्वर में पूछा।

"हाँ दादा, मुझे पता है। मैं आपके साथ सहयोग करूँगा।"

"बहुत अच्छा... तो ये जो हमारे लड़के बबलू ने अभी कहा है, क्या वो सच है? क्या तुमने हमारे प्यारे चाचू सायबू के लिए बम बनाया था?"

उस व्यक्ति ने सिर झुका लिया और ख़ामोश रहा। तारानाथ ने पीछे से कदम बढ़ाये और उसके सिर पर ज़ोर से एक चपत लगायी। कहा, "बोलो सत्य बाबू। हमने तुम्हें बम के साथ पकड़ा है। सही है कि नहीं? हम वह भी यहाँ साथ में लाए हैं।"

"तो तुमने बम बनाया। तुम हमारे चाचू को लम्बे समय से जानते हो?"

"हाँ, बहुत लम्बे समय से। बचपन से।"

"ओह! बचपन के यार हैं! तब तो अपने खिलौनों से तुमने पहले भी चाचू की मदद की होगी?" आदमी ने फिर सिर झुका लिया और इस बार तारानाथ ने ज़ोर से उसकी गुद्दी पर थप्पड़ रसीद कर दिया। यह इतनी ज़ोर से पड़ा कि वह कुर्सी से गिर गया। "जवाब दो," तारानाथ ने दहाड़ लगायी।

"हं... हाँ, हाँ। मैंने कोई साल भर पहले भी इसके लिए एक बम बनाया था।"

"उस वक़्त जब हमारी शादी हो रही थी, कांचू," राघव ने कहा। फिर से सत्यनारायण की तरफ़ मुड़ते हुए पूछा, "क्या वह भी टाइम बम था?"

"न... नहीं। नहीं। उस बम में एक इलेक्ट्रिक सर्किट लगा था, जो एक स्विच के दबाने से चलता था।"

"ओह, दबाने वाला बटन?" कंचना ने पूछा, "तो फिर वह बटन किसने दबाया था?"

"मुझे नहीं पता, ताई। मेरा काम तो बस वह सब ठीक से बना देना था और वह मैंने सायबू को दिया था।"

"चाचू," कंचना सायबू की तरफ़ मुड़ी, "तुमसे तो मैं बाद में निपटूँगी, लेकिन वो स्विच किसने दबाया था? तुमने? नहीं, तुम नहीं हो सकते, तुम तो हमारे साथ बारात में चल रहे थे।"

सायबू बिल्कुल उदास, ख़ामोश बना रहा।

"देखो चाचू," राघव ने कहा, "तुम बहुत चालाक आदमी हो। तुम्हें दिमाग़वाला तो नहीं कहूँगा। तुम जानते हो कि तुम्हारा खेल ख़त्म हो गया है। तो ऐसा झूठ बोलना, जो हमारे गले उतर सके। अगर तुम्हारे झूठ भी भरोसा करने लायक हुए तो हो सकता है हम तुम पर दया कर दें, लेकिन ऐसा नहीं हुआ, तो पहले तो तुम्हारी हफ़्ता भर जमकर ठुकाई करेंगे, फिर तुम्हारे टुकड़े-टुकड़े करेंगे और अपने जानवरों को खिला देंगे। इसलिए जब तक मैं तुम्हारे दोस्त से बात कर रहा हूँ, तुम्हें क्या कुछ कैसे कहना है, सोच लो। तो सत्यनारायण जी... तुमने अपने दोस्त की कितनी और कैसी मदद की?"

"दादा, ताई... मैं अपने बच्चों के सिर पर हाथ रखकर सौगन्ध खा सकता हूँ कि सायबू ने जो कुछ किया उसमें मैं शामिल नहीं था। सच कहूँ तो मुझे इन बातों का पता ही नहीं... कसम से।"

"कितने बच्चे हैं तुम्हारे?" कंचना ने पूछा।

"ताई, पाँच लड़कियाँ और एक लड़का है।"

"हम्म्म।" राघव और कंचना ने एक-दूसरे को देखा और फिर राघव उस आदमी की तरफ़ मुड़कर कहने लगा, "ठीक है सत्यनारायणराव। अभी तो हम तुम्हारी बात को सच मान रहे हैं। तुम्हारे बच्चों की ख़ातिर तुम्हें छोड़ रहे हैं। आगे अगर तुमने कोई गड़बड़ी की तो तुम्हें ही भुगतना पड़ेगा। ये मेरा वादा है। कंचना, तुम कुछ कहना चाहती हो?"

"हाँ राघवजी। तुमने कहा कि तुम्हारी पाँच लड़कियाँ हैं। इससे पहले कि मैं तुम्हें माफ़ करूँ, मैं जानना चाहती हूँ कि तुम उनको ठीक से रखते हो! वादा करो कि तुम उन्हें अपने लड़के के बराबर ही सब कुछ दोगे?"

"मैं तो पहले से ही ऐसा करता हूँ ताई। मेरे लिए सारे बच्चे मेरी ज़िन्दगी की रोशनी हैं। आप ख़ुद आकर देख लीजिए किसी दिन।"

"ठीक है। जाने से पहले तुम मुझसे मिलना। तुम्हारी बच्चियों के लिए मैं कुछ भेंट दूँगी।"

अचानक बदली परिस्थितियों से सत्यनारायण भावुक हो गया। उसकी आँखें भीग गयी। जिन्हें छुपाने के लिए उसने सिर झुका लिया। फिर ऊपर देखा और भर्रायी

आवाज़ में कहा, 'ताई, दादा, मुझे पता था कि सारंग दाजी का दिल सोने का था और आप दोनों में भी उनकी अच्छाई मुझे दिख रही है। मेरे कारण आपको दुख पहुँचा। अब इसका मुझे दुख हो रहा है। मैं सदा आपकी सेवा में रहूँगा। मुझ जैसे छोटे आदमी के लायक कुछ भी काम हो, तो आप मुझे ज़रूर याद करना।"

"ठीक है। जाने से पहले मुझसे मिलना," कंचना ने कहा। "और मेरे प्यारे चाचू के लिए... बबलू, जा जरा वो मोटी-मज़बूत छड़ी लेकर आ और इस आदमी की पिंडलियों पर ज़रा ज़ोर से जमा।"

यह सुनकर सायबू का सिर झटके से ऊपर उठा और उस छड़ी की दिशा में घूम गया। वह बबलू को जाते देखने लगा। उसकी आँखों में डर बढ़ता गया और वह फूट-फूट कर रोने लगा। जैसे-जैसे उसकी आँखें चौड़ी होती गयीं, उसके रोने की आवाज़ तेज़ हो गयी। बबलू ख़ुशी-ख़ुशी बेंत उठाकर लाया। उसने ज़ोर से बेंत हवा में घुमाई और सायबू की थरथराती पिंडलियों पर चिपका दी। सायबू "अरे बाप रे!" की तेज़ चीख़ के साथ अपने नितम्बों के बल गिर पड़ा। वह कँपकँपाते हुए ज़मीन सूंघ रहा था।

"अब, प्यारे चाचू," कंचना ने बोलना जारी रखा, "आगे तुम्हारी इच्छा। या तो बबलू तुम्हें ऐसे ही रूई की तरह धुनता रहे या तुम वादा करो कि मेरे सारे सवालों के जवाब खुलकर और ईमानदारी से दोगे। हम ये सारी बातचीत ज़्यादा किसी हंगामे के ख़त्म कर लेंगे। मैं दस तक गिनती गिनूँगी...!"

कंचना तीन तक भी नहीं पहुँची थी कि सायबू उसके सामने गिड़गिड़ाकर भीख माँगने लगा, "मैं तुम्हारे सवालों के जवाब दूँगा, कांचू!"

"ख़बरदार जो तुमने मुझे कांचू कहने की हिम्मत की... धोखेबाज़... पीठ में छुरा भोंकने वाले दुष्ट... समझ में आया?" कंचना ज़ोर से चीख़ी। उसकी आँखों में लपटें उठने लगीं और चेहरा लाल हो गया। "तुम... गटर के कीड़े! बताओ, तुमने शादी के दिन बटन दबाने का काम किसे दिया था?"

"वो गाँव का एक लड़का था। मैंने उससे कहा कि बटन दबाने से उसे आसमान में आतिशबाजी देखने को मिलेगी। मैंने उसको फुसलाकर एक झाड़ी के पीछे छिपा दिया था।"

"अच्छा, अब सबकुछ जरा खुलकर बताओ कि कैसे तुमने क्या किया। पूरा षड्यन्त्र रचा?"

"मैं... जिस रास्ते से बारात निकलने वाली थी उस रास्ते में मैंने पहले से बम ज़मीन में दबा दिये थे। लेकिन उससे पहले बम के साथ लगे इलेक्ट्रिक सर्किट से

बिजली के तार जोड़कर, उन्हें ज़मीन के अन्दर-अन्दर झाड़ियों तक खींच लिया था। जहाँ उस लड़के को छुपाया था। लड़के को उस समय बटन दबाने को कहा था, जब गजराज वह लकीर पार करता, जिसे मैंने ज़मीन पर खींच रखा..."

"हम्म्म, चालाक तो हो मगर बेवकूफ़ भी हो। अगर तुम्हारा छल सफल हो जाता तो वह लड़का ज़रूर चिल्ला सकता था। ख़ैर, उसके बाद क्या हुआ?"

"वो तो तुमने देखा। हाथी वहाँ तक पहुँचता, इससे पहले ही तुम्हारा वह कुत्ता सूंघते हुए उन बमों तक पहुँच गया और वहाँ खोदने लगा। फिर वहाँ से वह पोटली निकालकर भाग गया। वह उस दिशा से दूसरी तरफ़ भागा, जहाँ झाड़ियों में वह लड़का बैठा था।"

"तो फिर वह धमाका कैसे हुआ?"

"मुझे लगता है कि कुत्ते की उस खींचतान में इलेक्ट्रिक सर्किट से कनेक्शन तो टूट गया मगर टूटे हुए दो तार कुत्ते के दौड़ते वक़्त आपस में कहीं छू गये होंगे। इसी से वह धमाका हो गया।"

"ठीक है, यानी उस लड़के को वह बटन दबाने की ज़रूरत ही नहीं पड़ी। बात तो ठीक लगती है। देखो, बबलू का चेहरा कैसे उतर गया है! जहाँ तक ट्रेपीज की रस्सियों को ढीला कर देने की बात है, उसका तो सवाल ही नहीं करूँगी। वह तो तुमने ख़ुद ही किया होगा। सही है ना?"

सायबू ज़मीन को घूरता खड़ा रहा।

"एक मिनट कंचना। यहाँ मुझे चाचू से कुछ पूछना है।" राघव ने बीच में बात काटी। फिर कहा, "मैं जानना चाहता हूँ कि इन्हें ये सारी कुटिलताएँ करने के लिए पैसा कहाँ से मिल रहा था।"

"इसमें तो कुछ रहस्य नहीं है," महालिंग ने दावे से कहा, "कम्पनी के लिए तो यह कितनी सारी ख़रीदारी करता है, नहीं क्या? ऐसे में अगर रोज़ पाँच रुपये भी मार लिए, तो महीने के डेढ़ सौ रुपये हो गये! अब इतने में तो आदमी हर महीने तीन तोला सोना ख़रीद ले! सोचो, इस महँगाई में सोने की कीमत भी कहाँ आसमान पर जा रही है, 50 रुपये तोला!"

"हम्म्म," राघव ने सोचते हुए कहा, "बात में तो दम है। ठीक है, कांचू... अब आगे पूछो।"

"तो तुमने ये सब इसलिए किया कि तुम्हें हम लोगों से नफ़रत है," कंचना ने आगे बात शुरू की, "लेकिन कोई बड़ा हादसा होता, इससे पहले ही ट्रेपीज की खुली गठानें भी नज़र में आ गयी। तुम्हारी दूसरी साज़िश भी बेकार चली गयी।

फिर तुमने राघवराव और फक्कड़ को उड़ाने की कोशिश की, वह भी नहीं हुआ। मगर गजरत्न को मारने का तुम्हारा षड्यन्त्र कामयाब हो गया। मुझे उसके बारे में बताओ।"

"सच्ची बोलूँ, कां... दीदी... मैडम... उससे मेरा कोई लेना-देना नहीं था।"

"बबलू!" कंचना ने कहा और लड़के ने आगे बढ़कर बेंत घुमाते हुए सायबू की पीठ पर दे मारी। वह इस मौक़े का बड़ी देर से इन्तज़ार कर रहा था।

"अरे बाऽऽऽप रेऽऽऽऽऽ" सायबू चिल्ला पड़ा। उसने जैसे-तैसे अपना संतुलन बनाया और बोला, "भगवान कसम... मेरा भरोसा करो..."

"नहीं, कांचू इसका भरोसा मत करना!" एक कोने से तेज़ आवाज़ आई और सुलेमान चाचा काँपते हुए खड़े हो गये। उनकी आँखों से आँसुओं की धारा बह रही थी।

"चाचा? क्या बात है? आप कुछ जानते हैं क्या?" कंचना के चेहरे पर असमंजस के भाव तैर गये।

"हाँ बेटी... तुम मुझे गजेनद्र की मौत के लिए दोषी ठहरा सकती हो... अनजाने में!"

"क्या कह रहे हैं चाचा? ऐसे पहेली में बात मत कीजिए, मेरी साँस अटक रही है!"

"कंचना बेटी," सुलेमान ने हकलाते हुए कहा, "इस दुष्ट ने अफ़ीम के साथ कुसुंबा जैसी कोई जड़ी-बूटी पिसवायी और उसका काढ़ा बनाकर मुझे दिया, गजरत्न को पिलाने के लिए। मैं बेवकूफ़ था कि इस पर विश्वास करके पन्द्रह दिन तक गजरत्न को वह देता रहा। वो ऐसी जंगली जड़ी-बूटियाँ थीं जिन्होंने हमारे मिलनसार, वफ़ादार जानवर को विकराल और भयानक बना दिया। उसे पागल कर दिया।"

"लेकिन चाचा, आपसे ऐसी गलती कैसे हो गयी?" कंचना व्यथित हो उठी।

"हो गयी बेटी, पूरी तरह से मेरी ग़लती है, मैं इसकी मीठी-मीठी बातों का शिकार बन गया। यह इतनी चिन्ता दिखाते हुए आता और मुझे पाउडर देकर कहता था, एक बड़े पहुँचे हुए साधु-महात्मा ने दिया है। इसने कहा कहा कि इससे हाथी की ताकत दोगुनी हो जायेगी! इसे गजरत्न के लिए मेरे प्यार और कमज़ोरी का ख़ूब एहसास हो गया था और चालाकी से इसने इस बात का फ़ायदा उठाया। मैं कैसे यह नहीं चाह सकता था कि मेरा गजरत्न और ताक़तवर बने?"

"ओह चाचा, चाचा! आपने कैसे होने दिया ये? लेकिन मैं अकेले आपको

कैसे दोष दे सकती हूँ? इस राक्षस ने तो मेरे बाबा को भी मूर्ख बनाया... आप सब को... और मेरे बाबा के सारे दोस्तों को मूर्ख बनाया... ये तो हमें मूर्ख बनाते हुए हम सबकी जान लेने पर उतारू था। पापी... दुष्ट सायबू, तुमने मेरे हाथी को मार डाला, और मेरे बाबा की भी जान ले ली... जिसके तुम्हें पैर धोकर पूजने चाहिए थे...! मन तो है कि तुम्हारे बदन की खाल खींच लूँ। क्यों किया तुमने ये सब? क्यों?"

सायबू उकड़ूँ बैठ गया था। उसका सिर झुका हुआ था।

"बबलू!" कंचना चिल्लायी तो इस बार लड़के ने मौक़े का पूरा फ़ायदा उठाते हुए एक की जगह दो बेंत जमा दी।

"नहीं...! रुक जाओ... देवा...! मैं बताता... सब सच... रुक जाओ... अच्छा," सायबू की नज़रें ज़मीन से ऊपर नहीं उठ रही थीं। वह बोला, "मैंने ये सब किया... क्योंकि... मुझे इस आदमी... राघव से नफरत है!"

"राघव? क्या बिगाड़ा उसने तुम्हारा जो उससे नफरत करते हो?"

"क्योंकि... उसने दाजी का और तुम्हारा दिल जीता... और तुमसे शादी कर ली... और इस कम्पनी का मालिक बन गया..."

"तो...? क्या इसके लिए उससे नफ़रत करोगे?"

सायबू जड़ बना रहा। उसका सिर झुका हुआ था।

"अभी मैं फिर कहूँ बबलू से?"

"क्योंकि..." सायबू कहते-कहते बुरी तरह काँपने लगा, "क्योंकि... मैं... शादी... शादी करना चाहता था... तुम..."

"क्क्क्या???" कंचना एकदम भड़ककर बेकाबू हो गयी, "बबलू! नहीं, नहीं, ला मुझे दे ये बेंत!" कहते हुए उसने बबलू के हाथ से बेंत छीन ली और थरथराते हुए सायबू पर टूट पड़ी। वह चीखने-छटपटाने लगा। जब राघव ने देखा कि सायबू का बदन जगह-जगह से छिल गया है, उसकी चमड़ी के चिथड़े हो रहे हैं, तो उसने आगे बढ़कर कंचना को अपनी बाँहों में भर लिया और उसे पीछे खींच लिया। कंचना ने ख़ुद को छुड़ाने के लिए पूरी ताकत लगा दी और जब छुड़ा नहीं सकी तो निढाल हो गई। उसने अपना सिर राघव के कन्धे पर रख दिया। उसकी तेज साँसों में गुस्सा और निराशा का उतार-चढ़ाव जारी था।

"तुम उसे मार ही डालती कांचू," राघव ने कहा और उसकी पीठ थपथपाने लगा। "हम यह मुसीबत अपने सिर पर नहीं ले सकते।"

सायबू ज़मीन पर पड़ा कराह रहा था और उसकी साँसें तेज चल रही थीं। उसके तमाम घावों से ख़ून बह रहा था। कंचना का गुस्सा जब कुछ ठण्डा पड़ा

तो वह एक कुर्सी पर बैठ गयी। वह पति की तरफ़ मुड़ी और बोली, "राघवजी, क्या आप उस आदमी के लिए पाँच सौ रुपये की व्यवस्था कर देंगे... क्या नाम है उसका... सत्यनारायण? उससे कहना कि ये तुम्हारी बेटियों और बेटे के लिए। उनका अच्छा ख़्याल रखना।"

"पक्का।"

फिर राघव ने उस आदमी से कहा, "देखो सत्यनाराण, मैं तुम्हें सौ रुपये ऊपर दे रहा हूँ। अब ये तुम्हारी ज़िम्मेदारी है कि इस गन्दे कीड़े को यहाँ से ले जाओ, इसकी मरहम-पट्टी कराओ। तुम्हें ठीक लगे तो बचे पैसे इसी को दे देना। नहीं कांचू... तुम अभी बीच में मत पड़ो। मुझे पता है कि मैं क्या कर रहा हूँ। ठीक है, लड़कों..." राघव ने वहाँ खड़े सर्कस वाले लड़कों को आवाज़ लगायी और कहा, "सायबू के तम्बू में जाना और वहाँ जो कुछ भी इसका सामान है, वह एक ताँगे में भरकर उसे इस आदमी के साथ रवाना कर दो। समझ में आयी बात? सायबू, तुम भी कान खोलकर सुन लो... आज के बाद कभी हमारे दरवाज़े पर नज़र मत आना। हम तुम्हें इसलिए छोड़ रहे हैं कि तुम्हें ख़ुद ही एक दिन अपने कुकर्मों की सजा मिलेगी। हमारे दाजी अगर आज होते तो वह भी यही करते।"

## 25

इतिहास का चक्र वेग से आगे भागा जा रहा था।

इन्सान के लिए ज़िन्दगी के मायने बदलते जा रहे थे।

पूरी दुनिया में दूसरे महायुद्ध की आग भड़की हुई थी। हिटलर और मुसोलिनी जैसे तानाशाहों ने इंग्लैंड, फ्रांस जैसी यूरोपीय महाशक्तियों की नाक में दम कर रखा था। बदले की आग में जल रहे जर्मनी के टैंक रूस की तरफ़ कूच कर रहे थे। हर तरफ़ ख़तरे की घंटियाँ बज रही थीं। हिन्दुस्तान में भी वातावरण ख़ूब विस्फोटक बन चुका था। हर तरफ़ ब्रिटिश सेना में नवयुवकों की जोर-शोर से भर्ती की जा रही थी।

भड़के हुए माहौल में हर तरफ़ बन्दूक़ों की गर्जना थी। देश में आजादी का आन्दोलन तेज़ हो चुका था। इधर, चार साल से ब्रह्मदेश से बुलावा आ रहा था। मामला लम्बित पड़ा था। अब इन विस्फोटक युद्धग्रस्त हालात में ब्रह्मदेश जायें या फिर हिन्दुस्तान में ही रहें, यह बात कंचना के लिए बड़ा सिरदर्द बन गयी थी। एक तरफ़ समुन्दर था, तो दूसरी तरफ़ आग उगलता ज्वालामुखी। सब कुछ कंचना की आँखों के सामने था।

अराकान, ब्रह्मदेश और मलाया में सर्कस का कॉन्ट्रैक्ट निर्मल रॉय के हाथों में था। इस मामले में उनसे पहले ही करार हो चुका था। रॉय साहब कोई साधारण असामी नहीं थे। ब्रह्मदेश में सारे मैदान उनके नियन्त्रण में थे। ब्रिटिश, भारतीय और ब्रह्मी अधिकारियों से उनके क़रीबी सम्बन्ध थे। इन तमाम बातों को देखते हुए उनसे किसी भी तरह सम्बन्ध बिगाड़ने का मतलब था, पानी में रहकर मगरमच्छ से बैर लेना।

इन्हीं बातों के बीच कंचना को मुम्बई से देविका रानी का चौथा पत्र मिल चुका था।

इस पत्र में उन्होंने बहुत ही आग्रह के साथ बातें लिखी थीं। उनकी फ़िल्म 'अन्जान' की मलाड के बॉम्बे टॉकीज स्टूडियो में शूटिंग चल रही थी। वह जल्द ही इसे ख़त्म करके सर्कस पर फ़िल्म की शूटिंग शुरू करना चाह रही थीं। उन्होंने आग्रह किया था कि कंचना को अपना बंगाल दौरा रद्द करके फटाफट मुम्बई चले आना चाहिए। उन्होंने यह भी प्रस्ताव रखा था कि मलाड में शूटिंग के दौरान बान्द्रा और मलाड नगरपालिका के मैदानों में सर्कस लगा दिया जायेगा।

"कंचना मुझे लगता है कि देविकाजी जैसी बड़ी हस्ती को इन्कार करना सही नहीं है," राघव ने कहा।

"लेकिन इस विश्व युद्ध के संकट का क्या करें राघवजी? इन गम्भीर हालात में मुम्बई के इलाक़े में फिर से पैर रखना कोई बुद्धिमानी होगी क्या?"

"क्यों नहीं?"

"आप भूल गये कि वालवा, निपाणी और दौंड में पुलिस ने कैसे हमारे सर्कस पर छापे मारे थे?" बीते कितने साल से महालिंग चाचा भूमिगत हैं। उन्हें गिरफ़्तार करने वाले को गोरे साहबों ने पचास हज़ार रुपये इनाम देने की घोषणा कर रखी है। हमारा सर्कस ब्रिटिश टारगेट पर है, यह बात आप कैसे भूल सकते हैं?"

"देखो कंचना, यह मैं तुम्हारे भले के लिए कह रहा हूँ। तुम्हारे जैसी कलाकार के दिमाग़ में यह बात कैसे नहीं बैठ रही कि देविका रानी जैसी विख्यात अभिनेत्री के साथ काम करने का मौक़ा क़िस्मत से ही मिलता है। भविष्य में सिनेमा एक बड़ी चीज़ बनने जा रहा है। तुम समझ क्यों नहीं रहीं?"

"क्या मैं नहीं चाहती कि इस मौक़े का फायदा उठाऊँ! मुझे शोहरत मिले? लेकिन जब हमारे समय के पैर ही भूत की तरह उलटे पड़ रहे हों, तो मैं भी क्या कर सकती हूँ?"

लिलियन ने जब अपनी समस्या कंचना के सामने रखी, तो वह हैरान रह गयी। लिलियन सौम्य-सुन्दर ईसाई महिला थी। उनके पति ब्रिटिश सेना में थे। अकाल मृत्यु के साथ वह अपने पीछे नन्हे बच्चों को छोड़ गये थे। बच्चों की पढ़ाई और लालन-पालन के लिए लिलियन सर्कस में भर्ती हो गयी। उसका शरीर सुगठित था और वह एक समय प्रसिद्ध खिलाड़ी रह चुकी थी।

उसके बच्चे, एक लड़का और एक लड़की, अब दिल्ली में अपनी स्कूली शिक्षा पूरी कर चुके थे और कॉलेज की पढ़ाई के लिए शिमला चले गये थे। जहाँ छात्रावास में रहते थे। लेकिन अब पता चला कि बच्चों को उसकी ज़रूरत थी। बेटी ने लिलियन को पत्र लिखा था। उसने बताया कि भाई कुछ ग़लत रास्ते पर चल रहा है। वह ग़लत संगत में पड़कर सिगरेट पीने लगा है और भांग का नशा भी करता है। बहन के लिए उसे नियन्त्रित कर पाना मुश्किल हो गया था। लिलियन की समझ से एक ही रास्ता बचा था कि वह सर्कस से विदा ले ले और बच्चों के साथ रहे। बच्चों को अब उसकी ज़रूरत थी।

"हाँ, मैं समझती हूँ लीलू दीदी। छोटे बच्चों के प्रति हमारी ज़िम्मेदारी सबसे पहले होनी चाहिए। लेकिन क्या आपको लगता है कि चीज़ें ठीक हो गयी तो आप हमारे पास वापस आ जायेंगी?"

"कांचू... अगर पहले ही ऐसा होता तो मैं बच्चों को अपने पास ही रखती। लेकिन हमारा कोई ठिकाना तो है नहीं! आज यहाँ हैं, कल का पता नहीं। और अब तो बर्मा जाने की बात चल रही है!"

"हाँ, सब कुछ बहुत बिखरा हुआ है, लेकिन सिर्फ़ कम्पनी को ही आपकी कमी नहीं खलेगी, मुझे भी आपकी कमी बहुत अखरेगी! भले ही थोड़े समय के लिए हो... आपके बिना कैसे मैं कई चीज़ें सँभाल पाऊँगी?"

"कांचू एक बड़ी बात मैंने ज़िन्दगी में सीखी है कि कोई भी इतना ज़रूरी नहीं कि उसके बिना सब कुछ रुक जाये। किसी न किसी तरह हम लोगों के बिना भी जीना सीख जाते हैं।"

"बात तो सच है। आख़िरकार बाबा के गुज़रने के बाद भी मैं जी ही रही हूँ। जबकि मैं हमेशा सोचती थी कि उनके बिना तो कुछ नहीं हो सकता है!"

"ज़िन्दगी ऐसे ही चलती है, कांचू। मेरे लिए हर हाल में सर्कस से जाना ज़रूरी है... आगे हम देखेंगे कि कैसे, क्या कर पायेंगे। मगर इतना तो पक्का है कि तुम अगर बर्मा जा रही हो, तो मैं साथ नहीं चल पाऊँगी। थोड़े समय के लिए तो यह करके देखते हैं।"

## 26

एक के पीछे एक संकट के कारण 'द ग्रेट कंचना सर्कस' की तरफ़ से कोई अच्छे संकेत नहीं मिल रहे थे। जब उनके मैनेजर ने रॉय साहब को बताया कि रंगून जाने के बारे में अभी तक कुछ तय नहीं हो पाया है, तो वह भड़क गये। उन्होंने तुरन्त सर्कस के असिस्टेंट मैनेजर शेखर परांजपे को बुला लिया।

ऊँचे-पूरे-छरहरे शेखर भाऊ परांजपे आकर्षक व्यक्तित्व के स्वामी थे। उनके सिर पर लाल कोल्हापुरी पगड़ी, करवाती धोती और घुटने तक लम्बा कोट देखकर कोई कह नहीं सकता था कि वह सर्कस में मुनीम थे। वह पेशवा के दरबारी नज़र आते थे। उन्होंने सर्कस में भी अपना कोंकणी अन्दाज़ बनाये रखा था।

रॉय को पता था कि परांजपे को अपने मालिकों का भरोसा हासिल है। इसलिए उसे विश्वास में लेना ज़रूरी था। "यह क्या है परांजपे," उन्होंने कहना शुरू किया, "आपकी मालकिन को नफ़ा-नुकसान का कुछ होश है भी या नहीं? रंगून एयरपोर्ट और समुद्र तट पर हर रोज़ अमेरिका से सैकड़ों टन सामान उतर रहा है। खाने-पीने की चीज़ों से लेकर बारूद तक हर दिन चीन की सरहद पर जाने वाले ट्रकों पर लादा जा रहा है। इस काम के लिए इन अमेरिकियों ने लाखों डॉलर खर्च करके हाईवे बनाया है, जिसका नाम बर्मा रोड है।"

"क्या? बर्मा से चीन तक?"

"बिल्कुल! यह हाईवे मॉडर्न इंजीनियरिंग और कुशलता का चमत्कार है। पहाड़ों को काट कर रास्ते निकाले हैं और बर्मा की विशाल नदियों पर मील भर लम्बे ब्रिज खड़े कर दिये हैं!"

"लेकिन अमेरिकियों को चीन पर इतना प्यार क्यों उमड़ा है?"

"जापान को हराने के लिए वे पूर्वी एशिया के शक्ति सन्तुलन के खेल में कूद पड़े हैं। चियाँग काई-शेक के नए-नए प्यार में वह अपना पैसा और प्यार उंडेल रहे हैं।"

"ख़ैर, हमें उनकी इस पावर पॉलिटिक्स से क्या लेना-देना?"

"लेकिन तुम्हें अपना नफ़ा-नुक़सान तो देखना चाहए या नहीं?" रॉय साहब की आवाज़ ज़रा ऊँची हो गयी। "परांजपे, अमेरिका का इतना पैसा बर्मा में बह रहा है, तो क्या कोई ख़बर है कि वह व्यापार कितने गुना बढ़ चुका है?"

परांजपे में किसी मूढ़ की तरह सिर हिलाया।

"अरे, सिर्फ़ इसी साल वहाँ मौसम इतना बढ़िया रहा कि रंगून में लोगों की

आय तीन गुना बढ़ गयी। जाओ... और जाकर अपनी बेख़बर मालकिन को यह ख़बर दो। मुझे चिन्ता है क्योंकि वह मेरे बहुत अच्छे दोस्त की बेटी है। उससे कहो कि इरावती आज गंगा से कहीं बड़ी और मुनाफ़ा देने वाली है।'

परांजपे इन बातों से बहुत प्रभावित होकर लौटे। उन्होंने देखा कि कलकत्ता के वेटरनरी कॉलेज के डॉ. घोष आये हैं। वे सभी जानवरों के पिंजरों की ओर चले गये। जब कंचना और राघव की नज़र कमज़ोर हो चुकी अस्वस्थ लक्ष्मी पर पड़ी, तो कंचना को लगा कि उसके सीने में रुलाई फूट पड़ेगी। लक्ष्मी किसी मज़बूत बाघिन की जगह बीमार हिरणी की तरह दिख रही थी। कंचना ने कभी उसे ऐसे नहीं देखा था। बाघिन ने जब अपनी मालकिन की तरफ़ करुण दृष्टि डाली, तो कंचना सहन नहीं कर सकी और नम आँखें लिए वहाँ से चली गयी।

दोपहर तक लक्ष्मी का बुख़ार कुछ कम हुआ था। अगर उसे साथ में ले जायें, तो निश्चित ही वह रास्ते में मर जायेगी। वह बर्मा के समुन्दर के किनारे तक नहीं पहुँच सकेगी। ऐसे में बेहतर यही समझा गया कि उसे अस्थायी रूप से कलकत्ता के 'डीयर नेचर पार्क' चिड़ियाघर में रख दिया जाये।

लक्ष्मी को अलविदा कहने से पहले कंचना देर तक उसका सिर अपने सीने से लगाये रही। फिर बुख़ार में तपते उसके गालों पर पप्पी ली। लक्ष्मी का पंजा और नाख़ून कंचना की साड़ी में अटक गये थे और उन्हें छुड़ाते हुए कंचना का दिल टूट रहा था।

ऊँचे क़द के भारी बदन वाले श्री रॉय शाम को कैम्प में आये। ढोलक जैसी अपनी तोंद पर हाथ फिराते हुए उन्होंने कंचना में नया आत्मविश्वास फूँकने की कोशिश की, "मेरी बच्ची, इतनी चिन्ता क्यों कर रही हो? तुम मेरे बहुत ही प्यारे दोस्त की बेटी हो!"

"रॉय साहब, मैं देश से बाहर क़दम रखने की हिम्मत नहीं जुटा पा रही हूँ। युद्ध की जो आग लगी है, वह डरा रही है। मेरे जानवरों में भी घबराहट दिख रही है!"

"मेरी बच्ची, लड़ाई शुरू हुए अठारह महीने बीत चुके हैं। किस कोने में तुम्हें दिख रहा है कि सबकी ज़िन्दगी पहले जैसी चल रही है? बेटी, तुम्हें बस अपने अन्दर साहस पैदा करना पड़ेगा। देखो, बर्मा में पहले से एक हिन्दुस्तानी सर्कस बढ़िया चल रहा है!"

"कौन सा सर्कस? कहाँ?"

"तुम्हारा वो... रखुमाबाई सर्कस जमके बिजनेस कर रहा है माण्डले में।"

"अरे वाह! ये तो कमाल है...!"

“एक और सर्कस वहाँ पहुँच रहा है।”

“कौन सा?”

“वो तुम्हारे मराठा मुल्क में बड़ा नाम है उसका... कार्लेकर सर्कस।”

"अंकल, आप क्या सिर्फ़ एक रात और रुक सकते हैं?"

“ठीक है। एक रात में ऐसा क्या फ़र्क़ पड़ जायेगा?”

उस रात दस बजे के क़रीब दो लड़के दौड़कर कंचना के पास आये और तांबट काका के पहुँचने की ख़बर दी।

वह आदमी अन्दर आया और यह तसल्ली होने के बाद कि टेंट के आस-पास कोई नहीं है, वह बैठकर कंचना से बात करने लगा। “क्या बात है काका? आप रात को इतनी देर से?”

“बेटी, दोपहर में मैं बॉम्बे के लिए ट्रेन पकड़ने को हावड़ा स्टेशन जा रहा था। तभी मेरी नज़र बंड्या जोशी पर पड़ी और मैं ठण्डा पड़ गया।”

“ये जोशी कौन है?”

“सातारा के डीएसपी ऑफ़िस में जमादार है। मैंने उसको आवाज़ लगायी तो वह उलटे मुझसे ही पूछताछ करने लगा। मैंने उसको उल्लू बनाया कि यहाँ काली मन्दिर में दर्शन के वास्ते आया था। मैं उससे एक शब्द भी नहीं निकलवा सका। लेकिन जाते-जाते उसने मुझसे एक बड़ी ज़रूरी बात कही।”

“वो क्या?”

“उसने कहा कि वह यहाँ पुलिस कमिश्नर के दफ़्तर में एक अर्जेंट काम से आया था।”

“और इसका क्या मतलब है काका?”

“पक्का मान लो कि खतरा सिर पर मंडरा रहा है।”

“लेकिन ये ब्रिटिश ऑफ़िसर क्यों अचानक मेरी सर्कस कम्पनी के पीछे पड़ गये?”

“अब सच्ची बात यह है कि एक दिन मुझे किवाल का बाबूराव मिला था। उसके मुताबिक़ तुम्हारे गाँव या रिश्ते-नाते का कोई व्यक्ति है, जो तुम्हारे ख़िलाफ़ होकर ब्रिटिश लोगों से मिल गया है। उसके पास तुम्हारी कम्पनी के कुछ कागजात भी हैं, जिनके बारे में उसने मिर्च-मसाला लगाकर सरकारी अफसरों के कान भरे हैं। कहते हैं कि वह ख़ुद आधे पेट खाकर रहता है और फटे-चिंदे पहनता है, लेकिन इन अफ़सरों को कुछ न कुछ कहता रहता है। वह हर हाल में तुम्हारी कम्पनी को बर्बाद करना चाहता है।”

कंचना ने तांबट काका के लिए चावल-दही बुलावा कर उन्हें खाना खिलाया। उसके बाद भेजा। थोड़ी देर में कलकत्ता सिनेटोन से कुछ लोग उससे मिलने आये। देविका रानी ने उन्हें पत्र लिखकर अपनी तरफ़ से कंचना से मुलाक़ात करने का अनुरोध था। साथ ही कहा था कि वह उनके फ़िल्म प्रस्ताव को लेकर कंचना से बातचीत करें। लेकिन युद्ध के माहौल में हवा पल-पल रुख़ बदल रही थी। कंचना के सामने कोई सीधा रास्ता नहीं था। वह किसी भी सूरत में नीचे दक्षिण की तरफ़ जाने का जोखिम नहीं ले सकती थी। उसने मेहमानों के सामने हाथ जोड़कर माफ़ी माँग ली।

उसके लिए अब न दक्खन सुरक्षित था और न ही वह यहाँ कलकत्ता में सुरक्षित थी।

## 27

सन्ध्या के सूर्य ने लहरों को लाल सुर्ख़ कर दिया था। कोयला घाट बन्दरगाह पर मज़दूर सुबह से व्यस्त थे। जानवरों के विशाल पिंजरों और स्टील की कुर्सियों को जहाज़ पर चढ़ाया जा रहा था। क्रेन से जब पिंजरों को हवा में ऊँचा उठाया जा रहा था तो अन्दर बन्द बाघ और शेरों ने डर के मारे अपनी आँखें बन्द कर ली थीं।

किनारे पर हो रहे टीकाकरण अभियान से सर्कस के लोग ख़ासे नाराज़ थे। ब्रिटिश डॉक्टरों ने प्लेग की महामारी पर नियन्त्रण के लिए रंगून जाने वाले यात्रियों को टीका लगाना अनिवार्य कर दिया था। बाँह में टीका लगवाने के लिए सर्कस की टीम वाले सुबह से अपने शर्ट की बाँहें ऊपर चढ़ाये क़तार में लगे थे।

जहाज़ पर जानवरों के तमाम पिंजरे चढ़ा दिये जाने के बाद जब हाथियों की बारी आयी, तो नज़ारा काफ़ी हास्यास्पद हो गया। उन्हें पिंजरे में लाद कर नहीं चढ़ाया जा सकता था, इसलिए उनके पैरों में ज़ंजीरें बाँध कर दोनों तरफ़ सुरक्षा के लिए लोहे की छड़ें लगा दी गयी थीं। जैसे ही जहाज ने किनारा छोड़ा और उसके हिलने के साथ ही तेज़ लहरें उठने लगीं, विशाल हाथी सूँड़ उठाकर चिंघाड़ने लगे और डर कर आँखें मूँद ली। लेकिन राजमंगला ने जैसे इसे अपनी प्रतिष्ठा का प्रश्न बना लिया था और वह शान्त खड़ी थी। वह डरी हुई थी, मगर उसने मानो तय कर लिया था कि अन्दर-अन्दर घुटती रहेगी। पूरी यात्रा में उसने अपनी इस गरिमा को बनाए रखा।

रात नौ बजे के क़रीब जहाज़ में तेज़ सायरन बजे और वह कलकत्ता बन्दरगाह से रवाना होकर रंगून की तरफ़ बढ़ा। रसोइयों ने दोपहर में ही नीचे जाकर अपना काम शुरू कर दिया था और चूल्हे जला लिए थे। रात के भोजन के लिए नौ बजे टेबल लगा दिये गये। दाजी के समय से ही ऐसी यात्रा शानदार भोज के साथ धूमधाम से शुरू करने की परम्परा थी। हर किसी के लिए चिकन और मटन के साथ मसालेदार बिरयानी भी थी। अगले तीन दिनों तक सबको सिवाय आराम के कुछ नहीं करना था। सबने गले तक भरकर खाया और जाकर सो गये। बाहर लहरों का तेज़ शोर था और अन्दर ठण्डी समुद्री हवा। कब नींद आई, किसी को कुछ पता नहीं चला।

खनखनाती लहरों और चिपचिपी नम-हवा के बीच कंचना के दिल में सुख-दुख की तरंगें पैदा हो रही थीं। पहले उसके सिर पर पिता का हाथ रहता था, लेकिन बीते कुछ महीनों में सब कुछ उथल-पुथल हो गया था। अंग्रेजों ने उसका अपनी प्रिय मातृभूमि पर रहना मुश्किल बना डाला था। अगर वे उस पर उल्टे-सुल्टे आरोप लगाकर जेल में डाल देते, तब उसका यह विशाल हँसता-खेलता सर्कस बन्द हो जाता।

दूर तक फैली जलनिधि पर हलकी लालिमा की परत थी। समुद्री-पंछियों के झुण्ड आकाश में गोलाकार उड़ रहे थे। बाहर पानी का गहरा रंग दूर-दूर तक फैला था और हवा में समुद्री-पंछियों की चहचहाहट बीच-बीच में खनक जाती थी। उठती-गिरती लहरों के बीच कई बार मछलियाँ उछाल मार कर वापस गहरे समुन्दर में डूब जातीं। वातावरण कुछ भारी था। कंचना ने राघव को अपनी बाँहों में कस लिया और उसकी जकड़ मज़बूत होती चली गयी। "तुम्हारे सीने से लगती हूँ तो सारे डर ख़त्म हो जाते हैं", फिर गहरी साँस छोड़ते हुए कंचना ने कहा, "एक बार तो मुझे छोड़कर जा चुके हो राघवराव। वादा करो कि आगे कभी नहीं जाओगे।"

"हुं? मैं कब तुम्हें छोड़कर गया?"

"जब तुम पहली बार हमारी कम्पनी में आये थे, तब क्या किया था! कितनी अकड़ थी तुममें... और फिर फक्कड़राव को लेकर तुम गायब हो गये थे, पूरे तीन साल से भी ज़्यादा के लिए।"

"अच्छा कांचू... यह कितना बेवकूफ़ी भरा होता कि तुम मुझे सिर्फ़ इसलिए अच्छा जीवन साथी मान लेतीं कि मैं घोड़ों पर क़ाबू कर लेता हूँ। मेरे लिए भी तो यह ग़लत होता कि मैं बाहर निकलकर दुनिया नहीं देखता और समझता कि मैं ख़ुद अपने लिए क्या कर सकता हूँ! यह तो बड़ी धूर्तता होती कि मैं तुम्हारी सर्कस कम्पनी

देखकर तुम्हारे साथ हो जाता... और सोचो कि अगर वैसे आदमी के साथ तुम जुड़ जातीं तो वह कैसी मूर्खता होती!"

कंचना कुछ देर ख़ामोश रही। फिर खरखराती और भारी आवाज़ में बोली, "अब चाहे मैं मूर्ख हूँ, चाहे पागल या फिर बेकार... इतना याद रखना राघवजी कि मैं अब तुम्हारी हूँ और सिर्फ़ तुम्हारी। तुम्हीं मेरी साँसें हो। मैं तुम्हारे उस तीन साल के लिए चले जाने को अब भी हमारी जुदाई की तरह देखती हूँ... और अबकी बार तुमने मुझसे दूर जाने की कोशिश की, मैं तो मर जाऊँगी।"

राघव ज़ोर से हँसा और उसे चूम लिया। फिर बोला, "क्या कहा तुमने? फिर से कहना जरा!"

"तुम अब दूर मत जाना।"

"लेकिन क्यों?"

"क्योंकि तुमसे बिछड़ने के दर्द से मैं मर जाऊँगी।"

"लेकिन तुम्हारे मरने से क्या होगा, कंचना?"

"मतलब?"

"मैं ज़िन्दा हूँ क्योंकि तुम जिन्दा हो!"

दोनों ज़ोर-जोर से हँसने लगे और फिर एक-दूसरे की बाँहों में समा गये।

केबिन की खिड़की से वह देख रहे थे कि बाहर मौसम नम है। सितारों की चमक धुँधली पड़ गयी है। ज़िन्दगी के अच्छे और बुरे अनुभव कंचना के दिमाग़ में तैर रहे थे। धीरे-धीरे एक डर और अमंगल का साया उस पर गहराने लगा था। उसने राघव के सीने पर अपना हाथ रखा और बोली, 'राघवजी, पिछली कुछ रातों में मुझे ठीक से नींद नहीं आयी।"

"ऐसा क्यों?"

"इधर झपकी आती है और उधर टूट जाती है।"

"लेकिन ऐसा क्यों हो रहा है?"

"मुझे कुछ अजीब-सा आभास होता है और मैं झटके-से जाग जाती हूँ। मुझे महसूस होता है कि हमारे बहुत सारे जानवर एक साथ मिलकर डर के मारे तरह-तरह की आवाज़ें निकाल रहे हैं।"

"तुम तन-मन से इतनी मज़बूत हो कि तुम्हारे ये आभास और अन्धविश्वास की बातों से मुझे आश्चर्य होता है। ज़िन्दगी वो है, जो हम खुली आँखों से अपने सामने देखते हैं, न कि वह सब जो रात को हमारी नींद ख़राब होने पर सपने में दिखाई देता है। चलो जो भी हो, इधर जो कुछ भी तनाव रहा है, उसकी वजह से तुम्हें ये सारे

बुरे सपने आ रहे हैं। आओ, मेरे सीने से लग के सो जाओ। भरोसा रखो कि हम ज़िन्दगी के सारे उतार-चढ़ाव मिलकर पार कर लेंगे। अगर हमेशा मुस्कराकर नहीं, तब भी पूरी ताक़त और पूरे हौसले के साथ।"

## 28

रंगून के पडांग मैदान पर सर्कस लगा था। नयी लहराती सुन्दर झालरों से सजा मुख्य विशाल तम्बू बीचोबीच शान से खड़ा था। यह इतना बड़ा था कि इसके अन्दर कम-से-कम दस हज़ार दर्शक आसानी से समा सकते थे।

रॉय साहब के लिए भी इस सर्कस का होना इतनी बड़ी बात थी कि वह अपने स्टाफ के साथ दौड़े चले आये। हाथी की तरह झूमते और यहाँ-वहाँ पान की पीक की पिचकारी चलाते। उनके साथ आये सत्तर-अस्सी सहायक और मज़दूर फटाफट काम में लग गये। हाथियों की भी उन्होंने मदद ली और देखते-देखते छह विशाल खम्भे खड़े करके मुख्य विशाल तम्बू को बीचोबीच तान दिया, जो दूर से किसी पर्वत का सा आभास देता था। जब सारे आदमी, जानवर और सामान ठिकाने से लग गया, तो कंचना ने महसूस किया कि कँधों से भारी बोझ उतर गया है।

दूसरे दिन कंचना जब बैठी-बैठी चीनी मिट्टी के कटोरे से 'पेहीन' नाम का गरमा-गरम सूप पी रही थी कि तभी सुषी जोरों से 'दीदी! दीदी!!' चिल्लाती हुई दौड़ी चली आयी और दोनों ने कसकर एक-दूसरे को बाँहों में भर लिया। दोनों क़रीब अठारह साल बाद मिल रही थीं, लेकिन ऐसा लगता नहीं था कि समय ने उस ठिगनी कद-काठी और पीली त्वचा वाली बर्मी लड़की पर उम्र बढ़ने के कुछ चिह्न छोड़े हैं। उसकी वही मीठी और खिले फूलों के जैसी हँसी, वही मंगोलियन चेहरे बीच में चमकती बारीक आँखें।

"तो दीदी कैसा रहा आपका सफर?" सुषी ने सवाल किया।

"वैसे तो समुन्दर के रास्ते तीन दिन और तीन रात लगती हैं, लेकिन इस बात लहरें इतनी अशान्त थीं और मौसम इतना खराब कि हमें पाँच दिन लग गये," कंचना ने हँसते हुए कहा और बोली, "अरे! हमारा जहाज़ जब ख़ूब हिचकोले खा रहा था तो हमें पक्का पता नहीं था कि हम यहाँ पहुँच भी पायेंगे या नहीं। समुन्दर के बीचो-बीच लहरों का वह तूफ़ान! हमने तब राहत की साँस ली जब डॉकयार्ड के पास ये चावल के मिल नज़र आये और जब लकड़ियों के बड़े टाल दिखाई दिये।

दूर से ही इनकी परछायी समुन्दर में पड़ती दिख रही थी और तब हमें लगा कि मौत के मुँह से निकल कर आये हैं।"

कंचना ने हमेशा की तरह अपने साथी कलाकारों के संग अभ्यास शुरू कर दिया था। अस्सी फ़ीट लम्बे प्रैक्टिस टेंट में सर्कसवाली लड़कियाँ जमा हो चुकी थीं। ख़ून में थोड़ी गर्मी और बदन में लचक पैदा करने के लिए वे शुरू में हल्की-फुल्की कसरत कर रही थीं।

सुषी एक कोने में खड़ी ख़ुद को पंखा झल रही थी कि तभी सामने उसकी नज़र अचानक किसी चीज़ पर पड़ी और डर के मारे उसकी आँखें चौड़ी हो गयीं। वह तेज़ी से उस चीज़ की तरफ़ दौड़ी। उसने किसी मरे-गले चूहे के अन्दाज़ में सूखे, छोटे लाल बाँस के फूलों का गुलदस्ता उठाया और एक कोने में उछाल दिया। फिर उसने सशंकित नज़रों से कंचना को देखा और सवाल किया, "बताओ दीदी आपको ये गन्दे फूल किसने दिये? कहाँ से मिले ये आपको?"

"सुषी, तुम इतना घबरा क्यों गयी? क्यों ऐसे चिल्ला रही हो?"

"लेकिन पहले मुझे बताओ कि ये भयानक और जानलेवा बाँस के फूल आपको कहाँ से और कैसे मिले?"

"सुनो, तुम सीधे मुद्दे की बात पर आओ!"

"ये फूल बहुत अशुभ होते हैं और सत्तर-अस्सी साल में एक बार खिलते हैं और जिस भी ज़मीन पर ये खिलते हैं, वहाँ विपत्तियाँ और दुर्दशा ही लाते हैं। या तो हर तरफ़ भयानक सूखा पड़ जाता है या फिर पूरा इलाका ही बर्बाद हो जाता है। चारों तरफ़ सिर्फ़ मौत का राज होता है, बस।"

"ये सचमुच इतने भयानक हैं?"

"इससे भी बुरे! दीदी मेरा पुश्तैनी गाँव माण्डले के पास ही है। मेरे दादाजी बताया करते थे कि जब वह जवान थे, तब एक बार ये फूल खिले थे... जंगल के जंगल बाँस के इन मनहूस लाल फूलों से पट गये थे। और आपको क्या लगता है कि तब क्या हुआ होगा? दो महीने के अन्दर ही हमारा माण्डले बर्बाद हो गया।"

"वो कैसे...?"

"चालाक अंग्रेज़ों ने कपटी दाँव चला और देवता से भी प्रिय हमारे राजा थिबा को गद्दी से उतार दिया। उन्होंने उसके साथ साधारण अपराधी के जैसे सलूक किया और उसकी मुश्कें बाँधकर चोरों की तरह एक नाव पर बैठा, तुम्हारे भारत भेज दिया। वहाँ उन्होंने उसे रत्नागिरी के एक पुराने बाड़े में क़ैद कर दिया। इधर हमारी प्रजा उसके लिए तड़प रही थी और हमारा राजा उधर किसी चूहे की तरह ग़रीबी

और लाचारी में दिन गुज़ार रहा था। उन्हें आजीवन कारावास दे दिया गया और वह फिर कभी अपनी ज़मीन पर पैर नहीं रख पाये।"

"कमाल है! लेकिन मुझे कैसे इन फूलों की ये कहानी पता होती? वहाँ मैला-कुचैला एक लड़का इन्हें बेच रहा था। लेकिन अगर इन फूलों से इतना ही अपशकुन और बर्बादी आती है तो क्यों ऐसे खुले में इनको बेचा जाता है?"

"ओह, इनकी यहाँ माँग भी अच्छी-ख़ासी है। कई घटिया लोग दूसरों पर टोने-टोटके और काला जादू करने के लिए इन्हें महँगे से महँगे दाम पर भी खरीदते हैं।'

कंचना के कहने पर सुषी ने फूलों का वह गुच्छा उठाया और करीब आधा मील दूर जाकर, पास के बन्दरगाह के नज़दीक कचरे के विशाल ढेर में फेंक दिया।

"दो दिनों के अन्दर सर्कस तैयार होकर चल पड़ा। रॉय साहब ने जैसा बताया था, वही नज़ारे थे। बीते बरसों में रंगून की तस्वीर बदल चुकी थी और अब वह दुनिया की सबसे रंगीन जगहों में था। सारी सुख-सुविधाएँ और आनन्द-ऐश्वर्य वहाँ था। तरक़्क़ी की हवा बह रही थी, व्यापार-व्यवसाय फल-फूल रहा था, विदेशी सैलानियों की भीड़ हर तरफ़ थी, द स्ट्रैंड जैसे नए-चमचमाते होटल बन गये थे, उसके अलावा कई आला दर्ज़े के होटल भी थे, अमेरिकी और यूरोपीय लोगों की आमद-ओ-रफ़्त ख़ूब हो चुकी थी। इन सब बातों ने उसे किसी महानगर में बदल दिया था।

दोपहर का वक़्त था। सर्कस के गेट पर रहने वाला द्वारपाल कंचना के तम्बू तक दौड़ा आया, "दीदी," उसने आवाज़ लगायी, "कोई बहुत बड़ी मैडम इस तरफ़ आ रही हैं। उनके साथ फौजियों की एक टीम भी है। वह यहाँ के लाट साहब की बीवी तो नहीं हैं?"

कंचना चकित रह गयी। कौन उससे मिलने के लिए आ सकता है? उसने जल्दी से अपना सिल्क-गाउन उतारा और सलवार-कुर्ता पहन लिया। बालों में फटाफट कंघी की और तैयार हो गयी। इस बीच वह सर्कस प्रांगण के क़रीब हज़ार फ़ीट तक अन्दर आ गयी और तब दरबान ने ज़ोरों का उद्घोष किया कि बड़ी मैडम पधार रही हैं। उनके साथ आये दो पुलिस अफ़सरों ने सन्देश दिया कि मैडम सर्कस की मालकिन कंचना से मुलाक़ात करना चाहती हैं।

यह मर्लिन रिचर्डसन थीं। रंगून के डिप्टी कमिश्नर की पत्नी। वह पचास के क़रीब थीं। वह ख़ुशमिज़ाजी से कंचना से मिलीं। हाथ मिलाया और साथ ही कहा कि किसी तरह की आवभगत और चाय-कॉफ़ी की ज़रूरत नहीं है। उन्होंने कहा

कि वह सर्कस के विशाल ख़ाली टेंट को अन्दर से देखना चाहती थीं। साथ ही शिकारखाने के पंछियों-जानवरों को भी।

"मैंने तुम्हारे ग्रेट इंडियन सर्कस के बारे में बहुत सुना है कि तुम अपने जानवरों- हाथियों, शेरों, बाघों को बहुत प्यार से रखती हो। मैं वह सब कुछ देखना चाहती हूँ।"

दोनों कुछ ही मिनट कंचना के तम्बू के अन्दर रहे और फिर बाहर निकल आये। कंचना उन्हें साथ लेकर सर्कस परिसर में घूमने निकल पड़ी।

जैसे ही रॉय साहब को मिसेज़ मर्लिन रिचर्डसन की ख़बर मिली, वह हाजिरी बजाने के लिए तुरन्त निकल पड़े। उनके पास पहुँचने से पहले ही उन्होंने दूर से अपने हाथ जोड़े और झुककर भारतीय अन्दाज़ में कुछ ऐसे नमस्कार किया, मानो महारानी के सामने हैं। ब्रिटिश डिप्टी कमिश्नर रंगून में राजा समान ही थे और रॉय इस बात से अभिभूत थे कि इतने बड़े आदमी की पत्नी साधारण-से सर्कस के दौरे पर आयी हैं। वे कैम्प में चारों तरफ़ घूमे। मर्लिन रिचर्डसन, कंचना, राघव और अपनी धोती का सिरा एक हाथ में कसकर थामे मैनेजर परांजपे। छह मज़बूत खम्भों पर टिके विशाल तम्बू की चौड़ी, रंग-बिरंगी झालरों से सजी छत को देखकर मर्लिन की हलकी भूरी आँखें विस्मय से भर गयी। वह कलाकारी वाकई देखने योग्य थी।

वे लोग जब शिकारखाने की तरफ़ जा रहे थे, तब मर्लिन ने कंचना से पूछा, "यह सर्कस कोई सोलह साल पहले रंगून में आया था ना?"

कंचना के चेहरे पर हैरानी और ख़ुशी की चमक पैदा हुई। "आपको यह कैसे पता मैडम?"

"उस समय मैं तुम्हारा यह सर्कस देखने आयी थी। एक नहीं बल्कि दो बार। मेरे पति उस समय माण्डले ज़िले में सब-कलेक्टर थे।"

शिकारखाने को देखकर मर्लिन मन्त्रमुग्ध रह गयीं। जब दरियाई घोड़े मुस्तफा ने अपने आस-पास तमाम लोगों को इकट्ठा देखा तो उसने पानी में पहले से आधा डूबा हुआ सिर निकाला और चारों तरफ़ देखने लगा। मर्लिन ने अपना हाथ उसके नर्म और गीले सिर पर रखते हुए पूछा, "तुम लोग इन जंगली जानवरों को अपनी मोहब्बत के जाल में कैसे फँसा लेते हो?"

दरियाई घोड़े ने अपनी बड़ी-बड़ी आँखें कंचना पर टिका दीं। अपनी ख़ुशी जताने के लिए हमेशा की तरह उसने गुरगुराहट तथा घुरघुराहट शुरू करते हुए बड़ा-सा जबड़ा खोल दिया। कंचना ने दो बड़े फूलगोभी लिए और मर्लिन को थमा दिये। मर्लिन ने उन्हें जानवर के मुँह में उछाल दिया। मुस्तफा ने चतुराई से उन्हें लपका

और एक पल में निगल गया। मर्लिन पूरे सर्कस और ख़ासतौर पर शेरों, बाघों तथा अन्य जानवरों के पिंजरों की साफ़-सफ़ाई से बहुत प्रभावित हुई।

"कंचना, आई एम क्वाइट इंप्रेस्ड।"

"थैंक यू, मैडम।"

घुड़साल के पास पहुँचकर, दूर से ही मर्लिन को इन ख़ूबसूरत जानवरों की मज़बूत काठी, सख़्त पीठ और स्वस्थ मांसपेशियों का एहसास हो गया। उन पर महँगी-मखमली चादरें पड़ी हुई थीं। उन्हें देखकर मर्लिन हैरान रह गयी और कंचना से बोले बिना नहीं रह सकी, "मैं पूरे विश्वास से कह सकती हूँ कि ऐसे घोड़े तो ब्रिटिश-इंडियन आर्मी की घुड़सवार रेजिमेन्ट में भी नहीं मिलेंगे।"

कंचना ने पीछे चुपचाप खड़े राघव का हाथ पकड़कर अपनी तरफ़ खींचा और उसे आगे बढ़ाते हुए गर्व से बोली, "मैडम, मेरे प्यारे पति से मिलिए। यह है, राघव।" दोनों से बातचीत करते हुए मर्लिन ने सर्कस की दुनिया के इतिहास और उसे चलाने के लिए ज़रूरी तमाम बातों की जानकारी ली। जब ये बातें पूरी हुईं तो मर्लिन ने गहरी साँस ली और बोली, "आई एम प्राउड ऑफ़ यू कंचना। हिन्दुस्तान की करोड़ों स्त्रियों की आज कैसी दशा है? जैसे किसी ने उन्हें बरनी में अचार की तरह भर रखा है! तुम्हारा धर्म और तुम्हारी समाज-व्यवस्था सचमुच स्त्रियों का अचार ही डालती है। उन्हें न साँस लेने की आज़ादी है और न ही खुलकर रहने की। ऐसी पुरातनपन्थी सोच, जहाँ शिक्षा तक का अभाव है... वहाँ से जब तुम्हारे जैसी साहसी युवती निकलकर आती है और इतना बड़ा सर्कस सँभालती है, उसकी सारी ज़िम्मेदारियाँ अपने कन्धों पर लेकर बढ़ती है, एशिया के तमाम देशों में घूमती है... मुझे लगता है कि इट इज़ सिंपली अ सॉर्ट ऑफ़ मिरेकल।'

"थैंक यू मैडम" कंचना ने विनम्रता से कहा। "बस, आपका आशीर्वाद हम पर बना रहे।"

"बिल्कुल! कभी भी कोई समस्या हो तो तुम और तुम्हारे लोग आधी रात को भी मेरा दरवाजा खटखटा सकते हैं।"

इस दिन कंचना की क़िस्मत बहुत अच्छी थी। इससे पहले कि वह निमन्त्रण देती, मर्लिन ने कहा, "आज रात मैं अपने पति के साथ तुम्हारा परफॉरमेंस देखने आऊँगी।"

उस शाम शो की रंगत बेहद भव्य और विशिष्ट थी। चीनी मिल जाने से जैसे दूध की मिठास बढ़ जाती है, वैसे ही जेयावाडी शुगर वर्क्स के श्री सिन्हा भी अपने परिवार संग आ पहुँचे। भले ही कभी-कभार मगर भारत में रहते हुए कंचना ने उनसे

पत्र-व्यवहार जारी रखा था। सभी प्रतिष्ठित लोग रिंग के नज़दीक की सीटों पर बैठे थे। यह बात उस शाम कलाकारों के लिए अपना सर्वश्रेष्ठ प्रदर्शन करने की सबसे बड़ी प्रेरणा थी। राघव अपने नियमित शो के साथ आया, जिसमें वह दौड़ते हुए घोड़े की पीठ से दूसरे घोड़े की पीठ पर कूदता था और यह सब पार्श्व में बजते संगीत के साथ ताल मिलाते हुए होता था। इसके बाद कंचना और राघव, दोनों ऊपर ट्रेपीज फ्रेम पर पहुँचे और रोमन-रिंग्स पर शानदार कलाबाज़ियों का प्रदर्शन किया। यह इतना चकित और मन्त्रमुग्ध करने वाला था कि मर्लिन, उनके पति और अन्य यूरोपीय मेहमान अनायास ही सीटों से खड़े होकर कलाकारों का अभिनन्दन करने को बाध्य हो गये। इन सबके बाद सोने पर सुहागा राघव का वह खेल था, जिसमें वह उछलती रस्सियों के बीच हवा में पाँच फ़ीट ऊँची छलाँगें लगाता और एक बार में हवा में कई-कई गुलाटियाँ खाता। रंगून के सर्कस प्रशंसक यह देखकर उत्साह से पागल हो गये।

यही वह क्षण था, जब कंचना को अपनी बाघिन लक्ष्मी की सबसे ज़्यादा याद आती। वह यहाँ होती, तो उसके साथ मस्ती-कुश्ती में कितना आनन्द आता! लेकिन कंचना उन लोगों में नहीं थी, जो हालात से परास्त हो जाते हैं। सर्कस को बर्मा तक लाने की तमाम कठिनाइयों के बीच, राजमंगला के साथ उसने एक बिल्कुल नया आइटम तैयार करने का समय निकाल लिया था। अब यह परखने का समय आ गया था कि प्रेक्षकों पर इसका क्या असर होगा! कंचना लेट गयी और उसके शरीर पर लकड़ी के तख़्ते रख दिये गये। फिर दर्शकों ने देखा कि बाईस सौ किलो का वह दानवाकार चौपाया तख़्तों पर एक-एक क़दम बढ़ाते हुए दूसरी तरफ़ उतर रहा है। डर के मारे सबके हाथ-पैर ठण्डे हो गये।

जैसे ही शो ख़त्म हुआ, मर्लिन अपने पति के साथ कंचना के पास पहुँची। उनका परिचय कराया। मर्लिन के पति ने कहा, "ओ माय गॉड! आई वॉज सिंपली फ्रोजन्ड, थ्रिल्ड! हाथी ने जैसे ही पहला क़दम उठाया, मैंने मारे डर के कसकर अपनी आँखें बन्द कर ली थी। मुझे पक्का यक़ीन था कि वे लोग बाद में उन तख़्तों के नीचे से तुम्हारा कुचला हुआ शरीर ही बाहर निकालेंगे!"

"नहीं सर! वह मेरी राजमंगला है... मेरी साँसें बसती हैं उसमें।"

इसके बाद बेहद रोमांचित श्री सिन्हा भी कंचना के पास आ पहुँचे। कंचना को अपनी पत्नी से मिलाते हुए उन्होंने कहा, "इस लड़की के पिता सारंग शिन्दे, मर्दों के बीच एक शेर थे। मेरे बहुत अच्छे दोस्त। पिछली बार यह अपने पिता के साथ जेयावाडी आई थी तो एकदम नन्ही बच्ची थी और अब देखो! पेड़ के जैसी ऊँची-

पूरी हो गयी है! और यह नौजवान शायद तुम्हारा पति है, हाँ? बच्चो तुम लोगों का परफॉर्मेंस एकदम लाजवाब था। हमेशा याद रखना कि यहाँ जेयावाडी में तुम्हारा एक चाचा रहता है। किसी भी समय तुम्हें कोई ज़रूरत हो, तुम मेरे पास आ सकते हो, ठीक है!"

एक के बाद एक जो प्रतिष्ठित लोग आकर मिल रहे थे, कंचना के लिए यह उसकी कड़ी मेहनत का नतीजा और उसके जीवन की उपलब्धि थी। रात को वह अपने पति के बगल में लेटे हुए, जैसे नींद में हलके-से मुस्करायी और उसके हाथों पर धीरे-से मुक्का मारते हुए बोली, "राघवजी, क्या होता अगर हम लोग इस बार ब्रह्मदेश नहीं आते तो?"

"उससे हमारी बेवकूफ़ी का पता चलता... और क्या!"

## 29

ऐसा प्रचण्ड उत्साही जनसैलाब बीते कई वर्षों के क्रिसमस पर रंगून ने नहीं देखा था।

पूरे शहर में ऐसी रंगीनियाँ बिखरी थीं, मानो किसी हाथी को सिर से पूँछ तक चमकीले रंगीन काँचों और मखमली फूलों से कढ़ी ओढ़नी से ढँक दिया है। नक़्क़ाशीदार चित्रकारी उस पर की गयी है।

अभी सुबह के सिर्फ़ नौ बजे थे और सर्कस के गेट पर विशाल जनसमूह उगड़ आया था। लुंगी पहने ब्रह्मदेशी महिलाओं और पुरुषों के चेहरे का अप्रतिम उत्साह देखते ही बनता था। ख़ासतौर पर लड़कियों के दोनों गालों पर, हल्दी जैसे एक पौधे को पानी में डुबाकर बनाये गये 'तनखा' की लकीरें उन्हें बेहद आकर्षक बना रही थीं। सर्कस ने ऐसी उमंग पैदा कर दी थी कि कम-से-कम आधा शहर देर रात अपने बिस्तर पर गया था और पौ फटते ही फिर जाग पड़ा था। फटाफट नहाकर उन्होंने अपनी कमर में रंग-बिरंगी लुंगी बाँधी। महिलाओं ने फूलों से बने गजरे अपने बालों में लगाए और गले में चमकता पीला सोना पहना। यह सब करके वे सर्कस मैदान में पहुँचे और लम्बी क़तारों में लग गये।

सर्कस के मुख्य गेट पर तैनात रॉय साहब किसी हाथी की तरह यहाँ से वहाँ डोल रहे थे। बीते कल का पहला शो अस्सी फ़ीसदी फुल था, जबकि बाक़ी तीन हाउसफुल गये थे। आज के चारों शो एडवांस टिकटों से ही पूरे बुक हो चुके थे। पेट से नीचे तक लटकती सोने की मालाओं से लदी काष्ठ व्यापारियों की

जाड़ी औरतें, अपने दोस्तों तथा अतिथियों संग महँगे कोट और मखमली धोतियों में लिपटे रईस व्यवसायी और क्रिसमस के जोश से लबरेज़ ईसाई मर्द-औरतें रंगून में छुट्टियाँ मनाने आये थे। वे सभी बाढ़ आयी नदी की तरह सर्कस की तरफ़ उमड़ रहे थे।

चारों तरफ़ से दिखाई दें, ऐसे चार विशाल कार्डबोर्ड बैनर रॉय साहब ने लगवा दिये थे। जिन पर लिखा था : 'सॉरी, ऑल शोज हाउस-फुल। सम टिकट्स आर अवेलेबल। अदरवाइज फॉर फर्दर थ्री डेज वी आर गोइंग इन हाउसफुल।' रॉय ने सन्तोष भरी एक नज़र इन बैनरों पर डाली और अपने अन्दाज वाला वही अट्टहास लगाया, जो सात मंज़िला इमारत को भी गुँजा दे। इतनी ख़ुशी के बीच वह काली माता की एक बड़ी-सी तस्वीर वहाँ लगाना नहीं भूले थे। जिसमें काली माँ की जीभ उनके पैरों तक लम्बी थी। आँखें लाल सुर्ख, गले में नरमुंडों की माला, जिनसे ताज़ा रक्त निरन्तर टपक रहा था। उन्होंने अपना पैर एक राक्षस की छाती पर रखा हुआ था। वह अपने हाथों में भयानक त्रिशूल धारण किये थीं। भयंकर रूप धरी माँ की तस्वीर पर रॉय ने अलग-अलग फूलों की पाँच-छह मालाएँ डाल रखी थीं।

परांजपे को देखकर रॉय ने हँसते हुए ऊँची आवाज़ में कहा, "अरे परांजपे, ये ऑल टिकट सोल्ड वाले बोर्ड हटाना मत," फिर माँ काली से याचना की, "माँ, ये हाउसफुल का बोर्ड कम से कम एक महीने तक मत उतरने देना।"

क्रिसमस की छुट्टियों को ज़्यादा-से-ज़्यादा मज़ेदार बनाने के लिए ब्रह्मी युवा, बूढ़े और रंगून में बसे हुए विदेशियों के बच्चे सर्कस मैदान में उमड़े जा रहे थे। छोटे बच्चों ने अपने साथ बड़ों को भी आने के लिए मजबूर कर दिया था।

हीरा आत्या और कंचना को लिलियन की कमी अखर रही थी। उसने कहा था कि वह दोनों को रंगून के एक पुराने चर्च में ले जायेगी।

"भीड़ का यह समुन्दर देखकर, ख़ुशी से मेरा दिमाग़ चकरा रहा है," राघव ने कहा।

"यह तो परमेश्वर की कृपा है। यह सीजन हमारे लिए सबसे ज़्यादा मुनाफे का होने वाला है।"

"मैंने ठेठ अफ़गान बॉर्डर तक सर्कस के शो किये हैं," राघव ने हैरानी जताते हुए कहा, "लेकिन सर्कस के लिए बच्चों की ऐसी भीड़ कभी नहीं देखी।"

"बेटा, यह भीड़ आखिर जायेगी कहाँ?" रॉय साहब ने कहा, "पिछले दस दिन से पूरे ब्रह्मदेश में हर स्कूल बन्ध है क्योंकि सबको जापानियों की बमबारी का डर सता रहा है।"

यह सच था कि रंगून की हवाओं में गन्धक की गन्ध तैर रही थी। पन्द्रह दिन पहले ही जापानियों ने होनोलूलू में पर्ल हार्बर स्थित अमेरिकी नौसेना बेस पर भीषण हमला किया था। पहली ही उड़ान भरने वाले पचास से अधिक बमवर्षक विमानों ने द्वीप को छिन्न-भिन्न कर दिया था। घटना के बाद दो रातों तक रंगून में उथल-पुथल मची रही। अफ़वाहें ज़ोरों पर थीं कि जापानी सेना किसी भी समय हमला कर सकती है। इसीलिए एहतियात के तौर पर, स्कूलों को अनिश्चित काल के लिए बन्द करने का आदेश दिया गया था। पिछले दस दिनों से चल रही इन छुट्टियों का अप्रत्याशित लाभ प्रसिद्ध 'द ग्रेट कंचना सर्कस' को मिल रहा था।

23 दिसम्बर 1941 का दिन था। क्रिसमस ठीक दो दिन दूर था। मिठाइयाँ और क्रिसमस केक बेचने वाली दुकानों में फूलों के साथ बच्चों की भी ख़ूब रौनक थी। उधर, रेडियो टोक्यो ने रंगून के रहवासियों को विशेष क्रिसमस केक उपहार में देने की धमकियाँ जारी करनी शुरू कर दी थीं। इसलिए शहर प्रशासन ने नागरिकों की सुरक्षा सुनिश्चित करने के लिए सभी ज़रूरी क़दम उठाये थे। कई बंगलों के बगीचों में एल आकार की खाइयाँ खोदी गयी थीं, जो इतनी गहरी थीं कि एक व्यक्ति आराम से खड़ा रह सके। यह भी व्यवस्था कर दी गयी थी कि अगर हवाई हमला हो, तो लोग इन खाइयों में पहुँच सकें।

खचाखच भरे सर्कस के तम्बू को देखकर कंचना के होंठों पर मुस्कान आ गयी। टिकट खिड़की तक जाने के लिए उसने अपनी सर्कस वाली पोशाक के ऊपर एक सफ़ेद गाउन पहना। अपने घने बालों का जूड़ा बनाकर सिर के ऊपर कर लिया। जूड़े में छोटी-छोटी क्लिप लगा लीं, जो क्षण भर में निकलकर बालों को आजाद कर सकती थीं। तभी रॉय उसके पास आये और बोले, "लड़की, फटाफट बॉम्बे और पुणे में ज़मीन-मकान वाले एजेंटों को चिट्ठियाँ लिखो और कहो कि कुछ अच्छी प्रॉपर्टी देखकर रखें।"

"क्यों?"

"मैं गारंटी देता हूँ कि जब तक यह सीजन ख़त्म होगा, तब तक तुम इन दोनों शहरों में एक-एक बड़े बंगले की मालकिन हो जाओगी।"

इसमें कोई सन्देह नहीं था कि हर हाल में यह क्रिसमस ज़बरदस्ती मुनाफ़ा देने वाला था। पास के मैदान में कार्लेकर सर्कस भी लगा था और परांजपे ख़बर लाये थे कि वहाँ भी बहुत भीड़ मच रही है। पूरे ब्रह्मदेश में ख़ास तौर पर सर्कस के व्यवसाय के लिए यह बहुत ही सन्तोषजनक समय था।

साढ़े नौ बज चुके थे और कंचना टिकट काउंटर के नज़दीक खड़ी होकर रॉय

से बातें कर रही थी। अचानक जैसे आकाश फट पड़ा और हवाई हमले के समय बजने वाले भोंपू गरजने लगे। इसके साथ ही चारों ओर हो-हल्ला शुरू हो गया, 'भागोऽऽऽ भागोऽऽऽ जापानी आ गये!!! हमला हो गया!!!' आसमान में सायरन लगातार बजते रहे और हर तरफ़ भगदड़ मच गई। शो अभी शुरू नहीं हुआ था और खचाखच भरे तम्बू में दर्शक उछलकर अपने पैरों पर खड़े हो गये। चारों तरफ़ से घिरी जगह में दस हज़ार लोग थे और ऐसा लगा मानो बाढ़ के पानी से लबालब नदी ने बाँध तोड़ दिया है। राघव ने ख़तरे को पहले ही सूँघ लिया था और इसलिए उसने तम्बुओं-कनातों के बीच कुछ जगहें खाली छुड़वा दी थीं। अपने लोगों को निर्देश दे दिए थे कि मौक़ा पड़ते ही इन रास्तों को खोल दिया जाये। नतीजा यह हुआ कि पूरी भीड़ आसानी से बाहर निकल गयी।

दस से पन्द्रह मिनट ऐसे ही बीत गये। भोंपू ख़ामोश हो गये। सारे शोर-शराबे-हंगामे के बाद कुछ नहीं हुआ। जिन लोगों ने भागकर सड़क किनारे बने मकानों-दुकानों में शरण ली थी, वे राहत की साँस लेते हँसते-खिलखिलाते बाहर निकल आये और लोगों में इस तरह डर फैलाने के लिए रॉयल एयर फोर्स को गालियाँ देने लगे।

बीस मिनट बीते और सड़कें एक बार पुनः भर गयीं। मिठाइयों, पतंगों और क्रिसमस केक की दुकानों के सामने फिर से क़तारें लग गयीं।

सर्कस का टेंट वापस भर गया। ख़ुद को पराक्रमी समझने वाले गोरे साहबों की लोग खिल्ली उड़ाने लगे। सर्कस में लम्बी घण्टी बजी और चार्ली ने ख़ासतौर पर क्रिसमस के मौक़े के लिए बनायी नयी धुन अपने वाद्यों पर छेड़ दी। उसने ख़ासतौर पर महानगरीय दर्शकों को ध्यान में रखकर इसे तैयार किया था।

घड़ी में दस का गजर बजा और पूरे टेंट में ज़ोरों की सीटियाँ और तालियाँ गूँजने लगीं। चार्ली के बैंड पर थिरकते हुए ग्यारह बौने निकलकर रिंग में आ गये। ढीले पाजामे, चटक-मटक पहनावे के साथ कभी वे ठुमके लगाते तो कभी थोड़ा लचकते-लँगड़ाते नाच रहे थे। उन्हें इस तरह देखकर बच्चों के आनन्द की कोई सीमा नहीं थी। वे उछल-कूद करते हुए तालियाँ बजा रहे थे, तो कई अपने पिता के कन्धों पर चढ़कर ख़ुशी के मारे चीख़ने लगे थे।

राजमंगला ने सुलेमान चाचा की निगरानी में रंग-बिरंगे मखमली परिधानों में झूमते हुए प्रवेश किया। आकर्षक सजावट से बनी-ठनी राजमंगला ने भगवान शिव की विशाल मूर्ति को माला पहनायी। उसके पीछे 25 लड़कियाँ अपनी साइकिलों पर पैडल मारते हुए सीटियाँ बजाती, गाती और तालियाँ बजाती चल रही थीं। पिछले

हिस्से का मुख्य द्वार खुला था, जिसमें हाथियों की क़तार दिखाई दे रही थी। वे अन्दर आकर पूरे रिंग में मार्च करने के लिए तैयार हो रहे थे। लड़कियाँ सवारी के लिए हाथियों पर चढ़ रही थीं। शो के शुरू होते ही जानवरों के पिंजरों की देखरेख करने वाले प्रबन्धक और केज ब्वॉय बाक़ी जानवरों को पिंजरों से बाहर लाने और उन्हें परेड कराने की तैयारी में लगे हुए थे।

तभी आसमान में अजीब-सी रुम्म्म्हऽ रुम्म्म्हऽ आवाज़ आने लगी। जैसे कोई व्हेल अपने गुफानुमा विशाल पेट में भरे समुद्र के पानी को वापस तेज़ी-से बाहर छोड़ रही हो। एक और ध्वनि ऐसी थी, मानो तलवार की धार हवा को काट रही हो! लेकिन इस बार सड़कों और बाज़ारों की भीड़ ने इसे प्रशासन की घबराहट और तैयारियों का हिस्सा मानते हुए अनदेखा कर दिया। यह सब उन्हें बिल्कुल उस मॉक ड्रिल के जैसा लग रहा था, जो ब्रिटिश सेना समय-समय पर करती रहती थी। आख़िरकार, कोई कितनी बार इन बातों को तवज्जो दे सकता है?

लेकिन कई लोग सावधान थे और उन्होंने नज़र उठाकर आसमान को देखा। उन्हें जो दिखाई पड़ा, उससे उनकी आँखें फटी की फटी रह गयीं। जो दिखा, उन्हें उस पर भरोसा नहीं हुआ। वे डर गये। एक के पीछे एक, कोई ऊँचे आसमान में और कोई थोड़ा नीचे, कम-से-कम दर्ज़न भर जापानी लड़ाकू विमान ग़ुस्साई मधुमक्खियों की तरह उनकी ओर झपट रहे थे। एक निश्चित ऊँचाई पर पहुँचने के बाद इन विमानों ने आसमान से नीचे की तरफ़ सीधा गोता लगाया और शहर के ठीक ऊपर छा गये। डर पैदा करने के बाद एक बार फिर वे ऊँचे आकाश की तरफ़ बढ़े। ऊपर जाकर वे अचानक मुड़े और फुफकारते साँप की तरह फन फैलाये हुए पूरी ताकत से चढ़ाई कर दी।

इस हमले में हर किसी ने तेज़-तर्रार लड़ाकू विमानों के पेट से आग की तीखी लपटें निकलती देखीं। चिंगारियाँ बरसने लगीं। इन हवाई जहाज़ों ने पूरी चौकसी से निशाने साधे और अपना गुस्सा शहर के बीचोबीच इलाक़े पर बरसाया। उन्होंने जो बम गिराए, वे तेज़ शोर करते हुए नीचे आये और धरती से टकराते ही गगनभेदी धमाके के साथ फट गये। कुछ विमानों ने अपने पंखों से बैरल बाहर निकाले और मशीनगन से गोलियों की तेज़ बौछार शुरू कर दी। बम विस्फोट और मशीनगन से आग उगलने की आवाज़ के साथ सायरन की तेज़, कान फाड़ने वाली ध्वनि ने सात आसमानों की रूह कँपा दी।

राघव ने तेज़ी से अपनी जीप घुमाई और सेंट्रल चर्च से सर्कस मैदान की तरफ़ लौट पड़ा। कंचना ने उसे सुबह ईसा मसीह का आशीर्वाद लेने के लिए चर्च भेजा

था। तभी उसने आकाश में तेज़ सायरन, धरती से टकराए बम धमाकों की धूम-धड़ाम और मशीनगनों से बरसती गोलियों की आवाज़ें सुनी थीं। साथ ही पूँछ-कटे हिंस्र पक्षियों की तरह कर्कश चीख़ निकालते विमानों को पीछे आते देखा।

आकाश का यह भयंकर दृश्य देखकर जीप ड्राइवर के हाथ कंपकंपाने लगे और स्टेयरिंग पर से उसका नियन्त्रण छूट गया। जीप बग़ल में लगी रेलिंग से टकराई और बन्द पड़ गयी। सुदैव से कोई हादसा नहीं हुआ। बस, उसके बोनट के एक तरफ़ का हिस्सा कुछ चपटा हो गया। तब राघव ने ड्राइवर को तेज़ी से एक तरफ़ धकेला और ख़ुद स्टेयरिंग सँभाल लिया।

भीड़ की भगदड़ के बीच जीप को तेज़ी से दौड़ाना सम्भव नहीं था। इन्सानी जिस्म यहाँ-वहाँ बिखरे थे। कोई मर चुका था, कोई मर रहा था, कुछ मरणांतक वेदना से चीख़ रहे थे। मशीनगनों से निकली गोलियों ने कई लोगों को छलनी कर दिया। कई लोगों के पेट फट चुके थे और अंतड़ियाँ बाहर निकल आयी थीं। मगर वे इन्हें हाथों में सँभाले हुए बिना यह जाने दौड़ रहे थे कि जाना किस तरफ़ है। कई लोगों के सिर और शरीर में बम धमाकों से उड़ी चीज़ों के गरम टुकड़े घुस गये थे, तो किसी का सिर धमाकों से ढही इमारतों से उड़े पत्थरों ने ज़ख़्मी कर दिया था। पल भर पहले जो भवन पूरी भव्यता के साथ गर्व से सिर उठाये खड़े थे, उनके परखच्चे उड़ गये थे। उनमें लगा लक्कड़ और लोहा उघड़कर बालकनियों से लटक रहा था या फिर उनकी स्थिति ऐसी हो चुकी थी कि हवा के एक ही झोंके में भरभराकर धूल-धूसरित हो जायेगा।

राघव की जीप धूल और कबाड़ में बदल चुके शहर के बीच से जैसे रेंगते-रेंगते सर्कस कैम्प तक पहुँची। वह अपनी आँखों से देख सकता था कि चारों तरफ़ आग ही आग है। उसके देखते-देखते एक तरफ़ खड़े कम्पनी के दो ट्रकों ने आग पकड़ ली और उनके ईंधन की टंकी में ज़ोरदार धमाके हुए। ट्रक कपूर की टिकिया की तरह धधकने लगे और आग के दो विशाल गोले हवा में ऊपर उठे। कुछ देर बाद ट्रक की जगह सिर्फ़ लोहे के कंकाल खड़े थे।

राघव की नज़र टेंट की तरफ़ गयी। लोग कपड़े की कनातों को तार-तार करते हुए गला फाड़कर चीखते-चिल्लाते, जिधर रास्ता दिख रहा था, उधर ही भागे जा रहे थे। यह भगदड़ तब और भीषण हो गयी, जब आसमान से बम बरसने लगे। इसमें बड़ी संख्या में स्कूली बच्चे सन्तुलन खोकर गिरे और लोगों के पैरों के नीचे कुचलकर गम्भीर रूप से घायल हुए। अचानक पैदा हुई एक भारी मनहूस आवाज़ सुनकर राघव ने ऊपर आसमान में देखा। वहाँ जो दिखा, उससे उसका दिमाग़ मारे

डर के कुंद पड़ गया। बैलगाड़ी के पहियों के आकार के दो आग के गोले सर्कस मैदान से लगी सड़क पर तेज़ी आगे बढ़ रहे थे। उसने कसकर आँखें मूंद लीं और तभी ऐसा धमाका हुआ कि मानो कान के परदे फट गये! अगले ही पल उसके ऊपर जैसे ज़मीन के टुकड़ों, मिट्टी, बालू और सीमेंट का तूफ़ान टूट पड़ा। कुछ पल बाद जब उसकी सुधबुध लौटी तो उसने बालों को झटकारा, नाक से ज़ोरों से साँस छोड़ी और अपनी आँखों के चारों तरफ़ सावधानी से साफ़ किया और धीरे-धीरे पलकें उठाकर नज़ारा देखा। वहाँ, ठीक उसके सामने सड़क पर दो विशाल पहियों के जैसे गड्ढे हो चुके थे, जो पहले नहीं थे। वहाँ से अब भी धूल का गुबार उठ रहा था।

यह क़िस्मत की बात थी कि कुछ ही देर पहले वह जीप को क़ाबू में करके सड़क के इस पार ले आया था। दो बमों ने जान-माल को ज़बरदस्त नुक़सान पहुँचाया था। क़रीब दो दर्ज़न लोग बुरी तरह से झुलसे हुए, असह्य वेदना से तड़फड़ाते यहाँ-वहाँ बिखरे पड़े थे। जो क़िस्मत वाले थे, वे तुरन्त कोयले में बदलकर भयंकर वेदना से मुक्त हो चुके थे। कई मौत के नज़दीक थे और उन्हें छुटकारा नहीं मिल रहा था। वे तपती रेत पर मछलियों की तरह हाथ-पैर पटकते हुए छटपटा रहे थे। उनका करुण क्रन्दन हृदय को चीर देने वाला था।

मृतकों में से कुछ को राघव और उसके साथियों ने पहचान लिया था। वे केरल की तीन लड़कियाँ और उनकी दो ब्रह्मी आया थीं। उनके बदन जलकर कोयले में बदल चुके थे और उन्हें पहचानना लगभग असम्भव था। उनमें से दो के सिर इस तरह फूटे थे, मानो किसी गाय ने तरबूज पर पैर रखकर उसका कचूमर निकाल दिया हो। बम के टुकड़ों ने उनकी खोपड़ियों की धज्जियाँ उड़ा दी थीं।

कंचना ने जब अपनी टीम की इन लड़कियों के शरीर के चीथड़े दीवारों से चिपके देखे, तो उसके पेट में जैसे दर्द का गोला पैदा हुआ। उसका सिर चकराने लगा और घुटने कमज़ोर पड़ गये। उसने दीवार का सहारा लिया और धीरे-धीरे उसी जगह पर बैठ गयी। भावहीन आँखों से वह अपने सामने वो सर्कस देख रही थी, जिसे ज़िन्दगी कहते हैं!

## 30

सुबह जापानी युद्धक विमानों का बेड़ा आया और बम-बन्दूक़ों से रंगून पर मौत बरसाने के बाद निकल गया। इसके मुक़ाबले में ब्रिटिश पराक्रम इतना ही था कि वे दुश्मन का केवल एक विमान मार गिरा पाये। अब किसी को यह पता नहीं

था कि किस क्षण वह संहारक फ़ौज पूरे शहर पर चढ़ आयेगी। अन्धकारमय भविष्य का जबड़ा हर किसी को कच्चा ही निगल जाने के लिए खुला था। अब यहाँ कैसे रहें और कैसे अपनी जान बचायें? छह लाख हिन्दुस्तानियों के सामने यह डरावना प्रश्न था। दशकों की मेहनत से यहाँ बंगले बनाये, दुकानें बनायीं, बड़े गोदाम तैयार किए और अब सब कुछ तबाह होने के कगार पर था। बम बरसाने वाले विमान किसी भी क्षण लौटकर इन सबको ज़मींदोज कर सकते हैं। किसी चमत्कार से जापानियों के हाथों यह बच भी गया, तो उन उग्र और हिंसक ब्रह्मी गुण्डों की टोलियों का क्या, जो समाज को अपनी नस्लीय हिंसा की आग में फूँक रही हैं।

थोड़ी ही देर में सुबह अंतड़ियों को निचोड़ देने वाली बमबारी की तरह अफवाहों की नयी लहर आयी। लोग कहने लगे कि थोड़ा-बहुत बचाखुचा ब्रिटिश लश्कर, रंगून पर अपना नियन्त्रण छोड़, इसे अव्यवस्था के मुँह में धकेल कर भाग जाने वाला है। इसके अंजाम की कल्पना से ही भारतीय थरथराने लगे। कौन होगा शहर का अगला मालिक? क्या उनकी क़िस्मत का फ़ैसला ब्रह्मी गुंडों की भीड़ की सनक और मर्ज़ी से होगा?

'द ग्रेट कंचना सर्कस' पर भी बेरहम मार पड़ी थी। छह खम्भों का कंकाल तो सामने खड़ा था, मगर उसके तम्बू-कनात धमाकों और भगदड़ में चिन्दी-चिन्दी हो चुके थे। लोहे की साढ़े तीन हज़ार कुर्सियों में से ज़्यादातर यहाँ-वहाँ आड़ी-तिरछी होकर पड़ी थीं। उनके आकार बिगड़ चुके थे। यहाँ तक कि मज़बूत इस्पात की गैलरियाँ भी धमाकों में बच नहीं पायीं और कहीं से मुड़ी, तो कहीं से टूट चुकी थीं।

किसी के पास जाकर मदद माँगने या फरियाद करने की स्थिति नहीं थी। कम्पनी के क़रीब दर्ज़न भर लोग गम्भीर रूप से घायल हो चुके थे। किसी का अंग भंग हो गया, तो किसी की हड्डी टूटी थी और कोई अपने खुले घावों से बहते रक्त के साथ लथपथ था। लेकिन कोई उन्हें कहाँ ले जाये? किस अस्पताल में? ऐसा नहीं कि राघव और बाकियों ने कोशिश नहीं की, लेकिन शहर में नागरिक प्रशासन जैसी व्यवस्था ही ग़ायब हो गयी थी! प्रशासनिक अमला अपने दफ़्तरों को छोड़कर निकल लिया था और पुलिस वाले थानों को अनाथ छोड़कर, मलबे में बदल चुके शहर में अपने-अपने घर ढूँढ़ रहे थे। वे सब कुछ भूलकर अपने बच्चों को गले लगाने भाग निकले थे, साथ ही अपने माता-पिता को आश्वस्त करना चाहते थे कि वे ज़िन्दा हैं।

बरसों से स्वास्थ्य सेवा में अव्वल बने हुए ब्रिटिशकालीन म्युनिसिपल जनरल अस्पताल की प्रतिष्ठा यहाँ दाँव पर लगाकर, अन्ततः धूल में मिल गयी। गम्भीर रूप से घायल हज़ारों लोगों के साथ, बड़ी संख्या में मुर्दे उसके परिसर में और आसपास

पतझड़ में बिखरी पत्तियों की तरह बिखरे पड़े थे। बहुतों के ज़ख़्मों में बमों के टुकड़े और राइफ़लों की गोलियाँ धँसी थीं और उनका ख़ून रुकना बन्द नहीं हो रहा था। हड्डियों को चीरकर भीतर पहुँचते दर्द के मारे वे अपनी जगह पर पड़े हुए तड़प रहे थे। वे मुँह में झाग आने तक 'डॉक्टर... डॉक्टर' चीख़ रहे थे। वे हैरान थे कि उन्हें देखने वाले आख़िर कहाँ चले गये। जो भी थोड़े-बहुत डॉक्टर थे, वे या तो अस्पताल के अन्दर गहन चिकित्सा कक्षों में थे या फिर अस्पताल के गलियारों में घायलों की देखरेख में उलझे थे। वहाँ भी भीड़ इतनी थी कि उनके लिए हिलना-डुलना तक मुश्किल था। वे अपने नज़दीकी मरीज़को देखते, उसके बदन में धँसे लोहे के टुकड़े को निकालते, उसे पट्टी बाँधते और जिस ज़रूरतमन्द के लिए व्यवस्था हो जाती, उसे ख़ून भी चढ़ा देते। लेकिन इतना सब कुछ करना भी ऐसा था, जैसे तूफ़ान में डूबते जहाज़ के अन्दर भरे पानी को चम्मच से निकालने की कोशिश!

भीड़ की लम्बी क़तारों का शोर और चीख़ना-चिल्लाना किसी भी तरह थम नहीं रहा था। लोग मरते जा रहे थे। ख़ुद डॉक्टरों का हाल यह हो गया था कि किसी भी पल मारे थकान के ढह जायें। दवाएँ ख़त्म होती जा रही थीं। मरीज पानी के लिए रो रहे थे और उनके गले सूख रहे थे। हज़ारों मरीज़ और उनके साथ मौजूद परिजनों के सामने अब पीने के पानी का भी संकट खड़ा हो गया था।

रॉय साहब की भी स्थिति यह हो गयी थी कि उनकी साढ़े छह फीट ऊँची काया के नीचे से किसी ने ज़मीन खींच ली। अन्धकारमय भविष्य का ख़्याल उनके दिमाग़ पर छा गया था। सर्कस के शो इन हालात में आगे चलाने की बात उनके हाथ में नहीं रह गयी थी और इसका कोई हल नहीं था। जब हर तरफ़ लोगों को यही नहीं पता था कि वे कल जिन्दा रहेंगे या नहीं, कौन सर्कस के तम्बुओं की तरफ़ नज़र उठाकर भी देखेगा? इस झटके में सारी तैयारी और योजना को लेकर ख़र्च किया पैसा बेकार हो गया। लेकिन सबसे बड़ा सवाल यह कि दूर देश से इतनी बड़ी जिस सर्कस कम्पनी को बुलाया, उसका क्या करें? उनसे कैसे और क्या बात करें? हालात को कैसे सँभालें? जोंक का गुच्छा भी एक बार में जितना ख़ून नहीं चूसता, उससे ज़्यादा ये चिन्ताएँ उनका ख़ून पी रही थीं।

कंचना की आवाज़ गले में ही अटक कर रह जा रही थी। डर और दुख का थक्का न सिर्फ़ उसकी धमनियों बल्कि गले में फँसा हुआ था। इसके बावजूद उसने तड़पती हुई आवाज़ में कहा, "अंकलऽ मेरा सर्कस मर गया! ख़त्म हो गया। कोई बात नहीं। लेकिन मैं अपने इन चार सौ साथियों का क्या करूं, जो इतनी दूर अपना वतन छोड़कर पेट पालने के लिए मेरे साथ पराई धरती पर चले आये? इन दो सौ

मूक जानवरों का भी क्या करूँ, जिनकी जान तो मेरे लिए ख़ुद से भी ज़्यादा कीमती है! सबके चेहरे पर डर छाया हुआ है और सारे के सारे मुझे ही आस लगाए देख रहे हैं। मैं क्या करूँ अंकल?"

सर्कस में सुबह हुई भगदड़ में तम्बुओं के खम्भों से टँगे हुए कई पिंजरे गिरकर खुल गये थे। उनमें बन्द एक से बढ़कर एक और बेहद महँगे पंछी–सुन्दर काकातुआ, विदेशी नस्ल के कई तरह के तोते, मैना और बुलबुल समेत अनेक पक्षी अपने पंख हवा में तौलते हुए आसमान में उड़कर खो गये थे। मगर बम धमाकों से फैले धुएँ और शहर के मलबे से उठे धूल के गुबार में आकाश में जिधर भी गये होंगे, उनके लिए ज़िन्दगी आसान नहीं रही होगी। 'अराजकता' और 'प्रलय' यह दोनों शब्द मानो विवाह की गाँठ जैसे जुड़ गये थे। इनके मिलन से पैदा हो रही कठिन से कठिनतर स्थिति हर गुज़रते पल के साथ महसूस की जा सकती थी।

सर्कस के लोगों को सड़क किनारे बैठे-बैठे बड़ी देर हो चुकी थी। तभी उनकी नज़र रंगून डॉकयार्ड की तरफ़ पड़ी, जिधर से सैकड़ों स्त्रियों-पुरुषों का रेला किसी लहर की तरह तेज़ी से बढ़ा आ रहा था। सिर से पैर तक वे लोग धूल की चादर में ढँके थे और उनके चेहरों पर कालिख पुती हुई थी। किसी का सिर फूटा था, तो किसी के बदन पर गोली के घाव थे। वे दौड़े चले आ रहे थे और उनके कपड़ों से ख़ून टपक रहा था।

सर्कस वालों ने उनमें से कुछ लोगों को रोक कर पूछा कि उधर क्या हालात हैं। उन्होंने बताया कि बन्दरगाह की तरफ़ क़रीब नौ सौ लोगों के शव पड़े हैं, जिनमें से ज़्यादातर अराकान-चटगाँव इलाक़े के मछुआरों के हैं। वहाँ की ख़ास इमारत 'सेलर्स होम' आग में जलकर खाक हो चुकी है।

साँझ की धुँधली परछाइयाँ अब गहरी काली हो चुकी थीं। राघव ने रसोइयों से कहा कि जो कुछ भी उनके पास है, वह पका लें। शहर में रात होने से पहले ही अँधेरा छा चुका था। दुकानें बन्द हो गयी थीं। खाने का तेल ख़त्म हो चुका था। जीप के लिए पेट्रोल पम्प भी अब खुले नहीं थे। हर डाकखाना बन्ध था और भारत में किसी को तार से सन्देश भी नहीं दिया जा सकता था कि वे लोग मौत के मुँह में फँस गये हैं।

किसी ने यह डरावनी अफ़वाह फैला दी कि जापानी रात को बमबारी के लिए वापस लौट सकते हैं। कंचना को ग़ुस्सा आया मगर उसे एहसास हुआ कि यह अफवाह उन सैकड़ों डरे हुए लोगों से आयी है, जो अभी तक सड़कों पर यहाँ-वहाँ भटक रहे हैं। वे चिल्ला रहे हैं, "रात को हवाई जहाज़ फिर से आयेंगे। सावधान!"

रसोइये थालियों में दाल-चावल लेकर आ गये। कंचना ने इस मौक़े पर सबको सचेत किया, "क़िस्मत हमारे सिर पर साँप की तरह फन फैलाये फुँफकार रही है। समय बुरे से बहुत बुरा होता जा रहा है। आज थाली में जो आ रहा है, वही ठीक से खा लो। कह नहीं सकते कि इसके बाद खाना कब मिलेगा?"

डरे हुए लोग फटाफट बैठे और चुपचाप खाना ख़त्म किया। दिसम्बर की ठण्डी रात थी और भोजन से शरीर को कुछ गर्मी मिली। कंचना और राघव ने अब भी अपनी थालियों को नहीं छुआ था। उनकी नज़रें जानवरों के पिंजरों की तरफ़ थी। उन्हें उधर से अभी तक कोई सन्देश नहीं मिला था।

पिंजरों की देखभाल करने वाले चार लड़के चिन्तित चेहरों के साथ आये। उनमें से एक ने ठण्डी आवाज़ में कहा, "दीदी, हमारे जानवर सिर्फ़ पानी पी रहे हैं... वो भी ऐसे जैसे उनकी जान सूख गयी है।"

"मटन... चारा... वे कुछ नहीं खा रहे?"

"बिल्कुल दीदी... उन्होंने छुआ तक नहीं। बम धमाकों की आवाज़ों से इतनी बुरी तरह सहमे हुए हैं कि कोई पिंजरे के नज़दीक से भी गुज़रे तो उन्हें कँपकँपी छूट जाती है!"

कंचना और राघव उठकर उन पिंजरों की तरफ़ भारी कदमों से चल दिये। बारह हाथी बाहर की तरफ़ जमे थे। कोई बैठा था, कोई खड़ा था। एक नज़र में उनकी उदासी पहचान में आती थी। दिखने में भले ही उनका शरीर पहाड़ जैसा और ताक़तवर था, लेकिन उनके प्राण किसी कोमल जीव की तरह थे। कंचना ने राजमंगला को कभी ऐसे जर्जर हाल में नहीं देखा था। उसके शरीर पर अभी तक सुबह की परेड वाले रंग-बिरंगे मखमली वस्त्र पड़े थे। किसी को न तो उन्हें हटाने का समय मिला और न ही किसी को उन्हें हटा लेने का ख़याल आया।

उसने जब अपने मालिक-मालकिन को आते देखा, तो सूँड़ आगे बढ़ायी और दोनों को करीब खींच लिया। उसके मुँह से हलका-सा झाग उठा और उसने खाँसी जैसी अजीब आवाज़ निकाली। हाथियों की आँखों में चमक आ गयी और वे उन दोनों की तरफ़ लाड़-दुलार के लिए देखने लगे। घण्टों से चारा उनके पैरों के पास पड़ा था। महावतों के दिल में उम्मीद जागी कि ये हाथी अपने प्यारे मालिकों के हाथ से ज़रूर खा लेंगे, यह सोचते हुए उन्होंने कंचना और राघव के हाथों में ताज़ा घास के पुलिन्दे दे दिये। हाथियों ने अपनी सूँड़ बढ़ाकर घास को सूँघा और कुछ तिनके अपने मुँह में रख लिए। ऐसे अन्दाज़ में कि बस वे उनका दिल रख रहे हैं! खाने में उनकी कोई रुचि नहीं थी।

राघव-कंचना जब बाघों-सिंहों के पिंजरों की तरफ़ बढ़े, तो उनके पैर धीरे-धीरे उठ रहे थे। आकाश और जंगल को अपनी गुर्राहट से थरथरा देने वाले ये जानवर यहाँ किसी डरे हुए हिरण की तरह चौकन्ने खड़े थे!

कंचना की पायल की आहट पाकर टैंक में सुस्ता रहे दरियाई घोड़े मुस्तफा ने अपनी विशाल काया को सहेजा-सँभाला और एक झटके से पानी के अन्दर से बाहर निकल आया। वह कंचना की देह से चिपककर ख़ुद को उससे रगड़ने लगा। कंचना ने दो गोभी के फूल उसके खुले जबड़ों के अन्दर रख दिये, तो वह उन्हें चबाने लगा। लेकिन कुछ ही पल बाद थूक दिया। चबाए हुए गोभी उसकी लार से सने थे। दरियाई घोड़ा तेज़-तेज़ साँस लेते हुए ख़ुद को अपनी मालकिन से रगड़ रहा था। सम्भवत: भीतर ही भीतर वह किसी इन्सानी की तरह ज़ोरों से चीख़ना चाहता था। मगर उसे पता नहीं था कि कैसे; ऐसे में वह इतना ही कर पा रहा था कि जल्दी-जल्दी जोरों से साँस ले रहा था, जिससे कि उसके नासापुटों से घरघराहट की आवाज़ निकल रही थी।

देर तक पानी से बाहर रहने के कारण मुस्तफा की त्वचा सूखकर सिकुड़ने लगी थी, लेकिन वह वापस टैंक में जाने से इनकार कर रहा था। आख़िरकार कंचना ने अपना हाथ उसके गले में डाला और उसे जितने प्यार से सम्भव था, खींचते हुए धीरे-धीरे पानी में ले गयी। मुस्तफा को अन्दर बुलाने के लिए उसे ख़ुद टैंक में उतरना पड़ा और अन्तत: वह कामयाब रही।

दोनों जब घूमते हुए जानवरों का हाल-चाल ले रहे थे, तब परांजपे वहाँ आया और उसने विनती की, "सुनिए दीदी, अब आप लोग भी कुछ खा लीजिए।"

"नहीं, मेरी तो कुछ भी खाने की इच्छा मर गयी है," कंचना बुदबुदायी।

"राघवजी," वह भरे गले से बोली, "मैं कैसे इन बेज़ुबानों को दिलासा दूँ? किस मन्दिर में जाकर मन्नत माँगूँ, यहाँ तो आस-पास कुछ नहीं है! हर गाँव में आग की लपटें उठ रही हैं! यहाँ पेट्रोल भी नहीं मिल रहा है कि भाड़े के ट्रक मिलने की उम्मीद हो, लेकिन कुछ भी हो जाये मैं सबको परदेस में आई इन मुश्किलों से निकालकर ले जाऊँगी, चाहे कुछ हो जाये!" फिर वह पिंजरों की तरफ़ मुड़ी और कहने लगी, "मेरे बच्चो तुमको आगे चलते रहने के लिए कुछ तो खाना ही पड़ेगा ना? चलो, फटाफट! जल्दी-जल्दी खाना शुरू करो अब!"

कंचना की हालत देखकर राघव ने उसका हाथ अपने हाथों में लिया और कसकर दबाया। उसने कंचना को अपने नज़दीक खींचा और रिंग मास्टरों और

केज बॉयज को आगे बुलाकर कहा, "देखो, तुम सब अपने-अपने जानवरों के पास जाओ और किसी भी तरह से उन्हें कुछ-न-कुछ खिलाओ। तुम उनके ट्रेनर हो, यह भूलो मत।" सब लोग उसकी बात सुनकर काम पर लग गये।

जैसे ही वे दोनों वहाँ से निकले, एक बार फिर बादल फटने की आवाज़ हुई, जैसे आकाश टुकड़ों में बँट रहा है। इसके तत्काल बाद चारों तरफ़ सायरन गूँजने लगे। अगले कुछ मिनटों में फिर से बमबारी शुरू हो सकती है! किसी से न डरने वाले शेर और बाघ जैसे जानवर भी इन भीषण गर्जनाओं से डर गये। चारों तरफ़ भयभीत नज़रों से देखने लगे। अस्तबलों में घोड़े अपनी-अपनी जगह पर उछलने-कूदने लगे। सौभाग्य से कोई अनिष्ट नहीं हुआ और सायरनों की गूँज रात की हवा में घुल गयी। सबने राहत की साँस ली।

सुबह की बमबारी और सर्कस के पूरी तरह मिट जाने की आशंका से पैदा हुआ डर, कंचना की हड्डियों में गहरे तक उतर गया। आधी रात में वह घबराकर जाग गयी और उसने राघव पर सवालों की बौछार कर दी, "मुझे हड्डियों के अन्दर ये कैसा महसूस हो रहा है? दूर से आ रही सायरन की आवाज़ भी कानों में पड़ती है, तो हड्डियाँ काँपने लगती हैं? अगर यह तूफान मेरे सिर में ही रहे तो कोई समस्या नहीं है, लेकिन मैं नहीं चाहती कि डर के मारे मेरी हड्डियाँ तक तड़कने लगें! इस डर से मुझे नफ़रत है!"

"यही बात मैं तुम्हें समझाने की कोशिश कर रहा हूँ कंचना," राघव ने उसे धीरज बंधाया। "अभी हमारे सामने बड़ी-बड़ी समस्याओं के पहाड़ आने वाले हैं। उनका सामना करना है तुम्हें और मुझे!"

"लेकिन मैं तुम्हारे सामने हाथ जोड़ती हूँ, राघवजी, वादा करो कि मुझे फिर से छोड़कर नहीं जाओगे। नहीं तो ज़िन्दगी जीना मेरे लिए मुश्किल हो जायेगा।"

कंचना के हाव-भाव अचानक बदल गये। अपने सिर पर मँडरा रहे काले बादलों को उसने देखा और दृढ़ निश्चय के साथ वह कहने लगी, "ये सारे बादल चाहे मेरे सिर पर बरस जायें, चाहें ट्रेपीज मेरे सिर पर टूटकर गिरें, मैं हारूँगी नहीं। मेरी रगों में दाजी का ख़ून दौड़ रहा है। मैं उनकी क़सम खाती हूँ कि जिन पाँच सौ जनों और जानवरों को मैं यहाँ लेकर आयी हूँ, उन सभी को वापस अपने प्यारे वतन लौटाकर ले जाऊंगी। यह मेरा धर्म है और इसे मैं हर हाल में निभाऊँगी।"

## 31

शाम सात बजे का समय सर्कस में भरपूर रोशनी का होता है। बिजली के सैकड़ों बल्ब एक साथ जल उठते। लेकिन उस दिन पहली बार ऐसा हुआ कि टेंट के बाहर का पूरा परिसर भयावह अँधेरे में डूबा नज़र आ रहा था।

पेट्रोमैक्स लालटेन सरकारी निर्देशों के अनुसार जलायी गयी थीं, जिस कारण कम-से-कम रोशनी थी। डर था कि आसमान से दिखने वाला प्रकाश हवाई हमले को निमन्त्रित कर सकता है। ब्लैकआउट के सख़्त निर्देश जारी किए गये थे। जिसमें कहा गया था कि लालटेन का ऊपरी तीन चौथाई हिस्सा काले काग़ज़ से ढंक दिया जाये, जिससे कि सिर्फ़ एक चौथाई हिस्से से जगह हल्की प्रकाशित हो। इस टुटपुँजिया प्रकाश में लोगों की परछायी भूतों की तरह नज़र आ रही थी।

आर्टिस्ट, मजूर, जानवरों के ट्रेनर, मार्केट ब्वॉयज, हेल्पर तम्बू की फटी हुई छत के नीचे टोलियाँ बना-बना कर यहाँ-वहाँ बिखरे बैठे थे। चिन्ता की गहरी रेखाएं सबके चेहरों पर खिंची थीं। पेट की भूख और मस्तक में घूम रही बेचैनी को ख़त्म करने के लिए कोई अपने मुँह में तम्बाकू की चुटकी दबाये था, तो कोई सस्ती तम्बाकू की चुरट या बीड़ी फूँक रहा था। उनकी आवाज़ धीमी थी और ज़ुबान लड़खड़ा रही थी। दूसरी तरफ़ जानवरों के पिंजरों की दिशा से गुर्राने, घुरघुराने, डकराने, लोहे की सलाखों को खुरचने और उनसे टकराने की आवाज़ें आ रही थीं। ऐसा लगता था कि जानवरों को उनके शिकार के लिए बढ़ रहे अनिश्चित भविष्य का ख़ूब अन्दाज़ा था।

टेंट के मुख्य प्रवेशद्वार पर लगे मणि-माला की कशीदाकारी वाले मनोहर पर्दे उतार लिए गये थे। इससे रास्ता बिल्कुल साफ़ हो गया था। बिना पूर्व-योजना के बुलायी गयी सर्कस के अधिकारियों की बैठक चल रही थी। कंचना सबका हौसला बढ़ाने की कोशिश कर रही थी। उसने कहा, "अच्छी बात यह है कि हमारे पास अभी 32 ट्रक सलामत हैं। हम महिलाओं, बच्चों और मूक जानवरों को फटाफट बाहर निकाल सकते हैं।"

"लेकिन ताई, दोपहर में जो बमबारी हुई उसमें तीन तो जलकर खाक हो चुके हैं!" अँधेरे में किसी की ऊँची आवाज़ आयी।

"ठीक है, तो दिल छोटा मत करो। हमारे पास अब भी 29 हैं, हैं कि नहीं? अपनी गाड़ियाँ अपने पास सँभालकर रखो। पहला मौक़ा मिलते ही हम निकल लेंगे। तब तक इनको तारपोलिन, झाड़ियों और बाक़ी चीज़ों से ढँककर छुपा दो। इन बम

गिराने वाले जहाज़ों की आँखें बड़ी तेज होती हैं। कुछ लोगों को गश्त के काम पर भी लगा दो। वो नज़र रखेंगे।"

"कंचना, हर ट्रक पर नज़र रखने के वास्ते कम-से-कम तीन लोगों को रात भर के लिए लगाते हैं। यहाँ के ब्रह्मी बदमाशों का कुछ कह नहीं सकते," राघव ने कहा।

"सम्भावना यही है कि जापानी फ़ौज जंगली भैंसों की तरह अन्दर घुसकर इन गोरों का मुँह ख़ून-खच्चर कर देगी," परांजपे ने कहा, "दीदी साहब, उन्होंने मिची और टव्हाय के हवाई अड्डों समेत कुछ और जगहों पर भी बमबारी की है। अगर उन्होंने हमले जारी रखे और ब्रिटिश अपनी पूँछ दबाकर भागे तो हमारा यहाँ मरना पक्का है।"

"क्यों?"

"दीदी, एक बार इन जापानियों को तो सँभाला जा सकता है, लेकिन यहाँ के लोकल ब्रह्मी लुटेरे और बदमाश बहुत ख़तरनाक हैं। बीते चालीस साल में हिन्दुस्तानियों ने अपनी मेहनत से यहाँ टिंबर और रबर बिजनेस समेत दूसरे धन्धों में भी अपनी जो जगह बनायी, जो तरक़्क़ी की, उससे ये बहुत जलते हैं और इनके मन में इन बातों का बहुत ग़ुस्सा भरा है।"

"यह तो बड़ा टेंशन है, नाना," अपने माथे पर छलछलाये पसीने को पोंछते हुए परांजपे ने कहा। "कुछ समय पहले भी मैंने अपने कानों से यह सुना था। लोगों में बहुत डर है कि एक बार ब्रिटिश यहाँ से गये, तो बड़ी लूटपाट और डकैतियाँ होंगी।"

कंचना और बाक़ी सारे अधिकारी चिन्ता के इस शातिर फेर में फँस गये थे। समय तेज़ी से निकल रहा था और क़िस्मत पूरी ताक़त से सामने के दरवाज़े को ठोंक रही थी। पता नहीं क्या हो? कंचना ने कुछ तेज़ी से दिमाग़ चलाया और बोली, 'दामले!"

"हाँ, दीदी?"

"तुम सुबह पाँच बजे के पहले अपने सारे असिस्टेंट को लेकर बन्दरगाह जाना और जितने भी जहाज़ों के टिकट मिल रहे हैं, ख़रीद लेना। चाहे दोगुने पैसे क्यों न देना पड़ें। अगर हमारे जैसे लोग यहाँ फँस भी गये तो कोई बात नहीं, लेकिन मैं चाहती हूँ मेरे सारे बच्चे हिन्दुस्तान पहुँच जायें।"

कुछ ही दिन पहले तक रंगून न केवल परदेसियों के लिए बल्कि स्थानीय लोगों के लिए भी बहुत सुरक्षित और आनन्ददायी जगह थी। सोना और मणि-माणिक

सड़क किनारे पेड़ों के नीचे ऐसे खुले में बिकते थे, मानो जामुन और बेर हों। मगर कुछ ही घण्टों में सब कुछ बदल गया। निर्दय बमबारी और जापानियों के आक्रमण की आशंका ने इस रंगीन शहर को भुतहा श्मशान में बदल दिया।

कंचना बहुत व्याकुल थी। "इतने सारे ट्रक हमारे पास होने का क्या फ़ायदा, अगर उन्हें चलाने के लिए हमारे पास पेट्रोल नहीं है तो?" उसने दुखी स्वर में कहा।

"लेकिन दीदी," दामले ने बीच में टोका, "क्या किसी ने भी कल्पना की थी कि ऐसा आसमान टूटने वाला है?"

"दामले अपने सब लोगों को हर समय तलाश में लगाये रखो। मुझे परवाह नहीं कि पेट्रोल काले बाज़ार में मिलता है या गोरे बाज़ार में। अगर पेट्रोल नहीं मिला तो ये गाड़ियाँ यहीं खड़ी रहेंगी, और अपने दिमाग़ की गाड़ी भी एक जगह पर अटकी रहेगी।"

रंगून की प्रशासकीय सख़्ती उसके सेक्रेटेरिएट में साफ़ नज़र आती थी। सिर्फ़ एक दिन पहले तक लाल ईंटों वाली वह आकर्षक इमारत प्रभुत्व और पराक्रम के प्रतीक के रूप में खड़ी थी। उसके बग़ल में विधि महाविद्यालय था और उससे लगा हुआ प्रसिद्ध म्युनिसिपल जनरल अस्पताल, दशकों से जिसकी प्रतिष्ठा एक बेहतरीन सेवा संस्थान के रूप में थी। सत्ता और रौब-दाब के इन प्रतीकों का जो हाल हुआ था, वह देखना पीड़ादायक था। सचिवालय भवन की ओर जाने वाली सीढ़ियाँ लाशों से अटी पड़ी थीं, जो अब फूलने लगी थीं। उनसे हर तरफ़ असहनीय दुर्गन्ध फैलने लगी थी। कम -से-कम सेक्रेटेरिएट की सीढ़ियों से उन शवों को हटाने के लिए प्रशासन को घबराहट भरी दलीलें भेजी गयी थीं, लेकिन नगर निगम प्रशासन पूरी तरह ध्वस्त हो चुका था। भारी बमबारी से सड़क के बीचों-बीच कुओं जैसे गहरे बड़े गड्ढे बन गये थे। जल-आपूर्ति करने वाली लाइनें फूट गयी थीं, जिससे चारों ओर बाढ़ आ गयी। जो पानी की लाइनें अभी काम कर रही थीं, उन्हें चालू या बन्ध करने के लिए कोई कर्मचारी नहीं था। प्लम्बर, कचरा बीनने वाले और सफ़ाई कर्मचारी घर पर बैठे अपने प्रियजनों को सुरक्षित रखने की चिन्ता में थे।

रंगून शहर में अराजकता और भगदड़ मची थी। प्रशासनिक इमारतें ढह रही थीं, बैंक लूटे जा रहे थे, घबराहट के मारे लोगों में भगदड़ मची थी, हर तरफ़ तबाही बिखरी थी। अपने अनुशासन पर गर्व करने और अपनी फौलादी सेना तथा दृढ़ सुशासन का बखान करते हुए कभी न थकने वाले ब्रिटिश प्रशासन की रीढ़ टूट चुकी थी।

भोर होने को थी। सभी ने जल्दी-जल्दी चने, मुरमुरे और अन्य बची-खुची खाने

की चीज़ें उदरस्थ कीं और गटागट पानी पीया। थकान से उनकी हड्डियाँ चटक रही थीं और सिर नींद से भारी था। लेकिन नींद उनकी आँखों में उतरने की हिम्मत नहीं जुटा पा रही थी। तभी कुछ दूर से सायरन की आवाज़ सुनाई दी। इससे हर कोई सहम गया और अपनी निगाहें घुप्प अँधेरे में ऊपर आकाश की ओर कर लीं। थोड़ी देर में यह साफ़ हो गया कि यह आवाज़ किसी विमान की चीख की नहीं बल्कि एक गाड़ी के सायरन और तारकोल से टकराते टायरों की कर्कश चीत्कार थी।

सर्कस गेट के ठीक सामने तेज़ी से आकर एक जीप रुकी। उसकी विंड स्क्रीन को सुरक्षित रखने के लिए जाली का आवरण लगा था। गाड़ी की छत पर बज रहा सायरन शान्त हो गया। लाल टोपी और खाकी चड्ढी पहने दो अधिकारी, दो सशस्त्र गार्डों के साथ उतरे। वे अपने भारी जूते पटकते हुए आये और कंचना के घबराए लोगों को पूरी तरह से नज़रअन्दाज़ करते हुए, उनके पास से सीधे गुज़र गये।

जीप का ड्राइवर पीछे-पीछे गोंद से भरा बड़ा डिब्बा लेकर दौड़ता आया। अधिकारियों का निर्देश पाकर वह गेट पर लगे सर्कस-बोर्डों के पास गया और उन पर गाढ़े गोंद की कूची फेर दी। जब यह काम हुआ तो अधिकारी वहाँ पहुँचे। उन्होंने पोस्टर जैसे दिखने वाले कुछ काग़ज़ों की शीट खोली और गोंद के ऊपर चिपका दी। जब वे निश्चिन्त हो गये कि काग़ज़ अच्छी तरह चिपक गया है, तो वे पलटे और कंचना के लोगों पर सरसरी नज़र डालते हुए, भेद भरी मुस्कान के साथ जीप में वापस लौट आये। जीप सायरन बजाती हुई सर्र से निकल गयी।

कंचना बैटरी लेने के लिए दौड़ी और वापस आकर नये चिपकाये गये पोस्टर पर रोशनी फेंकी। वह अँगरेज़ी के साथ-साथ टूटी-फूटी ब्रह्मी भाषा जानती थी, लेकिन ब्रह्मी लिपि बिल्कुल नहीं पढ़ पाती थी। मगर उसके मैनेजमेंट में कुछ लोग थे, जो दोनों भाषाएँ बख़ूबी जानते थे। उनकी मदद से कंचना ने वहाँ चिपकाए गये नोटिस को समझना शुरू किया। ज़हर जब ज़ुबान पर रखा होता है, तो कुछ गिलगिला-सा एहसास देता है, लेकिन जैसे ही वह आहार नाल में नीचे सरकता है, रक्त-मांस को जलाने लगता है। उस नोटिस के शब्द इसी तरह से कंचना और राघव के शरीर में उतरते जा रहे थे। दोनों को महसूस हुआ कि जैसे उनकी हड्डियाँ गल रही हैं और वे किसी भी पल धराशायी हो जायेंगे। लिखा था...

**नोटिस**

युद्ध के इस कठिन दौर में शेर, बाघ, हाथी और ऐसे ही अन्य हिंसक तथा विशाल जानवरों को रखना नागरिकों की सुरक्षा और भलाई के लिए बेहद ख़तरनाक साबित

हो सकता है। इसलिए सर्कस को निर्देश दिया जाता है कि नोटिस दिए जाने के अठारह घण्टों के भीतर ही, अपने जोखिम और ख़र्च पर इन सभी जानवरों को रंगून शहर की सीमाओं से बाहर भेजे। इस निर्देश का शब्दश: पालन करना अनिवार्य है। अगर प्रशासन ने इस आदेश के सम्पूर्ण पालन में रत्ती भी लापरवाही पायी, तो सशस्त्र सैनिकों का दस्ता तत्काल ही इस पूरे परिसर को अपने क़ब्ज़े में लेकर सभी जानवरों को गोली मारकर क़त्ल कर देगा। सर्कस प्रशासन से इस निर्देश के पालन के लिए पूरी गम्भीरता और तत्काल सक्रियता की अपेक्षा की जाती है।

डिस्ट्रिक्ट पुलिस सुप्रिटेंडेंट, रंगून
(माननीय ब्रिटिश लश्कर कमाण्डर महोदय के स्पष्ट आदेशानुसार)

## 32

नोटिस की खरी और तीखी भाषा के साथ दिये गये सख़्त निर्णायक इशारे को पढ़ते ही कंचना धम् से वहीं बैठ गयी। यूँ तो वह धड़ाम से गिर पड़ती मगर राघव ने सँभाल लिया और पास पड़ी लकड़ी की कुर्सी खींच कर उसे बैठा दिया। नोटिस ने सर्कस के हर आदमी को सर्द कर दिया। हर कोई हैरान था।

अगर अठारह घण्टों के अन्दर जानवरों को शहर से बाहर नहीं पहुँचाया गया तो वह भयानक हादसा घटेगा, जिसकी कल्पना तक सम्भव नहीं। ख़ासतौर पर सर्कस की लड़कियाँ बुरी तरह से घबरा गयी थीं। सत्तर से ज़्यादा लड़कियाँ ऐसी थीं, जिनके शो सर्कस में इन चार पैरों वाले जानवरों के साथ होते थे। कोई हाथी की सूँड़ पर खड़ी होकर रिंग में प्रवेश करती थी, तो कोई पीठ पर सवार होकर। किसी के शो पंछियों के साथ भी होते। वे मिलकर खेल दिखाते थे। दुनिया के इन बेहतरीन करतबों का जादू दर्शकों को मन्त्रमुग्ध कर देता था! आज ये कौन-सी उलटी खोपड़ी का राक्षस हमारी आनन्दमयी दुनिया को उजाड़ने निकला है?

परेशान लड़कियों ने कंचना को घेर लिया। "दीदी, परसों हमारा खेल देखने वो बड़ी मैडम आयी थीं... एक बार उनसे मिलिए।"

"यह नोटिस पुलिस से नहीं, फ़ौज से निकला है,' एक कलाकार ने कहा।

"अरे है तो सरकारी ना! अंग्रेज़ सरकार एक बड़ा झाड़ है और सेना हो या पुलिस, हैं तो उसी की शाखाएँ! मुझे पक्का भरोसा है कि वह गोरी मैडम कोई रास्ता ज़रूर निकाल पायेंगी।"

तम्बू फट चुका था, मगर फ़िलहाल जगह पर था। उसके अन्दर बने दफ़्तर में

सवालों की झड़ी लगी थी। कोई रास्ता नहीं निकल रहा था। कंचना ने मायूस आवाज़ में रॉय साहब से कहा, "अंकल, मैं हाथ जोड़ती हूँ प्लीज़ कुछ कीजिए! ये नोटिस पढ़िए... अगर वो मेरे जानवरों को ही बम-गोलियों से भून देंगे तो मेरे लिए ज़िन्दा रहने को बचेगा ही क्या?"

रॉय साहब ने मुँह में भरी पान की पीक को एक तरफ़ थूका और अपने लाल होंठों को पोंछा। अपने सीने पर लटक रहे चश्मे को उठाकर उन्होंने नाक पर रखा और नोटिस को ध्यान से पढ़ना शुरू किया। उनका चेहरा गम्भीर होता देखकर कंचना ने कहा, "देखिए अंकल, मैं आपको बेकार किसी धर्मसंकट में डालना नहीं चाहती। क़िस्मत से अभी मेरे पास उनतीस ट्रक बाक़ी हैं, जिन पर मैं अपने जानवरों और कम्पनी की लड़कियों को लेकर सुरक्षित निकल सकती हूँ।"

"अरे वाह! तो फिर अड़चन क्या है?"

"बस, आप इस जलते हुए शहर से मेरे जानवरों और इन लड़कियों को निकालने में मेरी मदद कर दीजिए अंकल। कुछ भी कीजिए आप, मेरे इन ट्रकों के लिए पेट्रोल का इन्तज़ाम कर दीजिए प्लीज़।"

रॉय साहब ने अपना हाथ पेट पर फिराया और घूम गये। बाहर निकलने से पहले उन्होंने अपना एक हाथ गले पर ऐसे रखा मानो कसम खा रहे हैं। वह बोले, "डोंट वरी माई चाइल्ड, सब कुछ ख़त्म नहीं हो गया है। मेरे दो-तीन ख़ास दोस्त टिम्बर मर्चेंट हैं। उनमें से एक का ऑयल डिपो भी है। ज़रूरत पड़ी तो मैं उसके पाँव पकड़ लूँगा। निकलूँ अब मैं?"

"ठीक है, आप जाइए, लेकिन किसी भी तरह पेट्रोल का देख लीजिए। बाक़ी मैं देखती हूँ कि यहाँ की मुसीबतों का पहाड़ कैसे सिर पर उठाना है।"

"गुड।"

अब रॉय साहब को आगे की चिन्ता थी। वह अपने स्टाफ के चार-पाँच लोगों को लेकर निकल गये। लेकिन रॉय साहब के भरोसा दिलाने के बावजूद राघव के माथे की चिन्ता की लकीरें नहीं मिटी थीं। वह ख़ूब चिन्तातुर दिख रहा था। उसकी कलाई पकड़ते हुए कंचना ने पूछा, "इतने क्यों परेशान हो? जो है, साफ़ बोलो न?"

"देख कांचू, हमको अभी और चार जगह पेट्रोल के लिए बात करने की ज़रूरत है क्योंकि मुझे तेरे अंकल पर भरोसा नहीं है।"

"तुमको क्यों विश्वास नहीं? उन्होंने कहा कि उनके पक्के दोस्त के पास ऑयल डिपो भी है!"

"इसीलिए भरोसा नहीं कर रहा। ध्यान रख कांचू ये लोग चालाक बिजनेसमैन

हैं और सिर्फ़ अपना मुनाफ़ा देखते हैं। अपना सर्कस चलता तो उनको मुनाफ़ा होता। जहाँ से कोई फायदा नहीं हो रहा हो, ये लोग उधर किसी की परवाह नहीं करते।"

पेट्रोल बड़ी समस्या बन चुका था। उसके लिए कोई न कोई राह मिलना ज़रूरी थी। कंचना के दिल से एक पल के लिए भी यह बात नहीं निकल रही थी। "अगर हमें पेट्रोल नहीं मिला तो सिर्फ़ हमारे जानवर नहीं मारे जायेंगे, बल्कि ट्रक भी..." उसने राघव से कहा, "हम कैसे अपने ट्रकों को यहाँ छोड़कर जा सकते हैं, जिनको लाखों-लाख रुपये में ख़रीदा है?"

अचानक कंचना के दिमाग़ में ख़्याल आया। रंगून से कुछ तीस मील दूर था जियावाडी। कंचना ने कहा, "क्यों न हम किसी को जियावाडी भेजें? सिन्हा साहब का बिजनेस और प्रॉपर्टी हर तरफ़ फैली है।"

कंचना तुरन्त बैठी और एक चिट्‌टी सिन्हा साहब को लिखी। उसमें लिखा, "अंकल, इस युद्ध के संकटकाल में हमारा सर्कस यहाँ अटक गया है। प्लीज किसी भी तरह हमारे ट्रकों के लिए पेट्रोल का इन्तज़ाम करा दें। अनुरोध है कि मुझे अपने दोस्त की बेटी नहीं, अपनी ही बेटी मानें। जिसके कन्धे पर ईश्वर ने तीन सौ जानवरों को यहाँ से सुरक्षित निकालने की ज़िम्मेदारी डाल दी है।"

चार लोगों को साथ लेकर दामले जियावाडी के लिए निकले। उन्हें स्पष्ट निर्देश था कि चाहे जो भी साधन मिले– ट्रेन, साइकिल या बैलगाड़ी लेकर जियावाडी पहुँचें और काम को पूरा करके लौटें। कंचना यहीं नहीं रुकी। उसने स्थानीय एजेंटों को बुलाया और कहा, "बन्दरगाह पर जाकर जहाजों और नावों के मालिकों से मिलो। बात करो। वे न मिलें, तो भले ही समुद्री लुटेरों से बात करो। किसी की भी मदद से हमको कम-से-कम एक जहाज तो चाहिए ही।"

एजेंटों ने अहम सवाल उठाया, "लेकिन पेमेंट का क्या?"

कंचना जानती थी कि यह बात आयेगी। उसने कहा, "हाँ, मैं जानती हूँ कि सारे बैंक बन्द पड़े हैं और हमारा कैश वहाँ ताले में है। लेकिन मेरे पास इस मुश्किल वक़्त में कुछ किलो सोना है। मेरे पास कुछ क़ीमती ब्रह्मी मोती-माणिक भी हैं। पेमेंट रुकेगा नहीं। तुम लोग कोई जहाज ढूँढो।"

जब एजेंट चले गये तो राघव ने कंचना को याद दिलाया, "पानी पर भी बम वैसे ही गिरते हैं, जैसे ज़मीन पर।"

"मतलब?"

"बन्दरगाह तक जाकर देखो, बीते पन्द्रह दिनों में जापानी पनडुब्बियों ने कई ज़हाज़ों को डुबा दिया है।"

"बात तो सही है, लेकिन इस भयंकर शैतानी काल में संकट कहाँ नहीं है? हर साँस ख़तरे में फँसी है? लेकिन यह समय हाथ पर हाथ रखकर बैठने का भी तो नहीं है। कुछ भी करके, किसी भी रास्ते मुझे अपने जानवरों और इन लड़कियों को हिन्दुस्तान वापस पहुँचाना ही है।"

कंचना और राघव ने जीप निकाली और डिप्टी कमिश्नर के बंगले पर पहुँचे। वहाँ बेहद कड़े सुरक्षा बन्दोबस्त थे। वहाँ का माहौल बहुत गम्भीर था। यह देखकर वे थोड़ा ठिठके। बंगले के अन्दर जाने वाला रास्ता क़रीब-क़रीब बन्द था। सारे सिपाही मुस्तैद थे और वातावरण में एक तरह की घबराहट भी फैली नज़र आ रही थी। रिचडर्सन का पीए बाहर सुरक्षा अफ़सर के केबिन के पास अपनी कुर्सी जमाए बैठा था। वहाँ से वह पूरे हालात पर पैनी नज़र रखे था। कंचना की जीप को केबिन से काफ़ी दूर ही रोक दिया गया। वहाँ का माहौल देखते ही दो बातें कंचना को स्पष्ट हो गयीं : बीते दिन हुई जापानी बमबारी के बाद से ही कमिश्नर अभी तक बँगले पर नहीं लौटे थे ; और गवर्नर के बँगले पर एक बड़ी और लम्बी बैठक लगातार चल रही थी। उसमें सभी प्रमुख सैनिक और नागरिक अधिकारी मौजूद थे। बातचीत का मुख्य मुद्दा यह था कि देश के भविष्य पर ख़तरनाक ढंग से मँडरा रहे जापानी हमले को कैसे रोका जाये और इससे भी ख़ास कि कैसे भीषण बमबारी से अपने परिवारों पत्नी-बच्चों को बचाकर सुरक्षित रखा जाये।

मर्लिन मैडम भी सुबह जल्द ही रंगून के प्रसिद्ध यूरोपियन क्लब में पहुँच गयी थीं। वहाँ पर एक बड़े हॉल में रंगून के गवर्नर हिज हाईनेस डॉरमन स्मिथ की पत्नी की मौजूदगी में एक अहम बैठक चल रही थी। उनके साथ शहर के प्रमुख अधिकारियों की पत्नियाँ, एंग्लो-इंडियन महिलाएँ, फ्रेंच फ्रेंड्स क्लब की महिला सदस्य और तमाम देशों के राजदूतों की पत्नियाँ सुबह से उपस्थित थीं। सबके चेहरों पर चिन्ता की लकीरें थीं और सब खाना-पीना भूल चुकी थीं। पूरा दिन उन्होंने गर्म पानी और कॉफ़ी पर गुज़ार दिया था। जापानी फ़ौज की दो दिनों की बमबारी ने ब्रह्मदेश में ब्रिटिश सेना को तहस-नहस कर डाला था। आम नागरिकों में ही यह चर्चा नहीं थी बल्कि रंगून गजेटियर और ईस्टर्न डॉन जैसे अख़बारों ने साफ़ शब्दों में लिखा था कि जापानी हमला रुक नहीं रहा है और ब्रिटिश फ़ौजें उसके मुक़ाबले में खड़े रहने की क्षमता खो चुकी हैं। ख़बर से डिप्टी कमिश्नर के बँगले पर भी शोक पसरा हुआ था।

कंचना सिक्योरिटी केबिन तक पहुँची और पीए से अनुरोध किया, "सर प्लीज, मुझे मैडम और साहब से एक बार मिल लेने दीजिए। ज़्यादा समय नहीं लूँगी।"

"सॉरी मैडम, नो विजिटर्स का ऑर्डर है।"

"सर, मेरे पूरे सर्कस और ख़ुद मेरी ज़िन्दगी दाँव पर लगी है। आपको भरोसा न हो तो यह नोटिस पढ़िए।"

"आर यू मैड, लेडी? यहाँ ब्रह्मदेश में हर हाईनेस क्वीन विक्टोरिया का पूरा साम्राज्य डूबा जा रहा है, और तुम अपने दो कौड़ी के सर्कस का ट्रंपेट बजाने में लगी हो!"

इन हालात में भावनाओं का क्या मोल रह गया था? बाहर खड़े-खड़े इन्तज़ार करने के अलावा किया भी क्या जा सकता था? पूरा दिन निकल गया और फिर अँधेरा उतर आया। ब्लैक आउट का सख़्त आदेश था। इसलिए बँगले की खिड़कियाँ भी काले काग़ज़ों या पर्दों से पूरी तरह ढँकी थीं। लालटेन भी काले कागज से लिपटी थीं। जिससे वे किसी बीमार पक्षी की अधमुँदी आँखों जैसी नज़र आ रही थीं। रात के ग्यारह बज चुके थे। खड़े-खड़े कंचना और राघव के पैरों में गोले जम गये थे। लेकिन सर्कस कैम्प में जाकर भी वे क्या करते?

जैसे ही ग्यारह बजे, पहरे पर तैनात गार्ड ने सीटी बजायी। साहब की कार तेज़ी से झूमती हुई नज़दीक से गुज़री। उसके साथ और आगे-पीछे सेना की कई गाड़ियाँ थीं। उन सबके निकलते ही बँगले का बाहरी विशाल दरवाज़ा फिर से बन्द हो गया और देर तक उसने खुलने का नाम नहीं लिया। कंचना पीए से हुज्जत करने लगी, "बस, मुझे थोड़ी देर के लिए अन्दर जाने दो... अगर नहीं जाने देना है, तो मेरे नाम की एक पर्ची ही भेज दो।" उसकी प्रार्थना और याचना का कोई असर नहीं पड़ा।

इतने में अन्दर से पुनः कर्कश सीटी की आवाज़ सुनाई दी और तत्काल वह विशाल गेट पुनः खोला गया। अँधेरे में टॉर्च की रोशनी नाचने लगी। सिक्योरिटी ऑफ़िसर डेविड, पीछे दो राइफल धारी सन्तरी और आगे दो, कोई ख़ास आदमी अन्दर से बाहर आ रहा था। जब ये लोग पास पहुँचे तो कंचना की नज़र में साफ़ दृश्य उभरा। वह आ रही थीं! कन्धों पर शॉल डाले हुए अपने स्पोर्ट्स कॉस्ट्यूम में, ऊँचे कद की आकर्षक महिला। उसके साथ सिंहों की छवि जैसे छह फिरंगी कुत्ते और दो ट्रेनर भी चल रहे थे। वे सभी रात की हवा खाने के लिए चहलकदमी को निकले थे।

कंचना ने जैसे ही उन्हें पहचाना, वह लपक कर आगे बढ़ी और लगभग चीखती हुई बोली, "मैडम! प्लीज मेरे जानवरों को बचा लीजिए!"

"अरे, तुम इतनी परेशान क्यों हो?"

"आपकी सेना के अधिकारियों ने जब मेरे जानवरों को मार डालने की धमकी दी है, तो मैं कैसे जिन्दा रह पाऊँगी?"

मर्लिन ठहर गई और कंचना को सिक्योरिटी केबिन की तरफ़ आने का इशारा किया। फिर अधिकार के साथ उसने अफ़सर को आदेश दिया, "डेविड, गेट खुलवाओ। मैं कुछ ज़रूरी चीज़ अन्दर भूल आई हूँ।" इसके साथ ही उसने मज़बूत कदमों से फटाफट भीतर प्रवेश किया।

रात गहराती जा रही थी। केबिन के पास खड़े-खड़े कंचना को एक-एक पल किसी युग की तरह मालूम पड़ रहा था। पूरे बीस मिनट गुजरने के बाद मर्लिन फिर नमूदार हुई। उसने कंचना की बांह पकड़ी और वहाँ से आगे बढ़ती हुई उससे बातें करने लगी। उसके चेहरे के हावभाव बता रहे थे कि उसके एक-एक शब्द में पीड़ा छुपी थी और वह बहुत ही सोच समझकर सब कुछ कह रही थी, "डियर कंचना, यह समय और यह काल मतलब समथिंग अनफॉरसीन! इसकी कल्पना किसी को नहीं थी! तुम्हें पता है न यहाँ रंगून में एक बहुत ही शानदार स्कॉटिश स्कूल है। वहीं पढ़ाने के लिए इसी साल मैं अपनी बहन के तीन बच्चों को, मेरे दो बच्चों के साथ ले आई थी। अब आज उन छोटे-छोटे बच्चों के भविष्य की चिन्ता ने मेरी रातों की नींद छीन ली है। आज रंगून ज्वालामुखी के मुहाने पर बैठा है।"

"लेकिन मैडम, मेरे जानवर?"

"यस, माई डियर वही बता रही हूँ... अभी जब मैं अन्दर थी तो हस्बैंड से मेरा इसी बात पर बहुत आर्ग्युमेंट हुआ। लेकिन उन्होंने जो बातें कही है, वह भी सोचने वाली हैं।"

"क्या कहा उन्होंने मैडम?"

"उन्होंने मुझे बताया कि कल हाई-लेवल मीटिंग में इस मुद्दे पर ख़ूब गरमा-गरमी हुई। युद्ध के इन हालात में सेना ख़तरनाक जंगली जानवरों को शहर मे रखे जाने के मुद्दे पर किसी की कोई बात सुनने को तैयार नहीं है। तुम्हारा तो अपना प्राइवेट सर्कस है, लेकिन यहाँ शहर में एक बड़ा सरकारी चिड़ियाघर भी है, जिसे म्युनिसिपल कॉरपोरेशन सँभालती है। सेना ने चिड़ियाघर को भी यही नोटिस दिया है कि अगर उन्होंने तय समय में अपने जानवरों को शहर की सीमा से बाहर नहीं निकाला, तो वहाँ के सारे जानवरों को मौक़े पर ही क़त्ल कर देंगे। देअर विल बी ग्रेट स्लॉटर ऑफ़ एनिमल्स इन ओपन जोन!"

कंचना के चेहरे की रंगत उड़ गया। मर्लिन ने उसका हाथ अपने हाथ में लिया और पूरी हमदर्दी के साथ थपथपाया। बोली, "टेक केयर माई गर्ल।" फिर आगे बढ़ गयी। कंचना को लगा कि वह इसी पल बिखर जायेगी, लेकिन उसे हर हाल में ख़ुद को सँभाले रहना था।

# 33

रंगून के जिस इलाक़े में सर्वाधिक शानो-शौक़त से रहने वाला उच्च वर्ग बसता था, वह अब सेना का कैंटोनमेंट एरिया कहलाने लगा था। इस पूरे क्षेत्र में विशाल सफ़ेद बँगले बने हुए थे, जो आमतौर पर चाय और रबर बाग़ानों के यूरोपियन मालिकों, मोती-माणिकों का व्यापार करने वाले रईस ब्रह्मी व्यवसायियों, ब्रिटिश एजेंटों और श्वेत वरिष्ठ अधिकारियों के थे। इसी राजसी परिसर में निर्मल रॉय का भी एक शानदार बँगला शामिल था, जिसमें विशाल बग़ीचे के साथ एक आकर्षक स्वीमिंग पूल बना था।

बीते कुछ दिनों के तनाव के बीच रॉय बाबू के भारी-भरकम शरीर में हलका ताप बना हुआ था, जो जाने का नाम नहीं ले रहा था। बीती शाम जब उन्होंने बेहतरीन क्वालिटी की स्कॉच का पहला घूँट भरा तो उन्हें कुछ बेहतर महसूस हुआ। रंगून में दिन भर जो लोग रॉय साहब के इर्द-गिर्द उनके स्टाफ की तरह मँडराते और जिनके चेहरे पत्थर की तरह भावशून्य होते, शाम होते ही जब वे सब बँगले पर पहुँचते तो उनके रंग-ढंग बदल जाते। बँगले में जब शाम की जगमग रोशनी होती, वह पत्थर जैसे भावशून्य चेहरे आसमान में रात को चमकते तारों की तरह दमकने लगते थे। रॉय साहब के ड्राइंग रूम में वे लोग उनके दोस्तों-यारों की तरह हक़ से जमा होते और एक-दूसरे की सेहत तथा ख़ुशहाली की कामना करते हुए जाम छलकाते थे।

इतने उथल-पुथल भरे माहौल में भी रॉय साहब का मैनेजर उनके लिए दो ब्रह्मी लड़कियों का इन्तजाम करने में कामयाब हो गया था। दिखने में वे दुबली-पतली थीं, मगर अपना काम ईमानदारी, मेहनत और लगन से कर रही थीं। सही ढंग से उनकी मालिश कर रही थीं। जहाँ तक मालिश की बात थी, तो रॉय साहब को भी उनसे कोई शिकायत नहीं थी। मगर वह इस बात से निराश थे कि ये लड़कियाँ इससे आगे किसी काम की नहीं थीं। उनके पलंग की शोभा इनसे नहीं बढ़ सकती थी।

रॉय साहब के आदमी इतने कच्चे या अरसिक नहीं थे कि उन्हें मालिक की पसन्द-नापसन्द की परख न हो। इसलिए वे उनके आदेश के बग़ैर भी रात भर शहर में उनकी पसन्द और मनमाफ़िक लड़कियों की तलाश में निकले हुए थे। रॉय साहब आराम तलबी में ब्रह्मी तम्बाकू का धुआँ चुरट में खींच रहे थे। कुछ देर बाद उन्होंने अपनी बाईं भौंह हल्के-से उठायीं और धीमी कराहती आवाज़ में चेलों से सवाल किया, "अरे! मेन काम का तुमने क्या किया है, गधो?"

रात तेज़ी से फिसल रही थी। रॉय साहब की बावरी नज़र रह-रहकर बगीचे के अँधेरे की तरफ़ उठ जाती थी।

रॉय साहब का चेहरा बहुत गम्भीर हो चुका था। उन्होंने अपने दीवानखाने पर नज़र डाली। ख़ाली बोतलों के साथ उनके स्टाफ के लोग यहाँ-वहाँ बिखरे पड़े थे। नशे की हालत में वह उठे और सावधानी से चलते हुए अपनी अलमारी के पास पहुँचे और अन्दर से चमड़े का बैग निकाला, जिसमें कड़क नोटों की गड्डियाँ थीं। तभी बाहर बाग़ में से उन्हें अपना पसन्दीदा लड़का गनजी हँसता-दौड़ता आता दिखाई दिया। उसने दरवाज़े से ही आवाज़ लगाई, "चलिए हुजूर... पक्का बन्धोबस्त हो गया है!"

रॉय उसके साथ फटाफट बाहर निकले। उस होशियार सेवक ने उन कठिन परिस्थितियों में भी मोटी रकम देकर एक बग्घी का जुगाड़ कर लिया था।

बग्घी ने रफ़्तार पकड़ी तो रॉय ने ख़ुशी-ख़ुशी उस लड़के के कन्धे पर हाथ रखते हुए पूछा, "किधर?"

"जरीना के पास, जो इरावती नदी के पास गुलाबी बँगले में रहती है।"

"अरे वाह! कमाल! वो तो गोरी परी है, आसमान से उतरी। बड़े-बड़े कर्नल, पुलिस अधिकारी, रबर प्लांटर्स... साली बहुत उड़ती थी! कुत्ती कहती थी कि नेटिव कौवों के सामने टाँगें नहीं खोलूँगी! तूने कैसे पटा लिया उसको?"

"मैंने उससे कहा कि मैडम ज़रा प्रेक्टिकल हो जाओ। कल को कोई जापानी बम तुम्हारे गुलाबी बँगले के छप्पर पर गिर गया, तो इधर कोई कुत्ता भी नहीं फटकेगा।"

"वाह वाह!"

"फिर क्या... वो हँसी और फँसी!"

रॉय का चेहरा ख़ुशी से उजला हो गया। अतीव आनन्द से भरकर उसने अपने सेवक को बाँहों में भर लिया और कहा, "बेटा, तूने तो पहाड़ को हिला दिया रे!"

## 34

दिसम्बर 25, 1941

क्रिसमस के दिन की ख़ुशियाँ और उत्साह रंगून से पूरी तरह गायब था। इन भयानक और अँधियारे हालात में कोई भी त्यौंहार के आनन्द का अनुभव नहीं कर पा रहा था। दुकानों में क्रिसमस केक के ढेर पर ढेर लगे थे। बाज़ार छोड़िए, श्मशान की तरफ़ जाने वाले रास्ते भी इतने भयानक पहले कभी नहीं लगे थे। लोगों के साथ

उनके जानवरों तक की नींद उड़ चुकी थी। हर किसी की आँखें लाल और सूजी हुई थीं। गिरजाघरों में भीड़ टूट रही थी। लोग सचमुच अपने घुटनों पर झुके हुए, यीशू से मदद की याचना कर रहे थे कि प्रभु किसी भी तरह हमारी जीवन नैया को इस तूफ़ान से बाहर निकाल।

जैसे-जैसे घड़ी की सुइयाँ आगे खिसक रही थीं, सर्कस वालों के कलेजे में डर की घण्टियाँ तेज़ी से बज रही थीं। सेना के नोटिस को ख़त्म होने में सिर्फ़ कुछ घण्टे बाक़ी थे। राघव और कंचना बेहद भयग्रस्त हो चले थे। जिनके भरोसे पर वे इस पराये देश तक चले आये थे, उन रॉय साहब का कहीं अता-पता नहीं था। जियावाडी गये लोग अभी तक क्यों वापस नहीं लौटे? जानवरों के पिंजरों की तरफ़ से आने वाली गुर्राहट, हुंकार और दहाड़ें अब कुछ अजीब और अनसुनी हो चुकी थीं। ऐसा आभास हो रहा था कि चालाक और निर्दय काल अपने पैने पंजों को गर्दन में गड़ाये बैठा है।

तभी दूसरी तरफ़ से परांजपे तेज़ी से वहाँ पहुँचे। कंचना की थकी आँखों के आगे ब्रह्मी और अँगरेज़ी में लिखा एक काग़ज़ बढ़ाते हुए उन्होंने कहा, "हम प्रशासन से प्रार्थना करने जा रहे हैं कि सिर्फ़ दो-तीन घण्टे की मोहलत और दे।"

"हाँ, परांजपे, यह ठीक है। इतना तो होना ही चाहिए। अगर यह भी नहीं हुआ तो मैं सीधे ही अपनी कम्पनी के साथ मौत के मुँह में चली जाऊँगी।"

हर बीतते क्षण के साथ माहौल बिगड़ता जा रहा था। रंगून में सुबह से परेशान करने वाली कानाफूसी चल रही थी। "आज क्रिसमस का दिन है। काले दिल वाले जापानी पक्का आज रंगून को ही काला केक बना डालेंगे। उन्होंने कहा भी तो था। आज बचना नामुमकिन है। दो दिन पहले उन्होंने जैसी भयानक बमबारी की थी, वह आज उससे भी ज़्यादा करेंगे। उगते सूरज के देश वाले ये लोग रंगून का सूरज समुद्र में डुबो कर मानेंगे। इसे बेचिराग कर देंगे।"

जले पर नमक छिड़कने का काम सुबह से सायरन कर रहे थे। उनकी भयानक चीख़ें, पिंजरे में बन्द जानवरों का डर ज़रा भी ख़त्म नहीं होने दे रही थीं। कंचना के पैर भी एक जगह नहीं टिक रहे थे। वह रह-रहकर प्रवेशद्वार की तरफ़ दौड़ रही थी। उसे जियावाडी की तरफ़ से पेट्रोल आने का इन्तज़ार था। बाहर, पास के रास्ते पर सभी उनतीस ट्रकों के ड्राइवर एकदम अटेंशन की मुद्रा में अपने केबिनों में बैठे थे। जैसे ही ईंधन मिला कि सारी लड़कियों और जानवरों को ट्रकों में भर कर रंगून नाम के इस श्मशान से, जब तक गाड़ी में पेट्रोल और जान में जान बाक़ी रहे, तेजी से दूर भागते चले जाना है। बीच में कहीं रुकना नहीं है।

इतने में बन्दरगाह की तरफ़ गये कम्पनी के ट्रांसपोर्ट वाले लड़के लौटे। वह इस इरादे से गये थे कि साढ़े तीन सौ लोगों में से कम-से-कम दस-पन्द्रह को तो भी हिन्दुस्तान वापस भेजने का इन्तज़ाम करें। लेकिन वे दिल तोड़ने वाली ख़बर के साथ आये। रात भर वहाँ बैठे रहने के बाद उन्होंने बताया, "दीदी, उन लोगों ने तय किया है कि एक भी हिन्दुस्तानी को टिकट नहीं देंगे।"

"अरे, लेकिन क्यों?"

"पहले गोरे साहबों की, फिर उनके परिवार-बाल-बच्चों की और अन्त में उनके यहाँ काम करने वालों की व्यवस्था कर रहे हैं।"

"हे भगवान! इतनी मेहनत करके एक टिकट भी नहीं मिला?"

"दीदी, हम तो उन्हें पाँच टिकटों के लिए पाँच गुना दाम देने को तैयार थे, लेकिन सब बेकार। सारे छोटे-बड़े जहाज़ और टिकट गोरों के क़ब्ज़े में हैं। उनकी इस शैतानी चाल के आगे अपनी कहाँ चल सकती है?"

सुबह की हल्की किरणों ने रंगून पर उतरना शुरू कर दिया था और इससे जो नज़ारा सामने आया, वह कतई ख़ुशनुमा नहीं था : शहर का चेहरा बीते दिनों की आग में जलकर काला पड़ा हुआ था। दूसरी तरफ़ नज़र आने वाला शेवेडेगॉन पगोडा का स्वर्ण शिखर भी कालिख और राख से ढंका था। तभी हवा में बहती हुई तीखी दुर्गन्ध नाक में सीधी घुसी। जानवरों के पिंजरे की तरफ़ फटे तम्बुओं से आ रही दुर्गन्ध की यह लपटें, तेज़ होती जा रही थीं। यह बदबू इतनी भयानक थी कि हर किसी के पेट में गोले उठने लगे। किसी का भी पेट भरा नहीं था, इसलिए पेट के गोले अन्दर ही घुमड़ते रहे और कोई उलटी भी नहीं कर पा रहा था। सबके गले लाचारी में रुँधने लगे थे और ऐसा लग रहा था कि अन्दर कुछ फँस गया है।

कम्पनी में काम करने वाले भंगी और मेहतर उस दिशा में दौड़े जहाँ से ये जानलेवा दुर्गन्ध की लहरें आ रही थीं। कनातों में लिपटी हुई दस-ग्यारह बरस के दो लड़कों की लाशें पड़ी सड़ रही थीं। परसों की भागदौड़ में किसी का ध्यान उस तरफ़ नहीं गया था। सम्भवत: उन बच्चों के माँ-बाप रंगून की सड़कों पर बिखरी पाँच हज़ार लाशों में कहीं हों। अब यहाँ किसे परवाह थी कि कौन जी रहा है और कौन मर गया है? उन गन्धाती लाशों को लेकर भंगी दूर निकल गये और जहाँ छोड़कर आ सकते थे, छोड़ आये।

घड़ी के काँटे एक-दूसरे को आगे-पीछे करते सरकते जा रहे थे। उनकी नोक दिलों में छेद कर करके रक्त बहा रही थी। जब ईश्वर का ही भरोसा सन्दिग्ध हो गया था, तो इन्सान और जानवर किसकी शरण जाते? दो दिन पहले जो लखपति

थे, वे अक्षरशः भिखारी बन गये थे। यहाँ ऐसे लोग थे जिनके पास चावल के पच्चीस कारख़ाने थे, जिनकी दुकानों में हीरे-मोती यहाँ-वहाँ बिखरे रहते थे। उनकी चमचमाती कारों में भरने के लिए पेट्रोल नहीं था, लेकिन वे हर हाल में जल्दी-से-जल्दी रंगून से निकल जाना चाहते थे। वही लोग अब बैलगाड़ियों पर सवार होकर जा रहे लोगों के हाथ-पाँव जोड़कर बैठा लेने की गुहार लगा रहे थे।

तभी कंचना की नज़र प्रवेशद्वार पर गयी। पेट्रोल की तलाश में जियावाडी गये दो लड़के आ रहे थे। उसने देखा कि उनके चेहरों पर विजेता के जैसी मुस्कान थी। उसे अपने बदन में स्फूर्ति महसूस हुई। लड़कों ने दूर से चिल्लाकर कहा कि पेट्रोल का टैंकर आ रहा है, रास्ते में है। किसी भी पल यहाँ पहुँच जायेगा। "दामले साहब ख़ुद टैंकरों के केबिन में बैठकर आ रहे हैं और उन्होंने आगे जाकर हमें ख़बर देने को कहा है।"

"अरे, मगर उस तरफ़ कोई मुश्किल तो नहीं है?"

"कुछ नहीं दीदी। दामले कोई घण्टे, डेढ़ घण्टे पीछे रह गये होंगे। माण्डले के रास्ते में ख़ूब भीड़ है। बैलगाड़ियों, बग्घियों और छकड़ों पर लद-लद कर हजारों लोग उधर भागे जा रहे हैं।"

"वाह वाह!" राघव ख़ुशी से चिल्लाया। लेकिन फिर अचानक ही उसे जैसे कुछ ख़याल आया और वह ग़ुस्से से चिल्लाया, "मगर वो हमारे रॉय साहब का क्या हुआ? कहाँ डूब मरे हैं वो?"

"हमारे लड़के उनके बँगले पर होकर आये हैं... वो सारे गायब हैं!"

कंचना ने धूसर-रंग में नहाए आकाश की ओर देखा और उसके मुँह से निकला, "माँ कालम्मा! तू एक आवाज़ पर दौड़ी अपने बच्चों को बचाने के लिए!" कंचना ने आँखों में आये आँसू पोछे। वह तेज़ी से रसोइये की तरफ़ मुड़ी और बोली, "अरे मैंने कहा था, वो पाव-भाजी और चपातियाँ जो बची थीं, भेजी ना ट्रक ड्राइवरों को? हमको अगले दस दिन बिना अन्न-पानी के निकालना पड़ेंगे, लेकिन ध्यान रखना कि ट्रकों के साथ उनके ड्राइवरों की टंकी फुल रहनी चाहिए। अब रास्ते में भले ही हमारे बदन पर बम बरसें, मगर माण्डले तक बिल्कुल रुकना नहीं है।"

नोटिस की मियाद ख़त्म होने में मात्र पौन घण्टा बाक़ी रह गया था। घबराये हुए कंचना और राघव पसीने की धार पोछें जा रहे थे। तभी अचानक समुन्दर की ऊँचाई से नीचे गिरती लहरों जैसी सूंऽऽ सूंऽऽ रुह्मऽऽ रुह्मऽऽ जैसी अन्तड़ियों में समा जाने वाली भयानक आवाज़ें दूर से आने लगीं। आकाश में अचानक आग का एक विशाल गोला उठा और धमाके के साथ फट गया। उसमें से जैसे कई लाल गेंदें

उछलकर इधर-उधर बिखरकर नीचे आने लगीं। वे अभी ज़मीन तक भी नहीं पहुँचीं कि मशीनगनों से टटटटटट् सर्ररर्रर टटटटटट् की आवाज़ों ने पूरे वातावरण को भयानक बना दिया। जिससे ठीक वैसा ही कंपा देने वाला डर कंचना की हड्डियों और पिंजरे में बन्द जानवरों के बदन में झुरझुरी की तरह फैल गया, जिसने दो दिन पहले हुए हादसे के वक़्त सबको थर्रा दिया था! फिर वही भयानक दुस्वप्न सामने आकर खड़ा हो गया था। कानों के पर्दे फाड़ देने वाले इस शोर के बाद अचानक बेचैन कर देने वाला सन्नाटा चारों तरफ़ पसर गया।

पूरे शहर में बम धमाकों और बड़ी-बड़ी इमारतों के ढह जाने की भीषण आवाज़ें गूँजने लगी थीं। इन जगहों पर काले धुएँ में लिपटी आग की लपटें नागिन की तरह फनफना रही थीं। इन सबके बीच शहर की सड़कों तथा गलियों में इन्सानों के चीख़ने-चिल्लाने-कराहने की आवाज़ें इतनी महीन लग रही थीं कि उन्हें स्पष्ट सुन पाना कठिन था। तभी पास के इलाक़े में धूमऽधड़ामऽऽ धूमऽधड़ामऽऽ के दो विस्फोट सुनाई पड़े। मुख्य गेट के दायीं तरफ़ एकाएक इतनी ऊँची आग की लपटें उठने लगीं, मानो तेल के कुएँ भभक गये हों। धुएँ का एक काला पहाड़ आसमान में बढ़ा चला जा रहा था और इन्हीं के बीच कुछ जलती हुई लॉरियों के कंकाल धीरे-धीरे हवा में उलट-पुलट हो रहे थे। कंचना के पेट में डर का गोला उठा और उसने कसकर अपनी आँखें बन्द कर लीं। उसने सिर्फ़ इतना किया कि अपने चेहरे और गर्दन पर भरभरा आये पसीने को पोंछा। राघव को खटका हुआ कि वह किसी भी पल ढह सकती है, तो उसने लपककर छलाँग मारी और उसे कसकर अपनी बॉहों में भर लिया।

इस भीषण धमाके को कुछ ही क्षण बीते होंगे। बस इतने कि बन्दूक़ के बैरल में से हलके धुएँ को निकलने में जितना समय लगता है। तभी आसमान में गुरगुर करते बॉम्बरों की आवाज़ आयी और उससे भी भारी-कर्कश आवाज़ें कानों में पड़ीं। तेज रफ़्तार से सायरन बजाती दो जीपें सामने दरवाज़े पर आकर खड़ी हो गयीं। ज़मीन से भारी बूटों के टकराने की आवाज़ें गूँजने लगीं।

आसमान से आग बरसाकर जापानी पलटे!

बमुश्किल आधे मिनट के अन्दर ही ब्रिटिश आ खड़े हुए!

उसी गँवारू ढीठपन और उसी उदासीनता के साथ!

वही निर्दयता और वही जड़ता!

वही बेमुरव्वती और वही उपेक्षा!

कंचना ठीक सामने देखती रही। उसके दिल में जैसे छेद हो चुका था और वह

तड़पते हुए दो हाथों से उसे ढँकने की कोशिश कर रही थी। सामने से आ रहे ब्रिटिश और ब्रह्मी सैनिकों के चेहरों पर मुर्दनी छायी थी और उन पर घिनौने हेलमेट जड़े थे। उनकी आँखें सूखी, ख़ाली, भावशून्य थीं। उनके चेहरे बेरंग थे। उनके चेहरे ऐसे थे, जिन्होंने कई घरों को मिनटों में ढहते देखा है। अपनी आँखों के आगे जिन्होंने विनाश की अग्नि को नग्न नृत्य करते देखा है। उन्होंने इतने सारे इन्सानों को मृत्यु के अन्तिम क्षणों में एड़ियाँ रगड़ते देखा है कि उनके अन्दर इन्सानी भावनाएँ शेष ही नहीं रह गयी। ज़िन्दा लोगों को देखकर उन्हें न कोई ख़ुशी है और न ही मरने वालों के प्रति कोई सहानुभूति। वे सिर्फ़ मार्च करते हुए आ रहे हैं। स्वचालित मशीनों की तरह। अपनी संवेदन शून्यवर्दी में।

परांजपे अपनी जगह पर खड़े-खड़े बुरी तरह से काँप रहे थे। उनके हाथों में अँगरेज़ी और ब्रह्मी में लिखी वह अर्ज़ी भी अंगुलियों में फँसी कँपकँपा रही थी, जिसमें दो घण्टों की मोहलत माँगी गई थी। राइफ़लें देखकर परांजपे ठण्डे पड़ गये थे। कंचना ने किसी तरह अपने डर पर काबू पाया और विनम्र गौ की तरह झुककर रिरियाने लगी, "सर, सर, प्लीज़ सिर्फ़ तीन घण्टे... अच्छा नहीं सिर्फ़ दो घण्टे या फिर बस, एक घण्टा! मेरे पेट्रोल टैंकर किसी भी पल यहाँ पहुँच जायेंगे! थोड़ा-सा समय दे दीजिए सर, मेरे जानवर, मेरे मासूम, मेरे नादान बच्चे..."

तभी पता नहीं कैसे परांजपे के भीतर इतना साहस पैदा हो गया कि वह आगे बढ़ते हुए सिपाहियों के रास्ते में अड़कर खड़े हो गये। यह देखते ही स्क्वाड के लीडर की पुतलियाँ फैल गयीं। दो सिपाहियों ने आगे आकर परांजपे की कमर में दो लात लगायी और वह ज़मीन पर गिरकर धूल चाटने लगे। उनकी नाक से ख़ून की धार फूट पड़ी।

कंचना जैसे ही आगे बढ़ी, राघव ने उसकी बांह थाम कर खींच लिया। लेकिन वह उसे धक्का देते हुए इतनी ज़ोर की तिलमिलायी आवाज़ में चीख़ी कि स्वर्ग में बैठे देवताओं तक उसकी पुकार पहुँच जाये, "पिटीऽऽ पिटीऽऽ प्लीज पार्डन अस, सर! मेहरबानी करो सरकार... दया करो... भगवानऽऽ।" एक अफ़सर तेज़ी से आगे बढ़ा और उसने कंचना को दूसरी तरफ़ धकेल दिया।

इतने में शिकारखाने की तरफ़ बन्दूकें चलने की आवाज़ें आने लगीं। कई सिपाही उधर घुस चुके थे। गोलियों की आवाज़ें, बूटों का नाच और जानवरों की दिल चीर देने वाली चीत्कार चारों तरफ़ फैल गईं। बदहवास कंचना तेजी से भागती हुई वहाँ पहुँची और चिल्लायी, "अरेऽऽ क्या कर रहे हो? मेरे बच्चे... मेरे बच्चे..." सब कुछ अविश्वसनीय-सा उसकी आँखों के सामने हो रहा था। विशाल हाथियों

की चमड़ी को भेदती हुई गोलियाँ उनके जिस्म में घुस रही थीं और वे मिनट भर में अपने घुटनों पर और फिर एक करवट पर ज़मीन पर गिर रहे थे। उनके छलनी बदन से उबलकर गिरता गर्म ख़ून आस-पास बहते हुए जैसे तालाब बना रहा था। मृत्यु का भय सबको होता है। बड़े-बड़े शेर और बाघ शरीर पर गोलियाँ खाने के बाद गुर्राते-चीख़ते और कभी गायों की तरह रँभाते हुए पिंजरों की सलाखों से टकरा रहे थे। सिंहों के नन्हे शावक पल भर में गोलियों के शिकार हो रहे थे। मृत्यु के देवता यम के दरबार में भी बर्बरता का ऐसा नज़ारा कभी पेश नहीं हुआ होगा।

राइफ़लधारियों ने कुछ ही मिनटों में तस्वीर बदल दी थी। स्वस्थ, सुन्दर, खेलते और शरारतें करते जानवरों को देखते-ही-देखते उन्होंने ऐसी लाशों में तब्दील कर दिया, जो अपने ही रक्त में नहाई थीं। इन्सानों का मनोरंजन करने वाले मूक पशुओं का अस्तित्व सबकी आँखों के सामने मिट गया था।

## 35

ज़िन्दगी क़ागज़ के फूलों से अधिक कुछ नहीं। रसहीन, गन्धहीन।

अब उसे मृत्यु की अनन्त निद्रा कहें या फिर जागी आँखों से देखा भीषण दुःस्वप्न! कंचना को हर हाल में उससे उबरना तो था ही। शुष्क-निर्जीव आँखों से उसने सामने देखा। सारे जानवरों का नामोनिशान मिट चुका था।

बाहर हाथियों के शव एक के बाद एक यहाँ-वहाँ बिखरे थे। उनकी देह रक्त-मांस के विशाल लोथड़ों में बदली पड़ी थी, जिनसे विशाल अस्थि-पंजर झाँक रहे थे। उनके शरीर में जहाँ गोलियों ने सूराख़ कर दिये थे, वहाँ की त्वचा जलकर काली पड़ चुकी थी! जब कंचना की नज़र शिकारी जानवरों के पिंजरों की तरफ़ गयी, तो सारा नज़ारा जैसे सेही के काँटों की तरह उसकी देह में चुभने लगा। तमाम पिंजरों की सलाखें और फ़र्श काले पड़ चुके ख़ून से तर-ब-तर थे। जिस तरह से सब कुछ छितराया हुआ था, उससे यह अनुमान लगाना कठिन नहीं था कि गोलियों से बचने की कोशिशों में वे मूक जानवर किस तरह बौराए हुए सींखचों से टकराये और छटपटाये होंगे।

गोलियों से छलनी पिंजरों के अन्दर बन्द जानवरों का पूरा रक्त उनके शरीर से निचुड़ चुका था। पिंजरों में उनके कंकालों को ढँकी उनकी चमड़ियाँ भयावह दिख रही थीं। मुस्तफा के पानी का हौद भी लाल सुर्ख़ हो चुका था। गोलियों की बौछार से घबराकर वह हौद से निकलकर बाहर भागा था। उसे उम्मीद थी कि वह यहाँ से

निकल सकेगा, लेकिन उसे इतना मौक़ा नहीं मिला। कुछ ही पल में गोलियाँ उस पर बरसीं और देखते-देखते वह धराशायी हो गया। पानी से भरे हौद को देखते-देखते उसने आँखें मूँद लीं। उसका ही हौद था, जब बंकट सिंह ने इस्लामपुरा में हथियारों की तलाश में सर्कस पर छापा मारा था, तब बन्दूक़ बनाने के सारे औजार उसमें छुपा दिये गये थे। बंकट सिंह ने कैम्प का चप्पा-चप्पा छान मारा था, मगर उसकी आँखें हौद में छुपाये शस्त्रों और औज़ारों तक नहीं पहुँच पायी थीं।

कंचना राघव का सहारा लेकर धीरे-धीरे चल रही थी। उसकी नज़रें तबाह हो चुके अस्तबल पर पड़ीं। वहाँ अजीब सन्नाटा पसरा था। कंचना अपने पति की ओर मुड़ी और बोली, "राघवजी, यहाँ अस्तबल में तो सिर्फ़ घोड़ों की लीद और खुरों के निशान बाक़ी हैं। क्या इन राक्षसों ने मेरे सुन्दर घोड़ों को भी मार डाला?"

"नहीं, ये गोरे बहुत चोर हैं... हरामी, हाथ में राइफ़लें लेकर आये थे... अपने बारह-चौदह घोड़ों पर बैठकर और कुछ की लगाम पकड़कर साथ में ले गये।"

"चलो, कम-से-कम वे उन्हें ज़िन्दा तो रखेंगे। लेकिन बाक़ी का क्या हुआ?"

"बाहर जब जापानी बम गिरा रहे थे, तो हमारे सात-आठ ट्रकों के साथ कुछ घोड़े भी धमाकों में उड़ गये। भयानक आवाज़ों से डरकर बाहर भागने वाले कम से कम पाँच-छह घोड़े तो मारे ही गये। ब्रह्मी गुण्डे और लुटेरे भी इस गड़बड़ी का फ़ायदा उठाकर बहुत से घोड़े चुराकर ले गये।"

"अरे देवा! मतलब एक भी जानवर नहीं बचा?"

"ऐसा तो नहीं है। भगवान की दया से सोलह-सत्रह अभी बचे हुए हैं। अपने रिंग बॉयज और कर्मचारियों ने चुपचाप ले जाकर कहीं छुपा रखे हैं।"

"कहाँ?"

"हैं... एक सुरक्षित जगह पर!"

"क्या बेकार बात कर रहे हैं राघवजी!" कंचना ने कहा, "यहाँ आसमान से आग बरस रही है और हर तरफ़ भगदड़ मची है, कहाँ कौन-सी सुरक्षित जगह बची है?"

"कांचूऽऽ धीरज रखो। भगवान अभी हमारे साथ है।"

"और दामले का क्या हुआ?"

"कुछ नहीं पता। न तो वह आये और न ही उनके साथ पीछे रह गये किसी का अता-पता है। लेकिन वह भरोसेमन्द आदमी है... सब रास्ते निकालना जानता है। अगर वह जिन्दा रहा, तो पक्का वापस लौट कर आयेगा।"

कंचना भारी क़दमों से चलती हुई प्रवेशद्वार तक आयी। बाहर डरावना सन्नाटा

था। शहर अब भी जल रहा था। धुएँ और आग की लपटें चारों तरफ़ थी। सुबह के सूरज की हल्की किरणें, नर्म धूप और खुली हवा शाम होते-होते अपना रूप बदलकर भयानक हो चुकी थी। रंगून के क्षितिज पर चमकने वाले शेवेडेगॉन पगोडा और सुले पगोडा की ऊँची मीनारें, अपनी सुनहरी आभा खोकर धुएँ से काली पड़ चुकी थीं।

बावरे मन को आख़िर कोई कब तक समझा सकता है? कब तक कोई अपना दुख पेट में छुपाकर, धीरज धरने का स्वाँग रचा सकता है? अचानक जैसे कोई बादल फटता है, वैसे कंचना बिलख पड़ी। राघव की बाँहों में समाते हुए उसने, उसे कसकर अपने सीने से लगा लिया और टूटकर रोते हुए बोली, "हे मेरे भगवान... मेरे देवता... क्या मिल गया तुम्हें मुझको इस हाल में पहुँचाकर? मेरे जानवरों का यह बाड़ा ही तो मेरा मन्दिर था, क्या तुमको नहीं पता? क्या मिल गया सब कुछ दफ़न करके तुम्हें? अब क्यों जीना... किसके लिए जीना है?"

"आराम से कांचू... सँभालो ख़ुद को... भगवान ने हमारा साथ नहीं छोड़ा है। वह अब भी..."

"बेकार झूठ मत बोलो राघवजी," कंचना चीख़ पड़ी, "इन जापानियों ने मुझे टारगेट करके बर्बाद कर दिया... क्यों... क्यों... क्यों? क्यों मेरे ट्रक..."

"ऐसा नहीं है कांचू! उधर, दूसरी तरफ़ थॉमसन रोड के कोने पर क़रीब चार सौ ट्रक कतार से लगे थे। वह अमेरिकी गाड़ियों का डिपो है। ये सैकड़ों ट्रक वहाँ से बर्मा बन्दरगाह होते हुए ढेर सारा सामान लेकर चीन जाने वाले थे। जापानियों ने आज पूरा डिपो ही उड़ा दिया। पूरे रंगून में अब ट्रक और जीप का नामोनिशान नहीं बचा है।"

कंचना ने चारों तरफ़ नज़र फेरी। सुबह की बमबारी के बाद मुश्किल से चार या पाँच ट्रक सलामत रह पाये थे। बाक़ी जलकर कोयला हो चुके थे। एक ट्रक की ड्राइविंग सीट पर स्टेयरिंग को सँभाले हुए ड्राइवर का कंकाल बैठा था। रक्त-माँस का यह पुतला धीरे-धीरे गल रहा था। कंचना ने घबराई-थरथराती आवाज़ में पूछा, "अपने सारे ड्राइवर ख़त्म हो गये क्या?"

"नहीं... जब जापानी फाइटर विमान अन्धाधुन्ध बम गिरा रहे थे तो हमारे ड्राइवरों ने उन्हें पहले ही देख लिया और ज़्यादातर अपनी-अपनी गाड़ियों के नीचे छुप गये थे। इसके बावजूद ग्यारह बम के धमाकों में उड़ गये।"

"उनका अन्तिम संस्कार कौन करेगा...?"

"तुम पागल हो गयी हो? यहाँ पूरा शहर श्मशान बना हुआ धधक रहा है? तुम किस-किस का अन्तिम संस्कार करोगी?"

## 36

कंचना ने एक रिंग ब्वॉय के हाथ से रुमाल लिया और चेहरे का पसीना पोंछा। वह अचानक रुक गयी। रुमाल चिपचिपा और काला हो गया था। कंचना को अपने चेहरे की स्थिति का आभास हुआ। वह घबराई। रंगून की हर दीवार, हर पत्ती, हर कपड़े से लेकर हवा तक काली हो चुकी थी। चेहरा साफ़ करते हुए, जैसे ख़ुद को आश्वस्त करने के लिए कंचना ने सवाल किया, "मेरी सारी लड़कियाँ तो सुरक्षित हैं न?"

राघव ने उसका हाथ थामा और अपनी हथेलियों में रखकर हौले से दबाते हुए, उसे आश्वस्त करने वाली निगाहों से देखा। उसकी सारी लड़कियाँ सुरक्षित और सलामत थीं। बाहर से आ रही गोलियों की आवाज़ें किसी भी सूरत रुकने का नाम नहीं ले रही थीं। हवा में तारी तनाव जरा भी कम नहीं हुआ था। "यहाँ से तुरन्त ही निकल चलो," कंचना ने कहा, "इस श्मशान हुए शहर में रुके रहने की क्या ज़रूरत है?"

"चिन्ता मत करो, कांचू। हमारी कम्पनी के लोगों ने यहाँ एक सुरक्षित और गुप्त जगह ढूँढ़ ली है।"

"कहाँ पर?"

"सिर्फ़ पाँच मील दूर, एक छोटी नदी के किनारे की आड़ में।"

"तो हम इन्तज़ार क्यों कर रहे हैं? जल्दी निकलो इस भयानक शहर से बाहर!"

"लेकिन अगर हम एक बार यहाँ से निकलकर शहर के उपनगर में पहुँच गये, तो यहाँ आग-धुएँ-बमबारी के बीच हालात और ख़राब होने पर हमारा इधर लौटना नामुमकिन हो जायेगा।"

"यहाँ हम वापस क्यों आयेंगे?"

"वापस तो आना पड़ेगा। हमें अगर किसी को आगे हिन्दुस्तान भेजना होगा कि वह वहाँ कुछ व्यवस्था वग़ैरह करके रखे, तो बन्दरगाह और विमानतल तो यहीं रंगून में हैं!"

"ओह! बात तो सही है। मैं समझ गयी। लेकिन हम यहाँ ऐसे खुले में कब तक पड़े रह सकते हैं! इस फटे-टूटे टेंट में? यहाँ एक बम गिरा कि हम सबका खेल ही ख़त्म हो जायेगा।"

"चिन्ता मत करो, मैंने कुछ टेंपरेरी इन्तज़ाम किया है। उठो, आओ मेरे साथ चलो।"

पडांग मैदान बहुत विशाल था। यह म्युनिसिपैलिटी की जगह थी, जो तात्कालिक रूप से सर्कस के लिए किराये पर ले रखी थी। अनुबन्ध ख़त्म होने में अभी एक महीने का समय था। खेल का मैदान होने की वजह से, वहाँ हमेशा छोटे-बड़े मुक़ाबले होते रहते थे। इसलिए वहाँ के बग़ीचे और खेलों का सामान रखने के लिए, पीछे की तरफ़ एक भूमिगत स्टोर की स्थायी व्यवस्था की गई थी। कुछ लोगों के साथ कंचना वह जगह देखने के लिए गयी। वहाँ बात बन सकती थी। बाहर के हालात देखते हुए, हवाई हमलों की स्थिति में वहाँ सुरक्षित रहा जा सकता था।

इस संकटकाल में वह सुरक्षित जगह स्वर्ग से कम नहीं थी। वे सभी वहाँ स्थानान्तरित हो गये। छह खम्भों पर खड़ा सर्कस का विशाल तम्बू वहीं लगा था, लेकिन उसकी कनातें और कपड़े की छत तार-तार हो चुकी थी। रात की ठण्डी हवा में इनके फड़फड़ाने पर किसी दम तोड़ते हुए पंछी के जैसी आवाज़ आती थी।

रात में अँधेरे में कंचना जैसे सपने में बात कर रही थी, "तीनों के चेहरे अब भी मेरी आँखों के सामने तैरते हैं।"

"कौन तीन?"

"हमारी देवी कालम्मा, मेरी बाघिन लक्ष्मी और... मुझे पता नहीं कि इनके साथ यह तीसरा चेहरा भी क्यों अपने आप बीच में आ जाता है... मुझे लगता है कि यह मर्लिन मैडम हैं!"

"तुम बिल्कुल सही हो। कांचू, यहाँ से बाहर निकले के लिए सचमुच दो ही रास्ते हैं... या तो पानी या फिर हवा... और इन तक मर्लिन मैडम के अलावा कोई नहीं पहुँचा सकता।"

कम्पनी की जीप रात के अँधेरे को चीरती हुई धीरे-धीरे डिप्टी कमिश्नर के बँगले की तरफ़ बढ़ रही थी। हेडलाइट्स जलाने का प्रश्न ही नहीं उठता था, जबकि सड़कों पर म्युनिसिपल टाइटें भी बन्द थीं। चीता की तरह अपनी आँखें खुली रखकर, अँधेरे रास्ते पर बढ़ते रहने के अलावा कोई विकल्प नहीं था। जीप हौले-हौले सावधानी से चल रही थी कि कोई ज़िन्दा आदमी न कुचल जाये। साथ ही बमों के धमाके से हुए गड्ढों के बीच से बढ़ते रहना भी अपने आप में चमत्कार ही था।

रिचर्डसन साहब के बँगले के आस-पास का वातावरण विचित्र और रहस्यमयी था। उन्होंने पाया कि पिछली बार की तरह इस बार यहाँ सेना के फौजियों का बड़ा जमावड़ा नहीं था। पहले जैसी सख़्ती गायब थी। बाहर की सुरक्षा शिथिल पड़ी थी और हड़बड़ी तथा अफरा-तफरी के साथ अन्दर सामान बाँधने का नजारा था। हर कोई चिन्तातुर नज़रों से तमाम दिशाओं पर नज़र रखे था। बाहर के अँधेरे के बावजूद

रिचर्डसन ने कंचना को तत्काल पहचान लिया और दो सिपाहियों को उसे अपने साथ ले आने का आदेश दिया।

"मैडम अन्दर तुम्हारा इन्तज़ार कर रही हैं। उन्होंने मुझसे कह रखा था कि जैसे ही तुम आओ, तुम्हें अन्दर बुला लिया जाये।" रिचर्डसन ने कंचना से कहा। फिर आगे बताया, "तुम्हारे जानवरों का जिस तरह से कत्ले-आम किया गया, उसका मैडम को ख़ूब अन्दाज़ा है। तुम्हारे यहाँ आने से पहले वे लोग यहाँ के बड़े सरकारी चिड़ियाघर में गये थे, जहाँ तुम्हारे से दो गुने जानवर थे। नाऊ द एंटायर वर्ल्ड हैज बीन चॉप्ड आउट! मैडम को सारी खबर है।"

मर्लिम मैडम अपने दीवानखाने में बदहवास-सी बैठी थीं। उनके आस-पास चार-पाँच अन्य उच्चवर्गीय गोरी महिलाएँ मौजूद थीं। सबके चेहरे पर एक ही चिन्ता थी कि कैसे जल्दी-से-जल्दी यहाँ से बाहर निकलें। ज़िन्दा बचेंगे या नहीं, इस आशंका में उनके बच्चों की साँसें घुट रही थीं। कंचना को सामने पाते ही मैडम मर्लिन बेहद भावुक हो गयी। लेकिन वह समय ऐसा नहीं था कि भावावेश में कंचना को गले लगा लें और ढाढस बँधाएँ। वह बस इतना बोलीं, "यू आर अ ट्रू एनिमल लवर माई चाइल्ड... जानवरों के लिए तुम्हारा प्यार देखकर मैं हैरान हूँ... बट आई एम रियली वेरी सॉरी... कंचना।"

"भूल जाइए मैडम... अब यह तो दुर्भाग्य था। जो हुआ, वह मेरी क़िस्मत में लिखा था!"

"अब तुमने क्या फ़ैसला किया है?"

"मेरी तो बुद्धि ही काम नहीं कर रही मैडम। आप बताइए कि दो सौ पशु-पक्षियों को खो देने वाली मेरे जैसी पागल माँ अब कहाँ जाये?"

"कंचना, आई डोंट हैव द टाइम टू टॉक ऑल्सो। ये सब मेरी यूरोपियन सहेलियाँ यहाँ बैठी हैं। इनके चेहरे ठीक से देखो... म्यूट लैंब्स ऑन वे टू द स्लॉटर हाउस! सब जैसे क़त्लखाने के रास्ते पर हैं। अब यहाँ हमारा राज रहेगा कि डूबेगा... किसी को नहीं पता। ये सारे नन्हे बच्चे अपनी माँओं के पेट से ऐसे चिपककर दुबके हैं, जैसे चिड़िया के बच्चे उसके पंखों के नीचे छुप जाते हैं। इन्हें बचाना हमारा सबसे पहला धर्म है। किसी भी हाल में हमें यहाँ से अगले दो-तीन दिन में निकल जाना है।"

"मैं आपके पाँव पड़ती हूँ मैडम, प्लीज़ हेल्प मी। आप कुछ भी करो, लेकिन मेरी कम्पनी के लोगों के लिए किसी नाव के टिकट दिलाने में मेरी मदद कीजिए।"

"दैट्स इम्पॉसिबल... किसी भी सूरत में प्रैक्टिकल भी नहीं है।"

"मैडम आप दिल पर ले लें, तो कुछ भी कर सकती हैं।"

"फॉरगेट माई चाइल्ड। वी हैव लॉस्ट दोज डेज। वो कोने में बैठी मैडम को देख रही हो ना, असिस्टेंट पुलिस कमिश्नर की बीवी है। उसके बेटे और सर्वेंट को अभी तक टिकट नहीं मिला है।"

मर्लिन की यह बात सुनकर कंचना जैसे धड़ाम से ज़मीन पर गिरी। मर्लिन ने कहना जारी रखा, "समय बहुत तेजी से निकल रहा है और मुझे लगता नहीं कि इंडिया जाने वाली एयर सर्विस अगले दो दिन में भी शुरू हो पायेगी।"

"क्या कह रही हैं, मैडम?"

"यस, आज शाम को ही जापानी विमानों ने मिंगलदान हवाई पट्टी पर बम बरसाकर उसे पूरा डैमेज कर डाला है।"

क्षण-क्षण गम्भीर होती युद्धग्रस्त परिस्थितियों के साथ, नयी-नयी पैदा होती अप्रत्याशित समस्याओं की हथौड़े जैसी मार ने कंचना को जर्जर बना दिया था। उसकी मानसिक स्थिरता इतनी भी शेष नहीं रह गयी थी कि वह अपनी बात समझा पाती, परन्तु मर्लिन को इसकी आवश्यकता नहीं थी। वह भली-भाँति जानती थी कि दुर्भाग्य की मारी इस महिला के दिमाग़ में क्या चल रहा होगा। मर्लिन और उसके पति के बीच गलियारों में हो रही बातचीत उसके कानों तक पहुँच रही थी। "माई डियर, बाय योर इंसिस्टेंस, एंड फॉर योर सेक ओनली दैट टू टिकिट्स मे बी जस्ट पॉसिबल।"

मर्लिन तेज़ कदमों से वापस लौटी और एक साँस में बोली गई, "अगर तुम्हें किसी को भी जल्दी से जल्दी हिन्दुस्तान भेजना है, तो कल सुबह के सिर्फ़ दो टिकट मिल सकते हैं। इसके बाद का समय अनिश्चित और अन्धकारमय है। पता नहीं फिर कोई विमान उड़ान भर सकेगा या नहीं।" उसने बताया कि हिन्द महासागर में जापानी पनडुब्बियों और विमानों की गश्त बहुत बढ़ चुकी है। मर्लिन ने कहा कि उसके आदमियों को विमान के दरवाज़े तक छोड़ने का काम ख़ुद साहब का ख़ास आदमी, डेविड करेगा।

इसके बाद कंचना को अलविदा कहते हुए, मर्लिन ने दो फ्रेंच पिस्तौलें उसके हाथ में थमाईं और बोली, "एक तुम्हारे और दूसरी तुम्हारे पति के लिए। बुरा वक़्त बिना बताये आ धमकता है। मे गॉड टेक केयर ऑफ़ यू, माय चाइल्ड।" मर्लिन की इस उदारता ने कंचना को भावुक बना दिया। उसकी आँखों में आँसू आ गये। अपनी जिस माँ, शायरा का चेहरा भी उसे याद नहीं था, उसे लगा कि वही उसके सामने है।

रात को भूमिगत, बंकर में देर तक चर्चा चलती रही। अगली सुबह हवाई जहाज़ से किसे हिन्दुस्तान भिजवाया जाये? कौन दो व्यक्ति?

हिन्दुस्तान के लिए जाने वाला रास्ता बहुत लम्बा और दुरूह था। एक रास्ता रंगून से चटगाँव होते हुए कलकत्ता से निकल कर दक्षिण को जाता था। या फिर कोई मिचिना के मार्ग से ख़तरनाक डाफा नदी का चौड़ा पाट करते हुए, असम जाकर वहाँ से दक्षिण की तरफ़ निकल सकता था। दूसरा रास्ता ज़्यादा जोखिम भरा था, जिसमें ऊँचे पहाड़-खाइयाँ, धोखा देने वाले मोड़, गहरे खड्ड से लेकर नदी की तेज धार तक शामिल थी। पैदल चलते हुए इस रास्ते पर कम से कम छह महीने लग सकते थे। इसलिए बहुत ज़रूरी था कि किसी को जल्द से जल्द कागवाड-मिरज भेजा जाये। दाजी ने वहाँ साठ एकड़ ज़मीन खरीद रखी थी और मिरज-म्हैसाल मार्ग पर एक विशाल बँगले समेत कई चीज़ें थी, जिनका नियन्त्रण और देखभाल बहुत ज़रूरी थी।

महालिंग और हीरा आत्या ने कहा, "परिस्थितियों की नजाकत को देखते हुए हमें लगता है कि कंचना और राघव को देश चले जाना चाहिए।"

"हम दोनों?" सुनते ही कंचना चौंक गई।

"हाँ, तुम दो वहाँ पहुँचने पर कुछ भी कर सकते हो। तुम चाहो तो हम लोगों को यहाँ से निकालने के लिए जहाज़ भी भेज सकते हो।"

"अरे! वो दिन अब कहाँ रहे?" राघव ने कहा, "ब्रिटिशों के पास आज भले ही जहाज हैं, लेकिन समुन्दर के पानी पर तो जापानियों का क़ब्ज़ा है।"

"आत्या कुछ भी मत कहो! हम दोनों यहाँ तुम सबको मुश्किल हालात में छोड़कर चले जायें? क्यों भला? अपनी जान बचाने के लिए? सवाल की नहीं उठता...! इससे तो अच्छा है कि हम सब यहीं साथ-साथ मर जायें," कंचना ने ठोस शब्दों में कहा।

राघव ने कंचना को समझाने की कोशिश की कि क्यों उसे यहाँ से चले जाना चाहिए। इस पर वह बोली, "राघवजी, हिन्दुस्तान जाकर मैं क्या करूँगी? मेरा शरीर वहाँ पहुँच जायेगा, मगर मेरी आत्मा... मेरा दिल-दिमाग़ तो यहीं लगा रहेगा। मेरे लड़कियों ने भोजन किया कि नहीं? मेरे घोड़ों के चंदीचारे का क्या हुआ? बाक़ी सबका क्या हो रहा है?"

"कंचना, तुम..."

"राघवजी, हिन्दुस्तान की क्या बात करते हैं? यहाँ ब्रह्मदेश में ही मैं अपने लोगों और अपने जानवरों के बिना एक रात नहीं बिता सकती।"

कंचना जब किसी हाल में अपने इरादों से टस-से-मस नहीं हुई, तो कुछ और विचार-विमर्श के बाद अन्ततः जिन दो लोगों को हवाई जहाज़ से भेजना तय हुआ,

वे थे राघव और चम्पा। दोनों आने वाले दिनों में दो काम पक्के तौर पर कर सकते थे। एक तो कागवाड में सारी व्यवस्था चाक-चौबन्द कर दें और जब महीनों की कठिन हाड़-तोड़ यात्रा करके सर्कस के लोग थके-हारे हिन्दुस्तान पहुँचें, तो सीमा पार करने के बाद उनकी आगे की यात्रा का पूरा बन्दोबस्त कर दें।

फड़फड़ाती फटी कनातों से सरसराती हवा गुजर रही थी। अभी ठीक से उजाला नहीं हुआ था, मगर मोटरसाइकिल की तेज़ आवाज़ सुनाई पड़ी। डेविड रफ़्तार से आ पहुँचा और अँधेरे में खड़ा हो गया। कलकत्ता के लिए आख़िरी फ्लाइट सुबह आठ बजे थी और विमानों की बमबारी का ताण्डव शुरू होने से पहले मिंगलदान हवाई अड्डे पर हर हाल में पहुँचना ज़रूरी था। राघव और चम्पा ने अँधेरे में अपने तमाम बैग सँभाले और मोटरबाइक की तरफ़ बढ़ना शुरू किया। तभी डेविड चिल्लाया, "तुम लोग पागल हो गये हो? तुम्हें क्या लगता है कि किसी की बारात में जश्न मनाने जा रहे हो? फेंको ये सारे बैग! सिर्फ़ ज़रूरी सामान साथ में रखो!" वे बैग चुपचाप तम्बू में छोड़ दिए गये।

राघव डेविड के पीछे की सीट पर बैठा और उसके पीछे चम्पा बैठ गई। वे लोग जब रवाना हुए तो कंचना की आख़िरी झलक पाने के लिए भी राघव नहीं मुड़ा।

बन्दूक से निकली गोली जैसी रफ़्तार से मोटरबाइक हवाई-अड्डे पर पहुँच गई। डेविड को सब जानते थे। जैसे-जैसे वह आगे बढ़ा उसे सेल्यूट ठोके जाने लगे। उसे दूर से देखकर ही हवाई-अड्डे के वेटिंग रूम के दरवाज़े खोल दिये गये। इन दो के अलावा एक बड़ा हिन्दुस्तानी टिम्बर व्यापारी अपनी थुलथुल बीवी के साथ वहाँ था। बाक़ी सब यूरोपीय अफ़सर, उनकी दुबली-पतली हसीन बीवियाँ और सुनहरे बालों वाले बच्चे थे।

डाकोटा विमान हवाई पट्टी पर उड़ान भरने के लिए तैयार खड़ा था। सैन्य प्रशासन द्वारा लगायी गयी बाधाओं को पार करते हुए यात्री विमान तक पहुँचे और उससे लगी सीढ़ियों पर चढ़ते हुए अन्दर जाने लगे। तभी क़तार में लगे राघव ने बीच में पहुँचकर गर्दन घुमायी और निकलकर बाहर हो गया। उसके पेट में जोरों की मरोड़ उठी और वह चेहरे पर क्षमा याचना का भाव लिए शौचालय की तरफ़ दौड़ पड़ा। यह देखकर डेविड आगबबूला हो गया। वह चम्पा को लेकर एक तरफ़ खड़ा हुआ और एक बार फिर से क़तार में उसकी बारी का इन्तज़ार करने लगा।

पल दो पल में ही जैसे आकाश फट पड़ा। तेज़ आवाज़ के साथ सायरन बज उठा। इससे पहले कि लोग कुछ समझ पाते कि क्या हो रहा है, सुबह की हलकी रोशन किरणों को चीरते हुए दो मित्सुबिशी 30 विमान सामने से कान के पर्दे फाड़ देने वाला शोर मचाते हुए आ पहुँचे। उनके अग्रभाग उगते सूर्य की किरणें पड़ने से चमक रहे थे। दोनों विमानों ने आकाश की ऊँचाई से तेज़ गोता लगाया और इतने नीचे आ गये कि धूल के बवण्डर उठे लगे। क्षण भर के भीतर ही उन्होंने टटटटटटटट् सर्र सर्र टटटटटटटट् के शोर के साथ गोलियाँ बरसानी शुरू कर दीं। कारतूसों के जलते हुए खोल बाहर गिरने लगे। अगले ही पल डाकोटा के पेट्रोल टैंक ने आग पकड़ ली और इसके साथ ही कानों को सुन्न कर देने वाली धुडुमधाम की आवाज़ हुई। डाकोटा अपनी जगह पर खड़े-खड़े फट गया और उसके परखच्चे अलग-अलग दिशाओं में उड़ने लगे।

राघव जब शौचालय से बाहर निकला, तो डेविड ने उसकी तरफ़ मुस्कान उछाली और बिना एक पल भी गँवाये उसकी कलाई पकड़कर खींचते हुए ले गया। हवाई-अड्डे पर जब आग की लपटें ऊँची उठ रही थीं, डेविड तेज़ी से बढ़ा जा रहा था और राघव तथा चम्पा उसके पीछे थे। "यू गायज आर रियली लकी।" वह ख़ुशी से चीख़ता हुआ हँस रहा था। उसकी बाइक की रफ़्तार ज़रा कम नहीं पड़ी। वह दोनों को लेकर बन्दरगाह की तरफ़ बढ़ा। चाहे कुछ हो जाये, अपनी मालकिन के आदेश को पूरा करने के लिए वह कृत संकल्प था।

डॉकयार्ड की ओर जाने वाली सड़क पर लावारिस लाशें बिखरी थीं। पुराने शवों से दुर्गन्ध आने लगी थी। जबकि जो एक दिन पहले मारे गये थे, वे जिस्म कमोबेश ताज़े लग रहे थे। बम धमाकों से ढही इमारतों का मलबा सड़क के बीच तक बिखरा था। इसी में यहाँ-वहाँ जले हुए वाहनों के लौह-कंकाल बिखरे पड़े थे।

चार दिन पहले तक बन्दरगाह एक चकाचक जगह थी। लेकिन डेविड वहाँ पहुँचा, तो वह श्मशान में तब्दील हो चुकी थी। पानी के किनारे लकड़ी के प्लेटफॉर्म अध-जले भयानक दिख रहे थे। कुछ हाथ की दूरी पर कई सड़ते-गलते इन्सानी शरीर पानी में ऐसे बह रहे थे, मानो किसी ज़हरीली चीज़ से मरी हुई मछलियाँ एक जगह इकट्ठी हैं। लेकिन किसी के पास इतना समय नहीं था कि इन लाशों को ठिकाने लगाता।

डेविड जब डॉक पर पहुँचा, तब बोट निकलने की तैयारी में थी। हवाई-अड्डे पर हुई बमबारी से यहाँ भी डर का माहौल पैदा हो गया था। मद्रास के लिए निकलने वाली इस नाव का लंगर बस उठने ही वाला था। डेविड ने वहाँ कुछ नौसेना

अधिकारियों से हाथ मिलाया और वज़नदारी के साथ अपनी बात रखते हुए, दो सीट की माँग करने लगा। लेकिन वहाँ कोई जगह ख़ाली नहीं थी। बल्कि नाव में बैठे हुए लोग सेना के उच्चाधिकारी या फिर अपनी पत्नी-बच्चों के साथ निकल रहे वरिष्ठ अधिकारी थे। किसी से भी अपनी जगह छोड़ने या थोड़ी जगह बनाने को नहीं कहा जा सकता था। तब डेविड ख़ुद डेक पर चढ़ा और वहाँ उसे अपना एक दोस्त नज़र आया। डेविड से बातचीत के बाद वह व्यक्ति अपना सामान लेकर उतर गया।

डेविड दौड़कर राघव के पास आया और बोला, "सिर्फ़ एक सीट मिली है।"

"हम इन्तजार करते हैं और अगली नाव ले लेंगे," राघव ने कहा।

"पागल हो क्या?" डेविड चिल्लाया। "तुम कितनी देर तक इन्तजार करोगे और किसका? यू आर द बैकबोन ऑफ़ योर कम्पनी। तुम अकेले ही निकलो या फिर अपनी इस फ्रेंड को जाने दो। लेकिन ये जो गॉड गिवन चांस है, इसको हाथ से मत निकलने दो।"

चम्पा कुछ दूरी पर खड़ी थी। राघव ने उसे बुलाया। छोटी-छोटी सीढ़ियों से चढ़ते हुए वह उसे नाव तक पहुँचने वाले गलियारे में ले गया।

यह देखकर कि वह अकेली जा रही है, चम्पा बुरी तरह से घबरा गयी। एकदम रोनी आवाज़ में उसने कहा, "राघव दादा, कम्पनी छोड़कर मैं वहाँ इतनी दूर अकेली कैसे रहूँगी?"

"डोंट वरी, चम्पा। तुम वहाँ हमारी चीज़ों का बेहतर ढंग से ख़्याल रख पाओगी। तुम आगे चलो... भगवान रास्ता दिखाएंगे।"

तभी तेज़ आवाज़ में बोट का सायरन बजा। राघव ने जल्दी से अपनी कलाई से सोने के पट्टे वाली घड़ी और गले से सोने की मोटी चेन निकाली। दोनों चीज़ें उसने जल्दी-जल्दी चम्पा के हवाले कीं और उसे बोट में चढ़ाकर उतरते हुए बोला, "चम्पा आराम से जा। डरना मत।"

बोट अपनी मोटर की आवाज़ और समुद्री-पंछियों की कर्कश चीं-चीं-चीं के साथ किनारे से बढ़ गयी। राघव को लेकर डेविड वापस सर्कस कैम्प में लौट आया।

कंचना ने जब स्टोर रूम की अँधेरी सीढ़ियों पर राघव को देखा, तो वह हैरान रह गयी। उसकी आँखों में आँसुओं के अंगारे धधकने लगे। उसे राघव का इस तरह लौट आना ज़रा भी पसन्द नहीं आया था। वह सात्विक सन्ताप से सुलग उठी, "ऐसे क्यों वापस आ गये? किसके लिए? मेरे प्यार और मोह-माया में अटककर तुम क्यों यहाँ रह गये?"

"कोई क्या कह सकता है, कंचना? हो सकता है कि भगवान ने लिखा हो,

यहीं किसी पहाड़ में तुम्हारी गोद में सिर रखकर अपनी आख़िरी साँस लूँ! मैं कर भी क्या सकता हूँ?"

कलेजे के टुकड़े कर देने वाले ये शब्द कंचना को सहन नहीं हुए। गिरती बर्फ में जैसे कोई टहनी लचककर शिथिल पड़ जाये, कुछ ऐसी ही अवस्था उसकी हो गयी। कंचना के साथ चिपककर बैठे राघव ने कहा, "कांचू, एयरपोर्ट पर मौत आज सुबह मुझे सचमुच छूती हुई निकल गयी।"

कंचना भाव भरी आँखों से चकित होकर उसे देखती रही। फिर बुदबुदायी, "अब इस दूर देश में यमराज से कहाँ-कहाँ किस-किस भेस में हमारा सामना होता है... बस, यह देखते रहना है।"

## 37

जल्द ही यह एहसास भी हो गया कि पडांग मैदान में भूमिगत रहना सुरक्षा का स्थायी उपाय नहीं है। बाहर जब एक बम फटा तो उसका गर्म-सुर्ख़-लाल टुकड़ा तेज़ी से उड़ता हुआ आया और एक घोड़े की जाँघ में घुस गया। वह जानवर बेचारा अपनी जगह पर ही खड़ा हुआ बेचैन, तड़पता, थयथय नाचने लगा। जैसे कोई लट्टू अपनी जगह पर घूमता हो। असहाय वेदना से छटपटाता हुआ वह जोरों से दर्द के मारे हिनहिना रहा था। वह अपने तीन पैरों पर ही ज़ोरों से उछल रहा था और यहाँ-वहाँ चक्कर काट रहा था। जाँघ में घुसे लोहे की वेदना उसे एक पल को भी सहज नहीं होने दे रही थी। तब साईस ज्ञानचन्द ने कंचना से कहा, "दीदीऽ इस बेचारे घोड़े का यह हाल देखा नहीं जाता है। इसके बचने का भी कोई मौका नहीं है।"

"फिर इलाज क्या है?"

"गोली मार कर इसे मौत की नींद सुला देंगे, तभी इसे अपनी तकलीफ से छुटकारा मिलेगा।"

"देखो, बहुत हुआ। मैंने ख़ूब देख लिया है। अब और नहीं...। अगर तुम इन अंग्रेज़ों और जापानियों की तरह ख़ून खराबा ही करना चाहते हो तो कहीं और जाकर करो। अब मैं अपनी आँखों के आगे किसी जानवर का ख़ून होते देखने के बजाय, ख़ुद मर जाना पसन्द करूँगी।"

वह साईस बहुत कठिनाई से उस तड़पते हुए जानवर को खींचकर वहाँ से दूर ले गया। रंगून नाम की इस सुरंगों से पटी गुफाओं और पहाड़ियों में रहने का

अब कोई औचित्य नहीं रह गया था। जल्द-से-जल्द वहाँ से निकलने के लिए चार बैलगाड़ियों का इन्तज़ाम किया गया। तुरन्त ही यहाँ से बाहर निकल जाना था।

रंगून की हालत किसी पेचिश लगे इन्सान जैसी हो गयी थी। रह-रहकर वही लक्षण ख़ुद को दोहरा रहे थे। आकाश कभी भी भड़क उठता और हत्यारे हवाई जहाज़ बम लाकर बरसाने लगते, इमारतें ढहने लगतीं, उनके छज्जे टूट कर आड़े-तिरछे हो जाते, सड़कों पर पागल भगदड़ मच जाती, रक्त की नदियों की परवाह किये बिना लोग इधर-उधर बढ़े चले जाते और थोड़ा समय बीतते-बीतते यही दृश्य फिर से नये चक्र की तरह चल पड़ता था।

सारी बैलगाड़ियाँ सामान से गचागच भर चुकी थीं। राघव और कंचना सड़क के किनारे असमंजस में खिन्न दिख रहे थे। उन्हें समझ नहीं आ रहा था कि ऐसे कैसे आगे बढ़ा जाये। तभी उन्हें बिना कोचवान के चार घोड़ों वाली एक बग्घी सामने से आती दिखी। उसकी सीट पर ख़ून के ताज़ा निशान थे। राघव ने तेज़ी से छलाँग भरी और बग्घी में सवार हो, लगाम पकड़ कर खींच ली। मौक़ा पाते ही कंचना भी छलाँग लगाकर राघव की बग़ल में पहुँच गयी। राघव ने किसी तरह घोड़ों को शान्त किया और उनकी रफ़्तार कम की। कुछ ही देर में दोनों को अपने कूल्हों पर कुछ चिपचिपा-तरल एहसास हुआ, और उन्होंने देखा कि यह ताजा ख़ून था! इसी सीट पर कुछ देर पहले कोचवान की मौत हुई होगी।

एक बार जब घोड़ों की रफ़्तार पर्याप्त धीमी हो गयी, तो राघव ने ज़ोरों से लगाम खींचकर उन्हें रोक लिया। वह नीचे उतरा और बग्घी में पीछे पड़े एक ब्रिटिश जोड़े और उनके कोचवान के शव को उतारकर नीचे सड़क पर रख दिया। सुषी और कम्पनी के कुछ अन्य लोग चढ़ गये। तब सुषी की बतायी दिशा में राघव ने बग्घी को आगे बढ़ा दिया।

सन्ध्या हो चुकी थी। पेड़ों पर अँधेरा उतर चुका था। ब्लैकआउट की वजह से सारे रास्ते पूरी तरह अँधेरे में डूबे हुए थे। ऐसे में डर था कि पता नहीं कब घोड़े किसी गिरी हुई दीवार या फिर सड़क के बीचोंबीच पड़े पेड़ से टकरा जायें। आगे बढ़ते हुए कंचना ने पांडू नाना से कहा, “एक साथ हमारे ग्यारह ड्राइवर मारे गये! उस पर एक और दुख ये कि हम अपने चार-पाँच ट्रक भी नहीं बचा सके।”

“कंचनाऽऽ बेटी तू पागल हो गयी है क्या? दो इमारतें हमारे आगे गिरी पड़ी थीं और रास्ता बन्द था। बीच में कई ट्रक जले पड़े थे। पीछे के रास्ते पर पेड़ गिरे हुए थे। इन सबके बीच एकाध ट्रक सलामत रहता भी, तो उसे निकालने के वास्ते रास्ता

बनाते-बनाते चार दिन लग जाते। कंचना जाने दे अब, जो मिट्टी में मिल गया... उसको क्या सोचना!"

कंचना ड्राइवरों का दुख मना रही थी। राघव ने कहा, "हमारे चार वामन भी लापता हैं। जानवरों के क़त्लेआम के समय से ही बटुकनाथ और सुलेमान की भी कोई ख़बर नहीं है।"

"मतलब हमारे बारह आदमी मारे गये और इतने ही ग़ायब हैं! वे ख़त्म हो गये या हमें छोड़ गये, कुछ पता नहीं?"

"अगर उनकी क़िस्मत ख़राब रही होगी तो वे कहीं किसी मलबे में दबकर..."

राघव आगे बोल न सका। कंचना के हाथ-पैर ठण्डे पड़ गये। अँधेरे में जैसे-तैसे रास्ते का अन्दाज़ा करते हुए घोड़े बहुत देर से चल रहे थे। अन्ततः वे एक समतल जगह पर पहुँचे, जहाँ एक छोटी नदी के प्रवाह की आवाज़ आ रही थी। यह मैदान क़रीब सात-आठ एकड़ में फैला था और यहाँ पीपल के पेड़ लगे थे। कम ऊँचाई के मकान बने थे, जिन पर कच्ची छत थी और उनके दरवाजे तथा सामने की दीवारें ब्रह्मी परम्परा के अनुसार सजी थीं। लकड़ी का कुछ पुराना, इस्तेमाल किया हुआ सामान भी यहाँ-वहाँ पड़ा था।

कंचना सावधानी से बग्घी से उतरी। तीन रातों से उसने पलक तक नहीं झपकी थी और थकान के मारे उसका बदन चूर हुआ जा रहा था। वह एक पत्थर पर बैठी और उसके पीछे-पीछे कम्पनी की कुछ लड़कियाँ आ गयीं। उसने इन लड़कियों को देखा। उसके बदन में हल्की कँपकँपी पैदा हुई। बदन अचानक भारी हो गया और उसके लिए अपनी आँखों को खुला रख पाना असम्भव हो गया। इसके बाद उसे ज़रा भी भान नहीं रहा और वहीं पत्थर पर लुढ़ककर वह गहरी नींद में डूब गयी।

करीब चार-पाँच घण्टे गुज़र गये। नींद में अचानक कंचना की चेतना एक ऊष्म स्पर्श से जाग उठी। यह बाघिन लक्ष्मी थी! कंचना को महसूस हुआ कि काफ़ी देर से लक्ष्मी उसके गालों को चाट रही है। "हे माँ! लक्ष्मी! दुर्गा माँ की सवारी... तू मुझे पहले भी इशारे दे रही थी कि समुन्दर के पार मत जा! लेकिन मैं तुझ पर हँसती रही और देख, अब क्या हो गया मेरी ज़िन्दगी का!"

कुछ और समय बीता। लक्ष्मी उसे चाटती रही। उसका बदन सूँघती रही। लेकिन अचानक उसके नथुनों से यह कैसी आवाज़ आने लगी? यह उसकी गुर्राहट या घुरघुराहट तो नहीं! यह तो फुरफुर...! अचानक उसकी ज़ुबान इतनी लम्बी कैसे हो गयी? कंचना की आँखें एक झटके से खुल गयीं। अचानक उसके होंठों की मुस्कान कानों तक फैल गयी। वह जैसे मारे ख़ुशी के पागल गयी। क्या वह सपना

देख रही थी! उसने वह चेहरा हाथों में लिया और उसके थूथन को अपने नज़दीक ले आयी। उसे अपने गालों से सहलाने लगी और ज़ोर से चिल्लायी, "फक्कड़रावऽऽ मेरा बच्चा! अरे, कैसा है रे मेरे बच्चेऽऽ तू वापस आ गया! मुझे पता था, तू आयेगा!"

कंचना पूरी तरह से जाग चुकी थी। उसने सबसे पहले ख़ुद को चिमटी काटी। स्वयं को भरोसा दिलाया कि वह सपना नहीं देख रही। सब सच है। वह आँखें फाड़े चारों तरफ़ देख रही थी। कम्पनी के पन्द्रह-सोलह घोड़े उसके आजू-बाजू मँडरा रहे थे। फक्कड़राव मारे ख़ुशी के उससे चिपका था, जैसे अपने और मालकिन के बीच कोई दूरी अब उसे सहन नहीं।

## 38

गिनती से पता चला कि भयानक बमबारी में उनके बीच से 16 लोग काल-कवलित हो चुके थे, जबकि 35 लापता थे। किसी को पता नहीं था कि वे कहाँ हैं। लापता में वामन बटुकनाथ और महावत सुलेमान भी शामिल थे।

हर किसी के सामने अब यह सत्य नग्न रूप से उपस्थित था कि क़िस्मत के दरवाज़े न केवल उनकी कम्पनी पर बन्द हो चुके हैं, बल्कि ईश्वर और तमाम अलौकिक शक्तियों ने भी उनका साथ छोड़ दिया है। अगर किसी तरह वे युद्ध के इस क्रूर-काले जबड़ों से बचकर निकल सके तो वह सिर्फ़ उनके पुरखों के किये पुण्यों का फल होगा। वर्ना तो यह तूफ़ान थमने वाला नहीं है।

हर किसी के अन्दर धौंकनी की तरह चलती साँसें दूसरे को सन्देश दे रही थीं : अपने मन और तन, दोनों से तैयार रहो। अब डेढ़ हज़ार मील लम्बे सफर पर निकलना है। वह भी सिर्फ़ पैदल। कोई और तरीक़ा नहीं। तब तक चलते रहना पड़ेगा, जब तक बदन टूटकर बिखर न जाये। अराकान पर्वत हों या फिर नागा पर्वत के शिखर, आसमान को छूते हैं। इसी तरह हिमालय की ऊँची पर्वत शृंखला को भी पैरों पर चलकर ही पार करना होगा। ख़ुद को इस्पात के जैसा बना लें क्योंकि ऊँचे शिखरों के साथ, गहरी खाइयाँ, खतरनाक मोड़ों वाले रास्ते, पहाड़ी नदियाँ और भयानक-विषैले-घने जंगल सब रास्ते में आने वाले हैं।

राक्षसी दाँतों के जैसे इन ख़ूनी रास्तों को पार करने में तीन महीने लगेंगे या फिर नौ महीने, कोई भी पक्के तौर पर नहीं जानता।

मिलजुल कर ही यह रास्ता पार हो सकता था। सब एक-दूसरे का साथ दे रहे थे। किसी को नहीं पता कि कौन हिन्दुस्तान तक सलामत पहुँचेगा, अपने गाँव की

ज़मीन को चूमेगा और फिर अपने लोगों के बीच बैठ सकेगा। अपने जानवरों को दुलार सकेगा।

सबके दिमाग़ में आने वाली मुश्किलों की तस्वीर साफ़ हो चुकी थी और सबने अपनी-अपनी कूवत के हिसाब से तैयारियाँ शुरू कर दी थीं। सुषी के खेतों से लगी, पतली नदी जैसी एक धारा बह रही थी। बहाव ज़्यादा नहीं था मगर उसके किनारे खुले और दूर तक फैले थे। महालिंग कम्पनी के पन्द्रह घोड़ों, जानवरों के ट्रेनरों और रिंग-ब्वॉयज के साथ पानी में उतर गया। कराल काल के साथ दो-दो हाथ करने की तैयारी शुरू हो चुकी थी।

अपनी सर्कस टीम से घिरे महालिंग ने लड़कों से सवाल किया, "हमारे सर्कस का कोई शेर या बाघ जब कभी पिंजरे से निकलकर भाग भी जाता है, तो आस-पास के इलाक़े को छोड़कर ज़्यादा दूर नहीं निकलता और फिर वापस आ जाता है। ऐसा क्यों, बताओ?"

"बहुत आसान है!" लड़के हँसकर बोले, "आख़िरकार तो वो पाले हुए जानवर होते हैं। उन्हें हमारे सर्कस और रिंग की नर्म और साफ़-सुथरी ज़मीन पर चलने-दौड़ने की आदत होती है। उनके पंजे इतने नरम पड़ जाते हैं कि जंगल की सख़्त, पथरीली और काँटेदार ज़मीन की उन्हें आदत नहीं रहती! फिर वो करें क्या? फटाफट वापस आ जाते हैं।"

अपने सर्कस के जानवरों को कठोर, पथरीली ज़मीन की आदत डालने के लिए महालिंग चाचा काम पर लग गये। घोड़ों को उन्होंने नदी के आस-पास की उबड़-खाबड़, उजाड़ और कँटीली ज़मीन पर चलाना शुरू कर दिया। बीच में कहीं अचानक कीचड़ आ जाता और चिकनी ज़मीन पर घोड़ों के पैर फिसल जाते। उनके लिए सँभलना मुश्किल हो जाता। लेकिन महालिंग चाचा रुके नहीं। घोड़ों के पैरों और खुरों पर घाव होने लगे, मगर कोई विकल्प नहीं था। लम्बी दूरी पर निकलना है तो पैरों को मज़बूत बनाना होगा।

कोई बारह-पन्द्रह साल पहले जब सारंगदाजी रंगून आये थे, तो उन्होंने सुषी के पिता को सामान की ख़रीदारी के लिए स्थानीय प्रबन्धक बनाया था। उनकी ईमानदारी से दाजी इतने ख़ुश हुए थे कि लौटते-लौटते सुषी के पिता की पतलून की जेब में, प्रेम से कुछ क़ीमती जवाहरात रख आये थे। उन्हीं से यह खेत और ज़मीन खरीदी गयी थी, सुषी यह बात जानती थी। उस उपकार को भूले बग़ैर वह कम्पनी के लोगों के लिए पूरे हृदय से हर तरफ़ भाग-दौड़ कर रही थी।

रास्ते की खोज में लोग रात को नक़्शे लिए बैठे थे। हाथों से बने नक्शे,

ब्रिटिश छापेखाने के नक़्शे, जान जोखिम में डालकर जंगलों की ख़ाक छानने वाले बहादुरों द्वारा बनाये रेखांकन। कंचना और राघव ने इधर-उधर बहुत सारी पूछताछ भी कर डाली थी। उन्होंने ब्रिटिश सेना के दो सेवानिवृत्त सिपाहियों को भी मार्गदर्शन के लिए साथ ले लिया था। आधी रात को खुरदरी-अनुभवी अँगुलियाँ नक़्शों पर घूम रही थीं।

"यह रंगून बन्दरगाह से अक्याब, अराकान और चटगाँव जाने वाला समुद्री रास्ता तो पूरी तरह से बन्द है। अब प्रोम से होकर जाने वाला यह पुराना रास्ता, इरावती नदी से गुज़रता है; इसका मतलब नावों और बड़े लॉन्चरों से क़रीब हफ़्ता भर इसे पार करने में लगेगा। लेकिन फिर वही, यहाँ से पहाड़ों के पार उतरना पड़ेगा। यह जितना आसान दिखता है, उतना है नहीं।" हज़ारों लोगों के क़ाफ़िले इरावती के रास्ते ही निर्वासित हो रहे हैं, ऐसे में यही रास्ता पकड़ना धोखादायक भी साबित हो सकता है।

समुन्दर के किनारों पर घूमती हुई अँगुलियाँ नक्शों के बीच भू-भाग पर पहुँच गयीं। "देखो, पेगू शहर का चक्कर लगाती हुई यह सड़क योमा पर्वतों की तरफ़ उत्तरी बर्मा को निकलती है। यही वास्तव में ब्रह्मदेश की धमनी है... इसी पर तो बना है उत्तर की तरफ़ जाने वाला वह इतिहास प्रसिद्ध बर्मा रोड। इस रास्ते से साढ़े तीन सौ मील चलें तो माण्डले पहुँच जायेंगे। वहाँ से थोड़ा तिरछा चलें, तो सितांग नदी पार करके टामू और फिर नागा पहाड़ियों की क़तार से उतरते ही दूसरी तरफ़ तुम हिन्दुस्तान के मणिपुर में पालेल और इम्फाल शहरों में पहुँच जाओगे। हालाँकि नक्शे पर यह सरल दिखता है, लेकिन 2200 मील का यह रास्ता जानलेवा है। इस रास्ते को पार करने में कितने दिन और कितने महीने लगेंगे, यह तुम्हारे पैरों की ताक़त के साथ तुम्हारी क़िस्मत और प्रकृति के हालात पर निर्भर करेगा।"

"लेकिन ऐसा करने के बजाय क्या हम यह नहीं कर सकते कि सीधे माण्डले निकलें और वहाँ से पाँच सौ मील चलकर मिचिना पहुँच जायें!"

"हाँ, हाँ यह ठीक है," कंचना बीच में बोल पड़ी, "जापानी आर्मी को रंगून-पेगू पहुँचने में ज़्यादा समय नहीं लगेगा, लेकिन इन इलाक़ों को जीतकर यहाँ से आगे बढ़ते हुए मिचिना तक आने में अच्छा-ख़ासा समय लगेगा। वो लोग कह रहे थे कि मिचिना का एयरपोर्ट काफ़ी समय तक चालू रहेगा। एक बार हिम्मत करके हम लोग वहाँ तक पहुँच जायें, बस!"

"इतनी जल्दबाज़ी में वहाँ पहुँचकर हम आख़िर क्या करेंगे?"

"हिन्दुस्तान उड़ जायेंगे! मेरी लड़कियों और आदमियों के लिए दो कार्गो

विमान बहुत हैं। एक बार वो हिन्दुस्तान सुरक्षित पहुँच जायें तो मेरी सारी मुश्क़िलें ख़त्म।" बात ख़त्म करते-करते कंचना का मन भर आया।

हर कोई अपनी-अपनी क्षमता के हिसाब से काम में लग गया था, ताकि मौत को चकमा दे सके। दगड़ू की भट्ठी दिन-रात चालू थी। वह इसमें लगातार कोयला डालते हुए, इसे जलाये रखे था। लोहे की छड़ें और सामान वह इस भट्ठी में डालकर उन्हें गलाता और हथौड़े से पीट-पीटकर भालों की नोक का आकार देता। तारानाथ सुतार अपनी आरी, छैनी और अन्य औज़ारों से लगातार लकड़ी के सामान बना रहा था। जानराव मातंग आस-पास के जंगल-मैदान से पौधे, लताएँ और जटा-जूट इकट्ठा करके लाता और अलग-अलग छोटी-बड़ी रस्सियाँ बुनता।

दगड़ू ने साईसों और रिंग-ब्वॉयज को यह आदेश देकर आस-पास के गाँवों में भेजा कि जहाँ भी, जितनी भी लोहे की छड़ें और तार मिलें, उन्हें इकट्ठा करके ले आयें। वह उन्हें भट्ठी में लाल सुर्ख़ होने तक तपाता और हथौड़े से पीट-पीटकर घोड़ों के लिए नाल बनाता। नुकीली कीलें बनाता। सौभाग्य से नदी के दोनों किनारों पर इतने घने झाड़-झंखाड़ थे कि दूसरी तरफ़ से बाहरी दुनिया को इधर का कुछ नज़र नहीं आता था और न किसी को समझ आ सकता था कि यहाँ कुछ काम हो रहा है।

एक सुबह कंचना दिन शुरू होते ही जाग पड़ी। लकड़ियों के सामान के ढेर के दूसरी तरफ़ कोई बाँसुरी से मधुर स्वर निकाल रहा था। रागों की महारानी, सदाबहार भैरवी की धुन में गहरी पीड़ा और दर्द छुपा था।

कंचना से रहा नहीं गया और वह तेज़ी से उस आवाज़ का पीछा करती हुई चल दी। कुछ ही दूरी पर उसे बहुत विशाल और पुराना पीपल का पेड़ दिखाई दिया। उसकी ज़मीन तक झुक आयी घुमावदार डाली पर एक व्यक्ति इस तरफ़ पीठ किए बैठा था। जैसे कोई ग्वाला! उसका चेहरा पत्तियों की आड़ में था। उसने ध्यान से देखा तो कुछ पल में वहाँ चार्ली का चेहरा नज़र आया। वह पूरी तरह से बाँसुरी बजाने में खोया हुआ था, उसकी अध-मुँदी आँखें नम थीं। उन अध-खुली आँखों की गहराई में दुख की डोरियाँ नज़र आ रही थीं। उसका दुख हवा के झोंके से झूलती पीपल की नयी कोंपलों की तरह चमक रहा था।

युद्ध के हालात दिन पर दिन बिगड़ते जा रहे थे। यूरोप में हिटलर के जर्मनी और इटली के मुसोलिनी ने इंग्लैंड और फ्रांस की हालत खस्ता कर डाली थी। इसके बावजूद उनसे यह अपेक्षा नहीं थी कि वे पूर्वी एशिया में अपने उपनिवेशों से मुँह मोड़ लें। रंगून की हालत उस तवायफ़ जैसी हो गयी थी, जिसके सिर से सरपरस्तों की छाँव उठ जाये। पूरब का पेरिस कहलाने वाले इस शहर पर ऐसा दुर्भाग्य टूटा कि उसने जापानी फ़ौज के हाथों अपने जीवन का सर्वस्व गँवा दिया था।

दुनिया में काम-धन्धा करने वाली सारी क़ौमों में बनिया और व्यापारी सबसे चालाक होते हैं। चाहे धन्धा मोतियों का हो या रंडियों का, उनका एकमात्र लक्ष्य होता है, जहाँ मुनाफ़ा दिखे वहीं छलाँग लगाना! मछली हो या सुतली, फूल हों या इन्सानी खोपड़ियाँ, जहाँ भी उन्हें भाव चढ़ता दिखता है, वे उसी तरफ़ दौड़ लगा देते हैं।

रंगून में कई एजेंट और सौदागर राघव की जान-पहचान के थे। घाट-घाट का पानी पी चुके इन चालाक बनियों को दुनिया के शाश्वत सत्य ख़ूब पता थे। इन्सानी ताकत और इन्सानी कमज़ोरियाँ, उनसे कुछ छुपा न था। वे इस आत्मविश्वास से भरे थे कि संसार की किसी भी क्रूर सेना के साथ मिलकर अपना धन्धा चमकाए रख सकते हैं। पूरे विश्व में लड़ाकू फ़ौजों में अपनी जान दाँव पर लगाने वाले सिपाही कमसिन युवा होते हैं। एक बार वे भूख से लड़ सकते हैं, लेकिन अपनी ज़रूरत की शराब-शबाब और सिगरेट के लिए वे कमज़ोर पड़ जाते हैं। ये सौदागर उनकी इसी कमज़ोरी का फायदा उठाना जानते हैं। राघव ऐसे बनियों के सम्पर्क में था क्योंकि जापानियों की प्रतिष्ठा अच्छी नहीं थी। वे अमानवीय अत्याचारों के लिए कुख्यात थे। ब्रिटिश भी मन-ही-मन इनसे घबराये हुए थे। ऐसे में उनसे किसी सहयोग की उम्मीद नहीं की जा रही थी। इस पर चार महीने बाद हिन्दुस्तान और ब्रह्मदेश के सीमावर्ती पहाड़ों पर प्रचण्ड बारिश का मौसम शुरू होने वाला था, जो हमेशा हर तरफ़ तबाही लाता था।

हालात को समझने वाले एक शातिर बनिये ने राघव को सलाह दी, "चाहे जैसे भी हो करो, यहाँ से उत्तर की तरफ़ नौ सौ मील दूर मिचिना पहुँचो। वहाँ पहुँचना तुम्हारा काम है। एक बार तुम वहाँ पहुँच गये, तो फिर हवाई पट्टी पर ब्रिटिश डाकोटा हो या जापानी मित्सुबिशी, हवाई जहाज़ पर चढ़ाकर सही-सलामत हिन्दुस्तान पहुँचाने की ज़िम्मेदारी हमारी है।"

"ठीक है। काम होने के बाद तुम्हें पेमेंट कैसे करना है? हिन्दुस्तानी रानी छाप रुपये में या फिर बर्मी पगोडा में...?"

"मज़ाक़ कर रहे हो? एकदम लाल-सुर्ख़ ब्रह्मी माणिक या फिर चमकता पीला सोना! बाक़ी फ़ालतू चीज़ें तुम अपने पास रखो।"

सब लोगों को उम्मीद थी कि कुछ दिन की बमबारी के बाद जापानी हल्ला रुक जायेगा। लेकिन यह बात बेकार साबित हुई। उलटे सिंगापुर और मलाया की तरफ़ से जापानी पैदल सेना कुलाँचें भरती हुई, तेज़ी से आगे बढ़ने लगी। बमबारी से रंगून को जलाने के बाद मेमिओ और टव्हॉय हवाई अड्डे भी आग से फूँक दिये गये। रंगून में अब और अधिक समय रहने का मतलब सीधे मौत को निमन्त्रण देना था। कंचना को यह मंजूर नहीं था।

अगले दिन तय हुआ कि वे सभी रंगून के उस गुप्त स्थान को छोड़कर निकल जायेंगे। सात-आठ बैलगाड़ियों की ज़रूरत थी। आस-पास के गाँवों में तलाश करने पर पता चला कि बैलगाड़ियाँ तो उपलब्ध हैं, मगर युद्ध के धमाकों की वजह से गाड़ीवान किसी क़ीमत पर घरों से निकलने को तैयार नहीं हैं। अगर कुछ तैयार भी हुए तो उन्हें पत्नी-बच्चों ने बाहर क़दम डालने से रोक दिया।

"अब क्या करें?" राघव ने कंचना से पूछा।

"हम लोग बैलगाड़ियाँ, बैल और खच्चर ख़रीद लेते हैं। लम्बे सफर के लिए यही ज़्यादा ठीक रहेगा।"

"लेकिन बैलगाड़ियाँ चलायेगा कौन?"

"उसका क्या टोटा है? अपने सर्कस के ज़्यादातर कलाकार तो किसानों के बच्चे हैं। बैलगाड़ी हाँकने के लिए उनको कौन-सी ट्रेनिंग की ज़रूरत है!"

कंचना की इस सलाह पर तुरन्त अमल हुआ। राघव ने पास के बाज़ार जाकर फटाफट आठ जोड़ी बैल, गाड़ियाँ और कुछ खच्चर ख़रीद लिए।

पन्द्रह घोड़ों पर जितना सामान लादा जा सकता था, गाँठ दिया गया। वजनदार ट्रंक, बड़ी पेटियाँ और कई भारी वस्तुएँ सुषी के घर में पहुँचा दी गयीं। फक्कड़राव समेत सभी घोड़े जब पौ फटने से पहले रवाना होने के लिए तैयार हो गये तो कंचना ने चिन्तित स्वर में कहा, "हमारे ये सारे घोड़े देखने में सुन्दर और अच्छी नस्ल के हैं। मज़बूत पीठ और सिंह के जैसे अयाल वाले इन जानवरों को देखकर ब्रिटिश क्या, जापानियों के मुँह में भी पानी आ जायेगा।"

"तो फिर?"

"मेरी सलाह है कि हमारे साईस और रिंग ब्वॉय इन्हें रात के अँधेरे में लेकर निकलें और सुबह होने से पहले सफ़र ख़त्म कर लें। फिर किसी पहाड़ी की आड़ में छुपकर दिनभर आराम करें। सूरज ढलने पर बाद में फिर आगे बढ़ें।"

सुबह होने के एक घण्टे पहले कम्पनी के नाई तुका को बुलावा आया। कंचना के आदेश पर उसने अपनी कैंची और उस्तरा निकाला। फिर एक-एक कर तरुणियों की सुन्दर चोटियों और केशों को सफाचट करता गया। किसी-किसी के सिर पर उसने मशीन चला कर घास जैसे बाल छोड़ दिये। कई लड़कियाँ फूट-फूटकर रो पड़ीं। बिलखने लगीं। उन्हें अपने ख़ूबसूरत-लम्बे बालों पर बहुत अभिमान था और उन्होंने जी-जान से देखभाल कर उन्हें बड़ा किया था। कैंची की धार पर चढ़ी बालों की लम्बी लटें और घुँघराले केश उनकी गर्दन, माथे और गालों पर बिखरे थे। जिन बालों को उन्होंने बड़े जतन से पाला-पोसा था, वे अब अवांछित ढेर की तरह सामने पड़े थे। लड़कियों का दिल चूर-चूर हो गया था। कुछ ने वहाँ से भागने की कोशिश की थी, लेकिन कंचना ने ज़रा भी दया नहीं दिखाई।

अन्त में कंचना ने ख़ुद को तुका के सामने प्रस्तुत कर दिया और बोली, "ठीक है, दादा अब मेरे भी बाल उतार दो। ज़िन्दगी ज़रूरी है, ये केश नहीं।"

कंचना भलीभाँति जानती थी कि वह अपनी लड़कियों पर कितना जुल्म कर रही है। उसने कुछ लड़कियों को नज़दीक बुलाकर अपनी बांहों में लिया, उनके गाल चूमे और बोली, "मैं जानती हूँ कि तुम्हें कितना खराब लग रहा है। लेकिन हम सबको पता है कि जवान लड़कियों का जंगल के रास्ते सफर करना कितना ख़तरनाक है। ख़ासतौर पर ऐसे युद्ध के समय में। जब भी हमला होता है या कोई युद्ध जीता जाता है, तो सबसे पहले ये भूखे भेड़िये जवान लड़कियों पर शिकारी की तरह टूटते हैं। धन-सम्पत्ति तो बाद में आती है। मेरी इस बात को कभी भूलना मत।"

लड़कियों का जैसे ख़ून सूख गया। इतना कहकर कंचना किसी काम से निकल गयी। दूसरे कोने में आया के रूप में काम करने वाली तीन अन्य महिलाएँ भी अपने काम में लग गयीं। उन्होंने कुछ मोटे कपड़े लिए और उन्हें पट्टियों की तरह चीरकर लड़कियों की तरफ़ बढ़ी। लड़कियों के सीने को इन पट्टियों से कस दिया गया, जिससे उनके शरीर के ख़ूबसूरत उभार गुम हो जायें। छातियाँ सपाट हो जायें। लड़कियों को ढीले बर्मी शर्ट या फिर हिन्दुस्तानी कुर्ते पहनने को कहा गया। वे लड़कियाँ कुछ ही समय बाद मठों में रहने वाले उन भिक्षुओं की तरह दिखने लगीं, जो अक्सर सफ़र में रहते हैं।

# 39

उस शाम सुषी की जान-पहचान का एक ब्रह्मी किसान भागा-भागा कैम्प में आया और राघव से बोला, "मालिकऽ नदी के उस पार सुरंगी नाम का गाँव है... वहाँ दो ट्रक मिल सकते हैं।"

"कैसे? ख़रीदने के लिए या भाड़े पर?"

"अरे, जैसे भी हों" कंचना ने यह बातचीत सुनते हुए कहा, "जिस भी दाम में मिलें, दो गुने-तीन गुने, फटाफट जाओ और ले लो।"

"मगर पेट्रोल का क्या?"

"दोनों ट्रकों की पेट्रोल की टंकियाँ फुल हैं।"

"वाह! बहुत बढ़िया! कंचना, ये तो कमाल है। अपने पास तीन सौ लोग खाने वाले हैं... इन ट्रकों में हमारा अनाज, खाने-पीने-ज़रूरत की सारी चीज़ें, कपड़ा-लत्ता, रोजमर्रा का सामान सब आसानी से आ जायेगा।"

"मैनेजमेंट के किसी आदमी को भेजो तुरन्त।"

"मैं ख़ुद ही जाता हूँ। ऐसे मुश्किल समय में मिल रहे ये ट्रक सोने की खदान जैसे हैं कंचना!"

राघव अपने चौदह-पन्द्रह लोगों के साथ, उम्मीद लिए निकल पड़ा। क़रीब दो किलोमीटर चलकर वे एक छोटी मगर चौड़ी नदी तक पहुँचे। वहाँ पहुँचते-पहुँचते घना अँधेरा उतर आया। जो ब्रह्मी युवा ट्रक का प्रस्ताव लेकर आये थे, वे नदी किनारे खड़े थे। उन्होंने राघव से कहा, "हमारे साथ सिर्फ़ तीन लोग आगे चलेंगे।"

"मतलब?"

"दो ड्राइवर और कोई एक जन।"

"क्यों?" राघव ने ऊँची आवाज़ में पूछा।

"हम अपने साथ भीड़ ले जाकर मुसीबत नहीं बुलाना चाहते। गुजरे दो दिन में इधर के जंगलों में जापानी फ़ौज की कई खुफ़िया टुकड़ियाँ घुस आयी हैं। अगर उनकी नज़र में पड़ गये तो तुम्हारी जिन्दगी के बारे में कुछ नहीं कह सकते।"

"अरे, लेकिन तुम लोग हमें ट्रक तो दे रहे हो ना?"

"शक मत करो। हमने कहा है तो अपना वचन निभाएँगे। तुमको ट्रक ज़रूर मिलेंगे।"

महालिंग और तारानाथ ने एक-दूसरे को देखा। तय हुआ कि राघव आगे जायेगा। ट्रक अपने क़ब्ज़े में लेकर वापस आयेगा। राघव दो ड्राइवर और आकाराम

को साथ लेकर आगे बढ़ा। घुटनों तक पानी में वे आगे बढ़ते हुए दूसरे किनारे तक पहुँचे। कुछ दूरी के बाद अँधेरे में सिर्फ़ उनकी परछाइयाँ रह गयीं। फिर वे भी खो गयीं। राघव ने उन्हें भरोसा दिलाया था कि वह दो घण्टे के अन्दर सामान के साथ लौट आयेगा।

सर्कस की टीम इन्तज़ार कर रही थी और अँधेरा घना होता जा रहा था। दो घण्टे से ज़्यादा बीत चुके थे। जंगल भयानक लगने लगा था। पाँच-छह घण्टे भी गुज़र गये और राघव का कहीं कोई निशान नहीं था। सब परेशान थे कि आख़िर क्या करें। जब सब अपना सिर खपा रहे थे कि सामने गाँव की दिशा में भीषण धमाका हुआ। अचानक आग की ऊँची लपटें अँधेरे आकाश में उठने लगीं। सारा जंगल रोशन हो गया और लपलपाती लपटों की चमक हर तरफ़ बिखर गयी।

महालिंग और तारा के होंठों से शब्द नहीं फूट रहे थे। आख़िर यह क्या हो गया? राघव और उसके साथ गये तीनों कहाँ हैं? वे लोग वापस क्यों नहीं लौटे? क्या उनकी ज़िन्दगी ख़तरे में है? रात गुज़र रही थी; सामने के झाड़-झंखाड़ में लगी आग भी अब ठण्डी पड़ चुकी थी। अब क्या करें? कंचना भी सामान बाँधे इन्तज़ार कर रही होगी। लेकिन अगर राघव उनके साथ नहीं हुआ, तो वे उसे क्या जवाब देंगे? उसका सामना कैसे करेंगे?

सुबह की धूप भी निकल आयी थी। जब गर्मी बढ़ने लगी, तब कंचना ने लोगों को कैम्प की तरफ़ लौटते देखा। जब वे काफ़ी नज़दीक पहुँचे, तो कंचना का जी धक् से रह गया। राघव कहाँ है? जैसे ही राघव के लापता होने की ख़बर कैम्प में फैली तो हर तरफ़ चिन्ता की लहर पसर गयी। सबने रात में भीषण धमाके की आवाज़ सुनी और आग की ऊँची लपटें देखी थीं। क्या हुआ राघव को? उस धमाके में राघव के साथ कहीं कोई ऊँच-नीच तो नहीं हो गयी? कोई गम्भीर बात! कुछ तो हुआ है। वर्ना राघव जैसा हिम्मती आदमी जंगल-पहाड़ पार करके पहुँच ही जाता।

कंचना दिन भर हैरान-परेशान रही। ऐसा लगा था कि जैसे अस्सी फ़ीट ऊँचा तम्बू का खम्भा उसके सिर पर गिर गया। राघव तो उसकी ज़िन्दगी था, उसे यहाँ छोड़कर वह अकेली कैसे निकल सकती है?

समय तेज़ी से भागता गया और पूरा दिन निकल गया। रात ने फिर धीरे-धीरे केकड़े की तरह अपने पंजे फैलाने शुरू कर दिये। दबाव बढ़ने लगा। राघव की कितनी प्रतीक्षा करनी चाहिए? कितने दिनों तक? आख़िर वह कब तक लौट आयेगा? एक तरफ़ उसके मन में चिन्ता के भँवर तेजी से घूम रहे थे, दूसरी तरफ़ कानों पर पड़ने वाली ख़बरें भी अच्छी नहीं थीं। एक ख़बर यह थी कि विशाल

जापानी फ़ौज ने पेगू से रंगून की तरफ़ बढ़ना शुरू कर दिया है। साथ ही ब्रिटिशों ने दुम दबाकर रंगून छोड़ दिया था। शहर को खाली करके वे लोग उत्तरी ब्रह्मदेश की दिशा से बाहर निकल गये थे।

राघव का कोई पता नहीं था। यहाँ से निकल आगे बढ़ना ज़रूरी था, लेकिन मालकिन कंचना की तरफ़ से कोई फ़ैसला नहीं आया था। पूरी कम्पनी की आँखें उसके ही तम्बू की तरफ़ टकटकी बाँधे देख रही थीं। जैसे-जैसे अँधेरा बढ़ रहा था और रात चढ़ रही थी, कंचना की साँसें अटकने लगी थीं। उसने कई बार राघव से कहा था कि वह दूसरी बार उसका वियोग सहन नहीं कर पायेगी और मरना पसन्द करेगी। उसके पैर बर्फ़ की तरह ठण्डे पड़ गये। उसका दिमाग़ काम करना बन्द कर रहा था। वह राघव के बिना वहाँ से हिलने की कल्पना भी नहीं कर पा रही थी।

अपने पति के विचारों में खोयी हुई वह किसी अनिष्ट से अधिक कुछ नहीं सोच पा रही थी। क्या उसे किसी जंगली जानवर ने खा लिया? कहीं वह चोरी-छुपे जंगलों में घात लगाये चीनियों के हाथ तो नहीं लग गया? कहीं जापानी फ़ौजों ने तो उसे बन्दी नहीं बना लिया? जैसे ही सामने हीरा आत्या नज़र आयीं, कंचना का बाँध टूट गया। आत्या को गले लगाते हुए वह बुक्का फाड़कर रो पड़ी, "आत्या, तुम लोग आगे चलो। मैं राघव के बिना यहाँ से नहीं हिलूँगी। उसको यहाँ छोड़ के जाने के बजाय मैं उसे जंगलों में ढूँढ़ते हुए मर जाऊँगी।"

"लड़की तेरा तो अपनी ज़ुबान पर भी क़ाबू नहीं है! ऐसा बोलते हैं क्या? अरे, सारंग भाई जी की बेटी को ऐसी बातें करना क्या शोभा देता है?"

"तो मैं क्या करूँ आत्या?"

"अरे, तेरे बाबा ने ये कम्पनी खड़ी करने में अपनी ज़िन्दगी लगा दी! मुझे बाक़ी तो कुछ नहीं पता, बस एक ही बात मालूम है, वो भी मैंने कभी तेरे बाप के ही मुँह से सुनी थी। गाय-भेड़-बकरियाँ चराने वाले तो बहुत होते हैं, उन्हें सब चरवाहा-गड़रिया कहते हैं। लेकिन जो अपनी गायों, बछड़ों और मासूम जानवरों को शेर के मुँह से बचा ले, जो जलती आग में कूद कर उन्हें सलामत निकाल लाये, गोपाल तो वही कहलाता है! ये बातें भूलकर तूने यह क्या लगा रखा है?"

"लेकिन आत्या... मैं करूँ तो क्या करूं?"

"मुझे तो बेटी बस एक ही बात समझ आती है... कपाल का कुंकू रहे कि न रहे, ये लोग जो तेरे भरोसे पर हैं... इन्हें बचाने के लिए तुझे अपने कन्धों पर, अपने सुख-दुख की चिता जलाकर आगे बढ़ना ही होगा।"

कुछ पल कंचना ख़ामोश बैठी रही। उसके दिमाग़ में जाने क्या बातें चल रही

थीं। फिर वह एक झटके से अपने पैरों पर उठ खड़ी हुई। उसने हीरा आत्या को कसकर गले लगाया और गालों पर बह रहे आँसुओं को पोंछा। कन्धे पर पड़ा दुपट्टा कमर में अच्छे से कसा। दुख का पहाड़ बड़ी कठिनाई से उसने अपने कन्धों से उतारा और उस कालरात्रि में ही सबको साथ लेकर माण्डले की तरफ़ कदम बढ़ा दिये।

माण्डले की पिछली यात्रा की स्मृतियाँ अभी तक कंचना के मन में ताज़ा थीं। माण्डले असल में मध्यकालीन ब्रह्मदेश की राजधानी था। उसकी चौड़ी-व्यवस्थित सड़कें, ख़ूबसूरत-बड़े बग़ीचे, कई एकड़ मैदानों में फैले शानदार पगोडा और उनके प्रवेशद्वारों पर पत्थरों से उकेरी हुई विशाल चिन्दे नाम के प्राणियों की प्रतिमाएँ। ब्रह्मी लोककथाओं के मुताबिक चिंदे, आधे शेर और आधे बाघ के जैसा पशु है। इसी तरह रंग-बिरंगे तीन मंज़िला हिन्दू मन्दिर नक़्क़ाशियों से सजे थे। थिबा राजा का भव्य राजमहल। जिसके तीन तरफ़ गहरी खाइयों में निर्मल नीले पानी की नहरें थीं। जिनमें लाल और सफ़ेद कमल तैरते थे। ताज़ा फलों-फूलों वाला झेगा बाज़ार हमेशा ख़रीदारों से पटा रहता था। यह सब कुछ कंचना के मस्तिष्क की स्मृतियों के किसी कोने में वर्षों बाद भी ज्यों का त्यों दर्ज़ था।

माण्डले से लगी हुई इरावती नदी बहती थी। यहाँ की इस लोक गंगा का पाट बहुत चौड़ा था। इसी के एक ओर विशाल मैदानों में बसा था, यह मध्यकालीन शहर। यहीं थिबा महल के ठीक पीछे वह ऊँची माण्डले पहाड़ी थी, जिसके शिखर पर विशाल बौद्ध मन्दिर बने हुए थे।

अगर रफ़्तार से हर दिन क़रीब तीस मील चला जाये, तो रंगून से माण्डले की 350 मील लम्बी यात्रा में बारह-तेरह दिन लगने चाहिए। लेकिन रह-रहकर सिर के ऊपर से गुज़रते बमवर्षक विमानों से बीच-बीच में बाधा पड़ती रही। कई मौकों पर बमबारी का भी सामना करना पड़ा। हवाई आक्रमण के समय सबको रास्ते छोड़कर आस-पास के जंगलों में घुस जाना पड़ता। कई बार नदी किनारे की ऊँची घास में वे छिप जाते और ख़तरा टलने का इन्तज़ार करते रहते। घण्टों बाद वे बाहर निकलते और सारा सामान वग़ैरह फिर से बाँधना और व्यवस्थित करना पड़ता। इस तरह से उन्हें माण्डले पहुँचने में अठारह दिन लग गये।

शान्ता, बबीता, कमला, सुमन और बाक़ी सारी लड़कियाँ भले ही मर्दों की वेशभूषा में थीं, लेकिन उनके अन्दर की स्त्रियोचित बातें आख़िर कहाँ जाती!

हथेलियों के आकार के शीशे सबने अपने पास सँभाले हुए थे और मौक़ा मिलते ही वे अपने सिर पर उगे घास जैसे छोटे-छोटे बालों को देखती-संवारती रहती थीं।

कंचना ने भी इन लड़कियों के साथ अपने बाल छोटे करा लिए थे, लेकिन वह अब भी महिलाओं के वस्त्रों में यहाँ-वहाँ घूम रही थी। कमीज़ और सलवार में वह ख़ुद को सहज महसूस करती थी और उसे लगता कि इस तरह रहते हुए वह हर दिन सामने आने वाली सौ चुनौतियों का मुक़ाबला कर सकती है। अपने रंग-रूप पर ध्यान देने का उसके पास रत्ती भर समय नहीं था। निरन्तर चिन्ताओं और आपदाओं ने उसके चेहरे से सौन्दर्य और नज़ाकत को मिटा दिया था। रंज की रेखाएँ उसकी शक्ल पर गाढ़ी हो गई थीं। राघव के ग़ायब होने के साथ, उसकी ज़िन्दगी का सहारा भी छिन चुका था। वह बस किसी तरह से ख़ुद को सँभाले हुए थी।

सफ़र की कठिनाइयों से उसके शरीर का पोर-पोर दर्द कर रहा था। वह आधी रात को ही जाग जाती। पेड़ों की पत्तियों की सरसर और नदी के जल की कलकल के संग उसे अक्सर पदचाप भी सुनाई देती, जैसे कोई उसके आस-पास ही घूम रहा है। राघव की याद तब उसे और व्याकुल कर देती। अगर वह उसके इतने नज़दीक है, तो वह उससे मिल क्यों नहीं रहा? अगर वह उससे मिल नहीं रहा, तो क्या वह ज़िन्दा भी है? यह विचार आते ही वह मारे डर के काँपने लग जाती।

जब माण्डले शहर की प्रसिद्ध पहाड़ियों की पहली झलक मिली, जब उनके शिखर पर बने मन्दिर साफ़ दिखने लगे, जब दूर से ही बर्मा राइफ़ल्स के मुख्यालय की लाल दीवारें आकार लेने लगीं, तो सफ़र की थकान को भूलकर सबके भीतर उत्साह का संचार हो गया। वे और तेज़ क़दमों से आगे बढ़ने लगे। लेकिन जब दूरियाँ ख़त्म हुईं और शहर की दयनीय हालत उन्हें आँखों के आगे दिखने लगी, तो सबके दिल बैठ गये।

कंचना बरसों बाद माण्डले लौट रही थी और उसके मन में कश्मीर जैसे सुरम्य इलाक़े की छवियाँ बसी हुई थीं। परन्तु वहाँ क़दम रखते ही उसे घोर निराशा हुई। जैसे उसकी छाती पर कोई ज़ोर का मुक्का लगा। पूरा शहर ऐसा लग रहा था मानो कोई ख़ूबसूरत काँच टूटकर बिखर गया है।

कंचना ने महालिंग की तरफ़ मुड़कर पूछा, "काका, क्या हो गया इस शहर को?"

वे सारे अवाक् होकर चारों तरफ़ देखते रह गये। हाल की जापानी बमबारी से भड़की आग, ध्वस्त इमारतों और धूल के बादलों ने शहर को मलबे के ढेर में बदल

दिया था। माण्डले अब ऐसा नज़र आ रहा था, जैसे जंगली गधों ने किसी गुलाब के उपवन को हर तरह से रौंद कर, उसे लीद से पाट दिया हो।

युद्ध की इस विभीषिका की मार से त्रस्त शहर के दरवाज़े पर एक नया संकट आ खड़ा हुआ, कॉलरा! शहरियों को इसने बुरी तरह से तोड़कर रख दिया। हर रोज़ इसकी वजह से छह सौ से सात सौ लोग मौत के मुँह में जा रहे थे। लाशें उठाने वाला कोई नहीं था और वे जहाँ-तहाँ बिखरी पड़ी थीं। रंगून की तरह नगरपालिका के कर्मचारी यहाँ भी ग़ायब हो गये थे। शव सड़ रहे थे और दूर-दूर तक उनकी दुर्गन्ध इस तरह फैल रही थी कि साँस लेना दूभर हो चला था। माण्डले में हर तरफ़ मक्खियों के ढेर के ढेर पैदा हो रहे थे।

परिस्थितियाँ बुद्धि को जगा देती हैं। शहर के अन्दर कदम नहीं रखना है। बाहर चुपचाप जंगल में कहीं कोई कोना-ठिकाना ढूँढ़ना है और सिर झुकाये चुपचाप पड़े रहना है। इससे ही महामारी से बचा जा सकता है। हिन्दुस्तान एक दूर का सपना था, उसे साकार करने के लिए सैकड़ों मील चलने की दरकार थी; और इसके लिए सारे इन्सानों तथा जानवरों का स्वस्थ रहना ज़रूरी था।

इरावती के किनारे घना जंगल देखकर सर्कस वालों ने वहीं कैम्प लगा दिया। टेंट मास्टरों ने फटाफट कुछ जगह साफ़ की और ऊँची झाड़ियों के पीछे खम्भे गाड़ कर तम्बू तान दिये। थोड़ी मेहनत के बाद वहाँ क़रीब बीस तम्बू खड़े हो गये थे। सबसे पहले लड़कियों, उनकी आया और बुजुर्गों की व्यवस्था करनी थी। स्वस्थ नौजवान आदमी तो किसी भी पत्थर को अपना सिरहाना बनाकर पैर फैला सकते थे। लेकिन लड़कियों की चिन्ता करना तो धर्म की रक्षा करने जैसा था। इरावती नदी का पाट इतना चौड़ा था कि जिसमें कृष्णा जैसी दस नदियाँ समा जायें और तब भी जगह शेष रहे। मनुष्यों और जानवरों के लिए पानी का प्रश्न आराम से हल हो गया था।

जहाँ कैम्प लगा था, वहाँ से दूर तक इरावती का विस्तार नज़र आता था। इसके आगे नदी पर बना हुआ एक बेहद विशाल आकर्षक पुल था, जिसका नाम था : आवा। पुल की लम्बाई पौन मील थी और यह ग्यारह ढाँचों को जोड़कर बना था। हालाँकि पुल कहने से इसको सही ढंग से नहीं समझा सकता। यह तो जैसे समुद्र पर बना कोई सेतु था! वास्तव में यह इतना मज़बूत और चौड़ा था कि इससे होकर उत्तर की दिशा से आने-जाने वाले दो रेल मार्ग गुजर रहे थे। इन दोनों रेलमार्गों के आस-पास भी इतनी जगह बाक़ी थी कि उस पर दूसरे वाहन चल सकते थे।

रंगून बन्दरगाह पर अमेरिका से उतरने वाले सामान को चीन तक पहुँचाने के लिए भव्य बर्मा रोड बना था, उसी से यह पुल जुड़ता था। शाम हुई कि इस पुल की छाया लम्बी होने लगती; और यह छाया इरावती नदी पर पड़ती। तब लहराते पानी में ऐसा लगता था कि कोई विशाल अजगर अपनी जगह पर पड़ा हुआ, इधर से उधर लोट रहा है। वह छाया पानी पर लहराती रहती और अँधेरा होने पर जगमगाती रोशनी में वह सुनहरा अजगर डरावना लगने लगता।

सर्कस कम्पनी को तम्बू गाड़े दो दिन ही हुए थे कि कोई धक्का पहुँचाने वाली ख़बर लेकर आया, "यह महाकाय ब्रिज कभी भी उड़ाया जा सकता है।"

"क्या? कोई भी ऐसा क्यों करेगा?"

"वो बेवकूफ जापानी, और कौन?"

सच तो यह था कि कंचना एक रात भी माण्डले में नहीं रहना चाहती थी। जितनी जल्दी नदी-पहाड़ पार करके हिन्दुस्तान पहुँच जायें, उतना अच्छा हो। मगर आवा पुल के मुहाने पर ब्रिटिशों ने अपने सशस्त्र सिपाही तैनात कर दिये थे, और सख़्त आदेश जारी किए थे कि यहाँ से किसी चींटी को भी पार उतरने की इजाज़त नहीं है। इसीलिए महीना भर से ज़्यादा हो गया, अपनी ज़मीन से उखड़ा एक आदमी तक इरावती के पार नहीं जा पाया।

नतीजा यह हुआ कि माण्डले लोगों से ठसाठस भर गया था। अब कहीं पैर धरने तक की जगह नहीं रह गयी थी। रंगून, पेगी और मेमियो से लोग इधर भागे चले आ रहे थे। उनका लक्ष्य एक ही था कि सरहद पार करके हिन्दुस्तान पहुँच जायें, लेकिन अब वे सब पुल के इस तरफ़ अटके पड़े थे और हर तरफ़ सिर्फ़ मनहूसियत छायी थी। जापानी बमबारी और कॉलरा के महामारी का रूप ले लेने से स्वास्थ्य सेवाएं भी पूरी तरह तबाह हो गयी थीं।

कंचना के निर्देश साफ़ थे। कोई किसी भी हालत में माण्डले के नज़दीक नहीं जायेगा। कितनी ही ज़रूरत या मुश्किल आ पड़े, किसी घोड़े को उधर नहीं ले जाना है। किसी का ध्यान उनकी तरफ़ नहीं पड़ना चाहिए। लड़कियाँ भी अपना चट्टा-पट्टा भूल चुकी थीं। शुरू में ज़रूर उन्हें मर्दाना भेस में यहाँ-वहाँ घूमते और एक-दूसरे से "अबे-तुबे" जैसी भाषा बोलने में मज़ा आ रहा था, मगर अब यह सब पुराना पड़ गया। उन्हें बनावटी मर्दानगी से ऊब होने लगी थी।

कंचना ने कुछ आँखों में चंचलता भाँप ली थी। यह चिन्ता बढ़ाने वाली बात थी। भेस बदलकर सबको हमेशा तो धोखा नहीं दिया जा सकता। वहाँ से गुज़रने वाले इक्का-दुक्का लोगों की नज़रों के साथ कुछ रखवालों की आँखों में भी वासना की

झलक साफ़ दिखी थी। कितना ही छल-छद्म हो, कितना ही छुपें, किसी-न-किसी की नज़र तो पड़ ही जाती है। कंचना लड़कियों को चेतावनी देते नहीं थकती थी, "लड़कियो, सतर्क रहो!"

सर्कस के कुछ लड़के माण्डले की पहाड़ियों वाले पगोडा की तरफ़ सहज ही सैर करने निकले थे। सुंताग्बी पगोडा के नज़दीक उन्हें भीड़ दिखाई दी। एक जापानी हवाई जहाज़ अभी-अभी तबाही मचाते हुए गुजरा था। एक ऊँची रेलिंग के ठीक नीचे, जहाँ वे खड़े थे, पास ही एक टेकड़ी जैसी थी। जिसके पीछे से ढलान पर एक रास्ता गुज़र रहा था। उसे देखते हुए एक लड़का अचानक चिल्ला पड़ा, "अरे तारानाथ भाऊ! एक मिनट उधर नीचे तो देखो!"

"क्या है रे?"

"भाऊ, नीचे जाती हुई उस हथिनी को तो देखो, उसके गले में जो घण्टी बँधी है! उसका वो धूसर रंग... पहचाना कि नहीं?"

"कहना क्या चाहता है तू?"

"अहो, वो अपनी हथिनी है, राजमंगला!"

"हाँ, वह तो बिल्कुल राजमंगला लग रही है रे! वैसे ही बड़े-बड़े, घुमावदार और चमकदार दाँत!"

वे लोग मुँह खोले उस जानवर को देख रहे थे कि वह भीड़ में ग़ायब हो गयी। तारानाथ पसीने से नहा उठा और उसका गला सूखने लगा। थोड़ा पानी लेकर उसने अपने सिर पर डाला। "माँ कसम," वह जैसे घबराई आवाज़ में बोला, "पक्का वह राजमंगला का भूत था!"

"मुझे भी यही लगता है। मैंने देखा कि उसकी गर्दन पर महावत भी बैठा है। एकदम जैसे सुलेमान! वही ढीला पाजामा, लम्बा कुर्ता और वही सिर से चिपकी सपाट टोपी, जो वह उसकी नमाज़ के वक़्त पहनता था!"

"लेकिन क्या वो सचमुच भूत था?" तारानाथ के मन में शंका पैदा हुई।

"अब उनको और क्या कहेंगे? क्या हम सबने अपनी आँखों से नहीं देखा था कि गोरे क़साइयों ने हाथियों के पूरे झुण्ड को ही मार दिया था? हमारे सामने वहाँ माँस का पहाड़ खड़ा हो गया था? राजमंगला कैसे बच सकती थी? और समझ लो कि किसी तरह बच भी गयी तो सही-सलामत यहाँ साढ़े तीन सौ मील दूर पहुँची कैसे?"

"अगर यह बात सही भी है कि वह भूत है, तो ये लोग तो रात के अँधेरे में बाहर निकलते हैं। ये इतना बड़ा हाथी दिन के उजाले में बाज़ार में क्या कर रहा था?"

"तारा भाऊ, समय बदल गया है। दिन में बाहर निकलने के अलावा उनके पास कोई रास्ता नहीं है। आजकल रात में तो ये जापानी हवाई जहाज़ बम बरसाने निकलते हैं! नहीं क्या? भूतों को भी तो यह ख़्याल रखना पड़ता होगा!"

इस घटना से सबके दिल में इतना डर पैदा हो गया कि दिन में भी माण्डले के बाज़ार में जाने से बचने लगे।

अँधेरे का डर भी सबके मन में गहरे तक उतर चुका था। उस पर सैन्य प्रशासन ने ब्लैकआउट का जो फ़रमान जारी किया था, उसने स्थिति और ख़राब कर रखी थी। कोई सिगरेट-बीड़ी जलाने की भी हिम्मत नहीं जुटा पाता था कि हलकी-सी रोशनी की झलक पाते ही कब जापानी बम बरसा जायें। रंगून में अपनी आँखों के आगे जानवरों का जो संहार देखा था, उसने मानो सबकी खोपड़ी में सूराख़ कर दिये थे और सबसे ज़्यादा वही नज़ारे सपने में आते थे–ख़ासतौर पर लड़कियों के। सोलह हाथियों के मृत शरीर जैसे मांस के पहाड़! यह दृश्य आँखों के सामने आते ही वे काँप जातीं और कसकर एक-दूसरे को बाँहों में भर लेतीं।

उस दिन महालिंग फक्कड़राव की पीठ पर सवार होकर महामुनी पगोडा की तरफ़ किसी काम से निकला। अचानक जैसे जंगल में किसी सिंह या बाघ को देखते ही घोड़ा बिगड़ता है, वैसी ही हालत फक्कड़राव की हो गई। वह बहक गया। जोरों से हिनहिनाने लगा। पागल की तरह इधर-उधर दौड़ने लगा। महालिंग को घोड़े का यह बर्ताव अजीब लगा। कितनी ही लगाम खींचने पर वह काबू नहीं आ रहा था और इस संघर्ष में एक समय ऐसा आया, जब उसके नथुनों से ख़ून बहने लगा। बहुत ही मुश्किल परिस्थिति थी, मगर किसी तरह घोड़े को लेकर वापस पहुँचा।

कम्पनी के लोगों ने जब कंचना को फक्कड़राव के अजीब बर्ताव की खबर दी, तो वह भी चिन्ता में पड़ गई। रंगून में हुए जानवरों के संहार के बाद फक्कड़राव अक्सर ही कंचना के साथ रहता था। राघव के लापता होने पर कंचना की तरह ही निराश कोई था, तो वह फक्कड़राव। कंचना अपने दिल की बात कह तो सकती थी, मगर इस मूक जानवर के नसीब में कहाँ यह बात थी। इसलिए वह ज़्यादा से-ज़्यादा कंचना के क़रीब रहता। अगर कंचना सोती भी, तो उससे कुछ दूरी पर फक्कड़राव बैठा रहता। कभी आधी रात को कंचना की नींद टूटती तो वह घोड़े

को अपनी रखवाली करते हुए पाती। तब कंचना चकित होते हुए सोचती कि क्या फक्कड़राव में दाजी की आत्मा प्रवेश कर गयी है! इस मुश्किल समय में वे उसे ज़रा भी अपनी नज़रों से ओझल नहीं होने देना चाहते।

जो भी हो, महामुनी मन्दिर के पास से लौटने के बाद फक्कड़राव की हालत एकदम बदली हुई थी। या तो वह किसी बीमारी का शिकार हो चुका था या फिर भूत-प्रेत की बाधा उसे परेशान कर रही थी। चंदीचारे की तरफ़ भी वह नज़र नहीं डालता था। इस बात ने कंचना की चिन्ता बढ़ा दी थी।

क़ीमती दिन हाथ से फिसलते जा रहे थे। नदी किनारे इन्तज़ार लम्बा होता जा रहा था। हर दिन प्रवासियों की संख्या माण्डले में बढ़ रही थी। कंचना अवा ब्रिज को देखते हुए बैठी रहती थी। उसके मुहाने पर तैनात पुलिस, ढील का कोई संकेत नहीं दे रही थी। इस बीच जापानी विमान हर दूसरे-तीसरे दिन आते और बम गिराकर, दहशत फैलाकर लौट जाते। गर्मी और उमस बढ़ जाती। हवा में धूल के बादल और ऊँचे उठते। बाज़ार में अनाज तेज़ी से ख़त्म हो रहा था। कॉलरा की वजह से अब भी हर दिन छह सौ से सात सौ मौतें हो रही थीं। मिंडान राजा के पुराने राजमहल, पुराने जेगो बाज़ार और पग्यामी पगोडा के चारों तरफ़ कॉलरा की वजह से मारे गये लोगों की लाशें बिछी थीं। उन्हें उठाने और उनके अन्तिम संस्कार की कोई व्यवस्था नहीं रह गयी थी। उन पर मक्खियों के झुण्ड मंडराते थे और फिर जिन्दा लोगों को संक्रमित कर देते थे। शहर में बचा हुआ जल भी दूषित हो चला था।

माण्डले हिल्स के रास्ते में पड़ने वाला बर्मा राइफ़ल्स का हेडक्वार्टर अब किसी भी रूप में सैन्य ठिकाना नहीं लगता था। वह बेघरों और निर्वासितों के उजड़े शिविर जैसा दिखने लगा था। एक दिन गोरे साहब लोगों के अपर बर्मा क्लब पर बम गिरा और वह मलबे के ढेर में बदल गया। कंचना को अब माण्डले की इस दीन-हीन-कुरूप अवस्था से घृणा होने लगी थी। जिस तरफ़ भी उसकी नज़र उठती, उसे उखड़े हुए पेड़, टेलीफ़ोन के टूटे खम्भे, फाँसी के फन्दों जैसे झूलते तार, टूट कर बिखर चुकी इमारतें और सड़े हुए शव ही दिखाई पड़ते थे। यह दृश्य अब उसकी बर्दाश्त से बाहर हो चले थे।

एक के बाद एक बेकार गुज़रते बेनतीजा दिन ऊब पैदा कर रहे थे। माण्डले आये हुए एक महीने से अधिक बीत चुका था। उसने सर्कस के सात-आठ

लोगों को लिया और अवा ब्रिज के चेक-पोस्ट पर पहुँच गयी। वहाँ जानबूझकर पहरेदारों से उलझ पड़ी और हंगामा शुरू कर दिया, "तुमने हमें यहाँ क्यों रोके रखा है? तुमने सोचा है कि जैसे ही इधर बारिश शुरू होगी, तो लोगों का क्या हाल होगा? माण्डले के हर इलाक़े में आ-आकर हज़ारों लोगों ने शरण ले रखी है! तुम गोरे लोग, यहाँ क्या कर रहे हो? तुम यहाँ हमें बचाने के लिए हो या हमारी जान लेने के लिए?"

"मैडम, आपको हमसे बहस करके क्या मिलने वाला है? हिज हाइनेस गवर्नर डॉरमन स्मिथ से गवर्नर लॉज में जाकर मिलिए।"

कंचना इसके बाद ज़्यादा देर ब्रिज पर नहीं रुकी और गवर्नर लॉज की तरफ़ चल दी। लेकिन जब उसे सन्तरियों ने लॉज के गेट के अन्दर नहीं घुसने दिया, तो वह ग़ुस्से में फनफनाती हुई फिर से ब्रिज के चेक-पोस्ट पर आ गयी। उसका उग्र रूप देखकर वहाँ के ऑफ़िसर ऑन ड्यूटी ने चुप रह जाना ही बेहतर समझा।

कंचना फिर गरजने लगी। दूर आसमान में उठ रहे बादलों के दो काले धब्बों को देखते हुए वह बरस पड़ी, "भगवान ने तुम्हारे कन्धों पर सिर रखा है या फिर लकड़ी के खोके? तुमको समझ नहीं आता कि इतनी भीड़ माण्डले में जमा हो गयी है, उसे जितनी देर यहाँ अटकाये रखोगे, परिस्थिति उतनी बिगड़ती जायेगी! जंगल और पहाड़ के रास्ते अभी सूखे हैं, इसलिए हमें अभी ही निकल जाने दो!"

"सॉरी मैडम, वी फॉलो द ऑर्डर ऑफ़ डिविजनल कमांडर।"

"अरे कितने हलकट और लुच्चे हो तुम ब्रिटिश लोग! माण्डले की सड़कों पर लोग चींटियों की तरह मर रहे हैं, लेकिन उनकी मौत तुम्हारे दिल को रत्ती भर भी नहीं छू रही!"

फक्कड़राव की हालत में कोई सुधार नहीं हो रहा था। सच तो यह था कि उसकी स्थिति बिगड़ती जा रही थी। खाना-पीना बन्द करने से उसका वज़न कम हो चुका था। वह रात में सोता नहीं और पहले की तरह कंचना के पास भी नहीं जाता था। वह अपने गले में पड़ी लगाम को भी दाँतों से चबाकर काटने की कोशिश करता रहता।

जानवरों के लिए लकड़ियों का एक विशाल और मज़बूत घेरा बनाया गया था। बाँस के अवरोधों से इस अन्दाज़ में बाड़ेबन्दी कर दी गयी थी कि घोड़े और कुत्ते उसे तोड़ या पार करके बाहर नहीं निकल सकते थे। इस घेरे के अन्दर दो रातों से फक्कड़राव को भी बाँधकर रखा गया था, लेकिन उसको चैन कहाँ था! वह पूरी

रात अपनी जगह पर कूदता-फाँदता और फुरफुर करता रहा, जिससे दूसरे जानवरों की आँखों में नींद नहीं उतर सकी। उनका भी चैन हराम हो गया।

यह देखकर कंचना ने निर्देश दिया कि फक्कड़राव को खोलकर बाड़े के अन्दर ही छोड़ दिया जाये। साईस ने वही किया, जो कहा गया। अगली सुबह जब रिंग-ब्वॉय आया, तो उसने पाया कि घोड़ा ग़ायब है। ऐसा लगता था कि वह कूद-फाँद करके घेराबन्धी को पार कर, रात में निकल भागा है।

यह समाचार सुनते ही कंचना का चेहरा ग़मगीन हो गया। राघव और उसकी दोस्ती सर्कस की पूरी दुनिया को पता थी। इस बेक़ाबू घोड़े को क़ाबू में लाने की कोशिश के दौरान ही राघव और कंचना का पहला परिचय हुआ था। वह उनकी दोस्ती और प्रेम, दोनों का साक्षी था। ऐसे संकट के समय में फक्कड़राव का चले जाना प्राणों को वेदना पहुँचाने वाला था।

कंचना का पूरा दिन शोक मनाते हुए गुज़रा।

इरावती नदी का किनारा भी उस शाम ज़्यादा विषादग्रस्त लग रहा था। डूबते सूरज में लम्बी होती परछाइयों में हलचल ज़्यादा थी। कोई काम करने को नहीं था, तो सर्कस वाले लड़के अपने कपड़े उठाकर नदी में डुबकी लगाने चले गये। इनमें से कुछ नदी में मछलियाँ पकड़ने के इरादे से भी गये थे। चार्ली भी उनके पीछे निकला और एक पेड़ पर जाकर बैठ गया। लम्बे समय बाद वह बाँसुरी के बजाय अपने साथ शहनाई लेकर गया था। उस दिन जापानी विमानों ने भी चक्कर नहीं लगाया था।

अचानक नीचे की रेत की तरफ़ शोर उठने लगा। लड़के शोर मचाते, हँसते, उछलते और मछलियाँ पकड़ने के लिए ले गये बर्तन पीटते हुए तेज़ी से दौड़ते आते दिखे। चार्ली और उसके दो दोस्तों ने यह भगदड़ देखी तो वे पेड़ से कूदे कि आख़िर माजरा क्या है! यह हल्ला हीरा आत्या और कंचना के कानों में भी पड़ा और दोनों तम्बू से अपनी गर्दन बाहर निकालकर झाँकने लगीं। सबसे आगे वे लड़के दिखे, जो अपने हाथों में लिए बर्तन पीट रहे। उनके पीछे-पीछे चार्ली और उसके दोस्त थे। ऐसा लग रहा था कि बैंड-बाजे वाली कोई बारात आ रही है। कंचना ने अपने पंजों पर आते हुए, एड़ियाँ उठाकर देखा और सामने का नज़ारा देखते ही उसका दिल झूम उठा। फक्कड़राव वैसे ही नाच रहा था, जैसे वह सर्कस के संगीत पर नाचा करता था।

हर कोई आँखें फाड़े हुए अपने नज़दीक आते जुलूस को देख रहा था। वे अपनी आँखों को मल-मलकर देख रहे थे कि कहीं वे सपने में तो नहीं हैं! विश्वास होते ही उनकी आँखें भर आ रही थीं। सामने से झूमते हुए राजमंगला आ रही थी।

उसकी पीठ पर सुलेमान चाचा और उनके पीछे बटुकनाथ तथा उसके चार बौने दोस्त बैठे हुए थे।

राजमंगला ने दूर से कंचना को देखा और ख़ुशी के मारे सूँड़ उठाकर ज़ोर से चिंघाड़ी। तेज़ क़दमों से चलती वह कंचना के पास आयी और अपनी सूँड़ को उसने कुछ इस अन्दाज़ में उठाया, जैसे सर्कस में भगवान शिव की प्रतिमा को माला पहनाने के लिए उठाती थी। कंचना की आँखों से आँसुओं का प्रवाह अनवरत था। यह समझ पाना असम्भव था कि फक्कड़राव ने माण्डले बाज़ार में, लाखों की भीड़ में कैसे राजमंगला की गन्ध पा ली थी और उसे ढूँढ़ने के लिए पागल हो उठा! कैसे उसने राजमंगला और इन सबको खोजा और तमाम रास्तों से होता हुआ, यहाँ कैम्प तक अपने साथ ले आया।

बीते जाने कितने दिनों के दुख-दैन्य के बीच ख़ुशी का यह क्षण आया था। इसलिए आश्चर्य नहीं कि कंचना के साथ-साथ हर किसी की आँखों में इरावती किनारों को तोड़ती हुई बह रही थी।

## 40

चारों तरफ़ की दारुण परिस्थितियों के बीच राजमंगला के लौट आने से कंचना को कुछ राहत मिली। वह सब कुछ जानना चाह रही थी। सुलेमान चाचा की तरफ़ बहुत कौतुक से देखते हुए कंचना ने पूछा, "चाचा मुझे अपनी आँखों पर भरोसा नहीं हो रहा! आपने कैसे उस विनाश के बीच राजमंगला बचा लिया और यहाँ साढ़े तीन सौ मील तक ले आये?"

"बेटी, मुझे कुछ ख़ास नहीं करना पड़ा... यह तो राजमंगला के पैरों में ही कुछ जादू है। राजमंगला जानवरों के बाड़े से थोड़ी दूर पर खड़ी थी। जैसे ही वहाँ गोलीबारी चालू हुई थी, वह दौड़ती हुई सीधी सड़क पर निकल गयी। मैं उसके पीछे-पीछे भागा और मेरे पीछे बटुकनाथ और उसकी टोली आ गयी।"

"लेकिन वो लोग तो हर तरफ़ मार-काट मचा रहे थे! आपने राजमंगला को कैसे बचा लिया?"

"मैं इसे लेकर सीधे आमों के बग़ीचे में निकल गया और कुछ दिन हमने वहाँ छुपकर काटे। रंगून में रहने का मतलब राजमंगला की मौत को बुलावा देना था, इसलिए हम एक रात वहाँ से निकल पड़े। मैंने सुन रखा था कि हिन्दुस्तान जाने के रास्ते में यह माण्डले शहर पड़ता है, सो हम लोग इसी दिशा में बढ़ने लगे। दिन के समय हम जंगलों में छुप जाते थे और रात में सफ़र करते थे।"

राजमंगला की वापसी को कंचना ने देवता के आशीर्वाद की तरह देखा। उसे लगा कि रूठा हुआ भाग्य अब मुस्कराने वाला है।

राघव को राजमंगला के मिलने की एक अलग कहानी है। कोंकण के रास्ते में पड़ने वाले मलकापुर से थोड़ा ऊपर की तरफ़ बढ़ने पर उदयगिरि के जंगल हैं, जहाँ ग्वालों-चरवाहों का एक गाँव है। यहाँ देवी कालम्मा के मन्दिर से लगा हुआ मवेशियों का एक बाड़ा था। जहाँ कोई दर्ज़न भर गायें भी थीं।

जैसे ही सुबह होती, गायों को मन्दिर के आस-पास के जंगल में चरने के लिए छोड़ दिया जाता था। एक बार गायें बाड़े से बाहर निकलीं कि बाड़े का मालिक ताज़ा गोबर इकट्ठा करने के लिए आ जाता। एक दिन वह यह देखकर चौंक गया कि गायों के गोबर के बीच एक विचित्र तरह की लीद बाड़े में बिखरी थी। तय है कि गायों के अलावा वहाँ कोई और भी था! कुछ दिन तक हर रोज़ सुबह उसे यह लीद मिलती रही, तो उसने वहीं पेड़ पर चढ़कर रात बिताने और मामले की जाँच करने का फ़ैसला किया। आधी रात को उसने बाड़े में हाथी के नन्हे बच्चे को घुसते देखा। वह बच्चा पूरी रात गायों के साथ रहा और तड़के ही वहाँ से निकल गया।

बाड़े के मालिक ने अगली रात हाथी के बच्चे को पकड़ लिया और राघव को बेच दिया। यही राजमंगला थी। जो अब बड़ी हो चुकी थी और फक्कड़राव की तरह ही राघव को प्राणप्रिय थी।

राजमंगला को नदी में ले जाकर नहला-धुला कर तैयार किया गया। कंचना सिर्फ़ ख़ुश नहीं थी, वह भावनाओं से भरी थी। दो दिन बाद वह पूजा-अर्चना के लिए अपने कुछ लोगों को लेकर पास के प्राचीन शिव मन्दिर में गयी। भगवान का आभार व्यक्त करने के बाद आनन्दपूर्वक लौटते हुए, उनकी नज़रें पीछे की तरफ़ गयी। एक-दो दिन पहले की बमबारी में ढेर हुए कुछ लोगों के शव यहाँ-वहाँ पड़े थे। इन्हीं में हिन्दू साधुओं की एक मण्डली भी थी। सबकी उम्र 30-35 के आस-पास रही होगी। उनकी लम्बी जटाएँ और दाढ़ी, गेरुए कुर्ते और धोती। पास ही बिखरे थे, उनके ताँबे के कमण्डल और तीर-कमान। कंचना की ख़ुशी दो पल में हवा हो गयी क्योंकि इस नज़ारे ने उसे फिर जीवन-मृत्यु के खेल का स्मरण करा दिया। उधर, रेडियो पर भी डरावनी ख़बरें थी : जापान ने अपनी हथियारबन्द गाड़ियों और भारी फ़ौज के साथ रफ़्तार से उत्तर दिशा में बढ़ना शुरू कर दिया था। इन फ़ौजों के शान

प्रांत और मेमिओ की तरफ़ से जंगलों में घुसपैठ के समाचार भी कानों पर पड़ने लगे थे। ऐसे में मूर्ख, ज़िद्दी और डरपोक ब्रिटिशों की बातों में आने और उनकी सुनने का कोई अर्थ नहीं था। अब जो कुछ भी होगा, उन्हें ख़ुद अपने बूते करना होगा।

"एक ही रास्ता है," महालिंग चाचा ने कंचना को सुझाया, "यहाँ कुछ बड़े मछुआरे हैं, जिनसे हमें उनके विशाल नावों के बेड़े मिल सकते हैं।"

"इससे क्या फ़ायदा होगा?"

"तुम्हें दिखता नहीं? वे हमें घण्टे भर के अन्दर इरावती पार करा के दूसरी तरफ़ पहुँचा देंगे!"

"और उसके बाद क्या? उसके आगे के रास्ते में सिर्फ़ घने जंगल हैं, जिनमें घुसना तक मुमकिन नहीं, पार करना तो दूर है! और वहाँ से मिचिना का रास्ता 375 मील है। इतना कौन अपनी टाँगें तोड़ता चलेगा?"

चाहे कुछ भी हो, एक बात तो साफ़ थी–यहाँ पड़े-पड़े मर जाने से तो अच्छा था कि आगे बढ़ते हुए जान का जोखिम लिया जाये।

सबने मिलकर फ़ैसला लिया कि वे लोग मछुआरों के बेड़े लेकर अगले दो दिन में नदी को पार करेंगे।

सबके सामने जो कुछ परोसा गया, उसे चुपचाप खाया और सोने चले गये। थोड़ा ही समय बीता होगा कि आस-पास की दुनिया दहल उठी। यह धमाका बम फटने की आवाज़ से कहीं ज़्यादा भयंकर और कर्कश था। सब जागकर नदी के पाट को देखने लगे, जिधर से आवाज़ आयी थी। दूर आकाश में आग की लपटें दिख रही थीं, जिनकी परछाईं इरावती के जल पर चमक रही थी। ब्रिज के दूसरे छोर पर भीषण आग लगी थी और धूल-धुएँ के बड़े-बड़े गुबार आसमान में उठ रहे थे। इरावती का पूरा पानी ताँबई हो चुका था।

रात में ही मछुआरे कंचना के पास धक्का पहुँचाने वाली ख़बर लाये : आवा ब्रिज के पार वाले छोर का एक इस्पाती हिस्सा डायनामाइट लगाकर उड़ा दिया गया था। जिससे अब उस पार न कुछ पहुँचाया जा सकता था और न कोई पहुँच सकता था।

और मूर्खता भरा यह काम किसने किया? जापानियों ने? नहीं, ब्रिटिशों ने। उनका गणित यह था कि जापानी जब भी हवाई या पैदल रास्ते से माण्डले पहुँचेंगे तो उनके लिए मिचिन या ब्रह्मदेश के उत्तर की तरफ़ बढ़ने का कोई रास्ता बाक़ी नहीं रहना चाहिए।

दो दिन बाद कंचना के कानों पर एक उम्मीद जगाने वाली ख़बर पड़ी, "कल रात या परसों सुबह माण्डले से मिचिन की तरफ़ एक रेलगाड़ी जाने वाली है। दूसरे छोर पर खड़ी, बत्तीस डिब्बों वाली यह गाड़ी मिचिन से यहाँ आयी है और अब वापस लौटेगी।"

कंचना की आँखें चमक उठी। "चलो, हम लोग भी इसी के सहारे निकल चलने की कोशिश करते हैं।"

कुछ तो हो रहा है। यह सोचते हुए हर किसी ने राहत की साँस ली। महालिंग ने कंचना से कहा, "देखो, वो लोग अपने सिपाहियों की कितनी परवाह करते हैं! उन्हें ऐसी भयानक बमबारी से बचाने के लिए रेलगाड़ी तक भेज दी!"

"अन्दर की बात आपको कहाँ पता है चाचा!"

"कैसी अन्दर की बात?"

"अहो, बर्मा के गवर्नर, हिज एक्सेलेंसी डॉरमन स्मिथ यहाँ फँसे हुए हैं! क्या यह सच नहीं है? सिर्फ़ उन्हें बचाने के लिए यह सारी उठा-पटक हो रही है।"

किसी भी हाल में इस रेलगाड़ी पर सवार होना था। इसमें नाकाम रहने का मतलब था कि उनकी ज़िन्दगी की किताब ब्रह्मदेश के जंगलों में जापानी बमबारी में हमेशा के लिए जलकर ख़त्म हो जायेगी। दोपहर में दो-तीन घोड़े लेकर महालिंग, पांडु नाना और सुषी रेलवे स्टेशन के अधिकारियों से मिलने के लिए गये। कंचना भी गयी। उन्होंने मर्दाना कपड़े पहनीं शान्ता और सुमन को भी साथ ले लिया। वहाँ का नज़ारा देखकर सब सन्न रह गये। पूरी जगह किसी कबाड़ में बदल चुकी थी। बमबारी ने इमारतों को मलबे में बदल दिया था और आग ने हर चीज़ को राख कर दिया था। कहीं-कहीं आधी दीवारें खड़ी थीं, मगर वे इतनी कमज़ोर थीं कि हवा से हिल रही थीं। बाँस की छतें धमाकों से बिखर चुकी थीं और यहाँ-वहाँ बचे कुछ टुकड़े ही धूप से शरण देने लायक रह गये थे।

वरिष्ठ अधिकारी ने कहा, "जापानी फ़ौजों के पहुँचने से पहले हमें यहाँ से निकलना होगा। तुम लोगों को कितने टिकट लगेंगे?"

"हमें सेप्रेट कम्पार्टमेंट लगेंगे।"

"क्या?" चौंक कर अधिकारी ने कहा, "युद्ध के इस समय में क्या तुम कोई मैरिज पार्टी ले जा रहे हो?"

"बारात नहीं है सर। हमारी सर्कस कम्पनी है। द ग्रेट कंचना इंटरनेशनल सर्कस।"

"ओहो! एक बार मैं तुम्हारे सर्कस में आया था, कोलकाता में।"

"सर, हमारे कुछ आर्टिस्ट बीमार हैं। वे..."

"ओ माई गॉड! कॉलरा?"

"नो, नो सर। ये उतना सीरियस नहीं है। डरिए मत। लेकिन हमें कम-से-कम तीन बोगियाँ लगेंगी।"

"नॉनसेंस! इम्पॉसिबल! फिर भी अगर तुम हमारी इस "आर्मी स्पेशल" में जाना चाहोगे, तुम्हें प्रॉपर सेंक्शन लाना पड़ेगा।"

सुषी ने तुरन्त डेप्युटी कमिश्नर रिचर्डसन का लिखा वह स्पेशल लैटर निकाला जो कंचना ने उसे दे रखा था।

वह अधिकारी सन्तुष्ट हुआ। "आई कैन प्रोवाइड सफीशियंट रूम। लेकिन बेकार में बोगियों की उम्मीद मत रखना।"

आख़िरकार बहुत खींचतान के बाद वह एक डिब्बा देने को राज़ी हुआ। न ब्रह्मी और न हिन्दुस्तानी नोट काम आये। टेबल के नीचे सोने के सिक्कों से बात बनी। एक डिब्बे के लिए पाँच गुना रकम देनी पड़ी, लेकिन कंचना के पास और कोई विकल्प नहीं था।

बैठक ख़त्म होने पर उठते हुए तारानाथ ने फिर आग्रह किया, "हमारे जानवरों के लिए कम-से-कम खुली वैगन तो दे दीजिए!"

"जानवर? कैसे जानवर?

"एक हाथी और चौदह घोड़े।"

"ये कैसी फ़ालतू बात है? ट्रेन से जानवर ले जाना, मतलब खायी में छलाँग लगाना," अधिकारी कड़क आवाज़ में बोला, "वैसे भी इस पीरियड में जानवरों को ट्रेन से ले जाने पर रोक लगी है। फिर थोड़ा प्रेक्टिकल होकर सोचो। हमारे जो सिपाही इस रेलगाड़ी में जा रहे हैं, वे कई दिनों के भूखे हैं। जानवरों को देखते ही ये एक बार भी नहीं सोचेंगे और उन्हें काटकर इंजन की कोयला-भट्ठी में भूनकर खा जायेंगे। सो फॉरगेट ऑल दैट।"

वे सब जब आधे मन से रेलवे स्टेशन से बाहर निकलने लगे तो एक बर्मी रेलवे अधिकारी ने आवाज़ लगाई। कंचना उसकी तरफ़ बढ़ी, तो उसने शान्ता और सुमन की तरफ़ इशारा करते हुए कहा, "आप नहीं मैडम, आपके साथ जो दो लड़के हैं, उनको भेजो।"

गुस्साई कंचना तेज़ क़दमों से उसके पास पहुँची और कड़क आवाज़ में बोली, "क्या चाहिए तुमको?"

"इतना ग़ुस्सा क्यों होती हो मैडम? मैं सिर्फ़ इतना कह रहा हूँ कि आप क्यों

ख़ुद इतनी तकलीफ़ उठाकर यहाँ आती हो, अपनी जगह ये जो पीछे जवान लड़के खड़े हैं, बस उनको भेज दो!"

पुरुषों के कपड़ों में दोनों लड़कियाँ खड़ी-खड़ी घबरा रही थीं। अधिकारी के पीछे खड़े दो सिपाही लड़कियों को देखते हुए लार टपकाते, हाथ मसलते खड़े थे।

कैम्प में लौटने के बाद कंचना लड़कियों पर बरस पड़ी, "क्या ज़रूरत थी, तुम दोनों को हमारे साथ आने की?"

"क्यों? क्या हुआ?"

"तुमको दिखा नहीं वो अफ़सर और उसके आदमी तुम लोगों को कैसे गन्दे ढंग से घूर रहे थे?"

"माफ़ करो दीदी..."

"माफ़ी से क्या होता है छोरियों?" वह बोली, "हमेशा ध्यान रखो... मर्दों की गन्दी, ज़हरीली नज़र पेड़ों तक को झुलसा देती है! फिर तुम तो नात क लताएं हो!"

रात्रि के अन्धकार में भी फटाफट बाँधा-बूँधी शुरू हो गयी। लड़कियों, कलाकारों और बाक़ी को तो सँभाला जा सकता था, लेकिन मिचिन तक जानवरों को कैसे सुरक्षित ले जाया जाये? सारे ट्रेनर और रिंग मास्टर जब सिर खुजाने लगे, तो कंचना ने कड़क आवाज़ में कहा, "अब सब कुछ क्या मैं ही बताऊँगी? तुम लोग एशिया के सबसे फेमस सर्कस के खिलाड़ी हो। क्या तुम्हें सचमुच यह सिखाना पड़ेगा कि मुश्किल हालात को कैसे सम्भाला जाये?"

कंचना की बात सुनकर सब चुप हो गये।

हर कोई घबराया हुआ था। अगले दिन दोपहर में बारह के आस-पास रेलगाड़ी को आवा ब्रिज के प्रस्थान-बिन्दु से निकलना था। सुबह साढ़े तीन बजे से ही इधर हलचल शुरू हो गयी। नावों के बेड़ों से दूसरी तरफ़ के स्टेशन पहुँचना था। कई दिनों के बाद सर्कस वालों के बदन का आलस टूटा था। सब लोग फटाफट जैसे सर्कस लेकर एक ठिकाने से दूसरे ठिकाने की तैयारी में लगते थे, वैसे ही फिर सक्रिय हो गये।

जिन लोगों को जानवरों को लेकर नदी किनारे तक पहुँचने का काम दिया गया था, उनके नसीब में रात का विश्राम नहीं लिखा था। उन्हें अँधेरे में ही साढ़े तीन बजे तक दूसरे तट पर पहुँचकर वहाँ से जानवरों को सड़क के रास्ते आगे ले जाने को

कहा गया था। उनके लिए मन्त्र यही था कि दिन के सूरज की गर्मी बढ़ने से पहले जितना हो सके, सफ़र कर लो। इन लोगों को पार उतारने के लिए आधी रात में ही नावें तैनात कर दी गयी थीं। इधर कंचना अपने तम्बू में चीज़ें समेटने में लगी थी और उधर, राजमंगला तथा चौदह घोड़े उससे विदा लेने की औपचारिकता निभाये बिना किनारे की तरफ़ बढ़ गये थे।

उथले पानी से होते हुए एक-एक जानवर नावों पर चढ़ाया गया। जब 2200 किलो की राजमंगला की नाव पर चढ़ने की बारी आयी, तो अच्छा यह था कि बर्मी नाविक अनुभवी थे। वे लकड़ी के भारी लट्ठों को नाव में रखकर सन्तुलन बनाए हुए सफ़र करते थे। लेकिन फक्कड़राव कंचना के बग़ैर आगे बढ़ने को राज़ी नहीं था। कंचना ने उसे लाड़ किया। उसके नथुनों को अपने गालों से रगड़ा, उसके अयाल सहलाये, तब जाकर वह साईसों के साथ नाव में सवार हुआ।

सुबह का हलका उजाला हो रहा था और माण्डले की पहाड़ियों पर बने पगोडा मन्दिरों के शिखर-कलशों की छायाएँ शहर पर उतरने लगी थीं। तभी कंचना के तम्बू में छह-सात तरुणियाँ आयीं। उन्होंने शिकायत की कि आया उन्हें नदी में नहाने के लिए नहीं जाने दे रही हैं। कंचना नाराज़ होकर उन पर बरसी, "तुम्हें रोज नहाने की क्या ज़रूरत है? आज कोई सर्कस का शो है क्या?"

हीरा आत्या ने आगे बढ़कर शान्ता और बबीता समेत सबको फटकार लगाई, "बेकार इधर-उधर भटकने की ज़रूरत नहीं है छोरियो। तुम्हारे पास अक्ल है कि नहीं! जाओ, जाकर फटाफट बचा हुआ सामान बाँधो, नहीं तो रेलगाड़ी छूट जायेगी।"

"यही तो हम कह रहे हैं कि एक बार रेलगाड़ी में चढ़ने के बाद पता नहीं कब नहाना नसीब होगा। पिछले दो दिन ऐसे ही भागदौड़ में निकल गये। आगे पता नहीं कब तक सफ़र करना पड़े! बदन से बदबू आने लगेगी दीदी!"

"बेवकूफ़ लड़कियों, उजाला हो गया है। जाओ, फटाफट कुछ हेल्पर लड़कों को ले जाओ तो वो जल्दी-जल्दी बाल्टियों में भरकर पानी ला देंगे।"

"नहीं दीदी, अभी ऐसी ख़ूब रोशनी नहीं है। हमें कोई नहीं देख पायेगा। हम फटाफट दौड़ के नदी तक जायेंगी और ताजे-साफ़ पानी में जल्दी-जल्दी डुबकी लगाकर लौट आयेंगी। यूँ गयीं और यूँ आयीं।" कहते हुए सब तेजी से नीम-उजाले में दौड़ के निकल गयीं।

कुछ और प्रकाश फैला तो माण्डले का ओर-छोर साफ़ निखर आया। आवा पुल का अजगर इरावती नदी पर लहरा रहा था। हेल्पर लड़कों और मज़दूरों ने सारे

तम्बू उतारकर, सही ढंग से बाँध लिए थे। वे उन्हें खींचकर किनारे तक ले आये और अब उन्हें नाव पर लादने की तैयारी थी। सारा सामान किनारे तक पहुँचा दिया गया था और वे लोग नावों के आने का इन्तज़ार कर रहे थे।

कंचना इस बात में अपना सिर खपा रही थी कि आने वाले सफ़र में, सोने के और कितने गहने काम आ जाने वाले हैं। तभी तीन आयाएँ खौफ़जदा चेहरे लिए अन्दर आयीं। उन्हें देखते ही कंचना समझ गयी कि कुछ बहुत भयानक हुआ है। उसके हाथ में सँभला छोटा सन्दूक छिटक कर गिर गया। आयाओं का डर देखते ही उसे आभास हो गया कि यह लड़कियों की कोई बात है। उसने लगाकर सबसे आगे खड़ी आया का हाथ पकड़ा और कलेजा चीर देने वाली आवाज़ में चिल्लायी, "कहाँ हैं वे सब? मेरी लड़कियाँ कहाँ हैं?"

ऐसा लगा मानो बिजली गिरी है। हर तरफ़ हाहाकार मच गया। जिसके दिमाग़ में जो नाम आ रहा था, वह चिल्ला रहा था, "अरे शान्ता! ओ बबीता! अरे शालन-मालन! कहाँ हो लड़कियों तुम?"

हर तरफ़ चीख़-पुकार और भाग-दौड़ हो रही थी। सारे हेल्पर, सारे मज़दूर नदी के नीचे की तरफ़ दौड़े। हर कोई अवाक् होकर इरावती के चौड़े पाट को देख रहा था। नदी शान्त बह रही थी। ऐसा लगता था, मानो कुछ हुआ ही नहीं। आवा पुल नदी के पानी पर आराम से अठखेलियाँ कर रहा था। जैसे-जैसे तलाश बढ़ रही थी, रहस्य गहरा रहा था। आख़िर क्या हुआ होगा? क्या वे सब एक साथ डूब गयीं! वे कहाँ ग़ायब हो गयी हैं?

वे लोग जब काफ़ी दूर तक निकल गये तो वहाँ उन्हें लड़कियों के कुर्ते और पजामे दिखे। जिन्हें गठरी बनाकर रखा गया था। कपड़े पूरी तरह से सूखे थे। मतलब यह कि वे लोग साफ़ पानी को देखकर ख़ुद को रोक नहीं सकीं। फिर जब शान्त सुबह की ठण्डी हवा भी रही होगी, तो निश्चित ही अपने आप पर काबू रख पाना मुमकिन नहीं रह पाया होगा। वे अपने सारे कपड़े उतारकर निर्वस्त्र ही नदी में कूद पड़ी होंगी, जैसे जल में मछली। लेकिन किसी तरह से यह जान पाना नामुमकिन था कि इसके आगे क्या हुआ।

लड़कियों की तलाश में परेशान वे लोग नदी के किनारे-किनारे और आगे बढ़े। अचानक उन्हें थोड़ी दूरी पर इन्सानी पैरों के निशान दिखे। पास जाकर देखा तो फ़ौजी जूतों की छाप थी। जो नदी से होती हुई ऊँचाई की तरफ़ बढ़ रही थी। फिर वहाँ से घास के मैदान को पार करती हुई ढलान पर उतर रही थी। जैसे ही लड़कों ने ऊपर पहुँचकर वहाँ से नीचे झाँका, तो डर के मारे काँप उठे और उन्होंने अपने

चेहरे दूसरी तरफ़ घुमा लिए। कंचना और आया ने पीछे-पीछे उस टेकरी पर पहुँचते ही जब वह नज़ारा देखा तो उनके मुँह से चीख़ निकल गई, "अरे देवाऽऽ!" जिन लड़कियों की तलाश में वे भाग-दौड़ कर रहे थे, उनकी नग्न-मृत देहें यहाँ बिखरी पड़ी थीं। शरीर पर जगह-जगह ज़ख़्म थे और रक्त बहकर काला-नीला पड़ चुका था। फ़ौजी भेड़िये भूखे होने के साथ क्रूर भी थे। गीदड़ और गिद्ध जैसे शिकारी भी अपने सिर शर्म से झुका लें, उन्होंने लड़कियों के शरीर को ऐसे नोचा-खसोटा था।

कंचना को कुछ समझ नहीं आ रहा था। उसके गले की स्वर-तन्त्रियाँ चटक गयी थीं और आँखें फटी की फटी रह गयीं। इस अकल्पनीय त्रासदी ने उसे झकझोर दिया। ऐसा विचित्र दिन था कि वह न रो पा रही थी और न शोक मना पा रही थी। आयाओं ने ख़ुद को सँभाला और साहस बटोर कर आगे बढ़ीं। उन्होंने लड़कियों के नंगे बदन कपड़ों से ढँके और तब कुछ लड़के टेकरी से उतरकर नीचे पहुँचे।

इन सबके बीच एक स्त्री बेतहाशा तड़प रही थी। वह थी, हीरा आत्या। वह किसी तरह ख़ुद को नहीं सँभाल पा रही थी और धड़ाम से ज़मीन पर गिरकर छटपटा रही थी। उसने अपने चेहरे को मिट्टी से भर लिया और उसके बाल कीचड़ से सन गये थे। उसके गले से दिल चीर देने वाली कर्कश आवाज़ निकल रही थी। वह चीख़े जा रही थी। उसका पति महालिंग भी समझ नहीं पा रहा था कि उसे किस तरह दिलासा दे क्योंकि वह ख़ुद अपनी दो बेटियों के क्षत-विक्षत शरीर देखकर बुरी तरह से टूट गया था।

सूरज की चमक बढ़ चुकी थी। समय तेज़ी से भागा जा रहा था। मिचिन से रेलगाड़ी दोपहर को छूटने वाली थी। यह आख़िरी रेल थी और अभी नावों पर सामान भी चढ़ाना था।

समय उन्हें कठिन से कठिनतर परिस्थितियों में डालकर पता नहीं किस क्षण के लिए तैयार कर रहा था! कुछ लोग दौड़कर कैम्प के सामान में से गेती-फावड़े निकाल लाये। सफर के दौरान जंगल में अक्सर उनकी ज़रूरत पड़ती थी। शवों को श्वानों और भेड़ियों के लिए नहीं छोड़ा जा सकता था। आदमियों ने जल्दी-जल्दी कमर की गहराई तक गड्ढे खोदे और इतनी जगह बना दी कि शवों को उनमें दफन किया जा सके।

एक औरत को आख़िरी वक़्त पर कुछ सूझा तो वह दौड़कर सात नयी साड़ियाँ और सात नारियल कैम्प के सामान में से ले आयी। कब्र में लिटाई गयी सातों लड़कियों के शवों को नयी साड़ियों से ढंका गया और सब पर एक-एक नारियल रखे गये। इसके बाद मिट्टी डाली जाने लगी। यहाँ कंचना के धीरज का बाँध टूट

गया और वह फूट-फूटकर रो पड़ी, "अच्छा किया तुमने आख़िरी वक़्त में ये समझदारी दिखा दी... मेरी बच्चियों को साड़ियाँ पहना दी... अब वो नंगे-निर्लज्ज आदमियों की इस दुनिया से भगवान के दरबार में कम-से-कम बदन ढँककर तो पहुँचेंगी।"

## 41

वे पुरानी रेल पटरियाँ दलदली ज़मीन से दो फ़ीट ऊपर बिछायी गयी थीं। बर्मी जंगलों में बहुतायत में मिलने वाली सागौन की लकड़ियों से बोगियों का निर्माण किया गया था। पटरियों के दोनों तरफ़ उथले ढंग से पत्थर बिखरे-बिछे थे। इसलिए भागती रेलगाड़ी ज़ोरों से हिलती थी। हालाँकि पहले तय हुआ था कि इस रास्ते का इस्तेमाल सिर्फ़ सेना के लिए होगा, मगर बहुत से लोग शहर से निकलने के लिए तत्पर थे।

यह रेल यात्रा बहुत विचित्र थी। रेलगाड़ी उस बूढ़ी स्त्री की तरह चल रही थी, जो अपनी लाठी के सहारे हाँफती-खाँसती बेटी के घर को जा रही हो। बीच में जंगल, पहाड़ और धान के खेत मिल रहे थे। कोयले का इंजन रेलगाड़ी को खींच रहा था और पीछे छूटते रास्ते में गाढ़ा-काला और उमस भरा धुआँ छोड़ता जा रहा था। उसकी अजीब-सी जलती हुई गन्ध, घास के मैदानों में दूर तक बिखर रही थी। धुएँ के साथ-साथ, हवा में जलते हुए कोयले के बारीक कण पीछे की तरफ़ उड़ते हुए बिखरते जा रहे थे। ज़रा-सा भी पहाड़ी चढ़ाव मिला कि इंजन किसी मरियल और भूखे जानवर की तरह किकियाने लगता था।

कई बार इंजन का कोयला या पानी ख़त्म होते ही रेलगाड़ी एक जगह पर खड़ी हो जाती। ड्राइवर अक्सर उसे किसी पुल पर या नदी-पोखर के किनारे खड़ा करते थे। तब जल्दी-जल्दी बाल्टियों से पानी भरा जाता। रेल की पटरियों के आस-पास अक्सर बहुत सारी लकड़ी की टालें होती थीं, जिन्हें उनके मालिक छोड़कर जा चुके थे। यहाँ से लकड़ियाँ लूट ली जातीं।

ट्रेन में सब अधमरे या घबराये हुए बैठे रहते थे। मृत्यु तत्काल आयेगी या फिर कुछ देर बाद। वह आसमान के रास्ते आने वाली है या ज़मीन के भीतर से प्रहार करेगी। लोगों के मन में इतना डर था कि अक्सर ही वे सफ़र में ऊँघते हुए, एक चीख़ के साथ झटके से उठ जाते थे। यह दृश्य देखकर, इस मुश्किल परिस्थिति में भी हँसी छूट जाती थी।

पटरियों पर चलने वाली यह अब तक की सबसे अनूठी रेलगाड़ी थी। यह किसी टाइम-टेबल का पालन नहीं करती थी। इसके लिए कोई नियम नहीं थे। यह जब चाहती ठहर जाती या फिर कोई भी इसे रोक लेता; यह उतनी ही रफ़्तार पकड़ पाती थी, जितनी इसके थके हुए फेफड़े इजाज़त देते! बावजूद इसके यह रेलगाड़ी अपनी सवारियों का जीवन बचाने के महान लक्ष्य के लिए दौड़ रही थी। चक्की पर जैसे डिब्बे में आटा दबा-दबा कर भरा जाता है, वैसे ही इसकी एक-एक बोगी में 150 सवारियाँ ठूँसी हुई थीं। पंखे नहीं थे और पानी का तो सवाल ही नहीं उठता। ऐसे में कोई ज़रा भी कैसे सो सकता था! सूरज की गर्मी से रेलगाड़ी की छत तवे जैसी तप रही थी। प्यासे बच्चों का रोना, नाक़ाबिल-ए-बर्दाश्त गर्मी और ठसाठस भरे डिब्बों के बीच किसी भी पल आ धमकने वाली मौत के ख़याल ने मुसाफ़िरों की आत्मा को बेदम कर दिया था।

गवर्नर डॉरमन स्मिथ और उनका परिवार स्पेशल कोच में थे। भरे बदन वाली पत्नी और दुबले-पतले बच्चों के साथ एक एडीसी। उन्हें भी मिचिन पहुँचकर हिन्दुस्तान की उड़ान भरने वाला विमान पकड़ना था। जब रेलगाड़ी चली तो उनके डिब्बे की ख़ाली जगह में ब्रिटिश फ़ौज के कई सिपाही और अधिकारी आकर बैठ गये। उन्हें यह बात जमी नहीं। कुछ घण्टे बाद जब रेलगाड़ी रुकी तो गवर्नर ने फ़ौज के कप्तान को बुलाकर सब गोरों को उतरवा दिया और पास के डिब्बे से अपने काले हिन्दुस्तानी निजी सेवकों का दल, पानी भरने वाले, बावर्ची, सहायक और मसाज करने वालों को बुला लिया। ये सभी मूल रूप से तमिल थे और ढीली पग्गड़ के साथ ढीले कुर्ते पहने थे। गवर्नर को देर से यह एहसास हुआ था कि इन ग़रीबों में अपने काले रंग के अलावा कोई कमी नहीं थी। ये बहुत उपयोगी थे। ये अपने मालिक के लिए जितनी ज़रूरत हो उतना पानी दूर-दूर से ढोकर ला सकते थे, हर तरह का काम करने को प्रस्तुत रहते थे और मौका पड़े तो अपने गोरे लाट साहब के लिए जान तक दे सकते थे।

गवर्नर महोदय के कोच से लगा हुआ एक खुला रैक था, जिसमें उनकी चार पहियों वाली चमकदार और महँगी रॉल्स रॉयस भी सफ़र कर रही थी। उसे चेन और नट-बोल्ट से कसकर रखा गया था। वह इतनी आत्ममुग्ध दिखती थी कि उसे दुनिया में चल रहे युद्ध की कोई परवाह नहीं थी। उसकी देखभाल के लिए लकड़ी के स्टूल पर उसका शॉफर और दो मिस्त्री, ठण्डी हवा में कुड़कुड़ाते हुए बैठे थे। उस ठण्डी हवा में वे जकड़-कर बीमार हो जायें या फिर मर ही क्यों न जायें, इससे कोई फ़र्क़ नहीं पड़ता था क्योंकि ऐसे लोग यहाँ ढेर मिलते थे। कारों की इस महारानी

को लन्दन से रंगून एक विशेष नौका में लाया गया था और इसकी सुरक्षा इन्सानी जान की क़ीमत कहीं ज़्यादा ज़रूरी थी।

अचानक कभी बॉम्बर विमानों की धड़धड़ाती आवाज़ से रेलगाड़ी का सफर रुक जाता था। रेलगाड़ी जहाँ होती, वहीं उसके पहिये थम जाते। बस, वह ठहरने से पहले कोई सुरंग, कोई पहाड़, कोई जंगल या दरिया का किनारा ढूँढ़ लेती। यात्री इस डर से कि रेलगाड़ी को ही निशाना न बना दिया जाये, फटाफट उतरकर आस-पास पेड़ों-जंगलों-खेतों में जहाँ जगह मिलती, भागकर छुप जाते। फिर जब आसमान शान्त हो जाता और इंजन सीटी मारता, गाड़ी धीरे-धीरे आगे सरकने लगती तो सारे मुसाफ़िर और सैनिक अपनी जगह से निकलते और भागकर फिर से चलती रेलगाड़ी में सवार हो जाते।

मिचिन की ओर जाने वाली रेल की पटरियाँ और उसके समानान्तर चलने वाली सड़क घाटियों, दर्रों, पहाड़ों और नदी किनारों से होते हुए चली जा रही थीं। मगर बीच-बीच में कभी सड़क, रेल के पुल के नीचे से गुज़रते हुए फिर दूसरी तरफ़ पटरियों के समानान्तर कुछ इस अन्दाज़ में निकल आती थी, जैसे डांडिया में नाचते हुए नर्तकों की क़तारें एक-दूसरे को पार करती हुईं, बिना कहीं थमे आगे बढ़ती चली जाती हैं।

जब सूरज की संझा-किरणें सुनहरी हो गयीं तो कंचना ने खिड़की से बाहर गर्दन घुमाई और अचानक उसकी नज़र दूसरी तरफ़ रास्ते पर झूमते-झूलते चलती हुई राजमंगला, चौदह घोड़ों और दस बैलगाड़ियों पर सवार अपने सर्कस के पचास से ज़्यादा लोगों पर पड़ी। ज़्यादातर ने अपने हाथ में लम्बे बाँस उठा रखे थे, जिनके शीर्ष पर लाल झण्डियाँ फहरा रही थीं। यह सब क्या था, वह सही-सही अनुमान नहीं लगा सकी।

रेलगाड़ी कुछ आगे निकली और एक नदी के मुहाने पर जाकर रुक गयी। भयंकर तप चुका इंजन सफ़ेद उसाँसें छोड़ रहा था। पुल से बाल्टियाँ नदी में डाली गयीं और पानी खींचने का काम शुरू हुआ। इस बीच राजमंगला और घोड़ों के कारवां ने बीच का फ़ासला पाट दिया था। कंचना ने उस पूरे जुलूस को उत्सुक नज़रों से देखा। बौना बटुकनाथ राजमंगला की गर्दन पर बैठा था और उसका बदन उघड़ा था। सिर पर उसने उलटी टोपी लगाकर, कमर में भगवा लुंगी बाँध रखी थी। हथिनी के साथ चल रहा सुलेमान अपने ढीले-ढाले कपड़ों में, देखने से हिन्दू संन्यासी लग रहा था। घोड़े पर सारे सवार एक जैसे भगवा कपड़ों में थे। साथ पैदल चलने वालों के हाथों में साधुओं की तरह कमण्डल थे। जबकि कुछ के कन्धों पर

तीर और धनुष लटके थे। कंचना यह सब देखकर हैरान थी। उसे महसूस हुआ कि ये सारी वेश-भूषा हाल ही में उसने कहीं देखी थी!

तारानाथ ने उसे देखा और हँसकर बोला, "अपने लड़कों को पहचाना क्या?"

"मुझे लग तो रहा है कि ऐसा ही कुछ अभी-अभी, कहीं देखा था।"

"परसों हम लोग भगवान शंकर के मन्दिर में गये थे! राजमंगला के आने के बाद! वहाँ मन्दिर के बाहर गोसाईं लोगों की लाशें पड़ी थीं।"

कंचना ने अविश्वास से अपना माथा पीट लिया और हँसते हुए बोली, "तो अपने इन मूर्खों ने उन लाशों के कपड़े उतारकर ख़ुद पहन लिए?"

हर कोई हँसने लगा।

"अपने ये बॉर्न आर्टिस्ट जहाँ खड़े हो जाते हैं, वहीं करामात दिखा देते हैं। ये कभी भूखे नहीं मरेंगे।"

इतने में ब्रिटिश पुलिस के एक पोस्ट ने पूरे काफिले को रोक लिया। सब लोगों ने एक साथ जयकारा लगाया, "जय जय बाबा विश्वनाथ! ले चल अपने साथ अमरनाथ!"

सुलेमान चाचा ने बाबा विश्वनाथ का भेष बना रखा था। जबकि बाक़ी उनके शागिर्द बने हुए थे। लेकिन पोस्ट पर तैनात कांस्टेबल कोई रियायत बरतने को तैयार नहीं था। उसने अपना डण्डा सुलेमान की छाती पर अड़ा दिया। रास्ते में सुलेमान ने गाँजे का एक सुट्टा खींच लिया था। उसने अपनी लम्बी और नुकीली दाढ़ी में अँगुलियाँ फिराते हुए तान लगायी, "जय अली, सँकरी गली, जमुना चलीऽऽ देखो देखो उड़ चली!" इसके आगे वह अनाप-शनाप बकने लगा। हथिनी की गर्दन पर बैठे बटुकनाथ ने तुरन्त अरज लगायी, "जी महाराजऽऽ रखिए अपने धरम करम की लाज!" इसके बाद उसने हवा में पाँच अण्डे पैदा कर दिये और उन्हें सुलेमान की तरफ़ उछाल दिया।

अण्डों को हाथों में लेकर सुलेमान ने सर्कस के जगलिंग के खेल की तरह उन्हें गेंदों के जैसा गोल-गोल लहराना शुरू कर दिया। उसकी आँखें भी इन अण्डों के साथ गोल-गोल घूमने लगीं और वह ज़ोरों से चीख़ने लगा, "ऐ मेरे अली! जा भाग दुश्मन की गली! कर उसकी खोपड़ी खाली!!" इतना सुनते ही वहाँ मौजूद कांस्टेबलों के होश फाख्ता हो गये। इसके बाद उनकी सोचने-समझने की रही-सही ताक़त भी तब ख़त्म हो गयी, जब उनके देखते-देखते वे पाँचों अण्डे हवा में चक्कर काटते-काटते अचानक पंख फैलाते हुए कबूतरों में बदल गये। उनमें से दो उड़ते-उड़ते कांस्टेबलों के कन्धों पर जा बैठे। पुलिस वाले बुरी तरह से घबराकर

पसीना-पसीना हो गये। वे समझ गये कि ये हिन्दू योगी कुछ भी कर सकते हैं! इन्हें और रोका तो ख़ैर नहीं! उन्होंने तुरन्त अपने डण्डे ज़मीन पर पटक दिये और उनके सामने आदर से झुक गये। चौकी का रास्ता खोल दिया गया और राजमंगला तथा घोड़ों समेत सारे के सारे वहाँ से आगे की राह पर बढ़ गये।

ट्रेन वैसे ही रुक-रुककर आगे बढ़ रही थी। रास्ते के अनेक स्टेशन तबाह हो चुके थे। कोई इमारत सलामत नहीं दिखती थी। प्लेटफॉर्मों पर बमबारी से गहरे गड्ढे पड़ चुके थे। चारों तरफ़ धुएँ से सुलगते रिहायशी इलाके श्मशान की तरह नज़र आ रहे थे।

रास्ते में एक जगह कुछ रेलवे कर्मचारियों और ग्रामीणों की भीड़ मिली। उन्होंने रेलगाड़ी को रोक लिया। "यहाँ से आगे मत बढ़ना," सब एक साथ चिल्ला रहे थे, "आगे जंगल में जापानी फ़ौजी छुपे हुए हैं। हमने अपनी आँखों से देखा है।"

गवर्नर के स्टाफ को कुछ समझ नहीं आ रहा था। वे अपने मालिक से सलाह-मशविरा करने के लिए दौड़े। जंगल की छायाएँ लम्बी होती जा रही थीं और बत्तीस बोगियों की रेलगाड़ी में डर की ठण्डी लहर दौड़ रही थी। काफ़ी देर बाद गवर्नर ने अपने एडीसी के मार्फत सन्देश भिजवाया। उसने आकर बताया, "हिज हाइनेस सेज, पीछे लौटने में भी नुक़सान है और आगे बढ़ने में भी खतरा है। लेकिन यहाँ रुके-रुके मरने के बजाय आगे निकलना ही बेहतर है। जो होगा देखा जायेगा।"

इधर, बाहर घुप्प अँधेरा हो चुका था। बॉम्बर विमानों का डर लगातार बना हुआ था और ब्लैकआउट के क़ायदे का पालन करना ज़रूरी था। इसलिए इंजन की प्रखर फ्रंटलाइट के पल्ले बन्द करके एकदम मद्धम रोशनी रखी गयी थी। जिसमें पाँच-पचास फ़ीट से आगे नज़र नहीं आता था। मन्द सरकती रेलगाड़ी के अन्दर बैठे यात्री ठण्ड से कम और भय से ज़्यादा काँप रहे थे। पता नहीं कि मौत अचानक किस दिशा से आकर दबोच लेगी? क्या आसमान से बम गिरेगा या फिर पटरियों से उतरकर रेलगाड़ी किसी खाई में जा गिरेगी!

आधी रात का वक़्त था और लोगों ने आसमान में बम धमाकों की आवाज़ें सुनीं। ताँबई प्रकाश से नहाये आकाश के बीच अचानक ट्ट्ट्ट्ट्ट्ट्ट् की आवाज़ के साथ मशीनगनों से निकलते शोले दिखाई दिये। रेलगाड़ी जहाँ थी, वहीं थम गई और उसकी मद्धिम हेडलाइट भी बुझा दी गयी। मृत्यु का ताण्डव अब सिर पर था। मुसाफ़िरों को ठण्ड में पसीना छूट रहा था। बहुत से लोग इस डर के मारे रेलगाड़ी से नीचे कूद गये कि कहीं किसी बम के गिरने से उसमें आग न लग जाये और बोगी के अन्दर ही रह जायें।

कंचना और उसके सर्कस के सारे लोग बाहर ट्रेक पर कूद पड़े। सभी सुरक्षित थे लेकिन ज़मीन को छूते ही उन्हें लगा जैसे नीचे गाय-भैंसों का गोबर, कीचड़ या दलदल जैसा है। वे घुटने तक इसमें समा गये थे और उनकी छपाक के साथ वहाँ ऐसी भीषण दुर्गन्ध उठी, जिसने नाक से गुज़रते हुए उनके फेफड़ों को चीर दिया। कई तो तत्क्षण उबकाइयाँ लेते हुए उलटी करने लगे। जो कुछ भी थोड़ा उनके पेट में था, सब बाहर निकल आया। उनकी अन्तड़ियाँ जैसे रगड़कर साफ़ कर दी गयीं।

जापानी विमान कुछ ही क्षण में वहाँ से गुज़र गये। हालाँकि रेलगाड़ी को कोई नुक़सान नहीं हुआ, लेकिन एक झटके से रोके जाने के बाद इंजन शुरू होने का नाम नहीं ले रहा था। रेलगाड़ी लगातार तीस घण्टे से चल रही थी और निरन्तर जागे हुए कठिन श्रम करते इंजन ड्राइवर बुरी तरह थक चुके थे। बॉम्बर विमानों के हमले की आशंका के बीच ही उन्हें अपने विश्राम का मौक़ा नज़र आया और ज़मीन पर सिर टिकाते ही वे गहरी नींद में डूब गये। उनकी दशा ऐसी थी मानो सात जन्मों से सोए न हों। उन्हें इस हाल में देखकर किसी की हिम्मत उन्हें जगाने की नहीं हुई।

सूरज की किरणें प्रकट हुईं और हौले-हौले अँधेरा छँटने लगा, लेकिन पैरों की वह चीकट दुर्गन्ध ख़त्म होने का नाम नहीं ले रही थी। जब ठीक-ठाक उजाला हो गया तो कुछ लोग रेलवे लाइन की तरफ़ यह देखने के लिए बढ़े कि आख़िर वहाँ मामला क्या है। ...और फिर रहस्य उजागर हुआ! रेलवे ट्रेक के बाजू में कुछ दिनों पहले हुई बमबारी में मरे हुए लोगों की लाशों का ढेर लगा था। लाशें बुरी तरह से सड़-गल रही थीं और ट्रेन से उन लोगों ने इसी मांस के ढेर पर छलाँग लगायी थी। रक्त-मांस और चमड़ियों के टुकड़े अब भी उनके पैरों से चिपके थे। यह देखते ही सबके होश उड़ गये और वे इधर-उधर पानी की तलाश में दौड़े। सौभाग्य से पास ही साफ़ पानी की एक छोटी नदी बह रही थी, जिसके किनारे पर रेत थी। सबने रेत और पानी में रगड़-रगड़कर ख़ुद को साफ़ किया।

सर्कस की टीम ने पानी में छलाँग लगायी और स्नान किया। मोटरमैन भी नींद निकालने के बाद ख़ुद को स्वस्थ महसूस कर रहे थे। अब काफ़ी दिन निकल आया था और रेलगाड़ी को आगे बढ़ाया जा सकता था। रेलगाड़ी की कर्कश सीटी दूर तक सुनाई पड़ी और सबको जैसे होश आया। रेलगाड़ी धीरे-धीरे आगे सरक रही थी। कंचना और उसके साथियों ने दौड़ते-दौड़ते बोगी पकड़ी। अन्दर पहुँचे। सब तरोताजा हो गये थे और उम्मीदें एक बार फिर जाग गयी थीं।

# 42

मिचिना, उत्तरी बर्मा के सबसे पुराने शहरों में था। शान साम्राज्य की राजधानी। सुदूर पूर्व में वह सेना की गतिविधियों का अहम ठिकाना भी था। यहाँ से कुछ दिन आगे चलने पर चीन की सरहद आ जाती है। पश्चिम में कुमाऊँ पर्वत शृंखला को पार करके आगे बढ़ने पर बहुत सारी छोटी-छोटी पहाड़ी नदियाँ चिंदवीन नदी में मिलने के लिए दौड़ती हैं। पूर्वी हिमालय का यह विस्तृत पर्वतीय इलाक़ा क़रीब चार सौ मील तक फैला है और इसे पार करने पर भारत में असम पहुँचा सकता है।

मिचिना रंगून से 920 मील और माण्डले से 488 मील दूर था। यहाँ मुख्य रूप से कचिन जनजाति बसती है। ब्रह्मी भाषा में मिचिना का मतलब है, नदी किनारे का गाँव। पहले यहाँ से मुख्य रूप से सागौन की लकड़ी का व्यवसाय होता था। इरावती में लकड़ी के लट्ठे बहाकर दूर तक पहुँचाये जाते थे। उन दिनों नदी किनारे पर एक विशाल बन्दरगाह था। मिचिना इतना महत्त्वपूर्ण था कि यहाँ एक रेलवे स्टेशन और जंगलों के मुहाने पर एक हवाई अड्डा भी था। चालीस बरस पहले अमेरिकी बप्तिस्ता मिशनरी यहाँ आये थे और उसके बाद इस इलाक़े में बड़े पैमाने पर ईसाई धर्म का प्रचार किया गया था।

इरावती के दूसरे किनारे पर गीले बाँस और अन्य झाड़-झंखाड़ से बनी कई झोंपड़ियाँ थीं। लेकिन झोंपड़ियों की तुलना में वहाँ रहने वालों की संख्या बहुत अधिक थी। माण्डले, मेमियो, रंगून और शान समेत पूरे ब्रह्मदेश से आये लोगों का यहाँ जमावड़ा था। जिसे जहाँ जगह मिली, उसने वहीं तम्बू गाड़ दिये थे। इन शरणार्थियों में हिन्दुस्तानियों और गोरे यूरोपीयनों की संख्या बहुत अधिक थी। इनमें ब्रिटिश सेना और प्रशासनिक अधिकारियों की पत्नियाँ-बच्चे और उन पर निर्भर बुज़ुर्ग सबसे ज़्यादा थे।

सर्कस के लोग मान रहे थे कि मिचिना पहुँचते ही उनकी सारी मुश्क़िलें ख़त्म हो जायेंगी। वे विमान में बैठेंगे और सीधे हिन्दुस्तान में, दिल्ली या कलकत्ता उतर जायेंगे। लेकिन उन्हें ख़ून को पानी कर देने वाला ज़बर्दस्त धक्का लगा। यहाँ ऐसा कुछ नहीं हुआ। अब एक ही चिन्ता थी कि बरसात शुरू होने से पहले किसी तरह पहाड़ी रास्तों से निकल लिया जाये। कंचना को भरोसा था कि इस रास्ते से भले ही देर लगेगी, मुश्क़िलें आयेंगी मगर इसे पार किया जा सकता है। लेकिन यहाँ भी माण्डले की तरह ब्रिटिश अधिकारियों के बनाये नियम-कायदे उनके आड़े आ गये। प्रशासनिक और सैनिक अधिकारियों के दिमाग़ में यह बात बैठ गयी थी कि मिचिना

में जमा इतनी भीड़ को यहीं नहीं रोका गया, तो उनका तथा उनके परिवारों का आगे बढ़ पाना मुश्किल हो जायेगा। इसलिए उन्होंने जंगल की ओर जाने वाले, ख़ास तौर पर हुकवांग घाटी की तरफ़ के रास्ते पूरी तरह से बन्द कर दिए।

मिचिना पहुँचते ही कंचना अधिकारियों से भिड़ गयी। वह लगातार चिल्ला रही थी, "प्लीज़, प्लीज़ लेट अस गो!" हालाँकि वह अपने पिछले अनुभव से जानती थी कि इनके कानों पर जूँ तक नहीं रेंगने वाली।

कंचना हार मानने वालों में से नहीं थी। वह बीच-बीच में हवाई अड्डे की तरफ़ भी भागदौड़ करती। इस उम्मीद में कि कुछ टिकटों का इन्तज़ाम तो हो जायेगा। लेकिन हवाई उड़ानों की संख्या बेहद सीमित थी!

एक सुबह सर्कस वालों ने देखा कि मिचिना के प्रशासनिक दफ़्तरों की तरफ़ धुएँ के काले बगूले आसमान में उठ रहे हैं। कुछ हेल्पर लड़कों कहा, "दीदी, लगता है कि वहाँ कोई जापानी बॉम्बर गिरा है!"

कुछ देर में कंचना से मिलने के लिए स्थानीय एजेंट आये। उनके पास दूसरी ही कहानी थी। "कोई हवाई जहाज नहीं गिरा, मैडम; मिचिना के डिप्टी कमिश्नर यानी यहाँ के ब्रिटिश कलेक्टर ने ख़ुद सरकारी दफ़्तरों में आग लगवा दी है।"

"अरे बाप रे! ऐसा क्यों?"

"कलेक्टर को पक्का भरोसा है कि अगले चार-पाँच दिन में जापानी यहाँ पहुँच जायेंगे। उन्हें चिन्ता है कि ज़रूरी सरकारी क़ागज़ात या नक़्शे शत्रुओं के हाथ में न पड़ जायें।"

"क्या कह रहे हो!"

"डीसी का स्टाफ सरकारी दफ़्तरों के ही नक्शे नष्ट नहीं कर रहा, बल्कि स्कूल की दीवारों पर टँगे नक़्शे तक जला दिये हैं।"

आधा अप्रैल बीतते-बीतते मिचिना की हवा में बड़ा बदलाव आ गया था। सुबह के आकाश में गहरे बादल जमा होने लगे थे। बाहर से आये डाकोटा एयरक्राफ्ट के लिए नीचे की हवाई पट्टी का सही-सही अन्दाज़ा लगा पाना मुश्किल था। पायलट परेशान हो गये। वे विमान के साथ आसमान में ही देर तक चक्कर काटते रहे और फिर बिन बरसे बादलों की तरह वापस लौट गये।

जापानी हमले से पहले, प्रकृति ने ही मिचिना हवाई-अड्डे को करीब-करीब बेकार कर दिया। उस पर असम के लेडो और डिब्रूगढ़ से यह सन्देश आया कि यहाँ के शरणार्थी कैम्पों में पैर रखने की भी जगह नहीं बची है। लोगों को अपने यहाँ नहीं ले सकते। इसके बावजूद सबके मन में यह उम्मीद चक्कर काट रही थी कि हवाई सेवा कभी तो शुरू होगी!

अपने फ़ितूर में डूबी कंचना रह-रह कर मिचिना हवाई अड्डे के चक्कर काट रही थी। हर दो दिन में वह उधर का फेरा लगा आती। अपने ट्रेवल एजेंट से मुलाक़ात-बात करती। "बस मुझे दो... सिर्फ़ दो कार्गो विमान में लोडिंग मिल जाये। एक बार मेरी लड़कियाँ और बूढ़ी औरतें हिन्दुस्तान पहुँच जायें तो मैं हँसते-हँसते जान देने को तैयार हूँ।"

"कंचना," तारानाथ ने पूछा, "इतनी ज़्यादा क्यों परेशान है?"

"ये तो पराया धन हैं... सारे आदमी तो चलो किसी तरह निभा लेंगे काका; लेकिन सर्कस वाली ये जवान लड़कियाँ तो काँच के नाज़ुक बर्तनों जैसी हैं..."

"बात तो सही है कंचना, लेकिन हवाई जहाज़ कहाँ हैं?"

"आशा पर तो आकाश टिका है, काका!"

"पर तुम ख़ूब ही चिन्ता कर रही हो।"

"माण्डले में नदी किनारे जिस अनुभव से हम गुज़रे हैं, उसे याद करके अब भी मेरे बदन में रोंगटे खड़े हो जाते हैं। इन्सान पर मेरा भरोसा ख़त्म हो गया है। हर मर्द के अन्दर शैतान रहता है और कह नहीं सकते कि कब वह इन्सानियत को ख़त्म करके जानवर बन जाये!"

तारानाथ गरज पड़ा, "कंचना हम लोग कब तक इन गोरे साहबों को मस्का लगाते रहेंगे? चलो, जब तक हमारे बदन में जान है, आगे बढ़ते हैं!"

"यह तो मेरे भी स्वभाव में नहीं है कि किसी के आदेश का इन्तजार करती बैठूं!"

"तो फिर...?"

"हमारे कन्धों पर इतनी सारी जिन्दगियों की ज़िम्मेदारी है। यह साढ़े तीन सौ लोगों की जगह दो-तीन दर्ज़न ही लोग होते तो मैं हवा से बातें करती हुई, कब से हिन्दुस्तान पहुँच चुकी होती।"

अफ़वाहों का बाज़ार पल-पल गर्म होता जा रहा था। सबसे ताजा चर्चा यह थी कि पिछले चार महीनों में जापानी फ़ौजों ने रंगून और माण्डले के घने जंगलों में दबिश दे-देकर सैकड़ों नागरिकों को क़ैद कर लिया है। जंगलों में इनके साथ जानवरों जैसा सलूक किया जा रहा है। पेड़ों से बाँधकर बैलों की तरह लाठियों से पीटा जा रहा है। जानवरों की तरह उन्हें पिंजरों में ठूँसकर रखा जा रहा है। आधे पेट खाये और बिना नहाये ये क़ैदी बीमार बन्दरों जैसे हो गये हैं। ये कहानियाँ सुनकर कंचना का जी धक् से रह जाता था। कहीं उसके पति पर भी तो ऐसे अमानवीय अत्याचार नहीं हो रहे?

क़रीब एक लाख हिन्दुस्तानियों के अक्याब-चटगाँव के रास्ते से निकल भागने की ख़बर आ रही थी। लेकिन रास्ते में उन्हें भयंकर संकटों का सामना करना पड़ा। अक्याब की तरफ़ समुद्री रास्ते में सारी नावें-जहाज़ बन्द हो चुके थे। ऐसे में जंगलों-घाटियों को पार करने के अलावा लोगों के पास कोई रास्ता नहीं था। उधर, चिंदवीन नदी पार करके तीस हज़ार नागरिक मणिपुर के रास्ते पहुँचे थे। इन लोगों में हिन्दुस्तान और ब्रह्मदेश की ब्रिटिश सेना के सिपाही शामिल थे। यहाँ के औघड़ रास्ते और गहरे दरिया पार करते हुए इनकी पूरी यूनिट की वर्दियाँ तार-तार हो गयी थीं।

मिचिना पर आसमान फिर साफ़ हो गया। जिससे दिन में कई डाकोटा विमान फिर से हवाई पट्टी पर उतरने लगे। इससे कंचना के चक्कर बढ़ गये। वह एक बड़े सर्कस की मालकिन थी। लेकिन वहाँ बड़ी संख्या गोरे साहबों की बीवियों और बच्चों की थी। उनका ज़ोर-शोर ज़्यादा था। इनमें से अनेक गोरी मेमें हाथों में सिर्फ़ एक सूटकेस या केवल एक पर्स लिए ही मिचिना आ पहुँची थीं। कई तो ऐसी थीं, जो जिस हाल में थीं, उस हाल में चल दीं। पैरों में सैंडिल और बदन पर नाइट-मैक्सी। उन्होंने सोचा था कि झट से मिचिना पहुँचेंगी और वहाँ से फुर्र उड़कर कलकत्ता, दिल्ली, मद्रास। दो से तीन घण्टे में हिन्दुस्तान!

शुरुआत हिज हाईनेस गवर्नर डॉरमन स्मिथ समेत वरिष्ठ अधिकारियों से होनी थी। उनके बाद गम्भीर रूप से ज़ख़्मी सिपाहियों का क्रम था। अपनी कम्पनी की लड़कियों और महिलाओं को हर क़ीमत पर हिन्दुस्तान पहुँचाने की तैयारी कंचना ने कर रखी थी। लेकिन जैसे-जैसे दिन बीत रहे थे, उसका धीरज जवाब दे रहा था।

कंचना के सपनों में अब घने जंगल, ऊँचे पहाड़, ऊबड़-खाबड़ रास्ते आने लगे थे। उसने स्थानीय मोचियों से सम्पर्क किया और सबके लिए ख़ास तौर पर लम्बी दूरी तक चलने लायक जूते बनाने के निर्देश दिए। सबके पैरों के माप दिए गये और दो दिनों में जूते तैयार करने को कहा। इन जूतों के तलवे चमड़े के और आवरण कैनवास का था। बनवाई की सारी रकम अग्रिम दे दी गई। अगली शाम तक जूते तैयार हो गये, तो कंचना उन्हें घोड़ों पर लदवा कर मँगा लेना चाहती थी। मगर मोचियों ने रात भर की इजाज़त माँग कर उन्हें एक ख़ास ब्रह्मी तेल में भिगोने का वक़्त ले लिया, जिससे चमड़ा कुछ नर्म पड़ जाये और बरसात में भी जूते लम्बे चलें। इसलिए जूते अगली सुबह पहुँचेंगे।

शरणार्थी शिविर के बग़ल में एक पाठशाला थी। आगे की यात्रा की योजना बनाते हुए सभी वहाँ बैठे थे। हलके पीले प्रकाश में स्थानीय एजेंटों और सलाहकार

मित्रों के चेहरों पर चिन्ता की लकीरें खिंची थीं। "मैडम," एक ने कहा, "यहाँ से कुछ मील की दूरी पर पकाकू नाम का एक गाँव है।"

"तो?"

"सुनने में आया है कि वहाँ राइफ़लधारी जापानी सिपाही खुले घूम रहे हैं।"

"यह बात सच भी हो सकती है," दूसरे ख़बरी ने कहा। "आज शाम डिप्टी कमिश्नर और डीएसपी ऑफ़िस की बैठक में डर का माहौल था। गोरे कह रहे थे कि जापानी फ़ौज की 215वीं रेजिमेंट यहाँ से कुछ मील दूर पर इरावती के किनारे बहुत खामोशी से उतरी है। सड़कों पर घूमने वाले कुत्ते भौंककर लोगों को चेता न दें, इसलिए उन्हें ढूँढ़-ढूँढ़ कर गोली मार रहे हैं। ऐसा लगता है कि वह इधर कब्जे के लिए किसी भी पल हमला बोल सकते हैं!"

"बाप रे! मतलब वे कभी भी मिचिना हवाईअड्डे को ध्वस्त कर डालेंगे?"

वह रात जैसे-तैसे गुज़री। सुबह की ख़ामोशी में कोई धीमी आवाज़ में रेडियो सुन रहा था। दो दिन पहले तक ब्रह्मदेश में रह रहे एलाइड फोर्स की कमान सँभालने वाले अमेरिकी जनरल जोसफ स्टिलवेल की आवाज़ आ रही थी। वह चीन-ब्रह्मदेश की सीमा पर तैनात थे और अपनी फ़ौज को पैदल ही ब्रह्मदेश से असम ले गये थे। वह कह रहे थे, "रीट्रीट...! मैदान-ए-जंग से पीछे हटना... यह बहुत ही बुरा था। शर्मनाक...! हम बर्मा छोड़कर भाग आये... लेकिन हमें वापस लौटना है... हम लड़ेंगे और वापस अपनी जगह लेंगे।"

उस दिन आकाश बिल्कुल साफ़ और नीला था। खुली धूप थी। मिचिना हवाई-अड्डे पर अनेक ब्रिटिश परिवार, वहीं छोटे-छोटे तम्बू तान कर, तो कुछ खुले आसमान के नीचे बिखरे थे। उन्हें पूरी उम्मीद थी कि अगर मौसम ने साथ दिया तो वे कुछ ही घण्टों में यहाँ से निकलकर हिन्दुस्तान की ज़मीन पर पहुँच जायेंगे। सूरज के इस उजले प्रकाश से उनकी आशा और जगमग हो गयी थी। उनमें नयी ऊर्जा भर गयी। तभी दूर से आते विमान की हलकी-हलकी आवाज़ उनके कानों में पड़ी।

कंचना छलाँग लगाकर फक्कड़राव की पीठ पर सवार हो गयी। महालिंग और तारानाथ भी उसके साथ निकल पड़े। खुले-नीले आकाश ने उनके दिल में भी एक नया विश्वास पल्लवित कर दिया था। आज कोई विमान तो मिलेगा। हर हाल में अपनी लड़कियों को जैसे-तैसे उसमें चढ़ा देना है। घोड़ों की तेज़ चाल के साथ जब वे आगे बढ़े तो दूसरी तरफ़ से विमान की ध्वनि भी तेज़ होती चली गई।

दो विमान प्रकट हुए और उन्होंने आसमान में तीन चक्कर काटे। नीचे उतरने से पहले गरुड़ जैसे अपने पंख खोलता है, वे हवाई पट्टी के दूसरे छोर पर नज़र आ

रहे थे। विमान नीचे आ रहे हैं, यह देखते ही भीड़ बेक़ाबू होने लगी। पहरे पर लगे गार्डों की परवाह किये बिना लोग तेज़ी से आगे बढ़े। सब विमान में चढ़ने के लिए भीड़ में जगह बनाने की कोशिश कर रहे थे। कुछ के पास टिकट थे; मगर ज़्यादातर बेटिकट थे। वे बस किसी भी तरह से विमान में पहुँच जाना चाहते थे, फिर भले ही वहाँ दस गुना जुर्माना भरना पड़े! इस वक़्त केवल एक बात उनके लिए ज़रूरी थी कि युद्ध के इस धधकते तमाशे में से किसी भी तरह बाहर निकलें।

विमान इतने नीचे आ गये थे कि कुछ दूर से उनके काँच के भीतर की हलचल नज़र आने लगी थी। अचानक विमानों के पैनल खुले और उनमें से मशीनगनों की नलियाँ बाहर निकलीं। तब लोगों की नज़र हरी पत्तियों-लताओं के रंग में रंगे विमान के अग्रभाग के बीचो बीच बने उगते ताँबई सूरज के जापानी राष्ट्रीय चिह्न पर गयी। इससे पहले कि कोई हिल पाता, मशीनगनें दहाड़ उठीं और हवाई पट्टी ख़ून की बौछारों से भीग गयी। बैग, सूटकेस, सैंडल हवा में उड़ीं और जिसका मुँह जिस दिशा में घूमा वह उधर की ओर दौड़ पड़ा, लेकिन पल-दो पल में ही उसके बदन को गोलियों ने छलनी कर दिया और वह धड़ाम से ज़मीन पर गिरा। मिचिना की हवाई पट्टी के दोनों तरफ़ लाशों का अम्बार लग गया और ख़ून के झरने फूट पड़े। लेकिन किसी के पास भी वहाँ शोक मनाने के लिए रुकने का समय नहीं था।

कंचना और उसके साथी हवाई पट्टी से दूर खड़े थे। वह भयावह हादसा देखकर उनके मुँह खुले के खुले रह गये। जापानी विमानों से उन्होंने आग बरसती देखी। उन्होंने अपने बदन पर गोलियाँ खाकर, गन्ने के ढेर की तरह कटकर ज़मीन पर गिर रहे लोगों की आख़िरी चीख़ों का दर्द महसूस किया। लेकिन अकाल-अकस्मात घटनाओं को अपनी आँखों के आगे देखकर भी कंचना अपने पिता की यह सीख नहीं भूली कि किसी भी परिस्थिति में लक्ष्य से नज़र मत भटकने दो।

फक्कड़राव को घुमा कर उसने एड़ लगायी और मिचिना बाज़ार की तरफ़ सरपट भागी। हवाई अड्डे के साथ बाज़ार में भी बम बरसाए गये थे। ध्वस्त इमारतों का सन्नाटा पसरा था और चारों तरफ़ धूल-धुएँ के बीच लोग चीख़ते हुए पागलों की तरह हर दिशा में भाग रहे थे। मलबे और धुएँ को पार करती, कंचना चर्मकारों की गली तक पहुँची और वहाँ जो नज़ारा देखा, तो उसने यही महसूस किया कि बम सीधे उसके ऊपर गिरा है! दुकानों की पूरी क़तार ज़मींदोज़ हो चुकी थी। उनके अवशेष अग्नि की भेंट चढ़ गये थे और लपटें आसमान छू रही थीं। उन लपटों में रास्ता पार करने के लिए ख़ासतौर पर तैयार किये गये सर्कस के सभी सदस्यों के जूते, आशा-आकांक्षा सभी स्वाहा हो गये थे।

कंचना ने अपने गालों पर बहते आँसुओं को पोछा और आगे बढ़ने के इरादे से घोड़े को थपथपाकर इरावती की तरफ़ चलने का इशारा दे दिया। विमानतल पर गोलीबारी की ख़बर कोई छुपकर रहने वाली तो थी नहीं। इसलिए अगले किसी आदेश की प्रतीक्षा किये बग़ैर सर्कस वाले कैम्प से बाहर निकल रहे थे। घोड़े जितना ढो सकते थे, उतना सामान उन पर लादा जा रहा था। अपनी बारीक आँखों से राजमंगला पीछे की तरफ़ ऐसे देख रही थी, जैसे किसी का इन्तज़ार है। जैसे ही उसने अपनी मालकिन को घोड़े पर सवार होकर आते देखा, वह ज़ोर से चिंघाड़ी। सारे मनुष्यों-पशुओं को यह साफ़ सन्देश था : अब इस अँधेर-नगरी में और एक पल भी नहीं रुकना है। जीवन के आगे के सर्कस के लिए हर किसी ने अब अपनी कमर कस ली थी।

## 43

मिचिना से असम तक का रास्ता, कुमाऊँ के पहाड़ों और हुकवांग दर्रे को पार करते हुए क़रीब चार सौ मील की लम्बाई में फैला था। यह दुनिया के सबसे दुर्गम और दुरूह रास्तों में शामिल था। कुछ बरस पहले ब्रिटेन के हिम्मती सर्वेयरों ने यहाँ की माप-जोख करने का साहस दिखाया था। अनेक हाथी, घोड़ों और खच्चरों के साथ स्थानीय नागा और कचिन जाति के लोगों को साथ लेकर उन्होंने यह पराक्रम किया था, मगर उसमें उन्हें आंशिक सफलता ही मिली थी।

ब्रह्मदेश से चीन तथा असम में हीरे-मोतियों की तस्करी करने वाले कुछ चोरों-व्यापारियों को ही इस इलाक़े की ठीक-ठीक जानकारी थी। वे पूरे साहस और विश्वास के साथ यहाँ की नदियों, घाटियों, जंगलों को कूदते-फाँदते पार कर लेते थे।

इन रास्तों से गुज़रना कुछ और कारणों से भी दुखद तथा डरावना था। कॉलरा, पेचिश, हाथीपाँव से लेकर काला बुख़ार जैसी बीमारियाँ कब चपेट में ले लें, मुसाफ़िर जान नहीं सकता था।

इतने ही ख़तरनाक यहाँ "सिर के शिकारी" भी थे! नागा समाज में अब भी कुछ ऐसी जनजातियाँ थीं, जिनके लिए इन जंगलों से गुज़रने वालों के सिर काट लेना एक खेल था। वे अपने ज़हरीले तीरों से लोगों को धराशायी कर देते और उनके सिर काटकर ट्रॉफ़ी की तरह सँभालकर रखते। वे इनकी मुण्ड-माला बनाते और उसे मन्दिरों में टाँगते। कई बार वे उससे अपनी झोंपड़ियाँ भी सजाते। कभी उन्हें दीवारों पर लगाते तो कभी बाँस के सहारे छत पर लटकाते। यह युद्ध में जीती

सामग्री की तरह, उनकी सामाजिक प्रतिष्ठा का चिह्न होती थीं। यह ऐसा इलाक़ा था, जहाँ से गुज़रने वाले को इस बात का भान तक नहीं होता था कि झाड़ियों के बीच से कब वह विष बुझा तीर निकलकर आयेगा, जिस पर उसका नाम लिखा होगा। ऐसी कहानियाँ ख़ूब सुर्ख़ थीं कि बीते दो साल में हिंसक नागाओं ने दो सौ से ज़्यादा लोगों के सिर क़लम किए!

जिस दिन मिचिना को आख़िरी सलाम कहना था, कंचना बहुत सुबह जाग गयी। दो-तीन लड़कियाँ उसकी मदद के लिए आयी। अचानक उनकी नज़र तम्बू के दरवाज़े पर हीरा आत्या पर पड़ी। कंचना हैरान होकर देखती रह गयी क्योंकि शान्ता और बबीता के गुज़रने के बाद हीरा आत्या जैसे अपनी ज़िन्दगी को ढो रही थी। वह किसी निर्जीव गेंद की तरह बस इधर से उधर लुढ़कती रहती और कोई प्रतिक्रिया नहीं देती। उनकी ज़िन्दगी का सारा संगीत और उत्साह भाप होकर उड़ गया था। किसी को याद नहीं कि हादसे के बाद उन्हें कब आख़िरी बार बात करते देखा था।

कई बार कंचना उनके पीछे पड़ी कि कुछ कहने को उकसाये, "आत्या कुछ तो बोल न!"

"क्या बोलूँ लड़की? मुझे मरना है, बस।"

"ऐसा क्या बोलती हो आत्या? याद है, तुमने ही तो हमें सिखाया कि कैसे अपने कन्धों पर आग जलाकर भी आगे बढ़ते रहना! तुम ही ऐसे हिम्मत हार जाओगी, तो हम कहाँ जायेंगे?"

"लड़की, शान्ता और बबीता को मुझसे छीनकर, भगवान ने मेरी आँखें नोंच ली हैं। मुझे तो तभी मर जाना था, पर जी रही हूँ क्योंकि मैं मर गयी तो महालिंग भी घण्टा भर नहीं जी पायेंगे। इसलिए मैं ज़िन्दा रहने की सजा भोग रही हूँ; नहीं तो मेरे लिए बचा ही क्या है!"

पहले 110 मील का रास्ता हालाँकि मुख्य रूप से मैदानी था, मगर कई जगहों पर रेत तो कहीं-कहीं कँटीली झाड़ियों से भरा था। ऐसे रास्तों पर लॉरी से आगे बढ़ा जा सकता था। इसके बाद कुमाऊँ की पहाड़ियों की क़तार शुरू हो जाती थी और उससे थोड़ा आगे बढ़कर 5200 फ़ीट की ऊँचाई पर मिलने वाला दारू पर्वत का गहरा दर्रा। उसे पार करके सत्तर मील आगे चलने पर मैनकंग्वान नाम का पहाड़ी गाँव और इससे आगे हुकवांग की वह मौत की घाटी, जहाँ से बढ़ते हुए करीब

चालीस मील तक किसी इन्सान का नामो-निशान नहीं मिलता। एक झोंपड़ी तक नज़र नहीं आती।

सर्कस कम्पनी मिचिना को छोड़कर जब इस कठिन रास्ते पर आगे बढ़ी तो बम के धमाके और गोलियाँ चलने की आवाज़ें दूर तक लगातार पीछा कर रही थीं। लेकिन इस बार आवाज़ों से साफ़ था कि गोलीबारी सिर्फ़ एकतरफ़ा नहीं है।

मिचिना के सामरिक महत्त्व की वजह से जापान की हवाई सेना के साथ जापानी पैदल फ़ौज जंगलों के रास्ते बढ़ते हुए, इसे क़ब्ज़ाने के लिए पूरी ताकत लगा रही थी। दूसरी तरफ़, यहाँ बचे हुए ब्रिटिश और अमेरिकी सैनिकों ने आख़िरकार फिर से मोर्चा सँभाल लिया था। उनकी कोशिश सिर्फ़ इस महत्त्वपूर्ण सैन्य शहर को बचाने की ही नहीं थी, बल्कि वे उस बर्मा रोड की रक्षा के लिए भी लोहा ले रहे थे, जो ब्रह्मदेश को चीन से जोड़ती थी।

पीछे नज़र डालने पर मिचिना धू-धू कर जलता दिख रहा था। आग की ऊँची लपटें और गाढ़े-काले धुएँ के बादल शहर के हर कोने से उठ रहे थे।

जंगलों से गुज़रने वाले रास्ते उन निर्वासितों से भरे हुए थे, जो हिन्दुस्तान की तरफ़ बढ़े जा रहे थे। बैलगाड़ियों और घोड़ागाड़ियों में भरकर वे अपने-अपने हालात के मुताबिक़ तेज़ी से आगे बढ़ रहे थे। चाय के बाग़ानों में काम करने वाले लोगों की तरह तमाम मर्द, औरतें और बच्चे अपनी-अपनी पीठ पर सामान लादे हुए थे। चलते वक़्त जो कुछ ज़रूरी उनके हाथ लगा, उन्होंने साथ रख लिया था। बहुतों के कन्धों पर लचीले बाँस के कंवाड़ थे, जिसमें उन्होंने दोनों तरफ़ गठरियाँ रखी हुई थीं। कइयों ने कन्धों पर ट्रंक उठा रखे और अनेक लोग अपने सिर पर बड़े गट्ठर लिए आगे बढ़ते जा रहे थे। इक्का-दुक्का ही कोई दिखता, जिसके पास सामान लादे हुए घोड़ा या खच्चर नज़र आता। इन्सानों के साथ जानवर भी आधा पेट खाये सफ़र किये जा रहे थे। उनकी चाल लड़खड़ा रही थी। इन सबके बीच में गोरे सिपाही भी अपने पैरों से रास्ता नापते हुए दिख जाते थे।

ब्रह्मदेश के जंगलों के इन जानलेवा हालात के बीच एक और भयानक खतरा था, चीन की चियांग काई-शेक की राष्ट्रवादी फ़ौज के फरार सैनिकों का। युद्ध की विभीषिका के लम्बे खिंचने, कठिनतर होती जीवन-परिस्थितियों और राजनीतिक शक्ति-सन्तुलन डाँवाडोल होने के कारण उन्होंने भागकर कचिन के जंगलों में शरण ले रखी थी। मगर यहाँ वे जंगली कुत्तों और भेड़ियों की तरह इधर-उधर घूमते हुए बदक़िस्मत और भटके हुओं का शिकार कर रहे थे। जो मिलता, उस पर टूट पड़ते। लूटपाट करते। यही उनका चरित्र था या हालात ने ऐसा बना दिया, लेकिन

महिलाओं, बच्चों और बूढ़ों पर उनके भयंकर अत्याचारों की कानों पर पड़ने वाली कहानियाँ हर सीमा को लाँघ जाती थी।

गोरे सिपाही भी शारीरिक और मानसिक दृष्टि से टूट चुके थे। ऐसे में आख़िरकार 4 मई, 1942 को ब्रिटेन और अमेरिका की एलाइड सेना ने ब्रह्मदेश से अपनी फौजें पीछे लेने का निर्णय जगज़ाहिर कर दिया। इस बीच 30 हज़ार से ज़्यादा निर्वासित लोग भूख-प्यास, हादसों और बीमारियों के शिकार हो चुके थे। उनके लिए यह किसी दुःस्वप्न की तरह था। जो अब भी इन हालात में घिसट रहे थे, उनके घावों में सफ़ेद कीड़े पड़ चुके थे। उन्हें खुली आँखों से देखते हुए विचलित न होना, असम्भव था।

कई दिनों की भागदौड़, भूख और निरन्तर युद्ध की मार, हर सैनिक और हर नागरिक के शरीर पर देखी जा सकती थी। सबके बदन पर कई दिनों के मैले-चिकटे कपड़े, जर्जर हाल में किसी तरह ठहरे थे। सैनिकों के जिस्म पर वर्दी के साथ टोपी और पट्टे बँधे थे, लेकिन भूख के मारे बदन गल रहे थे। ऐसे में उनकी काया पर ढीली वर्दी देखकर ऐसा एहसास होता था, मानो खेतों में कौवों को उड़ाने के लिए खड़े बिजूके सड़क पर चल रहे हैं।

सैनिक अफ़सरों की बीवियाँ भी चलती-फिरती प्रेत दिख रही थीं। उनमें से ज़्यादातर को मिचिना से विमान मिल जाने का इतना पक्का भरोसा था कि वे जिस हाल में थीं, उसी हाल में पैरों में हाई-हील सैंडल पहने चली आयी थीं। उन्होंने सपने में भी कल्पना नहीं की थी कि ऐसे रास्तों पर पैदल चलना पड़ेगा। मील भर चलते-चलते वे सैंडल बेकार हो गये और उन्हें फेंक देना पड़ा। गोरी मेमों और उनके बच्चों के नंगे पैर जंगल की ऊबड़-खाबड़, पथरीली और कँटीली ज़मीन पर कटने-फटने लगे। लहूलुहान होने लगे।

जैसे-जैसे विस्थापित आगे बढ़ रहे थे, उनकी आँखों के आगे ऐसे नज़ारे गुज़र रहे थे, जो उन्होंने पहले कभी नहीं देखे। पेट्रोल ख़त्म होने की वजह से अनगिन लॉरियाँ और गाड़ियाँ सड़कों पर लावारिस छोड़ दी गयी थीं, कुछ गड्ढ़ों में गिरी पड़ी थी, किसी का एक्सेल टूटा हुआ था और कोई भी इनके दुरुस्त होने के इन्तज़ार में वहाँ नहीं ठहरा था।

कुछ मील और आगे बढ़े तो सर्कस के लोगों को दूर से ही एक जानी-पहचानी कार नज़र आयी। सबसे पहले महालिंग ने पहचाना कि यह तो हरे-काले रंग वाली गवर्नर साहब की रॉल्स रॉयस है, दुनिया की सबसे महँगी कार, जिसे बहुत ही देखभाल के बीच लन्दन से रंगून लाया गया था। उस कार की साज-सँभाल करने

वाला स्टाफ आस-पास कहीं नहीं था। कार पर धूल-मिट्टी की मोटी परत जमी थी। उसके चारों टायरों की हवा निकल चुकी थी और काँच टूटे हुए थे।

कंचना रोकने की कोशिश करती रही, मगर तब तक महालिंग उत्सुकतावश रॉल्स रॉयस के नज़दीक पहुँच गया। जैसे ही उसने टूटे कांच के अन्दर सिर डालकर देखा, डर के मारे उसका चेहरा ही बदल गया और तेज़ी से दो क़दम पीछे आकर वह धड़ाधड़ उल्टी करने लगा। हीरा आत्या आगे दौड़ी और उसे सँभाला। दूर से सबने देखा कि ड्राइवर की सीट पर एक लाश सफ़ेद यूनिफॉर्म में थी। उसका चेहरा भी सफ़ेद पड़ चुका था और सिर फटा हुआ था, जिसमें से खोपड़ी दिख रही थी। सीट पर पास ही "गवर्नर्स ड्राइवर" का बिल्ला और रंगीन पगड़ी बेनूर-सी पड़ी थी।

"ये बेचारा क्यों यहाँ पीछे रह गया?" कंचना ने सवाल किया।

"बाक़ी के मैकेनिक वग़ैरह तो निकल गये, लेकिन ये द्रविड़ स्वामीभक्त इन्तज़ार करता रहा कि कहीं से मदद ज़रूर आयेगी।"

कुछ मील और आगे चलने पर रास्ते के दोनों तरफ़ लाशों के अम्बार दिखने लगे; हिन्दुस्तानी, अंग्रेज़, मालिक, नौकर, अमीर, ग़रीब। चारों तरफ़ मौत का राज था। वही अटल सत्य थी। हड्डियों के ढाँचों में उसके साक्षात् दर्शन हो रहे थे। कई-कई मील तक मुर्दे इस तरह पड़े थे मानो ख़ूब ताज़ी मछलियों को सूखने के लिए डाल दिया गया हो। इससे थोड़ा आगे चलने पर कुछ झोंपड़ियाँ नज़र आने लगी। यह कचिन जनजाति की छोटी-छोटी बस्तियाँ थीं। सौ-सवा सौ घर। इन बस्तियों के आने-जाने वाले मुहानों पर भी लाशों के ढेर पड़े थे। हवा में अजीब-सी गन्ध थी, जो बढ़ते-बढ़ते इतनी तेज़ हो चुकी थी कि सर्कस वालों के लिए साँस लेना दूभर हो गया था। लेकिन कितना भी आगे चले जायें, वह दुर्गन्ध पीछा छोड़ने को तैयार नहीं थी।

राजमंगला और चौदह घोड़ों का कारवाँ सामान्य गति से बढ़ा जा रहा था। उसके साथ और पीछे कम्पनी के तीन सौ से ज़्यादा लोग पैदल चल रहे थे। घोड़ों पर चावल की बोरियाँ लदी थीं। लड़कियाँ बीच-बीच में राजमंगला की पीठ पर सवार हो जातीं और फिर कुछ देर में उतर जातीं। वे ख़ूब समझ रही थीं कि इन कठिन रास्तों पर सिर्फ़ मनुष्यों के लिए ही नहीं, बल्कि जानवरों के वास्ते भी पैर बढ़ाना बहुत मुश्किल हो रहा है।

लड़कियों की देखभाल करने वाली पाँचों आया अपनी युवावस्था में कम्पनी की कलाकार थीं। अब वे अपने जीवन के सत्तरवें पड़ाव पर थीं और यह सफ़र उनके लिए जानलेवा साबित हो रहा था। कम्पनी के लोग पहले दिन बमुश्किल पन्द्रह मील चले। दूसरे दिन वे एक पतली जलधारा के किनारे रुके, तो रसोइयों ने

कोई दर्ज़न भर लोगों के हाथ में प्यालियाँ थमायीं, ताकि उन्हें चाय का गर्म पानी दे सकें। इस दौरान वे आया कंचना के पास पहुँचीं और उसके पैर पकड़कर रोने लगीं, "बेटी बहुत हो गया... अब और नहीं चला जायेगा हमसे..."

"अरे, आप लोग ऐसे हिम्मत हार जाओगी तो कैसे चलेगा? और ये क्या रोने-धोने की बात निकाल ली है?"

"बेटी, एक जगह बैठकर आटा गूँधना और सब्ज़ियाँ काटना एक बात है लेकिन ऐसे भयानक जंगल में घोड़े की चाल से इतना चलना बिल्कुल अलग बात है।"

"अब मेरी सुनो आत्या... मौसी... ये बातें मत करो... ये कम्पनी लेकर मैं इसलिए नहीं चली कि किसी को ऐसे जंगल में अकेले छोड़ दूँ।"

"बेटी हम लोगों का क्या है... पके हुए फल हैं हम... हमारे जैसे पाँच-छह के लिए तू क्यों कम्पनी को मौत की खाई में धकेल रही है?"

कंचना किसी हाल में इन बातों पर कान देने को तैयार नहीं थी। उसने चार घोड़ों पर लदा बोझ दूसरे जानवरों पर रखवा दिया और आयाओं को उनकी पीठ पर सवार करा दिया। हीरा आत्या हालाँकि इन लोगों से उम्र में कोई पन्द्रह साल छोटी थी, लेकिन बेटियों की मौत की त्रासदी ने उसे उम्र से कहीं बूढ़ी कर दिया था। उसकी हालत इतनी ख़राब थी कि घोड़े की पीठ पर बैठे रहना भी उसके लिए बहुत मुश्किल था। महालिंग उसके घोड़े की लगाम थामे साथ-साथ चलता था।

जापानी लुटेरे तो अभी तक पहुँचे नहीं थे, मगर ब्रह्मदेश के स्थानीय गुँडे-बदमाशों ने लूटपाट शुरू कर दी थी। डॉ. बामा के नेतृत्व में ब्रह्मदेश की नेशनल आर्मी ने जापानियों के समर्थन और अंग्रेज़ों के विरोध में आन्दोलन शुरू कर रखा था। लेकिन निर्वासितों के मन-मस्तिष्क में असली आतंक चियांग काई-शेक के फरार सिपाहियों का था। जो पूरे इलाक़े में सिर्फ़ एक ही इरादे से घूम रहे थे: जंगल में लूटमार करना। गोरे, काले या स्थानीय चाहे जो लोग उनके हत्थे चढ़ जायें।

कंचना अपनी कम्पनी के एक-एक आदमी के पास जाकर कह रही थी, "इसके आगे मैं अपने एक भी मेम्बर को खोना नहीं चाहती... इसलिए सबसे कह रही हूँ... अनुशासन में रहो, इधर-उधर मत भागो और हर समय एक-दूसरे के साथ रहो!"

तीन दिनों तक जंगल में पैदल घिसते-घिसते चप्पलें बेकार हो चुकी थीं। तेज़ धूप में लगातार चलती लड़कियों के शरीर की सारी ऊर्जा निचुड़ चुकी थी। रात को जब वे लोग एक गाँव के बाहर मन्दिर के नज़दीक रुके तो सब इतनी बुरी तरह चूर थे कि किसी में भोजन करने की इच्छा नहीं बची थी। लेकिन रसोइयों ने फटाफट पतला चावल बनाया और सबको परोसा।

कंचना ने सबको अपने नज़दीक बुलाया और गणा मोची को आवाज़ दी। वह दो घोड़े लेकर आगे बढ़ा और उनकी पीठ पर लदी बोरियाँ नीचे गिरा दीं। दो हेल्पर लड़कों ने जल्दी-जल्दी वे बोरियाँ खोलीं और एक-एक कर उन्हें ख़ाली करना शुरू कर दिया। ये अलग-अलग आकार-प्रकार के जूते-चप्पल थे और उन्हें देखकर ही समझ आता था कि उन्हें कहाँ-कहाँ से बीनकर लाया गया है। अनेक पर ख़ून के धब्बे जमे थे और बहुत से जूतों में मोजे समेत रक्त-मांस के थक्के अटके हुए थे।

कंचना ने अपने कुछ ख़ास लड़कों को इस काम का ज़िम्मा दिया था। उसकी ज़िद थी कि कम्पनी का हर व्यक्ति अपने घर सलामत पहुँचना चाहिए। वह जानती थी कि आने वाली हुकवांग घाटी के जंगलों से जाने वाले रास्ते जानलेवा साबित हो सकते हैं। मज़बूती से बढ़ते रहने के लिए पैरों की ज़रूरत थी और पैरों की रक्षा के लिए सबसे पहले जूते-चप्पल चाहिए। इसलिए जहाँ से, जैसे भी मिले उन्हें इकट्ठा करना और लाना बहुत ज़रूरी था। भले ही बहुत तेज़ न चल सकें, मगर निरन्तर चलते रहना आवश्यक था। यह तभी सम्भव था, जब पैर सुरक्षित रहें। इसलिए कंचना ने लड़कों से कहा था कि रास्ते में जिन भी सैनिकों की लाशों में जूते हों, वे उन्हें नि:संकोच उतारकर ले आयें।

दूसरों के उतारे हुए जूते पहनने में जब लड़कियाँ आनाकानी करने लगीं तो कंचना ने उन्हें फटकार लगायी, "तुम देख रही हो आठ हज़ार फ़ीट ऊँचे पर्वत? जाने कितने मील चलकर हमें उन्हें पार करना पड़ेगा, जाने कितनी घाटियाँ बीच में आयेंगी और अगर तुम्हारे पैरों में जूते नहीं रहे तो इन पैरों के चिथड़े हो जायेंगे, सारी चमड़ी उधड़ जायेगी। समझीं?"

"लेकिन ये आदमियों के बड़े जूते..."

"मुझे पता है, ये तुम्हारे पैरों में नहीं आयेंगे, लेकिन इसका भी इलाज है। गणा यहाँ है और वह ये जूते काट-छाँट कर तुम्हारे पैरों के माप के हिसाब से फिर सिल देगा!"

"मगर इतने सारे जूते ठीक करने में चार दिन लग जायेंगे, तो क्या हम यहीं रुके रहेंगे?"

"चार दिन!! हम एक घण्टे भी नहीं रुकेंगे। हमारे ये मोची लड़के रात भर जूते तैयार करेंगे और ज़रूरत के मुताबिक़ बारी-बारी से नींद लेंगे। इससे पहले कि बरसात शुरू हो, हमें अपने हिन्दुस्तान पहुँचना है। पहुँचना है कि नहीं?"

उस भयानक रास्ते ने सबका माथा चकरा दिया था। न आने वाले मोड़ों और उतार-चढ़ाव का पता चलता और न समय का हिसाब-किताब रह पाता। सब लोग अपना-अपना सामान समेटकर सुबह सात बजे निकल पड़ते थे। जबकि सुलेमान महावत को सुबह पाँच बजे राजमंगला को लेकर अपना सफ़र शुरू करना पड़ता। ताकि वह बाक़ी लोगों के बराबर रास्ता, रात होने तक तय कर सके। दो घण्टे पहले निकलने के बाद भी बाक़ी लोग बीच में राजमंगला और सुलेमान से आगे निकल जाते। रात को जहाँ पड़ाव डाला जाता, वहाँ वे दोनों घण्टे भर बाद ही पहुँचते। हर दिन का यह क्रम था।

जंगल में सब जानते थे कि हाथी कितना क़ीमती जानवर है और कम्पनी में कोई इस बात से बेख़बर नहीं था। इस बात की सम्भावना से इंकार नहीं किया जा सकता था कि कुछ बदमाशों की नज़र राजमंगला पर हो और वे उसका पीछा कर रहे हों क्योंकि उसके दो क़ीमती दाँत काफ़ी बड़े और घुमावदार थे। इसलिए पहले ही दिन से कम्पनी के दस मज़बूत-हट्टे-कट्टे आदमी उसकी सुरक्षा में लगाये गये थे। वे उसके साथ ही सफ़र करते थे। उनके पास तलवार और भाले थे। उन्हें स्पष्ट निर्देश थे कि मौक़ा पड़ने पर उनका इस्तेमाल करने में ज़रा भी हिचक न करें।

सारे इन्सान और जानवर आधे पेट खाकर, जंगली रास्तों के उतार-चढ़ाव और मुश्किलों को पार करते हुए पूरी शिद्दत से आगे बढ़े जा रहे थे। तेज़ रफ़्तार और उमस की वजह से निकले पसीने के कारण कपड़े बदन से चिपककर पिच-पिच होने लगे थे। लेकिन वे दम भर को भी कहीं नहीं ठहरते। पहने-पहने ही कपड़े सूख जाते और फिर गीले हो जाते। जंगल की हवाओं में गूँजने वाली संगीत-लहरियाँ शायद ही किसी को समझ पड़ती थीं। कुछ पंछियों की आवाज़ों को सुनकर ज़रूर वे सजग हो जाते थे क्योंकि उनका मतलब था कि बरसात नज़दीक आ रही है।

## 44

कँटीली झाड़ियों से थोड़ा आगे बढ़कर फ़ौजी सिपाहियों वाला एक गेट सामने था। इस गेट से लगा बायें तरफ़ जाने वाला रास्ता भीड़ के लिए खुला था, मगर सामने सीधे जाने वाले रास्ते पर ब्रिटिश फ़ौजी अजगर की तरह जमे थे। कोई

शरणार्थी अगर उधर से जाने की कोशिश करता, तो वे उसे दूसरे रास्ते पर धकेल देते। कंचना वहाँ से थोड़ी दूर राजमंगला हथिनी और दस-बारह घोड़ों तथा साढ़े तीन सौ लोगों के दल के साथ रुककर स्थिति पर नज़र रखे हुए थी।

कुछ देर तक वह गेट का नज़ारा देखती रही। उसके भीतर क्रोध बढ़ने लगा और फिर आगे बढ़ते हुए उसने आवाज़ लगायी, "सब आओ, मेरे पीछे-पीछे।"

ड्यूटी पर लगे पुलिस वालों ने भीड़ को अपनी तरफ़ बढ़ते देखकर सीटियाँ बजानी शुरू कर दीं। हथियार उठा लिए। टुकड़ी का कप्तान तेज़ी से आगे आया और चेतावनी भरे स्वर में चिल्लाया, "ओ मैडम, किधर जा रही हो?"

"अपने देश! अपने हिन्दुस्तान!"

"जाओ... बिल्कुल जाओ! लेकिन इधर से नहीं, उस रास्ते से जाओ!"

"इससे क्यों नहीं?"

"मैडम, इसको माइलस्टोन 102 फाटक बोलते हैं, और ये सिर्फ़ गोरे सिपाहियों के जाने के लिए रखा गया है।"

कंचना का अपनी ज़ुबान पर क़ाबू नहीं रहा। बोली, "यू स्टूपिड! तुम हरामखोरों को कुछ लाज-शर्म है कि नहीं?"

हफ़्तों-महीनों से दबे क्रोध को रास्ता मिलने के बाद वह रुकी नहीं और कहती चली गयी, "क्या तुम्हारा जमीर मर गया है? तुम्हारी आँखें अन्धी हो गयी हैं, जो तुमको इतने सारे ग़रीबों और हालात के मारे लोगों की तकलीफ़ दिखाई नहीं पड़ रही? हज़ारों मील दूर से ये बेचारे घिसट-घिसटकर यहाँ तक आये हैं और अभी इन्हें इतना ही आगे चलना है! जापानी बमों-गोलियों से बचते, जानवरों की तरह यहाँ-वहाँ भटकते, जाने कितने अपनों को पीछे मरा छोड़कर, जैसे-तैसे बीमार हाल में हर कदम पर मौत से लड़ते हुए ये आ रहे हैं!"

"मैडम, आप बेकार ही गर्म हो रही हो! ये दूसरा रास्ता लेने से तो आपको किसी ने नहीं रोका है?"

"लेकिन मैं पूछती हूँ, इस फोर्ट हट्ज के रास्ते से क्यों नहीं जा सकते?"

"मैं बता चुका हूँ! ये रास्ता स्ट्रिक्टली सिर्फ़ गोरों के लिए रिजर्व है!"

"यू फूल! कावड्र्स! अरे वो इंग्लैंड में सिंहासन पर बैठी तुम्हारी गोरी महारानी क्या हाथ में बन्दूक उठाकर हमारे लिए लड़ने आती है?"

"मैडम, सोच-समझकर बोलो!"

"तुम्हारे साम्राज्य के लिए सरहद पर ख़ून बहाना हो, हथियारबन्ध गाड़ियों से टकराकर उन्हें उड़ाना हो, जहाजों पर लदे बारूद में धमाके करने के लिए अपनी

जान पर खेलना हो... तो यह सब हमारे हिन्दुस्तानी फ़ौजी तुम्हारे लिए करते हैं, लेकिन जब आसान रास्ते की बात आये, तो वह सिर्फ़ तुम्हारे गोरे सिपाहियों के लिए रिजर्व है?"

एक साधारण हिन्दुस्तानी औरत उसे सबके सामने ऐसे फटकारे, वह भी उसके कनिष्ठ सिपाहियों की मौजूदगी में, अफ़सर के लिए यह बर्दाश्त कर पाना सम्भव नहीं था। उसने तुरन्त अपनी स्टेनगन की नली कंचना पर तान दी और चीखा, "मैडम, बिवेयर ऑफ़ यू। अदर वाइज आई विल शूट यूऽऽ"

"ओह, यू विल, विल यू?" उतनी ही ऊँची आवाज़ में कंचना गरजी। "ठीक है, चला गोली... शूट!"

तारानाथ, महालिंग और बाक़ी लोगों ने देखा कि स्थिति विस्फोटक होकर हाथ से बाहर निकलती जा रही थी। वे तेज़ी से आगे बढ़े और कंचना को पीछे खींचकर एक पेड़ के नीचे बैठा दिया। मगर तपते इस्पात की तरह लाल हो चुकी कंचना ठण्डी पड़ने को तैयार नहीं थी। क्रोध में थर-थर उसकी आँखों से आँसू बहे जा रहे थे। साथ ही वह चिल्ला रही थी, "इन गोरे-घमण्डी सुअरों ने सारी हदें पार कर दी हैं... मैं अब और बर्दाश्त नहीं कर सकती। इन्होंने वहाँ मिचिना और माण्डले में रास्ते बन्द करके हमें दो महीने तक रोक के नहीं रखा होता, तो मैं अपने सब लोगों को लेकर कब से अपनी मातृभूमि पहुँच चुकी होती!"

"दीदी, सुनने में आ रहा है कि इन बेवकूफ़ों ने यहाँ भी वही कर रखा है। चिंदविन और सालवीन नदी घाटियों से टामू होकर पालेल और इम्फाल को निकलने वाले रास्तों को भी इन्होंने ऐसे ही बाँट दिया है, ब्लैक रोड और व्हाइट रोड।"

"यही तो मैं बता रही हूँ... इनका असली चेहरा। अब चाहे जो हो जाये... मैं अपने लोगों के साथ इस सामने वाले सीधे रास्ते से ही जाऊँगी।"

वह सात्विक अग्नि की तरह धधक रही थी। कम्पनी के सारे बड़े-सयाने और बुज़ुर्ग कंचना को घेरकर खड़े हो गये। उन्होंने कंचना के हाथ थाम लिए और मिन्नत भरे शब्दों में कहने लगे, "कंचना, समझने की कोशिश कर। हमें पता है कि तू बहादुर है और ग़ुस्से में उन पर गोलियाँ भी चला देगी... मगर कितनी? तू इधर से दो गोली चलाएगी तो उधर से सौ गोलियाँ आयेंगी और हम सब तबाह हो जायेंगे।"

"मुझे इसकी परवाह नहीं!" वह गरजी।

"ठीक है! तुझे अपनी ज़िन्दगी की कोई परवाह नहीं, लेकिन इस सफ़र में हमारे अब तक पचास लोग स्वाहा हो चुके हैं। बचे हुए तीन सौ में से सत्तर औरतें हैं। अब

हमें कुछ अच्छा लगे या न लगे कंचना, हमारे हाथ में सिर्फ़ इतना है कि परिस्थितियों का सामना हम कितने ठण्डे दिमाग़ से करते हैं।"

कंचना सुबकने लगी। बोली, "हाँ... हाँ... जंगल की इस पाठशाला में यही तो सबक सीखना है... बहादुरी के साथ-साथ संयम, सहनशीलता, धीरज! कितनी ठोकरें लगेंगी इस रास्ते में!!"

चलते-चलते बीच में उन्हें तीन या चार के समूह में ब्रिटिश फ़ौजी मिल जाते थे। जैसे कभी न ख़त्म होने वाले जंगल में भूख से त्रस्त और जीर्ण-शीर्ण हाल में लड़खड़ाते। वे बमुश्किल एक क़दम उठा पाते थे।

धूल भरे रास्ते पर एक सैनिक छोटी-सी पहाड़ी पर लघुशंका के निस्तारण के लिए बढ़ा और पता नहीं अचानक कैसे अपना सन्तुलन खोकर ख़ाली डिब्बे की तरह लुढ़कता हुआ नीचे चला गया। उसके साथी कुछ नहीं कर सके और उसे देखते रहे। तभी उस घाटी में गिद्धनुमा विशाल पक्षी, आस-पास के पेड़ों से उड़े और बदमाशों के गिरोह की तरह नीचे पड़े उस आदमी को उन्होंने घेर लिया। उन्होंने अपनी छह इंच लम्बी धारदार चोंच खोली और तत्काल उस निरीह व्यक्ति पर टूट पड़े। मिनटों में उसके शरीर को उन्होंने तार-तार कर दिया। कुछ देर तड़पने और छटपटाने के बाद वह ठण्डा पड़ गया। इसके बाद वे पक्षी आपस में लड़ने लगे कि कौन-सा अंग, कितना उनके हिस्से में आयेगा।

कारवाँ आगे चल पड़ा। हँसी और आँसू, जीवन और मृत्यु, हार और जीत... ऐसा लग रहा था कि इस सफ़र में ज़िन्दगी के सारे रंग एक साथ हाथों में हाथ लिए चल रहे हैं।

***

चलते रहो, चलते रहो! बिना रुके, बस चलते रहो! हर किसी की ज़िन्दगी का सिर्फ़ यही मक़सद बन गया था।

पैदल चलते हुए कंचना के पैरों की अँगुलियाँ, एड़ियाँ और तलवे ठनकते थे। पैरों की हड्डियाँ और पिंडलियाँ मशीन की तरह तपने लगती थीं।

जहाँ रात होती, वहीं दाल का हलका पानी और ब्रह्मी पिहीन लेती और ज़मीन से पीठ लगाकर आँखें मूँद लेती। बमुश्किल घण्टे भर के बाद अचानक उसकी नींद टूट जाती। उसकी एड़ियों में भयंकर दर्द हो रहा होता। वे पत्थर के जैसी भारी

लगतीं। कई बार कमर में पीड़ा की लहरें उठतीं। लेकिन किसी हाल में अपनी वेदना को देखने-जताने की फुर्सत उसके पास नहीं थी। साढ़े तीन सौ जानें बचाने के लिए उसे लगातार आगे बढ़ते जाना था।

कई बार आराम के लिए इतना करती कि नायलॉन की एक रस्सी अपनी कमर से बाँधती और कम्पनी के बाक़ी लोगों के साथ जंगल के रास्ते, नदियाँ और ऊँची-नीची ज़मीन को नापते हुए, पूरे दृढ़ निश्चय के साथ आगे बढ़ जाती।

चारों तरफ़ घना अँधेरा था। कम्पनी के लोग जंगल के रास्ते के किनारे हरी घास पर खुले आसमान के नीचे अस्त-व्यस्त पड़े थे।

कंचना तीन-चार घण्टे भी नहीं सोयी होगी, और जाग पड़ी। उसने अपने क़रीब पड़ा एक भाला उठाया और आस-पास पहरेदारी के लिए निकल पड़ी। दो बड़े कुत्ते उसके साथ हो लिए। कंचना ने घास पर बिखरे पड़े सर्कस के लोगों के चारों तरफ़ एक चक्कर लगाया। यूँ तो ग्यारह लोगों के एक दल को रखवाली और गश्त का ज़िम्मा सौंपा गया था, लेकिन दिन भर पैदल चलते-चलते सब इतना निचुड़ जाते कि ड्यूटी के वक़्त भी अन्ततः नींद की आगोश में चले जाते थे।

यह लगातार चौथी रात थी, जब कंचना ख़ुद गश्त लगा रही थी। उसे किसी हाल में नींद नहीं थी। कम्पनी के कुछ बड़े-बुज़ुर्ग भी जाग जाया करते और उसकी तरफ़ चिन्तातुर नज़रों से देखते। पागलपन की हद तक यह बहादुरी भी उसे मुश्किल में डाल सकती थी, भले ही मर्लिन मैडम की दी रिवॉल्वर उसकी कमर में क्यों नहीं लटकी रहती! तारानाथ उठा और तेज़ी से उसकी तरफ़ बढ़ा। "तुमको हो क्या गया है बेटी?" पास जाकर वह चिल्लाया। "क्या तुम मरना चाहती हो? रात को पहरा देने और गश्त लगाने वाले छोकरे हमने क्यों रखे हैं?"

"मेरा धर्म कुछ और है काका," कंचना ने भारी आवाज़ में जवाब दिया। "ये चारों तरफ़ ऊँची-ऊँची घास देख रहे हैं? जहाँ ऐसी ताज़ी-मोटी घास होगी, वहाँ ढेर सारे हिरण होंगे; और जहाँ इतने हिरण होंगे, वहाँ तो बाघों का होना भी निश्चित ही है!"

"हूँ?"

"जिस माँ की बेटियाँ ऐसे खुले में बाघों के ख़तरे के बीच सोयी हों, उसके पेट में तो सदा ही खलबली मची रहेगी! मैं कैसे सो सकती हूँ?"

रास्ता ख़त्म होने का नाम ही नहीं लेता था। थककर चूर होकर पेड़ों के नीचे पड़े कई लोग कम्पनी वालों को कौतुक से देखते रहते थे कि आख़िर कैसे ये लगातार चले जा रहे हैं।

पाँच-छह लोगों का ऐसा ही झुण्ड एक पेड़ के नीचे शिथिल पड़ा था। मैले-कुचैले-फटे कपड़ों और लगातार भूख से सूख चुके चेहरों को देखकर साफ़ था कि संघर्ष करने की उनकी शक्ति और इच्छाशक्ति, दोनों चुक गयी है।

तभी शुद्ध मराठी में एक बारीक-थरथराती आवाज़ कंचना के कानों में पड़ी, "अगं ये कंचना?"

कंचना के पैर अपने आप ठहर गये। उसने हड़बड़ी में मुड़कर पेड़ की तरफ़ देखा। बीते कुछ घण्टों में मौत के मुँह में समाये कई निर्वासितों और सिपाहियों के मुर्दा शरीर यहाँ-वहाँ बिखरे थे। उन्हीं के बीच एकदम हड्डियों के ढाँचे जैसा एक इन्सान ज़िन्दा था। उसकी आँखें फफूँद लगे अचार की तरह गलती हुई पीली पड़ी थीं। उस बूढ़े ने कंचना को ज़्यादा इन्तज़ार न कराते हुए, ख़ुद अपना परिचय दिया।

वह घोड़ों की देखभाल और सेवा करने वाला साईस, यास्मीन इनामदार था। बुधगाँव का रहने वाला। वह भी कार्लेकर ग्रैंड सर्कस के साथ ब्रह्मदेश गया था। कंचना के सर्कस की तरह वह सर्कस भी दुर्दैव का शिकार हो गया था। दो महीने पहले वह अपने सर्कस से अलग होकर भटक गया और किसी तरह रोते-रगड़ते यहाँ तक पहुँचा था।

कंचना और उसके लोगों ने यास्मीन और उसके चार साथियों को अपने पास का भोजन-पानी दिया। उनमें से दो या तीन के बदन में ही इतनी ताक़त शेष थी कि खाने को गले से नीचे उतार पाते। वे स्प्रिंग वाले गुड्डों-गुड़ियों की तरह सिर हिलाते हुए बैठे थे।

यास्मीन ने जैसे-तैसे तीन-चार कौर खाये। उसने कंचना को देखा और कहा, "बेबी, शायद तूने मुझे पहचाना नहीं। जब तू छोटी थी, तब मैंने और तेरे बाप सारंग ने एक साथ अपनी जवानी के दिन परशुराम के सर्कस में निकाले थे। पर तू तो बड़ी बदमाश निकली!"

"मैंने ऐसा क्या किया, चाचा!"

"मैंने सुना है कि बड़ी धूमधाम से राजा-महाराजा की तरह तेरा ब्याह रचा था। तेरे बाप ने राघव जैसा अच्छा, सर्कस वाला लड़का भी ढूँढ़ लिया। लेकिन तेरे इस चाचा को न्यौता क्यों नहीं भेजा भाई!"

कंचना को कोई जवाब नहीं सूझ रहा था कि तभी वह बोला, "अरे, मैं तो बस

मज़ाक कर रहा था। लेकिन सुन, एक बहुत ज़रूरी बात है : मैंने तेरे आदमी को कोई डेढ़ महीने पहले देखा था। मैं उसे पहचान गया था क्योंकि मैं उसे तब से जानता हूँ, जब वह तेरा पति नहीं था।"

यास्मीन के ये शब्द वहाँ मौजूद जिसने भी सुने, उसके बदन में जैसे बिजली दौड़ गयी और वे सब उसे चारों ओर से घेर कर खड़े हो गये। कंचना लड़खड़ाते हुए बढ़ी और उसके पास बैठ गयी। यास्मीन की कलाई पकड़कर वह जैसे घुरघुराती आवाज़ में बोली, "चाचा, अल्लाह की क़सम है... तुम मसखरी तो नहीं कर रहे हो!"

"मसखरी कैसे कर सकता हूँ बेटी? अल्लाह की सौगन्ध खाकर कहता हूँ कि उसे महीने डेढ़ महीने पहले ही देखा है। मैंने उसे मिचिना के जंगल के ठीक बाहर देखा था।"

कंचना सन्न रह गयी। उसके मुँह से शब्द नहीं फूट रहे थे। बड़े-बुज़ुर्गों ने यास्मीन के साथ बात आगे बढ़ायी। "वह सौ फीसदी जिन्दा है," उस बूढ़े आदमी ने कहा, "लेकिन इतना साफ़ है कि वह आजाद नहीं है।"

"क्या कह रहे हो, चाचा?"

"वह अपने ही जैसे कुछ फटेहाल लोगों के साथ था। वे सब एक झरने के नीचे ख़ुद को रगड़-रगड़ कर नहा रहे थे। लेकिन उनके चारों तरफ़ किसी आर्मी वाले पाँच-छह सिपाहियों का पहरा था, जिनकी आँखें बारीक और नाक चपटी थी।"

"आपसे पहचानने में कोई भूल हुई होगी चाचा!" कंचना ने चिंतित स्वर में कहा।

"हो सकता है कि ऐसा होता, लेकिन उसने मुझे देख लिया था। मैं समझ गया था कि उसने भी मुझे पहचान लिया है। अगर वह यह बात ज़ाहिर कर देता तो हम दोनों की जान जा सकती थी!"

"क्यों? क्या हुआ?" महालिंग ने चिन्तित स्वर में सवाल किया।

"जब मेरे ये साथी और मैं एक साथ पेड़ों के पीछे से निकल आये थे, तो उसमें से बन्दूक लिए एक सिपाही ने हमारी तरफ़ निशाना कर लिया और हम सबको घुटने टिकवा दिये। मुझे उसकी भाषा समझ नहीं आ रही थी, लेकिन उन्होंने हमें बुरी तरह से डरा दिया था। तुम देख रही हो, हमारे पास बदन के इन चिथड़ों के सिवाय कुछ नहीं है। उनमें से एक शायद अफ़सर था, वह ऐसे चिल्लाया मानो हमें गोली मार देना चाहता था। लेकिन फिर उन लोगों के बीच कुछ बात हुई; हमारा बुरा हाल देखकर वो हमें क़ैद नहीं करना चाहते थे और अपनी गोलियाँ भी हम पर

बेकार नहीं करना चाहते थे। आख़िरकार, जब हम लोग उनके पैरों में गिरकर लोट गये, तो उन्होंने हमें जमकर ठोकरें मारीं और हम भी जितनी तेज़ी से वहाँ से भाग सकते थे, भाग लिए।"

"लेकिन क्या आपने राघव को सचमुच देखा?" कंचना ने जैसे फिर से तसल्ली के लिए पूछा।

"बिल्कुल बेटी। हमारे बीच बस सात-आठ क़दम का फ़ासला था। वह मुझे पहचान गया था। उसकी आँखों में डर था कि कहीं मैं सबके सामने ज़ाहिर न कर दूँ कि उसे जानता हूँ। लेकिन अगर मैं ऐसा करता, तो पक्के तौर पर इससे मेरी ज़िन्दगी भी खतरे में पड़ जाती।"

"चाचा, वह कैसा दिख रहा था? वह ठीक तो था?"

"हाँ, उसके हाथ-पैर तो सही-सलामत थे और बदन पर भी किसी नुक़सान के निशान नहीं थे, लेकिन हाँ... वह बहुत कमज़ोर दिख रहा था। उसके बाल और दाढ़ी-मूँछ बहुत बढ़ी हुई थी।"

"और बताओ चाचा... और बताओ," कंचना मिन्नतें करने लगी।

"कहने को और क्या है, बेटी? हम तो वहाँ कुछ मिनट थे और अपनी जान की ख़ैर मनाते हुए, किसी तरह भाग लिए। अब यह तो क़िस्मत की बात है कि मैं यहाँ तुमसे मिल लिया, ताकि तुम्हें यह सब बता सकूँ। वह ज़िन्दा है, और भरोसा रखो... लेकिन अब यह अल्लाह ही बता सकता है कि वह तुमसे कब मिलेगा या फिर कभी नहीं...!"

"ऐसा मत कहो चाचा, ऐसा मत कहो। माँ कालम्मा ने उसे ज़िन्दा रखा है और वही हमें मिलाने का कोई रास्ता भी निकालेंगी।"

यास्मीन से मिली ख़बर ने कंचना के दिल में उम्मीदों का चिराग जला दिया था। "चाचा," उसने ज़ोर देकर कहा, "मेरी कम्पनी में बहुत सारे बीमार और अपाहिज हैं। हम उन्हें साथ ले जा रहे हैं। आप भी चलो।" लेकिन यास्मीन को अब ज़िन्दगी और मौत की परवाह नहीं थी। वह हलके-से मुस्कराया और बोला, "बेटी, अल्लाह ने अगर मेरी मौत इस अनजान रास्ते में ही लिखी है तो तुम क्या कर लोगी? हम सभी को एक दिन तो मरना ही है। कोई यहाँ, कोई कहीं और। लेकिन क्या तुम मेरा बस एक काम करोगी?"

"ज़रूर चाचा, बताओ क्या?"

"जब तुम हमारे मुल्क पहुँच जाओगी तो दापोली के पास केलशी की दरगाह पर ज़रूर जाना और वहाँ याकूत बाबा कलँदर की मज़ार पर मेरे नाम की चादर चढ़ा देना।"

समय बढ़ रहा था। देर हो रही थी। कंचना उठ खड़ी हुई और अपना सिर यास्मीन के क़दमों पर रख दिया। उसके उदास चेहरे पर नज़र डालते हुए, उसके हाथों में गुड़ की ढेली और खजूर की छोटी पोटली रख दी। यह खाना दो दिन तक चल सकता था।

वह मुड़ी और फिर अपनी कम्पनी के लोगों के साथ आगे बढ़ चली। बढ़ती गयी। देखते ही देखते पेड़ के नीचे दिख रहा धब्बा धुँधला पड़ गया।

## 45

क्रिस्टीना कैनेडी दुरूह और घने वनों से गुज़रती हुई, नौ ख़ूबसूरत लड़कियों के साथ यात्रा कर रही थी। सभी एक जैसी स्कूल यूनिफॉर्म में थीं। हलके लाल-भूरे रंग की ड्रेस, जिसका गोल घेरा बीच में कमर पर कसा हुआ था। कुछ के चेहरे पीले बर्मी थे और कुछ मंगोलियन लग रही थीं। लेकिन इनमें से ज़्यादातर श्वेत लड़कियाँ घुँघराले-सुनहरे बालों वाली थीं। चार कमसिन लड़कियाँ अपनी तरुणाई के कोमल कगार पर थीं, जबकि बाक़ी उनसे छोटी गोलमोल-मस्तमौला थीं। जिनके चेहरे पर प्रकृति की मासूमियत उतरी हुई थी।

मोटी घास के रास्तों पर अपने पैरों को कीचड़ से बचाते हुए वे लड़कियाँ आगे बढ़ रही थीं। तभी एक आवाज़ कंचना के कानों पर पड़ी, "हे, सर्कस लेडी!" कंचना हैरान रह गयी। इस बीहड़ जंगल में किसी ने जैसे उसे बहुत ही मीठा जाना-पहचाना बाण मारा!

कंचना सोच में ही पड़ी थी कि अचानक गोरी-चिट्टी महिला उसके सामने आकर खड़ी हो गयी। क़रीब 45 की उम्र रही होगी उसकी। उसने छूटते ही कहा, "हैलो कंचना मैडम! किसने सोचा था कि हम ऐसे मिलेंगे! पहचाना...?"

कंचना उसे देखती रही। इतना तो वह समझ गयी थी कि यह निश्चित ही कोई स्कूल टीचर है। कहाँ मिली हूँ इससे? महिला ने ख़ुद ही कंचना को स्मृति पर ज़ोर देने से बचा लिया और बोली, "मैं क्रिस्टीना, रोज बेप्टिस्ट कॉन्वेंट की टीचर और रेसिडेंशियल यूनिट की रेक्टर।"

"अरे वाह! कमाल!"

"हो सकता है तुम मुझे न जानती हो! हम लोग क्रिसमस की छुट्टियाँ मनाने के लिए रंगून आये थे और तुम्हारा शानदार सर्कस देखा था।"

"मतलब पहले दो दिन में ही?"

"बिल्कुल। उसके बाद तो बम गिराने वाले जापानी हवाईजहाजों ने ज़िन्दगी ही तबाह कर दी।"

कंचना के होंठों पर हलकी-सी मुस्कान खेल गयी। क्रिस्टीना की बातों में उसे अपने लिए प्रशंसा का एहसास हुआ। उसके सामने एक ऐसी स्कूल टीचर खड़ी थी, जो नन्ही बच्चियों की जान बचाने के लिए जंगलों और पहाड़ों की चुनौतियों से टकरा रही थी।

कीचड़ में अपनी बच्चियों के साथ आगे बढ़ती हुई क्रिस्टीना को देखकर कंचना ने चिन्तित स्वर में पूछा, "मैडम, इन मासूम बच्चियों को आप कहाँ ले जा रही हैं? किसी ने आपको धोखा तो नहीं दिया?"

"हम फँस तो गये हैं, लेकिन किसी और ने नहीं हमारे ही ग़ैर-ज़िम्मेदार गोरे रूलर्स की वजह से।"

"इन बच्चियों के माता-पिता किधर हैं?"

"कोई रंगून में किसी बड़ी ऑइल कम्पनी में बड़ा अफ़सर था; किसी के पिता कलकत्ता की किसी जूट फेक्ट्री में काम करते हैं। इनमें से आधी बच्चियों के पिता तो यूरोप में एंग्लो-फ्रेंच युद्ध के मैदान में मोर्चा सँभाल रहे हैं। जब माण्डले में बमबारी होने लगी, तो मैंने इन बच्चियों को बचाने के लिए किस-किस के दरवाज़े पर गुहार नहीं लगायी। फिर स्कूल एडमिनिस्ट्रेशन ने इनकी ज़िम्मेदारी मेरे ही कन्धों पर दे दी। स्कूल के सारे कर्मचारी भाग गये..."

"लेकिन रंगून और माण्डले जैसे सुरक्षित शहरों को छोड़कर आप इन जंगलों में क्यों निकल आयीं?"

"सामने और रास्ता ही क्या बचा था? हमारे साथ धोखा हुआ!" उसकी जैसे साँसें उखड़ने लगी और आवाज़ पर नियन्त्रण खोने लगा। परन्तु अपनी नाउम्मीद-सी आवाज़ में उसने कहना जारी रखा, "जब हमने माण्डले छोड़ा, तो हमसे साफ़ कहा गया था कि इन लड़कियों को लेकर किसी तरह मिचिना एयरपोर्ट पहुँचो। हम लोग बड़ी कठिनाइयाँ पार करते हुए पहुँचे तो, मगर हमारा मिलिटरी कमांड अपने दिये वचन पर कायम नहीं रह पाया।"

क्रिस्टीना परेशान और थकी-माँदी लग रही थी। वह नज़दीक ही एक गीले पत्थर पर बैठ गयी और बहुत गहरी निराशा के साथ कहने लगी, "मिचिना एयरपोर्ट पर उस दिन जो हुआ, वह सोच-सोचकर ही मैं पानी-पानी हो जाती हूँ।"

"उसी हवाई अड्डे के चक्कर में तो हम लोग भी फँस गये।"

"कंचना, कितनी उम्मीद थी हम लोगों को... मैं अपनी इन नन्ही बच्चियों को

लेकर वहीं घण्टों रन-वे पर खड़ी थी। मुझे पूरा भरोसा था कि बस दो घण्टे में ये मेरी चिड़ियाँ सब अपने-अपने घोंसलों मे सुरक्षित पहुँच जायेंगी।"

"तो प्रॉब्लम कहाँ आयी?"

"ब्यूरोक्रेसी ने ही पीठ में छुरा भोंक दिया। उसने इन बच्चियों को पीछे धकेला और बर्मा के गवर्नर डॉरमन स्मिथ, उनकी बीवी और स्टाफ को हमारी आँखों के सामने डाकोटा एयरक्राफ्ट में बैठा दिया गया। देखते-देखते सब उड़ गये।"

"यह तो इन बड़े लोगों का छोटापन है!"

"जितना मुझसे बना, मैं उस हवाईपट्टी पर यहाँ-वहाँ दौड़ती रही। उनके सामने जाकर हाथ जोड़े और दया की भीख माँगी कि इन बच्चियों के निकलने का इन्तज़ाम करें! सब नहीं तो कम-से-कम छोटी-छोटी मासूम लड़कियों को तो निकल जाने दें, लेकिन वे ज़रा नहीं पिघले।"

"छी छी... यह तो बहुत भयानक है!"

"क्या करें! ब्यूरोक्रेसी तो पत्थर दिल है! क्या बिगड़ जाता अगर इन बच्चियों को भी वे साथ ले जाते? उस गवर्नर को वहाँ से निकालने के लिए तो बाद में भी लन्दन से पूरी स्क्वाड्रन आ जाती... लेकिन युद्ध में फँसी इन मासूम लड़कियों को संकट से उबारने के लिए कोई नहीं आया।"

बरसात की रिमझिम फिर शुरू हो गयी। किसी के पास इतना वक़्त नहीं था कि शिला पर बैठे हुए बतियाता रहे। क्रिस्टीना, कंचना, वे नन्ही लड़कियाँ और सर्कस के अभागे कलाकर तेज़ी से आगे भागने लगे।

मैडम क्रिस्टीना चलते-चलते कंचना को और तमाम बातें बताती रहीं। कंचना ने पूछा, "बदक़िस्मती से ऐसा सिर्फ़ इन्हीं बच्चियों के साथ हुआ या और भी हैं?"

"अरे नहीं, और भी स्कूल और उनके बच्चे हैं, जो इस मुश्किल में फँसे। मिचिना एयरपोर्ट पर जब मैं अपनी बच्चियों के साथ एयरक्राफ्ट को उड़ान भरते देख रही थी, तो वहाँ हैरान-परेशान भीड़ में मैंने मौलमीन के सेंट मैथ्यूज स्कूल और मेमिओ के सेंट माइकल स्कूल के अभागे बच्चों को भी देखा। उनकी भी हालत हमसे कुछ अलग नहीं थी। जहाँ तक मुझे पता है, वे भी इस वक़्त इन्हीं जंगलों के रास्तों पर कहीं आगे-पीछे होंगे।"

"मैडम, धन्य है आपका यह हिम्मत न हारने का जज़्बा।"

"कंचना, इन बच्चों ने ऐसे बम फूटते देखे हैं, मानो दिवाली या क्रिसमस पर पटाखे चल रहे हैं! इन नाज़ुक बच्चों ने अपनी आँखों के आगे इन्सानों को ऐसे जलते देखा है, जैसे जानवरों को भट्ठी पर भूनते हैं!"

"कितने बच्चे थे आपके साथ?"

"तीस लड़कियाँ थीं। जो एकदम ही छोटी थीं, आठ साल से भी कम की, कमज़ोर और नाज़ुक, हमने उन्हें रास्ते में पड़े लबाना गाँव में छोड़ दिया। वहाँ चर्च के पादरी और उनकी पत्नी ने हमसे वादा किया कि जब तक हम उन्हें वापस नहीं ले जायेंगे, वे बच्चियों की पूरी देखभाल करेंगे।"

"यहाँ, आपके साथ सिर्फ़ नौ दिख रही हैं!"

"रास्ते में छह लड़कियों को कॉलरा हो गया। वे इतनी कमज़ोर पड़ गयी थीं कि उन्हें साथ लेकर नहीं चला जा सकता था। हमें एक गाँव में नागा सरदार मिले और उन्होंने इन लड़कियों को आश्रय दिया। लड़कियों की देखभाल के लिए मैं उनके साथ अपनी छोटी बहन रोज़ को छोड़कर आयी हूँ।"

इन भीषण जंगलों की राह में क़दम-क़दम पर मिल रही मुश्किलों ने नाज़ुक लड़कियों की हालत ख़राब कर दी थी। उनके जूते फट चुके थे। कुछ के जूते ही निकल गये थे। पैरों में सूजन आ गयी थी। नाख़ून उखड़ गये थे और अंगूठों-अंगुलियों से ख़ून बह रहा था। वे लँगड़ाकर चल रही थीं। कंचना इन बातों से बेहद परेशान थी। काश! उसके पास घोड़े होते। लेकिन वे लड़कियाँ इतनी कमज़ोर हो चुकी थीं, इस बात में सन्देह था कि वे घोड़ों की सवारी कर पातीं!

वे पूरी तरह से भीगी हुई थीं। कभी बरसात उन्हें तर कर देती और बरसात रुकने पर पसीने की धारें बहने लगतीं। उनमें से किसी-किसी के पास ही बदलने के लिए दूसरा फ्रॉक था। रास्ते में आते-आते किसी चर्च से उन्हें पतले कम्बल मिल गये थे, जो प्लास्टिक की पन्नियों में लिपटे थे। ताकि गीले न हो जायें। मगर इन फटे-पुराने कम्बलों से भी खतरा था। इनमें कॉलरा या दूसरी बीमारियों के जानलेवा विषाणु छुपे हो सकते थे! इन बच्चियों को इनसे बचाने के लिए निश्चित ही कुछ करने की ज़रूरत थी।

जब अँधेरा घिरने लगा, तो वे लोग बाँस की छोटी-छोटी झोंपड़ियों की एक बस्ती में पहुँचे। वैसे वे झोंपड़ियाँ कहने भर को थीं। उनके बाँस काले पड़कर लगभग सड़ चुके थे और दीमकें उन्हें करीब-करीब खा गयी थीं। उनके दरवाज़े खुले पड़े थे और वह पूरी जगह उजाड़ लग रही थी। यह बात समझ में आती थी कि वहाँ रहने वाले उस जगह को इसलिए छोड़कर जा चुके थे कि रिफ़्यूजियों के साथ आने वाली कॉलरा, पेचिश, हाथीपाँव जैसी बीमारियों का उन्हें पूर्वाभास हो गया था। निश्चित ही वे सब के सब इनके साथ तबाह हो सकते थे! इसीलिए उन्होंने सोचा होगा कि हालात सुधर जाने के बाद ही यहाँ लौटकर आना बेहतर होगा।

मुसाफ़िरों ने उन झोंपड़ियों में जगह बना ली और जिसे जहाँ जगह मिली, वहाँ पसर गया। जब से यह सफ़र शुरू हुआ था, पहली बार कंचना अपनी कम्पनी के लोगों के साथ सोने के बजाय क्रिस्टीना की झोंपड़ी में चली गयी। उसके सामने सारी नौ गोरी लड़कियाँ क्रिस्टीना से चिपकी हुई थीं। वहीं पास ही उन्होंने एक चूल्हे में लकड़ियों से आग जला ली थी और उसके इर्द-गिर्द अर्द्ध-गोलाकार लेटी थीं।

क्रिस्टीना को लगातार खाँसी के दौरे पड़ रहे थे। बीच में कोई लड़की ठण्डी से कुड़कुड़ाने लगती और कोई नींद में रोने-चिल्लाने लगती। दो लड़कियाँ अचानक सर्दी से बुरी तरह कँपकँपाने लगी। तब कंचना ने उठकर लकड़ी के दो बड़े टुकड़े आग में डाले और क्रिस्टीना को जगाया। दोनों ने उन लड़कियों को अपने सीने से चिपका लिया। फिर कुछ और लकड़ी के टुकड़े डालकर आग तेज़ कर दी।

जब लड़कियों के शरीर पर्याप्त रूप से गर्म हो गये, तो कंचना ने बर्तन में रखे चावल का पानी उन्हें दिया। लेकिन लड़कियाँ इतनी पस्त हो चुकी थीं कि उनमें अपने होंठ खोलने की ताक़त भी नहीं बची थी। आधी से ज़्यादा रात गुज़र चुकी थी। धीरे-धीरे लड़कियों की कँपकँपाहट रुक गयी और फिर सब लोग सो गये।

बरसात में सफ़र जारी था। एक बार फिर ऐसा मुकाम आया, जब हर जगह गीली थी। कंचना और क्रिस्टीना ने आधी रात में बच्चों को लिया और दूसरी तरफ़ सोने के लिए चली गयीं। जंगल की राह में पड़े किसी जानवर के शव को कोई हिंस्र पशु जैसे अधिकारपूर्वक ले जाता है, वैसे ही नींद भी दिन भर थककर चूर हो चुके इन लोगों को पीठ ज़मीन पर टिकाते ही अपने आगोश में खींच लेती थी।

अँधेरा धीरे-धीरे पिघल रहा था और जंगल के गीले पेड़ों-पत्तों पर प्रकाश क्रमशः उतरने लगा था। यही नियमित क्रम था। सुबह से शुरू होने वाली सतत भाग-दौड़। जिसमें एक-एक क़दम बढ़ना तलवार की धार पर चलने जैसा था। हर पल आँख, कान और पैरों को सजग रखना क्योंकि जंगल में किसी भी क्षण धोखा हो सकता था। लेकिन निरन्तर इसे साधते हुए मन-मस्तिष्क भारी क़ीमत चुका रहे थे।

दिन भर जंगली भैंसों, शेरों और बाघों के साथ घनी झाड़ियों से निकल आने वाले ख़तरनाक पक्षियों का डर सिर पर सवार रहता था। इसी के साथ रात-दिन चीनी बाग़ियों और हिंसक जापानी सिपाहियों का ख़तरा भी बना रहता था। ऐसे में चौबीसों घण्टे गश्त के साथ सजग रहने के अलावा कोई विकल्प नहीं था।

न दिन को चैन था और न रात के अँधेरे में विश्राम।

रात के वक़्त लाल-काली जोंकों से संघर्ष और सुबह-शाम शरीर में बड़े-बड़े डंक मारने वाले मच्छरों के झुण्ड से दो-दो हाथ मुसाफ़िरों को और शिथिल बना देते थे। मगर अब यह अहर्निश संग्राम की तरह था।

घोड़े के जैसी शरीर को तोड़ देने वाली हर दिन की भागदौड़ से रात के विश्राम के बाद मस्तिष्क भले ही बिस्तर छोड़ने को कहता, परन्तु थकी हुई हड्डियों में कोई उत्साह नहीं बचा रहता। यह सुबह क्यों इतनी जल्दी हो जाती है? लेकिन नित्यकर्म की आवाज़ कैसे अनसुनी की जा सकती है? रोजी और डॉली जागने के बाद पुरानी घास के छप्पर से बाहर निकलकर ठण्डी हवा में आयीं। बारिश की हलकी बूँदें बरस रही थीं। लेकिन शरीर धर्म रुकने की इज़ाजत नहीं दे रहा था। उन्होंने क़दम आगे बढ़ाये। आगे ऊँची और मोटी घास थी। वे निकल गयीं। तभी तारानाथ की आवाज़ आई, "चलो रेऽऽ उठो सब! ऐसे पड़े रहने से नहीं चलेगा। उठो फटाफट। समेटो सब।" ढील-पोल दिखाने का कोई मतलब नहीं था। उन्हें जल्दी-जल्दी खा-पीकर वहाँ से जल्दी निकलना ही था।

एक और सुबह हुई थी। तिरपाल के टुकड़ों की कामचलाऊ आड़ में कंचना सोई थी। अचानक उसने अपने पेट पर किसी बर्फ़ जैसी ठण्डी चीज़ का एहसास हुआ। उसके दिल की धड़कन मानो रुक गयी। क्या यह कोई साँप जैसा ठण्डा जीव है? वह झटके से उठी और लकड़ी का एक टुकड़ा आग में फेंका। आग की लपट तेज़ हुई और हल्का पीला प्रकाश फैला। उसने देखा कि एक लड़की ठण्डी पड़ चुकी है। पथरीली-कँटीली राहों और भूख के साथ एक और जान ने हिम्मत छोड़कर हथियार डाल दिए।

रुकने का कोई अर्थ नहीं था। हर बात को पीछे छोड़ते हुए लगातार आगे बढ़ते जाना था। सारे इन्सान और जानवर एक बार फिर कीचड़ से सने पथरीले कठोर रास्तों पर चल पड़े।

## 46

"ऐसी भयंकर बरसात अपने बदन पर झेल रही ये बाक़ी लड़कियाँ, क्या आने वाले दिनों में टिक पायेंगी क्रिस्टीना मैडम?" कंचना ने चिन्तित स्वर में पूछा।

बोलते-बोलते क्रिस्टीना का दम फूल जाता था। उसने अपनी साँसों को सँभाला और बोली, "माण्डले और मिचिना से मैंने लेडो, डिब्रूगढ़ और लेखापानी के

असम कैम्पों में इन लड़कियों को बचाने के लिए कई सारे मैसेज भेजे। आई बिलीव... सारा कुछ बेकार नहीं जायेगा।"

रात को आग जलाकर तापते हुए वे लोग बैठे तो कंचना ने कहा, "ऐसी भयानक बरसात और ठण्डी हवाओं से ख़ुद को बचाने का एक अच्छा इलाज मेरे पास है... बताऊँ।"

"यस, श्योर!" क्रिस्टीना ने कहा।

"हमारे देश में सह्याद्री की पहाड़ियों में शाहुवाडी और शिराला जैसे जंगल वाले इलाक़े हैं। यहाँ के जंगलों में बरसात ऐसे होती है, जैसे आसमान से झरना गिर रहा हो। चार महीने तक लगातार पानी ऐसे ही बरसता है। लेकिन इतने भीषण मूसलाधार में भी हमारे लोग तूफ़ान, आँधी और कीचड़ में बिना रुके काम करते रहते हैं। सिर्फ़ इरली के दम पर।"

"इरली क्या होता है?"

"बोलकर समझाने का तो कोई मतलब नहीं होगा। कल सुबह सामने ही इसे दिखा देंगे," तारानाथ ने जवाब दिया।

अगले दिन रास्ते में बाँस का इलाका पड़ा। तारानाथ ने कुछ पतले बाँस लिए और उन्हें ऊपर से नीचे तक पतली खपच्चियों में छील दिया। इसके बाद पाँच-छह लोग काम पर लग गये और उन्होंने उन खपच्चियों को एक-दूसरे में बुनना शुरू कर दिया। थोड़ी ही देर में बाँस की उन एक-दूसरे में गुँथी खपच्चियों से सिर से लेकर पैर तक ढँकने वाला एक खोल तैयार हो गया। सौभाग्य से थोड़े आगे चलकर उन्हें चौड़ी पत्तियों वाले पेड़ मिले, जिन्हें बाँस के बने खोल पर, ऊपर से नीचे तक टांक दिया गया। इससे एक बढ़िया छप्पर तैयार हो गया। जो एक आदमी को सिर से पैर तक, उसके कन्धों और बाँहों को भी पूरी तरह ढँक लेता था। देखते-देखते वहाँ सात-आठ इरली भी बना ली गयीं।

उस दिन लड़कियों ने इरली का पूरा फ़ायदा उठाया और पूरे समय ढंकी रहीं।

उन जंगलों में एक ख़ास बात यह हुई कि सर्कस की पूरी टीम को उन परदेसी बच्चियों से बड़ा लगाव हो गया। जब बरसात हलकी पड़ जाती तो दगडोबा, महालिंग और तारानाथ जैसे हट्टे-कट्टे मर्द इन नन्हीं बच्चियों को या तो गोद में उठा लेते या फिर कन्धे पर बैठा लेते। उन्हें इस तरह लिए वे मीलों चलते। हालाँकि जब तेज़ बरसात होती तो इन बच्चियों का बोझ उठाकर चलना मुश्किल हो जाता था।

दुर्दैव से इस बार हुकवांग घाटी और ब्रह्मदेश के शेष उत्तरी इलाकों में बरसात कोई पाँच हफ़्ते पहले ही शुरू हो गयी। तब से एक महीना गुज़र चुका था।

प्रचण्ड बरसात की वजह से पूरे जंगल में हर तरफ़ घनी और ऊँची घास लहलहा रही थी। रास्ते पूरी तरह से गीले थे और पेड़ पानी से तर-ब-तर। ऐसा लगता था कि इन बातों के मुक़ाबले इन्सानों पर एक के बाद एक आते संकट, उनका हौसला तोड़ने के लिए पैदा हो रहे हैं। वह नन्ही श्वेत लड़कियाँ अब परिवार बन चुकी थीं। उनकी नजाकत भरी तकलीफ़ों और दुख-दर्द के साथ, उन्हें बचाकर निकाल ले जाने की जिद ने कम्पनी वालों की तेज़ रफ़्तार में थोड़ी मुश्क़िलें पैदा कर दी थीं।

अब बीच में उन्हें कुछ अधिक रुकना पड़ता था। हर बार रुकने के साथ यह चिन्ता और डर पहले से अधिक बढ़ जाता था कि पहाड़ी नदियों का उफान कहीं बाढ़ में न बदल जाये। एक बार अगर बाढ़ आ गयी तो फिर दो-तीन महीने से पहले नदियों का पानी नीचे नहीं उतरेगा। बाढ़ से उफनाई नदियों के इस तरफ़ तो किसी भी हाल में नहीं रुका जा सकता था। हर व्यक्ति को अगर मुट्ठी भर अनाज भी लगा तो वह साढ़े तीन सौ पेटों के लिए इन जंगलों में कहाँ से आयेगा! ऐसे में विकल्प एक ही था कि चाहे जितना थकें, चाहे जितना ख़ून बहे, चाहे जितना दर्द बढ़े, रुकना नहीं है। चलते जाना है।

क्रिस्टीना की सेहत लगातार तेज़ी से बिगड़ती जा रही थी। उसकी हालत बता रही थी कि वह इन परिस्थितियों में ज़्यादा लम्बे समय ज़िन्दा नहीं बच पायेगी। नन्ही प्यारी बच्चियों को अपने से दूर भेजने में चाहे कितनी तकलीफ़ क्यों न हो, उनके लिए कोई सुरक्षित ठिकाना तलाश करना ही होगा। चार दिनों की चिन्ता और भाग-दौड़ के बाद ऐसा लगा कि ईश्वर स्वयं मदद करने के लिए आ गया। रास्ते में एक छोटा-सा गाँव मिला। एक बड़ी नदी के किनारे, दूर तक फैली हरियाली के बीच एक चर्च भी नज़र आ गया। जंगल के बाँस, हाथी घास और वहाँ की मिट्टी से वह इमारत खड़ी की गयी थी। हालाँकि निरन्तर बरसात की वजह से चर्च की दीवारों और छत पर मोटी काई जम चुकी थी।

कम्पनी के कुछ ज़िम्मेदार लोग क्रिस्टीना के साथ गये कि चर्च से कितनी मदद मिल सकती है। चर्च के संरक्षक फादर डिकोस्टा एक अनुभवी इन्सान थे। अपनी चमकती सुनहरी दाढ़ी और भरे हुए गालों से वह काफ़ी दोस्ताना नज़र आ रहे थे। इस दूरदराज के दुर्गम जंगली इलाक़े में कारेन, कचिन और नागा जाति के लोगों के बीच ईसाई धर्म का प्रचार करते हुए उन्हें लम्बा गुज़र चुका था। उन्होंने अपने मोटे काँच वाले चश्मे के अन्दर से कंचना और क्रिस्टीना को देखा। फिर उस शाम वे तीनों चर्च के दालान में देर तक चर्चा करते रहे।

फादर डिकोस्टा ने आठ लड़कियों को लाड़ से अपने नज़दीक बुलाया और उनके गालों पर प्यार से हाथ फेरा। ढेर सारा आशीष दिया। लेकिन फिर वह अचानक नाराज़ होकर डाँटने लगे, "तुम लोगों की बेवकूफी मुझे समझ नहीं आती। अगर तुम्हें पागलों की तरह इन जंगलों से गुजरने का ही जोखिम लेना था, तो क्यों वहाँ से जल्दी नहीं निकले?"

"हम ऐसा कैसे कर सकते थे, फादर?"

"मतलब?"

"आपका ब्रिटिश एडमिनिस्ट्रेशन पूरी तरह कन्फ़्यूज है और वो कमअक्ल मिलिटरी बॉस तो लोगों की ज़िन्दगी से खेल रहे हैं। फ़ैसलों को लेकर कभी हाँ कभी ना करते रहे। फिर फ़ैसले लिए भी, तो उनमें इतनी देर लगा दी कि उनकी वजह से हज़ारों निरपराध लोग माण्डले और मिचिन की जापानी बमबारी में मारे गये। बचे हुए, जंगलों के रास्ते से भागे। वहाँ भी जोंक, मच्छर और दूसरे कीड़े-मकोड़ों के साथ पेचिश और कॉलरा ने उनकी जान ले ली।"

फादर डिकोस्टा की आँखें फैलकर चौड़ी हो गयीं। उन्होंने बाँस की खपच्चियों से बनी चर्च की छत पर नज़र डाली। फिर चिन्ता और उत्तेजना भरे स्वर में बोले, "वाकई, तुम लोगों के पास आगे बढ़ने के सिवाय कोई रास्ता है भी नहीं। लेकिन हर हाल में अपना बहुत अच्छे से ख़्याल रखना। ये इतना बड़ा और घना जंगल जरा भी निरापद नहीं है। चीनी आर्मी के क़रीब पाँच हज़ार भ्रष्ट सिपाही इन जंगलों में खुले घूम रहे हैं। सारे के सारे एकदम जानवर हैं... जैसे जंगली भैंसे। बर्बर और क्रूर!"

"बाप रे!"

"और तुम लोगों के साथ ये छोटी बच्चियाँ सफ़र कर रही हैं! मैं देख रहा हूँ कि तुम्हारे संग साठ-सत्तर औरतें भी हैं। आई वॉर्न यू, दे जंप ऑन वूमेन फ्लैश लाइक वाइल्ड डॉग्ज! नो पिटी... ज़रा भी दया नहीं दिखाते वो?"

फादर डिकोस्टा से बातें करते हुए, बीते कुछ दिनों की दुखद घटनाओं की काली छायाएँ उनके मन को नोंच रही थीं। क्रिस्टीना की लगातार बिगड़ती तबीयत उनकी चिन्ता को बढ़ा रही थी। उसके साथ अगर ये फादर ब्रिटिश लड़कियों की भी सुरक्षा की ज़िम्मेदारी ले लें, तो सर्कस कम्पनी के सीने से बड़ा बोझ उतर जायेगा। जब कंचना ने यह प्रस्ताव फादर डिकोस्टा के सामने रखा तो उनके मुँह से निकले शब्द किसी पवित्र मन्त्रघोष की तरह मालूम पड़े, "आफ्टर ऑल, सर्विस ऑफ़ मैनकाइंड इज़ द ग्रेटेस्ट ऑफ़ ऑल गॉस्पेल्स। फूलों जैसी इन नाजुक बच्चियों की देखभाल से बढ़कर प्रभु की सेवा क्या होगी। लेकिन क्या तुम लोगों को पता है कि

इस जंगल में, इतनी दूर एक मिशन को चलना कितना महँगा पड़ता है। फिर भी मैं ऐसे पुण्य काम के लिए कैसे इन्कार कर सकता हूँ?"

पादरी थोड़ी देर के लिए ख़ामोश हुए और फिर गहरी साँस छोड़ते हुए बोले, "आई एम फुली अवेयर अबाउट द स्टेटस एंड फाइनेंशियल कंडीशंस ऑफ़ द इंडियन सर्कसेस। तुम लोग ख़ूब पैसा कमाते हो। शायद तुम लोग इंडिया के रिचेस्ट लोगों में से हो।"

"ऐसी कोई बात नहीं है फादर," कंचना ने कहा।

"ऐसा कैसे नहीं है? एक ऑर्डनरी इंडियन के वास्ते मुर्ग़ा पालना भी मुश्किल है और यहाँ तुम लोगों के पास इतने बड़े-बड़े जानवर हैं! शेर, चीता और हाथी जैसे!"

"हमारी जानवरों वाली इस सारी दौलत का कत्ल कर दिया, फादर। समय ने हमें भी कंगाल कर दिया है।"

"हाँ, लेकिन अमीर कोई रातो रात कंगाल नहीं हो जाते! सच है कि नहीं?"

फादर डिकोस्टा के शब्दों ने सुनने वालों को उलझन में डाल दिया। सबके चेहरों पर जब हवाइयाँ उड़ती देखीं, तो पादरी ने कहा, "आख़िरकार, ये लड़कियाँ मेरे साथ इस जंगल में रहेंगी। उनकी अच्छे ढंग से परवरिश करना, कोई आसान काम तो है नहीं। सही ढंग से उनकी देखभाल करने का ख़र्च तो आयेगा ही। ऐसे में तुम लोग कुछ पैसा चर्चा के खाते में जमा करा दो।"

"लेकिन पैसा है किसके पास!" कंचना ने कहा।

"अरे, कैश चाहिए ऐसा मैंने कब कहा? आई विल प्रेफर गोल्ड ऑल्सो! आजकल समुद्री व्यापारियों, अफीम के कारोबारियों और तुम सर्कस वाले लोगों के पास तो जवाहरात, रूबी और गोल्ड ही मिलता है।"

बहुत सारी बातचीत और कई सारी हाँ-ना के बाद, अन्त में यह तय हुआ कि लड़कियों को फादर डिकोस्टा के पास छोड़कर ही आगे बढ़ना चाहिए। खुले आसमान की छत के नीचे लगे सर्कस कैम्प में लौटने के बाद लड़कियाँ बहुत घबराई हुई थीं। सारी लड़कियाँ रात को नवजात शिशुओं की तरह, कंचना और क्रिस्टीना से चिपककर सोई थीं।

जब काफ़ी रात गुज़र गयी तो कंचना के कानों में क्रिस्टीना की फुसफुसाहट पड़ी, "तुम जागी हुई हो कंचना?"

"मैं सो कैसे सकती हूँ? बस, यही सोच रही हूँ कि इतनी प्यारी बच्चियों को पीछे छोड़कर आगे कैसे बढ़ पाऊँगी।"

कुछ देर ख़ामोश लेटी रहने के बाद क्रिस्टीना ने घुटी हुई आवाज़ में कहा, "डिअर सिस्टर कंचना, आई एम अ हेल्पलेस ऑर्डनरी स्कूल टीचर। एक कमज़ोर औरत हूँ... और उस पर भी बीमार! इसलिए मुझे लगता है कि प्रभु यीशू ने मेरी मुलाक़ात तुम्हारे जैसी बहादुर और मज़बूत औरत से करा दी। कंचना, मुझे पक्का भरोसा है कि मेरी ये लड़कियाँ किसी फादर या मदर से ज़्यादा तुम्हारे पास सेफ रहेंगी।"

कंचना ने हँसते हुए कहा, "तुम इतनी क्यों खफ़ा हो रही हो पादरी पर!"

"ऐसा कैसा पादरी? फादर के चोगे में छुपा शातिर व्यापारी है वह! मेरी लड़कियों की सुरक्षा करने के बदले सोना और रूबी माँग रहा है!"

अगर सफ़र समय से ख़त्म नहीं हुआ, तो अगले ढाई महीने की घनघोर बरसात के शैतानी फँदे वाले दिन कैसे कट पायेंगे? जोंकों से भरे और गीले जंगलों में उनकी भूख कैसे शान्त हो पायेगी? एक बार उनका अनाज भण्डार अगर ख़त्म हो गया, तो कैसे वे कड़ी ठण्ड का मुक़ाबला करेंगे? क्या वे हरी घास, पत्तियाँ और हवा खाकर गुज़ारा करेंगे? भले ही मन साथ दे या न दे, शरीर की माँसपेशियाँ चाहें या न चाहें, चाहे ख़ून की उल्टियाँ हों, उन्हें हर हाल में केवल चलते रहना है।

अगले दिन की यात्रा में वह अजीब-से रास्ते में अटक गये। इतनी पोली और भुरभुरी ज़मीन कि उसमें राजमंगला के पैर अचानक एक फ़ीट गहरे कीचड़ में धंस कर फँस गये। जैसे ही वह अपना एक पैर उठाती, उसका सन्तुलन बिगड़ जाता और उस पर बैठी लड़कियाँ "ओ माई गॉड" करके चीख़ पड़तीं। जैसे-तैसे वे यहाँ से बढ़े, तो आगे और कच्ची-चिकनी-दलदली मिट्टी में उलझ गये। हाथी, घोड़े और इन्सान तक फिसल कर औंधे मुँह गिरने लगे। एक जगह तो राजमंगला का पैर ऐसी खोखली ज़मीन पर पड़ा कि उस कीचड़ में वह अपना सन्तुलन बुरी तरह खो बैठी। लेकिन अगर वह गिर जाती तो उसकी पीठ पर बैठी लड़कियाँ भी लुढ़ककर नीचे आ जातीं और उसके वज़न के नीचे कुचल जातीं। सौभाग्य से वह सर्कस की ट्रेंड जानवर थी। उसने तुरन्त अपनी सूँड़ का इस्तेमाल किया और सँभल गयी, जिससे कि बड़ा हादसा होने से टल गया।

वे जिस अगले ठिकाने पर पहुँचे वहाँ हवाएँ गीली और चुभने वाली थीं। दिन भर पैदल चलने के बाद क्रिस्टीना लगभग निढाल हो चुकी थी। कंचना ने उसके

चेहरे की लकीरों में उतर आये गहरे रंग को पढ़ लिया था। जब आधी रात गहराने लगी, तो उसकी स्थिति और बिगड़ गई। उसकी साँसें उसके गले में फँसकर अजीब आवाज़ें करने लगीं। कंचना ने अपनी हथेली उसके माथे पर रखी और पूछा, "टीचर, कोई दर्द वग़ैरह हो रहा है क्या तुम्हें? तुम्हारे किट में से कोई दवा-गोली लानी है क्या?"

"नहीं, कुछ नहीं। मैं ठीक हूँ... जैसी हूँ..."

"कॉफ़ी बनाकर लाऊं?"

"नो कंचना, थैंक्स। कंचना, इन बच्चियों के पेरेंट्स दूर... बहुत दूर हैं और उन्होंने इनको सँभालने की ज़िम्मेदारी मुझे दी थी, जितनी ताकत मुझमें थी, मैं लड़ी। जो कुछ भी सामने आया, उसका न तो अनुभव था और न ही मैंने कल्पना की थी। अब कल का कुछ पता नहीं..."

"दिल ऐसे छोटा करने से कैसे चलेगा क्रिस्टीना मैडम?"

"कल को अगर मुझे कुछ हो जाता है, तो प्लीज तुम मेरी इन बच्चियों को बचाकर ले जाना।"

सुबह हुई। कंचना ने क्रिस्टीना के लिए चूल्हे पर कॉफ़ी चढ़ाई। लेकिन इससे पहले कि वह कॉफ़ी ले जाती, क्रिस्टीना की साँसे टूट गईं। बरसते पानी में कंचना ने अपने साथियों को बुलाया। हर किसी ने क्रिस्टीना मैडम के आखिरी दर्शन किए। लेकिन दुख प्रकट करने या शोक मनाने की ऊर्जा किसी में बाक़ी नहीं थी। इसके अलावा अब उन्हें उन लड़कियों को भी समझाना-सँभालना था, जो पहले क्रिस्टीना की ज़िम्मेदारी थीं।

सबको वहाँ से निकलने की जल्दी थी। इससे पहले कि भरे हुए बादल जोरों से बरसकर पहले से तर धरती पर और कीचड़ मचा देते, उन्हें ज़्यादा-से-ज़्यादा दूरी तय कर लेनी थी। क्रिस्टीना को व्यवस्थित ढंग से दफ़न करने का समय भी उनके पास नहीं था। ज़मीन भी दलदली थी। उन्होंने जल्दी से फ़ैसला किया और पास ही गिरे एक विशाल वृक्ष की जगह बने गड्ढे में शव को रख दिया। इसके बाद जल्दी-जल्दी आस-पास के पेड़ों की छोटी-बड़ी टहनियों से उसे ढँक दिया, जिससे कि शिकारी पक्षी शव को क्षत-विक्षत न कर दें।

वे लड़कियाँ हालाँकि अभी बहुत छोटी थीं, मगर कराल काल ने उन्हें विपरीत परिस्थितियों में स्थितप्रज्ञ होने का पाठ सिखा दिया था। वे एक क़तार में खड़ी हुईं और अपनी टीचर के लिए ख़ामोशी से प्रार्थना करने के बाद आगे बढ़ गईं।

## 47

महालिंग के कन्धे पर सवार नन्हीं डॉली की नज़र अपने बायीं ओर गयी। वह तुरन्त उस तरफ़ अंगुली का इशारा करते हुए कंचना और बाक़ी लोगों को देखकर चिल्लाने लगी, "मदर, लुक देयर!"

सभी लोग रुक गये और उस दिशा में देखने लगे, जिधर डॉली की अँगुली अब भी इशारे में उठी हुई थी। सामने गीली घास पर ग्यारह मुर्दे पड़े हुए थे। इन लोगों को ऐसी लाशें देखने की आदत पड़ चुकी थी। कोई सलामत, कोई टुकड़े-टुकड़ों में, कोई सड़ी-गली, कोई जली-कुचली। लेकिन यह नज़ारा उन सबसे अलग और नया था। सारी लाशें एक क़तार में जैसे सजाकर रखी गयी थीं। उनके बदन से बह रहा ख़ून भी ताज़ा था। उनकी हत्या हुए दस-बारह घण्टे से ज़्यादा नहीं बीते थे। एक और बात यह थी कि उन सबके सिर, उनके तन से जुदा थे। किसी तेज धार वाले हथियार से एक ही झटके में छांट दिए गये।

सभी ग्यारह लाशें एक-दूसरे के नज़दीक दाईं या फिर बाईं करवट पर लुढ़की थीं। उन्हें देखकर साफ़ था कि सिर काटने से पहले उनकी आँखों पर पट्टी बाँधी गई थी और घुटने पर बैठाकर उनके हाथ पीछे पीठ की तरफ़ बाँध दिए गये थे। सामूहिक क़त्ल का यह अमानुषिक नज़ारा! मगर जैसे ही नज़र धड़ से हटकर कटे सिर पर पड़ी तो सर्कस का एक आदमी बुदबुदाया, "जा... ये तो जापानियों का काम है, हरामी!"

चीनी भगोड़े सैनिकों के साथ जापानियों के निर्दय होने के क़िस्से भी ख़ूब चर्चा पा रहे थे। अगर कोई शत्रु एजेंट या सिपाही उनके हाथ लग जाता था, तो वे अपनी पारम्परिक रीत के मुताबिक़ एक झटके में उसकी गर्दन उड़ा दिया करते थे। क़तार से सजी ये लाशें स्पष्ट घोषणा कर रही थीं, "हम जापानी समुराई, यहाँ पहुँच गये हैं!"

## 48

बहुत दिनों बाद ऐसा हुआ कि रात में बरसात नहीं थी। सूखी घास की गरमाहट में कंचना गहरी नींद में थी। तभी कोई उसकी कलाई थाम कर तेज़ी से हिलाने लगा। पास जल रही अँगीठी के हलके पीले प्रकाश में उसने देखा कि सर्कस वाली दो लड़कियों की आँखों में डर उतरा है। उनकी धीमी बुदबुदाती आवाज़ आयी,

"दीदी उठो, पीछे की झोंपड़ी में लड़कियों पर कुछ लोगों ने हमला कर दिया है।"

"लड़कियों पर!" कहते हुए कंचना एक झटके में उछलकर खड़ी हो गई। उसने जल्दी से दोनों लड़कियों को सुना। कोई पच्चीस लड़कियाँ दिन भर पैदल चलने से हुई थकान से चूर होकर पीछे की बड़ी झोंपड़ी में सो रही थीं। अँधेरे का फ़ायदा उठाकर कोई आठ या नौ सिपाही अन्दर घुस गये और अब लड़कियों की सुरक्षा तथा जान, दोनों को बड़ा ख़तरा है।

"कौन हैं ये लोग? कैसे दिखते हैं? कैसे कपड़े उन्होंने पहने हैं? किस मुल्क के हैं?"

"दीदी उनकी पलकें मोटी हैं और आँखें मिचमिची हैं। बाल बिल्कुल काले। मरे, चीनी राक्षसों जैसे दिख रहे हैं! हमने उनकी नज़र बचाकर घास-फूँस की दीवार में एक तरफ़ छेद किया और वहाँ के निकलकर तुम्हारे पास आयी हैं।"

"जल्दी चलो, इससे पहले कि वे भेड़िये हमारी लड़कियों को फाड़ खायें!"

"इरावती के किनारे जैसा एक और हादसा नहीं होने देना है, चलो!"

कंचना ने बाहर क़दम बढ़ाए और थोड़ी दूरी पर बनी झुग्गी को देखा। रात के गहरे अँधेरे में उसके कानों तक डर और बेबसी की चीत्कारें आने लगीं। उनके पास ही झोपड़ियों में सो रहे पुरुषों तक भी वे आवाज़ें पहुँचीं और वे उठकर यह देखने के लिए भागे कि क्या हो रहा है। महालिंग, तारानाथ और वामन बटुकनाथ समेत तमाम लोग इकट्ठा थे। इससे पहले कि वे हलचल या शोर करके अन्दर के सिपाहियों को सचेत कर देते, कंचना ने उन्हें तत्काल चुप रहने का संकेत दिया। "उनको ज़रा भी भनक मत लगने दो, उनके पास हथियार हैं। वे हम सबको ख़त्म कर देंगे!" वह फुसफुसायी।

उसने दोनों लड़कियों को अपने पास बुलाया और बोली, "बिल्कुल भी हिम्मत मत छोड़ो। तुमको कुछ नहीं करना है, बस वापस चुपचाप मढ़ी में चली जाओ।"

"बाप रे!"

"मुर्गियों जैसी मत डरो। तुम सर्कस वाली बहादुर लड़कियाँ हो। उनको अपने इशारों पर नचाओ। नखरे दिखाओ और अपनी अदाओं से घायल करो। उन चीनी बन्दरों को अपने जाल में फँसाओ!"

"पर दीदी..."

"चिन्ता मत करो! थोड़ी बहादुर बनो। थोड़ी देर उनका ध्यान अपनी तरफ़ लगाए रखो, बस।"

"ठीक है दीदी।"

ये दरिन्दे, जंगली और लफंगे सिपाही कुछ महीनों पहले अपनी फौज से फरार हुए थे। इन जंगलों में उन्हें जो कुछ भी मिलता–भोजन, दवाएँ, हथियार और कई बार नागा आदिवासी औरतें–वे सब कुछ लूट लेते थे। वे एक साथ मिलकर भेड़ियों की तरह टूट पड़ते और देखते-देखते सब कुछ ख़त्म कर देते। उन्होंने जब एक छत के नीचे दर्ज़न भर लड़कियों को देखा, तो उनकी हवस का खूँखार जानवर ख़ुशी से झूम उठा। अपने पंजे निकालकर नाख़ून पैने करने लगा। वे अब जंगल में आधी रात को जश्न मनाने के लिए ख़ुद को तैयार कर रहे थे।

तभी झोंपड़ी का दरवाज़ा खुला और दो लड़कियाँ अन्दर आयी। उनके होंठों पर शरारती मुस्कान थी और चेहरे पर आमन्त्रण। यह देखकर जोश से भरे सिपाहियों का उत्साह और बढ़ गया। उन्होंने अपनी बन्दूक़े एक तरफ़ रख दीं और आगे बढ़कर उन जवान लड़कियों को बाँहों में ले अपनी हथेलियाँ उन पर फिराने लगे।

एक मिनट भी नहीं बीता होगा कि बाहर से तेज़-तीखी सीटी की आवाज़ सुनाई दी। यह सुनते ही दोनों लड़कियाँ चिल्लायी, "चलो री... भागो यहाँ से" और उन्होंने तेजी से दरवाज़े की ओर दौड़ लगा दी। उसी समय एक तरफ़ की घास और पत्तियों की दीवार अन्दर की तरफ़ गिरी। हक्के-बक्के सिपाहियों ने देखा कि बाहर सर्कस के तमाम हट्टे-कट्टे मर्द अपने एक हाथ में मशाल और दूसरे में मोटे-मोटे डण्डे लिए खड़े हैं। वे पलक भी झपका पाते, इससे पहले ही वे मशालें हवा में उड़ती आईं और उनके पैरों में घास में गिर गयीं, जिससे पूरी झोंपड़ी एक झटके में भभक उठी।

जिन सिपाहियों ने तुरन्त स्थिति को भांप कर झोंपड़ी से बाहर दौड़ लगायी, उन्हें अपने हथियार उठाने और निशाने लगाने का समय ही नहीं मिला। लेकिन बाहर निकलते ही एक के बाद एक लाठियाँ उनके सिर और पैरों पर बरसने लगीं। दरवाज़े के बाहर सर्कस वालों ने नायलॉन की रस्सी का जाल बिछा दिया था। सैनिकों के बाहर निकलते ही उन्होंने वे जाल ऊँचे उठा दिये और उनमें फँसने वाले अपना सन्तुलन खोकर औंधे मुँह ज़मीन पर गिरने लगे। इसके बाद लोगों ने उन्हें उठाकर झोंपड़ी की जलती आग में फेंक दिया। हालाँकि तीन चीनियों ने अपनी बन्दूक़ों से फायर किए, लेकिन महालिंग और बाक़ी लोगों ने उन पर तुरन्त क़ाबू पा लिया और धधकती आग में फेंक कर उनकी इहलीला समाप्त कर दी।

इसके बाद की शेष रात सभी ने पास के जंगल में पेड़ों से टिककर ऊँघते हुए बिता दी। सुबह की तेज़ ठण्डी बयार बहने लगी थी। जब भी उसकी रफ़्तार थोड़ी कम होती, पास की एक जलधारा की आवाज़ तेज़ हो जाती। तभी एक पंछी की

तीखी चिहुँक सुनाई दी। ऊंघते हुए भी कंचना के कान चौकन्ने थे। पास के पेड़ की बड़ी पत्तियाँ नज़दीक ही गिर रही थीं।

"चलो लड़कियो," उसने हौले से कहा, "अब निकला जाये यहाँ से।"

तभी सुलेमान चाचा वहाँ तेज़ क़दमों से चलते हुए आये। उनके चेहरे पर चिन्ता की लकीरें थी। उन्हें देखते ही कंचना ने पूछा, "क्या हुआ चाचा?"

"मालकिन, सब कुछ जगह पर है... मगर अपना फक्कड़राव कहाँ है?" इस डरावने सवाल को सुनते ही कंचना का गला सूखने लगा।

## 49

आकाश में प्रकाश के संकेत मिलने लगे थे। कुमाऊँ घाटी के जिन पर्वतों पर घने अँधेरे का विस्तार था, वह धीरे-धीरे पिघलने लगा था और उसकी जगह हरी वनस्पतियाँ नमूदार होने लगी थीं। पत्तियों पर पड़ी ओस की बूँदों में चमक आने लगी थी। इससे पहले कि पूरा जंगल नींद से जागे, खुफ़िया पहाड़ी गश्ती दल एक चक्कर लगा आया था। बन्दूक़ लिए हुए सिपाही अपनी-अपनी जगह पर मुस्तैद थे। उनकी क़द-काठी मज़बूत थी और उनके रंग में एक हलकी पीली आभा साफ़ नज़र आती थी।

दो घाटियों के बीच यह पहाड़ी भद्दी नाक की तरह उभरी हुई थी और उसके शिखर पर जमी मज़बूत चट्टानों के बीच खुफ़िया जापानी टुकड़ी ने अपना कैम्प लगाया हुआ था।

वहाँ झाड़ियों-पेड़ों के बींच में चौड़े कन्धों वाला, जाड़े शरीर का जापानी जनरल बैठा हुआ था। उसके हाथों में एक अत्याधुनिक लम्बी दूरबीन थी, जिससे वह आस-पास के इलाक़े, जंगल-पहाड़ों पर चौकस नज़र डाल रहा था। उसका नाम था, जनरल शोजिरो लिडा। साठ के आस-पास उसकी उम्र थी। ब्रिटिश आर्मी को तबाह करने के बाद उसने इधर रंगून की लगाम अपने हाथ में ले ली थी। वहाँ से निकलकर अब वह दिन-रात इन कुमाऊँ घाटी के पहाड़ों-जंगलों की ख़ाक छानते हुए, चीनी सरहद पर हमला करने के लिए नई राह ढूँढ रहा था। जापानी लश्कर के पाँच सर्वोच्च जनरलों में लिडा शामिल था।

युद्ध से पहले, बीते कुछ वर्षों में दुनिया में शान्ति और सहयोग कार्यक्रमों की अन्तरराष्ट्रीय योजनाएँ बनती रहीं। इसकी बैठक लन्दन और पेरिस जैसे शहरों में हुईं। इस शान्ति काल में विश्व के तमाम देशों के वरिष्ठ सैन्य अफ़सरों के समूह

बनाकर, उनके लिए चार महीनों के विशेष प्रशिक्षण शिविर लगाये गये थे। यूरोपीय शहरों में आयोजित ऐसे तीन शिविरों में जनरल लिडा ने जापान का प्रतिनिधित्व किया था। नतीजा यह कि उनकी अँगरेज़ी दुरुस्त हो गयी थी और कुछ यूरोपीय दोस्तों का नेटवर्क बन गया था। यह अन्तरराष्ट्रीय अनुभव उनके आचार-व्यवहार में साफ़ झलकता था।

उनकी भारी-भरकम फ़ौजी पोशाक ख़ास तौर पर डिज़ाइन की गयी थी, जो उनके जीवन की उपलब्धियाँ भी बताती थी। उनके सिर पर चपटी जापानी टोपी, जैकेट पर वीरता के मैडल के साथ लगे रिबन बताते थे कि वह तमाम युद्धों में हिस्सा ले चुके हैं। कमर पर मोटा पट्टा था, जिसमें एक रिवॉल्वर और खुकरी जैसा धारदार हथियार हमेशा लगा रहता था। उनके पीछे कैप्टन रैंक के पाँच अफ़सर हर पल इस तरह मुस्तैद रहते थे कि जनरल की आती-जाती साँसों पर भी उनकी नज़र होती। जनरल के एक इशारे पर हुक्म बजाया जाता था। फिर चाहे वह कुछ भी हो। यही उनकी ड्यूटी भी थी।

दिन अब काफ़ी उजला हो चुका था। दूरबीन से दोनों तरफ़ की घाटियाँ, वहाँ से कुछ मील दूर तक बहती छोटी-छोटी नदियाँ और आस-पास के जंगल साफ़ दिखाई पड़ रहे थे। जनरल की पैनी निगाहें घने पेड़ों के बीच से गुज़रती संकरी पगडण्डियों का जायज़ा ले रही थीं। पास ही एक पर्वत शृंखला थी, जिसका उन्होंने बहुत बारीकी से दिलचस्पी लेते हुए मुआयना किया। सामने के पर्वत को पार करते हुए एक रास्ता सीधे दूसरी तरफ़ उतर रहा था, जो मुसाफ़िर को डाफा नदी तक ले जाता। यही वह रास्ता था, जिस पर होकर हिन्दुस्तान पहुँचा जा सकता था।

दूरबीन अत्याधुनिक होने के बावजूद, पर्वत का वह रास्ता कुछ अस्पष्ट और धुँधला नज़र आ रहा था।

तभी लिडा ने अपने डेप्युटी जनरल यानागिडा को तेज़ क़दमों से आते देखा। उसके हाथों में एक नोटपैड था, जिस पर जापानी भाषा में जल्दबाज़ी में कुछ लिखा गया था। यानागिडा ने आकर अपने साहब को एक कड़क सलाम ठोंका और सावधान की मुद्रा में खड़ा हो गया। लिडा ने अपनी भूरी आँखों की तीखी नज़रों से देखा। उसके माथे पर गहरी लकीरें खिंची थीं। भौंहों को तान कर उन्होंने दमदार आवाज़ में पूछा, "मुँह खोला?"

"नहीं सर।"

"मतलब ये बन्दी बहुत ही शातिर है और कुछ भी क़बूल करने को राज़ी नहीं है?"

"बदक़िस्मती से एक शब्द उसके मुँह से नहीं निकला।"

जनरल के गर्वीले चेहरे पर तनाव पसर गया। उसे महसूस हुआ कि क़ैदी का कुछ भी न बोलना उसके लिए व्यक्तिगत चुनौती है। वह उठकर ढलान पर चलने लगा। उसके पैरों के बूट चर्र चर्र कर रहे थे।

उस गुप्त लश्करी ठिकाने वाली पहाड़ी के चारों तरफ़ छोटी तोपें तैनात थीं। सामने कोई साठ-सत्तर खच्चर लगातार चर रहे थे। घोड़े-गधे के संकर से पैदा खच्चर में जहाँ घोड़ों जैसी तेज़ी थी, वहीं गधों की तरह बोझ उठाने की क्षमता भी थी। ऐसे ताकतवर प्राणियों की मदद से ही जापानियों को ब्रह्मदेश के जंगलों में घुसने में कामयाबी मिली थी। वर्ना इतनी वज़नी तोपों और बारूदखाने के साथ दुर्गम इलाकों में पहुँचना जापानियों के लिए सम्भव नहीं था। वास्तव में कई मौक़ों पर इन्हीं खच्चरों ने जापानी लश्कर की आबरू बचायी थी।

चलते-चलते जनरल गुर्राया, "यानागिडा, मैं इस बदमाश और अति चतुर सीक्रेट एजेंट पर ज़्यादा वक़्त नहीं बर्बाद करना चाहता। दिस डे शैल बी द लास्ट डे ऑफ़ हिज लाइफ।"

"यस सर," यानागिडा ने सिर झुकाकर कहा। फिर धीरे-से बोला, "वैसे मुझे चिन्ता का कोई कारण नज़र नहीं आता है। ब्रिटिश फ़ौज के बड़े-बड़े अधिकारियों ने रेडियो पर आकर अपने हथियार डालने की बात कही है और साफ़ कर दिया कि वे यहाँ से एक-दो महीने में अपनी पूरी सेना हटा लेंगे। ऐसे में ख़तरे की कोई बात नहीं दिखती है।"

"यानागिडा, तुम्हें क्या पता है? मेरे पास पक्की ख़बर है।"

"सर?"

"हमेशा याद रखना कि टेम्स नदी किनारे के ये बन्दर ब्रह्मदेश को कभी पूरी तरह छोड़कर नहीं जाने वाले।"

"यस सर।"

"उनकी रसद की सप्लाई कट गयी है, सिर्फ़ इसलिए वे घुटनों पर आ गये हैं। मेरे पास पक्की जानकारी है कि वे लोग फिर से ब्रह्मदेश पर ज़ोरदार हमला करने की पूरी तैयारी में जुटे हैं।"

"ये कैसे सम्भव है सर?"

"इसी तैयारी को ध्यान में रखते हुए उन्होंने ब्रिटिश और हिन्दुस्तानी फ़ौज में से अपने बाईस सबसे चालाक और बहादुर फ़ौजियों को चुनकर, ब्रह्मदेश के इन जंगलों में खुफ़िया एजेंट बनाकर भेजा है।"

"ओह!"

"मुझे लगता है कि हमने जिन लोगों को पकड़ा है, ये पक्का दुश्मन की आर्मी के कुटिल एजेंट हैं।"

बातें करते-करते वे दोनों पहाड़ी के घुमावदार रास्तों से नीचे आ गये। सामने बाँस और लकड़ी से बनाया एक मज़बूत क़ैदखाना नज़र आया। उस जंगली घेरे में अन्दर के क़ैदी दिखने लगे थे। गन्दे और घिनौने। वे जंगली बन्दरों की तरह पकड़कर रखे गये थे। महीनों से उनके बाल और दाढ़ी नहीं बनी थी। नहाने के नाम पर क़रीब पन्द्रह दिन में एक बार उन पर लकड़ी के बैरक के बाहर से ही पानी फेंक दिया जाता था। उनके बदन पर पड़े कपड़े कभी नहीं धुले और वे चीकट हो चुके थे। सब मिलाकर वे गुफाओं में रहने वाले आदिमानव की तरह दिख रहे थे।

दुर्दैव से इन क़ैदियों में दो, राघव और आकाराम जोगता भी थे। जैसे ही उन्होंने भारी बूटों की आवाज़ अपने नज़दीक आते सुनी, राघव झट से उठकर खड़ा हो गया और आकाराम हुंदके मारकर रोने लगा कि पता नहीं अब उस पर कौन-सा पहाड़ टूटने वाला है। जो कपड़े वे पहनकर चले थे, वे बहुत पहले तार-तार होकर रंगून के रास्ते में ही गिर गये थे। रंगून के नज़दीक एक जापानी टुकड़ी ने दोनों को बन्दी बना लिया था। दो महीने पहले मिचिना के पास एक गाँव, पकाकू में उन्हें जनरल लिडा के सामने पेश किया गया। तभी से उनके बुरे दिन शुरू हो गये थे।

पहले दो-तीन दिन तो जनरल ने उन्हें एक भी बात कहने के लिए मुँह नहीं खोलने दिया। धीरे-धीरे वह उन्हें लेकर सन्देह से भरते गये। एक तरफ़ तो राघव था, जिसके अन्दर दर्द को सहने की अद्भुत क्षमता दिख रही थी। निश्चित ही उसे ब्रिटिश-इंडियन आर्मी का एजेंट होना चाहिए, वर्ना वह बुरी तरह की गयी पिटाई और प्रताड़ना को झेल नहीं सकता था। दूसरी तरफ़ आकाराम जोगता, जो बेंत को देखते ही औरतों की तरह चीख़ता-रोता और देवी यल्लमा के आँगन में होने वाले नाच की तरह ता-ता-थैया करने लगता। वह गला फाड़कर चिल्लाता और कभी गालियाँ देता तो कभी शाप देने लगता। इस बेमेल जोड़ी ने जापानी अफ़सरों को अचरज में डाल दिया था।

बूटों की आवाज़ सुनते ही जब राघव उठकर बाँस के बैरक के कोने में पहुँचा, तो उसके बदन पर पड़ी ज़ंजीर और बेड़ी खनखनायी। यह उसे अब ज़ेवरों की तरह लगने लगी थी। रात को सोते वक़्त वह उसका साथ देती थीं।

दोनों को जब जनरल लिडा के सामने लाकर खड़ा किया गया, तो उस बड़े आदमी ने दया भरी आँखों से उन्हें देखा। उनके बदन पर पड़े कपड़ों पर इतनी मिट्टी

जमी थी, जैसे उन्हें कीचड़ में भिगोकर सुखाया गया हो। उनके सिर और दाढ़ी के बाल इतने बढ़ गये थे कि वे गोरिल्ला सरीखे दिखने लगे थे।

इस बार जनरल ने अपने दुभाषिये चोचो को बुलाया। दूर से देखकर ही उसका दिमाग़ इतना गर्म लग रहा था कि उसके पास खड़े सारे फ़ौजी तनाव में आ गये थे। उसने राघव को निगल जाने वाली दृष्टि से देखा और फिर पास के पेड़ की सबसे ऊँची डाल पर बैठे गिद्ध पर निगाह फेंकी। इसके बाद हलकी मुस्कान के साथ चोचो के मार्फत राघव से कहा, "देख हिन्दुस्तानी, पेड़ पर वह गिद्ध बैठा है। किसी की मौत का आभास हुआ कि वह फिर चुपचाप मुर्दे का इन्तज़ार करता रहता है। याद रख, तेरी भी मौत यहाँ मँडरा रही है। इसलिए अच्छा यही है कि सब कुछ सच-सच कबूल कर ले।"

"मगर किस बारे में, सर?"

"बस मुझे तुम इतना साफ़-साफ़ बता दो कि ब्रिटिश आर्मी की किस यूनिट से हो? तुम्हारा रैंक क्या है? बर्मी जंगलों में घुसे तुम्हारे बाक़ी बीस साथी किधर हैं? तुम लोग किस तरह की जासूसी कर रहे हो? तुम लोगों ने अपना सीक्रेट कम्युनिकेशन सिस्टम कहाँ इंस्टॉल किया है?"

"सर, पहले ही दिन से आप लोगों ने मुझे बेरहमी से मारपीट कर हरा-नीला कर डाला। मेरे बदन का कोई जोड़ नहीं बचा, जिसे तोड़ने में कसर बाक़ी रखी, मेरी खाल तक खींच ली... क्या नहीं किया मेरे साथ! मैं आपको एकदम साफ़ बताता हूँ कि..."

"हाँ, बोलो...!"

"अब चाहे मेरे दाँत तोड़ दो, मेरे गाल खींच डालो या मेरी जुबान ही मेरे गले से उखाड़ दो, मेरा जवाब वही रहेगा: मैं किसी का सीक्रेट एजेंट नहीं हूँ। मैं एक कलाकार हूँ, एक बाजीगर... और कुछ भी नहीं।"

जनरल लिडा का ग़ुस्सा एकदम भड़क गया। उनका चेहरा लाल सुर्ख़ हो गया। वह यानागिडा की तरफ़ मुड़े और बोले, "क्या यह पागल हिन्दुस्तानी समझता है कि जापानी जनरल मूर्ख होते हैं? अरे जाऽ जाकर देख कि ब्रिटिश-इंडियन आर्मी में तेरे जैसे सैकड़ों लोग उन गोरों के कैसे तलवे चाटते हैं। उनकी सेना में चाकरी करते हैं! ये लोग अपना सुनहरा अतीत भूल चुके हैं और इनकी रीढ़ की हड्डी ही ख़त्म हो गयी है। ठीक है, यानागिडा फायरिंग स्क्वाड को रेडी करो..."

कर्कश सीटियाँ जंगल में दूर तक गूँजीं और दस सिपाही अपनी बन्दूक़ों के साथ मार्च करते हुए तेज़ी से आगे बढ़े। पाँच अपने घुटनों पर बैठ गये और पाँच सीधे खड़े

रहे। वे इन्तज़ार कर रहे थे कि कब निर्देश आता है, "फायरऽऽऽ"

उसी क्षण घनी झाड़ियों के पीछे से एक घोड़े की तेज़ हिनहिनाहट सुनाई दी। इस आवाज़ से राघव के बदन में जैसे बिजली दौड़ गयी। उसे समझ नहीं आया कि वह जोरों से हँसे या फिर रोये। उसे पता नहीं किधर आवाज़ दे, लेकिन वह ज़ोर से चिल्लाया, "फक्कड़राव! फक्कड़, मैं यहाँ हूँ! मैं यहाँ... इधर!"

वह और हैरान हुआ, जब उस हरे-भरे घने जंगल में दूर से कंचना की आवाज़ आई, "राघव?? राघव किधर...???" यह आवाज़ जंगल में चारों दिशाओं में गूँजते हुए बार-बार लौटकर आ रही थी।

"इधर, कंचना! यहाँ! भगवान की दया से मैं अभी जिन्दा हूँ... लेकिन इधर मत आना... भगवान के लिए आने की कोशिश भी मत करना... यहाँ मौत का जाल बिछा है!"

"नहीं राघव... मुझे न नरक की परवाह है और न स्वर्ग की... मुझे बस तू चाहिए," दूसरी तरफ़ से फिर आवाज़ गूँजी।

"इधर मत आ कंचना... कृपा कर... मत आ!"

इससे पहले कि कोई कुछ समझ पाता, कंचना हरी झाड़ियों के पीछे से जंगल में भटकी हुई हिरणी की तरह बाहर निकल आयी और एक छलाँग में राघव के सीने से जा लगी। उसने ज़ोरों से राघव को अपनी बाँहों में कस लिया। राघव उन बाँहों में समा गया। उसके हाथ बँधे थे।

राघव ने जब फक्कड़राव को देखा तो वह समझ गया कि कंचना और बाक़ी लोगों ने उसे इस घने जंगल में कैसे ढूँढ़ निकाला। फक्कड़राव अपनी लम्बी ज़ुबान से राघव के हाथों और गाल को ज़ोर-ज़ोर से चाट रहा था। फक्कड़राव के पीछे-पीछे कम्पनी के पाँच-छह घोड़े और आये, जिनके साथ कम्पनी के कुछ पुरुष भी थे। उनके साथ आयी लड़कियाँ अब भी डर के मारे झाड़ियों के पीछे छुपी हुई थीं।

पीछे खड़े जनरल लिडा इस पूरे दृश्य को अपलक देख रहे थे। राघव और कंचना की भेंट को देखते हुए उन्होंने अपने सिपाहियों को इशारा कर दिया कि इस मिलन में कोई बाधा न डालें। जिस बन्दी को वह ख़तरनाक समझ रहे थे और जिस लड़की ने झाड़ियों में से हिरनी की तरह छलाँग लगायी थी, उन्हें इस तरह गले लगे, एक-दूसरे को सहलाते-सराहते और उनके प्यार की ऊष्मा देखकर जनरल के मन में कोई शंका-कुशंका बाक़ी नहीं रह गयी थी। वह विस्मित-चकित थे।

कुछ पल बाद लिडा की आँखें दूसरी तरफ़ तारानाथ, महादेव, गूंगा डोंबारी,

चार्ली समेत अन्य लोगों पर गयीं। हर किसी के कन्धे पर एक-एक सफ़ेद फूल के जैसी मोहक ब्रिटिश बालिका बैठी नज़र आ रही थी। ये गोरी यूरोपियन लड़कियाँ इन भूरे हिन्दुस्तानियों के कन्धों पर कैसे? जनरल के दिमाग़ में फिर उलझन शुरू हो गयी। लेकिन एक बात उनके मन में बिल्कुल साफ़ हो चुकी थी कि जिस नौजवान को वह शातिर, संवेदनहीन, फौलादी और पक्का गुप्तचर समझ रहे थे, वह एक सामान्य ज़िन्दादिल इन्सान है।

जनरल का दिल पिघल गया। उन्होंने यानागिडा को इशारा किया और राघव तथा आकाराम की रस्सियाँ-बेड़ियाँ खोल दी गयीं। कंचना तेज़ी से आगे बढ़ी और राघव के शरीर को अपनी हथेलियों से रगड़ने लगी, जिससे बदन में रक्त का संचार फिर सामान्य हो सके।

अन्ततः वह लिडा की तरफ़ मुड़ी और प्रार्थना की, "सर, आपके इस युद्ध से हमारा कोई रिश्ता नहीं है। हम तो बेचारे ग़रीब सर्कस आर्टिस्ट हैं। मेरे निर्दोष पति को आपने किसी बड़ी ग़लतफ़हमी की वजह से बन्दी बना रखा है।"

दुभाषिये चोचो ने कंचना की बात का शब्दशः अनुवाद कर दिया। इसके बाद कंचना ने रंगून में हुई फायरिंग, ब्रिटिश आर्मी के द्वारा उसके जानवरों के संहार, दिल चीर देने वाले दो हज़ार मील लम्बे सफ़र, पहाड़ों के रास्तों पर आई मुश्किलों और नन्हीं ब्रिटिश लड़कियों के उनके पास आने की पूरी कहानी कह सुनायी।

जनरल ने एक बार फिर वहाँ आये, पूरे दल की बदहाली पर नज़र डाली। कंचना की रंज़ में डूबी आवाज़ में उसने सत्य और प्रेम का आभास कर लिया था। कोई मूर्ख ही होता, जो उस पर सन्देह करता। लिडा को अपनी बुद्धिमानी पर गर्व हुआ। लेकिन उन आदमियों के कन्धों पर बैठी ब्रिटिश बालिकाओं का क्या किया जाये?

"हम्म्म्म," आखिर लिडा ने चुप्पी तोड़ी, "यही लगता है कि हमने इन दोनों को जासूस समझकर ग़लती कर दी। अगर दोनों जासूस हैं तो उनके लिए इतने सारे लोग और जानवर कैसे आ सकते हैं! उनके साथ एक औरत भी, जो इस आदमी से इतना प्यार करती है!"

"सर," कंचना की हिम्मत बढ़ी, "हम सभी पैदाइशी सर्कस आर्टिस्ट हैं। कलाबाज़ियाँ दिखाते हैं। हमारे सर्कस ने सिर्फ़ हमारे मुल्क में ही नहीं, बल्कि दुनिया के दूसरे मुल्कों में भी ख़ूब नाम कमाया है।"

लिडा ने यानागिडा और दूसरे कप्तानों से बातचीत की। जूनियर अफ़सरों के मन में छुपा उत्साह भी चेहरों पर झलकने लगा। यानागिडा के चेहरे पर चौड़ी

मुस्कान खिल गयी और वह ख़ुशी में अपनी हथेलियाँ मसलने लगा। यह देखकर लिडा अपनी हँसी नहीं रोक सके और तेज़ी से कंचना की तरफ़ मुड़े।

"लुक हियर, लेडी," उन्होंने कहा, "मैं तुम्हारी बात को सच मान भी लूँ, लेकिन जैसा कि तुम दावा कर रही हो- हम लोग सर्कस आर्टिस्ट हैं, तो कुछ ऐसा करके भी दिखाओ, जिससे तुम्हारी यह हक़ीकत सामने नज़र आये।"

"ऑफ़ कोर्स वी कैन, सर," उसने कहा और तेजी से घूम कर अपनी आँखों में चमक लिए राघव को देखा। राघव ने वह सन्देश पढ़ लिया और बदन को कुछ झटके देते हुए, कई दिनों से अपने अन्दर भरी सख़्ती को लचीलेपन में बदल दिया। फिर पास खड़े फक्कड़राव से कहा, "चल बेटा, आजा रिंग में!" उसकी सीटी के साथ ही फक्कड़राव की देह में भी विलक्षण झुरझुरी पैदा हो गयी।

घोड़े ने तुरन्त अपने आगे के दोनों पैर उठा लिए और पूँछ को ज़ोरदार ढंग से फटकारते हुए वहाँ गोल-गोल चक्कर काटने लगा। फिर हलकी उछाल भरने लगा। राघव ने जयकारा लगाया, "जय भवानी! जय कालम्मा!" और घोड़े के साथ-साथ दौड़ते हुए, उछलकर हवा में कलाबाजियाँ खाई और उसकी पीठ पर सवार हो गया। देखने वाले सन्न रह गये! उनके मुँह आश्चर्य से खुले के खुले रह गये और हाथ अपने आप तालियाँ बजाने लगे।

राघव दौड़ते हुए घोड़े की पीठ पर खड़ा हो गया और हवा में उछलकर गुलाटियाँ खाने लगा। यह ख़त्म होते ही वह घोड़े की पीठ से ज़मीन पर कूद गया, और अगले ही क्षण बिना सन्तुलन खोये फिर उछलकर घोड़े पर जहाँ था, वहीं पहुँच गया। सारे जापानी उसके बदन का यह लचीलापन, करतबों का सामंजस्य और दिलेरी देखकर अवाक् रह गये। क्या वह सचमुच इन्सान है? या फिर किसी हिन्दू देवता का अवतार है? कोई हनुमान जैसा...? ऐसी रोमांचित करने वाली घुड़सवारी देखकर जनरल लिडा भी मन्त्रमुग्ध थे। वह राघव का करिश्मा देखते-देखते अपनी कुर्सी से उछलकर खड़े हो गये और ज़ोरों से ताली बजाने लगे।

महीनों के अन्तराल के बाद राघव ने अपने बदन के साथ यह कमाल किया था। आख़िरकार जब उसका प्रदर्शन ख़त्म हुआ और वह घोड़े से नीचे उतर आया तो चार्ली और उसका बैंड भी खामोश हुआ। लेकिन कंचना ने उसे तुरन्त इशारा किया और फक्कड़राव को छेड़ते हुए बोली, "चल मेरे राजा... दिखा अब तेरा वो तड़कता-फड़कता नाच!" चार्ली का बैंड फिर हरकत में आ गया और उसने अपनी बाँसुरी होंठों से लगा ली। उसके साथ एक ट्रंपेट, दो क्लेरिनेट्स और गोह की खाल से बने दो छोटे ड्रम भी पैरों को थिरकाने वाली तेज़ झंकार से गूंज उठे। महीनों के

घोर दारुण समय के बाद ऐसा संगीत कानों में पड़ रहा था और फक्कड़राव पर देखते-देखते इसका जादू छा गया। उसका पूरा बदन लहरा रहा था और वह पूरे जोश से नाच रहा था। वहाँ खड़े बाक़ी चार घोड़ों पर भी इस जादू का असर हुआ। वे भी अपनी पूँछ लहराते और पैरों को झटकाते हुए, नाच में शामिल हो गये। इस हॉर्स-शो को देखकर जापानी इस तरह झूम उठे कि बस, उनका पागल होना बाक़ी रह गया!

इस नाच ने तो जनरल लिडा को हतप्रभ कर दिया। उनकी आँखों के सामने यह अकल्पनीय दृश्य था कि बहुत सारे आदमी दीवानों की तरह थिरक रहे थे और उनके साथ घोड़े ताल से ताल मिला रहे थे। इस जादू का असर यह था कि जूडो-कराटे और फ़ौजी वर्जिश से सख़्त हो चुके ख़ुद उनके बदन में भी तराने उठने लगे। उन्हें लगने लगा कि इसी क्षण सामने नाच रहे इन आदमियों और घोड़ों के बीच कूदकर ठुमके लगाना शुरू कर दें। बीते डेढ़ साल से पहाड़ों-जंगलों में दौड़-भाग करते हुए, बेजार सैनिकों की आत्माएँ भी प्रसन्न हो गयीं और उनमें उत्साह का नये सिरे से संचार होने लगा। उनका तन-मन जैसे फिर तन्दुरुस्त हो गया।

जब सब शान्त हो गया तो कंचना ने आगे बढ़कर जनरल से कहा, "सर, अब तो आपको भरोसा हुआ न? प्लीज़ हमारा विश्वास कीजिए। हम सब कलाकार आपके बुद्ध और गांधी जी की जन्मभूमि से हैं।"

"ओहऽ गांधीऽऽ?" कहते हुए जनरल ने अपना जलता हुआ सिगार अर्दली को पकड़ाया और जेब से बटुआ निकाला। उसमें से एक छोटा-सा फ़ोटोग्राफ़ निकालकर कंचना की तरफ़ बढ़ाया, "तुम इस आदमी को पहचानती हो?"

"पहचानती मतलब...? सर, मैं ख़ुद दो बार गांधी जी से मिली हूँ! जब मैं छोटी बच्ची थी तो मद्रास में कांग्रेस का सम्मेलन हुआ था। तब और उसके बाद दिल्ली की भंगी कॉलोनी में उनके आश्रम में। दोनों बार मेरे पिताजी अपने साथ मुझे लेकर गये थे।"

जनरल हलका हँसा और उसने दूसरा छोटा फोटोग्राफ़ निकाला। कंचना की हथेली पर रख दिया। तस्वीर देखते ही कंचना के चेहरे पर मारे ख़ुशी के मीठी मुस्कान उभर आयी। कड़क गांधी टोपी लगाये, युवा-सुन्दर चेहरा, भावुक आँखें और होठों पर खेलती मुस्कान–कंचना ने जैसे चहकते हुए कहा, "सर, ये हमारे सुभाष बाबू! सुभाष चन्द्र बोस! मैंने इनको भी मद्रास में चाचा नेहरू के साथ देखा था। सातारा के पास भी एक बार फिर इनसे ऐसे भेंट हो गयी थी, जैसे अचानक देवता के दर्शन हो जायें!"

"हाँ, हम जापानी इन्हें चन्द्रा बोस कहकर बुलाते हैं। अभी तो ये जर्मनी में हैं।

हमारे प्रधानमन्त्री टोजो और बाक़ी सीनियर अफ़सरों ने एक बहुत ही ज़रूरी और गुप्त फैसला लिया है कि इन्हें वहाँ यूरोप से बुला लेंगे और ब्रिटिशों के ख़िलाफ़ हमसे जितनी हो सकेगी, युद्ध में उनकी मदद करेंगे।"

जनरल के चेहरे से साफ़ था कि सर्कस टीम का नाच और कलाबाज़ियाँ देखकर, उनके मन की सारी शंका-बाधाएँ दूर हो चुकी हैं। वह फिर से अपने अधिकारियों से बातचीत में लग गये। उनकी बातचीत खुली थी, मगर जापानी भाषा में थी। वह भाषा किसी सर्कस वाले को समझ नहीं आ रही थी, परन्तु उन सबके हाव-भाव से साफ़ था कि अब चिन्ता की बात नहीं है।

अन्ततः कंचना की तरफ़ देखते हुए जनरल लिडा ने कहा, "जिस तरह का शो तुम लोगों ने किया, इस जंगल में हमारे सैनिकों के लिए किसी शानदार जश्न से कम नहीं था। मैं और मेरे अधिकारी इसके लिए तुम लोगों का दिल से शुक्रिया अदा करते हैं।"

"थैंक यू सर।"

"मुझे विश्वास हो गया है कि तुम सब लोग आला दर्ज़े के कलाकार हो और इसलिए मैं सभी को छोड़ रहा हूँ। लेकिन एक बात बताओ, ये जो गोरी लड़कियाँ तुम लोगों के साथ हैं, ये ब्रिटिश हैं?"

"जी सर..." कंचना की आवाज़ में थोड़ी चिन्ता उभर आयी।

"ये तुम लोगों के पास कैसे आयीं?"

"सर, इनकी स्कूल टीचर जंगल के रास्ते से इन्हें सुरक्षित हिन्दुस्तान ले जाने के लिए निकली थी। लेकिन बीच रास्ते में उसकी मौत हो गयी और उसने यह ज़िम्मेदारी हम लोगों को सौंप दी।"

"ये लड़कियाँ ब्रिटिश हैं... ऐसे में, मोहतरमा मैं तुमसे कहूँगा कि इन्हें यहाँ हमारे हवाले कर दो।"

"इन छोटी बच्चियों को आपके पास कैसे छोड़ सकती हूँ?" कंचना की आवाज़ कुछ रूखी हो गयी।

"क्योंकि ये ब्रिटिश हैं और इस वक़्त ये हमारे क़ब्ज़े में हैं! मैं जापानी सेना का जनरल हूँ और ये हमारे शत्रुओं के बच्चे हैं।"

कंचना की आवाज़ नर्म पड़ गयी, "कैसे समझाऊँ सर मैं आपको?" फिर विनम्र होकर बोली, "अगर आपकी यूनिट में कुछ औरतें होतीं, तो इन बच्चियों को आपके पास छोड़ने में मुझे ज़्यादा चिन्ता नहीं होती।"

"हम कोई बेरहम नहीं हैं, लड़की!" लिडा ने हँसते हुए कहा।

"मुझे आपका भरोसा है सर, आप जैसे सिपाही उन्हें पिता की तरह अपना संरक्षण तो दे सकते हैं, लेकिन माँ का प्यार और मौसी की तरह इनकी देखभाल कौन करेगा? इसके बिना तो इस जानलेवा जंगल में ये लड़कियाँ दो दिन भी जिन्दा नहीं रह पायेंगी।"

इस तर्क पर जनरल लिडा मुस्करा दिये। उनकी तनी हुई भौंहें कंचना की चिन्ता सुनकर नर्म पड़ गयीं। उन्होंने तुरन्त घोषणा कर दी कि वे लड़कियाँ कंचना के पास ही रहेंगी।

जैसे ही कंचना ने उन्हें धन्यवाद कहते हुए वहाँ से निकलना चाहा, जनरल ने अपने क्वार्टर मास्टर को निर्देश दिया कि कंचना की टोली को, जितने वे ले जा सकें उतने टीन फूड, बिस्कुट, अचार और दूध के डब्बे दे दिये जायें। सर्कस में इससे ख़ुशी की लहर दौड़ गयी और उन्होंने अपने लिए कम-से-कम अगले चार-पाँच दिनों का इन्तज़ाम कर लिया।

जो पैर कुछ समय पहले कठिन चढ़ाई चढ़कर ऊपर आये थे, वे अब तेज़ी से नीचे उतर रहे थे। लेकिन इस बार किसी के चेहरे पर तनाव या चिन्ता नहीं थी; चारों तरफ़ एक राहत थी और हर चेहरे पर मुस्कान खेल रही थी। कंचना का हाथ कसकर पकड़े राघव ने कहा, "कमाल का दिन है आज! सुबह मैं फायरिंग स्क्वाड के सामने खड़ा था! किसी भी पल शरीर के चिथड़े उड़ जाते! लेकिन क़िस्मत देखो, मुझे तुम्हारा ख़ूबसूरत चेहरा देखने को मिल गया!"

राघव की यह बात सुनकर कंचना जैसे सातवें आसमान में उड़ने लगी।

## 50

फरार चीनी फ़ौजियों के दुराचार की कोशिशों और फिर जापानी सेना के शिकंजे से बच निकलने का आनन्द सबके मन में था। लेकिन इस भागदौड़ में हुआ एक ज़ख़्म, सबकी चिन्ता का विषय बन गया था। एक चीनी की बन्दूक़ से चली गोली भीमकाय महालिंग की जाँघ में धँस गयी थी। घाव अब नासूर बनता जा रहा था। इस बात से सभी बेहद परेशान थे।

"काका, चिन्ता मत करो। ज़ख़्म ठीक हो जायेगा," कंचना ढाढस बँधाती।

"नहीं बेटी, इतना भयानक दर्द है कि जाँघ से उठती इसकी लहरें सीधे मेरे सिर में चुभती हैं। अब सहन नहीं होता। मुझे गोली मार और इससे छुटकारा दे दे।"

पति की यह हालत हीरा आत्या से देखी नहीं जाती। वह बुरी तरह से टूट गयी

थी। उसके रोने की आवाज़ किसी को पता न चले, इसलिए साड़ी का पल्लू मुँह में ठूँस लेती। "रे देवा, पहले ही मेरी दोनों आँखें फोड़ दीं तूने... और अब मेरे पति को ऐसे तड़पा रहा है... मैं ही किसी पेड़ से टकराकर अपना सिर फोड़ लेती हूँ... फिर ख़त्म हो जायेगा सब!"

लगभग बेहोशी की हालत में महालिंग अपनी पत्नी को क़रीब खींच लेता और अपने खुरदरे हाथ उसके सिर पर फेरने लगता। वह उसके कन्धे पर अपना सिर रख लेती और तब उसके टूटे-थके शरीर को थोड़ी राहत मिलती। वह सो जाती।

दिन पर दिन महालिंग की प्रकृति बिगड़ती जा रही थी। बरसते पानी और कीचड़ में एक-एक क़दम बढ़ाना उसके लिए असहनीय हो चला था। इसलिए दो बाँस और एक चादर लेकर स्ट्रेचर जैसी झोली बनायी गयी। जिस पर महालिंग को लिटाकर चार लोग उसे उठाये, कीचड़ में तेज़ी से बढ़े जाते थे। बीच में कहीं साँस लेने के लिए रुकने की बात ही बेकार थी। बरसात लगातार बढ़ती जा रही थी और हर हाल में जल्दी-से-जल्दी डाफा नदी को पार करना ज़रूरी था। एक बार अगर यह पहाड़ी नदी उफान पर आ गयी, तो इसे अगले कुछ महीनों तक पार करना फ़ौजियों के लिए भी मुमकिन नहीं था।

जापानियों से मिले बिस्कुट, टीन के डिब्बे में बन्ध खाना वग़ैरह अब ख़त्म होने को आ गया था। नतीजा यह कि सबको दिये जाने वाले खाने में कटौती कर दी गयी। मुश्किल से एक मुट्ठी भात मिलता था और बाक़ी जंगल के रास्ते में जो कुछ खाने को मिल जाये। बीमारों के लिए तरल भोजन तैयार किया जाता था। ब्रेड और मक्खन पर रहने वाली ब्रिटिश लड़कियों को ज़रूर उनका भोजन मिलता क्योंकि जंगल में मिलने वाली चीज़ें खाने से उनका पेट ख़राब हो जाता था। दस्त लग जाते थे। सबके लिए बड़ी राहत की बात यह थी कि वे लोग कॉलरा के प्रभाव वाले इलाक़े से बाहर निकल आये थे।

एक रात महालिंग को बहुत तेज़ बुख़ार चढ़ गया और दर्द भी हद से पार हो गया। वह बेहद कमज़ोर हो चुका था और उसकी इस स्थिति ने पत्नी हीरा आत्या को अधमरी कर दिया था। नदी किनारे उनकी दोनों बेटियों पर हुए अत्याचार का ज़ख़्म अभी तक ताज़ा था कि चीनियों ने एक और भयानक घाव कर दिया था! "रघु दादा," कराहते हुए उसने कहा, "मुझे कुछ ठीक नहीं लग रहा है। यह रास्ता बेटियों की तरह अब मेरी भी बलि लेने वाला है!"

"नहीं, नहीं... ऐसी बातें नहीं करते!"

"सचमुच मुझे लग रहा है कि सब ख़त्म हो रहा है," महालिंग ने निराश

आवाज़ में कहा और उसकी आँखों में आँसू आ गये, "मेरे बाद मेरी हीरा का ध्यान रखना रे!"

कीचड़ के रास्ते से लथपथ पैरों के साथ सुबह सब यथासम्भव तेज़ी से आगे बढ़े जा रहे थे। सामने दैत्याकार पर्वत खड़ा था, जिसकी ऊँचाई कम-से-कम छह हज़ार फ़ीट थी। ऐसी धुआँधार बारिश में उस पर चढ़ना, देवताओं के लिए भी बहुत कठिन काम था। लेकिन बरसात रुकने तक ठहरने का विकल्प भी नहीं था। इसलिए वे सभी बिना रुके, बिना थके, आगे बढ़ते चले गये। वह संकरा रास्ता कुछ इस तरह बना था कि बीच में कभी लगता कि कोई केंचुआ धीमी गति से आगे बढ़ रहा है, तो कभी राह अचानक ऐसी सीधी खड़ी हो जाती, मानो किसी पेड़ के तने से कोई हरा साँप लिपटा हो।

काई उगने से ऐसे जंगली रास्तों को फिसलन भरा हो जाने में ज़्यादा समय नहीं लगता। चार-पाँच दिन अच्छी बारिश इसके लिए काफ़ी है। इस साल तो मौसम ने मई के जाते-जाते ही बरसात की पूँछ पकड़ ली थी। जंगल के तमाम रास्ते, पहाड़ों की क़तारें और मैदान घने-हरे हो चुके थे। बीच में कहीं पानी से भरे धान के खेत मिल जाते थे, जहाँ के रास्तों में कीचड़ के सिवाय कुछ नहीं होता था। बावजूद इसके ऐसे सपाट रास्तों पर चलने में ज़्यादा मुश्किलात नहीं आती। मगर कभी-कभी यह ज़रूर होता कि किसी इन्सान या जानवर का पैर अचानक पानी से भरे अदृश्य गड्ढे में पड़ जाता। ऐसे में गड्ढे में फँसे पैर को निकालना कई मौक़ों पर टेढ़ी खीर साबित होता था। जो सभी की अच्छी ख़ासी परीक्षा लेता था।

फक्कड़राव को छोड़कर अब उनके पास केवल चार घोड़े बाक़ी रह गये थे। उन पर लदा वज़न भी तेज़ी से कम हो गया था। तेज़ क़दमों से चलने के लिए कंचना ने बहुत सारा भारी सामान बीच रास्ते में ही छोड़ दिया था। भले ही वह कितना महँगा या ज़रूरी क्यों नहीं था। इस सामान में चाँदी के बड़े बक्से, डिब्बे, लकड़ी के सन्दूक और पेटियाँ जैसी चीज़ें शामिल थीं। इसके बावजूद जो कुछ थोड़ा-बहुत बचा था, वही अपनी पीठ पर ढोना इन बेचारे जानवरों के लिए भारी बोझ से कम नहीं था। अक्सर रास्ते में अचानक फिसलन आ जाने से वे औंधे मुँह ज़मीन पर गिर पड़ते। उनकी पीठ पर भारी सामान को सँभाले रखने के लिए उसे नायलॉन की रस्सियों से बहुत सख़्ती से बाँधा गया था। ऊँचे-नीचे रास्तों पर वह सामान निरन्तर आगे-पीछे खिसकता और इस वजह से उन्हें बाँधने वाली रस्सियाँ इन जानवरों की चमड़ी में धँस जातीं और इससे खरोंच और घाव बन जाते। तब जंगली मक्खियाँ उन पर भिनभिनातीं। खरोंचें जलने लगतीं और कई मौक़ों पर जंगल की

जड़ी-बूटियाँ भी उनके घावों को ठीक नहीं कर पातीं।

खड़ी चढ़ाइयों पर चढ़ते हुए भरी बरसात में जानवरों और इन्सानों के पसीने छूट जाते थे। भारी बरसात के कारण रास्तों पर लगातार पानी बह रहा था और चट्टानी सतहें भी काई जमने से चिकनी हो चुकी थीं। एक क़दम की लापरवाही किसी को भी इतनी गहरी खाई में पहुँचा सकती थी कि जिसका हिसाब नहीं लगाया जा सकता।

कई बार रास्तों के दोनों तरफ़ इतने घने और मज़बूत झाड़-झंखाड़ होते थे कि राजमंगला उनमें धँसते हुए आगे नहीं बढ़ पाती थी। वह अटक जाती। ऐसे मौकों पर दस-बारह लोगों को अपनी कुल्हाड़ियाँ-आरियाँ और दूसरे औजार लेकर आगे बढ़ना पड़ता। वे हथिनी के लिए रास्ता बनाते। कई बार उसके रास्ते में चौड़े-गहरे गड्ढे आ जाते, तो लोगों को आगे बढ़कर उन्हें भरना पड़ता। रास्ता समतल करना पड़ता। तब वे सब आगे बढ़ पाते।

राजमंगला के लिए ये विचित्र और परेशान करने वाले दिन थे। बीते दो दिनों से वह पेचिश से ग्रस्त थी। उसके भारी-भरकम शरीर से पानी जैसा पतला द्रव सतत बाहर निकल रहा था। रास्ते में दो बार उन्हें इसलिए रुकना पड़ा कि मक्खियों और मच्छरों ने उसका जीवन दूभर कर दिया था।

अगली सुबह हालाँकि कुछ बेहतर थी। कल की तुलना में आज बरसात की झड़ी कम थी। लेकिन राह उतनी ही फिसलन भरी और कठिन थी। सामने खड़ी चढ़ाई थी। उन्हें पहाड़ी का शिखर दिखाई दे रहा था। उन्होंने पूरे जोश के साथ क़दम बढ़ाये। मगर वहाँ पहुँचते ही हैरान रह गये कि आगे एक दूसरा शिखर मौजूद था। इसे पार किया तो अगली टेकरी और इसी तरह से आगे उतार-चढ़ाव मिलते चले गये। ...और कितना यही सफ़र है! कितनी पहाड़ियाँ? कितने शिखर? कितनी टेकरियाँ? यह राह कभी ख़त्म भी होगी या नहीं?

दोपहर में वह एक जगह थोड़ा-सा रुक गये। हल्का-फुल्का ही भोजन किया। किन्तु तभी बीच रास्ते में उनके सामने एक नयी मुसीबत आ खड़ी हुई। जिसे देखते ही सबके कलेजे जैसे उछलकर मुँह में आ गये। बीच रास्ते में 25 फ़ीट ऊँचा एक पत्थर किसी काले जिन्न की तरह खड़ा था। इसके पार जाना सम्भव नहीं था क्योंकि दोनों तरफ़ से इसकी सतह खड़ी और चिकनी थी। उस पर चढ़ने की कोशिश करने का सीधा मतलब, सैकड़ों फ़ीट गहरी खाई में नीचे फिंका जाना था।

हालाँकि उन्हें अपने इस डर को जीतने में ज़्यादा समय नहीं लगा। सबकी धमनियों में सर्कस वालों का रक्त दौड़ रहा था। वह विशाल चट्टान ज़रूर बड़ी चुनौती थी, लेकिन बहुत दिनों की बेकारी के बाद आखिरकार उन्हें अपनी माँसपेशियों

को आजमाने का मौका मिल गया था। अब पत्थर का वह नजारा उन्हें आकर्षक लग रहा था। उनके दिल की धड़कने तेज हो गईं। उन्होंने जल्दी-जल्दी अपने सामान में हमेशा मौजूद रहने वाली मज़बूत और टिकाऊ रस्सियाँ निकालीं। फटाफट पास से बाँस काटे और रस्सियों के साथ बाँधकर देखते-देखते सीढ़ियाँ तैयार कर ली।

सबसे पहले महालिंग को उसके स्ट्रेचर से कसकर बाँधा गया। फिर स्ट्रेचर को सीधा करके, आठ मज़बूत आदमियों ने उसे आगे-पीछे से सँभाला और तेजी से रस्सी की सीढ़ियों पर चढ़ गये। स्ट्रेचर को वे सीधा ही ऊपर तक ले गये। इसके बाद सर्कस के कुछ आदमियों ने चाय बाग़ानों में काम करने वालों की तरह टोकरियाँ अपनी पीठ पर बाँधं और लड़कियों को उनके अन्दर बैठाकर सीढ़ियों से ऊपर बढ़ गये। लड़कियों को इसमें इतना रोमाँच महसूस हो रहा था कि वह मारे ख़ुशी के तालियाँ बजाने लगीं।

इसके बाद साठ-सत्तर सर्कस बालाएँ आगे बढ़ीं, तो मारे उत्तेजना के उनकी आँखें रस्सी की इन सीढ़ियों को देखकर चमकने लगीं। सर्कस की छत के नीचे ट्रेपीज पर लहराती सीढ़ियों पर इधर-से-उधर छलाँग लगाना उनके लिए रोज़मर्रा का खेल था। जंगल के पथरीले-कँटीले रास्तों पर रात-दिन के सफ़र ने उनके पैरों के तलवों को छील दिया था। उनके तन-मन को जैसे पंख लग गये। उन्हें लगा जैसे कई कोस तक मुक्त आकाश के तम्बू के नीचे आज खेल हो रहा है। इस विचार के साथ ही उनके भीतर जैसे बिजली कौंध गयी और वे सभी हँसती-मस्ती करती और मारे ख़ुशी के चीख़ती हुईं रस्सियों से पार हो गयीं। उनके ठिकाने पर पहुँचने के बाद पुरुषों ने बूढ़ी आयाओं को अपने कन्धों पर बैठाकर दूरी पार की

एक बार जब वे सभी ऊपर पहुँच गये, तो उन्होंने सामने विहंगम दृश्य देखा। गहरी खाइयाँ, बहती नदियाँ, ऊँचे झरने और मीलों तक फैले हरे मैदान। उनकी ख़ुशी का पारावार न था। लेकिन जब उनकी निगाहें चट्टान के नीचे मौजूद, फक्कड़राव समेत पाँच घोड़ों और 3000 किलो की राजमंगला पर पड़ीं, तो उनके होश फाख़्ता हो गये। पहाड़ को अपने कन्धों पर उठाने की कल्पना से ही उनके बदन ठण्डे पड़ गये। उनके गले सूख गये और हाथ-पैर काँपने लगे।

सबका हाल, बेहाल देखते ही कंचना तुरन्त चिल्लायी, "अरे चलोऽऽ तुम सबके चेहरे क्यों लटक गये? भूल गये कि तुम्हारे अन्दर कृष्णा, कोयना और वारणा का पानी है! दिखा दो चीन और ब्रह्मदेश की धरती के पानी को कि हम किस मिट्टी के बने हैं! किस पानी की धार हमारे अन्दर बहती है! रुके क्यों हो? कोई नहीं रोक पायेगा हमें!"

सर्कस वाले तुरन्त उठकर खड़े हुए। रास्ते में मिलने वाले पहाड़ों और नदियों का अन्दाज़ा लगाते हुए, उन्होंने अपने साथ बहुत सारे मोटे कपड़े और रस्सियाँ रख ली थीं। स्टॉक बहुत था। राघव और कंचना ने ज़ोर देकर छह-छह फीट लम्बे लोहे के कुछ खम्भों का बोझ भी रखवा दिया था। सारे हेल्पर फटाफट काम पर लग गये और उन खम्भों को नट-बोल्ट से जोड़कर 12-12 फ़ीट के पाँच खम्भे बना लिए गये। उन्हें एक-दूसरे के समानान्तर रखने के बाद, उन पर बाँस कसते हुए, एक चौड़ा पाट जैसा बना लिया गया। जो इतना मज़बूत था कि हाथी का बोझ भी सह ले।

उनके पास इतने पुरुषों का बाहुबल था कि वे उस मज़बूत पाट को नीचे से ऊपर खींच सकते थे। योजना यह बनी कि एक बार में एक जानवर को ऊपर लाया जायेगा। जानवरों को कसकर रस्सियों से उस पाट से बाँधा गया। घोड़ों की आँखों पर मोटे कपड़े बाँध दिये गये, जिससे वे अपने पैरों के नीचे से छूटती ज़मीन को देखकर हड़बड़ाहट और डर के मारे उछल-कूद न मचाने लगें। इस तरह एक-एक करके पाँच घोड़ों को ऊपर खींच लिया गया।

ऊपर लाने के बाद फक्कड़राव की आँखों से पट्टी हटा दी गयी। उसने झाँककर नीचे चट्टान के तल पर खड़ी राजमंगला को देखा। जब से वह राजमंगला को जानता था, तब से पहली बार वह उसे डरी हुई दिखाई दी। फक्कड़राव मारे ख़ुशी के हिनहिनाया और अपनी आँखों की चमक से उसने राजमंगला को इशारों में कहा, "रे सखी, तू डर मत! यह चढ़ाई जितनी कठिन दिख रही है, उतनी है नहीं।" राजमंगला के दिल तक अपने दोस्त की आवाज़ पहुँच गयी। जब वह कम्पनी छोड़कर भागने के बाद माण्डले के बाज़ार में नज़र आयी थी, तब भी वह ऐसे ही हिनहिनाया था। वह अचानक किसी देवता की तरह उसके सामने प्रकट हुआ था और ख़ुशी के उस पल को वह कभी नहीं भूली थी।

हथिनी को 25 फ़ीट ऊँची चट्टान पर खींच लेना एक अलग ही दुष्कर चुनौती थी। चौड़े पाट पर राजमंगला को चढ़ाने के लिए कंचना ख़ुद उतरकर नीचे पहुँची। उसने हथिनी की पीठ को थपथपाया और भरोसा दिलाया कि पाट समेत रस्सियों से बाँधने पर वह सुरक्षित रहेगी। दगडोबा लोहार होशियार इन्सान था। कंचना हजार बार उस पर बरस चुकी थी कि वह क्यों हथिनी के पैरों में पड़ी लोहे की ज़ंजीरों को काट नहीं देता। लेकिन वह हर बार इसे नज़रअन्दाज़ कर जाता। अब राजमंगला को पाट पर सुरक्षित रूप से बाँधने में यही ज़ंजीरें काम आ रही थीं। कंचना ने तुरन्त दगडोबा की दूरदृष्टि की प्रशंसा करते हुए उसे धन्यवाद दिया, "दगड़ू दादा, अगर

तुमने अपनी बुद्धि का इस्तेमाल नहीं किया होता तो आज हमें अपनी प्यारी राजमंगला को इन्हीं जंगलों में छोड़कर जाना पड़ता!"

ऊपर गम्भीर चर्चा चल रही थी। हवा में नमी थी और वह विशाल चट्टान गीली थी। उस पर हरी काई तक जमी थी। लेकिन कोई और रास्ता भी नहीं था। राजमंगला को सुरक्षित रूप से ऊपर लाने के लिए कौशल और हाथियों जैसे बल की ज़रूरत थी। राघव ने फक्कड़राव की पीठ पर आत्मविश्वास के साथ हलकी थपकियाँ लगाई। उसके साथ दो अन्य मज़बूत घोड़ों पर जीन कसी गयी। जीन से फिर मज़बूत रस्सियाँ बाँधी गयी। जीन में बँधी इन रस्सियों को घोड़ों को वैसे ही खींचना था, जैसे बैल कुएं से पानी खींचता है। रस्सियों को फिर उस पाट के चारों तरफ़ कसकर, मज़बूती से बाँध दिया गया जिस पर से हथिनी को खींचा जाना था।

जब कंचना को विश्वास हो गया कि राजमंगला को पाट पर सुरक्षित ढंग से कसा गया है, तो वह रस्सियों वाली सीढ़ी के सहारे ऊपर आ गयी। क़रीब तीन हजार किलो वज़नी और ताक़तवर हथिनी को ऊपर खींचते वक़्त एकाध रस्सी टूट जाये, इस आशंका से इन्कार नहीं किया जा सकता था। ऐसे में ज़रूरी था कि कोई समझदार और भरोसेमंद आदमी उस पाट पर हथिनी के साथ रहे। सुलेमान चाचा ने यह ज़िम्मेदारी उठायी। एक हाथ में चाकू और दूसरे में अंकुश लिए उन्होंने राजमंगला के बग़ल में अपनी जगह सँभाल ली।

सबकी साँसें रुक गयी। सब तैयार थे। हर तरफ़ तनाव भरी ख़ामोशी पसरी थी। अचानक भीड़ में से किसी ने जोर की हुंकार भरी, "बोलो पुंडलिक, श्री हरि वरदे, श्री ज्ञानेश्वर तुकाराम महाराज की जय!" और फिर सबने एक साथ "जय!" का उद्घोष किया। पाट के साथ राजमंगला का सिर भी कसकर बाँध दिया था। वह निर्विकार-मासूम अन्दाज़ में बैठी थी। पाट जैसे-जैसे ऊपर की दिशा में हौले-हौले खींचा जा रहा था, वैसे-वैसे सबकी उम्मीदें भी खिलती जा रही थीं। जो हाथ पाट को खींच रहे थे, वे एक लय-ताल के साथ चल रहे थे। धीरे-धीरे उनकी आवाज़ें तेज होने लगीं और सबका स्वर इसमें शामिल हो गया, "दम लगा केऽऽ हईशाऽऽ जोर लगा केऽऽ हइशाऽऽ"

रस्सियों की एक जोड़ी घोड़ों पर कसी जीन के साथ बँधी हुई थी। इस बात का पूरा ध्यान रखा जा रहा था कि यह अचानक फिसल या छिटक न जाये। इस रस्सी का एक सिरा पास के विशाल वृक्ष के तने से कसकर बाँध दिया गया था। थोड़ी ही देर में, हर तरफ़ से लग रही ताक़त की वजह से वह पाट काफ़ी ऊपर आकर लगभग किनारे पहुँच चुका था। लड़कियों ने भी अब जोश में भरकर चिल्लाना शुरू

कर दिया था, “दम लगा केऽऽ हईशाऽऽ ज़ोर लगा केऽऽ हइशाऽऽ।” राजमंगला ने भी अब विजय को सूंघ लिया था और सबके उल्लास में शामिल होते हुए उसने जोर की चिंघाड़ लगायी। आनन्द की लहरियों ने जंगल में हलचल मचा दी और चारों तरफ़ की हरियाली में एक नयी बहार आ गयी।

उसी क्षण एक भीषण वेदना भरी, भयंकर चीख़ ने सबके कानों को चीर दिया। यह फक्कड़राव की दर्द में डूबी हुई आवाज़ थी। उस विशाल चट्टान के ऊपर से आती रस्सी को खींचते-खींचते वह इतना आगे बढ़ा कि जहाँ की सतह गीली और रपटीली थी। काई की फिसलन पर ख़ुद को जी-जान से सँभालने की कोशिश करते हुए उसने जब अपने खुर अड़ाने की कोशिश की, तो बोझ के मारे वह खुर ही उखड़ गया। ज़मीन पर चारों तरफ़ ख़ून ही ख़ून बिखर गया था। खुर से अब भी ख़ून फूटकर बह रहा था। मगर इसी बीच उसका सन्तुलन बिगड़ा और बाक़ी के दो घोड़े भी रस्सी में फँस कर उछले और दायें-बायें गिर गये। किसी को यह समझ नहीं आया कि अचानक यह क्या हुआ, कैसे हुआ! उन्होंने देखा कि दोनों घोड़े भी गिरकर लहूलुहान हैं और उनके शरीर के नीचे दबी सतह से ख़ून का दरिया बह रहा है।

कंचना तेज़ी से दौड़कर उस तरफ़ पहुँची और ग़ौर से देखने लगी। लगा कि जैसे उस पर बिजली गिरी! वह खड़ी-खड़ी गिर पड़ी, उसका मुँह खुला था मगर आवाज़ नहीं निकल रही थी। वह ज़ोर-ज़ोर से साँस ले रही थी। सन्तुलन खोकर फिसलने के बाद फक्कड़राव पास की एक चट्टान में फँसी नायलॉन की रस्सी में लटक रहा था। उसकी जीन से बँधी रस्सी फन्दे में बदल गयी थी। फन्दा घोड़े की गर्दन पर लगातार कसता जा रहा था। जिससे उसका दम घुट रहा था। उसकी आँखों से ख़ून बह रहा था। ऐसा लगा कि आँख के गोले किसी भी पल अपनी जगह से बाहर निकल आयेंगे। उसकी नाक और मुँह से झाग के बुलबुले छूट रहे थे।

कंचना ने आत्मा का पूरा ज़ोर लगाया और जैसे-तैसे अपनी आवाज़ वापस पायी। उसने ख़ुद पर नियन्त्रण पाया और दम लगाकर चीखी, “राघवजीऽऽऽऽ!! वह लटक रहा है!! हमारे फक्कड़राव के गले में फन्दा फँस गया है!! रस्सी काटो... रस्सी!! ऊपर से काटो... जल्दी काटो!!”

“हाँ, मैं देखता हूँ!” राघव ने पलटकर ज़ोर की आवाज़ लगायी, उसकी आवाज़ चारों तरफ़ से गूँज कर वापस लौट आयी।

“समय नहीं है... बेवकूफ़ी मत करो! काटो रस्सी... जल्दी से! अभी की अभी रस्सी काटो! नहीं तो फक्कड़राव मर जायेगा!”

"थोड़ा सा रुको! बस, थोड़ा सा रुको!" एक बार फिर पहाड़ों से टकराकर यह आवाज़ लौटी।

"किस बात का इन्तजार कर रहे हो... यू फूलऽऽ" वह इस बार गला फाड़कर चीख़ी।

"ठीक है!" राघव भी उतनी ही तेज़ी से पलटकर ग़ुस्से में चीख़ा, "मैं तुरन्त रस्सी काट देता हूँ। लेकिन ध्यान रखना कि पाट अभी एकदम किनारे पर ही है। यदि रस्सी काट दी तो जितनी मुश्किल से यह ऊपर आया है, अभी की अभी तेज़ी से नीचे गिर जायेगा... राजमंगला और सुलेमान गिरेंगे गड्ढे में! काट दूँ??"

प्रश्न कठिन था। समय जटिल था। कंचना अक्षरशः अपना दिमाग़ी सन्तुलन खो चुकी थी। उसे जैसे मतिभ्रम होने लगा और उसकी आँखों के आगे हज़ारों तारे चारों दिशाओं में चमकते हुए नाचने लगे। उसका पूरा बदन थरथरा रहा था। वह तेज़ी से सामने वाले पेड़ की तरफ़ दौड़ी और अपना सिर उसके तने पर ज़ोर- ज़ोर से मारते हुए रोने-चिल्लाने लगी, "ये क्या है कालम्मा आई? मेरे और कितने बच्चों की जान से खेलेगी तू? उनके बदले में तू मेरी ही जान ले ले... ले... ले ले!!"

## 51

वेदना, प्रसव-पीड़ा, चीख़-पुकार और मरणान्तक हुंकार, सब कुछ इस विकट जंगल में असाधारण रूप धर लेता था।

दोपहर के बाद बादल एक झटके में काले हो गये। नदियों-पहाड़ों पर तेजी से अन्धकार उतरने लगा। सर्कस दल ने किसी तरह असम्भव को सम्भव करते हुए राजमंगला को पाट समेत ऊपर खींच लिया था। लेकिन जैसे ही पाट से बँधी रस्सियों का तनाव ख़त्म हुआ, उसके कुछ छोर ढीले पड़ गये। इसी के साथ रस्सियों से बँधा फक्कड़राव तेज़ी से नीचे गहरी खाई में झूल गया। वह इतनी जोर से एक विशाल चट्टान पर गिरा कि तय था, उसकी पीठ अवश्य ही टूट गई होगी। उसका सिर बड़े अजीब ढंग से शरीर के एक तरफ़ लटक गया था। ऊपर से यह समझ नहीं आ रहा था कि उसके मुँह से लार गिर रही थी या रक्त झर रहा था। हालाँकि उसकी खाल सलामत थी, मगर अन्दर हड्डियाँ-पसलियाँ टूट जाने से जगह-जगह सूजन आ चुकी थी क्योंकि ख़ून अन्दर ही अन्दर जमा हो रहा था।

एक-दो झटकों के बाद फक्कड़ शान्त पड़ गया। राघव लम्बे समय से अपने

रुदन को किसी तरह रोके हुए था। जैसे ही फक्कड़ के शरीर में हलचल रुकी, वह बुक्का फाड़ कर रो पड़ा। जब कम्पनी के वरिष्ठ जनों ने तुरन्त वहाँ से निकलने का इशारा किया, तो उसने कंचना समेत उन सभी लोगों के सामने हाथ जोड़ दिये और कहा, "बस, थोड़ी देर रुक जाओ... यहाँ से निकलने के पहले, एक बार मुझे अपने लाडले फक्कड़ के चेहरे पर हाथ तो फिराकर आने दो!"

"ये कैसे सम्भव है राघवजी?" कंचना ने विरोध किया, "अगर तुम रस्सी पकड़कर नीचे भी जाओगे, तो उस पूरे काम में कई घण्टे लग जायेंगे! अपने दिल पर काबू रखो। इस रास्ते पर क़दम-क़दम पर मौत खड़ी है, जिसने हमारी सारी ख़ुशियाँ छीन ली हैं। ख़ुद को सँभालो और निकलो यहाँ से।"

राघव किसी की बात सुनने को तैयार नहीं था, मगर जैसे-तैसे उसे समझाया गया। तब जाकर वहाँ से आगे बढ़ने को राज़ी हुआ।

पर्वत शिखरों पर अँधेरा मँडराने लगा था। इस हादसे ने हर किसी को दहला दिया। हर किसी के मस्तिष्क में सबसे ऊपर बस यही ख़याल था कि इस मनहूस जगह को छोड़कर किसी पठारी जगह पर सुरक्षित पहुँचा जाये।

सन्ताप के मारे राजमंगला का चेहरा काला पड़ गया था। बाक़ी बचे दोनों घोड़े किसी हाल में एक क़दम बढ़ाने को राज़ी नहीं दिख रहे थे! फक्कड़राव की मर्मांतक पीड़ा वाली चित्कार ने उनके दिलों में गहरे घाव बना दिये थे। अनायास ही उनकी गर्दन उस दिशा में उठ जाती थी, जहाँ से उनका सरदार नीचे गिरकर चूर हो गया था। वे डर से सिहर रहे थे। उनके शरीर की सारी ताक़त और सहनशक्ति निचुड़ गयी थी। लेकिन अपने जानवरों या लोगों को अधर में छोड़ देना, कंचना के ख़ून में नहीं था। बाक़ी ज़िन्दगियों को बचाने के लिए अगर उसे दुखों के और पहाड़ भी उठाने पड़ें, तो वह पीछे नहीं हटेगी। उसने अपने दोनों हाथों में मुट्ठी भर-भरकर चारा उठाया और दोनों घोड़ों को खिलाने लगी। उसने दोनों के चेहरे प्यार से अपने कन्धों पर रख लिए और उन्हें सहलाते हुए, उनके अयालों में अँगुलियाँ फिराने लगी।

जिस प्रेम से उन्होंने इसकी प्रतिक्रिया दी, उससे स्वयं को कृतज्ञ मानते हुए कंचना अपने घुटनों पर बैठ गयी और अश्वों के पैर थाम लिए। फिर धीरे-से वह खड़ी हुई और चल दी। दोनों दुबले-पतले, जर्जर-थके हुए शोक सन्तप्त घोड़े धीरे-से घूमे और आगे बढ़ गये।

जल्द ही उन सभी ने क़दम उठाने शुरू किये, और अँधेरी घाटी निकलकर, आगे की चढ़ाई चढ़ने लगे।

## 52

दुर्दैव और दुर्भाग्य की सांकल कहीं टूटती नहीं दिख रही थी। रोज लगने वाले झटकों-फटकों के बाद भी कंचना की शक्ति क्षीण होने का नाम नहीं ले रही थी। अजीब स्थिति थी। एक तरफ़ राजमंगला को बचा लेने का असम्भव काम तो कर दिखाया था, मगर फक्कड़राव को खोकर ऐसा लगा, जैसे उसने अपने हाथ गँवा दिये हैं!

महालिंग की जाँघ में धँसी गोली से बना घाव अब सड़ने लगा था। रात को उसका बदन भयंकर रूप से तपने लगा और तीसरे दिन उसने प्राण त्याग दिये। पति को खोने के भीषण आघात ने हीरा आत्या को जड़ बना दिया। लकड़ी के लट्ठे की तरह वह एक जगह पड़ी रही। उसका चेहरा भावशून्य था। न रोयी। न आँसू निकले। न सिसकारियाँ छूटीं।

राघव और कंचना ने सर्कस के लोगों के बीच फैल रहे डर, अविश्वास और असहमतियों की शुरुआत को महसूस करना आरम्भ कर दिया था। सबके मन में अपनी जड़ों से सदा के लिए छूट जाने की आशंका पनपने लगी थी। ब्रिटिश लड़कियों को साथ रखने के विरोध में भी आवाज़ें उठने लगी थीं। कुछ लोगों ने उन्हें अपने साथ और आगे ले चलने पर आने वाले ख़तरों की बात इशारों में कही थी। वहीं अन्य का मानना था कि उन लड़कियों को साथ लेकर चलने से सबकी रफ़्तार धीमी पड़ जाती है। दगडोबा दादा उन लोगों में थे, जो कभी किसी तरह के वाद-विवाद में नहीं पड़ते थे, मगर उन्होंने भी अपनी घनी दाढ़ी खुजाते हुए कुछ चिड़चिड़े स्वर में कहा, "मालकिन! मैं भी कुछ बोलने का गुनाह करूँ क्या?"

कुछ नाराज़ लोग मौक़ा देखते ही एक पेड़ के नीचे बैठक करने को जमा हो गये। तारानाथ ने नाराज़गी दिखाई, "तुम लोग क्या कर रहे हो? हमने सुना है कि डाफा नदी तक पहुँचने के लिए यहाँ से बस कुछ दिन और चलना है। उसे पार किया कि तुम सब हिन्दुस्तान पहुँच जाओगे। लेकिन ऐसा लगता है कि तुम जानबूझकर धीरे चल रहे हो। जहाँ से हमें दौड़ना चाहिए, वहाँ हम अब रेंगने लगे हैं!"

"कंचना बेटी, हम लोग क्या थोड़ा और तेज नहीं चल सकते?" दगडोबा ने कहा।

"काका, कैसे हो सकता है ये? राजमंगला को देख रहे हो ना, कैसी बीमार और डरी हुई है। फिर हमारे साथ ये छोटी-छोटी ब्रिटिश लड़कियाँ भी हैं। नाजुक तितलियों जैसी! उनसे थोड़ी भी ज़रा और मेहनत करायी, तो वे मर जायेंगी!"

"देखा, राघव दादा! देखा ना?" पीछे से कुछ आवाज़ें उठीं। "इन गोरी चमड़ी

वाली लड़कियों के लिए दीदी के मन में कैसा प्यार उमड़ रहा है! इनके दिल का तो कुछ समझ नहीं पड़ता! अरे, जिन गोरों ने अपनी बन्दूक़ों से हमारे सर्कस के सारे जानवरों के चिथड़े उड़ा दिये, हमारा सर्कस बर्बाद कर दिया, उनकी औलादों के लिए इतनी दया क्यों दिखाना?"

"देखो, आप छोटे-बड़े सब कान खोलकर सुन लो, मैं मुल्कों की सरहदों में भेद नहीं करती। इन्सान का रंग, जाति और धर्म नहीं देखती। मेरे इस पागल दिल में अगर सबके लिए दर्द और ममता उमड़ती है, तो मैं क्या करूँ बताओ?"

"लेकिन वो क्रिश्चन हैं! ब्रिटिश..."

"यह क्या फालतू बात है राघवजी? मैं इनके लिए उस जापानी जनरल से लड़ गयी! अरे, जब लाल-गुलाबी बच्चा माँ के पेट से जन्म लेता है, तो उसके माथे पर कोई स्टैम्प नहीं लगा होता है कि ये काला है, ये गोरा है, ये हिन्दू या ईसाई है, जर्मन या जापानी है!"

कंचना की बात सुनकर सब अवाक् रह गये। लेकिन पीछे से दो-तीन लोगों ने चिढ़कर कहा, "मतलब अब हमको मरकर ही राहत नसीब होगी?"

"तुम्हें मरने की क्या ज़रूरत? हँ...! ज़रा सोचकर मुझे बताओ, रंगून में मेरी जितनी पहचान थी और वहाँ के सरकारी अफ़सरों से जो सम्बन्ध थे, तो उसमें कितना मुश्किल होता कि मेरे और राघव के लिए हवाई जहाज़ के दो टिकट कटाती और आराम से हिन्दुस्तान पहुँच जाती? अपनी जान बचाकर हम दोनों आसानी से भाग नहीं जाते! लेकिन हमारे ख़ून में ऐसे भागना नहीं है। आज परिस्थिति ऐसी विचित्र आ गयी है कि क्या करें! यहाँ राजमंगला मरने के कगार पर खड़ी, उधर हीरा आत्या ने तो अपना पूरा परिवार ही गँवा दिया है। दोनों के बदन में दो क़दम चलने की ताकत भी नहीं बची है, तो अब तुम ही बताओ कि मुझे क्या करना चाहिए?"

बैठक में फिर ख़ामोशी छा गयी। सामने खड़ी मुश्किल की कोई दवा नहीं मिल रही थी। कंचना ने सबके चिन्तित चेहरों पर नज़र डाली और बोली, "देखो, मुझे एक बहुत अच्छा रास्ता दिख रहा है। हम सबको बेकार भावनाओं में बहकर यहाँ नहीं फँसना चाहिए। इसका कोई मतलब नहीं है कि तीन सौ लोग यहीं अटके रहें, जबकि खाने के लाले पड़ रहे हैं। भुखमरी जैसी हालत है। इसलिए जो मैं कहूँगी, वह ख़ूब शान्त मन से सुनोगे न?"

"क्या?" दगडोबा ने कहा।

"राजमंगला, हीरा आत्या और इन बच्चियों के साथ मैं यहाँ पीछे रहती हूँ। इनकी तबीयत में जैसे ही सुधार होगा, मैं फटाफट पीछे आ जाऊँगी; अगर ऐसा

नहीं होता, तो हम लोग कुछ ही महीनों के लिए यहाँ अटकेंगे और फिर जो होगा देखा जायेगा!"

"लेकिन बाक़ी की कम्पनी का क्या?"

"राघवजी कम्पनी मालिक की तरह तुम्हारे साथ जायेंगे। मैं पीछे यहाँ इन लोगों की देखभाल के लिए रहूँगी। मुझे लगता है कि इस मिट्टी का पिछले जन्म का कोई कर्ज़ मुझ पर बाक़ी है।"

## 53

सुबह की तेज़ बरसात के बाद सब कुछ तर-ब-तर था। ज़्यादा सोचने के लिए समय नहीं था। ज़्यादा माथाफोड़ी न करते हुए, जल्दी निर्णय लेना बेहद ज़रूरी था।

कोई दुष्ट शक्ति थी, जो पूरी कम्पनी को निगल जाने के लिए भूखी थी। चाहे तो टुकड़े-टुकड़े करके या फिर एक ही निवाले में। बीते कुछ दिनों से आकाश में सिर्फ़ काले बादल मँडरा रहे थे। बड़ी-बड़ी आँखों से वे बार-बार नीचे देखते थे।

इस बात से कोई ख़ास फ़र्क़ नहीं पड़ता था कि आफत किधर से आने वाली है, धरती से या आकाश से। बचाव करना लगभग असम्भव था। हर तरफ़ बिखरे शवों को अपना शिकार बना लेने के बाद, अरण्य के दैत्य को मनुष्य के रक्त-मांस की लत लग चुकी थी।

कमज़ोरों और बीमारों की देखभाल का जो बोझ कंचना ने अपने कन्धों पर उठाया था, वह न केवल बहुत भारी बल्कि बेहद नाज़ुक भी था। वह हथेली पर बर्फ़ को सँभाले रहने जैसा था। हीरा आत्या चीथड़ों की गठरी की तरह सिमट कर अपने बुख़ार में तप रही थी। गोरी और बर्मी लड़कियों की हालत भी अच्छी नहीं थी। उनमें से कुछ फिर से पेचिश की शिकार हो गयी थीं। सम्भव यह भी था कि उन्हें कॉलरा ने जकड़ लिया है। इन नाज़ुक पंखुड़ियों को भारी बरसात और कीचड़ में सँभालते हुए अगले तीन दिन में कँटीले रास्तों से निकालकर ले जाना जोखिम भरा था।

राजमंगला कीचड़ भरे रास्ते के दूसरी तरफ़ पड़ी हुई थी। उसकी सूँड़ निढाल एक तरफ़ झूल रही थी। उसके पेट में कुछ भारी गड़बड़ हो गयी थी। उसके गले से आ रही कर्कश आवाज़ भी बेचैन करने वाली थी। उसकी साँस और घुरघुराहट ऐसी थी मानो लोहे के फ़र्श पर बाँस की काड़ियों की झाड़ू घिस रही हो। क्या उसे इस बात का एहसास हो गया था कि समय ने सर्कस कम्पनी पर कैसा संकट डाल

दिया है? उसे किसी बात की सबसे ज़्यादा ज़रूरत थी, तो वह दो या तीन दिन का पूरा आराम। वर्ना उसके मज़बूत खम्भों जैसे पैर टूट कर सूखी घास जैसे हो जायेंगे।

दोपहर में आख़िरकार निर्णय ले लिया गया। एक तरफ़ कम्पनी के लोगों ने अपने बचे-खुचे, टूटे-फूटे सामान को बाँधना शुरू दिया, दूसरी तरफ़ कुछ अन्य कुल्हाड़ियाँ लेकर बाँस के जंगल में निकल गये। उन्होंने कुछ मज़बूत बाँस और मोटी-मोटी टहनियाँ काटीं , उन्हें अच्छे से छाँटा और कोई बीस मिनट के अन्दर-अन्दर झोंपड़ीनुमा छप्पर बना दिया। जो रहने वाले को गर्म और बरसात से सुरक्षित रख सकता था। पेड़ की टहनियों-छालों और बाँस को आपस में कसकर गूँथ के दीवारें खड़ी की गयी। छत के लिए जापानियों द्वारा दिये गये एक बड़े से तारपोलीन का इस्तेमाल किया गया। इससे कम-से-कम बीमार बच्चों को इतनी तो सुविधा हो गयी थी कि वे आराम से लेट सकते थे, वर्ना खुले में तमाम तरह के कीड़े-मकोड़े, कीट-पतंगे और जोंकें बदन पर हमला करती रहती थीं।

ढलती दोपहर में राघव के साथ कम्पनी के लोगों ने सामने का नाला पार किया। कंचना उन सबको आगे बढ़ते, जाते देखती रही। कारवाँ लगातार घने हरे वनों वाले पहाड़ों पर चढ़ रहा था। उसने देखा कि एक जगह पर वे सभी अचानक रुक गये। शायद उनका दम फूल गया था और वे साँसों को सन्तुलित कर रहे थे। वे लोग सम्भवत: कंचना की तरफ़ भी देख रहे थे कि भविष्य में यह दृश्य उनकी स्मृति में रह जाये। कुछ देर बाद वे फिर चलने लगे और नज़रों से ओझल हो गये। वह पहाड़ी अचानक सूनी हो गयी।

कंचना के साथ अब हीरा आत्या, सात लड़कियाँ और राजमंगला ही रह गये। दो हट्टे-कट्टे तरुण भीमू और अप्पाराव, ज़िद करके कंचना की रखवाली के लिए संग रह गये। उन्होंने उसे न छोड़ने की ज़िद ठान ली। इस तरह से कुल ग्यारह जन और एक हथिनी बचे।

जब आसमान में अँधेरा उतरने लगा, तो सारा वातावरण अचानक भयानक दिखने लगा। शाम के ढलते-ढलते दिन में दूर से दिखाई पड़ने वाले पहाड़, कलकल बहती नदियाँ और झरने सब कुछ जैसे हवा में खो गये।

कंचना ने चूल्हा जलाया। वह जंगल से कुछ सब्ज़ियाँ तोड़ लायी थी। उन्हें काटकर थोड़ा लहसुन कूटा और सब मिलाकर ब्रह्मी पद्धति से "पेहीन" सूप तैयार किया। इसमें अगर नमक न भी डालें, तो लहसुन डालने से झकास स्वाद आ जाता है। गर्म-गर्म पीने में बहुत अच्छा लगता है। लड़कियों ने इसे बड़े चाव से पीया। थक कर चूर हीरा आत्या वहीं चूल्हे की गर्मी के पास पैरों को मोड़कर सो गई।

बहुत कोशिश करने पर भी वह जब नहीं जागी, तो कंचना बैठ गयी और उसका सिर अपनी गोद में रख लिया। उसने ज़बर्दस्ती उसके होंठों को खोला और कुछ चम्मच सूप मुँह में डाला। कुछ देर बाद हीरा आत्या ने करवट बदली और गहरी नींद में डूब गयी।

रात में बाहर हवा अपनी गति से बह रही थी। अचानक झोंपड़ी के दरवाज़े के बाहर एक पदचाप सुनाई दी। कोई कीचड़ के बीच चलते हुए आ रहा था। दो लड़कियों की नींद खुल गयी और वे कंचना के पास खिसक गयी। वे बुरी तरह डर रही थीं। कंचना ने उन्हें अपने सीने से लगाया। उसे नहीं लगा कि अपनी जगह से उठे और देखे कि कौन है। अपनी जगह पर बैठे-बैठे वह बोली, "दरवाज़े में कुण्डी नहीं है। दरवाज़ा धकेलकर अन्दर आ जाओ।" फूँस का वह दरवाज़ा खुला और राघव अन्दर आ गया। सिर से पैर तक तर-ब-तर और थकान से चूर। उसे देखकर लग रहा था कि पता नहीं कितनी नदियाँ, कितने पहाड़ लाँघकर आया है।

राघव ने अपने बदन को झाड़ा और एक सूखे कपड़े से ख़ुद को पोछा। फिर आगे बढ़कर जलते हुए चूल्हे के नज़दीक पहुँचा और हाथ तापने लगा। आधी नींद में लड़कियों ने उसे देखा और उनके चेहरे खिल गये। उसके इस तरह अचानक चले आने से वीरान जंगल की इस झोंपड़ी में अपने आप एक चमक आ गयी थी।

"अहो, उन लोगों को कम-से-कम नदी के किनारे तक तो छोड़कर आना चाहिए था!" कंचना ने बनावटी डाँट लगाते हुए कहा।

"अरे मैं क्या करता, हमारी कम्पनी की लड़कियों ने क्या हंगामा किया," राघव बताने लगा, "वो सब मुझ पर बरस रही थीं कि तुम हमारी प्यारी दीदी को बीच जंगल में अकेले छोड़कर हमारे साथ कैसे चले आये! दीदी तो उनके लिए सब कुछ है, मैं कुछ नहीं! लड़कियाँ किसी की सुनने को ही तैयार नहीं थीं..."

"रास्ते में उन सबका क्या होगा?"

"तुम चिन्ता मत करो। मैंने तारानाथ और दगडोबा को रास्ते के लिए भरपूर पैसे और कुछ सोना दिया... और फटाफट वापस आ गया।"

कंचना हलके-से हँसी। राघव को समझ नहीं पड़ा। उसने खरखराती आवाज़ में पूछा, "क्यों... क्या तुमको मेरा वापस आना अच्छा नहीं लगा?"

"ऐसा कैसे कह सकते हो राघवजी? कैसे बताऊँ कि मैं कितनी ख़ुश हूँ अब? क्या तुम्हें नहीं पता कि मेरी तकलीफ़ों और दुख-दर्द को तुम्हारी ही छाँव में आराम मिलता है?"

# 54

दो रातों तक वे सभी सिर्फ़ पेहीन और चावल का पानी पीकर सोते रहे। इसकी अगली सुबह जागे तो राघव ने भीमा और अप्पाराव को साथ लिया। तीनों जंगल में गये और कुछ मज़बूत बाँस तथा पेड़ों की मोटी-मोटी टहनियाँ काटकर ले आये। उन्होंने झोंपड़ी के साथ एक और छप्पर जोड़ दिया, जिससे राजमंगला के लिए छत के नीचे आराम से बैठने की अपनी जगह बन गयी।

दोपहर में माँड पीते हुए राघव ग़ौर से राजमंगला को देख रहा था। वह बैठी-बैठी अप्पाराव का दिया गीला चारा धीरे-धीरे चबा रही थी। ऐसे गीले और ठण्डे मौसम में, पानी से भीगा हुआ चारा जानवर के लिए ठीक नहीं। वह दिमाग़ दौड़ा रहा था कि आख़िर क्या किया जा सकता है। उसे कुछ और खाने को मिलना चाहिए। उसने फिर दोनों लड़कों को आवाज़ लगायी और कुल्हाड़ी सँभालते हुए तीनों जंगल में चले गये। साँझ होने से पहले आख़िर कंचना के कानों में राघव की चहकती हुई आवाज़ सुनायी पड़ी। वह झोंपड़ी से बाहर निकली तो देखा कि वे तीनों हरे केले के पेड़ों के तने और पत्तियों के गट्ठर सिर पर बाँधे हुए खड़े हैं। यह नजारा देखकर वह भी ख़ुश हो गयी। राजमंगला को जैसे ही केले के पेड़ की ख़ुशबू आई, वह किसी स्प्रिंग वाले खिलौने की तरह उछलकर खड़ी हो गयी। उसने अपने बदन को झटकारा। इन्सानों को जैसे स्वादिष्ट भोजन मिल जाये तो वह ख़ुश हो जाते हैं, वैसे हाथी को हरी पत्तियाँ मिल जायें तो वह झूमने लगता है। उस शाम राजमंगला ने आराम से अपना भोजन किया और निश्चिन्त होकर सो गयी। उसके चेहरे पर मुस्कान थी।

तीसरी सुबह वे सभी अपनी-अपनी चादर में लिपटे आराम से पड़े अलसा रहे थे। महीनों से लगातार चल रहे उनके पैरों को पूरे दो दिन का आराम मिला था। पैरों में पड़ चुकी गठानें ढीली पड़ रही थीं। अचानक जंगल में बहुत सारे पंछियों का शोर सुनाई पड़ा। इसका मतलब यही होता है कि उनके आस-पास कोई साँप, अजगर या कोई शिकारी जानवर निकल आया है। लेकिन झोंपड़ी में रहने वालों के कान अनुभवी थे, उन्हें आभास हो गया कि यह शोर कुछ अलग तरह का है। वे समझ गये कि पक्षियों के इस तरह उड़ने का संकेत है कि आस-पास कोई बड़ी हलचल हो रही है।

उत्सुकतावश वे सभी बाहर निकल आये। झोंपड़ी खाली हो गयी। वे पास के ही एक टीले पर चढ़कर, उस तरफ़ देखने लगे जिधर से उड़ते हुए पंछियों का शोर

उठा था। जंगल के हरे पेड़ों-पत्तों के बीच से होती हुई उनकी नज़रें ठहरीं, तो वे लोग दृश्य देखकर हैरान हो गये। ब्रिटिश-इंडियन आर्मी के क़रीब बीस सिपाही थे और ऐसा लगता था कि उनके पीछे इतने ही और भी होंगे। इन सबके बीच में बाँसों के बने एक पाट पर भव्य कुर्सी रखी थी। कुर्सी को पाट से कसकर बाँधा गया था। जिस पर एक मोटा-तगड़ा, सुनहरे बालों वाला अजगर जैसा इन्सान क़रीब-क़रीब पसरा हुआ था। उसके बाल लम्बे और बिखरे थे तथा उसकी दोनों भौंहें भी मोटी-घनी थीं। वह चुरुट खींचते हुए आराम से अपने में खोया था। कुर्सी लादे हुए उस पालकीनुमा पाट को क़रीब पन्द्रह लोग ऊबड़-खाबड़ रास्ते पर मिलकर ढो रहे थे।

उस कुर्सी को ढोने के लिए जिन लोगों को बहुत सावधानी से चुना गया था, वे स्थानीय नागा जनजाति के थे। एक-एक आदमी छह फ़ीट ऊँचा, मज़बूत और हट्टा-कट्टा। इन जंगलों तथा इनके रास्तों से वे ख़ूब परिचित थे और मुँह माँगी क़ीमत पर उन्हें लाया गया था। इसी क़ाफ़िले में ऐसी ही दो और कुर्सियाँ पाटों पर रखी आगे बढ़ रही थीं। लेकिन वे आकार में छोटी थीं। उनमें से एक पर ब्रिटिश उच्चकुलीन मेमसाब बैठी थीं। सब मिलाकर कोई अस्सी से नब्बे जनों का कारवाँ था। वे पर्याप्त मात्रा में रसद और खाने-पीने की चीज़ों के साथ आगे बढ़ रहे थे।

उनके चेहरों को निहारते हुए अचानक कंचना को याद आया कि आखिर इस व्यक्ति को पहले कहाँ देखा है। मिचिना की एडमिनिस्ट्रेशन बिल्डिंग की सीढ़ियाँ चढ़ते-उतरते उसने देखा है, भले ही दूर से। अचानक वह चिल्लायी, "डीसी, ये डीसी है! डेप्युटी कमिश्नर ऑफ़ मिचिना!"

वह शोर सुनकर छोटी-छोटी बच्चियाँ भी वहाँ दौड़ी चली आई थीं। इस भयानक जंगल की दुरावस्था में यह दृश्य किसी सपने सरीखा था। न केवल वह गोरे लोगों का दल था, बल्कि वह ज़िम्मेदार भी नज़र आ रहा था। अचानक उनके मन में आशाएँ पल्लवित हो गयीं। सामने के ऊँचे टीले पर चढ़कर डीसी का वह दल एकदम आँखों के आगे दिख रहा था। बीते कई महीनों से अनन्त अड़चनों की गर्तों में डूबे लोगों के प्राणों को कुछ राहत महसूस हुई। ये लोग कम-से-कम लड़कियों को अपने साथ लेकर उन्हें मुश्किलों से उबार सकते हैं। यह दुर्लभ मौक़ा था और इसे दोनों हाथों से लपके जाने की ज़रूरत थी। अगर वे तुरन्त आगे बढ़कर इसे नहीं लपकते, तो यह हाथ से छिटक भी सकता है। देखते-देखते वे लोग सिर्फ़ दस-बारह फ़ीट की दूरी पर रह गये थे।

कंचना, राघव और उनके साथ दो लड़कों ने गोरी लड़कियों को अपनी गोद में उठा लिया और उस काफ़िले के ठीक सामने पहुँचकर चिल्लाने लगे, "सर...

सर...!" वे ज़ोर-ज़ोर से चिल्लाकर उस गोरे साहब का ध्यान खींचने की कोशिश कर रहे थे, "प्लीज़ स्टॉप सर!" अचानक पैदा हुए शोर से पालकी उठाये चल रहे लोगों के पैर अपने आप थम गये। क्षण भर में उस बड़े आदमी की बारीक-पीली आँखें कंचना और राघव पर टिक गयीं। इस मौक़े का फ़ायदा उठाते हुए कंचना ने सधी आवाज़ में कहना शुरू कर दिया, "ऑनरेबल सर, सर... दीज आर योर किड्स! ब्रिटिश किड्स! जस्ट टेक देम अलांग विद यू सर, वी डोंट वांट एनिथिंग फॉर अवरसेल्व्स। प्लीज़ सेव देम! प्लीज़ प्रोटेक्ट दीज फ्लावर्स ऑफ़ गॉड... वेट सर, डोंट बी सो रुथलेस सरऽऽ"

कंचना ने दया की भीख माँगी और अपने घुटनों पर आ गयी, लेकिन उसकी आवाज़ मोटी चमड़ी और संवेदनहीन दिल को पार करके गोरे की आत्मा तक नहीं पहुँच सकी। डीसी के मोटे होंठों से चुरुट के धुएँ का एक छल्ला बाहर निकला और उसका हाथ ज़ोर से नीचे आकर कुर्सी के हत्थे से टकराया। उसे कन्धों पर सँभाले लोग सतर्क हुए और जब तक वे कुछ समझते, उसकी तेज़-कर्कश आवाज़ आयी, "हाऊ डेयर यू स्टॉप! कीप मूव्हिंग, यू रास्कल्स!"

कारवाँ एक बार फिर किसी की परवाह किये बिना चल पड़ा। कंचना ने उन बच्चियों को कसकर अपने सीने से चिपका लिया और घुटनों पर ही पड़ी रही। दूसरे लोग बातें कर रहे थे। एक ने कहा कि डीसी के पीछे की कुर्सी पर ख़ूबसूरत गोरी मेमसाहब बैठी थीं। उसने मैले-कुचैले कपड़ों वाले हिन्दुस्तानियों से चिपकी गोरी लड़कियों को आश्चर्य से देखा और अगले ही क्षण मुँह दूसरी तरफ़ फेर लिया। जैसे बच्चियों को देखा ही नहीं! डीसी साहब ने अपना उच्च प्रशासकीय कौशल दिखाते हुए यह सुनिश्चित किया कि उनका परिवार और संगी-सेवक पूरे लवाज़मे के साथ वहाँ से सही-सलामत निकल जायें।

रात को वे बच्चियाँ कंचना और राघव से चिपक कर सोयीं। राघव बहुत चिढ़ा हुआ था। बोला, "आश्चर्य की बात है कि किसी इन्सान का दिल इतना कठोर कैसे हो सकता है? आख़िर उन्होंने यही साबित किया कि ब्रिटिश एडमिनिस्ट्रेटर कैसे हैं! दुष्ट और राक्षस। माण्डले और रंगून के स्कूलों और अनाथालयों के हज़ारों बच्चे इन्हीं कठिन रास्तों से गुज़र रहे हैं और उनमें से जाने कितने तो यहीं मर-खपकर घास में दफ़न हो गये होंगे, लेकिन यह डीसी अपनी कुर्सी पर आराम से बैठा चुरुट खींच रहा है! निकलकर भागा जा रहा है!"

"भूल जाओ राघवराव! शुक्र है कि हम इनके जैसे नहीं हैं। हमने पूरे ज़िन्दगी मूक जानवरों को भी अपने सीने से ऐसे लगाकर रखा, जैसे वे हमारे पेट से पैदा हुई

औलाद हैं। हमारी गोद में ये जो बच्चियाँ हैं, भले ही इनका रंग अलग है मगर इनका रोना, इनके आँसू, इनकी तकलीफ़ें तो बिल्कुल हमारे ही जैसी हैं न!"

## 55

रंगून से यहाँ तक वे क़रीब 1300 मील का सफ़र कर आये थे। संकट के बादल सिर पर बरसे। दुख की नदियाँ किनारे तोड़कर बहती रहीं, मगर जिस तरह के एकाकीपन और निराशा ने इस वक़्त घेरा था, वैसा पहले कभी महसूस नहीं हुआ था। वीरान, निर्जन और सूने गीले पहाड़ों में सिर्फ़ ग्यारह लोगों के चारों तरफ़ पसरा सन्नाटा अब कंचना और राघव दोनों के मन को अखरने लगा था।

कम्पनी के तमाम लोगों के चले जाने के बाद इन सात लड़कियों से जन्मों का प्यार मालूम पड़ने लगा था। उन सबके अँगरेज़ी नाम थे। जैसे : डॉली, रोजाना, ऐन, लिलियन वग़ैरह। कंचना ने इन्हें बदलकर लाड़ से हिन्दी नाम दे दिये : जया, जूही, सेवंती, फूलवती, मोगरी, सदाफुली और चम्पाकली। यह बदलाव उन्हें कंचना के और क़रीब ले आया। ये नाम लेना कंचना के लिए आसान था, लेकिन वह अक्सर भूल भी जाती थी! ऐसे में वह उनको एकदम सरल "बेटी" कहकर बुलाती। छोटी बच्चियों ने भी उसे "मदर" और राघव को "पप्पा" कहकर बुलाना शुरू कर दिया था। ये बेटियाँ उससे ऐसे चिपकती थीं, जैसे मधुमक्खियाँ अपने छत्ते में जाती हैं। इन सातों कलियों के सान्निध्य में जंगल की यह भयावहता अब कंचना को डरावनी नहीं लगती थी।

उन सातों को स्वाभाविक ही राजमंगला से भी बहुत प्यार हो गया था। वह हथिनी भी कंचना और राघव के जीवन का अविभाज्य हिस्सा थी। वह चौबीसों घण्टे अपने छप्पर के नीचे उन दोनों और सातों बच्चियों के आस-पास मँडराती रहती।

परिस्थितियों ने सभी को बेहद सतर्क बना दिया था। हवा का रुख़ बदलने का भी उन्हें तत्काल आभास होता था। दूर कहीं भी ज़रा असामान्य खटका होता, तो सबके कान खड़े हो जाते थे। एक रात यह साफ़ हो गया कि कोई फूँस के दरवाज़े के बाहर गीली-ठण्डी हवा में कुड़कुड़ा रहा है। किसी जंगली जानवर की तरह वह अपने को बचाते हुए गर्म जगह की तलाश में है। कंचना कोई जोखिम नहीं चाहती थी। उसने हाथ में खुकरी उठाई और हल्के हाथों, तेज़ी से दरवाज़ा खोल दिया। ऐसा लगा बाहर फरफराती हवा में कोई कंकाल खड़ा है। बस, हड्डियों पर चमड़ी चिपकी है। उसके बदन पर फ़ौजी वर्दी थी और उसके सिर तथा चेहरे के बाल

महीनों से बिखरे हुए थे। उसने कुछ इस तरह घूरकर देखा मानो कोई जंगली लोमड़ी भुखमरी के आख़िरी कगार पर है।

वह आदमी कोई चीनी भगोड़ा सिपाही भी हो सकता था या फिर जंगल में रास्ता भटका हुआ, ब्रिटिश-इंडियन आर्मी का कोई सैनिक। वह बुरी तरह कुड़कुड़ा रहा था और कहीं गर्मी पाने के लिए बेजार हो रहा था। जब उसकी नज़र राख में ढँकी आँच वाले चूल्हे पर पड़ी, तो वह बिना किसी से बात किये या दिख रहे लोगों की परवाह के सीधे उस कोने में चला गया। वह उकड़ूँ बैठा और कुछ पल बाद ज़मीन पर लुढ़क गया। गिरते ही उसे मिनट भर में नींद आ गयी। उसे वहाँ अपने लिए कोई ख़तरा महसूस नहीं हुआ। वह बेचारा, कृशकाय अपने जीवन के लिए संघर्ष कर रहा था।

थोड़ी देर बाद झोंपड़ी में एक अजीब-सी दुर्गन्ध फैल गयी, जिससे कुछ बच्चियाँ छींकने लगी और किसी को खाँसी आने लगी। कंचना ने तुरन्त अपने पास रखी अजवाइन के दाने चूल्हे में डाल दिये, जिसकी तीखी गन्ध से वह बदबू दूर हो गयी और सबको राहत मिली।

जब वह सुबह जागी, तो देखा कि रात वाला मेहमान पेट के बल लेटा औंधा पड़ा है। चूल्हे की आग से उसके बदन में थोड़ी गर्मी पैदा हुई थी। आस-पास देखकर कंचना को समझ आया कि वह आदमी बीच में जागा था, उसने नाज़ुक बाँस की अध-सिंकी टहनियाँ चबाकर खायीं और फिर सो गया।

बाहर थोड़ी धूप निकल आयी थी और बरसात थमी थी। सबने गर्म पेहीन के घूँट भरे। दोनों लड़कों के हाथ कुछ जंगली केले लग गये थे। इनसे सबने अपनी थोड़ी-थोड़ी भूख मिटाई।

कोई घण्टा भर बीतने के बाद वह फ़ौजी अचानक किसी ड्रैगन की तरह झटके से जागा। अब उसकी हालत बेहतर थी। पता चला कि वह पंजाब से था। नाम था, ज्ञान सिंह। उसके दो भाई भी थे, जुड़वाँ। वे भी ब्रिटिश-इंडियन फ़ौज में थे। जो उसकी तरह ही इस समय कहीं जंगल में भटक रहे होंगे। ज्ञान सिंह किसी तरह माईलस्टोन 102 तक पहुँचने वाले रास्ते पर निकला था, मगर जंगल में चालीस दिनों से भटकता हुआ, आख़िरकार इस झोंपड़ी में पहुँचा। उसके दोनों भाई अभी लापता थे। बिछड़ने से पहले तीनों ने साथ-साथ हिन्दुस्तान पहुँचने का फ़ैसला किया था। कुछ महीने पहले एक ही मण्डप के नीचे तीनों की शादी होने वाली थी। सारी तैयारी हो चुकी थी कि तभी टेलीग्राम आ गया और वे तीनों विश्वयुद्ध के जबड़े में फँस गये।

इन राक्षसी रास्तों ने तीनों भाइयों की हालत खस्ता कर दी थी। ज्ञान सिंह ने बताया, "यहाँ से सिर्फ़ ढाई दिन चलने पर नदी आ जायेगी– डाफा। मैंने पूरे एक महीने उसके किनारे पर अपने भाइयों का इन्तजार किया।"

"सच्ची? तो फिर पागल की तरह वापस इधर क्यों आ गये?"

"नदी किनारे अब एक चींटा भी नहीं बचा! पूरा किनारा डूब गया... और नदी का पानी इतना चढ़ा कि उसके आस-पास दोनों तरफ़ की घाटियाँ भी डूब गईं।"

"पूरा एक महीने नदी किनारे बिता दिया? वहाँ कैसे रहे?"

"असल में, उधर मुझे एक औलिया मिला। पक्का सन्त आदमी। उसके पास बारह-पन्द्रह हाथी हैं, और उनकी देखभाल करने के लिए महावतों का एक दल भी है। वह अपने हाथियों की मदद से जंगल में भटके हुए लोगों और सिपाहियों को नदी के पार उतारता है। दूसरी तरफ़ असम है। नदी के दोनों तरफ़ रहने वाले नागा उस आदमी को प्यार से "एलिफेंट अंकल" बुलाते हैं!"

"इंट्रेस्टिंग! कौन होगा यह भला इन्सान?"

"उसका नाम रॉबर्ट डिकंस है। ऊपर असम के एक बड़े चाय बाग़ान में वह मैनेजर के रूप में काम करता है। स्कॉटलैंड का रहने वाला है। उसे हाथियों को पालने-पोसने का बड़ा शौक़ है। बीते महीने भर में उसने हज़ारों लोगों को हाथियों की पीठ पर बैठाकर नदी पार करने में मदद की।"

"वाह!" कंचना ने ख़ुश होते हुए कहा, "कहाँ मिल सकते हैं, तुम्हारे रॉबर्ट डिकंस और उनके हाथी?"

"दूसरी तरफ़। मगर मैडम अभी तो इस नदी ने इतना भयंकर रूप धर लिया है कि इसके किनारे पर तो क्या, दूर-पास भी कोई इन्सान नहीं है। जंगली नदी का अभी तो यह हाल है कि अगर उसके रास्ते में पहाड़ भी आ जाये, तो वह उसे अपने प्रचण्ड बहाव में बहाकर ले जायेगी।"

कंचना ने ज्ञान सिंह को राघव की एक लुंगी और तौलिया दिया। ज्ञान सिंह समझ गया कि अगर दूसरे लोगों के साथ रहना है तो उसे अपना दुर्गन्धयुक्त यह पहनावा बदलना होगा। साफ़-स्वच्छ होना पड़ेगा। वह जल्दी से दूसरी तरफ़ बह रही नदी में गया और नहाकर, अपने कपड़ों को धोकर लौटा।

वापस आने पर उसने कंचना का उतरा हुआ चेहरा देखकर पूछा, "बहनजी आप कुछ टेंशन में दिख रहे हो! क्या बात है?"

"कोई पाँच दिन बीते हैं, मेरी कम्पनी के क़रीब तीन सौ लोग उधर नदी की तरफ़ गये थे। मुझे अभी तक नहीं पता कि उन्होंने नदी पार कर ली या वहीं कहीं

अटके हैं। कहीं कोई और बात तो नहीं हो गयी। जाने कितनी नर्क यातनाएं भोगते हुए, मैं अपनी कम्पनी को यहाँ दो हज़ार मील दूर तक साथ लेकर आयी थी।"

उस रात खाने में सबको जंगली केलों से बनी सब्ज़ी के साथ थोड़े चावल परोसे गये। लड़कियाँ जल्दी सोने चली गयी, मगर कंचना को आराम कहाँ! उसके दिमाग़ में आशंका का कीड़ा कुलबुला रहा था। कम्पनी के लोगों ने नदी पार कर ली या नहीं?

सारा काम निपटाकर वह राजमंगला के पास पहुँची। उसकी खुरदुरी सूँड़ पर अपना हाथ फेरते हुए बोली, "देख क्या हो रहा है! मेरी छोटी-छोटी बच्चियाँ कितनी दुबली हो गयी हैं। कैसे आधे पेट खाकर दिन गुज़ारने पड़ रहे हैं और उस पर हर समय किसी-न-किसी बात का डर। घास के गट्ठरों जितना वज़न रह गया है, बस!"

राजमंगला के इशारे बता रहे थे कि वह सुन-समझ रही है। उसके कान सूप के जैसे हिल रहे थे। दोनों की बातचीत चलती रही।

चाहे इन्सान हो या जानवर, अक्सर प्यार भरे बोल बहुत सारी बीमारियों का इलाज कर देते हैं। कंचना के इस तरह बैठकर प्यार से बतियाने की वजह से राजमंगला की सेहत में सुधार के संकेत मिलने लगे थे।

राघव ने भी तय किया कि एक बार नदी का पूरी गम्भीरता से जायज़ा लिया जाये। इसकी एक ख़ास वजह यह जानना था कि जो निकले थे, क़िस्मत ने उनका क्या फ़ैसला किया। सोने से पहले सबने एकमत होकर फ़ैसला लिया : सुबह जल्दी यहाँ से निकलेंगे और नदी किनारे पहुँचेंगे।

अगली सुबह, तड़के ही जागकर उन्होंने अपना सारा सामान बाँधा। हीरा आत्या और सातों बच्चियों को बाँस की टोकरियों में रखकर राजमंगला की पीठ पर सवार किया गया। काफ़ी सामान बच रहा था। तब टोकरियों और बोरियों को राघव, कंचना तथा दो लड़कों ने अपने सिर, कन्धों और हाथों में उठाने का फ़ैसला किया। उनके पास अब ज्ञान सिंह था, जो उन्हें एकदम सही रास्ता बता सकता था।

रास्ते में वे लोग दो जगहों पर थोड़ी-थोड़ी देर के लिए रुके। हालाँकि, जिधर से वे सब जा रहे थे उसे सही मायनों में रास्ता नहीं कह सकते क्योंकि उनसे पहले कोई उधर से नहीं गुज़रा था। आस-पास कोई बस्ती, कोई झोंपड़ी या छप्पर नहीं था। बाज़ार का कोई चिह्न दूर-दूर तक नहीं था। सिर्फ़ बाँस का घना जंगल था, जिसमें बीच-बीच में कहीं जंगली बेरियों की झाड़ियाँ दिखाई दे जाती थीं। पाँचों बड़े लोगों के हाथों में कुल्हाड़ियाँ थीं, जिनसे वे झाड़-झंखाड़, पेड़ों की शाखाओं को काटते

बढ़ रहे थे, ताकि हथिनी के चलते रहने का रास्ता बनाया जा सके। उनके बदन पर लगातार बारिश का पानी गिर रहा था।

राह के बीच-बीच में कभी उन्हें दूर तक फैले मोटी-जंगली घास के मैदान भी मिले। इन पर चलने में बड़ा ख़तरा था क्योंकि इनमें अचानक ही कभी ऐसे गड्ढे आ जाते कि वे उसमें गिर सकते थे। कुछ गड्ढे तो इतने गहरे थे कि आदमी सीने तक उनमें समा जाये। इसका इलाज यही था कि सब अपने हाथों में लम्बे बाँस पकड़ें और हर क़दम पर बढ़ने से पहले ज़मीन की थाह ले लें। यहाँ आदमियों से ज़्यादा ख़तरा राजमंगला को था क्योंकि अगर वह ऐसे किसी गड्ढे में गिरी, तो उसे बाहर निकालना अब असम्भव हो जायेगा। उसे बाहर खींचने के लिए, उनके पास अब न घोड़े थे और न बैल।

जितनी तेज़ी से वे चल सकते थे, चले और तीसरे दिन डाफा नदी के किनारे पहुँच गये। वहाँ पहुँचते ही सबसे पहले उनकी नज़र कीचड़ में पड़े बिस्कुट के क़ागज़ी पुड़ों और खाने के ख़ाली टीन के डिब्बों पर पड़ी। ऐसा लगता था कि उन्हें हाल ही में वहाँ छोड़ा गया है। राघव ने ग़ौर किया कि उन पर ब्रिटिश-इंडियन आर्मी और इंग्लैंड की महारानी का छापा लगा है। वह उल्लास के साथ बोला, "डीसी के कारवाँ ने परसों अगर यह नदी पार की है, जैसा कि लग रहा है, तब तो हमारी कम्पनी उससे दो दिन पहले ही पार उतर चुकी होगी!"

इस बात के बावजूद राघव और कंचना बहुत आश्वस्त नहीं थे। उनको चिन्तित देखकर, ज्ञान सिंह ने एक काली नली जैसी चीज़ कंचना के हाथों में थमा दी। यह दूरबीन थी! कंचना को चौंकते देखकर ज्ञान सिंह हँसा और अपनी दाढ़ी खुजाते हुए बोला, "जंगल की इतनी भागदौड़ में भी मैंने सिर्फ़ तीन चीज़ें बहुत सँभाल कर रखी हैं : अपनी ज़िन्दगी, अपनी पिस्तौल और यह दूरबीन।"

किनारे पर दूर-दूर तक घनी झाड़ियाँ फैली थीं। सामने दायीं ओर एक गहरा नाला बहते हुए नदी में मिल रहा था। आदमियों ने लकड़ियों के कुछ लट्ठे इकट्ठा किये और एक झोंपड़ी तैयार कर दी। राजमंगला ने भी नदी के किनारे थोड़ा इधर-उधर चक्कर काटे। अब उन्हें नदी का पानी उतरने का इन्तज़ार करना था। ज्ञान सिंह को इस इलाक़े का अनुभव था। "यही वह अकेली जगह है, जहाँ से तुम लोग डाफा को पार कर सकते हो," उसने कहा। "इतना साहस-पराक्रम दिखाने के बाद अब इसी जगह से होकर तुम ब्रह्मदेश से असम पहुँच सकते हो। पार करने के लिए यही सबसे सही, सबसे मुफ़ीद जगह है।"

दिन भर बरसता पानी बमुश्किल एक-दो घण्टे का विश्राम लेता था। वह

किसी तरह रुकने का नाम नहीं ले रहा था। फिर नदी का पानी कैसे उतरता! रात में उस बहते पानी की आवाज़ इतनी भयानक हो जाती थी कि लगता था मानो उसके पेट में हज़ारों घड़ियाल और मगरमच्छ मिलकर एक साथ रो रहे हैं। पहली रात में तो यह इतना डरावना लगा कि नन्हीं लड़कियाँ ज़रा भी सो नहीं सकीं। लेकिन आश्चर्यजनक रूप से हीरा आत्या में बड़ा बदलाव दिखाई दिया। पूरा दिन अपने होंठ सिये रहने वाली आत्या रात को नदी का रुदन सुनकर ज़ोरों से ही: ही: ही: करके हँसती और तालियाँ पीटने लगती। निश्चित ही उसके साथ कुछ बड़ी गड़बड़ हो रही थी।

एक दिन भरी बरसात के बीच दूसरी तरफ़ के तट पर कुछ काली छायाएँ मँडराती दिखीं। वे कुछ काले बालों वाले जानवर थे। पहले पहल लगा कि शायद वे हट्टी-कट्टी भेड़ हैं। लेकिन जब बरसात कुछ धीमी पड़ी तो नजारा साफ़ हुआ। वे ब्रह्मदेश के जंगलों में मिलने वाले ख़तरनाक भैंसे थे, जिन्हें प्योंग कहते हैं। अगर वे उस तरफ़ हैं, तो निश्चित ही नदी के इस तरफ़ भी होंगे। ऐसे में सावधान रहने की ज़रूरत है! इनकी पीठ पर बैलों की तरह कूबड़ नहीं होता, बल्कि मज़बूत मांसपेशियाँ रहती हैं, जो इन्हें भयानक रूप से ताक़तवर बनाती हैं। वे न केवल आक्रामक होते हैं बल्कि चालाक भी होते हैं। सबसे ख़तरनाक बात है, उनके पैने सींग।

चार दिनों से प्रचण्ड बरसात हो रही थी। फिर अगले दो दिन वह पूरी तरह थमी रही। रात में आसमान से कुछ इस तरह की आवाज़ें आयीं, मानो डाकोटा विमान उड़ रहे हैं।

सुबह होने में अभी थोड़ी देर थी। हवा अपने अन्दाज़ में सीटी बजाते हुए लहरा रही थी। झोंपड़ी में अपने घुटनों को सीने से लगाये सो रही कंचना की आँखें एकाएक खुलीं और वह उछलकर बैठ गई। उसने घास की दीवार में बने छेद से देखा। दूर, सामने की तरफ़ बहुत सारी मशालें नज़र आयीं। वह समझ गयी कि बहुत सारे लोग वहाँ इकट्ठा हो रहे हैं। उसने राघव को जगाया। पीछे-पीछे ज्ञान सिंह और बाक़ी लोग भी जागे। वे लोग झोंपड़ी के बाहर भागे और अँधेरे में पीछे की तरफ़ एक ऊँची जगह पर पहुँच गये। थोड़ी देर में उन्हें अनेक पीली रोशनी वाली मशालों के साथ, उन्हें हाथ में थामी छायाएँ भी नज़र आने लगीं।

चालीस से ज़्यादा सिपाही थे, जो पीछे के पहाड़ से फिसलते हुए वहाँ पहुँच रहे थे और नदी पार करने को लेकर उनमें ज़बर्दस्त उत्साह दिख रहा था। लेकिन इतने भीषण पानी और भयंकर लहरों के बीच वे नदी कैसे पार करेंगे? अचानक

पानी में से बुलबुले उठने की आवाज़ें आने लगीं। ज्ञान सिंह को पहचानने में देर नहीं लगी। जब अँधेरा ग़ायब हो गया और धुन्ध भी छँट गयी, तो नदी के दूसरे किनारे की हलचल साफ़ होने लगी। एक साथ आठ हाथी पानी में उतरने की कोशिश कर रहे थे। ज्ञान सिंह को अब सारा माजरा समझ आ गया।

दूसरी तरफ़ महावत और नागा लोग वह जगह तलाश रहे थे, जहाँ पानी कम हो और वहाँ से हाथियों को नदी में उतारा जा सके। थोड़ी-थोड़ी दूरियों पर खड़े हाथी क़दम-क़दम बढ़ाते हुए नदी की गहराई और पानी के बहाव को माप रहे थे। इस बीच, इधर के किनारे पर फटे-चिथड़े कपड़ों में जर्जर-से दिख रहे सैनिक पत्थरों और पेड़ों पर बैठे इन्तज़ार कर रहे थे। उन्हें उन हाथियों की प्रतीक्षा थी, जो उनकी वापसी के लिए दूसरे किनारे से इधर आने के लिए प्रयासरत थे।

ज्ञान सिंह को समझ आ गया कि यह उन सिपाहियों का झुण्ड है, जो जंगलों में भटक गया था और किसी तरह असम के आर्मी बेस को इन खोए हुए लोगों की ख़बर मिल गयी। लगता है कि इसके बाद ही आर्मी ने इन्हें वापस लाने के लिए यह जोखिम भरी योजना बनायी है।

कंचना, राघव, भीमा और अप्पाराव अचानक एक-दूसरे की तरफ़ देखने लगे और उनकी आँखों में चमक आ गयी। फिर उन्होंने किसी अदृश्य शक्ति की प्रेरणा से उत्साह के साथ राजमंगला को देखा। राघव ने उमंग के साथ ज़ोर से कहा, "देख रही हो न कंचना? उधर के हाथी इधर आयेंगे और इन सैनिकों को लेकर वापस निकल जायेंगे, हिन्दुस्तान!! हमारा हिन्दुस्तान!!! तो फिर हम लोग क्यों मूर्खों की तरह यहाँ सड़ते रहें?"

"अरे, एक झटके में इधर से उधर छलाँग मार देने की इच्छा तो मेरी भी है, लेकिन हम इतनी बड़ी नदी को कैसे पार करेंगे?"

"अपनी राजमंगला की पीठ पर!"

"लेकिन सोचो राघवजी, वह अभी-अभी तो लम्बी बीमारी से कुछ ठीक हो पाई है! फिर नदी का बहाव देखो, कितना तेज़ है! तुमको कोई ख़तरा नहीं दिखता?"

"बिल्कुल नहीं! मुझे तो पूरा विश्वास है। इसका नाम राजमंगला है! एक बार हम लोगों को लेकर पानी में घुस गयी तो फिर कुछ भी हो जाये, हर हाल में किनारे पर ही उतारेगी!"

दूसरी तरफ़ अनिश्चितता का माहौल बना हुआ था। एलफेंट अंकल, सारे महावतों, नागा नाविकों और जंगली आदिवासी मछुआरों के बीच माथा-फोड़ी चल रही थी। ज़बरदस्त बहस हो रही थी। यह तो तय हो गया था कि इस पार के

सिपाहियों को जल्दी-से-जल्दी उस पार लेकर जाना था। मगर पानी में कहाँ और किस तरफ़ से उतरा जाये, इस पर बात-विश्वास नहीं बन पा रहा था। इसमें सबसे ज़्यादा सावधानी की ज़रूरत थी। बीच में अगर कहीं वे पानी के भँवर में उलझ गये, तो मौत पक्की है। उन्हें कोई भी फिर बचा नहीं पायेगा!

राघव और कंचना जल्दी-से-जल्दी किसी तरह निकलने की तैयारियों में लग गये। हाथी की पीठ पर सवारी करते हुए नदी को पार करने का ख़याल लड़कियों को इतना पसन्द आया कि वे उछल-उछलकर तालियाँ बजाने लगीं।

मौसम अचानक खुल गया। नदी के तट पर सूरज की अच्छी-ख़ासी रोशनी बिखर गयी। नदी के दोनों तरफ़ जंगल के पक्षी और जल-पंछी यहाँ-वहाँ उड़ने, कलाबाज़ियाँ खाने और चहकने लगे। यह देखकर कंचना के मन में भरोसा पैदा हुआ कि ईश्वर ख़ुद मौक़ा दे रहा है। अगर इसका सही इस्तेमाल नहीं किया, तो अगला मौक़ा मिलने में शायद महीनों लग जायें। लेकिन हीरा आत्या के चेहरे पर ज़रा भी उत्साह नहीं दिख रहा था। उसका चेहरा विषादग्रस्त होकर कुम्हला गया था।

दिन के 11 बज रहे थे और आकाश पारे की तरह साफ़ चमक रहा था। दूसरे किनारे पर दो सयाने बुज़ुर्ग मछुआरे बाकियों के साथ विचार-विमर्श कर रहे थे। वे नदी में धीरे-धीरे बढ़ते हुए अन्दर क़रीब 500 मीटर तक पहुँच गये। वे अपनी छाती ठोंककर इशारे से सम्भवत: अपनी ओर से हरी झण्डी दिखा रहे थे, मगर एलिफेंट अंकल सशंकित नज़र आ रहे थे। उनके मन में उलझन थी। मगर अन्तत: फैसला हुआ कि हाथियों को पार उतारा जायेगा। सूँड़ से पूँछ तक उन्हें क़तार में लगा दिया गया। नागा मण्डली ने ज़ोर का जयघोष किया और अपने परमेश्वर को याद करते हुए, हाथियों के साथ पानी में उतर गये।

हाथियों की क़तार ने तेज़ गति से बहते पानी को काटते हुए, सधे क़दमों से आगे बढ़ना शुरू किया। वे क़रीब 200 फ़ीट गहरे पानी तक पहुँचे होंगे कि दो युवा हाथी घबराकर अधीर हो गये। उन्होंने क़दम आगे बढ़ाने से इन्कार कर दिया। उनकी गर्दन पर सवार महावतों ने कोशिश की कि वे आगे बढ़ें लेकिन वे टस-से-मस नहीं हुए। आख़िर में वे इतने बेकल हुए कि उन्होंने अपनी छोटी-छोटी पूँछ उठाई और पीछे पलटते हुए किनारे की तरफ़ दौड़ लगा दी। किनारे पर कीचड़ की फिसलन के बावजूद वे भागते हुए, नज़रों से ओझल हो गये।

मगर छह बड़े हाथी पानी के बहाव और लहरों की परवाह किये बग़ैर बढ़े जा रहे थे। ऐसा लग रहा था कि उन्हें नदी की चुनौती में मज़ा आ रहा है और वे इसे पार करने का संकल्प ठाने हुए थे। सम्भवत: नदी को भी यह बात मालूम हो चुकी

थी। हाथियों की नन्ही-नन्ही आँखें अपने कोटरों में तेज़ी से गोल-गोल घूम रही थीं। रॉबर्ट, मछुआरे, नाविक, उन लोगों के सहायक और नागा ग्रामीण अपने अन्दाज़ और अपनी भाषा में ज़ोर-ज़ोर से आवाज़ लगाते हुए, चारों तरफ़ पानी से घिरे जानवरों का जोश बढ़ा रहे थे।

महावत भी उत्तेजित हो रहे थे और हाथियों पर अंकुश का प्रयोग करने के साथ अपने इशारों से हाथियों को धकेल रहे थे। अन्ततः जानवरों को उन्होंने करो या मरो जैसी हालत वाले प्रयास करने के कगार तक पहुँचा दिया। इसके बाद फिर केवल दस मिनट लगे और हाथियों ने नदी का दूसरा हिस्सा भी पार कर लिया।

इन्तज़ार में खड़े सैनिक आनन्द से झूम उठे। नाचने लगे। अनुभवी महावतों ने हाथियों को नदी के किनारे बैठा दिया, ताकि वे अपनी साँसें सँभाल सकें। उन्होंने हाथियों की पीठ पर लदी बोरियों को उतारा और उनमें से जानवरों के खाने के गेहूँ के लड्डू और गन्ने निकाले। क़रीब पौन घण्टे तक आराम होता रहा। इस बीच ज्ञान सिंह उन्हीं में से एक बन गया। महावत उसके दोस्त थे और वे एक-दूसरे को नाम से जानते थे। उसने राघव और कंचना को महावतों से मिलवाया और बताया कि वे लोग भी उनके साथ नदी के पार उतरना चाहते हैं। उनका अनुरोध ठुकराने की कोई वजह महावतों को नज़र नहीं आयी।

अचानक दूसरे किनारे से किसी ने ज़ोरों की तीखी सीटी बजायी, जैसी आर्मी में होती है। यह अंकल रॉबर्ट थे, जो पागलों की तरह अपना हैट हाथ में लिए उसे ज़ोर-ज़ोर से हिला रहे थे। वह इशारे से बता रहे थे कि पूरब की दिशा में देखो, बड़ा खतरा आ रहा है। सबने उस दिशा में देखा, तो पाया कि गहरे काले बादल तेज़ी से पहाड़ों के कन्धों से नीचे उतर रहे हैं। यह दृश्य डराने वाला था।

महावतों ने नदी के तल पर अपनी दृष्टि डाली और पाया कि पानी का रंग तेजी से गहरा मटमैला होता जा रहा है। इसका मतलब बिल्कुल साफ़ था : हुकवांग घाटी के ऊपरी हिस्से में सुबह के वक़्त तेज़ बरसात हुई है। इसलिए नदी का जलस्तर भी बढ़ गया था। यह बड़े ख़तरे का संकेत था। नदी के दूसरी तरफ़ सीटियों की आवाज़ तेज़ हो गयी थी और महावतों ने अपने जानवरों को तेज़ी से फिर पानी में हाँकना शुरू कर दिया। चिन्तित राघव ने मुड़कर ज्ञान सिंह से कहा, “देखो, हमारी राजमंगला पूरी तरह स्वस्थ नहीं है; उनसे अनुरोध करो कि उसे बीच में कहीं रखें।”

“चलो, ठीक है फिर आगे बढ़ो! बातों में समय मत गंवाओ। उसे आगे लाओ।”

“धन्यवाद भाई। अभी लाया!”

क्षण-क्षण और कण-कण नदी का नज़ारा बदल रहा था। थोड़ी देर पहले नदी के तल पर चमक रही सूरज की किरणें पूरी तरह से ग़ायब हो चुकी थीं। इससे भी ज़्यादा चिन्ता की बात यह थी कि पानी का बहाव अब तेज़ हो गया था और जानवरों को तेज़ थपेड़े लग रहे थे। राघव को राजमंगला को झुण्ड के बीच रखवाने में सफलता मिल गयी थी, जिससे कि उसे आगे और पीछे से सहारा मिल रहा था। मगर उसी समय उन मुश्किल परिस्थितियों में हवाओं की रफ़्तार भी बढ़कर तेज़ हो गई।

घण्टा भर से कम समय पहले जो जानवर बड़े गर्व से उस पार से इस पार आये, अब वे डरे हुए दिख रहे थे। दूसरे किनारे पर रॉबर्ट अंकल बेचैन और चिड़चिड़े हो रहे थे। बेकार ही क्यों अपने जानवरों को संकट में डाला, यह सोच-सोच कर उनका धीरज जवाब दे रहा था और महावतों को लगातार इशारे किये जा रहे थे। राघव और कंचना को उनकी यह सांकेतिक भाषा समझ नहीं आ रही थी, मगर उन्हें इसकी ज़रूरत भी नहीं थी। एलिफेंट अंकल इधर-से-उधर नाचते हुए इशारों में महावतों को समझा रहे थे कि मौसम बिगड़ जाने से अगर दो दिन दूसरे किनारे पर ही रहना पड़े, तो रह जाओ। इसमें हर्ज नहीं। महावत बुदबुदाकर ख़ुद से ही कह रहे थे कि ये दो दिन दो महीनों में भी बदल सकते हैं। रॉबर्ट की चिन्ता उन बेशक़ीमती जानवरों को लेकर थी, परन्तु महावतों का पूरा ध्यान दूसरे किनारे पर अपनी पत्नियों और बच्चों में लगा था।

अन्ततः फ़ैसला ले लिया गया : महावतों ने अपने पैने अंकुश उठाये और उन्हें मूक जानवरों की पीठ पर ज़ोर से चुभाया। तीखी चुभन की पीड़ा से तड़पे हाथी जोरों से चिंघाड़ उठे और विद्रोह करते हुए अपनी सूँड़ हवा में उठा दी। मगर जब चुभन और तेज़ होकर शरीर में गहरे उतरने लगी, तो इस सज़ा से बचने का उन मासूमों के पास कोई रास्ता नहीं रह गया। उन्होंने आँखें मूँदकर पानी में पैर बढ़ा दिये।

उस भीड़ में राजमंगला भी आगे बढ़ती जा रही थी। नदी के ऊपरी छोर से गहरे-मटमैले पानी की बड़ी-बड़ी लहरें तेज़ रफ़्तार से आती दिख रही थीं। सारे सवार बाँस के पाटों को कसकर पकड़े हुए बैठे थे। उछल-उछल कर पानी उन्हें भिगो रहा था। अविश्वसनीय रूप से आधी नदी पार हो चुकी थी, लेकिन तभी पानी की रफ़्तार इतनी ताकतवर हो गयी कि हाथियों के मज़बूत पैर उसने सतह से उखाड़ने शुरू कर दिये।

राजमंगला के दिमाग़ ने उससे कह दिया था कि संकट की आख़िरी सीमा आ चुकी है। युद्ध में हाथी के पैर के नज़दीक जैसे तोप के जलते गोले गिरते हैं, वैसे ही राजमंगला के शरीर पर वे लहरें गिर रही थीं। वह सिहर गयी और आसमान के काले बादलों की तरफ़ अपनी सूँड़ उठाकर वापस घूम गयी। उसे किसी चीज़ की

परवाह नहीं रह गयी थी। अपनी प्यारी हथिनी को मैदान छोड़कर भागते देखकर राघव क्रोध से भर गया। उसने अंकुश की फौलादी नोक से राजमंगला के मस्तक और गर्दन पर तेज़ प्रहार करना शुरू किये। तीखी वेदना से वह जोरों से चिंघाड़ने लगी। वह बुरी तरह से घबरा गयी।

बाँस की टोकरियों में बैठी लड़कियाँ ज़ोरों से चीख़ रही थीं और उन्होंने मारे डर के अपनी आँखें बन्द कर लीं। अपनी प्यारी हथिनी के साथ इतना बुरा बर्ताव होते देखकर कंचना ने भी आपा खो दिया और उसने राघव की पीठ पर ज़ोर का मुक्का जमाया। राघव ने सिर घुमाकर देखा और उसके सामने होश उड़ा देने वाला भयानक नज़ारा था। उनके पीछे चल रहे हाथियों के पैर उखड़ चुके थे और वह अपना सन्तुलन गँवाकर क़ागज़ की नावों की तरह पानी में डूब-उतर रहे थे।

घबराये हुए राघव ने फिर से सामने देखा। उसे दोहरा झटका लगा। इस तरफ़ भी सामने पानी का पर्वत लगातार भयानक गड़गड़ाहट और गर्जना से ऊँचा उठता हुआ अपनी ताक़त का डरावना संकेत दे रहा था। अब किसी भी दिशा में निकलकर बढ़ पाना असम्भव हो गया था। चारों तरफ़ हाहाकार था। अचानक राजमंगला के पैरों के नीचे से ज़मीन खिसक गयी और वह पानी में फेंक दिये गये लकड़ी के लट्ठे की तरह तैरने लगी। सन्तुलन बिगड़ने से अचानक उसने गुलाटी खायी, मगर तभी पता नहीं कैसे उसकी आत्मा में बहादुरी और चपलता पैदा हो गयी। जलते हुए जंगल को छोड़कर भागती नागिन की तरह उसने भी किनारे की तरफ़ पूरी जान लगाकर दौड़ना शुरू कर दिया।

सब लोगों ने यह सोचते हुए अपनी आँखें बन्द कर ली थीं कि अब कुछ भी अप्रत्याशित हो सकता है। लेकिन राजमंगला ने अभी हार नहीं मानी थी। वह अपनी पूरी ताक़त के साथ आगे बढ़ने के लिए ज़ोर लगा रही थी कि तभी उसके सामने कुछ मज़बूत और लकड़ी जैसा आ पड़ा। यह एक किंजल वृक्ष था, जो नदी किनारे से उखड़कर पानी में बह रहा था। यह इतना विशाल था कि इसकी शाखाएँ पानी में दूर तक फैली हुई थीं। उसने अपनी सूँड़ से एक मोटी शाख को कस कर जकड़ लिया और ज़ोरों से चिंघाड़ी।

राघव ने देखा कि ज्ञान सिंह नदी किनारे अपने घुटनों पर बैठा, पागलों की तरह ज़ोर-ज़ोर से हाथ हिलाते हुए उसका ध्यान किसी चीज़ की तरफ़ दिलाने की कोशिश कर रहा है। राघव को कुछ समझ नहीं आ रहा, लेकिन कंचना समझ गयी। "ऊपर, ऊपर!" वह चिल्लाई, "लड़कियों को लो और राजमंगला की सूँड़ पर से चलते

हुए सामने वाली डाल तक पहुँचो, और उसके बाद डाली पर बढ़ते हुए किनारे पर पहुँच जाओ!" कंचना ने तीन बच्चियों को अपने साथ लिया और तेज़ी से सूँड़ पर से होती हुई पेड़ की शाखा पर पहुँची, फिर वहाँ के एक छलाँग लगाकर सीधे नदी किनारे के कीचड़ में जा गिरी। राघव ने हीरा आत्या को अपनी तरफ़ खींचा और भीमू तथा अप्पाराव बाक़ी लड़कियों को साथ लेकर, उसी रास्ते से किनारे लगे, जहाँ से कंचना गयीथी।

शरीर के साथ-साथ मन को भी तोड़ देने वाली इस घटना ने हर किसी को सकते में डाल दिया था। सब बुरी तरह से डरे हुए, किनारे पर जहाँ के तहाँ पड़े थे। साँस लेने में तकलीफ़ हो रही थी। ग़ुस्से से उफनती नदी का जल काला पड़ चुका था और बहुत भयानक नज़र आ रहा था। पानी के उस प्रचण्ड बहाव में बाक़ी छह हाथियों का कोई नामो-निशान बाक़ी नहीं रह गया था। अतिशय थकी हुई राजमंगला किनारे पर एक जगह पड़ी थी और उसकी सूँड़ अब भी पानी में डूबी हुई थी। जब-जब वह साँस लेती, उस मटमैले पानी में लाल रंग की एक मोटी धार तेज़ी से अपनी जगह बनाते हुए बहने लग जाती थी।

कंचना ने जैसे ही पानी में रक्त का लाल रंग फूटते देखा, तो वह अपनी सारी थकान एक क्षण में भूलकर उसकी तरफ़ दौड़ी। "देखो राघवजी! हमारी भाग्यलक्ष्मी ने यह क्या कर लिया!"

"अरे बाप रे! यह ख़ून कहाँ से आ रहा है?"

"यही सोच कर मैं हैरान हूँ! ज़रूर उसकी सूँड़ किसी चीज़ से बहुत बुरी तरह टकरायी। जिससे वह ऐसे घायल हो गयी है!"

"लेकिन पानी में इतना ख़ून कैसे बह रहा है?"

"उसने सबसे पहले ख़ुद को बचाने की कोशिश की, जिससे हम लोगों को पानी से बाहर निकाल सके। उसी समय उसकी सूँड़ टूटे पेड़ के तने के नुकीले ऊपरी हिस्से से टकराई और वहाँ फँस गई, जबकि हम लोग वहीं से चलते हुए आते रहे! ख़ुद को इतनी बुरी तरह ज़ख़्मी करने के बाद भी उसने हमें बचाया।"

ख़ून की धार मोटी होती जा रही थी और चारों तरफ़ किनारा लाल हो चुका था। राजमंगला का घाव खुला और ख़ून से लथपथ था, जिस पर ढेर सारी मक्खियाँ मँडराने लगी थीं। आज का अनुभव इतना खौफ़नाक था कि अगले सात जन्मों तक नहीं भूलने वाला।

ज्ञान सिंह ने राघव और कंचना को गले लगा लिया। वह अपने गालों पर बहते ख़ुशी के आँसू रोक नहीं पा रहा था। "तुम लोग ऐसी क़िस्मत कहाँ से लिखाकर

लाये हो?" वह चकित था, "उनके सारे के सारे हाथी और साथी बह गये! तुम लोग बाल-बाल बच गये!"

नदी किनारे पर अँधेरा हो चुका था। हादसा इतना भयानक गुज़रा था कि कोई भी वहाँ बने नहीं रहना चाहता था। राजमंगला की सूँड़ उस पेड़ के तने के नुकीले भाग में अब भी अटकी थी और पानी की तेज़ गति के साथ, उसका मुर्दा शरीर धीरे-धीरे नदी में सरकता जा रहा था।

लाख कोशिशों के बावजूद कंचना और राघव के आँसू और हिचकियाँ थम नहीं रहे थे। बार-बार वह राजमंगला की निष्प्राण देह को देखते हुए अपने दोनों हाथ जोड़कर, उसे श्रद्धांजलि दे रहे थे। सह्याद्रि पर्वत शृंखला के उदयगिरि की कालम्मा देवी का उन्हें रह-रहकर स्मरण हो रहा था। देवी ने उनकी रक्षा के लिए ही अपना वाहन इस दूर देश में साथ भेजा था।

## 56

अगले चालीस दिनों की घनघोर बरसात ने नदी किनारे के साथ आस-पास के पूरे इलाक़े को नम और दलदली कर दिया।

इस पूरे जंगल में ऐसा आभास होता था, जैसे यहाँ सदियों से जाने कितनी आत्माएँ आवारा भटक रही हैं। तन्त्र-मन्त्र, कथा-कल्पना, गीतों-शोकगीतों से जंगल भरा हुआ है। यूँ लगता कि जैसे कोई विशाल दल सामूहिक रूप से स्वर की साधना कर रहा है, तो कभी महसूस होता कि हज़ारों पैर एक साथ संगीत पर थिरक रहे हैं। कई बार तड़के ही नींद आँखों से एकदम ग़ायब हो जाती और कभी तेज़ बरसती बरसात पल भर में जादू से ग़ायब हो जाती। हवा भी हलकी-हलकी बहती हुई सुहानी लगती, लेकिन तभी अचानक नदी का भयावह शोर रौद्र रूप धर लेता। एकाएक घड़ियालों और मगरमच्छों के बीच लड़ाई और चीख़-पुकार की आवाज़ें आने लगतीं। दूर से ही साफ़ पता चल जाता कि चारों तरफ़ अब सिर्फ़ ख़ून ही ख़ून बह रहा होगा!

उस भीषण हादसे के बाद एक पखवाड़ा बीत चुका था। सुबह आकाश खुला था और बारिश थमी हुई थी। ठण्डी हवा बह रही थी। नदी की तेज़ कलकल और झरनों के साथ पहाड़ों से उतर रही नदियों की आवाज़ बिल्कुल साफ़ सुनाई दे रही थी। ऐसी सुबह अचानक एक हथिनी की चीत्कार कानों में पड़ी। यह कोई सामान्य

चीत्कार नहीं थी। यूँ लगा कि कोई पुकार रहा है। यह आवाज़ राजमंगला से इतनी मिलती-जुलती थी कि राघव और कंचना तत्क्षण बिस्तर से बाहर निकल आये और तुरन्त आवाज़ की दिशा में खोजते हुए आगे बढ़ गये।

त्रासदी का ज़ख़्म अभी तक इतना ताज़ा था कि कोई उसे छू भी दे ख़ून बहने लगता। इसलिए उन लोगों ने पुरानी जगह से थोड़ी ऊँचाई पर कोई पाँच सौ मीटर दूर एक नयी झोंपड़ी खड़ी कर ली थी। आवाज़ के पीछे-पीछे दौड़ते हुए वे वहाँ पहुँचे, जहाँ वह उग्र विपत्ति आयी थी। क्या राजमंगला का भूत उन्हें पुकार रहा था? या फिर वह अस्तित्व में खोकर कोई और रूप धारण कर चुकी है? देखते ही देखते अँधेरा पिघल गया था और उनकी आँखों के सामने तेज़ गति से बहती नदी के सिवाय कुछ नहीं था!

उसके बाद फिर पन्द्रह दिन बीते होंगे। इस बीच ज़्यादा नहीं, तब भी कम-से-कम दो बार वैसी ही आकुल चीत्कार सुनाई दी। राघव और कंचना दोनों ने अपनी पूरी ज़िन्दगी न केवल जानवरों के साथ उनकी देखभाल करते गुज़ारी थी, बल्कि उन्हें खिलाने-पिलाने से लेकर उनका गोबर-लीद-मूत सब कुछ किया था। जानवरों के हाव-भाव, स्वभाव से लेकर उनकी आवाज़ के उतार-चढ़ाव और उठती-गिरती साँसों को भी वे ख़ूब पढ़ना जानते थे। इसलिए वे जान चुके थे कि यह आवाज़ पास के नदी किनारे से नहीं बल्कि दूसरी तरफ़ से आ रही है और एक उन्मद मादा किसी नर को पुकार रही है। साफ़ है कि इसका राजमंगला से कोई सम्बन्ध नहीं।

यहाँ जीवन को बेहतर बनाने के लिए कुछ नहीं था। बस, हर क़दम पर धोखे और ख़तरे थे। लगातार बरसता भीषण पानी और जंगल से साथ भीगते हुए इन्सान। ऐसी बारिश, नमी और ठण्ड के बीच किसी तरह चूल्हे को जलाये रखना एक अनोखी चुनौती थी। लेकिन इससे भी बड़ी बात कि अपने अन्दर संघर्ष की आग न बुझने देना। ज्ञान सिंह को इस इलाक़े का बहुत अनुभव था और वह लगातार दिलासा देता कि महीने भर के अन्दर बरसात अचानक कम हो जायेगी। फिर पानी इतनी तेज़ी से नीचे उतरेगा कि कुछ दिनों में इसकी धार एक़दम मन्द पड़ जायेगी और तल की रेत साफ़ नज़र आने लगेगी।

इन जंगलों में कन्द मूल फल तक नहीं मिलते थे। जो कुछ हाथ लगता था, उसमें जंगली केले और बाँस की ताज़ा कोंपलें। इनके साथ कभी मछली, केकड़े और जंगली घास को उबाल कर पेट भरने के अलावा कोई रास्ता नहीं था। अगर किसी दिन बरसात मेहरबान हुई और उजला दिन निकला तो पुरुष जंगली नदियों के पार चले जाते थे और अन्दर उन्हें कहीं घास में उगे हुए सफ़ेद मशरूम मिल जाते।

कभी क़िस्मत ने साथ दे दिया तो पूरी तरह से पके हुए जंगली केले हाथ लग जाते। ऐसा भोजन मिल जाने पर नन्ही गोरी लड़कियाँ ख़ुश हो जाती थीं।

एक सुबह जब राघव झोंपड़ी के बाहर निकला, तो उसे अपनी आँखों पर विश्वास नहीं हुआ। चन्द क़दमों के फासले पर हाथी की लीद के तीन ढेर पड़े थे। उसने तुरन्त अन्दर सबको आवाज़ दी। सर्कस वालों की आँखें बिना पलक झपकाए पहचान गयीं। "ये तो हाथी की ताज़ा लीद है! मतलब जानवर आस-पास ही आजाद घूम रहा है!"

"लेकिन ऐसा कैसे हो सकता है?" कंचना ने सवाल किया, "इतने दिनों में हमें तो इस इलाक़े में हाथियों का एक भी झुण्ड दूर-दूर तक नहीं दिखा!"

"अब इतना तो पक्का है कि यहाँ एक हाथी है! वह जंगली है या पालतू, हमें अभी नहीं पता।"

उस दिन आकाश बिल्कुल साफ़ और चमकीला था। काले बादल उन स्कूली बच्चों की तरह ग़ायब हो गये थे, जो किसी को बिना बताये मौज-मस्ती के लिए निकल जाते हैं। कंचना ने अँधेरा होने से पहले ही मिट्टी की हाँडी में मछली का झोल तैयार कर लिया था और सब लोग गर्म-गर्म ही उसका आनन्द ले रहे थे। अचानक उसकी नज़र खुले दरवाज़े पर पड़ी, तो सामने का नज़ारा देखकर हैरान रह गयी। नदी के दूसरे किनारे पर एक विशाल हथिनी खड़ी हुई, पानी के इस पार देख रही थी।

उस रात देर तक उस अकेली हथिनी को लेकर गम्भीर चर्चा होती रही। इसके बाद के दिनों में वह भी हथिनी नज़र आयी। सवाल उठे कि जंगलों में भटकती हुई वह क्यों नदी किनारे आकर इस पार देखती रहती है? हर दिन उसका यही क्रम बन गया है। कंचना के दिमाग़ में एक विचार कौंधा, "वो जंगली हाथी, जो हमारी झोंपड़ी के चक्कर लगा रहा है, क्या उसका तो उस हथिनी के साथ कोई सम्बन्ध नहीं है?" सबकी आँखों में चमक आ गयी।

दो-तीन दिन बीत गये। राघव जंगल में जब एक सँकरी नदी को पार कर रहा था कि तभी हवा में उसे मनभावन सुगन्ध का एहसास हुआ। वह झाड़ियों को चीरता हुआ उस तरफ़ निकला, जिधर से वह सुगन्ध आ रही थी और थोड़ा आगे चलने के बाद ही वह केले के एक विशाल पेड़ के सामने खड़ा था, जिसकी शाखों पर लगे फल पक चुके थे। मारे ख़ुशी के वह तेज़ी से ऊपर चढ़ा और अपनी कुल्हाड़ी को उसने एक झटके में गीले तने में मारकर फँसा दिया। फल तोड़ते हुए वह कल्पना कर रहा था कि खाने की इतनी शानदार चीज़ देखकर उन नन्ही लड़कियों के चेहरे ख़ुशी से कैसे खिल जायेंगे।

तभी उसे नीचे झाड़ियों के अन्दर कुछ हलचल महसूस हुई। नीचे झांकते ही उसका दिल ज़ोर से धड़कने लगा। जब वह फल तोड़ रहा था, तो कुछ पत्तियाँ और फल टूट कर नीचे ज़मीन पर गिर गये थे। चौड़े कन्धों और मज़बूत पीठ वाला एक हाथी इन्हीं का आनन्द उठा रहा था। उसने तुरन्त तने से कुल्हाड़ी खींची और उसकी पहुँच में आने वाली कुछ नर्म छाल और फल काटकर नीचे गिरा दिये। भूखे हाथी को यह मेज़बानी अच्छी लगी। वह नीचे गिरी चीज़ों को अपनी सूँड़ में लपेटकर मज़े से पेट भर रहा था। राघव ने पास के पेड़ों पर चढ़े भीमू और अप्पाराव को देखा। तीन जोड़ी आँखों ने ग़ौर से उस हाथी का निरीक्षण किया तो वे समझ गये कि यह ब्रह्मी प्रदेश का हाथी है। उसकी पीठ और पैरों में पड़े ज़ंजीरों के निशान से बिल्कुल साफ़ था कि वह पालतू है।

इस भारी भरकम जानवर को कई दिनों से भरपेट भोजन नहीं मिला था और वह इस मौक़े का पूरा फ़ायदा उठा रहा था। उसके लिए भोजन स्वर्ग से बरस रहा थी। राघव ने एक हलकी सीटी बजायी और लड़कों के साथ संकेत भाषा में विचार आदान-प्रदान किये। तय हुआ कि वे लोग हाथी को चौंकाते हुए, मिलकर उसे अपने क़ब्ज़े में ले लेंगे।

उन्होंने ख़ुद को इशारों-इशारों में इसके लिए तैयार किया कि अपने-अपने पेड़ों से एक ही समय पर कूदेंगे। उन्होंने यही किया और "चलऽऽ पकड़!" चिल्लाते हुए छलाँग लगा दी। लेकिन वह जानवर उनकी सोच से कहीं शातिर निकला और अपनी भारी क़द-काठी के बाद भी तेंदुए की फुर्ती से उछलकर ऊँची-घनी झाड़ियों में ऐसे ग़ायब हुआ कि उसका पता ही नहीं लगा!

राघव के निर्देश पर दोनों लड़कों ने जितने सम्भव थे, उतने केले के बड़े-बड़े पत्ते तथा मोटे तने उठाकर सिर पर रखे और ले आये। यह सब झोंपड़ी के बाहर कुछ दूरी पर रख दिया गया और रात का इन्तज़ार करने लगे। राघव ने लड़कों को पास छुपकर बैठने और रात में कड़ी निगरानी करने के काम पर लगा दिया। दोनों रखवाले आधी रात तक जागते रहे, लेकिन जब सुबह होने का वक़्त आया और ठण्डी हवा चलने लगी, तो वे ख़ुद को नींद के चंगुल से बचा नहीं सके। गहरी निद्रा में डूब गये। जब सूरज निकला और चारों तरफ़ उजाला फैल गया, तो राघव झोंपड़ी से बाहर आया। उसने हँसते हुए दोनों लड़कों को एक-एक लात जमाई और फिर तीनों वहाँ पहुँचे जहाँ केले के पत्तों और तनों का ढेर लगाया था। उन्होंने देखा कि जब दोनों लड़के नींद में खर्राटे भर रहे थे, तब वह हाथी आया और सारे पत्तों और नर्म तनों को खाकर निकल गया। सख़्त हिस्से उसने वहीं छोड़ दिये थे।

# 57

बाहर डरावनी रात का अँधेरा पसरा था। हवा भी चारों तरफ़ के सन्नाटे को चीरती हुई अजीब तरह की सीटी बजा रही थी। अचानक कंचना के कानों में जोरों की चीख़ने-चिल्लाने की आवाज़ें पड़ीं। झोंपड़ी के अन्धकार में ही हंगामा मचा हुआ था और शोर उठ रहा था। कोई राघव के सीने पर चढ़कर उसका गला दबा रहा था और फिर अचानक औरत की आवाज़ आने लगी, "अरे उठ रे, उठ मेरे मरद! देख, मेरी दोनों बच्चियाँ कैसे जंगल में दौड़ रही हैं! रे शान्ता... रुक! रुक! बेटी बबीता! उठ रे जल्दी! अरे तू कैसा अभी तक लकड़ी के लट्ठे जैसा पड़ा है, रे महालिंग्या!!!"

कंचना ने छलाँग मारते हुए चूल्हे की आँच में लकड़ियाँ डालकर उजाला किया। इस उजाले में उसने देखा कि हीरा आत्या सीधे राघव के सीने पर सवार है और दोनों हाथों से उसका गला ज़ोरों से दबा रही है। राघव अपनी पूरी ताकत लगाकर उससे छूटने की कोशिश करते हुए, अपने दोनों पैर ज़मीन पर पटक रहा है। कंचना भागी और उसने हीरा आत्या को जोर का धक्का दिया। उसके धक्के में इतनी ताक़त थी कि वह लुढ़ककर उलटी हो गयीं। तब जाकर उसे थोड़ा होश आया।

दोपहर का भोजन हो चुका था और कंचना लड़कियों के साथ कोई खेल खेल रही थी। राघव लड़कों से बातचीत कर रहा था और ज्ञान सिंह ने अपनी नाक एक पुराने नक़्शे में घुसा रखी थी। अचानक एक हाथी की तेज़ चिंघाड़ सबके कानों में पड़ी और सर्कस वाले अनुभव से जान गये कि यह रुदन किसी भयंकर तकलीफ़ से उपजा है। क्या वह उन्मत्त है? क्या वह किसी कारण से पागल हो गया है? ऐसा भी हो सकता है कि वह मदहोश स्थिति में इधर निकल आये और झोंपड़ी को तहस-नहस कर दे? हर किसी के चेहरे पर चिन्ता की लकीरें खिंच गयीं। मर्दों ने अपने हाथों में मोटे डंडे थाम लिए और हाथों में नायलॉन की रस्सियाँ लेकर वे सावधानीवश बाहर निकल आये।

तभी वह गहरे रंग का विशाल जानवर सीधे झोंपड़ी के सामने आ धमका। वह बहुत तेज़ी से आया था और आते ही उसने अपने आगे के दोनों पैर मोड़े और धड़ाम से गिर गया। सबका ध्यान उसके आगे के बायें पैर पर गया, जिसके तलवे के पिछले हिस्से में इन्सानी हथेली के बराबर एक बड़ा घाव बना हुआ था। सम्भवत: किसी पेड़ के नुकीले ठूँठ या किसी पैने पत्थर ने अन्दर गहरे तक घुसकर उसे चीर दिया था। उस ज़ख़्म पर पीले-सफ़ेद मवाद जैसा द्रव जमा हुआ था। लेकिन जो बात

उसकी तकलीफ़ को और बढ़ा रही थी, वह यह थी कि जंगली मक्खियाँ लगातार ज़ख़्म के आसपास भिनभिना रही थीं और उसे शान्ति का एक पल भी नसीब नहीं होने दे रही थीं।

ऐसे बलशाली जानवर एक बार जंगल में असहाय हुए कि मौत ही उनका एकमात्र रास्ता रह जाती है। शिकारी या फिर मुर्दों पर अपना जीवन बसर करने वाले लम्बी-नुकीली चोंच वाले पक्षियों को अपने आप इसकी ख़बर मिल जाती है। फिर उनके झुण्ड इनके चारों तरफ़ इकट्ठा होकर मंडराने लगते हैं। वे अपने महाभोज की तैयारी में लग जाते हैं। एक-एक कर उतरकर उसके जीते जी, चोंच मार-मारकर उसकी चमड़ी छील देते हैं। उस घाव को इतना गहरा कर देते हैं कि मांस दिखने लगता है। जबकि कभी अपनी ताक़त पर जीने वाला यह जानवर अकल्पनीय दर्द से गुज़रते हुए उनका कुछ नहीं बिगाड़ पाता। आठ पंछियों का झुण्ड फिर अस्सी में बदल जाता है और वे सब लगातार उसके सिर पर चक्कर काटते रहते हैं। इस हाथी की पीठ पर भी ऐसे हमलों के निशान साफ़ थे। वह जानता था कि अब कभी भी इन हिंस्र पंछियों का शिकार बन सकता है। इसलिए जंगल का यह राजा शरण और सुरक्षा माँगने इन्सानों के द्वार पर आया था।

राघव, कंचना और बाक़ी लोग अपने हाथों में डण्डे और छड़ियाँ लिए दौड़े। सबसे पहले उन्होंने उन पक्षियों को दूर भगाया, तो वे चीं चीं करते हुए नाराज़गी दिखाने लगे। झपटने लगे। राघव के भीतर बैठा जानवरों का चिकित्सक एक़दम जाग गया और उसने तत्काल उस हाथी को प्यार से पुचकारा। उसे भरोसे में लिया।

कंचना फटाफट दौड़ के अन्दर गयी और पानी गर्म करके लायी। उसने धीरे-धीरे वह गर्म पानी हाथी के ज़ख़्म पर डालना शुरू किया, जिससे न केवल मक्खियाँ तुरन्त भाग गयीं, बल्कि ढेर सारे कीड़े और इल्लियाँ भी घाव से बाहर निकल आये। सर्कस में जानवरों के साथ पले-बढ़े लोगों को यह बताने की ज़रूरत नहीं होती कि ऐसी लड़ाइयाँ कैसे जीती जाती हैं।

भीमू और अप्पाराव बाँस की कोमल कोंपलें और पत्तियाँ लाने के लिए भागे। भीमू ने नर्म कोंपलों से बाँस का तेल निकाला और अप्पा ने पत्तियों को पीसकर उनका रस निथारा। उस रस के साथ नाज़ुक पत्तियों को पीसकर फिर लेप तैयार किया गया। इस बीच कंचना ने उस घाव को धोकर साफ़ किया और जितना सम्भव हो सकता था, मवाद को निकाल दिया।

राघव ने उस हाथी का सिर अपनी गोद में रख लिया था। वह उसके चौड़े कानों

से खेलते हुए, उसे बहलाने के लिए तरह-तरह की आवाज़ें निकाल रहा था। उसने अपने प्यार और भरोसे से जानवर को सहज कर दिया था।

कीड़ों, इल्लियों और मक्खियों से मिल रही तकलीफ़ और दर्द कम हो जाने से हाथी को बहुत राहत मिली थी। इसके बाद सबने उसे खाने की चीज़ें दी। राहत की वजह से उसे नींद ने घेरा और क़रीब घण्टे भर तक वह आराम से सोता रहा।

ज़्यादा समय नहीं लगा, जब वह पहाड़ जैसा हाथी इस परिवार का अविभाज्य सदस्य बन गया। उसके नाख़ून बढ़ चुके थे और उसके मांस में घुसकर तकलीफ़ दे रहे थे। राघव ने औज़ार निकालकर उन्हें काट दिया। उसके शरीर और मन के घाव तेज़ी से भर रहे थे।

दो दिन ही बीते थे कि एक सुबह कंचना-राघव की नींद हाथी की तेज़ चिंघाड़ के साथ खुली। दोनों बाहर भागे। यह चीत्कार नदी के पानी को पार करती हुई दूसरी तरफ़ की घाटियों तक पहुँच रही थी। जब नदी के चौड़े पाट के ऊपर से अँधेरा छँटा, तो सामने का नज़ारा देखकर हर कोई हैरान रह गया। दूसरी तरफ़ वह हथिनी खड़ी पूरी ताक़त से अपने साथी को हाक मार रही थी और इधर यह हाथी ख़ुशी से अपनी सूँड़ को झण्डे की तरह लहराता हुआ, उसका प्रत्युत्तर दे रहा था।

दोनों तरफ़ से उठ रही आवाज़ों में एक-दूसरे के लिए गहरा आकर्षण, बिछड़ने का दर्द और मिलन की तीव्र इच्छा गूँज रही थी। ऐसा लग रहा था कि नदी का पानी उनकी बारीक आँखों में बह रहा है। कैसे हम मिलेंगे? कब मिलेंगे? जैसे चिन्तातुर सवाल उनकी हुंकारों में साफ़ सुनाई पड़ रहे थे।

ज्ञान सिंह ने अपनी दूरबीन निकाली और दूसरे किनारे का निरीक्षण करने लगा। फिर दूरबीन नीचे करके बोला, "मुझे पक्का भरोसा है कि ये दोनों जानवर अंकल रॉबर्ट के हाथीखाने के हैं। तुम्हें याद है न उस दिन इधर आने के लिए निकले हाथियों में कुछ बीच से ही पलटकर वापस भाग गये थे। ये हथिनी उन्हीं में से हो सकती है!"

"तो फिर अपने सामने बैठे हुए यह महाराज कौन हैं?"

"मुझे लग रहा है कि वो चालीस-पचास सैनिकों को लेकर जो छह हाथी नदी में बह गये थे, यह उन्हीं में से कोई क़िस्मत वाला है। जो अधमरी हालत में इधर के किनारे पर कहीं लग गया होगा। लेकिन नदी में इतनी बाढ़ है कि यह दूसरी तरफ़ जा नहीं पाया और अभी तक इस तरफ़ ही फँसा है। वर्ना तो इधर किसी पालतू हाथी के होने का सवाल ही पैदा नहीं होता।"

सबने उस नये हाथी का नाम रख दिया, सर्जा।

दिन गुज़रते जा रहे थे। हर दिन इस तरफ़ से सर्जा और उस तरफ़ से उसकी

सखी, रानी की चिंघाड़ में गहराई आती जा रही थी। हर किसी की नज़रें अब सिर्फ़ नदी के बहते पानी पर टिकी थीं और सब प्रार्थना कर रहे थे कि अब यह कम हो जाये। ज्ञान सिंह भी दूसरे किनारे पर पहुँचने के लिए, लगातार अधीर होता जा रहा था। "अब मैं और एक मिनट भी यहाँ नहीं रहना चाहता!" उसने उत्साह से कहा, "मैं अभी तुरन्त हिन्दुस्तान पहुँच जाना चाहता हूँ! राइट नाउ!"

"लेकिन तुम्हें तो अभी तक तुम्हारे भाइयों की कोई ख़बर नहीं मिली!" राघव ने कहा।

"नदी से निकलकर आगे दो दिन चलने पर असम में एक गाँव पड़ता है, लेडो। वहाँ पर निर्वासितों और घायल फ़ौजियों के लिए बड़ा कैम्प लगा है। हो सकता है कि वहीं मेरे भाई लाशों में मुझे भी ढूँढ़ रहे होंगे!"

इसके बाद अब सबके दिमाग़ में सिर्फ़ एक सवाल बचा था : कब नदी का पानी उतरेगा?

## 58

ऊँचे-घने-हरे पहाड़ों पर भरभराकर गिरते बादलों के आँसू थमने का नाम नहीं ले रहे थे। उस झोंपड़ी में रह रहे तेरह जन पूरे मौसम की उस नमी से अक्षरशः बेजार हो चुके थे, जो उन्हें एक पल की भी राहत नहीं लेने दे रही थी।

क्रूर काल ने सात लाचार नन्ही बच्चियों की जैसे आवाज़ ही छीन ली थी। वे ख़ुद को कंचना के सीने में छुपा लेती थीं या फिर टकटकी बाँधे सूनी आँखों से सूखे फूँस और नारियल के पेड़ के पत्तों से बने छप्पर को निहारती रहती थीं। कहाँ होंगे उनके माता-पिता? वे ज़िन्दा भी होंगे या फिर महायुद्ध की भेंट चढ़ गये होंगे?

एकमात्र हीरा आत्या थी, जिस पर किसी बात का असर नहीं था। वह पानी में भीगी लकड़ी की जड़ प्रतिमा की तरह एक जगह स्थिर रहती थी। इसके बरअक्स कंचना के दिल को रत्ती भर चैन नहीं था। कोई दो महीने हो रहे थे, जब उसकी कम्पनी ने हिन्दुस्तान का रुख़ किया था। क्या हुआ उन लोगों का? अपने-अपने घर पहुँचे या नहीं? दुष्ट और उलटी खोपड़ी वाले सायबू चाचू ने उनकी ग़ैर-मौजूदगी में क्या-क्या खेल रचे होंगे? अब आगे क्या होगा? कब रुकेगी यह बरसात और कब डाफा नदी का पानी नीचे उतरना शुरू होगा?

फिर से भयंकर बारिश चालू होने पर उफनाई डाफा ने अपने किनारों को तोड़ दिया था। पेचिश की तरह आसमान दिन-रात बरस रहा था। उसके साथ चल रही

ठण्डी-नम हवाएँ भी तोड़ देने वाली थीं। वह हाथी अपनी सूँड़ झोंपड़ी की खिड़की से अन्दर किये बाहर बैठा रहता। उसके लम्बे कान बाहर की आवाज़ों पर अपना ध्यान केन्द्रित किये रहते। लेकिन उनमें बरसात की धीमी होती आवाज़ कभी नहीं पड़ती। चार-पाँच दिनों से बरसात लगातार पड़ रही थी और इस वजह से झोंपड़ी का दरवाजा तक नहीं खुला। चूल्हे के लिए भी सिर्फ़ गीली लकड़ियाँ थीं और नतीजे में पूरी झोंपड़ी धुएँ से भर जाती थी। लोग गर्मी पाने के लिए उसी के आस-पास बैठते या फिर सामने पड़ी बाँस की चटाइयों पर लेटकर अपने घुटने पेट से चिपका लेते। उन्होंने बाँसों को छाँटकर उनकी गठानों वाले हिस्से के प्याले बना लिए थे, जिनमें ब्लैक कॉफ़ी पीते थे। मगर इससे भी नन्ही लड़कियों के बदन में भरी ठण्डक ख़त्म होने का नाम नहीं लेती थी।

पेट ख़ाली करना भी मुश्किल हो गया था। दो क़दम भी बाहर निकालने का मतलब था, सिर से पैर तक बारिश में नहा जाना। रात में ठण्ड का आलम और ख़तरनाक हो जाता था। उनके भोजन में अर्सा पहले नमक ख़त्म हो चुका था, जिससे शरीर की ठण्ड से लड़ने की क्षमता बुरी तरह से प्रभावित हुई थी। वे लड़कियाँ कंचना के बदन से चाहे जितना चिपककर सोतीं, मगर उनके दाँत किटकिटाना बन्ध नहीं करते।

एक रात कंचना उन लड़कियों को अपने पास लेकर बैठी और टूटी-फूटी अँगरेज़ी में उन्हें समझाया, "लड़कियों, हमारे बदन के लिए नमक बहुत ज़रूरी होता है। उसके बिना रह नहीं सकते हैं।"

"लेकिन हम नमक कहाँ से लायें?"

"बेटी, हमारे बदन से जो पसीना निकलता है, उसमें नमक होता है! उसी का इस्तेमाल करो।"

"मतलब?"

"जब भी तुम्हारे या तुम्हारी दोस्त के बदन से पसीना निकलता है, तो वही नमक है। उसे चाट लो, तो नमक तुम्हारे बदन में वापस पहुँच जायेगा!"

यह सर्दी दिमाग़ को भी जमा देने वाली थी। ठण्डी हवाएँ हड्डियों के अन्दर तक घुसकर बदन को सुन्न कर देती थीं। लड़कियों ने कंचना की सलाह मानी और उन्होंने एक-दूसरे को चाटना शुरू कर दिया। कई बार वे कंचना का बदन भी चाट लेती थीं। इससे उन्हें कुछ बेहतर महसूस होने लगा। हालाँकि उनके लिए यह एक मनोरंजन भी था। जब यह हँसी-खेल चल रहा था, तो राघव दूसरी तरफ़ सो रहा था।

"यह कोई नयी बात नहीं है लड़कियों," वह जैसे आधी नींद में बोला, "दुनिया भर में यहाँ-वहाँ घूमते हुए मैंने कई लोगों के अनुभव सुने हैं। रूस के साइबेरिया में या कई ठण्डी जेलों में बन्द क़ैदियों के अलावा मलाया में भी जब लोगों को क़ैदखाने में जानवरों की तरह डाल दिया जाता था, तो वे एक-दूसरे का पसीना चाट कर और यहाँ तक कि मूत्र पीकर भी अपने आप को ज़िन्दा रखे रहे। ऐसे संकट में यही ज़रूरी है कि किसी भी तरह से ख़ुद को बचाकर रखा जाये।"

एक रात कोई घण्टे भर के लिए बरसात थमी। मौक़े का फ़ायदा उठाकर राघव दोनों लड़कों, भीमू और अप्पाराव को साथ लेकर नदी के उफनते पानी की तरफ़ गया। उनकी क़िस्मत अच्छी थी कि चार-चार फ़ीट के दो तैरने वाले जीव उनके हाथ लग गये। अब यह साँप थे या लम्बी बाम मछली, जिसे लोग ईल कहते थे, इसकी किसे परवाह थी? उनके हाथ में अब कुछ ऐसा था, जिससे उनके बदन में थोड़ी गर्मी लौट सकती थी।

राघव ने उन्हें हाथों से पकड़ा और अपने चाकू से उनके सिर काट कर फेंक दिये, ताकि लड़कियाँ देखकर डर न जायें। फिर उसने उनके छोटे-छोटे टुकड़े किये और मांस को अन्दर पकाने के लिए ले गया। जब मांस अच्छे-से पक गया तो राघव ने सबसे पहले एक प्याला भरकर कुछ टुकड़े खाये, ताकि जाँच सके कि उसमें किसी तरह का ज़हर तो नहीं है। जब बीस मिनट गुज़र गये और उसे कोई घबराहट या परेशानी महसूस नहीं हुई, तो वह मांस सबको परोसा गया। उस रात सबको अच्छी नींद आयी।

अगले कुछ दिन शान्त बीते और बीच-बीच में कई बार ऐसे भी दौर आये कि बिल्कुल बरसात नहीं हुई। झोंपड़ी से बाहर निकलना भी सम्भव हुआ। तब एक दिन कंचना ने लड़कियों को लिया और जंगल की एक शान्त नदी में पहुँची। भीमू और अप्पाराव ने उनके आने से पहले केले के पेड़ों के तने काट रखे थे। कंचना और राघव ने लड़कियों के पेट पर बाँधकर उन्हें पानी में छोड़ दिया। भीमू को भी तैरना नहीं आता था। उसके पेट पर भी एक बाँधा गया। उन लोगों ने पानी में तैरते और खेलते हुए लम्बा वक़्त बिताया।

इसके बाद के दस दिनों में एक बार फिर बेहिसाब बारिश हुई, जिसने खाने की पुरानी समस्या को फिर सामने ला खड़ा किया। आख़िर कब तक वे लोग नदी के केकड़ों, बारीक झींगों और जंगली पत्तियों पर अपना गुज़ारा कर सकते थे? देखते-देखते सात में से चार लड़कियों ने बिस्तर पकड़ लिया। जो भी वह खातीं, तुरन्त

बाहर निकल जाता। इससे उनके बदन की सारी ताक़त निचुड़ गयी और उनके पेट पूरी तरह से ख़ाली हो गये। भूख शान्त करने के लिए उन्होंने कुछ अध-पका भी खाया और उनके पेट फिर से बिगड़ गये।

फिर एक कमाल का अकल्पनीय दिन आया। दिन बिल्कुल साफ़ और सूखा था, हालाँकि पेड़ों की पत्तियों से अब भी पानी चू रहा था। बहुत दिनों की क़ैद से फेफड़े तक नम पड़ गये थे। तब चारों आदमी खाने की तलाश में बाहर निकले। हाथों में अपनी-अपनी कुल्हाड़ी और चाकू लेकर। वे बेसब्री से कुछ ऐसा तलाश रहे थे, जिसे लेकर वे बहुत सन्तोष और आनन्द के साथ वापस लौट सकें। लेकिन किसी तरह का भोजन उनके हाथ नहीं लगा। अचानक कोई तेज़ चीज़ भीमू के पैरों में चुभी और वह ज़ोर से चीख़ा। सब लोग उसके पास इकट्ठा हो गये और देखा कि जो नुकीली चीज़ चुभी है, वह ज़मीन के अन्दर गहरे धँसी हुई है। ज़मीन नम थी। जल्दी-जल्दी खोदकर उसे बाहर निकाला और उस पर जमी मिट्टी को साफ़ किया। देखते ही उनके होश उड़ गये। वह विमान के टूटे पंख का एक टुकड़ा था। सबके चेहरे अचानक चमके और उम्मीद की नयी किरण उन्हें दिखाई दी। निश्चित ही वह किसी डाकोटा विमान का टुकड़ा था, जिसने ज़रूर सेना के लिए आवश्यक चीज़ों को लेकर उड़ान भरी होगी।

चारों तेज़ी से चार दिशाओं में बिखर गये और ज़मीन पर हर तरफ़ गहरी छानबीन करने लगे। उन्होंने घाटियों में भी झाँककर देखा, हर ओर घनी झाड़ियों को खँगाला, चट्टानों पर चढ़कर दूर-दूर तक नज़र डाली। फिर कुछ क़दम और आगे बढ़ाए, तो सामने एक गड्ढे में डाकोटा का मलबा पड़ा नज़र आया! जब यह जलता हुआ गिरा होगा, तो पेड़ों के बीच में भी उलझा होगा और अब पेड़ों की शाखाओं से ही ढँका हुआ था।

राघव ने एक आवाज़ लगायी और सारे के सारे उस विमान के मलबे के चारों ओर इकट्ठा हो गये। उन्होंने देखा कि पायलट का जला हुआ कंकाल अब भी कुर्सी से चिपका था और कुर्सी की पेटी में लोहे के तार उसकी कमर में बँधे हुए थे। बिखरते-टूटते कंकाल की हालत और विमान के मलबे पर उग आयी काई समेत आस-पास की झाड़ियों को देखते हुए समझ आता था कि यह हादसा कोई दो महीने पुराना होगा।

जले हुए हवाई जहाज़ को बीच में रख, वे चारों लोग उसके चारों तरफ़ गोलाकार घूमते हुए तलाश में लग गये। कुछ टीन-फूड, कुछ सिगरेट के पैकेट

या कुछ भी ऐसा मिल जाये, जो काम आ सके। बहुत तलाश के बाद आख़िरकार उन्हें पचास किलो चावल की एक बोरी मिली, जिस पर ब्रिटिश-इंडियन आर्मी का ठप्पा लगा था। प्लास्टिक के अन्दर यह बोरी इतनी मज़बूती से सिली हुई थी कि हवाई जहाज़ से फेंके जाने के बावजूद उसे कुछ नहीं हुआ और महीनों की भयानक बरसात में यह साबुत बची रही।

इसके बाद चावल की दावत हुई, लेकिन यह पाँच-छह दिन से ज़्यादा नहीं चली। एक बार प्लास्टिक से बाहर निकल जाने के बाद चावल नमी सोखने लगा था और ठण्डी हवा के असर से बारीक टुकड़ों में बिखरने लगा था।

जंगल में मिली एक सूनी जर्जर झोंपड़ी की तलाशी लेते हुए, राघव उसकी छत के चप्पे-चप्पे को छानने लगा। वहीं उसके हाथ एक जानवर की खाल लगी, जिसे देखकर उसके दिमाग़ की घण्टी बजी। उसने खाल निकाली और सूँघ कर देखा। फिर खाल का एक छोटा-सा टुकड़ा पानी में डालकर उबाला। बिल्कुल, जैसा उसने सोचा था वही निकला। यह हिरण की खाल थी। भीषण बरसात वाले इलाकों में, जहाँ कई बार लोगों के लिए हफ़्तों-महीनों तक बाहर निकलकर भोजन ढूँढ़ पाना सम्भव नहीं होता, वे गर्मियों के दिनों में हिरण की खाल को नमक लगाकर धूप में सुखा लेते हैं। लम्बे बरसाती दिनों में यही उनके काम आती है। यही चीज़ अब झोंपड़ी में राघव और कंचना के परिवार की जान बचाने के काम आ गयी। कुछ दिनों तक इसी से पेट की भूख मिटाई गई।

अगले कुछ दिनों में हवाओं का रुख़ फिर बदला। ठण्डे थपेड़ों की मार कमज़ोर हो गयी। बरसात की दादागिरी भी नर्म पड़ी। पेड़ों ने झूमना शुरू कर दिया और पंछी चहचहाने लगे। ज्ञान सिंह की आँखों में आशा के दीप जले और उसे देखकर बाक़ी सबके चेहरों पर ख़ुशी झिलमिलाने लगी। जिस लम्बी और भयानक सुरंग में वे सभी फँसे थे, अब उससे बाहर निकलने की रोशन-किरण दिखाई देने लगी।

पानी भरे बादलों ने आकाश का एक चक्कर और लगाया, तो सब लोग थककर गहरी नींद में सो गये। कोई दो-तीन घण्टे बाद किसी आवाज़ से कंचना की नींद खुल गयी। वह लेटी रही, मगर फिर वही आवाज़ तेज़ हुई तो वह झट से उठकर बैठ गयी। उसके पेट में जैसे गुड़गुड़ हुई। सर्जा ने अपनी सूँड़ के दो झटकों से किनारे की घास को उखाड़ दिया था और सामने नदी दिखाई दे रही थी। कंचना ने बैठे-बैठे सीध में देखा, तो नदी के तल पर सितारे चमक रहे थे।

कंचना के साथ राघव की नींद भी टूट गयी थी। "अरे, उठो, सब उठो!" वह

चिल्लाया, "चलने की तैयारी करो!" और दौड़कर बाहर निकल आया। ऊपर आसमान में पर्वतों को घेरे हुए बादल पिघल चुके थे और आकाश में लाखों सितारे चमक रहे थे।

राघव ने नदी के किनारे पर नज़र डाली और वहाँ उसे एक बड़ी ढलान दिखाई पड़ी। नदी के तल में जगह-जगह चमक बिखरी हुई थी। रेत के छोटे-छोटे टीलों के बीच गड्ढों में पानी भरा था और उनमें चन्द्रमा अपनी पूरी चमक के साथ झिलमिला रहा था। पूरा माहौल बदलकर ख़ुशनुमा हो चुका था और उसमें जैसे धीमी-धीमी घण्टियाँ बज रही थीं। चन्द्रमा के प्रकाश में नदी का जल इतना स्वच्छ और निर्मल लग रहा था कि कोई भी आगे बढ़कर घूँट भर सकता था।

तभी उसने देखा कि दूसरे किनारे की तरफ़ से कोई काला पहाड़ चलते हुए इस तरफ़ बढ़ा रहा है। वह नदी में आधा पहुँच भी चुका था। उसने जब ग़ौर किया, तो पाया कि सामने की तरफ़ से यह तो हथिनी, रानी तेज़ी से चली आ रही है। अपने प्रेमी से मिलने के लिए उसने साहस बटोरकर नदी में क़दम रख दिया था और नागिन के फन जैसी अपनी सूँड़ को लहराते हुए, सर्जा और बाक़ी सबको सन्देश दे रही थी, "अरे मूर्खो, उठो अब तो! कैसे सो सकते हो अब तुम सब? नदी के दो हिस्से हो गये अब तो! यही मौक़ा है यहाँ से भाग जाने का। अगर इसको भी गँवा दिया, तो हो सकता है कि यहीं मर जाओ!"

झोंपड़ी में जैसे हड़बड़ी मच गयी। किसी को कोई संकेत दिये बिना सर्जा तेज़ी से भागता हुआ ढलान की तरफ़ बढ़ा और नदी किनारे तक पहुँच गया। कंचना ने फटाफट फूल-जैसी-हलकी लड़कियों को गोद में सँभाला। भीमू और अप्पाराव ने उसकी मदद की। सारी लड़कियों को उन्होंने बाँस की टोकरियों में रखकर हाथी की पीठ पर चढ़ाया। राघव आराम से चढ़कर उसकी चौड़ी गर्दन पर जम गया। आगे के सफ़र में काम आने वाले ज़रूरी कपड़े, चटाइयाँ, चादरें, थोड़े से बर्तन और इक्का-दुक्का सामान की गठरी भी लाद दी गयी। नायलॉन की पुरानी रस्सियों को नई गाँठें मारकर जोड़ा गया और सबको कसा गया। सबसे आगे राघव बैठा। उसके पीछे सामान की गठरी और फिर कंचना। उसके दायें-बायें सातों लड़कियाँ टोकरियों में थीं। नारियल और केले के कई सारे गुच्छे भी साथ में रखे गये। अन्त में पूँछ के पास हीरा आत्या को बैठाया गया। लड़कों ने उसे भी यथासम्भव कसकर रस्सियों से बाँध दिया। ज्ञान सिंह भी लटक गया।

सर्जा ने पैरों के नीचे की गीली रेत को कुचलते हुए तेज़ी से आगे बढ़ना शुरू

किया। आधी से ज़्यादा नदी पार कर चुकी रानी ने उत्साह में ज़ोर से हुंकार भरी। राघव ने भीमू और अप्पाराव को हाथी पर चढ़ जाने का इशारा किया, लेकिन उन्हें पानी में ही ज़्यादा मज़ा आ रहा था। "राघव दादा, आज तो समझो भगवान मिल गये। हम लोग सर्जा के साथ-साथ ही आगे बढ़ते रहेंगे।"

"लेकिन जान का जोखिम क्यों उठाते हो?"

"कोई जोखिम नहीं है। सिर्फ़ जाँघों तक पानी दिख रहा है। फिर कभी हाथी बिगड़ गया तो उसको सँभालने के लिए कोई तो नीचे होना चाहिए।"

देखते-देखते सर्जा ने भी आधी नदी पार कर ली और वह अपनी हथिनी से मिला। यहाँ नदी का तल काफ़ी उठा हुआ था और पानी का बहाव यहाँ से कट कर बह रहा था, जिससे बीच में छोटा-सा रेत का टापू जैसा निकल आया था। लेकिन सामने के किनारे की तरफ़ अब भी बहुत सारा पानी नज़र आ रहा था। सर्जा ने लाड़ से अपनी सूँड़ रानी की सूँड़ से भिड़ा दी। महीनों बाद उनका मिलन हो रहा था। सूँड़ से सूँड़ लिपट गयी। उनके शरीर एक-दूसरे से रगड़ रहे थे। लेकिन तभी जैसे दोनों को चारों तरफ़ बहते पानी का प्रवाह महसूस हुआ और वे ख़ुद को सँभालते हुए सावधान हुए। अपने-अपने कान ज़ोर से हिलाये। राघव भी सशंकित हो गया। यह कहने से ख़ुद को रोक नहीं सका, "बाप रे! इस तरफ़ तो पानी बहुत गहरा दिख रहा है। इस पागल रानी ने सबकी जान मुश्किल मे डाल दी!"

"सचमुच यहाँ धोखा तो बहुत है राघवजी। लहरों की तेज़ी तो देखो! यहाँ तो ज़िन्दा रहने से ज़्यादा मरने का मौक़ा लग रहा है।"

"तो फिर तुम तय करो कि आगे क्या करना चाहिए।"

"दूसरा कोई रास्ता दिख रहा है क्या? दाजी से आशीर्वाद माँगते हैं और छोड़ते हैं सब क़िस्मत के भरोसे। फिर जो होगा, सो होगा। हमने किसी का बुरा नहीं किया है, तो अपना भी अच्छा ही होगा।"

कंचना ने गहरी साँस छोड़ी और लड़कियों को बाँहों में भर लिया। आँखों के आँसू पोंछते हुए बोली, "डरना मत। अपनी आँखें बन्द कर लो और अगर पानी में गिर जाओ तब भी मत खोलना। मेरी देवी माँ दरवाज़े खोलेंगी।" फिर राघव और ज्ञान सिंह को अपने शब्दों का सहारा देते हुए बोली, "अब दो में से कोई एक ही बात होगी, या तो मरने का सुख मिलेगा और नहीं तो नसीब में लिखी ज़िन्दगी भर की ख़ुशियाँ बरसेंगी।"

जानवरों के पास इन्सानों की बातें सुनने-समझने का समय नहीं बचा था। दोनों

तेज़ी से पानी में घुस गये। भीमू और अप्पाराव ने सर्कस के झूलों वाली छलाँग मारी और उछलकर सीधे रानी की पीठ पर सवार हो गये। ज्ञान सिंह ने सर्जा की पीठ पर बँधी नायलॉन की रस्सी कसकर पकड़ ली। दोनों हाथी अपनी पूरी शक्ति से डराने वाली तेज़ लहरों के बीच से होते हुए आगे बढ़ने लगे। इससे पहले कभी उन्होंने लहरों में ऐसी रफ़्तार और ताक़त नहीं देखी थी। जब गहराई बढ़ गयी, तो उनके सिर और पीठ पानी में डूब गये और उनके साथ पीठ की सवारियाँ भी। तभी उन्होंने नदी के तल पर अपने पैरों की पकड़ खो दी और लकड़ी के मोटे लट्ठों की तरह पानी में तैरते हुए आगे बढ़ने लगे।

आख़िरकार दुर्भाग्य का अन्त हुआ और सौभाग्य का किनारा मिला! नदी का बहता पानी आगे तीखा मोड़ ले रहा था और इस वजह से नीचे की परत में एक तरफ़ बहुत सारी रेत छोटे-से टीले की तरह इकट्ठा हो चुकी थी। दोनों जानवरों की नज़र जैसे ही उस पर पड़ी, वे पूरी ताक़त लगाकर, एक-दूसरे को धकेलते हुए वहाँ तक पहुँचे और उस ठोस जगह पर जम गये। वहाँ से बहाव, उन्हें छोड़कर दूसरी दिशा में मुड़ गया था। यहाँ से दोनों को दूसरे किनारे की राह मिल गयी।

रेत के उस दस-बारह फ़ीट के ढेर के आगे, हाथियों के सामने एक चढ़ाई आ गयी। वे उस पर बढ़ गये। पानी के तेज़ प्रवाह ने उन्हें इतने तेज़ झटके मारे थे कि उनके भीतर सफल हो जाने के उल्लास को जताने की ज़रा भी ताक़त नहीं बची थी। हाथी जब चढ़ाई पर चढ़ने लगे तो राघव ने पीछे देखा। नन्ही बच्चियाँ, कंचना और ज्ञान सिंह अपनी जगहों पर क़ायम थे, लेकिन सर्जा की पूँछ वाला हिस्सा ख़ाली था। "हीरा आत्या कहाँ गयी?" वह चिल्लाया, "वो यहाँ नहीं है?"

सब लोग चकरा गये। क्या पानी के प्रवाह में वह बह गयी? क्या पानी के तेज़ आघातों ने रस्सी को तोड़ दिया? राघव तेज़ी से नीचे उतरा और सब रस्सियों को जाँचने लगा कि कहाँ, कौन-सी रस्सी टूटी। लेकिन ऐसा नहीं था। बात शायद ठीक उलटी थी। ऐसा लगता है कि हीरा आत्या ने ख़ुद ही रस्सी की गठानें खोलकर उस जल-प्रवाह में समाधि लेने का फ़ैसला कर लिया! सब ज़ोर-ज़ोर से नदी की तरफ़ आवाज़ लगा रहे थे "आत्याऽऽ आत्याऽऽ"

अब काफ़ी उजाला हो चुका था। नदी के आस-पास का अँधियारा गुम हो गया था। सुबह बहुत साफ़ थी। लेकिन सूरज अभी नहीं निकला था। सच तो यह था कि डाफा के पार साढ़े पाँच हज़ार फ़ीट ऊँचे पर्वतों के ऊपर काले बादल एक बार फिर से मँडरा रहे थे। हो सकता है कि प्रकृति फिर अपना रूप बदले और बादल तेज़ी

से धुआँधार बरसने लगें। कंचना इस बात को लेकर आश्वस्त हो गयी थी कि हीरा आत्या ने ख़ुद ही रस्सी खोली और पानी में समा गयी। अप्पाराव और ज्ञान सिंह उन्हें तलाशने के लिए पानी में छलाँग लगाने की तैयारी कर रहे थे। कंचना इस तरफ़ खड़ी होकर पानी की नीलिमा, वृक्षों की हरियाली और बादलों की कालिमा को निहार रही थी। उसकी नज़र सामने लगे बाँस के हरे जंगल पर पड़ी। हरे बाँसों के झुण्ड उसे ऐसे लगे मानो हीरा आत्या की हरी साड़ी वहाँ लहरा रही है।

अप्पाराव और ज्ञान सिंह को नदी में कूदने के लिए तैयार होते देखकर वह बोली, "रुको तुम लोग। काल के पंजे के साथ कितना पेंच लड़ाओगे? कुछ हासिल नहीं होगा।"

जब उन लोगों ने नदी तट से आगे बढ़ना शुरू किया, तो राघव के लिए अपने दुख पर क़ाबू रख पाना मुश्किल हो गया। महालिंग और बबीता-शान्ता की हीरा आत्या को इस तरह छोड़कर जाना उसे अच्छा नहीं लग रहा था। कंचना ने राघव का हाथ अपने हाथों में लिया और बोली, "जाने दो राघवजी। हीरा आत्या यहाँ लौटकर भी क्या करेंगी? उनकी ज़िन्दगी, उनकी मुक्ति और उनके सारे तीर्थ, इन्हीं पेड़ों-पहाड़ों में तो बिखरे हैं। अगर वह यहीं, इन सबके बीच, इन सबके साथ अपनी ज़िन्दगी जीना चाहती है तो हम कौन होते हैं उसे रोकने वाले?"

इस तरफ़ का किनारा बेहद रपटीला था और मिट्टी का रंग रक्त की तरह लाल था। इस चिकनी सतह के चढ़ाव पर आगे बढ़ने में सर्जा को बहुत मुश्किल हो रही थी। न तो उसके पैर टिक पा रहे थे और न उसे कोई सहारा मिल रहा था। निराश होकर अन्ततः उसने मदद की गुहार लगायी और तत्काल इसका प्रतिसाद भी मिला। अर्से से अपने सखा का इस पार इन्तज़ार कर रही रानी, तुरन्त उसे संकट से उबारने के लिए आगे बढ़ी। चढ़ाव की ऊपरी किनार पर वह अपने अगले दो पैरों को झुकाकर ज़मीन पर बैठ गयी और रस्सी की तरह अपनी सूँड़ आगे कर दी। सर्जा ने तुरन्त अपनी सूँड़ में उसकी सूँड़ को लपेट लिया। जब रानी ने अपने पैर ज़मीन पर जमा लिए, तो सर्जा ने पूरी ताक़त के साथ ख़ुद को आगे झोंक दिया। एक झटके में वह सूखी ज़मीन पर आ गया।

जैसे ही उन्होंने हिन्दुस्तान की ज़मीन पर पैर रखा, सर्जा की पीठ पर सवार लड़कियों समेत सभी आनन्द से भरकर ज़ोरों से चीख़ने-चिल्लाने लगे। हाथी की पीठ पर सवार सभी जन नीचे उतर आये और एक-दूसरे को बाँहों में कस लिया। मौत के मुँह से बचकर निकल आने की राहत और ख़ुशी, दोनों उनके चेहरों पर थी।

# 59

वह नींद कितनी गहरी रही होगी? वह नींद कितनी लम्बी रही होगी? यह ऐसा था कि जैसे कंचना एक नींद के जीवन से दूसरे जीवन की नींद में पहुँच गयी थी। उसके कानों में किसी की आवाज़ पड़ी, "अजी मैडम, उठिए!" कंचना को पल भर के लिए लगा कि जैसे वह बादलों के कालीन पर है। फिर जैसे ही उसे हलका होश आया, तो उसने महसूस किया कि वह जंगली बाँसों के बने किसी स्ट्रेचर पर लेटी है। उसे आभास हुआ कि चड्डी और सफ़ेद शर्ट पहने लड़के उसे उठाये तेज़ क़दमों से चले जा रहे हैं।

अचानक उसे उन लड़कियों का ख़याल आया, जिन्हें बहुत दर्द और तकलीफ़ झेलकर साथ लायी थी। उसे एक़दम से होश आ गया। ये कौन लोग उसे बाँस के स्ट्रेचर पर डालकर ले जा रहे हैं? जल्द ही वह समझ गयी कि उसके आस-पास से जो लोग गुज़र रहे हैं, उन्हें इसी तरह से स्ट्रेचर पर डालकर ले जाया जा रहा है। उसने अपनी आँखें मूंद ली और फिर उसी अर्द्ध-चेतन अवस्था में पहुँच गयी। उसे एक वैन में डालकर कहीं ले जाया गया। तभी अचानक सरकारी अस्पताल की दवाओं की तीखी गन्ध उसके नथुनों में घुसी।

अगले कुछ घण्टों तक वह नींद में रही। जब वह जागी तो उसने पाया कि उसे युद्धग्रस्त इलाक़े में अस्थायी रूप से बनाये गये, एक अस्पताल में भर्ती किया गया है, जिसका विशाल ढांचा बाँसों से खड़ा किया गया है।

असम के एक छोर पर स्थित लेडो नाम के इस छोटे-से शहर में ऐसे अनेक शिविर लगाये गये हैं। जिनमें से एक में कंचना और उसके साथियों का इलाज चल रहा है। थकान से बदन ऐसे चूर हो चुके हैं कि बिस्तर से उठने की ताक़त भी उनमें शेष नहीं है। द असम टी प्लांटर्स एसोसिएशन ने ब्रिटिश सरकार के साथ मिलकर ये शिविर घायल सिपाहियों और निर्वासित नागरिकों के लिए खोले हैं। अस्पताल के बाहर जगह-जगह चूल्हे जल रहे थे, जिनमें नहाने के लिए पानी गर्म किया जा रहा था। खाने-पीने की व्यवस्था भले ही थोड़ी ठीक नहीं थी, मगर बड़े प्यालों में असम टी असीमित मात्रा में मिल रही थी।

क़रीब घण्टे भर तक अपने आस-पास की गतिविधियों को अर्द्ध-चेतन अवस्था में निहारते रहने के बाद थकान से चूर कंचना ने फिर से ख़ुद को नींद के हवाले कर दिया। लेकिन क्या वह नींद थी, या उसने अपना होश खो दिया था? क्या वह

मृत्यु के निकट थी? मरणासन्न!! उसे बिल्कुल भी ख़्याल नहीं था कि वह कितने दिनों से लोहे के इस बिस्तर पर पड़ी हुई थी। आख़िरकार, एक दिन बहुत कोशिशों के बाद उसने अपनी पलकें खोलीं। जब आँखें खुलीं तो ऐसा लगा माने वह किसी गहरे कुएँ में लाश की तरह पानी पर तैर रही है। वहाँ ऊपर, बहुत सारे लोगों की चिन्तातुर निगाहें नीचे उसे निहारे जा रही हैं। इससे पहले कि उसके मन में कोई सवाल उठता, उसने उन तीन गोरी किशोरावस्था को छूने जा रही ब्रिटिश लड़कियों के तनाव भरे चेहरों को पहचान लिया, जिन्हें लेकर वह दिव्य मरण यात्रा करके यहाँ तक आयी थी। इसका मतलब कि बाक़ी लड़कियाँ भी सुरक्षित यहाँ अस्पताल में पहुँच चुकी हैं?

उस भीड़ के घेरे की हर आँख कंचना पर टिकी थी। उन आँखों में प्यार, आत्मीयता और चिन्ता थी। इन लोगों में लड़कियों के यूरोपीय माता-पिता के चेहरे भी देखे जा सकते थे। यानी कंचना का निर्वासित कारवाँ लेडो पहुँचने से बहुत पहले, इन नन्हीं बच्चियों के माता-पिता उनकी तलाश में असम के जंगलों में आ गये थे! वे शायद महीनों से लेडो में उनका इन्तज़ार कर रहे थे। यह उम्मीद करते हुए कि हुकवांग घाटी से पहुँचने वाले शरणार्थियों में एक उनकी लाड़ली भी होगी।

इस अर्द्ध-वर्तुलाकार भीड़ में कंचना की नज़र राघव के चेहरे पर पड़ी। वह एकटक उसे निहार रहा था। कंचना के होश में आने का इन्तज़ार करते हुए, उसकी रखवाली करते हुए, वह बीते कई दिनों से अस्पताल शिविर में मुश्किल से दिन बिता रहा था। कंचना के बेहोशी से बाहर आते ही, अति-आनन्द से उसका हृदय भर आया और उसकी आँखें गीली हो गयीं।

कुछ ही पलों में कंचना के होंठों पर हल्की मुस्कान उभरी। उसके बाएं गाल पर एक छोटी-सी कली खिल गयी, डिंपल! उसने ब्रिटिश लड़कियों को ख़ुशी के मारे चीखते सुना, "ओं मदरऽऽ ओ मदर!!" उनके माता-पिता के चेहरे भी प्रसन्नता से जगमग करने लगे और सभी तालियाँ बजाने लगे। कंचना का हाथ पकड़कर राघव ने बताया कि उन लड़कियों के साथ, अस्पताल में काम करने वाले लोगों से लेकर तमाम आम जन तक उसके होश में आने का बेसब्री से इन्तजार कर रहे थे। बड़ी हिम्मत दिखाकर अनेक लोगों को अपने साथ जीवित बचाकर ले आने वाली सर्कस दीदी के लिए हर किसी के दिल में प्रेम है। "देख कांचू," उसने कहा, "इन्सान का नसीब भी क्या-क्या दिन दिखाता है! कुछ महीनों पहले तक जंगल से गुज़रते हुए हम घास खाकर भी अपनी भूख की आग को शान्त करते थे; लेकिन

आज यहाँ जब सारी सुविधा है तब भी पिछले चार-पाँच दिनों से मेरे पेट में अन्न का एक दाना नहीं गया।"

"क्यों राघवजी? ऐसा क्यों?"

"तुझे क्या मालूम कि तू पिछले कुछ दिनों से कैसे जीवन-मरण की हालत में थी? इन बच्चियों के माँ-बाप रोज़ पास के चर्च में दिन-रात अपने मसीह से बस एक ही मन्नत माँगते थे कि जो देवदूत जैसी स्त्री उनकी फूल जैसी बच्चियों को यहाँ तक सुरक्षित लेकर आयी है, उसके प्राण बचे रहने चाहिए।"

एक पल को कंचना को महसूस हुआ कि उसके बदन में पहले जैसी ऊर्जा फिर दौड़ रही है, लेकिन अगले ही क्षण उसका हक़ीक़त से सामना हो गया। उसके सर्वांग, एक-एक मांसपेशी, हर जोड़ और बदन का पोर-पोर दर्द में डूबा हुआ था। अपनी स्थिति को जानकर कंचना के होंठों पर निर्विकार मुस्कान आयी। वह उन लोगों के बारे में सोचने लगी, जो उसके लिए प्रार्थना कर रहे थे। कौन हैं ये लोग? किस मुल्क से हैं? उनके साथ उसका रिश्ता क्या है? देश का, धर्म का, संस्कृति का रिश्ता? ...और फिर भी उन सबकी आँखों में उसके लिए कितनी ममता, कितना स्नेह और कितना प्यार है! वह आस्था, वह सद्भाव और वह मानवता! सबकी देह कृतज्ञता से झुकी थी! "शाबाश लड़की!" सब यही कह रहे थे, "हमारे कलेजे के टुकड़ों को कितनी कठिनाइयों, विलक्षण संकटों से निकालकर यहाँ सुरक्षित ले आयी... किन शब्दों में आभार व्यक्त करें!"

अचानक कंचना की नज़र उस भीड़ से दूर एक चेहरे पर अटक गयी। वह जाना पहचाना था! इसे कहाँ देखा है? लम्बा चेहरा, झबरीले सुनहरे बाल, बड़ी-बड़ी प्रभावी आँखें और वह कड़क आवाज़? तभी डॉक्टरों की टीम आ गयी और उन्होंने वहाँ मौजूद सब लोगों को हटाना शुरू कर दिया, "प्लीज़ लीव द रूम... चलिए निकलिएऽऽ पेशेंट को आराम करने दीजिए। डोंट डिस्टर्ब..."

चार-पाँच दिनों में कंचना को पूरी तरह होश आ गया। उसे पता चला कि डाफा किनारे से लेकर लेडो पहुँचने के सफ़र तक सात में से पाँच लड़कियाँ ही बच सकी हैं। नदी पार करने के बाद वे लोग पूरे दो दिनों तक, जंगल में निर्जन पथों पर यात्रा करते रहे और तब जाकर उन्हें राहत काम में लगे लोग मिले थे। जब तक वे सबको लेकर कैम्प पहुँचते, दो कलियाँ रास्ते में ही मुरझाकर गिर गयीं।

उसके तकिये के पास कुछ गुलदस्ते और चॉकलेट के पैकेट रखे थे। साथ ही आभार व्यक्त करने वाले सन्देश भी। कुछ लड़कियों के पिता ब्रिटिश फ़ौज में

वरिष्ठ पदों पर काम कर रहे थे या फिर रंगून की ऑइल रिफाइनरी में। उनमें से कई परिवार के साथ अपनी नन्ही परियों के लौटने का इन्तज़ार करते हुए बहुत दिनों से यहीं रह रहे थे।

दोपहर बाद कंचना जब गहरी नींद से जागी, तो उसने राघव को बिस्तर के नज़दीक ही खड़ा पाया। उसके हाथ में कच्चा हरा नारियल था और वह उसमें से पानी पी रहा था। जब उसने नारियल पानी पी लिया, तब कंचना ने पूछा, "राघव, उस दिन सुबह वहाँ उस कोने में खड़ा आदमी कौन था? गोरा, लम्बा-चेहरा और सुनहरे-भूरे बाल?"

"ओह, वह आदमी!" शरारती मुस्कान उसके चेहरे पर आयी। "थोड़ा सोचो, दिमाग़ पर ज़ोर डालो... याद आयेगा, कोशिश करो।"

"मैं कोशिश कर रही हूँ, पर याद नहीं आ रहा!"

"तो फिर अन्दाज़ा लगाओ।"

"हम्म्म्, हो नहीं रहा। लेकिन इतना है कि मैंने कहीं तो देखा है... एक बार नहीं... ज़्यादा बार... मगर याद नहीं आ रहा"

"कंचना, जब ताक़त का नशा आदमी के सिर चढ़ जाता है, जब वह अधिकारों और रौब को अपने पहनावे की तरह सबको दिखाकर प्रभावित करने लगता है, जब वह अहंकार के बादलों पर हवा में उड़ने लगता है। तब फिर दैव ऐसा फटका लगाता है कि उसके पैरों के नीचे से ज़मीन सरक जाती है, और तब उसको पता चलता है कि असल में वह क्या है!"

"तुम क्या कह रहे हो?"

"यह वही आदमी है, मिचिना के डिस्ट्रिक्ट कलेक्टर साहब। डाफा नदी पार करने से पहले हमें जंगल में मिले थे और हम इनके आगे हाथ जोड़ते रहे कि रुक जाओ, रुक जाओ... कम-से-कम उन नन्ही बच्चियों के लिए तो रुको, जो तुम्हारे ही धर्म की, तुम्हारे ही देश की हैं। लेकिन इस पत्थर दिल आदमी ने एक शब्द सुनना भी मंजूर नहीं किया।"

"तो अब क्या हुआ? यहाँ क्या कर रहा है?"

"बताता हूँ। डीसी जब यहाँ पहुँचा, तो उसकी अकेली बच्ची, सात साल की इलीना एक महामारी से मर गयी। ब्रिटिश आर्मी के सबसे अच्छे डॉक्टरों को दिखाने और हर तरह की बढ़िया दवाइयों के बाद भी वह अपनी बच्ची को नहीं बचा सका।"

"हे भगवान! बहुत ही बुरा हुआ!"

“डीसी साहब को अब असम प्रान्त का रिफ़्यूजी कमिश्नर बना दिया गया है। वह यहाँ अस्पताल की व्यवस्था को देखने-परखने आये थे। तुम्हें यहाँ देखकर उन्हें बहुत आश्चर्य हुआ था। वह पूरे अस्पताल का चक्कर लगाने के बाद यहाँ तुम्हारी खाट के पास आये थे और कई घण्टों तक बैठे रहे। उस समय तुम बेहोश थीं। इस घमण्डी आदमी के पत्थर दिल में पक्का बड़ा सुराख हो गया है। वह इतना घबराया हुआ था कि उसने तुम्हारी कलाई पकड़ ली और बैठकर रोता रहा। वह बोला...”

“क्या? क्या कहा उसने?”

“उसने कहा, आई लॉस्ट माय डॉटर। आई लॉस्ट माय वर्ल्ड। भगवान ने मुझे सबक सिखाया। मेरा सर्वनाश हो गया, तब मुझे होश आया। अब मैंने फैसला किया है कि अपनी पूरी ज़िन्दगी नन्हीं बच्चियों की देखभाल करूँगा। उन्हें अपनी बच्ची जैसा मानूँगा। कितनी अजीब बात थी वो! तुम लोग हुकवांग की जंगलों में मेरे सामने गिड़गिड़ा रहे थे कि उन बच्चियों को बचा लो, लेकिन मैं अपनी सत्ता और पद के नशे में इतना चूर था कि मेरे बहरे कानों में एक आवाज़ तक नहीं पड़ी। मैं अब ख़ुद पर शर्मिंदा हूँ। आई फील कंप्लीटली सॉरी अबाउट इट। अगर मैंने वहाँ जंगल में अपने सरकारी दस्ते के साथ रुककर तुम्हारी मदद की होती, तो कुछ अच्छा ही होता। उन प्यारी बच्चियों को इतनी तकलीफ़ नहीं उठानी पड़तीं। रास्ते में जो बच्चियाँ नहीं रहीं, वे भी शायद ज़िन्दा होतीं! बहुत बुरा हुआ। अगर मैं अच्छा करता तो शायद जीसस क्राइस्ट मेरी बच्ची को बचाने में मेरी मदद करते! लेकिन जो भी हुआ, उसके बाद मेरा दिल हर मुश्किल में फँसी बच्ची के लिए तड़पता है। और तुमने जो किया कंचना... आई एम प्राउड ऑफ़ यू!!”

राघव और कंचना के पेट में पड़ी चिन्ता की कुछ गाँठें अभी तक नहीं खुली थीं। ईश्वर की कृपा से वे इतनी दूर वापस तो आ गये थे, लेकिन उन्हें अब भी उन सबकी चिन्ता थी, जो उनसे आगे निकल आये थे। क्या हुआ उनका? चिन्ता उस ज़हरीले नाग सायबू चाचा की भी थी कि पीठ पीछे उसने गाँव में क्या-क्या उलटा-सीधा नहीं कहा और किया होगा। उन्होंने भले ही उसे बिना कोई बड़ी सज़ा दिये छोड़ दिया था, लेकिन जंगल में मिले गाँव के एक नौजवान ने कुछ बेहद चिन्ताजनक ख़बरें सुनाई थीं।

क़रीब दस-बारह महीने पहले गाँव पहुँचकर सायबू ने वहाँ की खेती-बाड़ी और दूसरी सम्पत्ति को हड़पने के लिए झूठ फैलाना शुरू कर दिये थे। उसने यह मिथ्या प्रचार कर दिया था कि रंगून की बमबारी में न केवल पूरी सर्कस कम्पनी राख में बदल गयी, बल्कि राघव और कंचना भी उसमें भस्म हो गये हैं। इसके अलावा उसने यह भी प्रचार कर दिया कि कंचना ने बैंक से क़र्ज़ ले रखा था। फिर कुछ सरकारी अधिकारियों के साथ मिलकर उसने थोड़ी सम्पत्ति बेचने के लिए भी निकाल दी थी। सौभाग्य से कुछ गाँव वालों को सायबू की बातों पर शक हो गया था और उन्होंने उसके इरादों पर पानी फेर दिया था। इसके बाद की कोई ख़बर कंचना और राघव को नहीं मिली थी और इसलिए वे चिन्तित थे कि जब वे कागवाड पहुँचेंगे, तो उनकी सम्पत्ति किस हाल में होगी।

कई महीनों की यातनादायक लम्बी पैदल यात्रा ने उनके शरीर को निचोड़ कर रख दिया था और उन्हें अनिवार्य रूप से पूरी तरह विश्राम करने की सलाह दी गयी थी। इस बीच कम्पनी के कुछ ऐसे लोगों से उनका सम्पर्क हो गया था, जो पहले आगे निकल आये थे। जब उन्होंने बताया कि सारे स्त्री-पुरुषों ने कोई डेढ़ महीने पहले अपने-अपने घर के लिए दक्षिण की रेल पकड़ ली थी, तो दोनों को बड़ी राहत मिली।

दो-तीन दिनों के सम्पूर्ण विश्राम से कंचना की सेहत में जादुई फ़र्क़ आया। वह सुबह की सैर के लिए जाने लगी, जहाँ वह मंगोलियन चेहरे, बारीक आँखों और गोरे रंग वाली असमी नर्सों से अक्सर बातें करती। वे लोग हुकवांग घाटी से असम पहुँचने तक उसके सफ़र की बातें बहुत दिलचस्पी से सुनतीं।

इस इमरजेंसी हॉस्पिटल के शौचालय कुछ दूरी पर बनाये गये थे, जिससे कि मरीज़ों को ख़ुद चलकर वहाँ तक जाना पड़ता था। चार दिनों के बाद एक शाम राघव शौचालय से वापस लौट रहा था। बाहर काफ़ी अन्धेरा हो चुका था। तभी उसकी नज़र भीड़ में एक ठिगने आदमी पर पड़ी। जब तक वह उसे दूसरी बार देखता, वह अचानक ग़ायब हो गया। राघव को वह चेहरा कुछ जाना-पहचाना सा लगा था।

जब वह लौटकर कंचना के बिस्तर तक आया, तभी उसके दिमाग़ ने उस चेहरे को पहचाना। उसके मुँह से डरी हुई आवाज़ निकली, "अरे! वो तो सायबू चाचू था!"

"क्या कह रहे हो राघव?" बिस्तर में लेटे हुए कंचना ने सवाल किया।

“हाँ, कांचू। मैंने बाहर अँधेरे में एक आदमी को देखा, जिसका चेहरा एक़दम वैसा ही था।”

“क्या बेकार की बात कर रहे हो! वह यहाँ इतनी दूर क्यों आयेगा?”

“अरे, तो फिर उसे मुझसे छुपने की क्या ज़रूरत थी? वो वैसा नहीं, वही आदमी था!”

कंचना चुप हो गई, लेकिन उसके चेहरे पर चिन्ता की लकीरें खिंच गयीं। फिर अपनी आवाज़ के दर्द के साथ राघव से बोली, “तुम ज़रा अपने आस-पास नज़र रखकर ही निकलना। वह घटिया आदमी, पता नहीं कहाँ से निकल आये। बिच्छू की जाति का, कभी डंक मारना नहीं छोड़ सकता।”

अगली सुबह राघव का बदन कुछ भारी था। बिस्तर से उठने का भी मन नहीं था, मगर शौचालय जाना ज़रूरी था। उसकी हालत देखकर कंचना ने उसके साथ जाने का फ़ैसला किया और उसे लेकर शौचालय की तरफ़ चली गयी। वहाँ आगे स्त्री-पुरुषों के लिए अलग-अलग दिशा में जाने के वास्ते दो रास्ते कर दिये गये थे। बीच में बाँस की दीवार थी। राघव को वहाँ तक ले जाकर कंचना ने छोड़ दिया। राघव पुरुषों के मूत्रालय की तरफ़ निकल गया। कंचना वहीं रास्तों के मुहाने पर खड़ी हो गयी।

राघव हलका हो रहा था कि उसी समय उसे किसी का पैर फिसलने की आवाज़ आयी। वह तेज़ी से मुड़ा। पीछे सायबू हाथ में रामपुरी चाकू लिए खड़ा था। वह राघव पर हमला करने के लिए तैयार ही था कि तभी गीले फ़र्श के कारण उसका सन्तुलन बिगड़ गया। उसे सामने देखते ही, राघव ने तेज़ आवाज़ में चिल्लाना शुरू कर दिया, “पुलिस! पुलिस!” सायबू तीर की तरह आगे बढ़ा और राघव पर हमला करने के लिए चाकू वाला हाथ उठाया। पूरी तरह से स्वस्थ न होने के बावजूद, राघव सायबू की कलाई को बहुत मज़बूती से पकड़ने में कामयाब हो गया। लेकिन सायबू नफ़रत की आग में इतना सुलग रहा था कि अपना हाथ छुड़ाकर राघव की पीठ पर छुरा चलाने में सफल रहा। हालाँकि पीठ में सिर्फ़ चाकू की नोक की रगड़ ही लगी, मगर ख़ून की एक धार कुर्ते को भिगोती हुई निकल पड़ी।

जब यह हाथापाई चल रही थी, तभी कुछ पुलिसवाले और आस-पास के लोग वहाँ पहुँच गये और उन्होंने सायबू को क़ाबू में कर लिया। शुरुआती जाँच के बाद सायबू की गिरफ़्तारी हो गयी। इस घिनौने अपराध के विरुद्ध ब्रिटिश पुलिस प्रशासन ने एक औपचारिक शिकायत भी दर्ज़ कर ली। आगे की जाँच-पड़ताल में सायबू

द्वारा हत्या के इरादे की पोल खोलने वाले कई सबूत सामने आ गये। नतीजा यह हुआ कि प्रान्तीय पुलिस ने उसे तत्काल जेल में डाल दिया।

राघव और कंचना ने नागालैंड के दीमापुर से अपना सफ़र शुरू करने की तैयारी कर ली। वहाँ से उन्हें कलकत्ता मेल पकड़नी थी। तब स्टेशन तक जाने के लिए ब्रिटिश डीसी ने रिफ़्यूजी कमिश्नर की हैसियत से उनके लिए एक विशेष जीप का प्रबन्ध कर दिया। जब वह अंग्रेज़ साहब ख़ुद दोनों को अलविदा कहने के लिए आया, तब उसके गालों पर आँसुओं की धार बह रही थी। कंचना और राघव का भी दिल भर आया। कंचना ने अपने हृदय में हमेशा यह बात गांठ बाँध रखी थी कि ख़ून, पसीना और आँसू किसी देश, धर्म या जाति से नहीं जुड़े हैं। डीसी की आँखों के आँसुओं में मानवता की झलक लहराती दिख रही थी।

मिरज स्टेशन के सामने खड़ी दस-बारह बैलगाड़ियों में कंचना और राघव ने अपना सारा सामान रख दिया। बैलों के गले में बँधे घुंघरुओं की आवाज़ के साथ उन्होंने दोपहर बीतते-बीतते कागवाड की सीमा में प्रवेश किया। दूर तक फैली अपने गाँव की मिट्टी और उसके क्षितिज के दर्शन करके उन्हें यह विश्वास हुआ कि अन्ततः वे अपनी धरती पर वापस आ गये हैं। मगर जिस सफ़र से वे लौटे, वह महीनों का नहीं बल्कि सदियों का मालूम पड़ रहा था।

ब्रह्मदेश से वापस आये अपने सर्कस के लड़कों और लड़कियों को कंचना ने तीन महीने की छुट्टी दी। इसके बाद नये सिरे से कम्पनी को खड़ा करने की शुरुआत की। उसने लॉरियाँ किराये पर लीं। एक-एक हाथी, एक-एक घोड़े समेत तमाम दूसरे जानवरों को इकट्ठा किया। इतना सब हो जाने के बाद फिर उसने लड़कों को अपनी सर्कस कम्पनी की वापसी का प्रचार करने के लिए मैदान में उतार दिया।

बाज़ार वही था। मौर्य युग से सर्कस की कला और कारोबार सीढ़ी-दर-सीढ़ी विकसित होता गया था। जनता का हृदय विशाल था और वृत्ति रसिक थी। सर्कस की वापसी की घोषणा करते हुए लड़के लाउडस्पीकर के भोंपू पर ज़ोर-शोर से सबको बता रहे थे...

सुनो सुनो सुनो!

रसिक माई-बाप, सर्कस के दीवानो सुनो!

दुनिया को लड़ाने वाला महायुद्ध आया और ढेर सारे बम-गोले गिरा कर चला गया!

लेकिन अमर पक्षी फीनिक्स की तरह राख के इस ढेर में से द ग्रेट कंचना इंटरनेशनल सर्कस फिर एक बार खड़ा हो गया!

चले आओ! नये उत्साह और नयी उमंग के साथ!

बाघिन के मुँह में अपना सिर देने वाली!

हमारी मिट्टी की वही बहादुर लड़की कंचना कागवाडकर!

और साथ में राघव भोसले, बाउंसिंग रोप का जादूगर!

एक सर्कस जिसने आपके बाबा-दादा का भी मनोरंजन किया!

साढ़े पाँच सौ पंछी-जानवर और एक से बढ़कर एक जांबाज़-कलाकार!

बहादुरी की अनोखी मिसाल और मसखरी भी कमाल!

कलाबाज़ी के जीते-जागते नज़ारे, जो पहले नहीं देखे होंगे आपने!

द ग्रेट कंचना इंटरनेशनल सर्कस!

जो आयेगा, हँसता हुआ ख़ुश होकर जायेगा और जो नहीं आयेगा, तो पक्का पछतायेगा!!

❑❑